HEYNE <

Das Buch

Nach dem verlustreichen und langjährigen Krieg gegen das Nachbarreich Tsard hat sich Estorea kaum erholt, und alle Reserven des Landes sind erschöpft. Die drei magisch begabten Kinder sind nun erwachsen – und erneut müssen sie ihre Fähigkeiten im Krieg einsetzen. Als ein unheimliches Heer von Toten unter der Führung ihres abtrünnigen Bruders auf Estorea zumarschiert, spitzt sich die Lage zu. Dem finsteren Anführer dieser Armee ist niemand gewachsen – bis auf die Aufgestiegenen und ihre Magie. Denn nur Magie kann das Land noch retten. Doch der Sieg fordert ein großes Opfer von ihnen, das die ganze Welt für immer verändern wird. Die Hoffnung aller liegt auf den drei außergewöhnlichen Helden ...

James Barclays großes Fantasy-Epos DIE KINDER VON ESTOREA in vier Bänden:
Das verlorene Reich
Der magische Bann
Die dunkle Armee
Die letzte Schlacht

Der Autor

James Barclay wurde 1965 in Suffolk geboren. Er begeisterte sich früh für Fantasy-Literatur und begann bereits mit dreizehn Jahren, die ersten eigenen Geschichten zu schreiben. Nach seinem Abschluss in Kommunikationswissenschaften besuchte Barclay eine Schauspielschule in London, entschied sich dann aber gegen eine Bühnenkarriere. Seit dem sensationellen Erfolg seiner »Chroniken des Raben« konzentriert er sich ganz auf das Schreiben. James Barclay lebt mit seiner Lebensgefährtin in Barnes, England.

Mehr zu Autor und Werk unter:
www.jamesbarclay.com

JAMES BARCLAY

Die letzte Schlacht

Die Kinder von Estorea

Vierter Roman

Deutsche Erstausgabe

WILHELM HEYNE VERLAG
MÜNCHEN

Titel der englischen Originalausgabe
SHOUT FOR THE DEAD (Part 2)
Deutsche Übersetzung von Jürgen Langowski

Verlagsgruppe Random House FSC-DEU-0100
Das für dieses Buch verwendete
FSC-zertifizierte Papier *Super Snowbright*
liefert Hellefoss AS, Hokksund, Norwegen.

Deutsche Erstausgabe 07/2009
Redaktion: Rainer Michael Rahn

Printed in Germany 2009
Titelillustration: Paul Young
Umschlaggestaltung: Nele Schütz Design, München,
unter Verwendung eines Motivs von Shutterstock
Karte: Iris Daub
Satz: Christine Roithner Verlagsservice, Breitenaich
Druck und Bindung: GGP Media GmbH, Pößneck

ISBN: 978-3-453-52538-2

www.heyne.de
www.heyne-magische-bestseller.de

Dieses Buch widme ich dem Gedenken an

DAVID GEMMELL,

meinem guten Freund und unvergleichlichen Mentor.
Ohne dich ist die Welt ärmer.

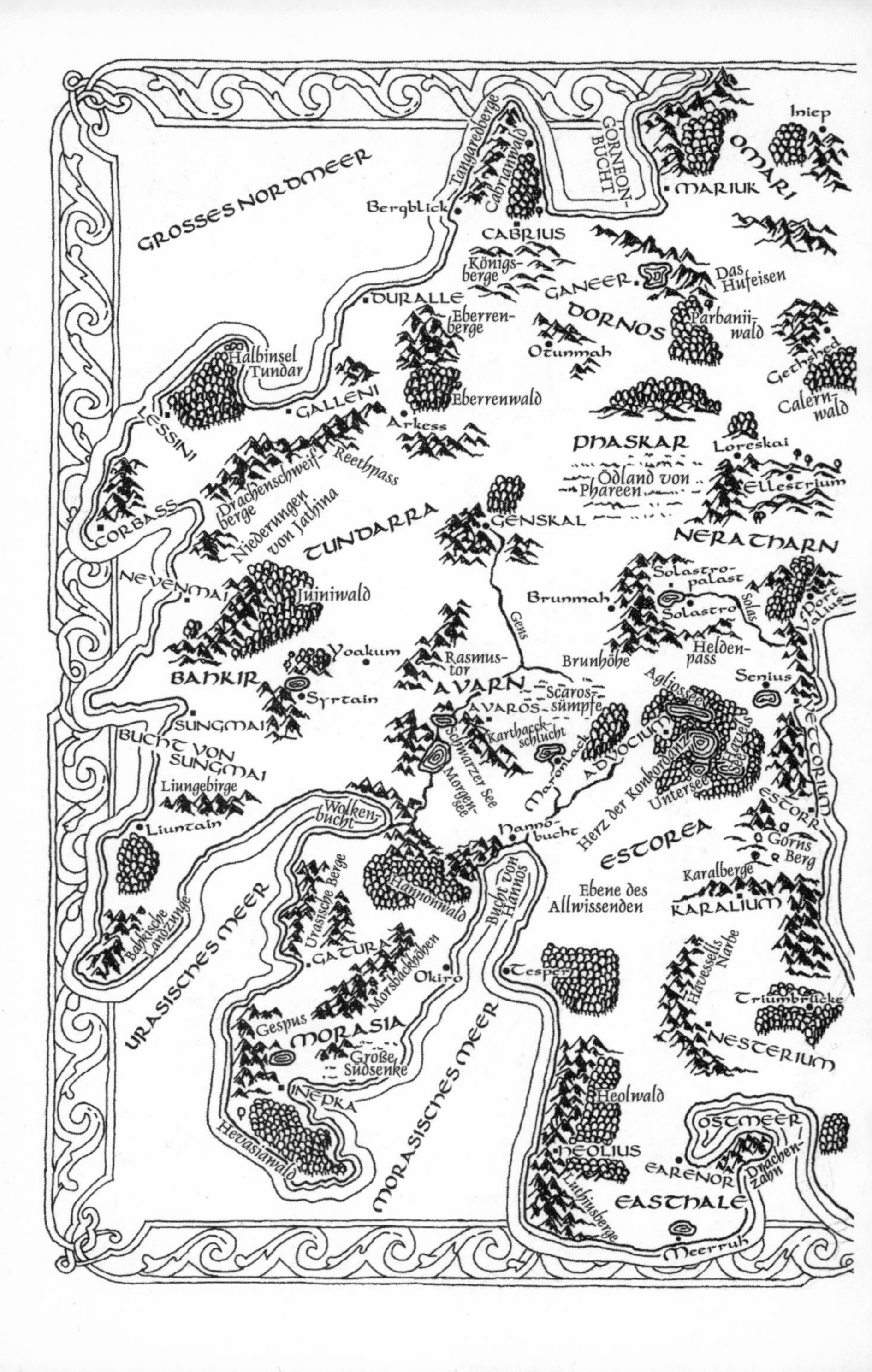

GROSSES NORDMEER
Tangaredberge
Cabrianwald
GORNEON-BUCHT
Iniep
OMARI
MARIUK
Bergblick
CABRIUS
Königsberge
GANEER
Das Hufeisen
DORNOS
Parbaniiwald
DURALLE
Eberrenberge
Otunmah
Gethshed
Calernwald
Halbinsel Tundar
Eberrenwald
LESSINI
GALLENI
Arkess
PHASKAR
Loreskai
Ödland von Phareen
Ellestrium
Drachenschweifberge
Reethpass
Niederungen von Jathina
CORBASS
TUNDARRA
GENSKAL
NERATHARN
NEVENMAI
Juiniwald
Solastropalast
Brunmah
Solastro
Solas
Port Valius
Gens
Heldenpass
Yoakum
Rasmustor
Brunhöhe
BAHKIR
Syrtain
AVARN
Scarossümpfe
Agliossee
Senius
AVAROS
Karthackschlucht
SUNGMAI
BUCHT VON SUNGMAI
Schwarzer See
ADVOCIUM
Hazelssee
VETTORIUM
Morgensee
Maronlack
Herz der Konkordanz
Untersee
Liungebirge
ESTORR
Wolkenbucht
Liuntain
Hannobucht
ESTOREA
Gorns Berg
Karalberge
Bucht von Hannos
Hannonwald
Ebene des Allwissenden
KARALIUM
Urasische Berge
Bahkische Landzunge
URASISCHES MEER
GATURA
Morsbackhöhen
Havessells Narbe
Okiro
Tesper
Triumbrücke
Gespus
MORASIA
Große Südsenke
NESTERIUM
MORASISCHES MEER
INEPKA
Heolwald
Hevasiawald
OSTMEER
HEOLIUS
EARENOR
Drachenzahn
Luthiusberge
EASTHALE
Meerruh

SIRRANE
Lohran
GOSLAND
GOSCAPITA
Alaneberge
Fariansee
Nordfurt
Große Ebene
ATRESKA
Halorianberge
Halorfälle
Taritebene
Scintarit-Ebene
TSARD
KHURAN
Östliche Steppe
Tarit
Schlucht der Könige
Gullford
HAROQ
Toursanische Seenplatte
Teel
Inyresee
THARUBY
Gull
Gawberge
BYSCAR
Atreskanischer Königswald
Südliche Steppe
BUCHT VON HARRYN
Lubjekschlucht
Bucht von Kirriev
KIRRIEV
Ceskas
KARK
Geswald
TIRRONISCHES MEER
SKIONA
Portbrial
GILDENEASEE
WYSTRIAL
GESTERN
Tirrolsee
Das Rückgrat
Die Lanzen des Ocetarus
Hafen von Kester
Carao
SUTJIONA
CARADUK
PORT ROULENT
Insel Kester
CIRANDON
Westfallen
Glenhale
Genastrobucht
Halbinsel Dukan
Maßstab
ca. 500 Meilen
DIE ESTOREANISCHE KONKORDANZ

Personenliste

WÜRDENTRÄGER DER AKADEMIE DES AUFSTIEGS

HESTHER NARAVNY:
Mutter des Aufstiegs, Landhüterin
ANDREAS KOLL:
Autorität des Aufstiegs, Landhüter
HARKOV:
General der Garde des Aufstiegs
ARDUCIUS:
Aufgestiegener der 9. Linie
MIRRON:
Aufgestiegene der 9. Linie
OSSACER:
Aufgestiegener der 9. Linie
YOLA:
Aufgestiegene der 10. Linie
PETREVIUS:
Aufgestiegener der 10. Linie
MINA:
Aufgestiegene der 10. Linie
BRYN:
Aufgestiegener der 10. Linie
CYGALIUS:
Aufgestiegener der 10. Linie
KESSIAN:
Aufgestiegener, Mirrons Sohn

WÜRDENTRÄGER DER ESTOREANISCHEN KONKORDANZ

HERINE DEL AGLIOS:
Advokatin der Estoreanischen Konkordanz

PAUL JHERED:
Schatzkanzler der Einnehmer

FELICE KOROYAN:
Kanzlerin des Ordens des Allwissenden

ROBERTO DEL AGLIOS:
Botschafter in Sirrane

ARVAN VASSELIS:
Marschallverteidiger von Caraduk

KATRIN MARDOV:
Marschallverteidigerin von Gestern

MEGAN HANEV:
Marschallverteidigerin von Atreska

ORIN D'ALLINNIUS:
Leitender Wissenschaftler der Advokatin

MARCUS GESTERIS:
Senator

TULINE DEL AGLIOS:
Sekretärin des Generalkonsuls

SOLDATEN UND SEELEUTE DER KONKORDANZ

KARL ILIEV:
Oberster Seeherr der Ocetanas

KASHILLI:
Trierarch, Siebtes Kommando der Ocenii

ELISE KASTENAS:
Marschallgeneral der Heere

PAVEL NUNAN:
General, Zweite Legion

DINA KELL:
General, Zweite Legion
DAVAROV:
General der atreskanischen Legionen
CARTOGANEV:
Rittmeister, atreskanische Legionen

BÜRGER UND ANDERE PERSONEN

JULIUS BARIAS:
Ordenssprecher, Zweite Legion
HARBAN-QVIST:
Führer der Karku
KHURAN:
König von Tsard
KREYSUN:
Prosentor, tsardonisches Heer
GORIAN WESTFALLEN:
Aufgestiegener der 9. Linie

1

859. Zyklus Gottes,
37. Tag des Genasauf

Paul Jhered ließ seinen Blick vom linken zum rechten Ufer wandern und fragte sich, ob der Sturm schon über dem Hafen von Kirriev wüten würde, wenn ihr Schiff dort eintraf. Er hatte keine Ahnung, was sie dort erwartete. Eigentlich sollte die *Falkenpfeil* an der Anlegestelle der Einnehmer warten, doch das war alles andere als sicher. Die Menschen strömten zum Hafen, wie sie es vermutlich überall an der gesternischen Westküste taten, und suchten nach einer Fluchtmöglichkeit vor den Toten, die ungehindert durch ihr Land marschierten.

Wenigstens kamen sie mit ihrem kleinen Schiff rasch voran. Obwohl ihr immer wieder übel wurde, hatte Mirron es geschafft, einen kräftigen Rückenwind zu entfesseln, der den sechzig Ruderern eine Verschnaufpause verschafft und sie alle rasch an den unzähligen Schiffen vorbeigetragen hatte, die den Fluss Tokarok blockierten.

Alle Warnungen, die er ins südliche Skiona und zur Marschallverteidigerin Katrin Mardov hätte schicken können, wären zu spät gekommen. Unterstützt von Gorians grässlichen Kräften hatten die tsardonischen Invasoren dieses schöne Land überrannt, und nun flohen die Einwohner und versuchten, irgendwo einen Platz zu finden, an dem sie ausharren und kämpfen konnten. Jhered biss sich auf die Lippen, als er an Mardov dachte. Vielleicht war sie sogar unter den Flüchtlingen, die um ihr Leben rannten, doch er bezweifelte es. Sie war zu mutig, um sich umzudrehen und zu fliehen. So musste er wohl der traurigen Tatsache ins Gesicht sehen, dass sie viel eher in der Armee der Toten hinter den Gesterniern marschierte.

Fast musste er die perverse Genialität bewundern, die der Invasion zugrunde lag. Auf den ersten Etappen ihrer Reise von Ceskas hatten sie marschierende Tote gesehen, die keine Soldaten waren. Das war auch nicht nötig, denn ihre stärkste Waffe war die Furcht. Die Toten mussten nur drohend irgendeine Waffe heben, damit die Lebenden flohen.

Es tat weh, das schöne Land derart misshandelt zu sehen. Stolz wie immer erhoben sich die Berge, und das Wachstum des Genasauf brach sich Bahn, wo die Toten nicht marschierten, doch die Schönheit war durch Rauch und Flammen besudelt. Überall brannte das Land, der Himmel bekam schwarze Flecken, Gebäude zerfielen, der Gestank von Asche stieg auf. Ganz Gestern war in Panik, denn inzwischen hatte sich die schreckliche Gewissheit ausgebreitet, dass die Gerüchte keineswegs übertrieben gewesen waren.

Der Wind, der die Segel gebläht hatte, schlief ein. Hinter Jhered gab der Kapitän des Handelsschiffs, das sie für die Flussfahrt nach Ceskas und zurück gemietet hatten, den Ruderern den Befehl, ihre Arbeit wieder aufzunehmen. Sie tauchten die Stangen ein, und das Boot beschleunigte. Mirron gesellte sich zu Jhered an der Backbordreling. Sie war bleich und müde, und offenbar war ihr immer noch übel. Nicht nur die Seekrankheit setzte ihr zu. Sie spürte das Böse in der Erde und in der Luft. Was Gorian tat, wo immer er sich jetzt auch aufhielt, es raubte ihr die Kraft.

So standen sie beisammen und blickten nach vorn. Der Hafen von Kirriev war nahe, höchstens noch eine Stunde entfernt. Boote in allen Bauarten und Größen drängten sich auf dem Fluss. Harkov hatte bereits die Garde des Aufstiegs und die Einnehmer auf Deck antreten lassen. Vorsichtshalber hielten sie ihre Bogen bereit.

»Ihr dürft niemanden verletzen«, sagte Mirron.

»Wenn es möglich ist. Aber was wir wissen, und was Ihr in Euch tragt, dürfen wir nicht aus Schwäche und falsch verstandenem Mitgefühl opfern. Nicht heute. Ihr müsst wohlbehalten nach Estorr zurückkehren. Ich werde die Männer kämpfen lassen, wenn es sein muss, aber ich bete, dass es nicht so weit kommt.«

Jhered streichelte mit einem Finger ihr Kinn. Sie versuchte zu lächeln.

»Was werden wir wohl im Hafen von Kirriev vorfinden?«, fragte sie.

»Panik und Chaos, würde ich meinen«, erwiderte Jhered. »Mach dich darauf gefasst, dass es nicht schön wird.«

»Was meinst du damit?«

»Wenn es um ihr Leben geht, vergessen die Menschen ihre besten Freunde.«

Mirron beugte sich zu ihm. »Werden wir es schaffen?«

»Wir müssen.« Jhered zuckte mit den Achseln.

Mit jedem Ruderschlag vertieften sich Jhereds Sorgen. Der Strom der Flüchtlinge war unüberschaubar, es waren Tausende, die nur wenige Besitztümer mitgenommen hatten. Einige schoben überladene Karren, und alle wollten zur Küste und suchten ein Boot, um das Land zu verlassen. Sie mussten doch erkennen, dass es nie genug Schiffe für sie alle geben würde. Einige hatten dies offenbar bereits bemerkt, denn manchmal wateten Männer und Frauen ins flache Wasser, hoben Säuglinge und Kleinkinder hoch und flehten die um Hilfe an, die schon auf dem Fluss fuhren.

Andere schwammen hinaus und hielten sich an den Seiten der Schiffe fest. Ein flaches, überfülltes Ruderboot schaukelte heftig und kenterte. Auf dem Fluss herrschte großer Lärm, irgendwo klirrten sogar Waffen.

»Das ist doch Wahnsinn«, wandte sich der Kapitän an sie.

»Wir müssen daran vorbei. Haltet Euch in der Mitte der Fahrrinne.«

»Ja, Schatzkanzler.«

Die anderen Boote folgten ihrem Beispiel, doch der Lärm nahm noch zu. Im Flachwasser platschte es laut. Die Einnehmer und die Gardisten des Aufstiegs riefen den Leuten zu, ruhig zu bleiben und die Ordnung zu wahren und richteten doch nichts aus. Von beiden Ufern und von einigen größeren Booten her kamen Pfeile geflogen. Es gab Zusammenstöße, Holz knarrte gequält. Menschen schrien wütend auf.

Jhered schüttelte den Kopf.

»Siehst du, was ich meine?«

Mirron nickte. »Was können wir tun?«

»Nichts. Überhaupt nichts. Wir sind sogar schon zum Ziel geworden. Schau nur.«

Er deutete nach vorn, wo einige kleinere Boote wendeten und auf sie zuhielten. Sie hatten entweder kleine Segel oder zwei Ruder. Fischerboote voller Menschen, die einen Ausweg suchten.

»Schatzkanzler?«

Jhered sah sich um. Auch der Kapitän, der wieder an der Ruderpinne stand, hatte die Boote bemerkt. Seine Hand zitterte. Er hatte keine Erfahrung mit Gefechten.

»Haltet den Kurs«, befahl Jhered. »Weicht nicht ab, egal was geschieht.«

»Aber wir werden sie überfahren.«

»Wenn sie sich uns in den Weg stellen, dann können wir nichts dagegen tun. Fahrt schneller, wenn es möglich ist. Wir dürfen nicht scheitern.«

»Ja, Herr«, erwiderte der Kapitän, dem man sein Unbehagen deutlich anmerkte.

»Mirron, bleibe mitten auf dem Schiff in Deckung. Noch besser wäre es, du würdest nach unten gehen.«

»Was hast du vor?«

»Ich will sehen, ob ich einige dieser Schwachköpfe vertreiben kann.«

Jhered rannte auf dem überfüllten Deck nach vorn, stieß seine Leute zur Seite und stellte sich am Bug auf. Das Handelsschiff war flach und breit, gebaut für schwere Lasten in ruhigem Wasser. Es war leicht zu entern, und die zweihundert Soldaten an der Reling konnten die Verzweifelten letzten Endes kaum abhalten.

»Wir wollen gemeinsam rufen«, sagte er zu den Kämpfern in seiner Nähe. »Hört zu und stimmt mit ein. Nicht, dass ich glaube, es könnte etwas ändern.«

»Ja, Schatzkanzler.«

»Räumt die Fahrrinne«, rief er, nachdem er die Hände trichterförmig vor den Mund gelegt hatte. »Wir werden nicht anhalten, sondern euch überfahren. Ihr seid gewarnt.«

Die anderen stimmten ein, als er den Ruf mehrmals wiederholte. Dennoch hielten im rasch strömenden Fluss kleine Boote und sogar schwimmende Menschen weiter auf sie zu. Jhered konnte sich nicht vorstellen, was sie damit erreichen wollten. Ihr Schiff war nicht einmal seetüchtig, aber darum ging es gar nicht. Die Menschen sahen die Soldaten und hofften auf Schutz.

Als das erste klapprige Fischerboot dicht vor ihnen war, riefen alle Gardisten und winkten aufgeregt. Im kleinen Boot stand jemand auf, überkreuzte die Arme und rief, sie sollten anhalten, damit er seine Familie an Bord bringen könne. Jhered lief es kalt den

Rücken hinunter. Sie waren alle bei ihm – eine Frau, vier oder fünf Kinder, ein älterer Mann und zwei Hunde.

»Räumt die Fahrrinne!«, brüllte er. »Platz da!«

Das Boot wollte nicht weichen. Das Segel war gerefft, sie hatten die Ruder eingezogen und trieben langsam zur Backbordseite.

»Verdammter Idiot«, murmelte Jhered. Dann drehte er sich um. »Kapitän, hart Steuerbord, hart Steuerbord. Sofort. Zieht die Ruder ein.«

Der Kapitän gab den Befehl weiter und stemmte sich gegen die Ruderpinne. Drunten klapperte es, als die Männer die Ruder einzogen. Jhered beugte sich über die Backbordreling und sah dem kleinen Boot nach. Er wollte dem Mann etwas zurufen und seinem Ärger Luft machen, doch er bekam die Worte nicht heraus. Der Mann und seine Angehörigen starrten zum Handelsschiff herauf, das nun seinen großen Schatten über sie warf, während es langsam abdrehte.

»Geht in die Berge«, rief Jhered. »Sucht die Karku. Über Kirriev könnt ihr nicht entkommen.«

Das Fischerboot schaukelte in der Bugwelle des größeren Schiffs und fiel langsam zurück. Die Ruderer nahmen die Arbeit wieder auf, und der Kapitän lenkte das Schiff in die Fahrrinne zurück. Jhered nahm wieder seinen Platz am Bug ein, um die nächsten Boote mit Rufen zu vertreiben.

»Das war knapp, Schatzkanzler«, sagte einer seiner Einnehmer.

»Zu knapp«, erwiderte Jhered. »Aber beim nächsten Mal gibt es keine Gnade. Wir können es uns nicht erlauben. Ich wünschte nur manchmal, ich würde mehr auf meine eigenen Ratschläge hören.«

»Was meint Ihr, mein Herr?«

»Nichts«, schnaufte Jhered. »Schon gut.«

Die restliche Fahrt bis zur Anlegestelle im Flusshafen verlief schlimmer, als Jhered es befürchtet hatte. Nirgends war Platz, um das Schiff festzumachen. Die Boote drängten sich so dicht, dass es wohl auch nicht nötig war. Die Mole war voller Menschen, und auf den Zufahrtsstraßen waren noch mehr unterwegs.

»Wo kommen all die Leute her?«, fragte Mirron.

Sie näherten sich langsam der Mole.

»Kaum zu glauben, dass so viele Menschen in Gestern leben, was?«, fragte Jhered. »Aber kümmere dich nicht um sie. Wir haben ein größeres Problem.«

Er deutete zu den mächtigen Seetoren, hinter denen der Seehafen lag. Mächtige Vorbauten aus Zement, die sich weit in den Fluss erstreckten, dienten den Toren als Verankerung. Fast vierzig Schritte breit und zwanzig Schritte hoch waren die Torflügel, die sich in der Flussmitte genau zusammenfügten. Sie waren aus Eisenstäben geschmiedet, die dicker als ein Mann waren, und mit den Umrissen von Bergen und den Geschöpfen der Tiefe geschmückt.

Allerdings waren sie dazu gedacht, nur Eindringlinge, nicht aber die Flut draußen zu halten. Sie waren ein Monument der gesternischen Schmiede- und Ingenieurskunst. Die Achsen, an denen sie hingen, ähnelten fast schon kleinen Festungen und trugen jeweils eine Artillerieplattform mit schweren Ballisten und Onagern. Auch die brennenden Pechfässer, die da oben bereitstanden, waren nicht zu übersehen.

Die Torflügel waren geschlossen.

Der Bereich direkt vor ihnen war leer, eine ruhige Wasserfläche im Schatten, auf der einige Trümmerstücke schwammen. Mirron machte ihn darauf aufmerksam.

»Anscheinend halten sie die Tore frei«, sagte Jhered. »Ich fürchte, die Ballisten haben heute schon geschossen, und sie werden es zweifellos wieder tun. Wo ist meine Gehilfin? Appros Paulites, wo seid Ihr?«

»Hier, mein Schatzkanzler.«

Jhered blickte auf die junge Frau hinab. Er mochte sie genauso, wie er Appros Menas gemocht hatte, die starke Frau, die Gorian ermordet hatte. Dafür würde er eines Tages büßen müssen. Paulites hatte helle Augen und war eher klug und wendig als stark; und sie war eine gute Bogenschützin, auch wenn sie mit dem Langbogen Schwierigkeiten hatte. Eine gute Mathematikerin war sie ebenfalls. Sie hätte es noch weit bringen können, doch Jhered glaubte nicht, dass sie alle noch sehr lange überleben würden.

»Habt Ihr die Flagge?«, fragte er. »Ihr habt sie doch bei Euch, oder?«

»Und Euer Siegel, mein Herr. Mit dem gebotenen Respekt möchte ich Euch erinnern, dass Ihr mir sagtet, Ihr würdet mir als Ersatz die Haut in Streifen vom Rücken schneiden und das Symbol der Einnehmer aufmalen, falls ich auf diese Frage jemals mit Nein antworte.«

Jhered nickte. »Ich kann mich dunkel erinnern …«

»Paul, wie konntest du nur?«

Mirron war noch ein wenig bleicher geworden, soweit das überhaupt möglich war. Er breitete die Arme aus.

»Immerhin, die Botschaft ist durchgedrungen, nicht wahr? Und jetzt hilft uns das vielleicht aus diesem Durcheinander heraus.«

Paulites holte die Flagge aus dem Rucksack. Es war die Reserveflagge der *Falkenpfeil*, die sie verehrungsvoll hob.

»Ich brauche sie nicht, Appros. Bringt sie zum Mast und lasst sie hissen.«

»Jawohl, Schatzkanzler.«

»Was hast du vor?«, fragte Mirron.

»Ich werde anklopfen und mich ausweisen«, sagte Jhered. »Gewissermaßen.«

Das Wappen der Einnehmer, das weiße Pferd der Del Aglios in

einem Kreis verflochtener Hände, erregte natürlich Aufmerksamkeit. Viele hatten ihre Ankunft beobachtet, und Jhered hatte dafür gesorgt, dass seine Soldaten gut zu sehen waren. Die Erkenntnis, wer sie waren, verschaffte ihnen Raum, löste aber auch neue Bitten um Hilfe aus. Jhered blieb nichts anderes übrig, als sie zu ignorieren.

Der Kapitän hielt das Schiff im freien Raum ungefähr zehn Schritte vor dem Tor an. Es war Flut, und die Ruderer mussten mit leichten Schlägen die Position halten. Er wartete. Schließlich tauchte auf dem Wehrgang auf den Torflügeln ein Uniformierter auf, blieb am höchsten Punkt stehen und beugte sich vor. Er stützte die Ellenbogen auf das Eisengerüst.

»Ich bin es nicht gewohnt, dass man mich warten lässt«, sagte Jhered. »Öffnet das Tor, mein Schiff erwartet mich an meinem Liegeplatz.«

»Aber natürlich«, erwiderte der Mann. Seine Antwort hallte weit übers Wasser. »Das Gleiche gilt für alle Schiffe und alle anderen hier. Unser Hafen muss ein Wunderwerk sein, das sich von hier bis Portbrial erstreckt.«

»Wie ist Euer Name und Euer Rang, und wer ist Euer befehlshabender Offizier?«, fragte Jhered.

»Ich glaubte nicht, dass ich Euch das sagen muss, aber wenn ich Euch durchlassen soll, statt Euch zu versenken, solltet Ihr mir sagen, für wen Ihr Euch haltet.«

Jhered warf einen langen Blick zur Flagge der Einnehmer, bevor er sich wieder zum Wächter umdrehte.

»Dieses Schiff steht unter dem Befehl der Einnehmer.«

»Aber sicher doch. Welch ein Glück, dass Ihr sogar eine Flagge in der Bilge gefunden habt, um es wahr zu machen. Und Ihr seid zweifellos der Schatzkanzler Paul Jhered, der rein zufällig mit hundert Röcken des Weges kommt.«

»So ist es. Ich lasse Euch gelegentlich mein Bild schicken, damit Ihr diesen Fehler nicht noch einmal begeht. Öffnet die Tore.«

Der Torwächter runzelte die Stirn, fasste sich aber sehr schnell wieder. »An diesem Tor haben wir in den letzten Tagen jeden Trick gesehen, den man sich nur vorstellen kann. Ihr und Eure Söldner könntet wer weiß wer sein.«

»Das ist wahr. Dennoch bin ich Jhered. Schickt Euren Kommandanten auf einem Lotsenboot herüber, dann zeige ich ihm mein Siegel. Auch will ich von ihm wissen, auf wessen Befehl die Tore vor unschuldigen Bürgern der Konkordanz versperrt wurden.«

»Auf Befehl der Marschallverteidigerin.«

Jhered wandte sich einen Moment ab. »Jetzt erzürnt Ihr mich. Katrin Mardov ist meine Freundin, und Ihr seid ein Lügner. Wir Einnehmer hassen Lügner.«

»Ihr könnt hassen, wen immer Ihr wollt. Ich bin auf dieser Seite, Ihr steht dort. Weicht zurück, sonst lasse ich Euer Schiff versenken.«

Jhered winkte, worauf dreißig Bogenschützen auf den Torwächter zielten.

»Ihr werdet nicht einmal lange genug leben, um diesen Befehl zu erteilen. Und jetzt besinnt Euch und öffnet das Tor. Ihr seid ein Gesternier, ein treuer Anhänger der Konkordanz. Ich weiß, dass Ihr Angst habt, aber dies endet hier.«

Der Wächter hatte sich geduckt, bis nur noch sein Kopf hervorschaute. Für Paulites war das Ziel immer noch groß genug.

»Seht Ihr, genau das ist das Problem. Dieser Hafen steht jetzt gewissermaßen unter örtlicher Kontrolle. Nach allem, was ich gehört und gesehen habe, können wir niemandem trauen. Tote gehen um, Boote bringen verseuchte Ratten in die Häfen. Kirriev ist voller Flüchtlinge. Wir können niemanden mehr aufnehmen, und alle Schiffe sind in See gestochen. Die Tsardonier kommen. Ihr müsst einen anderen Weg nach Hause finden.«

»Ich habe keine Zeit für diesen Unsinn«, murmelte Jhered. »Dieser Schweinehund will die Menschen den Toten und den Tsardoniern überlassen, nur um seine eigene dreckige Haut zu retten.«

»Ich könnte das Tor ein wenig aufwärmen«, schlug Mirron vor.

Jhered überlegte. »Wie viel Kraft hast du noch? Reicht es, um auch die Geschütze zu zerstören?«

»Leicht«, sagte Mirron.

»Also gut.« Jhered wandte sich wieder an den Wächter. »Ich gebe dir noch eine letzte Gelegenheit. Öffne die Tore, oder ich öffne sie selbst.«

Der Wächter lachte. »Ach, wirklich? Hört zu, *Schatzkanzler*. Ich gebe *Euch* noch eine letzte Gelegenheit. Weicht zurück, sonst versenke ich Euch. Ein besseres Angebot bekommt Ihr nicht.«

Jhered winkte dem Kapitän, das Schiff zurückzuziehen. Der Wächter applaudierte und lachte, einige seiner Schützen spähten über die Mauern und stimmten ein. Jhered lächelte und winkte.

»Wie schade, dass du nicht weiterleben und deinen Kindern davon erzählen kannst.«

Dann drehte er sich um und sah sich auf dem Schiff um.

»Ich dachte, jeder kennt dein Gesicht«, sagte Mirron. »Das hast du immer wieder gesagt.«

Einige, die in der Nähe waren, kicherten.

»Normalerweise wäre ich froh, wenn jemand mich nicht erkennt. Heute aber ist eine Ausnahme von der Regel ... gut, Kapitän! Haltet Euch am Rand des freien Bereichs. Paulites, Ihr übernehmt das Kommando über die Bogenschützen. Dieser Schweinehund soll aussehen wie ein Igel und meinen Namen verfluchen, bevor er ins Wasser fällt. Sorgt dafür, dass die Schützen drüben die Köpfe unten halten. Kümmert Euch darum. Mirron, wie bekommen wir möglichst schnell das Tor auf? Die Fahrrinne ist nicht tief, und die Trümmer sollen nicht hineinfallen und uns den Weg versperren.«

Mirron dachte kurz nach, betrachtete die Torflügel und die Achsen, die Geschütze und die rauchenden Teerfässer.

»Ich brauche hier direkt bei mir eine Flamme, um meine Kräfte zu bündeln. Wenn ich es richtig anfange, musst du dir wegen der Geschütze keine Sorgen mehr machen.«

»Und wenn nicht?«

»Dann rammen wir das Tor.«

»Was hast du vor?«

Sie deutete mit funkelnden Augen zum Tor und lächelte breit. »Die Torflügel bestehen aus Metall. Ich werde sie einfach schmelzen.«

2

859. Zyklus Gottes, 37. Tag des Genasauf

Mirron wollte, wie sie es ausdrückte, den Weg des geringsten Widerstandes gehen. Das bedeutete, dass sie die Luft benutzte, doch sie musste ganz vorn sitzen, und nichts durfte zwischen ihr und dem Ziel sein. Jhered gefiel es nicht, doch sie hatte ihm versichert, sie sei nicht in Gefahr.

»Wir sollten klug genug sein, einem Aufgestiegenen nicht zu widersprechen«, sagte er.

»Wirklich?«, gab der Kapitän zurück.

»Ja. Vertraut mir, wie ich ihnen vertraue. Ihr habt sie noch nicht im Kampf erlebt. Lasst die Männer nur weiterrudern und haltet unbeirrt das Steuer gerade, wenn sie beginnt.«

»Ja, Schatzkanzler.«

»Auf mein Zeichen.« Er eilte nach vorn. »Mirron, bist du bereit?«

Er musste ein paar Schritte Abstand halten, denn die Hitze der drei brennenden Fässer war zu stark. Mirron dagegen erweckte nicht den Eindruck, sie würde einen Schweißausbruch bekommen, aber nach dem Werk würde sie vermutlich neue Kleider brauchen.

»Die Struktur ist fast vollendet. Ich spüre die Feuer ringsum und auch die auf den Türmen. Oh!«

»Was ist?«

»Es ist schon eine Weile her, dass ich so große Energien steuern musste, das ist alles. Ich bin bereit.«

Mirron atmete schwer. Jhered wusste, dass sie Mühe hatte, die Konstruktion zu halten. Bald musste sie sie freigeben oder wieder auflösen. Sobald die Energie einer Flamme hinzukam, würde das Werk aktiviert, und dann musste sie ihm nur noch ein Ziel geben. Das war die Theorie, auch wenn Jhered niemals wirklich verstehen würde, was die Aufgestiegenen taten. Und obwohl er große Achtung für die Drei empfand, wurde er das Gefühl nicht los, dass sie ein viel zu großer Schritt in der Entwicklungsgeschichte der Menschheit waren. Was die anderen anging – die kannte er nicht, und deshalb traute er ihnen nicht. Gorian war ein Verbrecher und Mörder, der mit dem Tode bestraft werden musste. In Jhereds Augen war er kaum noch als Mensch zu betrachten, und ganz sicher nicht als Aufgestiegener.

Jhered winkte dem Kapitän, der den Befehl an die Ruderer weitergab. Das Schiff rückte wieder vor, die Bogenschützen hatten die Pfeile eingelegt und waren bereit. Er selbst stand hinter Mirron, weit genug, um sich nicht zu verbrennen, aber nahe genug, um sie fortzuziehen, falls ein Pfeil sie treffen sollte. Der Kapitän schüttelte den Kopf.

»Vertraut mir«, sagte Jhered noch einmal und blickte nach vorn.

Ihre Bewegung, zurück zum Tor, rief sofort eine Reaktion hervor. Ein paar Männer mit Bogen rannten auf die Tore, und die Geschütze drehten sich, folgten ihnen und warteten auf freies Schussfeld. Mirron murmelte etwas, das wie »Aufpassen« klang.

Die Flammen tosten in den Fässern, das Pech glühte dunkelrot. Zuckende, spuckende Flammen bauten sich immer höher auf. Sie beruhigten sich wieder, aber dann schossen Feuerspeere aus den Fässern in Mirrons Körper hinein. Die Bogenschützen der Einnehmer wichen noch weiter zurück, einige ließen die Bogen sinken und riefen den Allwissenden an.

Mirron stand schaudernd in einer Flut von Flammen, die heftig zitternden Arme weit ausgestreckt, nahm die Energie des Feuers in sich auf und gab ihr eine Form. Ringsherum stiegen Dunst und Rauch auf. Dann ging ein Ruck durch ihren Körper.

Es schien, als wellte sich ihre Haut unter den Flammen. Schließlich deutete Mirron auf die Türme neben dem Tor. Eine Hitzewelle schoss über das Deck, dann senkte sich einen Herzschlag lang brütende, heiße Stille über das Wasser. Die Ruderer tauchten zum Takt der Trommel die Ruder ins ruhige Wasser ein. Auf einmal rasten aus Mirrons Armen und Händen Ströme überhitzter Luft heraus, deren Bahn von aufsteigenden Dampfwolken nachgezeichnet wurde. Blitzschnell überwanden sie die Distanz.

Jhered riss vor Überraschung den Mund auf.

Die Fässer auf den Türmen am Tor explodierten, Metallsplitter zerfetzten Männer und Geräte. Wie die Klauen eines mächtigen Vogels zuckten die Flammen durch die Luft. Mirron hatte unterdessen die Hände zusammengeführt. Durch den Rauch und die Flammen konnte er sie kaum noch beobachten, während sie das Feuer dirigierte.

Die Flammenklauen schlugen auf die Geschütze und den Stein der Türme ein. Im Handumdrehen waren die Ballisten zu Asche verbrannt und die Mauern geschwärzt. Dort oben hatte niemand überlebt. Schnell wie ein galoppierendes Pferd raste die Hitze von beiden Seiten her über das eiserne Tor.

Von unten stieg Dampf auf, die Männer auf den Torflügeln schrien, als ihre Kleider verschmorten und Feuer fingen. Wie brennende Tränen stürzten sie sich ins Wasser. Das Tor glühte dunkelrot, der Fluss kochte. In Wellen schlug die Hitze bis zu Jhered zurück, der Schweiß stand ihm auf der Stirn. Endlich stürzte auch der letzte Wächter, der sich am Eisen die Hände verbrannt hatte, hinunter. Die Bogenschützen wurden nicht gebraucht, sie waren ohnehin zurückgewichen und starrten die Aufgestiegene ehrfürchtig und ängstlich an.

Rasch wechselte die Farbe der Torflügel von einem dunklen zu hellem, strahlendem Rot. Es krachte und knirschte, die Scharniere brachen. Nieten schmolzen und sprangen heraus, vom Wasser wallten dichte Dampfwolken empor. Wo die ersten Tropfen des gelblich braunen geschmolzenen Metalls herabfielen, brodelte das Wasser. Mit erstaunlicher Geschwindigkeit löste sich die Barriere auf.

Zuerst tröpfelte es nur, aber dann kam ein donnernder Strom herab. Auf ganzer Breite war das Metall bis zum Schmelzpunkt erhitzt, die unteren Streben konnten das Gewicht nicht mehr tragen, und die Torflügel brachen zusammen. Glühendes Metall prallte aufs Wasser, kühlte zu Schlacke ab und versank. Blasen erschienen auf der Wasseroberfläche, und eine Dampfwolke, die so dicht war wie der schlimmste Seenebel von Estorr, stieg auf.

Das Schiff fuhr weiter. Da der Lärm des Zerstörungswerks etwas abgeflaut war, konnte Jhered inzwischen wieder die aufgeregten Rufe der Menschen hören. Die Türme neben dem Tor waren schwarz, um die Scharniere war sogar der Stein zerbröckelt und gesprungen. Auf beiden Ufern deuteten die Menschen zum Tor oder rannten fort. Ein Durcheinander wie im Tollhaus herrschte dort, während die Trommel auf dem Schiff stetig schlug. Der Bug stieß in den Dampf und das kochende Wasser hinein, mit einem leisen Kratzen glitt der Kiel über abkühlendes Metall hinweg.

Vorübergehend konnte Jhered Mirron nicht mehr sehen, aber als das Schiff die Dampfwolke hinter sich ließ und in den Seehafen einfuhr, saß sie zusammengesunken vor den noch rauchenden, aber inzwischen erloschenen Pechfässern.

»Wasser!«, rief Jhered.

Die Matrosen standen schon bereit und kippten Eimer mit Meerwasser über den Bug, die mit Seilen gesicherten Fässer, die versengten Planken und die splitternackte Mirron. Jhered eilte zu ihr, zog seinen Mantel aus und warf ihn über sie. Dann hockte er sich neben sie.

»Der gute Gott umfange mich, Mirron, das war ein Ereignis. Geht es dir gut?«

Mirron hob den Kopf und nickte. Auch ihre Haare waren versengt, und ihre Haut glühte, als loderte darunter noch das Feuer. Sie wirkte jedoch völlig gesund, nur ihre Augen blickten müde und waren von kleinen Falten umgeben.

»Ich habe die restliche Energie benutzt, um mich zu erneuern. Wie habe ich mich geschlagen?«

Jhered lächelte. »Du bist wunderschön, auch mit Kahlkopf.«

Mirron betastete ihren Kopf. »Verdammt. Ich dachte, ich hätte inzwischen heraus, wie ich meine Haare verschone. Ich lasse mir neue wachsen, wenn ich mich ausgeruht habe.«

»Schon gut. Du solltest jetzt den Bug verlassen und neue Sachen anziehen.«

Mirron sah sich um und sammelte offenbar ihre Energien. »Die Menschen sind zornig«, sagte sie. »Werden wir davonkommen?«

Jhered trat zu ihr und nahm sie in die Arme, während er den Hafen überblickte. Er war voller Menschen, jedoch herrschte Schweigen wie so oft, wenn die Bürger unvorbereitet das Werk eines Aufgestiegenen gesehen hatten. Sämtliche Liegeplätze waren besetzt, doch der Kanal, der in die Bucht führte, war offen und weitgehend frei. Weit von den verzweifelten Menschen entfernt war die *Falkenpfeil* unter einer Klippe vertäut.

Der Kapitän hatte das Handelsschiff bereits bemerkt und hielt darauf zu.

»Ja, wir werden davonkommen«, beruhige Jhered sie. »Du hast deine Sache gut gemacht.«

»Menschen sind gestorben«, wandte Mirron ein. »Ich habe sie getötet.«

»Du darfst dir keine Vorwürfe machen«, sagte er. »Sie haben sich für ihren Weg entschieden, und wir sind gezwungen, unseren Weg zu gehen.«

»Ossacer wird wütend sein.«

»Ossacer ist immer wütend.«

Mirron lachte nicht. Sie zuckte zusammen, blickte nach Süden und wimmerte leise.

»Gerade rechtzeitig«, sagte sie.

»Was meinst du?«, wollte Jhered wissen.

In der Ferne wurden Schreie laut.

»Die Toten haben Kirriev erreicht.«

Fünfzig Gardisten des Aufstiegs bewachten den Zugang zur Akademie. Die schwere Tür hinter ihnen war verschlossen und verriegelt.

»Bringt ihn ins Kanzleramt und legt ihn vor dem Feuer auf eine Liege«, sagte Hesther. »Ossacer! Verdammt, wo steckt er nur? Ossacer!«

Überall in der Akademie waren erschrockene, ängstliche Rufe zu hören. Hesther konnte es immer noch nicht glauben, obwohl sie es mit eigenen Augen gesehen hatte. Die Gardisten, die den niedergestreckten jungen Aufgestiegenen trugen, eilten zwischen den Büsten früherer Kanzler durch den Flur. Als Hesthers Blick auf Felice Koroyans Standbild fiel, konnte sie ihre Wut kaum noch bezähmen. Hesther war inzwischen neunzig Jahre alt, und vielleicht hätte sie es besser wissen sollen, doch in diesem Augenblick brachten die Enttäuschungen der letzten paar Tage das Fass zum Überlaufen.

Die Gardisten gingen weiter, sie dagegen blieb vor der Büste stehen, spuckte sie an und sah zu, wie der Speichel über die Nase des überheblichen Miststücks lief. Es reichte ihr nicht. Hesther legte eine Hand auf die Stirn der Statue und versetzte ihr einen Stoß. Das Standbild kippte um und krachte auf den Boden, dabei sprang die Nase ab. Auch der Hals und die Stirn bekamen Risse. Marmorsplitter tanzten über den Boden.

»Das war möglicherweise nicht sehr klug.«

Sie fuhr herum. Arducius stand vor ihr.

»Das ist mir einerlei. Wo warst du überhaupt? Hast du es nicht kommen sehen?«

»Was glaubst du, wer die Staubwolke erzeugt hat, in deren Schutz ihr fliehen konntet? Lass es gut sein, Hesther. Dies ist nicht der richtige Augenblick für solche Fragen. Es hat uns alle überrascht.«

»Wo ist Ossacer?«

Arducius zuckte mit den Achseln, fasste sie am Arm und schob sie durch den Flur zum Kanzleramt, in dem die Gardisten den Jungen in Sicherheit gebracht hatten.

»Wie geht es Cygalius?«, fragte er.

Hesther schüttelte den Kopf und hielt sich eine Hand vor den Mund. Wieder sah sie die Szene vor sich, und ihr wurde übel.

»Ich weiß es nicht.« Sie schluckte und unterdrückte ein Schluchzen. »Es ging alles so schnell.«

So war es. Es hätte ein Akt des Mitgefühls für einen armen Mann sein sollen, der in der Basilika einen Herzschlag erlitt. Dann der gezielte Angriff. Die Fäuste, die Füße und die Messer. So schnell, dass die Gardisten Cygalius nicht davor bewahren konnten, schwere Verletzungen zu erleiden. Das Rufen und Dröhnen in ihren Ohren, als sie versuchte, die Menschen fortzuzerren. Das Donnern der Füße, als Soldaten der Palastwache in die Basilika strömten.

Der Staub, der im Hof emporwallte und um den Brunnen kreiste. Rennende Füße. Verfolgung. Erstickte Laute. All das an einem so schönen Tag im Genasauf; scheinbar aus dem Nichts entstanden, in Wahrheit bösartig geplant. Das zufriedene und höhnische Grinsen in Felice Koroyans Gesicht.

»Woher sind sie alle gekommen?«, fragte Arducius.

»Es war genau wie immer«, fauchte Hesther. »Es war eine öffentliche Audienz, und der Hügel war voller Bürger. Alles stand offen. Sie, dieses Miststück, hat dies ausgenutzt.«

Als sie das Kanzleramt erreichten, sahen sie, dass Ossacer schon dort war. Sein Gesicht war bleich, in seinen blinden Augen tanzten vielfältige Farben. Auf seiner Stirn stand ein Schweißfilm. Er kniete neben dem armen Cygalius und winkte den Wächtern, sie sollten sich zurückziehen.

»Ich brauche heißes Wasser und saubere Tücher.« Er legte dem Jungen die Hände auf. »Guter Gott umfange mich, was habe ich nur getan?«

Hesther runzelte die Stirn, antwortete ihm aber nicht. In der Aufregung sagten die Menschen viele sinnlose Dinge. Vielmehr betrachtete sie Cygalius, den erst siebzehn Jahre alten Aufgestiegenen. Er hatte sich doch nur bemüht, zu helfen und seine Fähigkeiten einzusetzen, um einem Sterbenden beizustehen. Aber wie er jetzt dalag – seine Toga dunkel von seinem Blut, das Gesicht zerschunden, aus Nase, Mund und Ohren blutend. Auch unter dem schönen braunen Haar quoll das Blut hervor.

»Brauchst du mich, Ossie?«, fragte Arducius.

Ossacer nickte. »Ich brauche alles, was ich bekommen kann. Er ist schwer verletzt. Acht Stichwunden, Schädelbruch. Rippen und Unterkiefer sind ebenfalls gebrochen. Außerdem ein komplizierter Bruch des Jochbeins. Er hat überall Prellungen. Der Allwissende behüte uns, aber die dies getan haben, waren Tiere.«

»Nein, es waren nur die Lakaien der Kanzlerin«, widersprach Hesther.

»Wie ich schon sagte«, erwiderte Ossacer. »Was bin ich doch für ein Narr. So ein Narr.«

Unter seinen Händen stöhnte Cygalius. Wieder rann das Blut aus seinem verletzten Mund.

»Still«, sagte Arducius. »Ganz ruhig.«

Auch er legte dem Jungen die Hände auf, der sich sofort entspannte.

»Danke«, sagte Ossacer. »Ich brauche deine Kraft, um ihn zu retten.«

»Schaffst du das überhaupt?«, fragte Arducius.

Ossacer sah ihn schuldbewusst und ängstlich an. »Ich muss. Es ist doch alles meine Schuld.«

»Sei kein Narr«, widersprach Arducius. »Tu einfach alles, was du kannst. Sag mir, wie ich dir helfen kann.«

»Gut. Zuerst müssen wir die inneren Blutungen stillen.«

Hesther konnte nicht zuschauen. Sie ging zu einem Fenster und blickte über den Hof zur Basilika hinüber. Allmählich beruhigte sich die Lage wieder. Die Basilika war weitgehend geräumt, davor liefen noch einige Leute herum. Lorim Aurelius, der Vorsitzende des Estoreanischen Senats, stand von Wächtern umgeben auf der Treppe. Er hatte im Namen der Advokatin die Gesuche der Bürger entgegengenommen. Ein alter, aber starker und fähiger Administrator. Jetzt zitterte er wie Espenlaub.

Am Hof scheuchten gut hundert Palastwächter schon die wütende Menge durchs Siegestor, wo tausend weitere standen, Flaggen schwenkten und sangen. Marcus Gesteris begleitete die Soldaten und unterstützte sie durch seine Erscheinung und seine Autorität. Marschallgeneralin Elise Kastenas war an seiner Seite. Zusammen hatten sie in der Basilika Fragen über die Invasion beantwortet und die Befürchtungen beschwichtigt, die aufgekommen waren, sobald in der ganzen Konkordanz und in Sichtweite der Einwohner von Estorr die Wachfeuer aufgeflammt waren.

Die Demonstration, der Angriff und der folgende Tumult waren grausam gut geplant gewesen. Niemand hatte etwas vorausgesehen. Schon seit Tagen marschierten Menschen unter dem Banner des Allwissenden durch die Straßen, kein Aufgestiegener hatte nach draußen gehen dürfen. Die Kanzlerin hatte sich die Gerüchte und Berichte zunutze gemacht und einen ansehnlichen Teil der Einwohnerschaft, namentlich die Armen und Besitzlosen, aufgestachelt und zu einer gefährlichen zerstörerischen Macht geformt.

Doch sie hatten sich vom Hügel ferngehalten. Bis heute jedenfalls. Der Tag war gut gewählt, denn die Audienz fand ohne die Advokatin statt, und auch viele ältere Regierungsmitglieder waren nicht anwesend. Es war so leicht gewesen, mörderische, gewalttätige Handlanger in die Basilika einzuschleusen. Im Nachhinein kam es Hesther sogar so vor, als hätten die meisten Zuschauer vorbestimmte Rollen gespielt. Sie wollte dem Mann in die Augen sehen, der einen Herzanfall vorgetäuscht hatte. Sie wollte ihm zeigen, was er angerichtet hatte.

Ein bitterer Geschmack stieg in ihrer Kehle auf. Da war die Kanzlerin. Sie stand bei Aurelius und schüttelte den Kopf, als könnte auch sie nicht glauben, welche Unruhe auf einmal im Regierungssitz von Estorea herrschte. Sie sprach mit dem Senator, ihre Arme und Hände waren ständig in Bewegung. Mehr als einmal deutete sie zum Kanzleramt.

Hesther wurde bewusst, dass die Menschen den Namen der Kanzlerin sangen. Seit die Kanzlerin aus der Basilika getreten war, gingen sie nicht weiter zum Siegestor und stemmten sich sogar gegen den Druck der Wächter. Die Atmosphäre veränderte sich, der Zorn wich fiebriger Erwartung.

Die Kanzlerin hob die Hände, und die Menge verstummte. Es gab ein Gedrängel und Geschiebe, als die Leute sich einen guten Platz suchten, um sie verstehen zu können. Hesther blickte rasch zum Fenster. Es war verriegelt, und die Entfernung war zu groß, um Koroyan zuzuhören. Hesther war ohnehin nicht sicher, ob sie die Lügen hören wollte.

»Das hinterhältige Miststück«, schimpfte sie. »Irgendjemand muss zu Aurelius und ihm erklären, was wirklich passiert ist.«

»Was wirklich passiert ist?«, fragte Arducius.

Hesther drehte sich kurz zu ihm um. Er beobachtete sie, während Ossacer sich abmühte, eine Hand auf Arducius' Stirn gelegt und die andere auf Cygalius' misshandelten Körper gepresst, um die heilende Energie zu übertragen.

»Sie hat uns hereingelegt, Ardu. Sie steckt dahinter, sie brauchte ein Opfer, und sie wusste, wie sie es sich beschaffen konnte. Vermutlich hoffte sie, Ossacer würde dem Mann zu Hilfe kommen, aber sie war sicher nicht enttäuscht, als es Cygalius war.«

»Glaubst du wirklich, sie würde so etwas tun? Trotz ihres Amtes?«

»Ihr traue ich alles zu. Frage Orin D'Allinnius. Gott umfange mich, erinnere dich doch an die Ereignisse in Westfallen. Glaubst du denn, es könnte ein Zufall sein, dass so etwas gerade dann geschieht, wenn die Advokatin nicht da ist?«

Arducius schüttelte den Kopf. »Nein, wohl nicht. Aber die Menschen sind gereizt, seit aus Atreska und Gestern die Berichte über die Invasion eingehen. Wenn die Wachfeuer entzündet und die Kriegsflaggen gehisst werden, bekommen die Menschen Angst.«

»Ja, und Koroyan ist gerissen genug, um starke Gefühle zu ihren Zwecken zu missbrauchen. Die Furcht vor dem Zorn des Allwissenden ist viel stärker als die Angst, die Advokatin könnte an Einzelnen Vergeltung üben.«

»Dennoch, es ist eine Invasion der Tsardonier, und wenn etwas über Gorian durchsickert, sollten die Menschen uns doch eher helfen, als uns zu jagen und zu verprügeln.«

»Das sollte man meinen«, sagte Hesther, »aber du wärst naiv, wenn du das erwarten würdest. Ich frage mich, ob du jemals zugehört hast, wenn Herine über die Kanzlerin sprach. Oder mir. Sie folgt weder Vernunft noch Logik, sie vertritt die Religion. Sie hat Angst, ihre Macht an euch zu verlieren. Wach auf, Ardu. Dies ist erst der Anfang.«

»Könntet ihr vielleicht leiser sprechen?«, schaltete sich Ossacer ein. »Es ist so schon schwer genug, auch ohne euer Geschwätz.«

»Wie geht es ihm?«, fragte Hesther.

»Ich denke, ich kann ihn retten, wenn wir genug Zeit haben.«

Als Hesther wieder aus dem Fenster blickte, verflog ihre Erleichterung im Nu.

»Beeile dich, Ossie. Wir bekommen Besuch.«

»Sie ist es, nicht wahr?«, fragte er.

»Wer sonst?« Hesther schüttelte den Kopf. »Wer sonst?«

3

859. Zyklus Gottes, 37. Tag des Genasauf

Die Gesänge gingen unvermindert weiter. Obwohl das Siegestor geschlossen war und Gardisten und Palastwächter das ganze Gelände innen und außen sicherten, sammelten sich immer mehr Menschen und ließen sich nicht vertreiben. Koroyan hatte, was sie wollte. Das Ohr des Senats und den Willen der Bürger.

»Hört ihr, was sie rufen?«, fragte Arducius. »Wie konnte das nur herauskommen?«

Ossacer starrte seine Füße an. Er war erschöpft, doch sein Herz raste in seiner Brust und fand keine Ruhe. Er hoffte, Cygalius gerettet zu haben, doch es war noch zu früh, und er konnte nicht sicher sein. Wenn der Junge starb, würde die Schuld daran allein ihn selbst treffen. Er, Arducius und Hesther saßen mit den vier erwachten Aufgestiegenen der zehnten Linie im Kanzleramt zusammen. Sie waren siebzehn Jahre alt und hatten große Angst. Das Blut war abgewaschen, Cygalius befand sich jetzt in der Obhut der Ärzte.

Felice Koroyan und der Senatspräsident Aurelius führten in einem Raum gleich hinter der Haupttür der Akademie eine hitzige Debatte. Gottesritter des Ordens hatten sie begleitet, um für ihre Sicherheit zu sorgen. Sie standen draußen im Hof. Arducius hielt sie eher für Gefängniswärter als Leibwächter.

»Ich habe es ihr gesagt«, flüsterte Ossacer. »Ich habe es ihr gesagt, weil du mir nicht zuhören wolltest, und weil ich dich davon abhalten musste, Gewalt zu predigen.«

Er musste nicht erst die Energiebahnen ertasten, um zu wissen, dass sie ihn alle anstarrten. Ihren Zorn und ihre Überraschung spürte er so deutlich, als hätten sie ihm Ohrfeigen versetzt. Er rechnete nicht damit, dass sie ihn verstanden oder sein Handeln billigten, doch er fand, dass sie es erfahren mussten.

»Du Idiot«, schnaufte Arducius schließlich. »Was ist nur in dich gefahren?«

Ossacer schaute auf und erfasste Arducius' Umriss im hellen Zimmer. Die anderen Anwesenden nahm er als verschwommene gelbe und rote Kleckse neben seinem Bruder wahr. Arducius jedoch strahlte wieder die dunkelgrüne, schreckliche Ruhe aus, die ihn immer dann erfüllte, wenn er jenseits jeden Zorns war.

»Sie sollte erfahren, dass wir nicht so böse sind wie Gorian und uns für das Gute einsetzen. Wir wissen, dass es im Krieg Tote gibt, aber wenn wir uns daran beteiligen, dann verschaffen wir ihr damit nur die Munition, die sie sucht.«

»Ganz im Gegensatz zu dem, was jetzt deinetwegen geschieht«, erwiderte Arducius. »Ich kann es nicht glauben. Ich würde wirklich gern das Beste in jedem Menschen sehen, sogar in ihr, aber ich würde nicht zu ihr gehen und ihr unsere Pläne verraten. Du hattest nicht das Recht dazu.«

»Du hattest auch nicht das Recht einzuwilligen, dass wir als Waffen auf dem Schlachtfeld dienen würden.«

Jetzt färbte sich Arducius' Energiekörper an einigen Stellen rot. »Ich werde nicht wieder darüber diskutieren und dich nicht an das erinnern, was Marschall Vasselis zu dir und später zu mir sagte.

Ich liebe dich wegen deines Gewissens und deiner Grundsätze, aber ich hasse dich für das, was du uns jetzt angetan hast. Du hast uns verraten.«

Ossacer regte sich und wollte protestieren.

»Nun, wie würdest du es sonst nennen?«, kam Hesther ihm hitzig zuvor. »Du hättest ihr auch gleich den Schlüssel fürs Kanzleramt und einen Dolch geben können, um uns alle zu töten.«

»Was genau hast du ihr eigentlich gesagt?«, wollte Arducius wissen. »Und lasse ja nichts aus.«

Ossacer beichtete ihnen alles. Er wollte sich entschuldigen, konnte aber ihren Energiebahnen ansehen, dass sie nicht an Vergebung dachten. Im Grunde konnte er es ihnen nicht einmal vorwerfen. Er wollte ihnen erklären, wie dumm er gewesen war, und dass er nur aus Enttäuschung und Zorn gehandelt und sich geirrt hatte, aber das hätte nichts genützt. Er hatte sich wie ein trotziges Kind verhalten und Unheil über sie alle gebracht.

Arducius sprach immer noch ruhig und beherrscht, doch Ossacer schauderte.

»Du hast ihr gesagt, dass Gorian die Toten beleben kann, ihre Toten unter dem Allwissenden, und erwartet, dass sie vernünftig reagiert? Du hast ihr gesagt, dass wir unsere Feinde verbrennen und in die Luft jagen wollen, ebenfalls ihre Toten unter dem Allwissenden, und erwartet, dass sie Verständnis zeigt und dir ihre geistliche Unterstützung gewährt?« Arducius schüttelte den Kopf und legte sich eine Hand vor den Mund. »Mir fehlen die Worte, um deine Dummheit zu beschreiben.«

»Ich weiß ...«

»Cygalius ist ...«, hub eine andere Aufgestiegene an.

»Ich weiß!«, rief Ossacer. »Ich weiß es doch, Mina! Ich wollte nur, dass wir friedlich vorgehen, und stattdessen habe ich Gewalt über uns gebracht. Glaubt mir, nichts, was ihr sagt, kann meine

Verzweiflung jetzt noch vergrößern. Ich werde hinausgehen und mich ihr stellen.«

»Ossacer, du begreifst es nicht«, sagte Hesther. »Cygalius war nicht ihr wichtigstes Ziel. Sie ist hier, um dich anzuklagen. Sie hatte einen Antrag dabei und brauchte nur noch ein schönes Beispiel dafür, dass ein Aufgestiegener versucht, einen Menschen zurückzuholen, dessen Zeit gekommen war und der sich schon in der Umarmung Gottes befand.«

»Aber das war doch nicht ...«

»Verdammt, Ossacer, es spielt keine Rolle, was war oder was nicht war!« Hesther schlug mit der Hand auf die Stuhllehne und stand auf. Ihre Energiebahnen loderten vor Zorn. Sie mochte alt sein, doch ihre Energie glich immer noch der einer viel jüngeren Frau. »Sie hat ihre Getreuen um sich geschart und ihnen direkt vor Augen geführt, was sie für Ketzerei hält. Es spielt keine Rolle, dass der Mann nur so getan hat. Wichtig ist allein, dass Cygalius bereit war, ihn zu retten und dabei Mittel einzusetzen, die sie als Frevel gegen den Allwissenden empfindet.«

Ossacer zuckte mit den Achseln. »Ich habe ihn unterrichtet, ich werde mich der Anklage stellen.«

»Ossie, du begreifst nicht, worum es geht«, sagte Arducius. »Das war nur der Türöffner.«

Er unterbrach sich, als sich draußen Schritte näherten. Wächter öffneten die Tür und ließen Aurelius ein. Koroyan hatte es vorgezogen, ihn nicht zu begleiten. Es war eine kleine Gnade. Alle erhoben sich, doch Aurelius winkte ihnen müde, sich wieder zu setzen, und ließ sich auf einem Stuhl mit hoher Lehne nieder. Er hob ein Stück Pergament.

»Ich kann das nicht ignorieren«, sagte er. »Es ist genau so aufgesetzt, wie das Gesetz es verlangt, und wurde mit der entsprechenden Anzahl von Unterschriften öffentlich im Forum vorgelegt.«

»Was ist es?«, fragte Arducius, auch wenn er es im Grunde längst wusste.

»Ich lese es am besten vor«, erwiderte Aurelius. »Es betrifft euch alle und die ganze Akademie.«

Ossacer barg das Gesicht in seinen Händen. Endlich glaubte er zu verstehen, doch es sollte noch schlimmer kommen, als er befürchtete.

»›Ich, Felice Koroyan, Kanzlerin des Ordens des Allwissenden und Sprecherin der gläubigen Bürger der Konkordanz, beschuldige hiermit die unten Genannten, die ich hier zusammenfassend als die Aufgestiegenen bezeichne, aus zwei Gründen der Ketzerei gegen den Allwissenden. Erstens, weil sie Mittel benutzt haben, die nur Gott gegeben sind, um ein Leben zu verlängern, dessen Ende Gott bestimmt hat. Zweitens, weil sie planen, Feuer und Explosionen zu benutzen, um unschuldige Bürger der Konkordanz auf dem Schlachtfeld zu vernichten und deren Zyklen für immer zu beenden.

Weiterhin beschuldige ich die Organisation, die als Akademie des Aufstiegs bezeichnet wird, ehemals die Autorität des Aufstiegs, die Geburt und Erziehung eines Kindes ermöglicht zu haben, das heute fähig ist, diejenigen dem Tod zu entreißen, die sich in die Umarmung Gottes begeben haben, und sie für andere Zwecke einzusetzen als jene, die vor Gott erlaubt sind. Auch dies ist eine Ketzerei gegen den Allwissenden.

Weiterhin, nachdem die oben erhobenen Anklagen bewiesen und entsprechende Urteile und Strafen gesprochen und verhängt sind, beschuldige ich die Advokatin Herine Del Aglios, ihre Pflichten als göttliche Vertreterin des Allwissenden auf dieser Erde verraten zu haben. Der Beweis der Schuld in den ersten Fällen beweist zugleich die Schuld der Advokatin in dieser Hinsicht. Deshalb werde ich Befehl geben, sie aus dem Amt der Advokatin zu entfernen, damit auch sie wegen Ketzerei angeklagt werden kann.

Wir, die Unterzeichneten, unterrichten die Behörden hiermit nach den Gesetzen des Allwissenden und verlangen den sofortigen Beginn des Verfahrens.‹ Beigefügt ist die Liste der Namen.« Aurelius seufzte. »Außerdem erklärt sie, Euer Prozess diene dem Wohl des Volks, und sie betrachtet die Unruhen des heutigen Tages als Grund, um Euch sofort einzusperren. Dieser Forderung habe ich nicht entsprochen, doch die anderen kann ich nicht abwehren. Ihr müsst Euch also als unter Arrest stehend betrachten. Niemand darf das Gebäude verlassen. Es tut mir leid.«

»Das ist doch lächerlich«, sagte Ossacer. »Sie kann das nicht tun. Die Advokatin wird nicht zulassen, dass sie damit durchkommt.«

»Ossacer, die Advokatin ist nicht hier. Sie wird erst am sechsundvierzigsten Tag des Genausauf hier erwartet. Das ist in neun Tagen.« Aurelius zuckte mit den Achseln. »Da es um Ketzerei geht, muss das Verfahren zum frühestmöglichen Zeitpunkt beginnen. Bis zum Morgen des Vierzigsten, das ist in drei Tagen, habt Ihr Zeit, Eure Verteidigung vorzubereiten. Ich werde Euch alles zur Verfügung stellen, was Ihr braucht.«

»Aber das kann sie doch nicht machen«, wiederholte Ossacer, der allmählich in Panik geriet. Er hustete und fühlte sich krank. »Die Advokatin wird doch für uns als Zeugin aussagen.«

»Du hast doch immer so viel Wert darauf gelegt, dass wir uns an die Regeln halten. Jetzt müssen wir mit dir zusammen unter ihnen leiden.« Arducius' Worte enthielten ein schreckliches Gift. »Vor dem Gesetz ist Senator Aurelius der Advokat, weil sie ihn an diese Stelle gesetzt hat, um Dinge zu erledigen, die nicht bis zu ihrer Rückkehr warten können. Dies ist eines dieser Dinge. Herzlichen Glückwunsch. Du hast es binnen weniger Tage geschafft, uns dem sicheren Tod auszuliefern und außerdem die erfolgreichste Dynastie der Konkordanz in einem Augenblick zu vernichten, in dem sie so dringend gebraucht wird wie nie. Gorian wird entzückt sein, dass du uns aus dem Weg geräumt hast.«

Damit stand Arducius auf und verließ den Raum.

»Es tut mir leid«, sagte Ossacer.

»Das bringt uns jetzt auch nicht weiter«, erwiderte Hesther. »Du kannst vielleicht nicht verbrennen, aber ich kann es, und ich habe nicht die Absicht, es so weit kommen zu lassen. Also machen wir uns an die Arbeit. Wir haben keine Advokatin, keinen Jhered, keinen Vasselis. Im Grunde haben wir überhaupt keine Verbündeten. Denk nach, Ossacer, und ich werde Arducius beruhigen.« Hesther setzte sich neben ihn und nahm ihn in den Arm.

»Du hast nur das Beste für den Aufstieg gewollt, wie du es immer tust«, sagte sie. »Das wird Ardu sicher einsehen. Aber wenn wir heil hier herauskommen, was ich noch nicht recht glauben will, dann musst du die Welt so sehen, wie sie wirklich ist. Mit Moral allein kann man nicht überleben.«

Danach ließen sie ihn allein. Hesther, Aurelius und die jungen Aufgestiegenen. Sie überließen es ihm, zu grübeln und einen dunklen Winkel in seinem Kopf zu finden, in den er sich verkriechen konnte.

»Glaubst du das wirklich, Mutter? All das Gerede über die Tsardonier, die Toten und Gorian Westfallen?«

Die Kutsche klapperte auf der Straße am Solastrosee entlang, um den Hafen zu erreichen. Mit einem Boot würden sie dann nach Südosten auf dem Fluss Solas weiterfahren. Es regnete wie so oft in diesem fruchtbaren grünen Land inmitten der Berge.

Herine Del Aglios hatte kaum geschlafen. Botschaften waren im Palast eingetroffen – eigentlich kaum mehr als Gerüchte, doch die

Wachfeuer waren entzündet, und auf den Gipfeln hatten die Wachtürme die Fahnen gehisst. Wie es schien, war die ganze Konkordanz in heller Aufregung. Erstaunlich, wie schnell sich die Gerüchte verbreiteten. Vögel flogen, Menschen riefen einander über Täler hinweg etwas zu, Pferde galoppierten bis zum Umfallen. Jeder Bürger hatte den Wunsch, der Erste zu sein, der wichtige Neuigkeiten möglichst vielen anderen weitererzählte.

Das bedeutete, dass den Worten, die ihr schließlich zu Ohren kamen, kaum zu trauen war. Es sei denn, man war bereits eingeweiht. Die Leute redeten über wandelnde Tote und den Verrat des Aufstiegs. Letzteres war zweifellos eine Lüge, die auf die Kappe der Kanzlerin ging, auch wenn ihr eine traurige Wahrheit zugrunde lag. Gosländer hatten berichtet, ihren Grenzen nähere sich eine tsardonische Armee.

Herine wusste bereits, dass an Atreskas Grenzen eine beträchtliche Streitmacht aufmarschiert war, weil Megan Hanev sie vor ihrer Reise nach Solastro selbst gesehen hatte. Den Gerüchten nach hatte die Invasion begonnen. Megan hielt das zwar für unwahrscheinlich, da General Davarov die Grenze sicherte, doch Herine gingen immer wieder die Worte in Robertos Brief durch den Kopf. Kein Rauch ohne Feuer.

Außerdem gab es Gerüchte, dass Gestern von einer Seuche heimgesucht würde. Katrin Mardovs Abwesenheit bei der Sitzung des Senats hatte bereits Anlass zu großer Sorge gegeben. Diese Gerüchte verstärkten die Befürchtungen noch. Hinzu kamen noch die Hinweise des Karku Harban auf Experimente diesseits der Grenze von Gestern.

»Unbedingt«, sagte Herine. »Du warst noch klein, als die Aufgestiegenen an Bedeutung gewannen, und deine Erinnerungen sind vielleicht nicht ganz klar. Im letzten Jahrzehnt hatte ich sie jedoch in meiner Nähe und konnte beobachten, wie sie sich entwickeln. Sie halten Gorian für eine Bedrohung und denken, das Gerede über wandelnde Tote hätte eine Grundlage. Dein Bruder macht sich Sorgen wegen einer tsardonischen Invasion, und ich bin schon viel zu lange im Amt, um seine Befürchtungen einfach in den Wind zu schlagen.

Aber darum geht es doch nicht, meine Liebe, nicht wahr? Wir müssen die Papiere, die du in Händen hältst, Elise Kastenas übergeben und sehen, ob sie damit eine brauchbare Verteidigung aufbauen kann.«

Tuline umklammerte die Ledermappe mit den letzten Zahlen über die Legionsstärken, als hinge ihr Leben davon ab.

»Du kannst das ruhig zur Seite legen«, fuhr Herine fort. »Ich werde sie dir nicht stehlen. Versprochen.«

Lächelnd legte Tuline die Mappe neben sich auf den Sitz. Beide wussten, dass sie die Papiere bald wieder an sich nehmen würde.

»Ich verstehe das nicht«, sagte Tuline. »Sollten wir die Entscheidungen nicht einfach hier treffen? Wir werden erst in neun oder zehn Tagen in Estorr ankommen. Wird das nicht zu spät sein?«

»Wir wollen doch nicht hoffen, dass wir auf die Feinde stoßen, ehe wir den Hügel erreichen.« Nachsichtig tätschelte sie Tulines Hand. »Nein. Du musst verstehen, dass ein Heer eine ganze Weile braucht, um durch ein Land zu marschieren oder ein Meer zu überqueren, und du musst wissen, was die Befehle unserer Legionen zu bedeuten haben.«

»Ja, aber viele von ihnen treten doch gar nicht erst an.«

»Nein.« Nicht zum ersten Mal versetzte der Gedanke an diesen Verrat Herine einen Stich. »Das ist ein weiterer Grund dafür, dass wir vorsichtig sein müssen. Uns stehen für die Verteidigung der Konkordanz weniger Legionen als erwartet zur Verfügung, und wir müssen aufpassen, dass uns niemand in den Rücken fällt. Auch sollten wir uns überlegen, wo wir unsere Kräfte stationieren, sobald wir die Tsardonier mit ihren toten Kämpfern oder was auch immer zurückgeschlagen haben.«

»Oh.« Tuline griff wieder nach der Mappe.

»Im Augenblick sind wir allerdings unter Freunden«, erklärte Herine. »Deshalb musst du dir keine Sorgen machen. Sobald wir wieder in Estorr sind, bekommen wir die neuesten Nachrichten aus allen Gebieten, und dann können wir zusammen mit der Marschallgeneralin kluge Entscheidungen treffen.«

»Wirst du auch die Aufgestiegenen in den Kampf schicken?«

»Wo immer Gorian ist, sollen sie die Ersten sein, die ihn bekämpfen werden, glaube mir.«

»Was passiert, wenn wir die Tsardonier besiegt haben? Anscheinend sind wir jetzt von Feinden umzingelt. Die Konkordanz war so groß, jetzt ist sie zerbrochen.«

Herine legte die Hand unter das Kinn ihrer Tochter und drehte deren Kopf zu sich, bis ihre Blicke sich trafen. Tuline standen die Tränen in den Augen, eine rann ihr sogar schon über die Wange. Herine wischte sie ab. Ihre Tochter war ihr so ähnlich. Tuline, die sie für nichtsnutzig gehalten hatte, erwies sich jetzt als leidenschaftliche, fähige Stütze. Eine wundervolle Tochter, die ihre beiden wundervollen Söhne ergänzte. Roberto musste inzwischen in Gosland bei Adranis sein. Diese Grenze war so sicher, wie sie es überhaupt sein konnte. Sie hatte ihre besten Leute an den richtigen Stellen postiert. Jhered würde sie mit genauen Informationen versorgen, sobald sie zurückgekehrt war. Es war ein beruhigender Gedanke. Sie lächelte.

»So schwach sind wir gar nicht. Das Herz der Konkordanz schlägt immer noch stark, und du darfst den Glauben daran nicht verlieren. Die Del Aglios sind Optimisten, aber auch Realisten. Jene, die wir für Freunde hielten, haben uns verraten, aber das heißt nicht, dass sich das ganze Land gegen uns gewendet hat. Es sind nur Einzelne, die man ersetzen kann.

Der Verlust von Dornos, Tundarra und Phaskar, auch das Kriegsrecht in Bahkir … das sind nur vorübergehende Erscheinungen. Die Menschen haben Angst und wenden sich ab, statt bei uns Hilfe zu suchen. Das ist sehr enttäuschend, aber sie werden die gleiche Lektion lernen müssen wie Atreska. Was zur Konkordanz gehört, ist höchstens vorübergehend außer Reichweite, aber nie verloren. Wir finden immer wieder, was uns gehört, und behalten es. Ganz egal, wie lange es dauert.«

4

859. Zyklus Gottes,
40. Tag des Genasauf

Gesänge, die jenseits des Siegestores laut wurden und die Aufgestiegenen schmähten, sollten das ganze Verfahren begleiten. Die Neuigkeit hatte sich in alle Winkel der Stadt und noch darüber hinaus verbreitet. In den Straßen und Gassen und auf allen Plätzen in der Nähe des Palasts drängten sich die Bürger und warteten auf neue Nachrichten. Schon hatte es hässliche Szenen gegeben. Unterstützer der Aufgestiegenen hatten eine Gegendemonstration veranstaltet und ihrerseits die Kanzlerin geschmäht. Bei den darauf folgenden Auseinandersetzungen waren einige Menschen gestorben, und die Stimmung war aufgeheizt und aggressiv. Alle Palastwachen und alle Gardisten des Aufstiegs, alle estoreanischen Legionäre und sogar die Angehörigen der konkordantischen Marine, die Ocetanas, die sich zufällig im Hafen befanden, waren zwangsweise zum Dienst verpflichtet worden.

In der Basilika herrschte ein ohrenbetäubender Lärm, als die Aufgestiegenen und die Würdenträger der Akademie auf drei Sitzreihen seitlich vom Thron Platz nehmen mussten. Gegenüber saß die Kanzlerin mit den Sprechern der Winde und der Meere. Der Thron war Aurelius vorbehalten, zu seiner Linken saß der Sprecher der Erde, rechts von ihm der Sprecher des Feuers.

Das Verfahren unterstand wie alle Angelegenheiten von Glauben und Ketzerei der Rechtsprechung des Ordens. Es war ein Glück, dass Aurelius ein starker Mann war und sich entschlossen hatte, die Advokatin als Erster Sprecher des Allwissenden würdig zu vertreten.

Dennoch roch es nach Unrecht. Auf den Zuschauerbänken saß alles, was in Estorr Rang und Namen hatte – Kaufleute, Ordenspriester, höhere Offiziere, Verwalter der Konkordanz. Die Kanzlerin hatte jedoch dafür gesorgt, dass eine ordentliche Anzahl gewöhnlicher Bürger anwesend waren und ihren Hass und ihre Verblendung herausbrüllen konnten.

Ringsherum war zum Schutz des Gerichts die Palastwache angetreten. So bestand keine Gefahr, es könnte ein Standgericht daraus werden, wie Koroyan es sicherlich vorgezogen hätte, aber es gab gewiss auch keine Möglichkeit zur Flucht.

Arducius saß mit Ossacer in der vordersten Bank, rechts neben ihm Hesther Naravny, die Mutter des Aufstiegs. Ihre Schwester Meera, Gorians Mutter, hatte links neben Ossacer Platz genommen, gleich hinter ihnen die vier Angehörigen der zehnten Linie. Obwohl fast erwachsen, waren sie jetzt kaum mehr als verängstigte Jugendliche. In der dritten Reihe saßen drei Zwölfjährige, die elfte Linie. Sie waren erst vor Kurzem erwacht und offenbar sehr verwirrt. Zwei weitere Angehörige der alten Autorität, Gwythen Terol und Andreas Koll, saßen links und rechts neben ihnen. Der arme Andreas, er war inzwischen hundertvier Jahre alt. Seine Hingabe an Gott sollte nicht in diesem Alter noch infrage gestellt werden.

Arducius war froh, dass der alte Willem Geste, der inzwischen über hundertdreißig war, wohlbehalten in Westfallen lebte und damit den Klauen der Kanzlerin entzogen war. Jeden Tag warteten sie auf den Ruf, zu seiner Zeremonie am Haus der Masken zurückzukehren. Doch Gott hatte noch eine Verwendung für ihn, so beschränkt sie zwangsläufig auch sein musste.

»Es sieht nicht besonders gut aus«, flüsterte Arducius Hesther ins Ohr. »Das ist kaum ein neutraler Gerichtshof, der gewogen ist, uns unsere Zyklen fortsetzen zu lassen, oder?«

»Doch wir stehen nicht ganz ohne Verbündete da. Aurelius ist klug, und wir sollten dankbar sein, dass die Generäle dich für eine starke Waffe halten. Ohne vernünftige Untersuchung und Verteidigung wird hier kein Urteil gesprochen.«

»Dennoch werden sie uns für schuldig befinden.«

»Höchstwahrscheinlich. An diesem Punkt wird sich zeigen, ob unsere Verbündeten zu uns stehen oder uns fallen lassen. Es kann Berufungen und Einsprüche geben. Alles, um den Urteilsspruch aufzuschieben, bis Herine zurückkehrt. Die Kanzlerin weiß das natürlich. Jetzt werden wir sehen, wer dieses Spiel besser beherrscht.«

»Wir verschwenden unsere Zeit«, sagte Arducius. »Wir kommen nicht mehr zum Trainieren, und Gorian nähert sich.«

»Wir müssen so viel Zeit verschwenden, wie wir nur können«, erwiderte Hesther lächelnd. »Es ist wirklich paradox. Sorge du nur dafür, dass dein Bruder nicht verzagt. Auch wenn du ihn hasst, wir brauchen ihn heute Morgen.«

Arducius nickte. »Wir haben gestern Abend geredet.«

»Gut.«

»Hesther, ich kann Orin nirgends entdecken.«

»Er wird schon kommen.«

»Er müsste längst da sein.«

»Er wird kommen.« Hesther sah sich in der Basilika um. Wie Arducius hatte auch sie den leeren Platz neben Marcus Gesteris bemerkt. »Wahrscheinlich will er seine Karten nicht zu früh auf den Tisch legen.«

Arducius war mit der Erklärung nicht zufrieden. Sie brauchten jede Hilfe, die sie nur bekommen konnten.

Aurelius stand auf, und das Getuschel in der Basilika verstummte. Draußen hallten Gesänge durch die Säulengänge. Koroyan lächelte zufrieden, Arducius schauderte. Die Erinnerungen an die Morde auf dem Forum von Westfallen erwachten.

»Die Anklagen sind eingereicht und verlesen. Das Verfahren wegen Ketzerei wird nun beginnen, und dabei werden alle Verfahrensvorschriften und Gesetze ganz genau befolgt.« Aurelius warf der Kanzlerin einen scharfen Blick zu. »Hörensagen werde ich nicht berücksichtigen und ebenso verwerfen wie Erfindungen und Übertreibungen. Wer ohne ausdrückliche Erlaubnis spricht, wird der Basilika verwiesen. Wer auf den Zuschauerbänken das Bedürfnis hat, für die eine oder andere Seite die Stimme zu erheben, sollte es sich genau überlegen. Ich werde nicht zögern, die Kammer räumen zu lassen, wenn ich es für notwendig halte. Wir wollen nicht vergessen, wer hier trotz aller hochgestellten Beteiligten den Vorsitz innehat.«

Aurelius tippte sich auf die Brust. »Ich habe den Vorsitz. Meine geehrten Sprecher des Feuers und der Erde werden mich bei der Urteilsfindung unterstützen, doch in jeder anderen Hinsicht bin ich der einzige Richter. Ich hoffe, dies ist allen Anwesenden klar. Kanzlerin, Ihr habt das Wort.«

Aurelius setzte sich. Koroyan tauschte sich kurz mit ihren Sprechern aus, bevor sie sich erhob. Wie immer war sie eine beeindruckende und charismatische Erscheinung. Ihre Energien brannten hell und waren innig mit der ganzen Welt und allem verbunden, was der Allwissende seinen Menschen schenkte. Sie trug eine formelle Toga mit der grünen Schärpe der Advokatur und den goldenen und purpurnen Verzierungen, die ihren Rang im Orden zeigten. Auf dem ergrauten Haar trug sie eine Tiara aus verflochtenen Blättern und Wurzeln mit einem Abbild der Sonne in der Mitte.

Sie lächelte in Richtung der Aufgestiegenen. Es war ein so warmes Lächeln, dass sogar Arducius einen Moment schwankte. Ihre Energien schimmerten jetzt in einem sanften Grün und einem langsam pulsierenden Blau. Sie besaß eine Selbstbeherrschung, die man nur bewundern konnte, denn dies entsprach natürlich nicht ihren wahren Gefühlen, obwohl ihre Energiestruktur es zu beweisen schien. Sie strahlte nichts als Liebe und Vergebung aus.

»Ich beginne keineswegs jeden Tag damit, jemanden zu hassen. Niemand, der an einem von Gott gesegneten Tag die Augen öffnet, kann so eine Dunkelheit im Herzen tragen. Die Freude, die uns der Allwissende mit jedem Atemzug schenkt, fegt diese Finsternis fort. Wir alle haben unter dem Antlitz Gottes die Freiheit, unser Leben nach seinen Regeln zu führen. Als Lohn schenkt er uns dafür die wundervolle Welt, in der wir leben.

Doch in dieser schlichten Schönheit liegt auch ein Makel, denn das Böse lebt. Wäre dem nicht so, dann könnte ich die Ritter Gottes nach Hause schicken, nicht wahr?«

Ein Kichern lief durch die Zuschauerbänke. Viele lächelten, aber keineswegs alle.

»Es ist meine Aufgabe, dafür zu sorgen, dass das Böse nicht die Oberhand gewinnt und nicht etwa die Werke des Allwissenden besudelt oder die Gläubigen auf einen falschen Weg führt. Ich fürchte, durch das Böse des Aufstiegs sind schon viele in die Irre gegangen, und sogar kluge Köpfe waren darunter. Seit mehr als zehn Jahren sind die Verbrechen gegen den Allwissenden ungesühnt geblieben, ja sie wurden sogar von jenen gebilligt, deren Stellung ihnen dies eigentlich verbieten sollte.

Allerdings werde ich jetzt nicht die ganze Liste vorlesen. Schließlich wollen wir heute Nacht noch schlafen, nicht wahr?«

Wieder kicherten die Leute, und einige zustimmende Rufe wurden laut, die aber rasch wieder verstummten.

»Ich habe sie aber dabei, falls jemand darauf besteht ...« Die Kanzlerin deutete hinter sich. »Ich werde die Angelegenheit sehr einfach halten, aber zuerst will ich eine Frage beantworten, die vielen hier durch den Kopf geht. Hasse ich jene, die eine Ketzerei begehen? Ist es Hass, der mich treibt, ihre Schuld festzustellen und sie vernichten zu lassen?«

Sie drehte sich wieder zu den Bänken der Aufgestiegenen um und setzte abermals ihr strahlendes Lächeln auf. Arducius konnte kaum glauben, was sie als Nächstes sagte.

»Nein, natürlich nicht. Der Hass hat keinen Raum im Herzen eines Priesters des Allwissenden. Genau wie meine Sprecher und Leser empfinde ich vor allem Bedauern. Bedauern, dass jemand den rechten Weg verlassen hat und dem Bösen folgt. Bedauern, dass es irgendjemanden auf der Welt gibt, der das Werk Gottes zerstören will.

Ich lebe jedoch in dieser Welt und verstehe, dass es immer Menschen geben wird, die sich gegen den Allwissenden stellen und versuchen, den Glauben an ihn zu ihrem eigenen Vorteil zu unterhöhlen. Deshalb liegt es nicht nur bei mir, dieses Böse zu suchen und zu vernichten. Es ist die Pflicht jedes gläubigen Bürgers, der wie ich jeden Morgen erwacht und die Schönheit dieser Welt sieht.

Natürlich ist Vernichtung der einzige Weg, denn jene, die sich für die Ketzerei entscheiden, können nicht in die Umarmung Gottes zurückgeführt werden. Sie müssen denen als warnendes Beispiel dienen, die daran zweifeln, dass der einzige Weg der Weg im Namen Gottes ist. Nicht Hass, sondern Bedauern leitet mich, und ich weine ebenso wie mein Gott um jeden von ihnen, der brennen muss.«

Die Kanzlerin hielt inne. Trotz seiner Empörung über die Ungerechtigkeit musste Arducius sie bewundern und verstand sie sogar ein wenig besser. Ihm wurde allmählich bewusst, warum sie so mächtig und so beliebt war, obwohl sie nicht mehr die Unterstützung der Advokatin genoss. Es bestand kein Zweifel daran, dass sie die Mehrheit der Bevölkerung hinter sich hatte. Aurelius war nun der Schlüssel. Er, Marcus Gesteris und Elise Kastenas.

»Wie ich schon sagte, will ich es einfach halten. Ich muss keine Vielzahl einzelner Verbrechen beweisen, die für sich genommen vielleicht nicht einmal als Ketzerei zu bewerten wären. Manch einer mag sogar einwenden, es sei ein Akt der Gnade, ein Leben aus Gottes Händen zurückzuholen. Ich bin dieser Debatten müde. Nein. Ich kann dank ihrer eigenen Worte schlüssig beweisen, dass diese Aufgestiegenen und ihre Unterstützer Ketzer sind.«

Arducius knuffte Ossacer. »Jetzt kommt es, Ossie. Pass auf.«

»Ossacer Westfallen, ich rufe Euch in den Zeugenstand«, sagte die Kanzlerin.

Ossacer gehorchte. Mit seiner Toga in den Farben des Aufstiegs und seinem kurz geschnittenen Haar wirkte er von Kopf bis Fuß wie ein angesehener Bürger. Er faltete vor sich die Hände.

»Ossacer. Ich darf Euch doch Ossacer nennen? Das ist informell, aber freundlicher.«

»Es ist mein Name«, erwiderte Ossacer.

»Trifft es zu, dass Ihr mir sagtet, Gorian Westfallen, der zuvor für tot gehalten wurde, sei fähig, die Toten zu erwecken und die Gläubigen den Armen Gottes zu entreißen, um ihnen seinen Willen aufzuzwingen?«

»Das trifft zu.«

Gemurmel erhob sich, viele machten ihrer Abscheu Luft. Aurelius brachte die Zuhörer mit erhobener Hand zum Schweigen. Gleichzeitig erhob sich Marcus Gesteris und ging hinaus.

»Sagtet Ihr mir nicht auch, dass Ihr und Euer Bruder Arducius sowie die anderen Angehörigen der Akademie sich in gewissen

Werken üben? Um Feuer einzusetzen und diese Gläubigen zu vernichten?«

»So ist es.«

»Ist es nicht eine Ketzerei vor dem Allwissenden, Unschuldige mit Feuer zu vernichten?«

»So steht es geschrieben.«

Die Kanzlerin spreizte die Finger. »Damit ist es bewiesen. Oder nicht?«

»Fragt Ihr mich?«, sagte Ossacer.

»Gewiss.«

»Natürlich ist es nicht bewiesen«, erwiderte Ossacer. »Man müsste schon ziemlich beschränkt sein, um das zu glauben.«

Immerhin zuckte die Kanzlerin nicht zusammen, obwohl sie sicher nicht mit einer so bissigen Antwort gerechnet hatte.

»Seid Ihr sicher? Ihr habt mich doch aufgesucht, um etwas zu verhindern, das Ihr selbst als Verbrechen bezeichnet habt, oder nicht?«

»Das ist wahr.«

»Dann stimmt Ihr mir doch sicher darin zu, dass es sich bei diesem Verbrechen nur um Ketzerei handeln kann, denn genau dies ist es, wenn man damit droht, Gläubige zu verbrennen.«

»Das Problem, Kanzlerin Koroyan, besteht darin, dass Ihr es einfach halten wollt, obwohl wir alle wissen, dass die Welt nicht ganz so einfach ist. Sonst müsste nämlich jeder Legionskommandeur mit einem ähnlichen Urteil rechnen, wann immer er einen Stein oder eine Pfeilspitze in brennendes Pech taucht. Ich bat um Eure Hilfe, weil es mir darum ging …«

»Genug. Ich habe genug gehört.«

»Ich beantworte lediglich Eure Frage für die Versammelten«, erwiderte Ossacer. Er wollte fortfahren, doch die Kanzlerin wandte sich an Aurelius.

»Senator, befehlt ihm zu schweigen.«

Doch Aurelius schüttelte den Kopf. Arducius lächelte.

»Ich denke nicht. Jedenfalls noch nicht. Wie ich schon ganz am Anfang sagte, werde ich entscheiden, was zulässig ist und was nicht. Wenn ich das Gefühl habe, dass die Frage erschöpfend beantwortet ist, dann werde ich es sagen. Fahrt fort, Ossacer Westfallen.«

Ossacer nickte. »Danke, Senator. Ich habe in der Tat die Kanzlerin aufgesucht, um etwas zu verhindern, das ich als Verbrechen bezeichnete. Die Kanzlerin war aufgefordert, einen Streit auf theologischer Ebene für sich zu entscheiden, indem die Benutzung von Flammen oder Sprengstoffen jeglicher Art durch die Truppen der Konkordanz als ungesetzlich verboten würde. Der Grund ist, dass durch das Feuer immer wieder die Gläubigen in vorderster Linie einer großen Gefahr ausgesetzt sind. Die Tatsache, dass in vorderster Front der Feinde, falls sich die Gerüchte als wahr erweisen sollten, unsere eigenen Toten wandeln könnten, verstärkt diese Gefahr sogar noch.

Hier steht jedoch kein Kommandant der Konkordanz neben uns, der eben dieser Ketzerei angeklagt wird. Auf dem Schlachtfeld wird der Einsatz von Feuer gegenwärtig durch ihren eigenen Orden gebilligt. Ich halte das für falsch, aber so ist es. Daher hat kein Aufgestiegener das Verbrechen der Ketzerei verübt, sondern sie haben lediglich gegen ethische Leitlinien verstoßen.«

Aurelius gebot mit erhobener Hand Schweigen, nachdem er weit mehr gehört hatte, als notwendig gewesen wäre. Die Kanzlerin platzte fast vor Wut.

»Vielleicht solltet Ihr die Liste Eurer Anklagen noch einmal überdenken, Kanzlerin«, sagte Aurelius. »Oder wünscht Ihr, diese Diskussion fortzusetzen?«

Orin D'Allinnius befahl, die Tür des Labors zu entriegeln und ließ seine Leibwächter draußen warten, bis Marcus Gesteris wieder ging. Er wollte nicht aufstehen, weil er im Rücken und in den Beinen starke Schmerzen hatte und ein Kribbeln verspürte, wo sein Ohr gewesen war. Er legte den Federkiel ab, als Gesteris vor ihm stand, weil er den Senator nicht sehen lassen wollte, dass seine Hände zitterten.

»Setzt Euch, Marcus. Wollt Ihr unsere Fortschritte begutachten?«

»Das ist einer der Gründe, warum ich herkam.« Gesteris ließ sich nieder.

D'Allinnius räumte Papiere und zwei Flaschen weg und winkte einem Helfer, Kräutertee zu bringen.

»Ich wusste ja nicht, dass Ihr kommen wollt, sonst hätte ich Euch großzügiger empfangen.«

»Der Tee genügt völlig«, erwiderte Gesteris. »Außerdem wusstet Ihr genau, dass ich kommen würde.«

»Nur nicht die genaue Zeit.«

»Wo steckt Ihr denn? In der vordersten Reihe gibt es einen leeren Platz, der für Euch reserviert ist. Wir brauchen Euch dort. Sie brauchen Euch.«

D'Allinnius nagte an der Unterlippe und wandte den Blick ab. Jetzt konnte Gesteris das Zittern seiner Hände kaum noch übersehen. Er legte sie in den Schoß und verschränkte die Finger. Er fror, obwohl es in der Schreibstube sehr warm war.

»Ich kann nicht hingehen«, flüsterte er heiser. »Ich will nicht.«

»Koroyan hat Euch eingeschüchtert, nicht wahr?«

»Das hat sie schon vor zehn Jahren getan«, fauchte D'Allinnius.

Er spürte immer noch die Schmerzen, als wäre es gerade erst geschehen, und sah ihr Lächeln, als die Hämmer seine Gelenke und sein Gesicht trafen, die Messer seine Haut zerstachen und die Flammen sein Gemächt verzehrten.

»Heute. Sie war heute bei Euch, nicht wahr?«

»Ich habe hier viel zu wenig Verbündete«, sagte D'Allinnius, der kaum noch klar sprechen konnte. »Keine Advokatin, keinen Jhered und keinen Harkov. Sie könnten für mich sprechen.«

»Ja, aber wie Ihr ganz richtig sagt, sie sind nicht hier, und das Gericht wird nicht auf sie warten.« Gesteris streckte freundlich die Hand aus. »Ihr seid kein Feigling, Orin. Niemand, der Euch kennt, könnte Euch so etwas vorwerfen. Wir haben nun allerdings eine gute Möglichkeit, das wahre Gesicht der Kanzlerin zu enthüllen.«

»Ich weiß, ich weiß. Das ist auch ihr klar. Was glaubt Ihr, warum so viele Wächter vor meiner Tür stehen? Wenn ich vor Gericht erscheine und aussage, lässt sie mich töten.«

»Und was geschieht, wenn sie gewinnt und die Advokatur stürzt? Glaubt Ihr, sie kommt dann vorbei und dankt Euch?«

D'Allinnius fuhr auf. Er konnte nicht mehr richtig denken, er hatte wieder den Geruch seiner brennenden Haut in der Nase und spürte den Kopf des Hammers auf dem Mund und den Wangen.

»Ich kann nicht«, flüsterte er.

»Orin, sie ist jetzt da draußen und erzählt dem Gericht, es sei Ketzerei, jemandem mit dem Feuer zu drohen. Ihr seid der einzige lebende Mensch, der ihr vorwerfen kann, genau dies selbst getan zu haben. Bitte, Orin. Wir müssen ihr jetzt Paroli bieten, sonst wird es uns nie gelingen.«

D'Allinnius schüttelte nur den Kopf. Gesteris' Worte hatten ihn erreicht, doch jedes Wort verstärkte nur noch seine Ängste.

»Orin? Ihr mögt doch die Aufgestiegenen, oder? Sie sind Freunde und Verbündete. Glaubt Ihr, sie würden zulassen, dass Euch etwas geschieht, wenn Ihr sprecht?«

»Wie ... w-wie kann ich ihr wieder unter die Augen treten?«, quetschte er heraus. Die Tränen brannten in seinen Augen. »Sie wird mir wieder wehtun, ich kann jetzt schon die Schmerzen spüren, Marcus. Sie muss mich nur ansehen, und mein Mut wird mich verlassen. Ich bin ein Feigling. Ich kann nicht vor ihr bestehen. Sie wird mich einen Lügner nennen. Bitte zwingt mich nicht, gegen sie auszusagen.«

D'Allinnius' Herz schlug heftig, die Schmerzen tobten in den alten Wunden im Gesicht. Gesteris nahm ihn in den Arm und zog ihn an sich. D'Allinnius gab sich der Umarmung hin.

»Es tut mir leid, Orin. Ich hatte ja keine Ahnung.«

D'Allinnius zog sich zurück und fasste sich wieder. »Wisst Ihr, wie es ist, mit Erinnerungen behelligt zu werden, die man für verschüttet hielt? Ihr habt mir von der Klinge erzählt, die Euch das Auge nahm, und wie es jedes Mal sticht, wenn der Gedanke daran wieder aufkommt. Der Mann, der Euch dies antat, ist schon lange tot. Doch sie, sie ist noch da draußen, keine hundert Schritte von meinem Stuhl hier entfernt. Ich wage kaum, mich überhaupt zu bewegen.«

Er packte eine der Flaschen, die er gerade weggestellt hatte.

»Euer Sprengpulver.«

»Ja, und sie wird es zu schmecken bekommen, wenn sie mich holen will.«

Gesteris zog die Augenbrauen hoch. »Wirklich? Dann nehmt es doch mit, Orin. Nehmt es mit, wohin Ihr auch geht. Schließlich müsst Ihr Euch sicher fühlen.«

»Kein Zivilist darf eine Waffe in die Basilika mitnehmen«, widersprach Orin.

»Ihr habt das Pulver ja nicht in der Schwertscheide, Orin. Auch nicht im Stiefel oder am Arm versteckt. Ihr werdet es gut sichtbar in Händen halten. Schließlich ist es nur etwas Pulver.«

Gesteris zwinkerte.

5

859. Zyklus Gottes,
40. Tag des Genasauf

Aber Ihr habt dem Jungen das Leben gerettet«, sagte die Kanzlerin.

»Das ist wahr«, räumte Ossacer ein.

Er war wieder an der Reihe, und dieses Mal war die Lage der Aufgestiegenen viel schwieriger. Es ging um einen heiklen Punkt im Gesetz des Ordens, und das Urteil der Ketzerei war keineswegs sicher, doch Aurelius hatte es zu weit gehen lassen, und jetzt gab es kein Zurück mehr.

»Und Ihr habt dies getan, ohne auf die allgemein üblichen ärztlichen Mittel zurückzugreifen.«

»Ich brauche keine ärztlichen Mittel.«

»Wirklich nicht? Was braucht Ihr denn?«

»Meine Hände, die Kraft meines Geistes und die Gnade Gottes, damit ich mein Werk tun kann«, sagte Ossacer.

»Die Gnade Gottes? Glaubt Ihr wirklich, sie wurde Euch zuteil? So eine Überheblichkeit. Erklärt uns doch, wie es Euch mit Euren Händen und der Kraft Eures Geistes möglich war, ein Kind zu retten, das an einer unheilbaren Krankheit litt.«

Ossacer seufzte. »Jeder Mensch hat eine Energiestruktur ... Lebenslinien, die uns durchziehen. Ich kann diese Energien sehen, genau wie alle anderen Aufgestiegenen. Wenn diese Struktur beschädigt ist, verändern sich die Farben. Ich schicke ein wenig von meiner eigenen Energie in die veränderte Struktur hinein, um sie wieder in den Ursprungszustand zu versetzen. Einfacher kann ich es nicht ausdrücken.«

Die Kanzlerin schwieg eine Weile.

»Nur Gott kann jemanden zurückschicken, den er bereits in seine Umarmung gerufen hat. Wir können nur den Menschen den Übergang erleichtern. Ein Arzt, der Instrumente oder Arzneien benutzt, bedient sich damit der Geschenke Gottes und könnte jemanden retten, den Gott nicht zu sich gerufen hat und den man noch retten darf. Ihr aber maßt Euch die Macht Gottes an. Das ist Ketzerei.«

»Nein«, sagte Ossacer. »Wir haben Gaben ...«

»Ihr werdet nicht antworten«, sagte Aurelius. »Das war eine Feststellung, keine Frage.«

»Nein«, widersprach die Kanzlerin. »Lasst ihn reden. Er wird nur beweisen, dass er schuldig ist.«

Aurelius zuckte mit den Achseln und erlaubte Ossacer mit einer Geste fortzufahren.

»Wir benutzen nur die Gaben, die Gott uns geschenkt hat. Nichts weiter. Wie ein geschickter Reiter oder Arzt können auch wir nur das tun, was unsere Fähigkeiten uns erlauben. Das ist ein Geschenk, keine Anmaßung.«

Die Kanzlerin nickte. »Gut. Ossacer, setzt Euch. Arducius, ein paar letzte Fragen.«

Arducius erhob sich.

»Arducius, Ihr und ich, wir haben in der ganzen Konkordanz schon oft die Klingen gekreuzt. Ich sagte Euch, dass wir uns eines Tages vor einem unabhängigen Gericht wiedersehen würden.«

»Wenn Ihr dies so nennt«, sagte Arducius.

»Ja, so nenne ich es. Es tut mir leid, dass Ihr es für notwendig haltet, die Unparteilichkeit der geehrten drei Richter infrage zu stellen.« Sie wartete, ob Arducius noch etwas sagen wollte, doch er schwieg. Ein Fehler war genug. »Nun sagt mir, könntet Ihr jeden Mann und jede Frau in dieser Basilika töten, ohne zu einer Waffe zu greifen oder ohne die Menschen überhaupt zu berühren?«

»Das ist schwer zu sagen.«

»Einfach nur ein Ja oder Nein würde mir schon reichen.«

»Es ist nicht so einfach ...«

»Ja oder nein.«

»Es tut mir leid, aber ...«

»Arducius«, sagte Aurelius. »Ihr werdet die Frage beantworten.«

Arducius geriet in Verlegenheit und errötete. Er blickte zu Hesther, die leicht mit den Achseln zuckte.

»Technisch gesehen ja, aber ...«

»Danke, Arducius.« Koroyan setzte wieder ihr Lächeln auf, doch dieses Mal wandte sie sich an das Publikum und die Richter. »Es spielt keine Rolle, wie dies vor sich gehen könnte. Allein die Möglichkeit ist schon erschreckend und beängstigend. Ich glaube, hierin werdet Ihr mir alle zustimmen.«

Koroyan winkte, und Arducius setzte sich entmutigt. Die Erklärung, die Abmilderung, hatte ihm schon auf den Lippen gelegen, doch der Augenblick, sie zu formulieren, war vertan. Bis die Verteidigung zu Wort kam, war es vielleicht schon zu spät, und diesen Aspekt hatten sie nicht in ihrer Strategie berücksichtigt.

»Im Grunde hätte ich auch mit diesem Punkt beginnen und enden können«, sagte sie. »Ihr müsst jedoch das Ausmaß des Verbrechens erkennen, das sich ereignen wird, wenn die Aufgestiegenen weiter atmen und wenn ihre Akademie weiter diese gottähnlichen Kräfte erforschen darf. Diese Kräfte sind nicht von Gott gegeben, sondern die Aufgestiegenen maßen sich Gottes Macht an.

Wir wollen da keinen Fehler begehen – Gott allein kann durch die Kräfte der Elemente Menschen töten. Dies ist seine Art, uns zu zeigen, wenn er erzürnt ist, oder um die in seine Umarmung zu rufen, die nicht länger auf Erden wandeln dürfen. Die Schriften sind in dieser Hinsicht unmissverständlich. Wie kann es dann sein, dass bloße Sterbliche sich solche Macht anmaßen? Arducius hätte Euch gesagt, dass er Zeit braucht, um euch alle zu töten, aber darauf kommt es nicht an. Die Wahrheit ist, dass er viele Dinge hätte tun können. Einen Wind heraufbeschwören, um die Basilika umzuwerfen. Wurzeln wachsen lassen, um die Fundamente zu zerstören, bis das Bauwerk zusammenbricht. Er könnte aus heiterem Himmel einen Blitz herabrufen, der euch verbrennt, oder einen Regen fallen lassen, der euch bis in den Hafen schwemmt. Er könnte jeden Einzelnen von euch herausnehmen und seinem Leben ein Ende setzen, indem er ihn vorschnell altern lässt.«

Sie hielt inne und schnitt eine angewiderte Grimasse.

»Er kann euch schneller altern lassen – denkt darüber nach. Diese Leute wandeln auf unseren Straßen und tun so, als würden sie die Menschen heilen und ihnen helfen. Wer weiß, welchen Schaden sie wirklich anrichten, während sie vorgeben, sie wären nützlich. Wer weiß schon, welchen Schaden sie auf Gottes Erde anrichten, wenn sie seine Elemente und seine Welt benutzen.

Wie man es auch dreht und wendet, ob man es aus wissenschaftlicher oder religiöser Sicht betrachtet, es ist schlimm, wenn diese Macht einem Menschen in die Hände fällt. Es wäre überheblich, wenn einer von sich glaubte, diese Macht würde ihn nicht korrumpieren. Gorian Westfallens Beispiel zeigt, dass man den Aufgestiegenen nicht trauen darf. Sie werden ihre Macht nicht weise einsetzen. Nur Gott der Allwissende besitzt die Weisheit, Klarheit und Reinheit, um mit solchen Kräften umzugehen. Jeder Mensch, der das Gleiche von sich selbst glaubt, setzt sich selbst an die Stelle Gottes.

Dies ist Ketzerei, es ist über jeden Zweifel bewiesen. Ich will daher …«

Die Kanzlerin unterbrach sich. Arducius folgte ihrem Blick und hörte wie alle anderen das Pochen, das ihren Redefluss gestört hatte. Zum ersten Mal seit Beginn der Sitzung lächelte er. Von rechts kam Marcus Gesteris in die Basilika, und neben ihm, sich schwer auf einen Stock stützend und eine Flasche in der anderen Hand haltend, kam Orin D'Allinnius.

Der Wissenschaftler wirkte verstört und hatte offenbar Schmerzen. Sein Gesicht war bleich, ihm stand der Schweiß auf der Stirn. Doch er hielt sich so stolz, wie er nur konnte, und zuckte nicht zusammen, als Koroyans Blick ihn traf. Arducius entging der hasserfüllte Ausdruck nicht, der einen Augenblick zum Vorschein kam. So kurz und doch so deutlich.

Sie wandte rasch den Blick ab und starrte ihre Helfer an. Der Sprecher der Winde zuckte mit den Achseln, der Sprecher der Meere schüttelte den Kopf. Schließlich warf die Kanzlerin Gesteris einen kalten Blick zu, bevor sie sich an Aurelius wandte und das Pochen von D'Allinnius' Stock übertönte.

»Die Anklage wegen der Drohung, die Gläubigen zu verbrennen, wird fallen gelassen«, sagte sie. Offenbar kamen ihr die Worte nur schwer über die Lippen. »Die Anklage der Anmaßung gottähnlicher Kräfte bleibt bestehen.«

Aurelius nickte, seine Mundwinkel zuckten leicht.

»Habt Ihr sonst noch etwas zu sagen, Kanzlerin Koroyan?«

Zum ersten Mal seit Beginn des Verfahrens wirkte die Kanzlerin nervös und unsicher. Sie schwieg eine Weile und beobachtete

D'Allinnius, der sich mühsam näherte, als wollte sie ihn mit ihrer bloßen Willenskraft zum Straucheln bringen. Doch Gesteris war neben ihm, er schaute triumphierend in die Runde und machte deutlich, dass dies nicht geschehen würde. Die beiden Männer setzten sich auf ihre Plätze, während die Zuschauer tuschelten. Nur wenige, wenn überhaupt, wussten, was dieser Auftritt zu bedeuten hatte, doch alle begriffen, dass Koroyan nicht von ungefähr eine wichtige Anklage zurückgezogen hatte.

»Kanzlerin Koroyan?«

Sie riss sich von D'Allinnius los und fasste jemanden im Zuschauerraum ins Auge, den Arducius nicht sehen konnte. Danach sah sie Arducius und Ossacer an.

»Der Mensch darf nicht mit den Elementen herumpfuschen und Leben schenken, wo es keines geben dürfte, oder aus einer Laune heraus anderen das Leben nehmen. Dies ist das Vorrecht Gottes allein. Die Aufgestiegenen sind von Geburt an Ketzer, und ich beantrage vor diesem Gericht, dass sie und mit ihnen alle Mitglieder der Akademie, die bei ihnen sitzen oder sich in ihrer kleinen Stadt verstecken, für dieses schreckliche Verbrechen gegen den Allwissenden zum Tode verurteilt werden. Die Beweise, meine geehrten Richter, sind unwiderlegbar.«

Koroyan setzte sich, schob zornig das Kinn vor und starrte die Aufgestiegenen an, die ihr gegenübersaßen, um ja nicht mehr in Richtung des Wissenschaftlers zu blicken, der sie allein schon durch sein Eintreten so verunsichert hatte.

Aurelius beriet sich kurz mit seinen Beisitzern und gelangte rasch zu einer Entscheidung.

»Es wird keine Unterbrechung der Verhandlung geben. Die Tatsachen müssen uns noch frisch in Erinnerung sein. Mutter Naravny, bitte tragt Eure Verteidigung gegen die Anklage der Ketzerei vor.«

Ossacer und Hesther beugten sich zu Arducius vor, um sich leise abzustimmen.

»Welchen Weg schlagen wir ein?«, fragte Hesther.

»Sie hat kaum etwas bewiesen, und wir haben zudem die Erlaubnis der Advokatin. Ihr wichtigster Anklagepunkt ist dahin, weil D'Allinnius sonst umgekehrt ihr Vorwürfe machen könnte. Ich würde sagen, wir machen es kurz und einfach. Greife sie nicht an, sondern erwähne unsere guten Taten und unser Pflichtgefühl und stelle Gorian wie einen ganz normalen Mörder dar.«

»Ich stimme dem zu«, sagte Arducius. »Sie beruft sich auf Beweise, die ohnehin schon weitgehend bekannt sind und von vielen akzeptiert werden. In mancher Hinsicht ist dies eine rein theologische Debatte. Sind unsere Fähigkeiten eine Gabe Gottes, oder haben wir Gott etwas weggenommen? Auf dieser Ebene können wir argumentieren.«

»Wer soll denn reden? Etwa ich?« Hesther deutete auf sich selbst.

»Ja«, bekräftigte Arducius. »Eine ältere Frau erweckt Sympathie.«

»Verdammt gerissen.«

»Verdammt wahr«, stimmte Ossacer zu. »Außerdem weißt du, dass du besser sprichst als wir. Weniger Gefühl, mehr Vernunft.«

»Rufe uns auf, wenn du uns brauchst.« Arducius legte ihr eine Hand auf den Arm.

»Darauf kannst du dich verlassen.«

Hesther Naravny, die Mutter des Aufstiegs, erhob sich und hielt die Ansprache, die über ihr Schicksal entscheiden würde. Arducius war seltsamerweise völlig ruhig. Er lehnte sich zurück und nahm die Energien in der Basilika auf. Die Kanzlerin hatte Erfolg damit gehabt, die Gefühle der Bürger aufzustacheln. Die

Menschen hatten Angst, nachdem deutlich geworden war, dass er fähig wäre, sie alle zu töten. Hesther musste diese Ängste beschwichtigen.

»Senator Aurelius, geehrte Sprecher von Feuer und Erde, ich werde mich kurz fassen, weil es wirklich, wie die Kanzlerin schon sagte, eine sehr einfache Angelegenheit ist. Das Böse und die Ketzerei – wir glauben alle zu wissen, was diese Worte bedeuten. Aber wissen wir das wirklich? Wenden wir die Worte auch richtig an? Was ist böse? Ist es böse, die Fähigkeiten zu benutzen, die man von Geburt an hat, oder ist es böse, sich zu weigern und ein Kind sterben zu lassen?

Die Kanzlerin bezeichnet unsere Aufgestiegenen als Ketzer, weil sie Leben retten, Krankheiten von Tieren und Pflanzen heilen und dem ausgedörrten Land Regen bringen können, ohne auf die üblichen Hilfsmittel zurückzugreifen. Bin ich denn die Einzige, die dies völlig lächerlich findet? Lasst mich aus den Schriften des Allwissenden zitieren: ›... der Körper ist unverletzlich. Krankheiten und Verletzungen des Körpers sind das Werk Gottes und ein Geheimnis. Krankheiten, sollten sie einen Menschen treffen, sind ein Teil des Plans des Allwissenden, und die Menschen sollten dies nicht fürchten, sondern die Prüfung Gottes feiern und freudig nach vorn blicken, weil sie in die Umarmung Gottes aufgenommen werden. Störungen durch irgendeinen sind gegen den Willen Gottes und Ketzerei.‹«

Hesther breitete die Arme weit aus.

»Der Orden des Allwissenden fürchtete die Ärzte, die Chirurgen und die Wissenschaftler. Auch sie wurden verbrannt, weil ihre Praktiken nicht akzeptabel schienen. Demnach dürfte die Kanzlerin keinen Tee trinken, wenn sie sich erkältet, und sich nicht operieren lassen, wenn sie sich eine Rippe bricht. Ist das alles Gottes Plan? Wo soll die Grenze sein? Wenn das Land verdorrt, ist dies dann auch Gottes Plan? Und wenn es kalt wird, will Gott nur unseren Glauben prüfen?«

Jetzt kicherten die Zuschauer ebenso wie bei Koroyan.

»Da gibt es nichts zu lachen. Die Kanzlerin würde doch sicher kein Gemüse anrühren, das durch künstliche Bewässerung gewachsen ist. Niemals würde sie den Fuß in einen Raum setzen, der von einem Hypokaustum erwärmt wird. Ihr versteht, was ich damit sagen will. Wir reden hier über verschiedene Methoden, nicht über Glauben und Ketzerei. Die Welt dreht sich weiter. Je mehr wir lernen, desto mehr können wir tun.

Ich möchte Euch eine einfache Frage stellen. Ist es Ketzerei, Leben zu retten, ein Feld zu bewässern oder einen Raum zu wärmen, wie auch immer es getan wird? Natürlich nicht. Deshalb sind die Aufgestiegenen keine Ketzer. Andererseits können sie natürlich böse sein. Wir nehmen das hin, denn jeder Mensch, der in der Gnade des Allwissenden geboren wird, kann böse sein. Uns für die Tragödie namens Gorian Westfallen zu verurteilen, ist ebenso lächerlich, wie eine Mutter zu verbrennen, deren Sohn Diebstahl und Mord begangen hat.

Wir wissen nicht, warum die Kanzlerin und der Orden so entschlossen sind, das Gute zu vernichten, das aus dem Aufstieg hervorgeht. Wir haben uns dem Orden als getreue Diener angeboten und waren immer bereit, unsere Fähigkeiten zu nutzen, um den Willen Gottes zu stärken, aber niemals wollten wir ihn unterhöhlen.

Wir dienen dem Allwissenden. Wir sind, wie jeder andere hier in der Basilika, seine Kinder. Wir könnten uns niemals anmaßen, ihn ersetzen zu wollen, uns mit Gott auf eine Stufe zu stellen oder uns gar für überlegen zu halten. Schon der Gedanke daran ist entsetzlich und macht mich krank. Falls das jemals geschehen sollte, werde ich selbst die Feuer entfachen.«

Hesther verneigte sich vor den Richtern und den Zuschauern.

»Ich habe alles gesagt, was ich sagen musste. Nun sollt Ihr entscheiden.«

Sie setzte sich, und Arducius nahm sie in den Arm.

»Kurz, mitreißend und klar«, sagte er. Die Atmosphäre in der Basilika hatte sich verändert, die Gespräche waren ruhiger, auch wenn die Zuhörer lebhaft diskutierten und nicht sicher waren, wem ihre Sympathien galten. Arducius war überrascht. »Du hast die Menschen wirklich berührt.«

»Ja, aber zwei unserer Richter sind Koroyans Anhänger. Das Urteil wird nicht von Vernunft diktiert, ganz zu schweigen von dem, was noch folgen mag.«

Arducius' Mut sank. Hesther hatte natürlich recht. Einen Moment lang hatte er tatsächlich gehofft, das Gericht könne sie für unschuldig erklären. Er drehte sich um und sprach mit den anderen Aufgestiegenen.

»Vergesst nicht, ihr dürft nicht reagieren, wie auch immer das Urteil lautet. Wir wissen genau, dass dies nicht das Ende ist. Ein Schuldspruch bedeutet nicht den Tod, genau wie Unschuld nicht bedeutet, dass die Menschen uns akzeptieren. Zeigt Demut und Haltung. Vergesst nicht, wer ihr seid.«

Auf der Bühne berieten sich unterdessen die Richter mit dem Rücken zur Basilika. Sie ließen sich Zeit, langsam wanderten die Schatten, die die Sonne warf. Aurelius war angespannt, erregt und offenbar zornig. Die Sprecher wirkten dagegen völlig gelassen. Auf der anderen Seite saß die Kanzlerin selbstzufrieden im Kreise ihrer Sprecher, die ihr zu ihrem Erfolg gratulierten.

Arducius' Blick wanderte zum Publikum. Er nickte D'Allinnius anerkennend und dankbar zu, doch der Wissenschaftler reagierte kaum. Er fummelte an der Flasche herum, die er im Schoß hielt, und blickte immer wieder zur Kanzlerin. Gesteris beobachtete die Richter, ohne sich äußerlich etwas anmerken zu lassen. Marschallgeneral Kastenas war unruhig. Sie hatte die Arme verschränkt und prägte sich die Positionen verschiedener Leute im Zuschauerraum ein. Arducius fragte sich, ob sie mit Ärger rechnete oder Verbündete zählte.

Als Aurelius sich wieder an die Versammelten wandte, wurde es sofort totenstill. Arducius' Herz raste in der Brust, sein Gesicht glühte. Er konnte sich kaum noch beherrschen, es gelang ihm nicht, seine Lebenslinien mit kühlen Energien zu beruhigen. Offensichtlich schaffte er es nicht einmal selbst, seiner Ermahnung Folge zu leisten. Da oben wollte nun jemand verkünden, ob sie leben oder sterben sollten. Als ob das nicht auch eine Anmaßung göttlicher Macht wäre. Fast hätte Arducius gelacht, doch dann bemerkte er Aurelius' Gesichtsausdruck.

»Wir sind zu einem Urteil gelangt. Hinsichtlich der Anklage der Ketzerei und der Anmaßung göttlicher Kräfte werden die Aufgestiegenen für schuldig befunden. Hinsichtlich der Anklage, die Aufgestiegenen zur Welt gebracht und aufgezogen zu haben, wird die Akademie für schuldig befunden. Die Anklage gegen die Advokatin wird verschoben, bis die Advokatin persönlich dazu Stellung nehmen kann.«

Nun erhob sich Lärm in der Basilika. Arducius achtete kaum darauf, denn das Urteil hatte ihn nicht überrascht. Das Geräusch des Windes erfüllte seinen Kopf. Ob es das Rauschen seines eigenen Blutes in den Adern oder das Durcheinander der Stimmen war, einige wütend und viele jubelnd, konnte er nicht sagen. Er hörte auch Musik, die aus dem Nichts zu kommen schien. Dann blickte er zu Aurelius. Die Kanzlerin stand vor ihm, offenbar immer noch aus irgendeinem Grund unzufrieden. Der Lärm im Zuschauerraum nahm zu und ebbte schließlich ab. Nichts von alledem drang zu Arducius durch. Auch der Wind und die Musik erstarben.

Arducius war stolz. Niemand auf den Bänken der Akademie war auch nur zusammengezuckt. Kein Flehen um Gnade, keine Proteste und kein Jammern. Die Kanzlerin blickte herüber. Sie lächelte, doch dieses Mal lagen weder Liebe noch Vergebung in ihrer Miene.

»Dann sprecht Euer Urteil, Senator Aurelius«, sagte sie. »Die Advokatin kann warten.«

»Zuerst einmal muss ich fragen, ob Ihr als Klägerin das Urteil verlangt, das in den Gesetzen für das Verbrechen der Ketzerei festgelegt ist.«

»Was sonst?«, erwiderte Koroyan. »Ketzer müssen brennen.«

Wieder wurde es still in der Basilika. Arducius fühlte sich entrückt, als hätte all dies nichts mit ihm zu tun.

»Die Strafe für Ketzerei ist in jedem Fall das Verbrennen, worauf die Asche der Schuldigen von den Teufeln des Windes als Warnung an die Gläubigen verstreut wird«, sagte Aurelius. »Sofern keine Berufung zugelassen wird, muss das Urteil vollstreckt werden, sobald die Dämmerung beginnt, in der Reihenfolge, in der die Anklagen vorgetragen wurden.«

Die Kanzlerin hob das Kinn und mochte ihr Triumphgefühl nicht mehr verbergen.

»Das Böse soll vor dem Allwissenden vernichtet werden, und ich bin die Kanzlerin Gottes.«

»Allerdings ...«

Das Wort fiel wie ein Hammerschlag und erschütterte die Aufgestiegenen wie die Kanzlerin. Sie fuhr herum und funkelte Aurelius böse an. Auch seine Beisitzer, gerade noch hochzufrieden, starrten ihn an. Beinahe vergnügt fuhr Aurelius fort.

»Das Verbrennen eines Ketzers muss stattfinden, solange er noch lebt, damit er die Teufel sehen kann, während er sein letztes Geständnis ablegt und endlich Reue zeigt. So steht es im Gesetz und in den Schriften. Allerdings stoßen wir hier auf ein Problem. Die Aufgestiegenen sind gegen Flammen gefeit. Ihre Hinrichtungen würden sich deshalb wohl sehr in die Länge ziehen.«

Der Blick der Kanzlerin erstickte jedes Gelächter.

»Dann köpfen wir sie eben, bevor wir sie verbrennen«, sagte sie. »Ich sehe da kein Problem.«

»Nun seid Ihr allerdings nicht der vorsitzende Richter. Der bin ich.« Aurelius stand auf. »Setzt Euch, Kanzlerin. Ich spreche nun.«

»Das ist lächerlich. Ihr wollt hier ...«

»Setzt Euch.«

Aurelius war ein starker Mann. Es gab nicht viele, die den Mut gehabt hätten, sich der wutentbrannten Felice Koroyan entgegenzustellen. Er hielt ihrem Blick stand, und sie wich zurück, ohne auch nur einmal zu blinzeln. Unterdessen keimte in Arducius neue Hoffnung.

»Gut«, fuhr Aurelius fort. »Es gibt nach den Gesetzen nur eine rechtmäßige Strafe für die Ketzerei. Diese kann jedoch an den Aufgestiegenen nicht vollstreckt werden. Daher können sie wegen dieses Verbrechens nicht hingerichtet werden, solange das Gesetz nicht geändert ist.«

»Dann ändert das Gesetz«, knirschte Koroyan.

Aurelius lächelte überaus freundlich.

»Das ist ein langwieriger Prozess, ganz abgesehen davon, dass ich mit den vielfältigen Regierungsaufgaben stark beschäftigt bin und eine solche Veränderung nicht zu meinen vordringlichsten Aufgaben zähle. Eine so wichtige Angelegenheit muss zunächst einmal allen Sprechern der Schriften und den Hütern der Ordensgesetze vorgelegt werden, nicht wahr? Die Sitzung muss mit einer Frist von dreißig Tagen ordnungsgemäß und mit förmlicher Tagesordnung einberufen werden, wenn ich mich nicht irre. Es sei denn, ich habe vergessen, was ich gelernt habe. Ich bin ein alter Mann.«

Die nächsten Worte sprach Aurelius so leise, dass ihn nicht alle Anwesenden verstehen konnten.

»Wenn Ihr Euch in meine Welt begebt, Kanzlerin, dann müsst Ihr vorher Eure Hausaufgaben machen. Ich habe über die Feinheiten der Verwaltung mehr vergessen, als Ihr jemals lernen werdet. In der Basilika werdet Ihr mich niemals schlagen.«

Aurelius pochte mit dem Hammer auf die Lehne seines Stuhls.

»Das Urteil ist bestätigt, kann aber im Augenblick nicht vollstreckt werden. Als Sprecher der Advokatin bin ich verpflichtet, eine vorläufige Entscheidung zu treffen. Sie lautet folgendermaßen: Die Aufgestiegenen und die Mitarbeiter der Akademie bleiben in den Gebäuden der Akademie unter Hausarrest, bis das Urteil vollstreckt, die Berufung eingelegt oder der Fall neu aufgerollt wird.«

Die Kanzlerin sprang auf. »Das ist eine Beleidigung! Ihr wollt die Ketzer in den Hallen des Allwissenden im Herzen der Konkordanz behalten? Eure Unfähigkeit und Komplizenschaft werden Euch selbst ein passendes Urteil einbringen.«

Jetzt brach in der Basilika ein Tumult aus. Alle sprangen auf, schüttelten die Fäuste und schrien aus Leibeskräften. Die Palastwachen machten sich bereit und kamen herein. Eine Reihe von Soldaten baute sich vor der Bühne auf und senkte die Speere. Elise, Gesteris und D'Allinnius entfernten sich rasch, drängten sich durch die Wächter und verschwanden unauffällig. Aurelius hatte vorher niemandem verraten, welchen Trumpf er noch im Ärmel hatte. Ein weiser und starker Mann.

Einige Wächter umringten Aurelius, um ihn zu schützen und die Aufgestiegenen in ihr ausgesprochen bequemes Gefängnis zu begleiten. Gardisten des Aufstiegs stellten sich der Kanzlerin in den Weg, damit sie die Aufgestiegenen nicht erreichen konnte. Sie erhob wütend die Stimme. Aurelius legte die Hände wie einen Trichter vor den Mund und rief ihr etwas zu, das Arducius nicht verstand. Ossacer hatte ein weitaus besseres Gehör, und so wandte Arducius sich an ihn.

»Was hat er gesagt?«

»Er hat sie nur erinnert, dass die Advokatin bald wieder hier ist.«

»Das hat ihr sicher nicht gefallen.«

»Ich glaube, sie hat gerade gedroht, ihn zu töten.«

»Und?«

»Aurelius sagte, er wolle dies in seinem ausführlichen Bericht über das Verfahren nicht unerwähnt lassen.«

Arducius kicherte. »Ein harter Bursche.«

»Mutig ist er«, stimmte Ossacer zu. »Und wundervoll. Ardu, es tut mir so leid, dass ich euch in diese Lage gebracht habe. Das war nicht meine Absicht.«

»Gut möglich, dass du uns sogar einen Gefallen erwiesen hast. Komm, wir wollen etwas essen.«

6

859. Zyklus Gottes, 41. Tag des Genasauf

Im Palast war es ruhig. Legionäre, Palastwachen und berittene Einnehmer hatten unter dem Kommando von Elise Kastenas die Unruhen kurzerhand beigelegt. Im Stadtzentrum rumorte es noch, doch damit kamen die städtischen Milizen allein zurecht. Das Siegestor war verschlossen, die Öffentlichkeit blieb bis zum nächsten Morgen ausgesperrt. Senator Aurelius war zufrieden mit seinem Tagewerk.

Mit einem Berater plaudernd und von vier Gardisten des Aufstiegs bewacht, begab er sich in seine Gemächer. Dort angekommen, verriegelte er hinter sich die Tür, nachdem die Wachen draußen Aufstellung genommen hatten. Erst jetzt konnte er sich entspannen. Im Kamin brannte ein Feuer, das sein Empfangszimmer wärmte. Die Fensterläden waren geschlossen, Laternen spendeten ein warmes Licht.

Er war zu müde, um sich noch hinzusetzen und zu lesen. Am Nachmittag und am Abend hatte er den Bericht über die Verhandlung geschrieben, und die Einzelheiten schwirrten ihm immer noch im Kopf herum. Ein starker Kräutertee und etwas Weihrauch würden ihm die Ruhe verschaffen, die er brauchte. Seine Diener hatten seine Bedürfnisse vorhergesehen. Er roch schon den Duft von Buche und Orange. Auf einem Serviertablett vor seiner Schlafkammer stand ein dampfender Krug Tee bereit. Er füllte sich einen Becher, holte tief Luft und stieß die Tür auf.

Das Bett sah wundervoll einladend aus. Nur noch fünf Stunden bis zur Morgendämmerung. Felice Koroyan hatte versprochen, ihn gleich bei Tagesanbruch aufzusuchen. Er bezweifelte nicht, dass sie Wort halten würde.

»Die Schlafenszeit ist längst angebrochen.«

Aurelius ließ den Becher fallen und eilte ins Empfangszimmer zurück. Im gleichen Augenblick hörte er draußen Schwerter klirren. Seine Tür bebte unter einem Aufprall und sprang nach innen auf. Gottesritter stürmten herein. Aurelius wich zu den verschlossenen Fenstern zurück, die Angst schnürte ihm die Kehle zu.

»Wie seid Ihr hier hereingekommen?«

»Seid kein Narr, Aurelius«, erwiderte Koroyan, während sie ins Licht der Lampe trat. Soldaten umringten sie. »Die Kanzlerin des Ordens hat buchstäblich überall Freunde, die vor allem dann in Erscheinung treten, wenn die Advokatin nicht auf dem Hügel weilt.«

»Ihr wollt mich töten.« Aurelius verfluchte sich für seine bebende Stimme.

»Wie klug Ihr doch seid.« Koroyan kam noch ein Stück näher. Er stand inzwischen mit dem Rücken zur Wand. »Kein Wunder, dass die Advokatin Euch zu ihrem Stellvertreter ernannt hat.«

»Tut es nicht, begeht nicht diesen Fehler.« Aurelius klammerte sich an einen Strohhalm. »Das ganze Verfahren ist aktenkundig, es lässt sich nicht mehr rückgängig machen. Der Prozess wird weitergehen, und wenn Ihr mich tötet, wird dies nichts ändern.«

Drei Reihen tief umringten die Männer Aurelius. Unter ihren Helmen sah er nichts als blinden Eifer, und so wusste er, dass er verloren war. Als er ein stetiges Tropfen hörte, senkte er den Blick. Auf der Klinge des Mannes, der rechts neben ihm stand, glänzte Blut.

»Ihr müsst wirklich sehr alt sein, um Euch so zu irren. Zuerst einmal wird es mir eine große Freude bereiten, Euren Leichnam der Umarmung Gottes zu übergeben. Ihr habt es zwar nicht verdient, aber darüber habe ich nicht zu entscheiden. Denkt Ihr nicht auch, dass die Gnade Gottes manchmal geradezu pervers ist? Sobald Ihr und Eure lieben Mitarbeiter aus dem Weg geräumt seid, kann ich Gerechtigkeit üben, wie das Volk es verlangt.«

»Ihr könnt doch nicht ...«, wollte Aurelius widersprechen.

»Findet Euch damit ab, Aurelius. Die Advokatin ist nicht da, und Ihr seid, wie soll ich sagen, demnächst ein wenig kopflos. Jhered ist mit einer anderen Ketzerin unterwegs. Wenn ich mich nicht sehr irre, habe ich damit die Befehlsgewalt, nicht wahr?«

»Die Advokatin wird bald zurückkehren. Das Militär steht auf Seiten der Aufgestiegenen. Von Eurer Macht werdet Ihr nicht viel haben. Es tut mir nur leid, dass ich nicht mehr da sein werde, um Euren Untergang zu beobachten.«

Die Kanzlerin schüttelte den Kopf. »Oh Aurelius, wie konnte ich Euch nur jemals für Euren Scharfsinn achten. Heute Nachmittag musste ich noch zugeben, dass Ihr mich mit Eurer Kenntnis der Gesetze besiegt habt. Allerdings überblickt Ihr immer noch nicht das Gesamtbild, nicht wahr?«

Sie streichelte sein Gesicht. Er wandte sich ab, doch sie fasste ihn am Kinn, und er war nicht stark genug, um sich zu widersetzen. Ihre Blicke trafen sich.

»Die Advokatin wird zurückkehren, doch sie kommt zu spät, wie ich fürchte. Die arme Frau, getäuscht und abgelenkt von dem bösen Aufstieg, den sie so ins Herz schloss. Natürlich werden meine Offiziere sie festnehmen, damit sie wegen ihrer Vergehen belangt wird und das Verfahren bekommt, das Ihr vor Eurem unglücklichen Tod noch verschieben konntet.

Ich habe lange auf eine Gelegenheit gewartet, um die Bürger hinter mir zu versammeln. Das Militär wird keine andere Wahl haben, als vor mir das Knie zu beugen. Immerhin sind sie Diener der Konkordanz wie wir alle. Ich danke Euch, Aurelius, für den Beitrag, den Ihr bei meinem Aufstieg zur Macht geleistet habt.«

Aurelius sträubte sich und schüttelte den Kopf, bis er frei war. Daraufhin packten Gottesritter seine Arme und hielten ihn fest.

»Die Legionen sind mobilisiert, die Tsardonier kommen, und Gorian unterstützt sie mit seinen Kräften des Aufstiegs und den marschierenden Toten. Wenn Ihr die einzigen Menschen umbringt, die fähig sind, ihm Widerstand zu leisten, dann ist es auch Euer Untergang.«

Die Kanzlerin lachte. »Glaubt Ihr wirklich, ich kaufe Euch diese erbärmliche Lüge ab? Das sind doch nur Gerüchte, die dazu dienen sollen, die Aufgestiegenen als Retter darzustellen. Gorian Westfallen ist mit großer Sicherheit tot und verwest auf einem atreskanischen Schlachtfeld. Und die Tsardonier? Sie sollen nur kommen, dann werde ich mit ihnen reden. Und wenn sie nicht zuhören, dann werde ich sie vernichten, diese dummen Heiden.«

Sie schüttelte den Kopf und machte das Symbol des Allwissenden vor der Brust. »Armer, armer Aurelius. Gesegnet sollt Ihr sein, da Ihr nun in die Umarmung des allwissenden Gottes aufgenommen werdet. Dieser Zyklus auf der Erde ist in diesem Augenblick für Euch beendet.«

Die Kanzlerin senkte den Kopf. Aurelius schloss die Augen. Er wollte das Schwert nicht kommen sehen.

Ossacer und Arducius rannten durch die langen dunklen Flure der Akademie. Von unten drangen Kampfgeräusche herauf, doch als er an einem Fenster vorbeilief, konnte Arducius sehen, dass das Siegestor verschlossen war. Es hatte keinen Alarm gegeben, und doch griff jemand die Akademie an. Die Kaserne jenseits des Tors war dunkel.

»Hole die Angehörigen der elften Linie, Ossie. Die Zehnte sollte schon im gesicherten Raum sein. Ich hole die Zwölfte.«

»Gut, wir treffen uns dort.«

Die Brüder trennten sich an einer Kreuzung. Arducius rannte den langen Flur hinunter, seine Sandalen patschten laut auf dem Marmor. Er eilte an vielen Türen vorbei, hinter denen kleine Räume lagen, die einst den Priestern des Ordens bei ihren Besuchen im Hauptsitz des Ordens als Quartier gedient hatten. In jüngster Zeit hatten sie, sofern sie überhaupt benutzt wurden, als Sprechzimmer Verwendung gefunden, in denen die Fähigkeiten neuer Bewerber überprüft wurden. Weiter unten in dem Flur, in dessen Nischen Gemälde von früheren Würdenträgern des Ordens hingen, hatten die Bauarbeiter mehrere Wände herausgeschlagen, um größere Schlafsäle zu schaffen. In einem wurden die Schüler der zehnten Linie untergebracht, bis sie im Alter von sechzehn Jahren eigene Zimmer bekamen. In einem anderen Raum schliefen die Jüngsten, die Angehörigen der zwölften Linie. Sie waren noch klein, erst sieben Jahre alt.

In dieser entlegenen Ecke der riesigen, weitläufigen Akademie war der Kampflärm nur noch ein schwaches Echo. Aus dem Schlafsaal selbst drang kein Laut. Arducius hatte keine Zeit für Behutsamkeit. Er stieß die Tür auf. Die Fensterläden standen halb offen, um die frische Nachtluft einzulassen. Die Nischen und Regale waren voller Bücher. Außer leisen Atemgeräuschen war nichts zu hören.

»Auf, auf!«, rief Arducius und klatschte mit der Hand gegen die Tür. »Ich bin's, Arducius! Aufstehen!«

Drei fuhren sofort hoch, einer schrie sogar leise. In der Dunkelheit herrschten Verwirrung und Schrecken vor. Er hatte keine Laterne mitgebracht, denn er wollte die Feinde nicht auf sein Ziel aufmerksam machen. Fragen erklangen, er konnte die Frager jedoch nicht sehen.

»Wir haben keine Zeit zum Anziehen. Schnappt eure Togen und folgt mir. Zieht euch später an. Genna, Delius, Julius, Paul. Aufwachen!«

»Was ist denn los?«

»Ärger in der Akademie. Wisst ihr noch, worüber wir gesprochen haben und was wir tun müssen?« Arducius bückte sich, bis er auf Augenhöhe mit ihnen war und sie beruhigen konnte. »Wer kann es mir sagen?«

»Wir müssen leise sein und zum gesicherten Zimmer gehen.«

»Genau. Habt keine Angst, euch wird nichts passieren. Aber ihr müsst euch beeilen. Kommt jetzt. Lass das Buch hier, Garrell.«

Die Kinder drängelten sich schon an der Tür, eines weinte.

»Schon gut«, sagte Arducius. »Weine nicht. Ich bin bei dir und passe auf, dass dir niemand etwas tut. Folgt mir jetzt die Hintertreppe hinunter. In Ordnung? Seid ihr alle bereit?«

Sie nickten, sagten ja, und er lächelte.

»Gut. Dann kommt jetzt, und vergesst nicht ...« Er legte einen Finger an die Lippen.

Unterwegs hielt er Gennas Hand, denn das arme Mädchen zitterte und war noch nicht richtig wach. So liefen sie rasch den Flur hinunter bis zur Kreuzung, wo er sich von Ossacer getrennt hatte. Dort bogen sie nach links ab und rannten zur Hintertreppe. Es war der Aufgang für die Dienstboten, verborgen hinter einer mächtigen Eichentür und rau unter den nackten Füßen. Die engen Mauern, zwischen denen die Wendeltreppe nach unten führte, waren unverputzt.

Arducius öffnete die Tür. Von unten hallte ein Ruf herauf, Schwerter klirrten, Männer rannten. Die Kinder zuckten zusammen, eines stieß einen Schrei aus.

»Still«, sagte Arducius. »Bitte. Sie wissen nicht, wo wir sind, und sie gehen sicher bald wieder weg.« Er betrachtete sie. So klein, so unschuldig waren sie. Sein Zorn flammte auf, doch er unterdrückte ihn und beruhigte mit Mühe seine Lebenslinien.

»Kommt her, haltet euch an den Händen.«

Sie gehorchten, und er drückte Gennas kleine Hand. Die Energiekörper der Kinder lagen offen vor ihm, angespannt und viel zu hell. Blau, Gelb und Rot rangen miteinander, während sie versuchten, den ersten Schreck zu überwinden. Arducius dehnte seine Ruhe auf sie aus, und einige atmeten tatsächlich langsamer. Auch ihre Energien brannten nicht mehr so hell.

»Gut. Gut so, das ist es. Wir müssen auf der Treppe sehr leise sein. Vielleicht seht ihr auch Dinge, die euch nicht gefallen. Vertraut mir, es ist nicht mehr weit.«

Sie rissen im Dunkeln die Augen weit auf, doch er glaubte, dass er zu ihnen durchgedrungen war. Nun führte er sie die Treppe hinunter. Von unten drang kein Licht herauf, allerdings brauchte Arducius auch keines. Das neutrale Grau der Steine bildete den Hintergrund, vor dem winzige Pünktchen ungebundener Energie in der Luft schwebten. Die Quelle war vermutlich ein Mensch, der unter ihnen im Erdgeschoss draußen vor der Tür stand. Das behandelte braune Holz behinderte Arducius' Wahrnehmung.

»Kommt«, flüsterte er.

Schritt um Schritt tasteten sie sich hinab zum Keller, wo sich der gesicherte Raum befand. Er war aus Stahl und Stein gebaut, der Eingang war hinter Weinregalen verborgen. Groß genug, um die ganze Akademie aufzunehmen, mit Vorräten ausgestattet und belüftet. Wahrscheinlich konnte man dort sogar die Zerstörung des ganzen Gebäudes überleben. Es war eine gute Idee, doch sie mussten erst einmal dorthin gelangen.

Arducius konzentrierte sich auf die Ausstrahlung der Menschen weiter unten. Jetzt bewegten sie sich, die Kampfgeräusche wurden lauter. Auf den Hauptfluren der Akademie herrschte ein großes Durcheinander von Energien. Licht und Feuer, größere Gruppen von Kämpfern. Unmöglich zu sagen, wer Freund und wer Feind war.

Ihm lief der Schweiß in den Nacken. Die kleine Hand, die er festhielt, zuckte und war heiß. Kurz bevor sie die untere Tür und den einsamen Wächter davor erreichten, blickte er noch einmal nach oben. Wieder legte Arducius den Finger auf die Lippen, die Kinder nickten gehorsam und hielten sich dicht an der Außenwand. Von oben drang jetzt ein schwacher Lichtschein herab. Mondlicht, überlegte er. Genug, um die Stufen zu erkennen.

In der Nähe der Tür entdeckte Arducius einen zweiten Energiekörper. Ebenfalls ein Mensch, der jedoch auf dem Boden saß. Nein. Er hockte zusammengesunken an der Wand, und seine Energien wurden schwächer. Er verblutete. Arducius erstarrte. Noch jemand näherte sich der Tür. Stimmen. Er konnte nicht verstehen, was sie redeten, doch es waren beides Männer.

Die Tür ging auf, ein Kopf mit einem Helm erschien. Wenn der Mann nach oben schaute, würde er Arducius entdecken, nicht jedoch die Kinder, die hinter der Krümmung der Wendeltreppe verborgen waren. Er ließ Gennas Hand los und spürte, wie die Kinder sich möglichst klein machten. Ein winziges Geräusch, und sie würden entdeckt. Arducius ertastete den schwachen Luftzug auf der Treppe. Es würde reichen. Er baute im Geiste die Energiestruktur eines Windes auf.

Unter ihm blickte der Soldat nach rechts, wo die Treppe tiefer hinab in den Keller führte. Dort unten war es stockfinster.

»Warst du schon da unten?«, fragte der Soldat.
»Nein«, erwiderte der andere. »Noch nicht.«
»Pass gut auf.«
»Ja, Herr.«
Der Soldat blickte nach oben, und in diesem Augenblick gab Arducius sein Werk frei. Die schwachen Energien der Luft im Treppenhaus strömten durch seinen Körper und bauten einen Windstoß auf, der den Soldaten hochhob und durch die Tür nach draußen schleuderte. Kreischend rutschte seine Rüstung über den Marmorboden. Arducius ließ den Wind weiter wehen und eilte die Treppe hinunter.
»Lauft jetzt, Kinder. Nach unten zum Keller. Schaut nicht zurück.«
Er trat in die Tür. Der Soldat lag auf dem Rücken und konnte sich nicht rühren. Er rief etwas. Von seinem Vorgesetzten war nichts zu sehen. Rechts neben Arducius lag der leblose Körper eines Gardisten des Aufstiegs. Der Wind hatte sein Blut, das sich auf dem Boden ausgebreitet hatte, mitgerissen und auf den Wänden und der Tür verteilt. Hinter Arducius rannten die Kinder rufend und schreiend in den dunklen Keller hinab. Sie waren in Sicherheit, doch die Angreifer hatten sie bemerkt. Arducius wusste, was er nun zu tun hatte.
Direkt unter seinem Ohr ritzte spitzes Metall seine Haut.
»Lass das, Teufelsbraten«, sagte jemand. Die Messerspitze drang etwas tiefer ein. »Sonst wird das Urteil gleich an Ort und Stelle vollstreckt.«
Arducius löste sein Werk wieder auf, das Heulen ebbte ab. Der zweite Soldat stand wieder auf, wischte den Staub von Rock und Brustharnisch, rückte den Umhang der Gotteskrieger zurecht und kam ihm entgegen. Arducius hielt den Kopf hoch.
»Du kommst mit. Die Kanzlerin will dich sehen. Die Gören

holen wir später.« Der Soldat baute sich vor ihm auf. Es war ein Zenturio, an seinem Gladius klebte Blut. »Sehr beeindruckender Trick. Wie schade, dass es dein letzter war.«

»Ganz sicher nicht, aber du wirst es erst erfahren, wenn es dich trifft«, erwiderte Arducius. »Mörder.«

Der Mann runzelte die Stirn und nahm den Helm ab. Er hatte kurze graue Haare, in seinen harten Augen loderte der Hass.

»Ich kann mich nicht erinnern, dir das Sprechen erlaubt zu haben, Lausejunge.«

Dann schlug er Arducius seinen Helm auf den Kopf. Arducius blieb noch lange genug bei Bewusstsein, um sich Sorgen um seine Knochen zu machen, die beim Aufprall auf den Boden brechen konnten.

Als Arducius die Augen wieder öffnete, schaute Ossacer auf ihn herab. Er spürte Hände auf seinem Kopf und pochende Schmerzen, die aber rasch nachließen. Erst lächelte er, doch als er Ossacers Miene sah, verschwand das Lächeln sofort wieder.

»Nicht«, sagte sein Bruder leise. »Ich musste dich in Ordnung bringen, aber tu weiter so, als wärst du verletzt. Sie würden mich töten, wenn sie wüssten, was ich getan habe.«

Arducius runzelte die Stirn. Er fühlte sich gut. Ossacer hatte die Folgen des Schlags auf den Kopf und wahrscheinlich noch einige weitere Verletzungen behoben. Seine Toga war völlig mit Blut verschmiert. Er erschrak.

»Keine Sorge, Ardu, das ist nicht deines. Du bist auf ein Opfer unserer ruhmreichen Kanzlerin gestürzt.« Ossacer zog die Augenbrauen hoch. »Du hast dir den Arm und ein paar Finger gebrochen, Bruder. Du solltest mich wirklich mal deine spröden Knochen gründlich untersuchen lassen.«

Arducius schüttelte den Kopf. »So bleibe ich immer vorsichtig.« Allmählich kehrten seine Erinnerungen zurück.

»Dazu ist es jetzt sowieso etwas zu spät. Du hast es also auch nicht in den sicheren Raum geschafft, was? Wo sind wir?«

»Im Kanzleramt«, erklärte Ossacer. »Setz dich ruhig auf, aber vergiss nicht, dass dir der Kopf wehtut.«

Arducius lag vor dem kalten Kamin auf einer Liege. Er drückte sich mit einem Arm hoch und ließ sich halb von Ossacer schieben. Das Kanzleramt war hell erleuchtet, und der Raum war voller Menschen. Arducius' Herz sank.

Die drei Aufgestiegenen der elften Linie waren da, sie saßen auf einem über Eck aufgestellten Sofa. Zwei von der zehnten Linie standen daneben. Cygalius, der immer noch schlecht zurecht war, und Bryn, nach dem braven alten Schmied von Westfallen benannt und genauso stark, waren ebenfalls da. Zweifellos hatte Bryn bei seinem Bruder gewacht. Tapfer, aber dumm war das. Auch jetzt noch stand er über den liegenden Cygalius gebeugt und beschützte ihn. Andreas und Meera saßen nebeneinander auf Stühlen mit hohen Lehnen, sodass Meera dem alten Mann einen Arm um die Schultern legen konnte.

Sie alle waren von Gottesrittern umgeben, die ihre Bogen und Schwerter bereithielten. Die Soldaten standen in sicherer Entfernung und beobachteten sie. Ossacer und Arducius dämpften ihre Stimmen.

»Wo sind die anderen?«, wollte Arducius wissen.

»Da weißt du mehr als ich«, antwortete Ossacer.

»Die Kleinen haben es geschafft, sonst habe ich niemanden gesehen.«

»Wir wollen hoffen, dass es auch die anderen von der zehnten Linie nach unten geschafft haben«, sagte Arducius. »Sie haben es ja bemerkt, dass ich geschnappt wurde.«

»Wir haben noch Zeit«, überlegte Ossacer. »Wir sind nicht völlig hilflos.«

Arducius nickte und betrachtete die aufmerksamen Wächter. »Ja, aber so viele können wir nicht besiegen. Nicht einmal du und ich und Bryn zusammen.«

»Außerdem fragst du dich, warum wir noch nicht tot sind.«

»Darüber habe ich tatsächlich nachgedacht.«

»Ich glaube, dafür müssen wir der Kanzlerin danken. Vergiss nicht, dass wir Staatsfeinde sind. Sie will unsere Hinrichtung als Theaterstück aufführen.«

»Das ist keine schöne Aussicht.«

»Nein, aber so bleiben uns mehr Möglichkeiten.«

Die Tür des Kanzleramts ging auf, und Felice Koroyan trat ein.

»Der erste Akt?«, fragte Arducius.

Ossacer nickte.

Die Kanzlerin ging langsam um ihre Gefangenen herum, betrachtete sie nacheinander und beendete die Runde vor Ossacer und Arducius.

»Nun, Ossacer, Ihr sagtet, Ihr wolltet einmal mit mir im Kanzleramt Tee trinken, und nun scheint es, als sollte sich Euer Wunsch erfüllen. Allerdings nicht ganz so, wie Ihr es Euch vorgestellt habt, würde ich meinen, aber mehr kann ich Euch jetzt nicht bieten.« Sie lächelte selbstgefällig und ließ den Blick durch den Raum wandern. »Wie habe ich dieses Haus vermisst. Hier kann man gut leben, über Glaubensfragen nachdenken und diskutieren, wie man den Glauben an den Allwissenden am besten unter den Völkern der Konkordanz verbreitet. Ihr habt nichts verändert. Wie freundlich von Euch.«

»Wie ich ebenfalls sagte, wir sind nur Mieter. Wir waren jederzeit bereit, Euch die Gebäude zurückzugeben und uns Euch unter der Gnade Gottes anzuschließen«, erwiderte Ossacer.

Koroyan schnitt eine angewiderte Grimasse. »Ihr werdet nicht die Gnade des Allwissenden finden, und die Anbetung Eurer bösen Idole hat hier keinen Platz. Eure Gegenwart allein besudelt schon diesen Ort. Wahrscheinlich muss ich das Haus abreißen lassen, um den Dreck zu entfernen, den Ihr hinterlassen habt.«

Sie deutete hinter sich durch die Tür zum Flur. Die Büste von Ardol Kessian lag zerschmettert auf dem Boden.

»Ich habe bereits damit begonnen.«

»Habt Ihr Eure eigene gesehen?« Alle schauten Bryn an. »Hesther stieß sie versehentlich um, und wir dachten, wir lassen sie einfach liegen. Ohne Nase sieht sie viel besser aus, findet Ihr nicht auch?«

Die Kanzlerin zuckte zusammen, unternahm aber nichts. »Macht Ihr Euch nur lustig, kleiner Bursche. Aber vergesst nicht, dass ich überleben werde und den Bildhauer anweisen kann, eine neue Büste zu erschaffen. Von Euch, von Eurer Akademie und Eurer ganzen kranken Geschichte wird nur in den Erinnerungen der wenigen etwas bleiben, die wir bis zum Tode hetzen werden. Ihr seid am Ende. Draußen im Hof werden schon Eure Scheiterhaufen errichtet, und der Scharfrichter erwartet Euch, bevor die Flammen Euch zu Asche verbrennen werden. Ich fürchte, der verstorbene Senator Aurelius hat sich geirrt. Es gibt viele Arten, auf die ein Ketzer zugrunde gehen kann. Ihr werdet vor den Augen der Stadt sterben, wenn die Dämmerung den neuen Tag ankündigt und das Licht des Allwissenden auf mich und meine Getreuen herabscheint.«

Arducius hatte keine Angst, und er wusste auch, warum. Er war unendlich traurig und fügte sich in sein Schicksal. Seufzend rieb er sich die Schläfe, aus der Ossacer doch nicht alle Schmerzen vertrieben hatte.

»Das Rad beschreibt einen ganzen Kreis, nicht wahr, Felice?«

Sie kniff die Augen zusammen wie immer, wenn er sie beim Vornamen nannte.

»Unser ganzes Leben ist ein Kreis, Arducius.«

»Dennoch habt Ihr Euch entschlossen, Eure Ziele mit Gewalt und Mord zu erreichen, obwohl Ihr nur hättet zuhören und verstehen müssen. Ihr werdet auch uns ermorden, aber Ihr sollt dies im Wissen tun, dass wir nie eine Bedrohung für Eure Autorität waren. Wir lernten schon in unserer Kindheit, Euch zu lieben. Genau wie alle Gläubigen.«

»Vielleicht sind wir beide nicht bereit, uns zu ändern.« Koroyan sprach leise, fast freundlich. »Ihr verbreitet immer noch Eure Lügen. Lügen, die so überzeugend und einleuchtend klingen, dass ich sie fast selbst glauben könnte. Aber wir haben genug geplaudert, die Zeit der Diskussionen ist vorbei. Sagt mir, wo ich die anderen widerwärtigen Geschöpfe und Hesther Naravny finde, die Mutter des Bösen.«

Arducius war sichtlich verwirrt. »Aber das wisst Ihr doch.«

»Offensichtlich nicht«, fauchte die Kanzlerin. »Wir wissen, dass einige Gören in den Keller gerannt sind, aus dem es keinen Ausgang gibt. Im Augenblick können wir sie jedoch nicht finden. Ich will wissen, wo sie sind.«

»Von mir werdet Ihr es nicht erfahren«, sagte Arducius. »Niemand hier wird sie verraten.«

»Zwingt mich nicht, Euch wehzutun.«

Arducius lachte sie aus und genoss die Wut, die in ihr kochte.

»Ihr könnt einem Aufgestiegenen nicht so einfach wehtun. Wisst Ihr denn nicht, dass wir unsere Schmerzen unterdrücken und dies auch füreinander tun können? Ihr würdet es nicht einmal bemerken. Da wir sowieso sterben müssen, bringen Euch Eure Drohungen nicht weiter.«

Koroyan zuckte mit den Achseln. »Na gut.« Sie sah sich kurz um, bis ihr Blick auf Ikedemus fiel, einen Schüler der elften Linie. Er war ein Schmerzfinder, der in Ossacers Fußstapfen trat. »Der da.«

Ikedemus schrie erschrocken auf, als der riesige Soldat ihn mit seinen starken Armen von der Liege riss und einfach hochhob. Ikedemus zappelte und trat um sich, aber es nützte nichts. Koroyan baute sich vor ihm auf und zog ein langes Messer mit schmaler Klinge aus dem Gürtel. Der Junge wehrte sich heftig und rief um Hilfe.

»Niemand wird kommen und dich retten«, sagte Koroyan. »Du weißt doch, wo sie sind, nicht wahr? Sage es mir, und ich stecke das Messer wieder in die Scheide.«

»Sag nichts, Ikedemus«, sagte Ossacer. »Bleib ruhig, dir wird nichts geschehen.«

»Wenn Ihr ihm wehtut, werde ich Euch wehtun«, warnte Arducius sie.

Zwei Dutzend Bogen wurden gespannt und zielten auf ihn.

»Ich glaube nicht. Eine falsche Bewegung, und Ihr sterbt jetzt sofort.«

»Das wäre sogar vorzuziehen«, erwiderte Arducius.

»Wenn Ihr das glaubt, dann greift mich an.« Koroyan wandte sich wieder Ikedemus zu, der sich beruhigt hatte und ihren Blick erwiderte. »So, Ikedemus. Die letzte Gelegenheit. Wo sind sie?«

Sie fuchtelte vor seinen Augen mit dem Messer herum. Der Junge schwieg. Schließlich blies die Kanzlerin die Wangen auf und schüttelte den Kopf. Blitzschnell und präzise legte sie knapp über dem Knie eine Hand aufs Bein des Jungen und brachte ihm am Oberschenkel einen tiefen Schnitt bei. Das Blut spritzte hervor und färbte seine Toga.

»Das ist die Beinschlagader, nicht wahr, Ossacer?«, sagte sie. »Seht zu, wie er verblutet, oder sagt mir, was ich wissen will, und wir lassen Euch ihn heilen, damit er auf den Scheiterhaufen kommen kann.«

Ikedemus zitterte und bebte und zuckte im Griff des Soldaten.

Die Tränen strömten ihm übers Gesicht, er öffnete den Mund und wollte sie anflehen, ihm zu helfen, doch er wollte nicht aufschreien. Ossacer erhob sich.

»Ruhig, Ikedemus. Du weißt, was du zu tun hast, aber du musst ruhig sein.«

»Hört auf mit diesen Spielchen, Felice«, schaltete sich Arducius ein. »Das nützt Euch überhaupt nichts.«

»Da bin ich anderer Ansicht«, erwiderte Koroyan. »Er ist ja nur der Erste, glaubt mir.«

»Ihr werdet die ganze Nacht damit verbringen«, widersprach Arducius.

»Ich habe so viel Zeit, wie ich brauche.«

Arducius lächelte. »Ihr wisst nicht, womit Ihr es zu tun habt.«

Koroyan folgte seinem Blick. Ikedemus wehrte sich nicht mehr, er hatte die Augen geschlossen, und die Blutung hatte aufgehört. Koroyan riss seine Toga fort. Der Schnitt war noch da, aber er sah aus, als wäre er schon vor Tagen verheilt. Sie zuckte zusammen und wich einen Schritt zurück.

»Dann versuche, das hier zu stillen, du gottloser kleiner Bastard!«

Sie rammte Ikedemus das Messer mit solcher Kraft in die Brust, dass die Klinge sein Herz durchbohrte und über den Brustharnisch des Soldaten kratzte. Der Soldat ließ den Jungen fallen, sprang zurück und starrte die Kanzlerin an. Ikedemus brach zusammen, das Blut spritzte aus der tödlichen Wunde. Er zuckte noch einmal und blieb reglos liegen.

Die Kanzlerin wandte sich wieder an Arducius. In ihren Augen loderte wilder Zorn.

»Sagt mir, wo sie sind, oder Gott umfange mich, ich werde mit euch allen tun, was ich mit diesem kleinen Mistkerl gemacht habe.«

»Das reicht jetzt«, sagte Andreas Koll.

Arducius fuhr herum, immer noch benommen von dem, was er gerade beobachtet hatte. Von Meera gestützt, stand Andreas auf. Tränen glänzten auf seinen Wangen, und sein Gesicht war entsetzlich bleich. Die Erinnerung an die Ereignisse vor einem Jahrzehnt auf dem Forum von Westfallen schossen Arducius durch den Kopf. Damals hatte Vater Kessian das Wort ergriffen, auch er ein gebrechlicher alter Mann. Wenn Koroyan sich jetzt auch noch auf Andreas stürzte, würde sie ihm nicht mehr entkommen. Dieses Mal nicht.

»Ja, ich stimme zu«, sagte die Kanzlerin, das Messer nach dem Stich hoch erhoben und ein wenig keuchend.

»Selbst Eure eigenen Leute können kaum begreifen, was Ihr gerade getan habt. Ihr habt soeben einen zwölfjährigen Jungen ermordet.«

»Ich habe das Urteil an einem Ketzer vollstreckt«, erwiderte sie rasch. »Meine Leute wissen das.«

Sie sah sich um, und Arducius konnte beobachten, wie der Eifer aus ihr wich. Andreas hatte recht. Die Kämpfer hatten die Bogen und Schwerter gesenkt, die Gottesritter starrten sie und den armen Ikedemus an, der in seinem Blut am Boden lag. Ihm konnte jetzt niemand mehr helfen, aber wenigstens hatte er keine Schmerzen mehr und musste sich nicht mehr fürchten.

Koroyan funkelte ihre Soldaten an.

»Vergesst nicht, wer Euer Gott und wer Euer Feind ist. Vergesst nicht den Preis, wenn wir versagen.«

Ossacer war wieder auf seine Liege gesunken und barg seinen Kopf in den Händen. Arducius wusste, warum, und konnte ihm keinen Vorwurf machen. Nicht hierfür. Bryn schien bereit, jederzeit zuzuschlagen, doch Meera hielt ihn mit ihrer freien Hand zurück.

»Was jetzt, Felice?«, fragte Arducius. »Wer ist der Nächste? Ich? Ossacer? Aber normalerweise sind Euch ja hilflose Opfer lieber.«

Meera zischte, er solle schweigen. Er sah es nicht ein. Dann erinnerte er sich, dass Arvan Vasselis einst lieber Westfallen aufgegeben hatte, als sich gegen eine überwältigende Zahl von Gotteskriegern zu verteidigen. So hatte er das Dorf gerettet und erklärt, Heldentum bedeute keineswegs, für eine Sache zu sterben, sondern vielmehr, die richtigen Entscheidungen zu treffen, die den Menschen neue Hoffnung spendeten. Arducius hatte es nicht gleich verstanden, aber jetzt begriff er es. Er nickte Meera zu und hauchte eine Entschuldigung.

Koroyan hatte sich schon in Bewegung gesetzt. Sie ging an Arducius und Ossacer vorbei, blieb vor Cygalius stehen und setzte ihm das Messer an die Kehle.

»Ist der hier hilflos genug, Arducius?«

Bryn knurrte und schüttelte Meeras Hand ab.

»Bedrohe ich jetzt Euren besten Freund?«, fuhr Koroyan zuckersüß fort. »Dann sagt mir, was ich wissen will, sonst wird er zucken und sterben wie der andere.«

»Bryn, kein Wort«, sagte Arducius scharf.

»Wenn Ihr ihn anrührt ...«

»Ja, ich weiß, Bryn. Dann werdet Ihr mir wehtun. Aber nicht so sehr, wie die Pfeile Euch wehtun werden. Dies ist die letzte Gelegenheit.« Sie drückte fester, ein wenig Blut rann an Cygalius' Hals herab. Der bewusstlose Junge schluckte reflexartig.

»Felice, Andreas hat recht. Hört doch auf damit«, sagte Arducius. »Was wollt Ihr denn beweisen? Dass wir alle bereit sind zu sterben, damit unseren Freunden nichts geschieht? Dazu sind wir bereit. Eure Hände sind voller Blut, und Ihr macht Euch neue Feinde.«

Koroyan wandte sich an Arducius. Wieder loderten ihre Augen.

»Ich werde dieses Haus Stein um Stein auseinanderreißen, um sie zu finden. Ob Ihr lebt oder tot seid, ist mir egal.«

»Denkt doch nach, Felice. Überlegt, was Ihr da tut. Ihr seid Felice Koroyan, die Ordenskanzlerin des Allwissenden. Eine Frau, die mehr als jeder andere lebende Mensch dem Glauben und der Liebe für diese Welt verpflichtet ist. Dennoch haltet ihr einem bewusstlosen Jugendlichen ein Messer an die Kehle. Ob er in Euren Augen ein Ketzer ist oder nicht, er ist ein bewusstloser Junge. Wenn Ihr ihn schon im Morgengrauen mit uns allen hinrichten müsst, dann soll es sein. Das Urteil ist gesprochen, unsere Stunden sind gezählt. Aber erweist ihm nun die Gnade des Allwissenden und ermordet ihn nicht, während er da liegt.«

Arducius glaubte fast, sie würde das Messer wegstecken. Ihr Mund und die Lider zuckten leicht, während sie über seine Worte nachdachte. Ihr Gesichtsausdruck wurde etwas weicher. Stille senkte sich über das Kanzleramt, von draußen drangen Rufe herein. Die Helfer türmten die Scheiterhaufen auf.

Auf einmal rammte Koroyan Cygalius das Messer in die Kehle, das Blut spritzte in hohem Bogen heraus. Meera schrie auf, Ossacer rief »Nein!«, und Andreas sank auf seinen Stuhl. Er hatte Blutspritzer im Gesicht und war vor Schreck gelähmt. Bryn stürzte sich auf die Kanzlerin, mehrere Bogensehnen sangen. Bryn wurde dreimal getroffen, er zuckte in der Luft und brach über Cygalius zusammen. Nun ertönten draußen laute Rufe, und die Tür flog mit einem lauten Knall auf. Helles Licht und die warme Luft strömten herein. Die Gottesritter zogen die Köpfe ein und brachten sich in Sicherheit.

Arducius drehte sich um. Mirron brannte lichterloh. Sie stand hinter einer großen Gestalt, die noch im Schatten blieb, und war über und über mit Flammen bedeckt. Sie spielten auf ihren Fingerspitzen, zuckten zu den Soldaten und trieben sie weiter zurück. Felice Koroyan richtete sich auf und ließ das Messer fallen.

Der Neuankömmling ergriff das Wort.

»Was, im Namen meines Gottes, des Allwissenden, und meiner Herrin, der Advokatin, ist hier auf dem Hügel geschehen?«

Er trat aus dem Schatten ins Licht.

7

859. Zyklus Gottes, 41. Tag des Genasauf

»Mirron, wenn jemand nach der Waffe greift, verbrennst du ihn.«

»Mit Vergnügen.«

Die Einnehmer und die Gardisten des Aufstiegs kamen hinter ihnen durch den Flur gerannt. Paul Jhered machte ein paar Schritte mit gezogenem Gladius. Er packte den nächsten Soldaten an der Kehle und hielt ihm die Schwertspitze unter die Nase.

»Willst du mich etwa angreifen? Lass deine verdammte Waffe fallen.«

Die Klinge fiel klirrend auf den Boden. Jhered ging weiter.

»Oder du? Oder du?«

Er schritt vor ihnen auf und ab, und seine bloße Gegenwart überwältigte sie. Irgendwie schien er größer und stärker denn je. Seine Miene strahlte die gefährliche Ruhe eines Mannes aus, der ganz und gar bereit ist, seinen Worten Taten folgen zu lassen.

»Will sich mir jemand widersetzen? Wohl nicht. Lasst die Waffen fallen. Ihr alle.«

Die Waffen fielen scheppernd auf den Boden. Jhered wandte sich ab. Arducius war nicht sicher, ob er mehr Angst vor ihm oder vor Mirron hatte, die splitternackt wartete und durch die Flammen, die sie bedeckten, zu ihnen herüberschaute. Sie war so stark, so schön. Jetzt kamen die Einnehmer herein, und als alle die Waffen gestreckt hatten, löste sie auch ihr Werk auf. Ein Gardist des Aufstiegs legte ihr einen Mantel über die Schultern.

Jhered schritt mitten in den Raum und sah sich um. Andreas und Meera, die einander umarmten. Ossacer, der hustete, als würden ihm gleich die Lungen platzen. Die Leichen von Ikedemus, Cygalius und Bryn. Die verstörten Angehörigen der elften Linie, jetzt nur noch zwei, standen in größer werdenden Lachen mit fleckigen Togen herum.

Und schließlich Felice Koroyan.

Jhered baute sich vor ihr auf, durchbohrte sie mit Blicken und schien ihre tiefsten Abgründe zu erfassen. Sein Blick schwankte nicht, und er hielt ihn, bis Felice zusammenzuckte und sich umdrehte.

»Was habt Ihr getan, Felice?«, flüsterte er. »Ich sehe es, aber ich kann es nicht glauben.«

»Diese Leute sind verurteilte Ketzer ...«, mischte sich ein Soldat ein.

Jhered fuhr herum und zielte mit dem Schwert auf ihn. »Halt den Mund.«

»Ich vollstrecke das Urteil«, sagte Koroyan.

Jhered steckte seufzend seinen Gladius, an dem kein Blut war, in die Scheide, zog einen Handschuh aus und wischte sich mit Daumen und Zeigefinger die Augenwinkel aus.

»Ihr wusstet wohl nicht, dass ich zurückkehren würde, was? Wäre das Wetter besser gewesen, dann wären wir schon gestern eingelaufen.« Er trat dicht vor Koroyan, die direkt vor einer Liege stand und nicht ausweichen konnte. »Vielleicht hat mich der Allwissende aufgehalten, damit ich dies ... was auch immer es ist. Mord? Verrat? Es gibt kein Urteil wegen Ketzerei, von dem ich weiß.«

»Gestern war die Verhandlung.« Koroyan fasste wieder ein wenig Mut. »Die Aufgestiegenen und die ganze Akademie wurden der Ketzerei für schuldig befunden und entsprechend verurteilt.«

»Wirklich? Ihr habt es also geschafft, einen Prozess zu inszenieren? Darüber muss ich unbedingt mit Senator Aurelius reden. Vielleicht kann er mir erklären, warum das Urteil einschloss, dass im Kanzleramt Kinder abgeschlachtet werden.«

»Das dürfte schwierig werden«, schaltete sich Arducius ein. Sein Herz pochte immer noch wie wild in der Brust. Inzwischen sah er nichts mehr außer Jhered und Koroyan. »Sie hat ihn wohl besucht, bevor sie hierherkam.«

»Setz dich, Ardu«, sagte Jhered leise. »Bevor du umkippst. Es ist gut, ich weiß, was mit Aurelius geschehen ist. Es tut mir nur leid, dass ich nicht alle retten konnte. Was ist mit den anderen?«

»Die sind in Sicherheit«, sagte Arducius.

Dankbar folgte er Jhereds Aufforderung und setzte sich auf die Liege. Er war unendlich müde. Neben ihm keuchte Ossacer, sein Gesicht war kreidebleich.

»Gut.« Jhered wandte sich wieder an die Kanzlerin. »Ich will heute nicht weiter mit Euch reden. Das Aufstellen der Liste der Anklagen, die gegen Euch erhoben werden, dürfte mehrere Tage in Anspruch nehmen.«

»Bringt sie mir ins Stammhaus. Ich freue mich schon darauf.«

»Ihr macht wohl Witze. Ihr geht nirgendwohin. Ihr und jeder Kämpfer der Gottesritter in diesem Gebäudekomplex steht unter Arrest. Ihr alle werdet eingesperrt und wegen Mordes angeklagt.«

»Ihr könnt mich nicht verhaften. Ich bin die Kanzlerin des Ordens des Allwissenden. Ihr habt hier keine Autorität.« Koroyan richtete sich stolz auf, die alte Überheblichkeit war wieder da.

»Wollen wir wetten? Ich weiß, wer Ihr seid, aber Ihr habt vergessen, wer ich bin. Ich bin für die Sicherheit im Palast verantwortlich.

Wollt Ihr mein Amtssiegel sehen?« Jhered beugte sich vor, bis sich ihre Nasenspitzen fast berührten.

»Ihr seid als Schatzkanzler zurückgetreten.«

»Ich widerrufe meinen Rücktritt, um der Advokatin einen Gefallen zu erweisen. Ergreift die anderen und Felice. Ich will nichts mehr hören.«

Die Palastwächter traten ein und führten die Gottesritter und die Kanzlerin ab. Alle ließen die Köpfe hängen, keiner erhob Einwände. Ihre Schritte entfernten sich. Mirron lief quer durch den Raum und umarmte Ossacer und Arducius. Die drei klammerten sich aneinander.

»Ich fürchtete schon, ihr wärt alle tot«, sagte Mirron.

»Es war knapp«, meinte Ossacer.

»Nur gut, dass Felice sich selbst so gern reden hört«, sagte Arducius.

»Und sie spielt gern mit Messern herum«, ergänzte Jhered.

Die drei Aufgestiegenen lösten sich aus der Umarmung. Jhered stand schon vor Cygalius. Zwei Gardisten des Aufstiegs hatten Bryns Leichnam bereits hochgehoben. Seine Toga war durch und durch rot, es gab keine weiße Stelle mehr.

»Ihr habt nichts verraten, nicht wahr?« Jhered ging zu Ikedemus, kniete nieder und legte ihm kurz die Hand auf den Hals. »Glaubt ihr, es war die richtige Entscheidung?« Er nickte, und die Wächter kamen und hoben auch diesen Leichnam auf, um ihn zu den Ärzten und in die Leichenhalle zu bringen. »Nun?«

»Wir mussten so viel Zeit wie möglich herausschinden«, sagte Arducius. »Sie wollte uns so oder so töten, und wir mussten dafür sorgen, dass wenigstens die anderen entkommen konnten.«

»Was wird mit ihr geschehen?«, fragte Mirron.

Jhered zuckte mit den Achseln. Er fühlte sich ausgelaugt und erschöpft. Arducius konnte ihn gut verstehen.

»Das kann ich wirklich nicht sagen. Ich würde gern glauben, dass sie zusammen mit ihren Verbrechern vor Gericht gestellt, für schuldig befunden und hingerichtet wird. Gott weiß, dass es genügend Beweise gäbe, um hundert Kanzlerinnen zu überführen. Doch sie ist, wer sie ist, und draußen in der Stadt genießt sie große Unterstützung. Wir müssten mit organisierten Demonstrationen und Unruhen rechnen. Wenn ihr euch wieder gefasst habt, müsst ihr mir genau erklären, was geschehen ist. Ich kann euch nur sagen, dass wir ihr so etwas nicht durchgehen lassen können. Nicht nach dem, was ich jetzt gesehen und gehört habe.«

Arducius wandte sich an Mirron, die benommen schien, als wäre sie gerade aus einem besonders üblen Albtraum erwacht.

»Ihr habt Kessian nicht gefunden, oder?«

Mirron konnte nicht antworten, die Tränen liefen ihr übers Gesicht, und sie sank in seine Arme.

»Wir haben ihn gefunden«, beantwortete Jhered die Frage. »Und diesen Bastard Gorian ebenfalls. Doch wir konnten ihn nicht aufhalten.«

»Ihn aufhalten?«, fragte Ossacer. »Dann sind die Gerüchte über die wandelnden Toten wahr?«

»Er hebt ganze Armeen von Toten aus.« Jhered schauderte, als die Erinnerungen erwachten. »Er kann seine Macht über große Entfernungen ausüben und lässt tote Soldaten für sich kämpfen. Gestern ist bereits verloren. Wenn die Ocetanas ihn nicht aufhalten können, dann werden er und seine Armeen herübersegeln und auch Estorr besetzen. Den ganzen Kontinent, wenn sie wollen. Ich weiß nicht, wie man ihn aufhalten soll. Gott umfange mich, wir wissen nicht einmal, wo er ist.«

»Wir haben ein paar Ideen, wie wir ihn suchen und vernichten können«, sagte Arducius. »Felice glaubt nicht an eine Bedrohung, aber wir wollten uns vorbereiten. Aus Sirrane haben wir Sprengpulver bekommen, ein sehr starkes Zeug.«

»Wirklich?« Jhereds Miene heiterte sich auf. »Eine Waffe, mit der wir sie aus der Ferne in die Luft jagen können, wäre sehr nützlich.«

»Orin D'Allinnius nimmt gerade die letzte Feinabstimmung vor und hat, glaube ich, bereits mit der Produktion begonnen. Wir könnten ...«

Jhered hörte nicht mehr zu. Er sprang auf, rannte aus dem Kanzleramt und scharte im Laufen seine Männer um sich, während er andere anwies, die Aufgestiegenen zu bewachen.

»Was ist nur in ihn gefahren?«, überlegte Arducius.

»Ich hoffe, es ist nicht das, was ich befürchte«, antwortete Ossacer leise.

Wenigstens hatten sie ihn dieses Mal getötet und nicht länger leiden lassen. Fast war Jhered darüber erleichtert. Er stand in der Tür der Werkstatt und wollte eine Weile nicht eintreten. Eine kalte Wut ergriff Besitz von ihm. Das hier war noch schlimmer als das, was er in der Akademie gesehen hatte. Was dort vorgefallen war, konnte er zumindest begreifen – Fleisch gewordener religiöser Fanatismus.

Dies hier aber war brutale Rache, die ein Jahrzehnt lang auf die richtige Gelegenheit gewartet hatte. Es hatte seine Zeit gebraucht. Orin D'Allinnius, der brillanteste Wissenschaftler der Konkordanz, hing zwischen zwei Deckenbalken mitten in seinem Büro. Sie hatten ihn geschlagen, sein Kopf war nur noch eine blutige Masse, und sein Unterkiefer war derart verunstaltet, dass jeder Schmerzschrei nur noch weitere Qualen hervorgerufen hätte. Sie hatten ihn teilweise verbrannt und ihm den Bauch aufgeschnitten, die Därme hingen in großen Schleifen heraus und breiteten sich vor seinen Füßen in einer Lache aus trocknendem Blut auf dem Boden aus.

Orins Gesicht war schlaff, die Augen gnädigerweise geschlossen. Jhered fragte sich, warum Koroyan es nicht bis zum Ende getrieben und ihn völlig verbrannt hatte. Seine Zyklen würden weitergehen, die der Kanzlerin jedoch nicht.

Jhered schluckte schwer, als er dies sah und roch. Endlich durchquerte er den Raum und zog seinen Gladius, um ein Seil durchzuschneiden. Orins toter Körper schwang nach links und verschmierte mit einem üblen, schleifenden Geräusch den Boden. Nun hing er am zweiten Seil und drehte sich langsam um sich selbst.

»Tut mir leid, Orin«, flüsterte Jhered. »Es tut mir leid, dass ich nicht hier war, um dich zu retten.«

Jhered durchtrennte auch das zweite Seil und bemühte sich, den Toten aufzufangen. Sachte legte er ihn auf die blutigen Fliesen. Als er an der Tür ein Geräusch hörte, schaute er auf.

»Marcus«, sagte Jhered. »Gott umfange mich, aber es ist gut zu sehen, dass wenigstens Ihr entkommen seid. Was tut Ihr in Estorr? Ich dachte, Ihr seid in Sirrane.«

Gesteris trat ein und starrte mit seinem verbliebenen Auge D'Allinnius' verstümmelten Körper an.

»Roberto schickte mich mit Informationen zurück«, sagte er und machte eine fahrige Geste. »Ich bin schon eine Weile da und habe mich mit Elise Kastenas getroffen. Gerade bekam ich eine Nachricht, dass es im Palast Ärger gegeben habe. Wer ...«

Doch Gesteris wusste es bereits. Er lief nacheinander in alle Laboratorien, riss die Türen auf und schaute hinein. Die Kaminfeuer brannten noch, aber sonst war kein Laut zu hören. Mit aschfahlem Gesicht kehrte er zurück.

»Sie hat sie alle getötet«, sagte er.

»Die Wissenschaftler haben ein Pulver hergestellt.« Jhered richtete sich auf und stieg über das Blut und die Gedärme hinweg. »Ein Sprengpulver. Wir brauchen es.«

Gesteris nickte. »Ich habe das Material aus Sirrane mitgebracht. Offenbar glaubte man dort, wir könnten es brauchen. Was wir hier noch finden, ist alles, was wir haben. Diese Gruppe hat Tag und Nacht ausschließlich daran gearbeitet. Vielleicht finden wir noch zwei, die gerade nicht im Dienst waren, doch Orin hatte noch nicht einmal damit begonnen, die endgültigen Formeln niederzuschreiben. Es gibt keinerlei Aufzeichnungen.«

Jhered legte sich eine Hand vor den Mund. »Damit hat sie uns womöglich alle getötet.«

»Was meint Ihr damit? Paul?«

Jhered konnte nicht sofort antworten. Bilder stürmten auf ihn ein. Er stellte sich vor, mit Koroyan zu tun, was sie dem armen Orin angetan hatte. Er dachte an Legionen von Toten, die durchs Siegestor marschierten. An Gorian auf dem Thron. Als Gesteris ihm die Hand auf den Arm legte, kam er wieder zu sich.

»Ihr wart dort draußen, Paul. Was habt Ihr gesehen?«

»Es ist alles wahr. Gorian, die Toten, die Tsardonier. Gott umfange mich, Marcus, aber ich habe schreckliche Dinge gesehen.« Er schauderte. »Wenn einer im Kampf gefallen ist, dann erweckt Gorian ihn, damit er weiterkämpft. Sie kennen keine Furcht und haben keinen eigenen Willen, sie leiden nicht an Schmerzen. Wir können sie nicht aufhalten. Gestern ist bereits verloren. Sie haben nicht einmal die Wachfeuer entfacht. Die Toten kommen hierher, aber das weiß noch niemand.«

»Begleitet mich«, sagte Gesteris. »Wir wollen gehen, damit die Ärzte aufräumen können. Elise hat mich begleitet, sie ist jetzt in der Akademie.«

Jhered nickte, dann verließen die beiden Männer die Werkstätten und kehrten zu den Aufgestiegenen zurück. Jhered fühlte sich wie betäubt. Nachdem der Zorn verflogen war, breitete sich jetzt ein anderes Gefühl in ihm aus. Es war unvertraut und lähmte seinen Verstand. Gesteris fasste es für ihn in Worte.

»Ihr seid schockiert«, erklärte er. »Was Ihr gesehen habt ... es ist eine Sache, damit zurechtzukommen, wenn man es direkt vor sich sieht, aber es ist etwas ganz anderes, wenn man es sich wieder vor Augen ruft, weil man es erzählen muss. Haltet Euch einfach an die Tatsachen. Wie viele kommen durch Gestern?«

Jhered unterdrückte ein Lachen. »Das ist ja das Problem. Ich weiß es nicht. In Kark sahen wir Tausende. Ich kann unmöglich sagen, wie viele gefallen sind und verwesen und wie viele ihre Reihen verstärken, wenn sie die Westküste von Gestern erreichen. Gorian hat Seuchen, aber auch Klingen eingesetzt, um seine Armee aufzubauen. Die Tsardonier unterstützen ihn. Ich glaube nicht, dass wir sie aufhalten können, wenn sie die Überfahrt zu unserer Westküste schaffen.«

Im Palast war es jetzt ruhig. Vor allen Türen und auf den Wällen standen Gardisten, kleine Trupps patrouillierten auf dem Gelände. Aus der Stadt wehte Lärm herüber, die Unruhen hatten noch nicht aufgehört. Feuersbrünste erhellten die Nacht. Die Schritte auf dem Pflaster waren die einzigen normalen Geräusche, die entstanden, während die Ärzte und Soldaten sich bemühten, den Verletzten zu helfen und den Toten die letzte Ehre zu erweisen.

»Wir könnten den Ocetanas signalisieren«, schlug Gesteris vor. »Die Wachfeuer sind wegen der Invasion bereits entzündet, und unsere Verteidigung ist vorbereitet. Die Kommandos der Ocenii werden kein einziges Schiff hier landen lassen.«

Jhered hielt vor der Tür der Akademie inne. Ein Wächter hielt sie ihnen auf.

»Warum hat Roberto Euch hergeschickt?« Erneut überkam ihn die Angst. Ein Gefühl, dem er sich nicht stellen wollte. »Warum haben die Sirraner Euch das Pulver gegeben? Was wissen sie?«

Gesteris fasste ihn am Arm und führte ihn hinein. Hinter ihnen schlossen die Wächter die Tür. Drinnen lagen die Flure in hellem Laternenlicht. Die Leichen waren schon entfernt, doch überall waren noch Blutspuren zu sehen, auf dem Boden, an den Wänden, auf Büsten und Gemälden.

»Roberto wollte zur Grenze von Gosland, weil die Sirraner sagten, eine tsardonische Streitmacht wolle dorthin vorstoßen. Wir sind ziemlich sicher, dass andere Abteilungen nach Atreska marschiert sind. Es wird schon gut gehen. Wir haben dort starke Verteidigungen, und erfahrene Männer führen das Kommando. Ich glaube, Ihr solltet Euch beruhigen.«

»Ihr versteht nicht, womit wir es hier zu tun haben. Es ist nicht einfach nur die Invasion eines Feindes, den wir kennen. Einen Gegner, der schon tot ist, könnt Ihr nicht töten.« Wieder schauderte Jhered. »Marcus, ich habe versucht, gegen sie zu kämpfen. Ich habe einem wandelnden Toten meinen Gladius durchs Herz gestoßen, und er ging dennoch immer wieder auf mich los. Alles, was wir über Krieg, Legionen, Phalanx, Bogenschützen und den Kampf mit dem Gladius wissen, ist nutzlos.«

»Paul, nun kommt schon ...«

»Hört mir zu, Marcus! Denkt nach. Wenn wir sie Mann gegen Mann bekämpfen, stärkt jeder, der auf unserer Seite fällt, ihre Reihen. Wir müssen sie möglichst bald aufhalten, denn sie marschieren Tag und Nacht. Katapulte, Feuer und die Aufgestiegenen. Mehr haben wir nicht.« Jhered ging weiter zum Kanzleramt. »Betet, dass die Advokatin bald zurückkehrt. Wir müssen wissen, wie stark die Konkordanz überhaupt noch ist, und wir müssen unbedingt Gorian finden. Wir sind ihm einmal begegnet und konnten ihn nicht töten, doch er ist der Schlüssel. Es ist erschreckend, Marcus, glaubt mir. Er kann an drei Fronten zugleich die Armeen der Toten kontrollieren, daran besteht kein Zweifel. Und dieses Miststück Koroyan hat gerade mindestens drei unserer Waffen getötet und unseren besten Wissenschaftler ermordet.«

»Aber wenn sie wirklich an drei Fronten marschieren, dann haben wir nicht genügend Artillerie, nicht genügend Aufgestiegene und ganz sicher nicht genügend Pulver. Wie sollen wir sie aufhalten?«, fragte Gesteris.

»Genau. Wenn wir Gorian nicht finden und töten, sind wir verloren. Und die Zeit zerrinnt uns zwischen den Fingern.«

8

859. Zyklus Gottes,
42. Tag des Genasauf

General Dina Kell traf eine Entscheidung und setzte schnelle Reiter ein, um den Botendienst der Konkordanz zu erreichen. Sechs Soldaten schickte sie aus, alle mit der gleichen Botschaft, und jeder sollte den schnellsten Weg nach Estorr suchen, um die Neuigkeiten zu übermitteln, damit die Aufgestiegenen möglichst bald in den Kampf eingriffen und die Konkordanz retteten.

Sie machte sich große Sorgen, während sie mit Prosentor Ruthrar redete und ihre Leute von Tag zu Tag mutloser wurden. Die Toten folgten ihnen und rasteten nie. Es gelang ihnen einfach nicht, sich weit genug zu entfernen und die Verfolger abzuschütteln.

Die Legionäre der Konkordanz und die tsardonischen Krieger hatten sich Blasen gelaufen und waren erschöpft, doch wenigstens ließ die Feindseligkeit nach. Schließlich machte Gorian keinen Unterschied zwischen ihnen. In seinen Augen waren sie alle potenzielle Rekruten für seine Armee der Toten. Der Konflikt zwischen ihnen war eine sinnlose Übung, die Gorian nur stärken würde.

Die Tsardonier waren nicht mehr der Feind.

Doch auch wenn es keine Feindseligkeit mehr gab, echtes Vertrauen war noch nicht gewachsen. Die beiden Gruppen blieben auf Distanz, und die Soldaten der Konkordanz bewachten immer noch ihre früheren Gegner, wenn sie rasteten. Niemand sollte vergessen, dass sie sich auf dem Land der Konkordanz befanden.

»Wie lange noch, bis wir die Grenze von Atreska erreichen?«, fragte Ruthrar.

Wie in den letzten vier Tagen ritt er auch jetzt neben Kell. Da sie sich ständig unterhalten hatten, beherrschte er die estoreanische Sprache inzwischen viel besser. Kell war ihm durchaus freundlich gesonnen. Er war nur ein Soldat, der tat, was seine Herrscher von ihm verlangten. Jetzt war er in einem fremden Land gestrandet. Sie hatte nach Täuschung und Verrat in ihm geforscht und nichts gefunden. Er hatte ihr offen von den tsardonischen Kräften berichtet, die seines Wissens gegen die Konkordanz marschierten, und keine einzige Frage über die Verteidigung der Konkordanz gestellt, wie sie es fast erwartet hatte. So konnte Kell nur zu der Schlussfolgerung gelangen, dass seine erste Zusicherung, er wollte lediglich seinen König vor der Gefahr warnen, die Gorian jetzt darstellte, aufrichtig gewesen war.

»Wenigstens noch dreißig Tage. Dabei unterstelle ich, dass wir trotz der Verfassung unserer Fußsoldaten nicht langsamer werden. Es ist kein widriges Gelände, doch wir können nicht die ganze Zeit über auf der Straße laufen. Möglicherweise finden wir Transportgelegenheiten am Fluss, aber auch darauf würde ich mich nicht verlassen. Es wird ein anstrengender Marsch.«

»Und dann?«

Kell zuckte mit den Achseln. »In Atreska entlasse ich Euch und Eure Männer, damit Ihr Euren König warnen könnt. Ich bleibe bei meinen Leuten, um Euren Rücken und zugleich unsere Front zu schützen. Ich bete nur, dass Khuran auf Euch hört.«

»Er wird auf mich hören.«

»Ihr seid Euch Eurer Sache sehr sicher.«

»Er kann jeden unter meinem Befehl befragen und wird immer das Gleiche hören. Außerdem wird er sehen, woher ich komme. Ihr solltet mich begleiten, um ihn kennenzulernen.«

Kell schüttelte den Kopf. »Nein. Meine Pflicht gebietet mir, unsere Verteidigung zu verstärken. Die Toten sind uns auf den Fersen. Ihr müsst sie von vorne angreifen, und ich gehe sie aus dem Rücken an.«

»Ich verstehe.« Ruthrar betrachtete sie. Er besaß einen scharfen Verstand und spürte, dass sie ihm etwas vorenthielt. »Was ist aus Euren Leuten geworden, die an den Klippen entkamen? Roberto Del Aglios war doch bei Euch, oder?«

»Ja.«

»Und Euer Gemahl. Ein Held der Schlacht in den Gawbergen.«

Kell biss sich auf die Unterlippe und starrte die Mähne ihres Pferdes an. Sie versuchte, nicht an ihren Mann zu denken, doch die Gedanken kamen, sobald sie die Augen schloss. Es war so schwer zu glauben, dass er gefallen sein sollte. Noch schwerer war es jedoch zu hoffen, dass er und Roberto entkommen waren. Diese ekelerregende Lawine, die auf sie zugerollt war, und sie hatten es noch nicht einmal bis zum Weg geschafft, als Kell sich hatte zurückziehen müssen. Dann hatte sie beide aus den Augen verloren. Was sollte sie ihren Kindern sagen, wenn er nun in der Armee der Toten marschierte? Was erzählt man einem kleinen Jungen, der seinen Vater vergöttert und für unbesiegbar hält? Oder einer Tochter, die sich über das Lächeln ihres Vaters freut und in der Legion dienen will, um die ärztliche Kunst von Dahnishev sogar zu übertreffen?

»Dahnishev …« Sie unterbrach sich.

»General?«

»Drei große Männer waren an den Klippen, als Gorian seine Toten losließ. Ich kann nicht glauben, dass einer von ihnen überlebt hat.« Sie runzelte die Stirn. »Woher wisst Ihr von meinem Mann?«

»Es wäre respektlos, wenn ich weitersprache. Ich kann Euch nur darin zustimmen, dass er und Del Aglios hoffentlich überlebt haben. Sie werden in der nächsten Zeit noch sehr nützlich sein.«

»Da sind wir einer Meinung. Aber erzählt es mir. Ich werde nicht beleidigt reagieren.«

Ruthrar hielt inne und wählte seine Worte mit Bedacht. »Ein verheiratetes Paar führt eine Elitelegion der Konkordanz. Diese Neuigkeit hat sich im ganzen Königreich Tsard sehr schnell verbreitet.«

»Wirklich?« Kell lachte. »Ich wusste gar nicht, dass wir so berühmt sind.«

»Nachdem ich Euch kennengelernt habe, bedaure ich es. Wir hielten es für eine Schwäche Eurer Advokatin. Ein Experiment, das scheitern musste.« Ruthrar lächelte verlegen. »Viele haben Witze darüber gerissen. Ihr könnt Euch sicher vorstellen ...«

»Ich habe sie alle gehört. Doch es hat funktioniert, Ruthrar, das kann ich Euch schwören. Oder jedenfalls ging es gut, bis Gorian zurückkehrte.«

Ruthrar nickte. »Daran zweifle ich nicht, General. Nicht im Mindesten.«

Gorian hielt sich die Seite, als die Schmerzen wieder durch seinen Körper schossen. Er stützte sich schwer auf den Jungen, der unter der Belastung taumelte, aber nicht einknickte. Gorian hatte Kopfschmerzen, und seine Beine waren steif. Die Toten, die rings um den Edlen Tydiol marschierten, zögerten kurz, ehe sie den Marschrhythmus wieder aufnahmen. Tydiol sah sich um und gab sich keine Mühe, seine Sorge zu verbergen. Gorian ließ ihn durch einen Wink wissen, dass alles in Ordnung wäre.

»Warum kehrst du nicht auf den Wagen zurück, Vater?«, fragte Kessian.

»Ein Kommandant sollte nicht ruhen, während seine Truppen marschieren«, erwiderte Gorian. »Es geht mir gut, alles in Ordnung.«

Er und Kessian liefen etwa dreißig Schritte hinter den Toten, die Tydiol und Runok unterstanden. Sie hatten sich bewundernswert geschlagen, und auch der Karkulas hatte Gorian nicht enttäuscht. Der Priester saß auf einem Wagen, den sie auf einem Bauernhof gefunden hatten. Der Bauer, seine drei Söhne und vier weitere Männer zogen den Wagen. Ihre Tode hatten Gorian auf neue Ideen gebracht.

Auf Pferde und Ochsen konnte er sich nicht verlassen, doch durfte er seine Streitmacht nicht dadurch schwächen, dass er seine Soldaten als Zugtiere einsetzte. Es wäre klug, in der nächsten Schlacht nicht nur mit starken Waffen anzutreten. Vielleicht konnten sie Geschütze verwenden oder eine Frontlinie aus Toten bilden, die nicht mehr kämpfen konnten, aber immer noch gut genug waren, um die Willenskraft der Feinde zu lähmen. War es nicht die Pflicht der Götter, ihre Untertanen weise einzusetzen und jeweils die ins Feld zu schicken, die für eine Aufgabe am besten geeignet waren?

Hasfort lag am Südrand der Tharnsümpfe. Der Ort war wegen seiner hervorragenden Ingenieure bekannt. Die Konkordanz bezog von dort viele Onager und Ballisten. Dort konnte auch Gorian neue Waffen finden und seine Truppen verstärken. Die paar hundert Feinde, die jetzt vor ihm marschierten, konnten warten. Gorian wusste sowieso, wohin sie wollten.

»Vater, bitte, du musst dich ausruhen.«

Gorian blickte auf seinen Sohn hinab. Es waren nicht nur Verständnis und Mitgefühl, die in seiner Miene Ausdruck fanden.

»Du glaubst, Schwäche zu sehen, aber dem ist nicht so. Selbst für jemanden wie mich ist es ermüdend, so große Kräfte zu kontrollieren. Du und die Karku, ihr habt keine Vorstellung davon. Doch ich spüre sie, ich spüre mein Volk. Jeden Einzelnen, als wäre er durch einen Faden mit mir verbunden, den ich nicht zerreißen kann. Ich bin der Baum, und meine Wurzeln sind überall in der Erde. Meine Untertanen sind wie die frischen Triebe, die im Frühjahr aus dem Boden schießen. Ich kümmere mich darum, dass die Erde sie ernährt, und sie beten mich an, weil ich für sie sorge. Also halte mich nicht für schwach, Kessian. Ich bin stärker, als du es dir überhaupt vorstellen kannst. Aber mit der Stärke kommen manchmal auch die Schmerzen.«

Kessian erbleichte.

»Ein junger Geist kann das Wirken der Götter nicht verstehen.«

»Aber du bist kein Gott, Vater. Du bist ein Aufgestiegener.«

»Für dich bin ich vielleicht kein Gott, aber du bist ja auch mein Sohn. Sie aber, die Toten, denen ich ein neues Leben schenkte – was glaubst du, wie sie mich wahrnehmen?«

»Du siehst nicht gut aus, Vater«, beharrte Kessian. »Dein Gesicht hat Flecken und ist wund.«

Gorian betastete lächelnd seine Wange. Wenn er das Gesicht verzog, schmerzte die Haut, als wollte sie reißen.

»Ich bin der Erde nahe. Ist es da nicht richtig, dass ich eine neue Haut bekomme? Ein Aufgestiegener wird immer zu dem, was er liebt und was er wählt. Ich wähle die Stärke des Waldes und die Kraft der Erde. So kommt sie durch mich zum Vorschein, wie das Feuer durch deine Mutter zutage tritt.«

»Du wirst ihr doch nichts tun, oder?«

»Ich könnte ihr niemals wehtun«, sagte Gorian. »Ich will nur, dass wir als Familie zusammenleben, wie es schon immer hätte sein sollen. Das ist einer der Gründe, warum ich dies alles tue. Vielleicht werde ich jetzt wirklich eine Weile auf dem Wagen fahren. Hilfst du mir da hinten?«

»Ja, Vater.«

Kessian schien ein wenig atemlos. Vielleicht wegen des Traums, Mutter und Vater vereint zu sehen. Was für eine Welt wäre es unter der Kontrolle der ersten Familie von wahren Aufgestiegenen. Bei diesem Gedanken flatterte Gorians Herz aufgeregt in seiner Brust.

Er ließ sich von Kessian auf den Wagen helfen und schickte den Jungen dann zum Edlen Tydiol, von dem er etwas über die Toten unter seiner Kontrolle lernen sollte. Wenn der Junge eines Tages in nicht zu ferner Zukunft als General eine eigene Streitmacht befehligen sollte, dann musste er die Feinheiten der Energien begreifen und wissen, wie man jeden Einzelnen in der Masse steuerte und wie jeder die anderen speiste, bis eine starke Einheit entstand.

»Warum kann ich dir nicht helfen, Vater?«

»Wie könntest du mir denn helfen?«

»Lass mich Tiere besorgen, die unsere Wagen ziehen. So würde es leichter für dich.«

»Nein«, widersprach Gorian so heftig, dass Kessian zusammenzuckte. »Tieren kann man nicht trauen, und du darfst deine Kräfte nicht auf bloße Tiere verschwenden. Unser Heer besteht aus Menschen, und sie sind unsere Arbeitskräfte. Vergiss das nie.«

Stöhnend zog Gorian sich auf den Wagen. Seit dem Morgengrauen waren die Schmerzen ständig schlimmer geworden. Er raffte seine Toga und erschrak. Vom Saum seines schäbigen Gewands bis zu den Stiefeln war die Haut verfärbt. Braun und von dicken Adern durchzogen, hier und dort so trocken wie Baumrinde. An anderen Stellen war sie spröde wie welke Blätter.

Er schob den Stoff wieder zurück, als ihm bewusst wurde, dass seine Beine nicht sehr angenehm rochen. Aber das galt auch für die

Erde selbst. Schimmel und Verwesung hatten ihren Platz neben fruchtbarer Krume und wachsenden Pflanzen. Es hatte eine Zeit gegeben, in der er sich fast im Handumdrehen wieder erholt hätte. An diese Fertigkeiten konnte er sich jetzt kaum noch erinnern.

Gorian legte sich einen Moment hin. Sein Körper war nicht wichtig. Die Kraft seines Geistes konnte ihn in der Verfassung erhalten, die nötig war, um sein Werk zu vollenden. Unzählige Energiebahnen gingen von ihm aus, Kessian und die Gor-Karkulas verstärkten sie und leiteten sie weiter zu den Toten. Alle waren mit ihm verbunden, wie die Lebenden durch die Erde mit dem Allwissenden verbunden waren.

An der Küste von Gestern rekrutierten sie Tausende neuer Kämpfer. Es war seine erfolgreichste Streitmacht. Überall hatte die Konkordanz versucht, sie aufzuhalten, doch der Widerstand hatte seine eigenen Reihen nur verstärkt. Die neuen Kräfte warteten nun, nährten sich durch die Erde unter ihren Füßen und blieben frisch für die schwierige Reise, die ihnen bevorstand. Viele würden fallen, doch genügend würden die Strapazen überstehen.

Wie eine Woge würden sie über Caraduk, Estorea und Easthale hereinbrechen. Kein Mensch, nur Gott konnte sie aufhalten.

Ein einziger Ort sollte verschont bleiben, weil jeder Mensch eine reine und reale Erinnerung brauchte. Für Gorian war es die Heimat.

In Atreska marschierten sie, ohne auf Widerstand zu stoßen, und stellten allen nach, die in Reichweite waren. Bisher hatten sie nur mäßige Erfolge gehabt, und Gorian musste dankbar sein, dass König Khuran mit seinen Zwölftausend hinter den Toten marschierte. Ihre Kämpfe hatten Gorian neue Untertanen beschert, und mit ihnen kamen die Geschütze, deren Diebstahl und Bergung er befohlen hatte.

Dennoch machte er sich Sorgen, weil die Atreskaner sich offenbar entschlossen hatten, keinen Widerstand zu leisten. Er wollte an der Grenze zu Neratharn gegen sie alle kämpfen, war aber unsicher, wie groß ihre Zahl noch war. Nun musste er dafür sorgen, dass seine Untertanen, die schon den langen Marsch von der tsardonischen Grenze hinter sich gebracht hatten, noch genügend Kraft besaßen, um die Verteidigung der Feinde zu zerschmettern. Zu viele stürzten einfach, weil die Verwesung die Oberhand gewann. Es musste doch eine Möglichkeit geben, sie länger am Leben zu halten.

Natürlich gab es diese Möglichkeit. Die Toten nährten sich von der schlummernden Kraft der Erde, genau wie die Pflanzen, die auch in diesem Genastro wieder durch die Krume brachen. Wundervolles neues Leben umgab seine Untertanen und schien sie zu verhöhnen, während sie langsam dahinschwanden, bis ihre verwesenden Körper sie im Stich ließen. Der Boden war jedoch voller starker, unerschöpflicher Energie. Die Pflanzen strahlten hell und gediehen in der Erde, die ihnen Stärke und Hoffnung schenkte. Diese Kräfte konnte er auf sein Volk übertragen.

Gorian entspannte sich, und sofort ließen die Schmerzen ein wenig nach. Es war ganz einfach, und er selbst sollte der erste Empfänger sein. Rings um den Wagen, der durchs frische Grün nach Hasfort rumpelte, verwelkten die grünen Schösslinge und die jungen Blumen. Alle Knospen und Blätter verloren ihr Leben und fielen einem frühen Dusas zum Opfer. Gorian aber nahm ihre Energien auf, die ihn durchfluteten und in ihm tosten wie ein Feuer in trockenem Stroh.

Dann leitete er die Energiegestalt durch die vielen tausend Bahnen an seine Untertanen weiter. Gott schenkte seinen Getreuen Gesundheit. Sein Wohlwollen kannte keine Grenze, und sie würden ihn dafür anbeten.

Die Gor-Karkulas in den Wagen des tsardonischen Königs zuckten zusammen, als die Energie sie durchströmte und auf die Toten überging, die durch Atreska marschierten. Weite Grasflächen färbten sich braun und zerkrümelten zu Staub. Die tsardonischen Krieger riefen und wichen fluchend vor den Toten zurück, als sich der Kreis der Zerstörung ausbreitete.

König Khuran blieb stehen und betrachtete das sterbende Gras, das im Umkreis von fünfzig, hundert und zweihundert Schritten welkte. Die Streitmacht der Toten reagierte sofort. Die Kämpfer richteten sich auf, und statt sich mühsam dahinzuschleppen, marschierten sie nun mit neuer Kraft. Auch der Verwesungsgeruch ließ etwas nach, und sie wirkten ein wenig gesünder.

Khuran wandte sich an seine Adjutanten.

»Was hat er nun wieder vor?«

»Das Entscheidende ist doch, dass wir diesen Bastard mit allen Mitteln aufhalten müssen, weil Ihr sonst keine Herde mehr habt, der Ihr predigen könnt. Ich verstehe nicht, warum Ihr das nicht einseht.«

Drei Tage auf einem kleinen Einmaster, und Roberto hätte Julius Barias umbringen können. Das Einzige, was ihn davon abhielt, war die Tatsache, dass das Ziel seines Zorns der Mann war, den er unter Lebensgefahr gerettet hatte. Ihr frustrierender Streit drehte sich im Kreis. Geprügelt hatten sie sich noch nicht, aber das lag vor allem am beruhigenden Einfluss von Harban-Qvist, der sie sanft oder mitunter gar nicht so sanft an die vor ihnen liegende Aufgabe erinnerte.

Sie mussten Neratharn und die Gawberge erreichen, bevor die Toten die Verteidigungsanlagen überrannten. Dann mussten sie Botschaften nach Estorr schicken, um die Hauptstadt über die Gefahr zu unterrichten, die sich im Norden und Osten näherte. Sie brauchten die Aufgestiegenen, um zu unterbinden, was einer der ihren anrichtete.

»Es muss doch außer dem Feuer noch einen anderen Weg geben.«

»Und wenn es den nun nicht gibt? Stellt Euch doch einfach vor, wir wären bisher noch nicht in dieser Sackgasse gelandet.«

»Es muss ein anderer Weg gefunden werden«, beharrte Julius.

Roberto blickte zum Segel hinauf und legte die Ruderpinne ein wenig herum, damit es prall gefüllt blieb. Bisher hatten sie mit dem Wind Glück gehabt, doch ein neuer Streit war ausgebrochen, als Harban angedeutet hatte, Gott helfe ihnen, ihr Ziel zu erreichen, indem er ihnen günstige Winde schickte. Julius sah das etwas anders. Wie üblich.

»Also gut«, sagte Roberto. »Mein letztes Angebot. Nehmen wir einmal an: Der Einsatz von Feuer wäre der einzige Weg, die Sicherheit aller Bürger der Konkordanz zu gewährleisten. Alle anderen Möglichkeiten sind schon ausgedacht, ausprobiert und verworfen worden. Wäre es nicht sinnvoll, unter diesen Bedingungen ... wartet, lasst mich zu Ende sprechen, Julius, und öffnet bitte Euren Verstand weit genug, um etwas frische Luft hineinzulassen. Wäre es unter diesen einzigartigen Bedingungen nicht sinnvoll, zu akzeptieren, dass es besser wäre, einige wenige zu opfern, statt letzten Endes alle Bürger sterben zu lassen? Natürlich immer unter der Voraussetzung, dass sich die Toten nur durch Feuer aufhalten lassen.«

»Kein Mensch auf dieser Erde hat das Recht, die Zyklen eines Unschuldigen zu beenden«, erwiderte Julius vorsichtig.

»Das ist mir klar, seit wir in diesem Boot sitzen. Beantwortet die Frage.«

»Das habe ich getan.«

»Demnach sagt Ihr mir, Ihr würdet lieber alle Gläubigen des

Allwissenden in der ganzen Konkordanz bei Gorians Toten wandeln sehen, als dass ein einziger Unschuldiger verbrannt wird, um dies zu verhindern. Im Grunde sagt Ihr auch, Ihr selbst würdet lieber unter den Toten wandeln, was ja ebenfalls dazu führt, dass Ihr den Weg in die Umarmung Gottes nicht mehr findet, als einen armen Unglücklichen zu verbrennen, der sich sowieso schon in dieser Lage befindet?«

»Ich sage nur, dass wir nicht zu bösen Mitteln greifen dürfen, um die Welt vom Bösen zu befreien.«

»Ihr seid ein verdammter Idiot.«

Barias zuckte zusammen. »Ich halte mich nur an die Richtlinien meines Glaubens.«

Roberto wedelte mit einer Hand. »Ihr versteht es einfach nicht. Die Regeln haben sich verändert, dafür hat Gorian gesorgt. Darauf müsst Ihr Euch einstellen. Ihr müsst Euch bewegen und harte Entscheidungen treffen, die der Mehrheit auf Kosten einiger Unglücklicher nützen.«

»Der wahre Glaube wird sie von ihrem Weg abbringen.« Julius lächelte nachsichtig.

»Genau wie es am Fuß der Klippe geschah, nicht wahr? Wenn ich mich recht entsinne, habe ich Euch an diesem Tag das Leben gerettet. Wohin hätte Euer Glaube Euch geführt, wenn ich diese Dummheit nicht begangen hätte?«

»Ich bin nur ein einzelner Mann. Schafft Priester des Ordens in großer Zahl herbei, und wir nehmen den Toten mit unserer Willenskraft den Wunsch, weiter umzugehen. So werden sie fallen und in Gottes Umarmung zurückkehren.«

Roberto blickte nach oben. Wolken sammelten sich, der Wind wehte darunter.

»Nun ja, ein Sonnenstich kann es nicht sein.«

»Was meint Ihr?«

»Der Grund dafür, dass Ihr solchen Unsinn erzählt. Aber was kümmert es mich? Im Grunde habt Ihr mich sogar aufgeheitert, wenn ich's mir recht überlege. Macht es unbedingt so, wie Ihr es wollt. Wir holen alle Ordenspriester, die dazu bereit sind, und dazu die Kanzlerin, und wir winken Euch an den Gawbergen zu und sagen Euch Lebewohl. Dann könnt Ihr gehen und tun, was Euer Glaube verlangt, und wenn Ihr alle tot seid, wird es kein Gejammer mehr darüber geben, wenn Soldaten wie ich das tun, was nötig ist, um die Konkordanz und ihre Bürger zu retten.«

Roberto lachte und richtete das Hauptsegel neu aus. Er hatte Schuldgefühle, weil er auf diese Weise triumphiert hatte.

»Ich werde gern mit meinen Brüdern vor die Reihen der Toten treten.« Julius' Antwort klang nicht sehr überzeugend.

»Bringt mich nicht schon wieder zum Lachen, Barias, mir tut davon schon der Bauch weh. Ihr habt nicht den Mut dazu, und außerdem wisst Ihr genau, dass Ihr sterben werdet. Ihr wisst es. Leugnet es, und ich werfe Euch über Bord.«

»Eure Argumente sind kindisch und albern«, warf Barias ihm vor.

»Wirklich? Sind sie nicht einfach nur überzeugend und pragmatisch? Julius, ich komme wirklich gern auf Euch zurück, wenn die Toten in Reichweite sind. Ärgert mich noch etwas, und ich schicke Euch wirklich nach vorn. Aber tut mir vorher noch einen Gefallen. Seht Euch an, was da gegen uns aufmarschiert. Blickt in Euch, bevor Ihr durch falschen Stolz ums Leben kommt. Wir müssen uns nicht unbedingt mögen, und das ist beruhigend. Aber wenn der Krieg vorbei ist, werden die Überlebenden den Orden brauchen wie nie zuvor. Sie werden Menschen wie Euch brauchen. Ihr seid vielleicht ein Idiot, aber wenigstens habt Ihr Euren Glauben.«

9

859. Zyklus Gottes, 46. Tag des Genasauf

Den letzten Abschnitt ihrer Rückreise nach Estorr legte Herine Del Aglios nicht auf dem Seeweg zurück. Eine Brieftaube hatte sie erreicht, und die kurze Botschaft hatte Jhereds Unterschrift getragen. Im Schutze der Dunkelheit war die Advokatin nach der Reise auf dem Fluss Havel westlich von Estorr in einem privaten Hafen an Land gegangen und fast unbemerkt auf den Hügel zurückgekehrt.

Die letzten zwei Tage hatte sie an den Fingernägeln gekaut, während Vasselis und Tuline sie zu beruhigen versucht hatten. In Kriegszeiten musste man vorsichtig sein, und die Advokatin durfte kein Risiko eingehen. Überall in Estorr konnten Meuchelmörder lauern. Und so weiter, und so weiter. Allerdings wusste sie, dass irgendein Unglück Estorr getroffen hatte. Sie kannte Jhered zu gut, eine andere Erklärung konnte es nicht geben.

Nichts hatte sie jedoch auf das vorbereiten können, was auf sie wartete, nachdem sie mit ihren Begleitern am frühen Morgen durchs Siegestor gefahren war. Sogleich bekam sie auch die Erklärung, warum unten in der Stadt so viele Feuer brannten. Irgendwann hatte sie sogar befürchtet, die Invasoren hätten Estorr bereits erreicht, nur um diesen Gedanken gleich wieder als Produkt der

Ängste, die ein müder Geist ausbrütet, zu verwerfen. Jetzt wünschte sie, er hätte der Wahrheit entsprochen. Ein erklärter Feind war jedenfalls einer, den man verstehen konnte.

Der Feind aber, der sich in den Mauern des Palasts gezeigt hatte, war kaum oder überhaupt nicht zu besiegen, und gewiss nicht mit Billigung der Bürger. Herine hatte mit Jhered gesprochen, kaum dass sie die Kutsche verlassen hatte. Ihre Wut war nach und nach verraucht, als sie zu ihren Privatgemächern im Palast gegangen waren. Eigentlich hatte sie direkt zu den Zellen gehen wollen, doch Jhered hatte sie gedrängt, sich nach der Reise zu erfrischen, die staubigen Kleider gegen eine formelle Toga und den Reif der Advokatin zu tauschen und sich zunächst mit einem Kelch warmen, ungesüßten Weins hinzusetzen.

Er war noch bei ihr und schritt unruhig in ihrem unattraktivsten Empfangszimmer umher, während sie warteten. Herine beobachtete ihn. Er trat auf den Balkon, von dem aus man den Hafen von Estorr und die Unruhen da unten überblicken konnte. Unablässig wanderte er im großen Raum, der mit Halbsäulen geschmückt war und in dessen Nischen Büsten und Porträts großer Generäle und Advokaten ausgestellt waren, hin und her.

Schließlich blieb Jhered vor dem Bildnis seines Großvaters stehen und nickte ernst, als er das mürrische Gesicht betrachtete, als müsste er sich für die schlimme Verfassung der Konkordanz entschuldigen. Er blickte zu den dunkelgrünen Seidentüchern hinauf, die an der Decke hingen und ein Mosaik des Allwissenden verdeckten, das Herine nicht ausstehen konnte. Dann kehrte er ins Zentrum des Raumes zurück und blieb vor dem Tisch stehen, an dem sie saß. Die Liege, die für ihn bereitstand, nahm er nicht in Anspruch.

»Bist du bereit?«, fragte er.

»Ich bin bereit, seit ich aus der Kutsche gestiegen bin. Jetzt warte ich einfach ab, während du Furchen in meinen Marmor scharrst.«

»Sie zeigt nicht einmal Reue«, sagte er.

»Das würde auch nicht zu ihr passen.«

»Aber sie hat noch nie so schwere Verbrechen begangen. Herine, sie wollte dich absetzen und selbst die Macht übernehmen, und beinahe hätte sie Erfolg gehabt. Wäre ich ein wenig später gekommen, oder hätten die Aufgestiegenen ihr nachgegeben ...«

»Ich werde mich später mit dem befassen, was die Aufgestiegenen oder einer von ihnen getan haben. Dir ist jetzt schon meine ewige Dankbarkeit sicher.« Herine hob eine Hand. Sie lächelte ihn an, und in ihrem Gesicht entstanden einige Falten und Runzeln. Sie sorgte sich um die Konkordanz, und allein seine Gegenwart schenkte ihr Wärme und Sicherheit. »Ich weiß, warum du mir das sagst, und ich verspreche dir, dass ich mich nicht von ihr zur Weißglut reizen lasse. Aber ich muss unter vier Augen mit ihr reden. Wache meinetwegen vor der Tür, aber ich muss mich dem als die einsame, alternde Advokatin stellen.«

Jhered nickte und setzte sich endlich.

»Ich bin immer noch nicht sicher, ob das richtig ist, Herine. Sie ist eine Mörderin, sie hat Hochverrat begangen und muss verbrannt werden. Stelle sie vor ein öffentliches Gericht. Das ist die einzige Möglichkeit, die Stadt zu beruhigen.«

»Hör doch auf, Paul. Felice und ich waren früher Freundinnen. Sie hat damals Hervorragendes für die Konkordanz geleistet. Ich kenne sie seit Jahrzehnten. Was sie getan hat, ist unverzeihlich, aber ich sollte ihr trotzdem eine letzte Gelegenheit geben, sich mir unter vier Augen zu erklären und es sich wenigstens von der Seele zu reden.«

»Was willst du ihr sagen?«

Herine ließ den Kopf hängen. »Beim Allwissenden, ich habe keine Ahnung. Was sagt man zur Kanzlerin Koroyan?«

»Die einsame Advokatin ...« Jhered hätte gern gelächelt, aber es gelang ihm nicht.

»Du hast mich noch gar nicht nach der Senatssitzung im Solastropalast gefragt«, sagte Herine.

Dann sah sie ihn an und begriff, welche Schrecken er hier im Palast erlebt hatte. Es musste viel geschehen, um einen Paul Jhered zu erschüttern.

»Und du hast mich nicht nach Kark und Gestern gefragt. Aber wir gehen besser eins nach dem anderen an, nicht wahr?«

Herine schüttelte den Kopf. »Es eilt. Du musst dich so schnell wie möglich mit Vasselis und meiner Tochter treffen und dich mit Marcus Gesteris und Elise Kastenas beraten, vielleicht auch mit Arducius.«

»Was ist geschehen?«

»Die halbe Konkordanz beschloss, keine Truppen zu schicken, sondern ihre eigenen erbärmlichen Grenzen zu verteidigen.« Herine errötete, als die Erinnerungen erwachten. »Was jetzt in Neratharn, Gosland und Atreska steht, ist so ungefähr alles, was wir bekommen werden.«

Jhered schnitt eine Grimasse. »Nun erzähl mir nicht, Phaskar sei dem Beispiel von Dornos gefolgt.«

»Ebenso Tundarra. Es tut mir leid, Paul.«

Jegliche Farbe wich aus Jhereds Gesicht. Er stand abrupt auf und wandte sich ab, wobei er zwangsläufig wieder seinem Großvater ins Auge blickte. Er räusperte sich und schluckte, und als er sich wieder zu ihr umdrehte, glaubte sie sogar, in seinen Augen einen feuchten Schimmer zu entdecken. Vielleicht spiegelte sich aber nur das Licht der Laternen in ihnen.

»Ich lasse die Kanzlerin hereinbringen«, sagte er. »Sei vorsichtig.«

Jhered verneigte sich und wollte gehen.

»Paul.« Er drehte sich noch einmal um. »Eins nach dem anderen, was? Wir wollen erst dieses Chaos beseitigen und dann zurückholen, was uns gehört.«

Er hielt einen Moment inne, dann nickte er leicht und verließ das Empfangszimmer. Herine lehnte sich seufzend zurück. Sie schnippte mit den Fingern, damit ein Diener ihren Kelch nachfüllte, doch die Diener waren längst entlassen. Sie fragte sich, wie sie sich in Pose setzen sollte, wenn die Kanzlerin eintrat.

Es war schwer vorherzusagen, wie Felice Koroyan zu entwaffnen war. Vielleicht war dies auch nicht der richtige Augenblick für solche Spielchen. Herine stand auf und ging zum Balkon. Es dämmerte schon, doch die Feuer brannten auch in den frühen Morgenstunden weiter. Ein sichtbarer Ausdruck und ein treffendes Bild für die Unruhen, die im Namen der Kanzlerin ausgebrochen waren.

Es klopfte. Herine drehte sich nicht um, als die Tür geöffnet wurde.

»Kanzlerin Koroyan, meine Advokatin«, sagte ein Wächter.

Herine entließ ihn mit einer Handbewegung, er schloss hinter sich die Tür. Die Kanzlerin kam näher.

»Ist Estorr in der frühen Morgendämmerung nicht wunderschön?«, sagte Herine, als Koroyan nur noch wenige Schritte hinter ihr war. »Die blinkenden Lichter im Hafen, die unzähligen Springbrunnen, unsere weißen Mauern, wenn die ersten Sonnenstrahlen darauf fallen. Die Aufrührer verbrennen leider stolze Gebäude, die schon seit Jahrhunderten stehen.«

Nun erst drehte Herine sich um. Die Kanzlerin wirkte erschöpft, ihre Toga war nicht mehr ganz sauber. In ihren zerzausten Haaren, die dringend gewaschen werden mussten, hingen sogar noch einige Strohhalme. Offenbar hatte sie auch nur kleine Rationen Essen und Wasser bekommen.

»Entspricht Euer neues Quartier nicht Euren Wünschen?«, sagte Herine. »Ihr hättet Euch natürlich lieber hier aufgehalten, am liebsten wohl in meinem Schlafgemach und auf meinem Thron, aber ich fürchte, mehr als die Zelle kann ich Euch nicht anbieten.«

Die Kanzlerin zog es vor zu schweigen. Vorsichtig sah sie sich um, doch ihre Haltung war immer noch stolz, und sie fühlte sich offenbar ungerecht behandelt.

»Es ist unglaublich. Ihr seid des fünffachen Mordes überführt, ganz zu schweigen von den Wachleuten, die gerade auf Posten waren. Ihr seid des Hochverrats schuldig, und möglicherweise gibt es sogar Beweise für Ketzerei, aber ich muss zuerst in den Gesetzen nachschlagen, was es bedeutet, wenn jemand, irgendjemand, versucht, die Stellvertreterin des Allwissenden auf der Erde zu ersetzen. Ich könnte Euch etwas mehr Achtung entgegenbringen, wenn Ihr Euch wie der arme Aurelius an die Buchstaben des Gesetzes gehalten hättet.

Aber das ist das Problem mit Schlägertypen und Eiferern. Wenn es nicht läuft, wie sie wollen, greifen sie sofort zur Gewalt. Es wundert mich, dass Ihr nichts zu sagen habt. Immerhin seid Ihr doch der Ansicht, ihr hättet nichts Falsches getan.«

»Es spielt keine Rolle, was ich sage. Ihr werdet mich so oder so vor Gericht stellen und hinrichten lassen.«

»Das scheint derzeit ja sehr in Mode zu sein, nicht wahr?« Herine trat einen Schritt näher. »Wie könnt Ihr es überhaupt wagen, so zu reden? Meine Beamten wie der arme Senator Aurelius haben ihre Pflichten so erfüllt, wie sie es tun sollten, meint Ihr nicht auch?«

»Aurelius hat das Gesamtbild nicht gesehen.«

»Oh, er hat es sogar sehr deutlich gesehen, und genau das war sein Problem, nicht wahr? Und was ist mit dem armen Orin D'Allinnius? Was hat er nicht gesehen?«

»Die Wissenschaft darf die Schöpfung des Allwissenden nicht zerstören.«

Herine konnte nicht anders, sie riss die Augen weit auf. »Ich glaube, ich höre nicht recht. Sind wir gerade fünfhundert Jahre zurückgesprungen? Nicht einmal Ihr könnt Euch doch so an die alten Schriften klammern. Wir haben uns entwickelt, und wenn wir die Gläubigen schützen wollen, brauchen wir die Mittel, um sie zu verteidigen. Wenn dies bedeutet, dass wir Sprengpulver einsetzen müssen, dann bin ich sehr dafür. Und wenn es bedeutet, dass die Aufgestiegenen zum Zuge kommen, dann ist dies eben unsere Zukunft. Allerdings nicht mehr Eure Zukunft, jetzt nicht mehr. Es ist meine Zukunft und die Zukunft aller Bürger, die heute in der Konkordanz leben.«

»Ihr wollt es nicht einsehen, Herine, aber ich sehe es ebenso wie die Bürger. Die Aufgestiegenen sind das Böse. Einer kam zu mir und gab es sogar zu. Wie ich hörte, lässt ein anderer die Toten auferstehen und umgehen. Was müssen sie denn sonst noch tun, um Euch zu überzeugen? Ich hatte keine Wahl.«

»Keine Wahl?«, fauchte Herine. »Für wie dumm haltet Ihr mich eigentlich? Ihr habt auf die richtige Gelegenheit gewartet und sie dann ergriffen. Zum Glück für die Konkordanz seid Ihr gescheitert, und zum Glück für mich war Aurelius nicht der Schwächling, für den Ihr ihn gehalten habt.«

»Wenn Ihr das glaubt, dann seid Ihr dumm. Die Aufgestiegenen sind eine Seuche und müssen verhaftet, verurteilt und verbrannt werden.« Das Leuchten war in Koroyans Augen zurückgekehrt. Sie hatte mit ungebrochener Kraft gesprochen.

»Ich soll die einzigen Menschen festnehmen lassen, die fähig sind, die Konkordanz zu retten? Habt Ihr den Verstand verloren, Felice? Ihr habt ja keine Ahnung, was an den Grenzen vor sich geht. Ich weiß es. Die wandelnden Toten sind die Seuche, und nur die Aufgestiegenen können sie eindämmen.«

Die Kanzlerin schüttelte den Kopf, ein Strohhalm fiel herunter. »Und was dann? Ihr gebt ihnen eine solche Macht und erwartet, dass sie anschließend in die Akademie zurückkehren und weiter forschen? Sie werden mehr Einfluss auf Euch, auf den Orden und alle anderen verlangen, und Ihr habt nicht die Kraft, sie aufzuhalten. Eines Tages werden sie Estorr regieren, seht es doch ein.«

»Ich vertraue ihnen, Felice. Ich vertraue ihnen mehr, als ich Euch vertrauen kann, das ist sicher.«

»Dann seid Ihr eine Feindin Gottes, und ich bezichtige Euch der Ketzerei.«

Herines Miene verfinsterte sich. »Wie bitte?«

»Ihr seid eine böse Frau, die gegen den Willen Gottes arbeitet.« Die Kanzlerin schrie jetzt, zeigte mit dem Finger auf Herine und führte sich auf, als stünde sie vor dem größten Haus der Masken. »Wenn Ihr sie loslasst, damit sie ihr Werk tun, dann tragt Ihr zu dem Bösen bei und seid ein Feind all jener, die Ihr angeblich unterstützt.«

»Ich versuche, sie zu retten, verdammt!« Auch Herine schrie jetzt und trat noch näher an die Kanzlerin heran. »Ich habe immer gesagt, dass ich alles tun würde, um die Konkordanz zu erhalten. Das ist nicht böse, sondern notwendig.«

»Feindin!« Speicheltropfen flogen aus Koroyans Mund. Ihr Gesicht war gerötet und erhitzt vor Leidenschaft und Eifer. »Tag für Tag zerbricht die Konkordanz ein wenig weiter. Provinzen lassen Euch im Stich, Menschen wenden sich von Euch ab. Ihr seid die Advokatin eines zerfallenden Reichs, und die Aufgestiegenen halten Euch jeden Tag zum Narren und warten nur auf ihre Gelegenheit. Kehrt um.«

»Wohin? Zu Euch? Zu Euren Morden und Folterungen? Ihr und Eure Schläger zerstören die Glaubwürdigkeit des Ordens. Das werde ich wieder in Ordnung bringen.«

»Ihr könnt mich nicht zum Schweigen bringen. Ihr seid nicht meine Advokatin. Ihr seid eine Ketzerin, Ihr seid böse. Ich klage Euch an.«

Herines offene Hand zuckte schnell vor und traf schwungvoll die Wange der Kanzlerin. Deren Kopf flog nach rechts, und sie taumelte zurück. Sie glitt auf dem Marmorboden aus, stürzte zurück und prallte mit dem Hinterkopf gegen die Kante einer Marmorbüste von Herines Vater. Herine hörte ein Knacken, die Kanzlerin brach auf dem Boden zusammen, zuckte noch einmal und blieb still liegen.

Herines Hand schmerzte noch von der Ohrfeige. Sie starrte die Kanzlerin an. Es klopfte an der Tür.

»Bleibt draußen«, rief sie und bemühte sich, ruhig zu sprechen. »Alles in Ordnung, nur ein kleiner Unfall.«

Sie kniete neben Koroyan nieder, deren Hals unnatürlich abgewinkelt war. Herine zitterte am ganzen Körper.

»Oh nein. Oh nein.« Sie sagte es immer wieder, strich eine Strähne aus dem Gesicht der Kanzlerin. »Bitte, nein.«

Herine schluckte schwer und kämpfte mit den Tränen. Ihr Herz raste, ihr war eiskalt, und zugleich schwitzte sie am ganzen Körper. Sie starrte ihre schuldige Hand an und wollte das Brennen vertreiben. Sie rieb sich über die trockenen Lippen, schluchzte schwer und schloss den Mund gleich wieder.

Jemand stieß die Tür auf. Sie drehte sich um, es war Paul Jhered. Er brauchte nur einen Blick, dann brüllte er die Wächter an, draußen zu bleiben, und schloss hinter sich die Tür. Er kam zu ihr. Herine wandte sich an ihn und sah nichts als Trauer in seinen Augen.

»Oh Paul, was habe ich nur getan?«

10

859. Zyklus Gottes,
46. Tag des Genasauf

Paul Jhered kniete nieder und tastete am Hals nach dem Puls der Kanzlerin. Eigentlich war es nicht nötig, doch er wollte sich vergewissern. Ihr Genick war gebrochen, eine Wange war noch von der Ohrfeige gerötet. Er blickte zur Büste, sah das Blut auf dem Marmor und reimte sich rasch zusammen, was geschehen war.

Herine hockte zusammengesunken an der Wand und starrte ihn an, flehte ihn mit Blicken an, ihr zu sagen, was er nicht sagen konnte. Er schüttelte nur den Kopf.

»Es war ein Unfall«, erklärte sie mit bebender, erstickter Stimme. »Sie ist ausgerutscht, als ich ihr eine Ohrfeige gab. Sie stürzte ...«

»Sch-scht. Schon gut, Herine. Beruhige dich. Wir werden uns etwas überlegen.«

»Was denn?«, fragte Herine verzweifelt. »Ich habe sie getötet. Ich habe noch nie jemanden getötet.«

»Ich weiß, ich weiß.«

Jhered setzte sich neben sie, nahm sie in den Arm und zog sie an sich. Sie lehnte den Kopf an seine Brust, atmete schwer und bebend, war aber viel zu schockiert, um zu weinen. Dazu war später noch Zeit. Die Schuldgefühle wegen des ersten Menschen, den man tötet, verlassen einen nie, wie Jhered aus eigener Erfahrung wusste. Die wirkliche Tragödie war aber, dass bei allen anderen die Schuldgefühle lange nicht mehr so stark waren. Er betete, dass Herine diese Lektion, die er und die Kanzlerin gelernt hatten, erspart bliebe.

»Was tun wir jetzt?«, fragte Herine mit verzagter, ängstlicher Stimme.

»Ich überlege mir etwas«, erwiderte er. »Mach dir deshalb keine Sorgen.«

Jhered hätte nicht gedacht, dass die Lage noch schlimmer werden würde, doch dies war eine Katastrophe. Er war noch nicht einmal dazu gekommen, sich nach Vasselis' Aufenthaltsort zu erkundigen, zumal er sich ohnehin entschieden hatte, an Ort und Stelle zu bleiben. Er war zurückgeeilt und hatte schon vor der Tür die Rufe der streitenden Frauen gehört. Er war gerannt, aber zu spät gekommen, um das Unglück zu verhindern. Schon wieder.

»Wir müssen den Bürgern etwas sagen, das sie glauben können. Dies hier darf niemand erfahren.«

Herines Gedanken kamen wieder in Gang, doch sie hatte noch nicht begriffen, was sie getan hatte und welche Folgen es haben mochte. Jhered war klar, dass sie den Anhängern des Allwissenden erzählen konnten, was sie wollten, sie würden es doch nicht glauben. Sie würden vermuten, dass die Aufgestiegenen damit zu tun hatten. Dafür würden schon die übrigen Priester des Ordens sorgen. Jhered hätte Herine dies erklären müssen, damit sie wieder in die Realität zurückfand.

»Es wird nicht herauskommen«, sagte er stattdessen. »Es wird alles gut werden.«

»Lügner.«

Sie hob den Kopf und sah ihn an. Der Schmerz war in ihrem Blick noch zu erkennen, doch die Panik ließ nach.

»Gut«, sagte er. »So ist es gut. Bleib du hier, während ich einige Dinge erledige. Es war ein Unfall, verstehst du? Mehr werden wir nicht sagen. Lass niemanden herein, bis ich wieder da bin.«

»Ich will sie nicht ansehen, Paul.«

»Dann tu es nicht. Komm, steh auf. Leg dich auf die Liege, und ich schenke dir einen Wein ein.«

»Ich bin eine Mörderin«, sagte sie, als sie die paar Schritte liefen. »Ich sollte verbrannt werden.«

»Rede nicht so«, wies Jhered sie scharf zurecht. »Das nützt nichts. Wolltest du sie denn töten? Nein. Es war ein Unfall, Herine. Denk an nichts anderes.«

»Sie ist trotzdem tot.«

»Ja. Sie hat sich damit sogar der öffentlichen Verhandlung und dem Scheiterhaufen entzogen. Fast, als hätte sie es so gewollt.«

Jhered versuchte zu lächeln und erkannte, dass Herine sich sogar darauf einließ. Sie nickte.

»Da ist was dran. Sie hätte sich nie verbrennen und ihre Asche verstreuen lassen. Sie hat einen Ausweg gesucht.«

»Vielleicht nicht ganz genau diesen, was?«

»Sie wusste, dass sie sterben würde. Das sagte sie mir.«

»Setz dich nur, ich schenke dir ein.«

Jhereds aufkeimende Hoffnung, dass Herine in die Gegenwart zurückkehrte, erstarb wieder. Ihre Stimme klang unbeteiligt, wie aus weiter Ferne. Er ließ sie ungern zurück, aber es gab keine andere Möglichkeit. So füllte er ihren Kelch und reichte ihn ihr. Sie hätte ihn beinahe fallen lassen, doch er legte beide Hände darum. Sie hielt sich verzweifelt daran fest.

»Damit ist sie uns schon wieder entkommen, was?«

»In gewisser Weise schon.« Jhered richtete sich auf. »Verlasse nur nicht diesen Raum. Hast du verstanden? Herine?«

Schließlich nickte sie.

»Ich hole Hilfe, und dann bringe ich dich zu deiner Tochter. Kommst du bis dahin zurecht?«

»Aber natürlich«, erwiderte sie. »Ich bin die Advokatin.«

»Ja, du bist die Advokatin. Vergiss das nicht. Ich bin bald wieder da.«

Draußen erklärte Jhered den Wächtern, welche Strafe darauf stand, wenn jemand unerlaubt den Raum betrat. Es habe einen Unfall gegeben, fügte er hinzu, aber die Advokatin sei wohlauf. Als er von der Tür aus nicht mehr zu sehen war, rannte er die Treppen hinunter, durch die Gärten und über den Platz bis zur Akademie, wie er seit dreißig Jahren nicht mehr gerannt war. Vasselis war sicherlich bei den Aufgestiegenen. Dorthin ging der Marschall immer zuerst, wenn er den Palast aufsuchte, und wenn Jhered Glück hatte, fand er dort trotz der frühen Stunde auch alle anderen, die er brauchte.

Er musste sich sehr konzentrieren, um die Neuigkeiten zusammenhängend zu berichten, doch ihm schoss immer wieder derselbe Gedanke durch den Kopf. Die Advokatin hatte die Kanzlerin getötet. Im ungünstigsten Augenblick in der Geschichte der Konkordanz würde es in der Hauptstadt Unruhen geben wie noch nie.

»Wir sollten uns freuen, statt uns Sorgen über das zu machen, was ein paar Ordenspriester vor ihren Häusern der Masken predigen könnten«, sagte Ossacer, nachdem Jhered sie ins Bild gesetzt hatte.

Sie waren alle wach. Genau genommen hatten sie gar nicht richtig geschlafen, denn die Erinnerungen an die Angst und der Blutgeruch im Kanzleramt waren zu frisch. Wahrscheinlich würde man das Blut nie ganz abwaschen können. Es war nicht schön, aber die Aufgestiegenen wollten andererseits ihren wichtigsten Treffpunkt nicht einfach aufgeben.

Nach der Ankunft der Advokatin zusammen mit Vasselis und Tuline hatten sich die höchsten militärischen Befehlshaber und die Aufgestiegenen sofort versammelt. Marcus Gesteris, Arvan Vasselis und Elise Kastenas saßen an der Seite eines Mannes, der dank eines seltenen Glücksfalls zufällig in den Hafen eingelaufen war. Admiral Karl Iliev, der Erste Seeherr der Ocetanas und zugleich immer noch ein Geschwaderkommandant der Ocenii. Letzteres vor allem deshalb, weil niemand sich traute, ihm zu sagen, dass er eigentlich nicht mehr mit den Elitematrosen der Konkordanz rudern sollte.

Auf der anderen Seite des Tischs saßen Arducius, Ossacer, Mirron und Hesther Naravny. Sie alle waren Jhered, was die Diskussion über die derzeitige Lage anging, um zwei Stunden voraus, doch seine Neuigkeiten hatten einen großen Onagerstein auf die Karten, Listen und Zahlenkolonnen niedersausen lassen.

»Solche Worte aus dem Munde eines Mannes, der die strengsten Moralvorstellungen in der ganzen Konkordanz hat«, erwiderte Jhered.

»Keine Regel ohne Ausnahme«, antwortete Ossacer leise. »Sie hat uns verraten, und sie hat bekommen, was sie verdient hat.«

Jhered seufzte. »Ich will es nur einmal sagen, damit alle es begreifen. Ossacer, die Tatsache, dass du zur Kanzlerin gegangen bist und dich über das Für und Wider deiner Werke für Gott ausgelassen hast, ist die direkte Ursache für die Lage, in der wir uns jetzt befinden.«

»Ich …«

»Halt den Mund, jetzt rede ich.« Es war schwer, Ossacer mit einem Blick zum Schweigen zu bringen. Der Aufgestiegene blickte mit blinden, leidenschaftlichen Augen in die Runde. Dieses Mal gelang es Jhered jedoch. »Du hast sie falsch eingeschätzt und einen tödlichen Fehler begangen. Du hast Glück, dass du noch lebst. Andere hatten weniger Glück. Ich erwarte, dass du dich bemühst, deinen Fehler wiedergutzumachen.«

Unbehagliches Schweigen senkte sich über den Tisch. Ossacer war puterrot angelaufen und starrte seine Papiere an. Vasselis betrachtete ihn ohne Mitgefühl, nur Iliev lächelte. Niemand sonst ließ sich etwas anmerken. Jhered setzte sich ans Kopfende des Tischs.

»Ich stimme dir darin zu, dass sie bekommen hat, was sie verdient hatte. Die Art ihres Todes dagegen ist mehr als unglücklich. Wir müssen die Wachen für die Aufgestiegenen und die Akademie verstärken, denn ihr Tod wird Folgen haben. In der Nähe von Estorr sind zwei Legionen der Gottesritter unterwegs. Die Bürger sind ohnehin gegen euch eingestellt, und der Orden wird dieser Abneigung neue Nahrung geben.«

»Sollten wir die Stadt verlassen?«, fragte Arducius.

»Wohin wollt Ihr gehen?«, wandte Elise Kastenas ein. »Nur drei von Euch sind wirklich fähig, auf dem Schlachtfeld etwas auszurichten. Welche Front wollt Ihr verteidigen?«

»Diejenige, an der Gorian angreift«, erwiderte Ossacer. »Das ist die einzige Möglichkeit.«

»So einfach ist das nicht«, widersprach Mirron. »Er muss nicht selbst in der Nähe sein, um die Toten einzusetzen. Das bedeutet, dass wir nicht wissen, wo er sich aufhält.«

»Allerdings wollte Harban ihm nach Norden und nicht nach Westen folgen«, warf Jhered ein. »Welche Informationen haben wir über die Bewegungen seiner Truppen in Atreska und Gosland?«

»Nur sehr wenig«, räumte Gesteris ein. »Es gibt Gerüchte über Rückschläge in Atreska, und aus Gosland haben wir gar nichts gehört. Wir wissen nur, dass Zwölftausend an der Grenze standen und von Davarov beobachtet wurden. Etwa halb so viele näherten sich Gosland, wo Roberto sie erwartete.«

»Beide werden nicht standhalten«, überlegte Jhered. »Nicht ohne die Aufgestiegenen und eine Menge Geschütze. Ich habe Harkov durch Atreska geschickt. Er sollte bald zurückkehren, falls er überhaupt kommt.«

»Entschuldigung, Paul.«

»Ja, Elise?«

»Seid Ihr wirklich so sicher, dass die Grenzbefestigungen fallen werden? Mirron hat schon versucht, es mir zu erklären, aber anscheinend war sie eine Weile nicht, nun ja, nicht einsatzklar.«

»Unter dem Eis, ja.« Jhered lächelte. »Ja, ich bin sicher. Ich habe lange darüber nachgedacht. Es muss bei Euch nur einige Tote geben, sei es durch Krankheit oder durch Pfeile oder was auch immer. Dann weckt er sie, und sie schwingen die Klingen gegen ihre früheren Gefährten, die erstens nicht damit rechnen und zweitens die wandelnden Toten nur aufhalten können, wenn sie ihnen die Beine abhacken.«

»Das klingt so, als müssten wir eine ganz neue Art zu kämpfen erfinden«, sagte Iliev. »Allerdings kann ich ihre Schiffe versenken, wie ich es bei jedem anderen Gegner tun würde. Außerdem habe ich keine großen Probleme damit, Feuer einzusetzen, ganz im Gegensatz zu den Legionen, die unter der Aufsicht von Ordenssprechern marschieren. Wenn Ihr meinen Rat annehmen wollt, dann lasst die Ordenssprecher zu Hause oder stopft ihnen das Maul, und dann macht einfach, was nötig ist, und setzt alles ein, was Ihr habt. Am Ende sind wir doch alle Soldaten und müssen die Gegner niederstrecken, um unser Land zu beschützen. Die Methoden dürfen uns dabei nicht kümmern, denn wenn wir darauf Rücksicht nehmen, werden wir scheitern.«

»So dürft Ihr nicht denken«, wandte Ossacer ein.

»Gib mir Kraft«, seufzte Arducius. »Ossie, dazu ist es jetzt doch wirklich zu spät.«

»Wirklich? Ihr redet über Katastrophen, dabei haben wir im Grunde keine Ahnung, ob die Bedrohung wirklich groß genug ist, um uns gefährlich zu werden. Abgesehen von Paul und Mirron hat niemand etwas Konkretes gesehen oder gehört.«

»Sollen wir denn warten, bis Gorian uns auf die Schulter tippt und seine Aufwartung macht?«, entgegnete Arducius. »Du hast doch die Berichte über den letzten Krieg gelesen. Elises Vorgänger hat fast die Konkordanz vernichtet, weil er zögerte und wartete, bis es fast zu spät war.«

»Ihr nehmt mir die Worte aus dem Mund«, schaltete sich Kastenas ein. »Andererseits hat Ossacer nicht ganz unrecht. Wir wissen, wann die Feinde an den Grenzen eingetroffen sind, daher wissen wir auch, wie bald sie im ungünstigsten Fall hier auftauchen. Wir wissen auch, dass Gestern gefallen ist, aber bisher kommen keine Schiffe herüber, und die Ocetanas sind wachsam.«

»Kein fremdes Schiff wird an unserer Ostküste landen«, versprach Iliev.

Jhered glaubte ihm aufs Wort. »Das höre ich gern. Und bewacht die Insel. Wenn sie dort eindringen …«

»Das wird nicht geschehen.«

»Wir haben im Moment noch Zeit, auf dem Land Streitkräfte zur Abwehr aufzustellen«, fuhr Elise Kastenas fort. »Ich will zwar noch warten, bis wir genaue Berichte bekommen, aber wir müssen bereit sein, jederzeit zu marschieren. Das bedeutet, dass ihr drei Aufgestiegenen auf gepackten Rucksäcken sitzen müsst. Marcus und Paul müssen das Pulver verstauen, damit wir es in die Schlacht mitnehmen können. Es tut mir leid, Paul, aber ich muss es wiederholen. Da wir die Unterstützung von Tundarra, Phaskar und Dornos verloren haben, sollten wir uns vor allem auf die Grenzen von Neratharn und Atreska konzentrieren. Von dort aus können wir auch andere wichtige Punkte erreichen, und dort will ich die Truppen aufstellen.«

»Keine Pferde«, sagte Jhered.

»Wie bitte?«

»Sie werden weglaufen. Die Gorthocks der Karku weigerten sich, die Toten anzugreifen. Es gibt keinen Grund zu der Annahme, dass unsere Tiere sich anders verhalten würden. Gott umfange mich, es finden auch nur wenige Männer und Frauen den Mut dazu.«

»Ich kann meine Legionen nicht ohne Kavallerie führen, Paul. Das ist mein Ernst.«

»Glaubt mir, wir müssen einen anderen Weg finden, denn auch ein Gladius in der Kehle wird die Toten nicht aufhalten. Konzentriert Euch darauf und warnt die Generäle. Ihr müsst alle Regeln über den Haufen werfen und alles vergessen, was Ihr je gelernt habt. Ihr müsst die Angreifer irgendwie aufhalten, denn töten könnt Ihr sie nicht.«

»Hohe Mauern bauen und brennendes Pech hinunterkippen«, schlug Iliev vor.

»Das wäre ein guter Anfang«, stimmte Vasselis zu. »Doch wie Paul schon sagte, wird dies nicht die Feinde im Innern aufhalten.«

»Das erledigen wir, indem wir Gorian schnappen«, sagte Ossacer.

»Das hast du schon öfter gesagt.« Jhered spreizte die Finger. »Jetzt wäre es an der Zeit, etwas zu unternehmen.«

Ossacer stand auf. »Ich soll es wiedergutmachen? Pass nur auf.« Er ging zur Tür, blieb aber kurz davor stehen und legte den Kopf schief.

»Was ist, Ossie?«, fragte Mirron.

»Ich bin nicht sicher.« Er öffnete die Tür. »Eine Glocke oder so.«

»Es ist zu früh für den morgendlichen Wachwechsel«, sagte Jhered.

»Es kommt vom Hafen«, erklärte Ossacer. »Ich sehe die Schwingungen in der Luft.«

»Ich kann nichts …«, wollte Kastenas sagen.

Iliev unterbrach sie, indem er ihr eine Hand auf den Arm legte. »Ich höre es.« Er runzelte die Stirn. »Das kann doch nicht sein.«

»Was denn?«, fragte Ossacer. »Was hat das zu bedeuten?«

»Ein Schiffswrack«, sagte Iliev. »Treibgut im Hafen.«

Sie brauchten nur ein Pferd.

»Ihr könnt wirklich nicht reiten? Ich dachte, das sollte ein Scherz sein«, sagte Jhered, als er vor den Stallungen des Palasts aufsaß.

Iliev sah ihn von der Seite mit durchdringenden Augen an und schwang sich hinter Jhered mit einem mächtigen Schwung auf das Pferd, das etwas trippeln musste, um nicht das Gleichgewicht zu verlieren.

»Wo sollte ich wohl reiten, Schatzkanzler Jhered?«

»Auch wieder wahr. Haltet Euch gut fest, es wird ungemütlich.«

Jhered ließ den Hengst die Hacken spüren. Die Männer hatten sofort die gleiche Idee gehabt. Wer auch immer geläutet hatte, wollte sie hinunter in den Hafen rufen. Beide ahnten, dass die Flut am frühen Morgen wichtige Antworten in den Hafen gespült hatte.

Die Dämmerung setzte gerade erst ein, als sie durch die Straßen galoppierten. Unterwegs begegneten sie immer wieder Patrouillen. Jhered überlegte, was für einen außergewöhnlichen Anblick sie bieten mussten: Der Schatzkanzler der Konkordanz und der erste Seeherr der Ocetanas donnerten auf einem von der Kavallerie geliehenen Hengst über das Pflaster von Estorr zum Hafen. Seltsame Zeiten waren es.

Wenn nur die Bürger auch die zweite Hälfte der Gerüchte vernommen hätten und nicht nur das, was der Orden ihnen eingeflüstert hatte. Dann wären sie nicht mehr auf den Straßen, sondern würden Barrikaden bauen.

»Wie ist das alles nur gekommen?«, murmelte Jhered.

»Manche Dinge schlummern, bis sie auf einmal erwachen.« Iliev hatte sichtlich Mühe, beim Reiten zu sprechen.

Die Hufschläge hallten laut zwischen den Häusern mit den verschlossenen Läden. Einige Händler waren schon auf und trieben ihr Vieh zu den Foren. Wagenräder klapperten, Achsen und Balken knarrten unter der Last. Näher am Hafen herrschte etwas mehr Betrieb. Ein neuer Tag voller Ängste begann. Viele würden versuchen, wie gewohnt zu leben und zu arbeiten und dabei genau beobachten, ob irgendwo Unruhen ausbrachen, ob Bildnisse verbrannt und Erklärungen abgegeben wurden. Estorr war voller Unruhe, und es sah ganz so aus, als würde es mit jedem Tag schlimmer.

An den Molen hatte sich bereits eine Menschenmenge gesammelt. Ein paar hundert Arbeiter hatten ihre Ladenetze, Kisten und Körbe liegen lassen und standen vor den Lagerhäusern. Alle starrten ins Hafenbecken, dessen dunkles Wasser von zahlreichen Laternen erhellt wurde, die Hafenbeamte in einem Dutzend Booten mit sich führten. Sie umringten irgendetwas.

Jhered und Iliev stiegen ab, gaben einem Hafenwächter die Zügel und drängten sich bis nach vorn. Jhered musste die Menschen nicht mit Rufen vertreiben. Als sie hörten, dass er gekommen war, machten sie ihm freiwillig Platz.

»Geht das immer so leicht?«, fragte Iliev.

»Manchmal hat es seine Vorteile, einen hohen Rang zu bekleiden«, räumte Jhered ein.

»Hier sind zu viele Leute.« Iliev zog den Kopf ein. »Ich kann gar nicht verstehen, wie Ihr an so einem Ort leben könnt.«

»Ruft Euch das Meer, Karl?«

»Ocetarus singt ewiglich, und die Herren und Herrinnen des Ozeans grüßen mich jeden Morgen.«

Schließlich standen sie an der Mole, an der nur wenige Schiffe festgemacht hatten. Die meisten hatten den Hafen am Vorabend mit der Flut verlassen. Im Laufe des Tages, wenn die weißen Mauern und die roten Dächer von Estorr in der Sonne erstrahlten, würden neue Schiffe ihren Platz einnehmen. Im ersten Augenblick konnte Jhered nicht erkennen, was die Lotsenboote da umringt hatten.

»Was habt Ihr gefunden?«, rief er und übertönte mühelos das Getuschel der Menge. Jemand hob eine Laterne und drehte sie in seine Richtung.

»Wer spricht?«

»Schatzkanzler Jhered. Seid Ihr es hinter der Laterne, Meister Stertius?«

»Schatzkanzler, gelobt sei Ocetarus, dass Ihr hier seid. Wir haben gerade erst Boten zum Hügel geschickt, um Euch zu unterrichten«, erwiderte der Hafenmeister.

Jhered sah fragend zu Iliev, der an der Unterlippe nagte. »Warum denn?«

Die Menge war verstummt, was auch Stertius nicht entging. Er befahl seinen Ruderern, das Boot wieder zur Mole zu bringen und ließ die beiden Männer einsteigen. Dann kehrten sie zu den anderen Booten zurück.

»Als die Glocken ein Schiffswrack ankündigten, taten wir das, was wir immer tun. Wir ließen Boote zu Wasser und umringten das, was da hereintrieb. Ich will ja nicht, dass Krankheiten in die Stadt getragen werden. Bisher haben wir ihn abgehalten, aber wir mussten uns auch keine große Mühe geben. Er wird nicht aussteigen, und es wird nicht mehr lange dauern, bis sein Boot sinkt. Er sagt, er wolle nur mit Euch reden. Ich glaube, er leidet am Fieberwahn.«

»Wer denn?«

Gleich darauf konnten sie sich mit eigenen Augen überzeugen. Mitten im Kreis der Lotsen lag ein stark beschädigtes Ruderboot tief im Wasser. Sämtliche Ruder waren verschwunden, das Dollbord war gesplittert, die Ruderpinne fehlte, und unter den Bänken schwappte Wasser, das langsam stieg.

Im Heck lag ein Mann, der wahrscheinlich tot war. Ein zweiter Mann hockte elend auf der mittleren Bank, seine Schultern zitterten vor Kälte, Fieber oder Erschütterung, vielleicht auch vor allen dreien gleichzeitig. Um die Schultern hatte er sich die Überreste eines Mantels gehängt. Seine Toga war von einem schmutzigen Braun und auf der Brust und an den Hüften zerfetzt. Aus der Schwertscheide, die er noch am Gürtel trug, ragte ein Gladius. Mit blutigen Händen hielt er sich am Dollbord fest.

»Bringt mich da rüber«, befahl Jhered.

»Aber mein Schatzkanzler ...«

»Die Gefahren sind mir bewusst, Meister Stertius. Bringt mich rüber.«

Nach einigen leichten Ruderschlägen dümpelten sie neben dem sinkenden Boot.

»Soll ich mitkommen, Paul?«, fragte Iliev.

»Ich glaube, Ihr solltet hören, was er zu sagen hat, falls wir überhaupt etwas damit anfangen können.«

Während die Ruderer die beiden Boote zusammenhielten, stiegen Iliev und Jhered hinüber. Ihre Sandalen platschten laut im kalten Wasser. Der Mann hob den Kopf und brach sofort in Tränen aus. Jhered ging zu ihm und umarmte ihn.

»Es ist vorbei, General«, sagte er. »Kommt schon, Ihr seid jetzt in Sicherheit.«

»Wer ist das?«, zischte Iliev.

»Harkov, der General der Garde des Aufstiegs. Ein sehr guter Mann. Das hier gefällt mir überhaupt nicht.«

Harkov zog sich zurück und drehte das Gesicht zu Jhered herum. Er wischte sich die Tränen aus dem Gesicht, das vor Dreck und verkrustetem Blut starrte. Er hatte Schnittwunden und viele Blutergüsse, seine Lippen waren geschwollen und trocken, die Wangen und Augen eingefallen. Neben Jhered klatschte ein Wasserschlauch auf die Bank. Harkov griff sofort zu und trank gierig, verschüttete dabei aber mehr, als er durch seine Kehle bekam. Wieder strömten ihm die Tränen über die Wangen. Er ließ die Flasche fallen, wischte sich den Mund ab und starrte Jhered blicklos an.

»Schatzkanzler, seid Ihr es?«

Es war kaum mehr als ein Krächzen, und er zitterte am ganzen Körper. Über seinen Augen lag ein undurchdringlicher Schatten, als wäre sein Geist umwölkt.

»Was ist mit Euch passiert?«, keuchte Jhered.

»Ihr seid es, nicht wahr?«

»Ja, Harkov, ich bin es. Paul Jhered. Ihr seid wieder daheim.«

Harkov brach in Jhereds Armen zusammen und schluchzte schwer. Jhered hielt den Mann und streichelte sein mit Salz verkrustetes, verfilztes Haar, um ihn zu beruhigen. Sein Weinen war weit und breit der einzige Laut. Iliev kam näher heran.

»Wir müssen wissen, was passiert ist«, sagte er. »Und woher er kommt.«

»Ja, schon gut. Lasst mir und ihm einen Moment Zeit.«

Endlich beruhigte Harkov sich, und Jhered schob ihn behutsam von sich fort, hielt ihn aber noch an den Schultern fest. Ein guter Soldat und ein tapferer Mann, einer der Tapfersten, die Jhered jemals getroffen hatte. Jetzt war er nur noch ein schauderndes, verschrecktes Wrack.

»Harkov, könnt Ihr mich verstehen?« Harkov nickte. Seine wilden, blutunterlaufenen Augen suchten Jhereds Gesicht. »Könnt Ihr Euch erinnern, was geschehen ist? Könnt Ihr es mir sagen?«

»Wie können es so viele sein? Wie konnten sie so weit kommen?«

»Lasst Euch Zeit, Harkov. Eins nach dem anderen. Erzählt es von Anfang an. Ihr werdet Euch erinnern, dass ich Euch bat, durch Atreska zu reisen.«

»Byscar. Ich wollte nach Byscar, ja. Alle meine Männer ...«

»Ja, schon gut. Byscar. Ihr solltet die Einwohner warnen und ein Schiff finden, das Euch nach Estorr zurückbringt. Nach Hause, wo Ihr jetzt endlich seid.«

»Harban ging nach Gosland«, erwiderte der Offizier unvermittelt.

Jhered schwieg und dachte darüber nach. »Das spielt jetzt keine Rolle. Konzentriert Euch. Was ist Euch zugestoßen? Harkov, wir müssen es wissen, und dann bringe ich Euch zu Eurer Frau und Euren Kindern.«

Er reagierte nicht, schwieg eine Weile und forschte in seinem erschütterten Geist.

»Harban ging nach Gosland. Gorian wandte sich dorthin, also ging Harban auch dorthin. Aber warum sind so viele von ihnen hinter mir her?«

»Paul ...« Iliev zog die Augenbrauen hoch. »Das bringt doch nichts.«

»Wir tun, was wir können«, gab Jhered scharf zurück. »Er ist blind und weiß kaum, wo er ist. Glaubt Ihr denn, Ihr könntet mehr erreichen?«

Harkov packte Jhered an den Ärmeln. »Sie kamen von Gestern heraufmarschiert. So viele, und sie haben nie gerastet. Hinter ihnen starb das Land. Wir mussten weglaufen.« Er wiegte sich auf der Ruderbank hin und her. »Wir mussten weglaufen, aber sie folgten uns wie Bluthunde. Wir führten sie direkt nach Byscar. Wir konnten sie nicht aufhalten. Wir konnten ihnen nicht standhalten. Bitte, bitte, bitte!«

»Ruhig, Harkov«, sagte Jhered leise. »Schon gut. Lasst Euch so lange Zeit, wie Ihr braucht. Wie viele kamen aus Gestern?«

»Mehr, als ich zählen konnte!«, antwortete Harkov mit erstickter Stimme. »So viele. Tausende. Auf dem Boot, das wir fanden ...« Er machte mit der rechten Hand und dem Arm eine Geste, die an eine Schlange erinnerte.

»Wir fuhren an der Küste entlang und versuchten, den Norden zu erkunden. Zu nahe, zu nahe.«

Jhered schüttelte den Kopf. »Was meint Ihr damit, dass es zu nahe gewesen sei?«

»Auf dem Schiff starb ein Mann. Wir hätten ihn gleich über Bord werfen sollen, doch wir wollten noch die Rituale des Meeres für ihn vollziehen. Ich ging schlafen, und als ich wieder aufwachte, waren die Toten überall auf dem ganzen Schiff.« Harkov schloss die Augen, als die Erinnerungen kamen. Als er sie wieder öffnete, waren sie klar, und in ihnen flackerte der Wahnsinn. »Ich konnte mich nicht verstecken«, rief er. »Ich konnte nicht weglaufen. Fünf von uns sind in ein Boot gesprungen. Die Toten haben uns verfolgt. Wir haben so lange gekämpft, aber immer, wenn wir einen ins Wasser geworfen hatten, schwamm er wieder zurück. Stunden und Stunden versuchten wir, sie abzuschütteln, aber sie sind geschwommen, geschwommen.«

Seine Stimme brach. Er machte Schwimmbewegungen und legte das Gesicht in tiefe Falten.

»Das Schiff – was ist aus dem Schiff geworden?«, fragte Iliev.

»Die Toten sind überall!«, brüllte Harkov. »Sie sind auf dem Meer und auf dem Land ausgeschwärmt. Wir können sie nicht aufhalten. Bald sind wir alle wie sie. Paul, bitte beschützt mich vor ihnen.«

Harkov brach zusammen. Jhered hielt ihn fest, damit er nicht in das schwappende Wasser fiel. Er blickte an Iliev vorbei zu den Booten, die sie umgaben, und dann zur schweigenden Menge auf der Mole.

»Ich glaube, das hat jeder gehört, oder?«

11

859. Zyklus Gottes,
46. Tag des Genasauf

Die Kunde von Harkovs Ankunft im Hafen raste fast so schnell durch die Stadt wie Jhereds Pferd. Die Neuigkeiten ließen sich nicht mehr aufhalten und würden eine dramatische Auswirkung auf die Bürger haben. Die Toten marschierten und segelten zur Konkordanz.

Jhered ritt mit zehn weiteren Männern und begleitete den Wagen, auf dem Harkov lag. Er hatte Alraune bekommen und schlief jetzt. Jhered würde nie den schrecklichen, gehetzten Ausdruck seiner Augen oder die Verzweiflung vergessen, mit der er die jüngsten Erinnerungen abzuschütteln versucht hatte.

Iliev war im Hafen geblieben und auf sein Schiff zurückgekehrt. Inzwischen gab er sicher schon Anweisungen, mit einsetzender Ebbe auszulaufen. Irgendwo im Norden des Tirronischen Meeres segelte ein Schiff voller Toter unter der Flagge der Konkordanz. Derzeit hatte Jhered keine Vorstellung, wie weit sie überhaupt kommen würden. Bisher wusste man von den Kundschaftern, dass kleine Gruppen von Toten schnell vergingen, und auf dem Meer würde sich der Verfall sicher noch beschleunigen.

Mirron hatte erklärt, dass die Toten direkt von der Erde gespeist würden. Der Meeresgrund war jedoch weit unter ihnen, und zusätzlich waren sie durch die Balken des Schiffs vom Wasser getrennt. Vielleicht nährten sie sich jetzt auch vom Holz. Jhered konnte allerdings nicht verstehen, wie Gorian fähig sein sollte, einen bestimmten Toten zu erspüren und ihn zu veranlassen, auf dem Schiff so ein Blutbad anzurichten. Nicht einmal, wenn ein Gor-Karkulas am Strand entlanggelaufen wäre, während Harkov auf dem Meer fuhr, und dies war ohnehin kaum vorstellbar.

Die Aufgestiegenen erwarteten ihn schon, als er zurückkehrte.

»Das Problem ist, dass wir nicht genau wissen, wozu er überhaupt fähig ist«, sagte Mirron, als Jhered ihnen von seiner Begegnung mit Harkov berichtet hatte. »Vielleicht kann er jeden Einzelnen spüren, der stirbt.«

»Das verstehe ich nicht«, überlegte Jhered. »Wie sollte das möglich sein? Wie kann er wissen, dass jemand stirbt, um ihn daraufhin wiederzuerwecken? Unseren Schätzungen nach hält er sich hunderte Meilen entfernt im Norden auf, irgendwo in Gosland. Harkov war jedoch an der atreskanischen Küste unterwegs.«

»Ich glaube nicht, dass er es überhaupt weiß«, wandte Arducius ein. »Ich nehme an, er erfährt es von den Gor-Karkulas, wenn irgendwo ein Konflikt ausbricht, und dann wirkt er seine Auferweckung. Sicherlich ist das über größere Entfernungen möglich. Es kann gut sein, dass er gerade in jenem Teil von Atreska die Toten erweckte, und Harkovs Schiff wurde eher zufällig in seinem Netz gefangen.«

Jhered nickte. »Das klingt einleuchtend.«

»Spielt es denn wirklich eine Rolle?«, fragte Kastenas. »Das bedeutet doch vor allem, dass eine Streitmacht, die viel größer ist, als wir dachten, nach Norden und Westen marschiert, vermutlich in Richtung der neratharnischen Grenze. Möglicherweise hat Gorian Davarov und seine Truppe völlig ausgelöscht und seiner eigenen einverleibt, was die Lage noch weiter verschlimmern und seine Kräfte noch weiter verstärken würde. Jedenfalls brauchen wir die Aufgestiegenen an dieser Front, wenn wir den Vormarsch aufhalten wollen. Dort gibt es hohe und starke Mauern. Die Toten werden lange brauchen, um sie einzureißen.«

»Einverstanden«, sagte Jhered. Er blickte zu den Aufgestiegenen. »In Ordnung?«

Arducius und Mirron nickten. Ossacer zuckte mit den Achseln.

»Wir müssen die Gor-Karkulas aus dem Spiel nehmen«, fügte Ossacer hinzu. »Nicht, dass wir sie töten sollen, aber sie müssen aufhören, für Gorian zu arbeiten. Das wird ihn nicht nur schwächen, sondern uns auch einen klaren Hinweis geben, wo er sich aufhält. Im Augenblick, so vermute ich, würden uns die Kräfte der Karkulas in die Irre führen, wenn wir versuchen, ihn über die Energien der Erde aufzuspüren.«

»Ihr wollt das Suchgebiet einengen«, sagte Gesteris. »Das ist eine gute Idee, aber wie kommt Ihr ihm nahe?«

»Ich habe nicht die geringste Ahnung.«

»Na schön.« Jhered klatschte in die Hände. »Wir haben so etwas wie einen Plan. Elise, Ihr müsst mir so viele Kräfte geben, wie Ihr nur könnt, um den Hügel zu verteidigen. Die Aufgestiegenen, Ihr und ich fahren mit einem Schiff der Einnehmer. Wir können wie Iliev noch mit dem Gezeitenwechsel auslaufen. Marcus, Ihr solltet hierbleiben und zusammen mit Arvan Vasselis die Verteidigung des Hügels übernehmen.«

»Wie Ihr wünscht«, sagte Gesteris. »Glaubt Ihr denn, wir sind in Gefahr?«

Jhered zuckte mit den Achseln. »Ich bin nicht sicher, aber wir dürfen kein Risiko eingehen. Die Gottesritter kommen vielleicht nicht bis hierher, und die Bürger werden nicht das Siegestor zerschmettern, doch wenn die Ocetanas auf dem Meer scheitern, dann kommen die Toten, und darauf müssen wir vorbereitet sein. Also überprüft die Pulvervorräte und die Katapulte.«

»Dann wird es wohl Zeit, wieder meine Rüstung anzulegen.« Sein einsames Auge funkelte.

»Wir dürfen aber nicht vergessen, dass wir alle erheblich älter und langsamer sind als früher«, warnte Jhered ihn. »Noch eins. Habt Ihr von Arvan etwas über Herine und die Kanzlerin gehört?«

Elise schüttelte den Kopf. »Wir warten noch.«

»Wir können nicht länger warten. Holt ihn her. Und auch die Advokatin. Wir müssen sie unterrichten und ihr zeigen, dass wir sie nicht im Stich lassen.«

Die Befehle wurden erteilt, und ein Wächter eilte zum Palast.

»Gibt es sonst noch etwas, während wir warten?«, fragte Jhered.

»Was ist mit den anderen Aufgestiegenen? Mit den jüngeren?« Hesther waren die Belastung, die Furcht und die Unsicherheit anzusehen.

»Das ist letzten Endes Eure Entscheidung, aber ich würde sagen, sie sind hier am besten aufgehoben. Hier werden viele Soldaten Wache halten, zumal auch die Advokatin hier sein wird. In Westfallen oder anderswo könnten wir nicht in diesem Maße für ihre Sicherheit garantieren«, antwortete Kastenas.

Jhered nickte. »Dem würde ich zustimmen. Außerdem haben auch sie ihre Pflicht zu erfüllen. Ich denke jetzt an die drei noch lebenden Angehörigen der zehnten Linie, die erwacht sind und bereits wissen, dass sie möglicherweise zum Einsatz kommen. Nicht gegen Menschen, aber im Extremfall gegen die Toten.«

»Dann sollte einer von uns hierbleiben und sie einweisen«, sagte Arducius.

»Nein. Ihr müsst vor allem Gorian finden und töten. Nichts ist wichtiger als dies. Deshalb müsst ihr dort sein, wo er sich aufhält. So einfach ist das.«

»Und wir müssen meinen Sohn zurückholen«, fügte Mirron hinzu. »Ardu und Ossie, ich brauche euch. Ohne euch schaffe ich das nicht. Er ist zu mächtig.«

»Wir werden ihn retten, Mirron, das verspreche ich dir«, sagte Jhered.

Mirron lächelte. »Ich weiß. Aber jeder Tag ohne ihn fühlt sich an, als hätte ich ihn für immer verloren.«

»Er ist nur abwesend, liebe Mirron. Nicht verloren. Was wir vermissen, finden wir immer wieder.«

Mirron knuffte Ossacer. »Danke, Ossie.«

»Glaubt Ihr, sie werden es schaffen? Die zehnte Linie?« Gesteris kratzte sich an der Wunde unter der Augenbinde. »Sie haben keine Kampferfahrung, oder? Wir alle, mit der glücklichen Ausnahme von Mutter Naravny, haben die Schrecken der Schlacht kennengelernt und wissen, wie schwer es ist, nicht einfach kehrtzumachen und wegzulaufen. Werden die Aufgestiegenen standhalten, wenn die Toten gegen die Tore marschieren und unsere Bürger sie anflehen?«

»Wir haben sie alles gelehrt, was wir können«, sagte Arducius. »Wir haben sie in schwierige Situationen gebracht, in denen sie sich etwas einfallen lassen mussten, und sie haben sich gut geschlagen. Außerdem haben sie jetzt ein wichtiges Ziel. Nach den Ereignissen in der Akademie sind sie wütend und haben Angst. Sie sind entschlossen, sich nie mehr von jemandem bedrohen zu lassen. Ich weiß nicht, ob sie das befähigt, die Toten vor den Toren aufzuhalten. Ich weiß allerdings, dass wir eingegriffen haben, als es nötig war, und ich glaube, das werden auch sie tun.«

»Gut gesprochen, Arducius«, stimmte Ossacer zu. »Wie schön,

dass wir unsere neuen Aufgestiegenen so gut darin unterwiesen haben, das Leben zu nehmen, wie es eben ist.«

Jhered legte beide Hände vors Gesicht und seufzte laut genug, um jeglichen weiteren Kommentar zu unterdrücken.

»Vielleicht sollten wir alle den Mund halten, bis die Advokatin kommt, und noch etwas darüber nachdenken, was wir sagen und wie wir uns verhalten werden.«

»Hör auf, mich wie ein Kind zu behandeln, Paul«, sagte Ossacer.

»Du kennst doch die passende Antwort darauf, Ossie?«

Bis Herine kam, sprachen sie nicht mehr viel. Erleichtert begrüßten sie die Advokatin, doch deren bedrückte Miene erinnerte sie sofort wieder an das, was nur wenige Stunden zuvor im Palast geschehen war. Der Schock saß tief, und sie war immer noch ein wenig benommen, doch wenigstens blickten ihre Augen wieder klar. Sie wirkte wie eine gemäßigte Version des armen Harkov, der inzwischen von Ärzten behandelt und von seiner Frau gepflegt wurde.

Jhered wurde bewusst, dass alle sie anstarrten, was allerdings leicht verständlich war. Da niemand sonst etwas sagte, brach Herine das Schweigen selbst.

»Will denn niemand die Mörderin willkommen heißen?«, sagte sie.

»Kommt schon, Herine, setzt Euch«, sagte Hesther. »Niemand nennt Euch eine Mörderin.«

»Wirklich nicht?«

»Nein, wirklich nicht«, stimmte Mirron zu.

»Ich habe kein Problem mit dem, was geschehen ist«, sagte Ossacer.

Jhered atmete scharf ein, doch Herine entschied sich, nur zu lächeln und sich zu setzen.

»Es war kein angenehmer Abend. Ich finde nicht viel Unterstützung, und deshalb danke ich Euch, Ossacer. Ich werde Euch zwar nie richtig verstehen, aber ich weiß, was Ihr mir sagen wolltet.«

Vasselis ließ sich neben ihr nieder.

»Wie ist es verlaufen?«, wollte Jhered von ihm wissen.

»So gut, wie man es sich nur wünschen könnte. Die Tote ist bei den Ärzten und wird bald für den Orden freigegeben. Wir rufen die Sprecher von Erde, Ozean und Winden zu uns und überlassen es ihnen, dem Volk die Situation zu erklären.«

»Was ist mit den Gottesrittern?«

Vasselis nickte. »Möglicherweise ist das Erste Schwert Vennegor bei ihnen.«

»Er braucht keine Erklärung, sondern eine Warnung«, schaltete sich Elise ein. »Die Gottesritter werden anderswo gebraucht, um die Bürger zu verteidigen.«

»Vergesst Eure Träume, Elise. Es wäre schon schlimm genug gewesen, wenn wir Felice vor Gericht gestellt und verbrannt hätten. Da sie nun aber während ihrer Haft getötet wurde, fällt auch der Ärger erheblich schlimmer aus.« Sie blickte zu Jhered und nickte. »Danke, dass du mich vorhin ertragen hast. Ich glaube, jetzt komme ich wieder zurecht.«

»Es war ein Unfall, der jedoch schlimme Konsequenzen nach sich ziehen wird«, fuhr Jhered fort. »Wir haben aber einen Plan. Ich möchte dich bitten, den Leichnam erst freizugeben, wenn wir unsere Verteidigung eingerichtet haben und die Aufgestiegenen fort sind.«

»Was werdet Ihr sagen, Herine?«, wollte Hesther wissen.

»Die Wahrheit«, antwortete die Advokatin.

»Ich bin nicht sicher, ob das wirklich klug ist«, sagte Jhered. »Deine unmittelbare Beteiligung …«

»Es wird so oder so herauskommen, ob wir wollen oder nicht. Da können wir den Stier auch gleich bei den Hörnern packen.«

Jhered schüttelte den Kopf. »Vielleicht bist du doch noch nicht ganz bei dir, Herine. Was geschieht, wenn der Orden und die Bürger erfahren, dass du zu ihrem Tod beigetragen hast? Arvan, du bist doch nicht etwa damit einverstanden, oder?«

»Ich bin nur der Marschallverteidiger, der seinen Standpunkt darlegt und letzten Endes Befehle ausführt.«

»Und wie wäre dein Standpunkt?«

»Dass dies eine äußerst verhängnisvolle Entscheidung wäre.«

Jhered wandte sich wieder an die Advokatin. »Herine, bitte. Das ist sehr unklug. Ich denke auch, dass es irgendwann herauskommen wird, aber wir müssen uns bis dahin so gut wie möglich schlagen. Ich nehme an, Ihr habt den Wächtern vor der Tür aufgetragen, die Tote zu entfernen?«

Vasselis nickte. »Je weniger eingeweiht sind, desto besser. Wir haben sie direkt zu den Ärzten gebracht. Sie ist abgeschirmt, und uns hat niemand gesehen. Also sind wir hier, die beiden Wächter und ein Arzt bisher die Einzigen, die wissen, was geschehen ist.«

»Ich weiß, was du sagen willst, Paul«, erwiderte Herine.

»Und richtig ist es auch. Wir sollten die Sache unter Verschluss halten. Im Augenblick haben wir alles unter Kontrolle. Warum sollte irgendjemand erfahren, wo und warum sie gestorben ist? Äußerlich ist ihr nichts anzusehen, die Rötung von der Ohrfeige ist verschwunden. Sie hätte diesen Unfall auch in ihrer Zelle erleiden können.«

»Ich kann und werde nicht mit dieser Lüge leben«, sagte Herine. »Wenn ich meinem Volk unter die Augen treten will, dann kann ich mir nicht noch mehr Schuldgefühle aufladen als jene, die ich jetzt schon habe.«

»Du hast gar nichts getan«, zischte Jhered aufgebracht. »Du

hast ihr eine Ohrfeige gegeben, und du kannst mir glauben, dass es viele gibt, die sich in der Reihe angestellt hätten, um deinem Beispiel zu folgen. Sie ist ausgerutscht, unglücklich gefallen und kam dabei ums Leben. Du hast sie nicht getötet.«

»Ich habe ihren Tod herbeigeführt.«

»Nein«, widersprach Ossacer. »Das hat sie selbst gemacht.«

»Hat hier die Regel des universellen Gleichgewichts gewirkt, Ossacer?«, fragte Herine.

»Wenn man sich in Gefahr begibt, muss man die Konsequenzen tragen«, erwiderte der Aufgestiegene. »Ich habe gelernt, mit dem zu leben, was ich tat.«

»Mag sein, aber die Kanzlerin hat nun leider keine Gelegenheit mehr dazu. Vielmehr muss ich mit dem leben, was ich getan habe.«

»Ja«, fuhr Ossacer fort, und Jhered hatte eine Ahnung, dass es gut wäre, ihn fortfahren zu lassen. »Ja, das müsst Ihr, und das werdet Ihr, meine Advokatin. Doch vom Thron der Basilika etwas zu verkünden, das die Menschen als Eingeständnis Eurer Schuld auffassen werden, wird Euch dabei nicht helfen. Es hilft auch uns nicht und sicher nicht der Konkordanz.«

Ossacer hielt inne und lächelte.

»Was ist denn so witzig daran?« Herine verzog keine Miene.

»Mir ist nur gerade etwas eingefallen, meine Advokatin. Ich mache Euch einen Vorschlag. Wenn Ihr versprecht, noch nicht mit der ganzen Wahrheit an die Öffentlichkeit zu gehen, dann verspreche ich Euch, nie mehr darüber zu jammern, dass ich aufs Schlachtfeld geschickt werde.«

Aller Augen ruhten auf Herine. Jhered konnte ihren Gesichtsausdruck nicht deuten, als sie Ossacer anstarrte.

»Ihr seid ein gerissener Lump, Ossacer Westfallen«, sagte sie schließlich.

»Ein Blinder muss eben andere Fähigkeiten entwickeln.«

»Ein gerissener Lump«, wiederholte sie. »Aber manchmal habt Ihr zwischen all dem Geschnatter einen lichten Moment. Abgemacht.«

Jhered blickte Ossacer an und musste grinsen. »Sollen wir uns jetzt um die weniger wichtigen Dinge kümmern und versuchen, die Konkordanz zu retten?«

»Einverstanden.« Herine erhob sich. »Ihr habt meine Erlaubnis, hier und wo immer es nötig sein sollte, alles zu tun, um eure Aufgabe zu erfüllen. Ich bin müde, ich muss mich hinlegen und meine Albträume ertragen. Nur eines noch, Paul und ihr alle hier. Da draußen kämpfen zwei meiner Söhne gegen die Toten und was immer Gorian ihnen sonst entgegenwirft. Ich will, dass sie beide wohlbehalten hierher zurückkehren. Habt ihr verstanden?«

Jhered nickte. »Wir holen sie für dich nach Hause, meine Advokatin. Das verspreche ich dir.«

Der Mittag eines weiteren langen Tages. Die Schmelzöfen brannten Tag und Nacht, das Dröhnen der Schmiedehämmer begleitete ihn beim Einschlafen und weckte ihn wieder auf. Karren mit bestem tundarranischem und sirranischem Holz polterten zu jeder Tages- oder Nachtzeit von Nordosten und Nordwesten in die Stadt. Sogar in den Wäldern ringsum, ein Stück im Nordwesten, und in den Wäldern von Calern und Parbanii schlugen sie Bäume, ob das Holz nun reif war oder nicht. Die Lothiunberge, die sich ein paar hundert Meilen weiter im Norden erstreckten, lieferten hochwertige Mineralien und Erze, wenn die Waren aus Kark und Gestern so unzuverlässig eintrafen wie jetzt.

Manchmal wünschte Lucius Moralius, Hasforts Meisteringenieur, er wäre nicht ausgerechnet in diesem Ort zur Welt gekommen. Ganz zu schweigen davon, dass er seinem Vater in den Dienst für die Konkordanz gefolgt war. Dennoch hatte er seine Fähigkeiten unter Beweis gestellt, wo immer es um die Wissenschaft der Artillerie und die Organisation von Untergebenen gegangen war.

Mit Sicherheit wusste er, dass die meisten Bürger seiner einst so schönen Stadt am Flussufer unzufrieden waren, weil ihre Heimat sich in den letzten vierzig Jahren in eine Produktionsstätte für die Kriegsmaschinerie der Konkordanz verwandelt hatte. In den fünfundvierzig Jahren seines eigenen Lebens hatte er beobachten können, wie die Fischerei und das Handwerk untergegangen und der Industrie gewichen waren. Die Wassermühlen und Schmieden waren heute zehnmal so groß wie früher, und sie alle stellten fast nur noch Waffen, Rüstungen und Geschütze her. Abgesehen von den Bauernhöfen, die das Volk ernährten, und den Beamten, die für Paul Jhered die Bücher führten, gab es kaum noch andere Beschäftigungsmöglichkeiten.

So war Hasfort eine hässliche Stadt geworden. Die offenen Felder verloren sich hinter den Mauern, die den Ort vor Eindringlingen schützten, falls wider jede Erwartung tatsächlich einmal Feinde hier auftauchen sollten. Am Himmel hing der Rauch, und die Luft schmeckte nach Pech und Asche.

Lucius band sich die Lederschürze über die leichte wollene Toga, winkte seinen Kindern und seiner Frau zum Abschied und machte sich auf den kurzen Weg von seinem kleinen Haus in den Osten der Stadt, wo der größte Teil der Fabriken angesiedelt war. Der Lärm der Sägen ging ihm mehr als sonst auf die Nerven, das Klirren der Hämmer auf dem Metall dröhnte in seinem Kopf, und die Rufe der Männer schmerzten hinter seinen Augen.

»Diese verdammten Tsardonier«, murrte er. »Die verdammte Mobilisierung.«

Es wäre nicht ganz so schlimm gewesen, hätten sie nicht gerade den Auftrag bekommen, für fünf Legionen die gesamte Artillerie umzurüsten. Ballisten, Wurfmaschinen und die neuen, auf

Schlitten montierten Onager füllten die Werkhöfe. Nachdem die Signalflaggen auf den Türmen die Befehle übermittelt hatten, war ihr ohnehin schon anstrengender Arbeitsplan völlig durcheinandergeraten. Es galt, die in einem offenen Konflikt zu erwartende Abnutzung der Artillerie schon vorher zu berechnen und Dutzende neuer Bauteile zu entwerfen, das dafür nötige Material zu beschaffen und sie dann herzustellen. Das alles in nur fünfzig Tagen.

Moralius schüttelte den Kopf. Sie würden es schaffen, weil sie bisher alles geschafft hatten, und darauf war er stolz. Aber die Klagen der normalen Bürger, die nachts keinen Schlaf fanden und in Doppelschichten arbeiten mussten, waren mindestens so laut wie die Hämmer. Als ob es ihm selbst besser ginge. Gott umfange ihn, er arbeitete mehr als jeder andere. Die Bürger konnten wenigstens schlafen oder baden, wenn sie nicht am Arbeitsplatz waren. Moralius musste sich dagegen unentwegt mit Planungen beschäftigen: Listen abhaken, Dienstpläne aufstellen, Lieferverträge aushandeln. Tausend kleine Tätigkeiten.

Ihm wurde bewusst, dass er beim Gehen fest aufstampfte, und nun gab er sich Mühe, entspannter zu laufen und seine finstere Miene zu entkrampfen. Es gelang ihm nicht sofort. Deshalb blieb er stehen, als müsste er die Riemen seiner Arbeitsstiefel neu schnüren, und ließ den warmen Wind über sein Gesicht streichen. Inzwischen befand er sich auf der Zufahrtsstraße der Schmieden und Werkhöfe, keine dreihundert Schritte vom Osttor und der Stadtmauer entfernt.

Die Häuser, an denen er hier vorbeikam, waren schmutzig und mussten dringend getüncht werden. Wenn die fünfzig Tage vorbei waren, würde er dafür sorgen, dass dies auch geschah. Die Belohnung für die Einwohner von Hasfort musste schnell und für alle wahrnehmbar kommen. Da durfte es keinen Widerspruch geben.

Moralius nickte einigen Männern zu, die nach ihren Schichten auf dem Heimweg waren oder lieber geradewegs in ein Wirtshaus gingen, um einen Krug Bier oder einen Becher Wein zu kippen. Er wurde schon durstig, wenn er nur daran dachte. Voller Ruß und verschwitzt waren die Männer, und ihr schlurfender Gang verriet die gleiche Müdigkeit, die auch ihm in den Knochen steckte.

»War's ein guter Tag?«

»Wie jeder andere«, antwortete einer. Die Männer gingen langsamer, blieben aber nicht stehen. »Nur scheint es, als müsstet Ihr noch etwas lauter mit der Peitsche knallen, Herr.«

Moralius runzelte die Stirn. »Oh? Warum denn?«

»Eine Staubwolke im Nordosten. Ich nehme an, die Bestellungen aus Gosland müssen früher als geplant erledigt werden.«

»Das darf doch nicht wahr sein.« Wieder machte Moralius ein finsteres Gesicht und überdachte den Arbeitsplan. Schwer war es nicht, die Einzelheiten hatten sich ihm unauslöschlich eingeprägt. »Die Anpassungen für die Bärenkrallen sind erst in sechs Tagen fertig, und die neuen Ballisten frühestens in zehn Tagen. So war es abgesprochen.«

Der Mann zuckte mit den Achseln. »Mag ja sein, Herr, aber die Staubwolke ist trotzdem da. Es kann natürlich auch eine Handelskarawane sein, aber wir meinen, es dürften wohl eher die Wagen und die Kavallerie der Zweiten Legion sein, die ihre Sachen abholen will.«

»Na schön.« Moralius seufzte. »Dann werde ich mal sehen, was ich tun kann. Vielen Dank für die Neuigkeiten.«

»Wir kommen auch wieder zurück, wenn Ihr uns braucht, Herr«, bot ein junger Mann an, dem Aussehen nach ein Schmied. Er arbeitete noch nicht lange in seinem Beruf.

Moralius musste kichern, obwohl ihm eigentlich nicht danach zumute war. »Ich bin sicher, das wird nicht notwendig sein, aber ich weiß Euer Angebot zu schätzen. Wie heißt Ihr?«

»Barodov«, erwiderte der junge Mann. »Ich komme aus Atreska.«

»Danke, Barodov und Euch anderen. Ich danke Euch für Eure Bemühungen. Aber jetzt geht und trinkt und esst etwas, während ich mich auf die Mauern begebe und mich umsehe.«

Barodov grinste, in seinem schmutzigen Gesicht blitzten weiße Zähne. »Wenn Ihr das Spähglas falsch herum haltet, sind sie noch weiter weg.«

Die Männer lachten, Moralius stimmte ein.

»Ein guter Rat.«

Dann eilte er zum Osttor und stieg die Treppe bis zum Wehrgang hinauf. Außer den Wachen war niemand dort oben. Einer der Männer beobachtete die sich nähernde Truppe, wer es auch war. Moralius konnte die Staubwolke jetzt auch selbst erkennen. Ein brauner Schmierfleck über dem Südrand der Tharnsümpfe.

Offensichtlich waren sie der Hauptstraße am Fluss gefolgt und näherten sich jetzt auf der Nebenstraße, die direkt zum Osttor führte. Seltsam, dass sie nicht auf dem Fluss fuhren, aber vielleicht waren Boote so knapp wie alles andere.

Als ein Wächter ihn bemerkte, drehten sich die drei um und nahmen Haltung an. Er winkte ihnen, bequem zu stehen.

»Was schätzt Ihr, wie weit sie entfernt sind?«

»Nicht mehr weit, Herr«, sagte einer und gab ihm das Spähglas. »Einen halben Tagesmarsch. Sie sind gerade noch hinter den ersten Hügeln, würde ich sagen.«

»Ihr habt Späher ausgesandt. Wir werden doch hoffentlich nicht feststellen, dass es eine Invasionstruppe ist, oder?«

»Jawohl, Herr. Und nein, Herr, das ist es nicht. Unsere Späher haben Standarten der Legionen und mehrere Wagen ausgemacht. Es scheint, als kämen sie zu Fuß.«

Moralius schüttelte den Kopf und setzte lächelnd das Spähglas ans Auge. Die Staubwolke war auf einmal sehr nahe. Der Wächter hatte recht, die Bärenkrallen waren nicht mehr weit entfernt.

»Na schön«, sagte er und gab dem Mann leicht gereizt das Spähglas zurück. »Dann gehe ich besser wieder und erkundige mich, wie viel wir ihnen jetzt schon geben können.«

Moralius lief die Treppe hinunter und betrat die Werkhöfe der Artillerie. Die offenen Plätze waren mit Geschützen übersät. Die Einzelteile mächtiger Onager lagen herum, Arbeiter schnitten Balken zurecht, reparierten die Scharniere und tauschten die Seile aus. Fertige Ballisten und weitere Onager standen in mehreren Reihen bereit. Ihr Holz glänzte vom frischen Öl, die Metallteile waren makellos poliert.

Links von ihm lagerten gewaltige Holzvorräte. Die Sirraner lieferten schnell, und angeblich sollten sogar die Preise sinken, weil Roberto Del Aglios mit ihnen irgendein Bündnis geschlossen hatte. Das würde den Schatzkanzler sicher freuen. Die Einnehmer waren schon lange über die Preise für das Rohmaterial verärgert. Das Murren darüber würde jedoch vorläufig nicht aufhören. Es war ein weiter Weg von Hasfort bis Kark, und niemand lieferte eine bessere Qualität.

Acht Schmiedeöfen spien Rauch und Ruß und verpesteten den schönen Himmel mit beißenden Dämpfen. Mehrere Männer trieben Bolzen in den Unterbau eines Onagers. Neben dem Holzrahmen wartete der stählerne Schlitten umgedreht und aufgebockt darauf, dass jemand ihm die passende Form gab.

Moralius wandte sich zum Büro der Werkstätten und hoffte, gute Neuigkeiten über die Fortschritte vorzufinden, nachdem er fünf Stunden zuvor seine letzte Schicht beendet hatte. Bleiern drückte die Erschöpfung auf seine Schultern, als er sich der Tür näherte. Er musste etwas trinken und sich ein paar Minuten ausruhen. Zwei Ingenieure blickten in seine Richtung und wandten sich ab, als er die Hand auf den Türgriff legte. Solche Furcht sah er nicht gern in den Gesichtern seiner Leute. Er öffnete die Tür, trat hindurch und schloss sie hinter sich. Da die Fensterläden geschlossen waren, drang der Lärm nur noch gedämpft herein.

Sein Büro war nicht groß. Auf jedem freien Fleck hingen Pergamente an der Wand, denen man den Fortschritt der verschiedenen Arbeiten entnehmen konnte. Der einzige Schreibtisch war so makellos sauber, wie er ihn hinterlassen hatte. Hier duldete er keine Unordnung. Moralius konnte binnen Sekunden jede beliebige Zahlenangabe finden. Es dauerte eine Weile, bis er den Mann bemerkte, der auf seinem Platz saß und die letzten Berichte las.

»Kann ich Euch helfen?«, fragte er.

Er war daran gewöhnt, wartende Besucher vorzufinden, wenn er sein Büro betrat, doch sie verhielten sich nicht so, als befänden sie sich in ihrem eigenen Haus. Der Mann schaute auf. Sein Gesicht war auf eine eigenartige Weise verfärbt. Grün und braun, es erinnerte ein wenig an Baumrinde.

»Ich glaube sogar, du kannst mir einen sehr großen Dienst erweisen«, erwiderte der Mann. Seine Augen wechselten die Farbe.

12

859. Zyklus Gottes, 46. Tag des Genasauf

Jenseits der Werkhöfe erhoben sich Schreie. Moralius nahm es kaum wahr, doch auch in seiner Verwirrung bekam er noch mit, dass die Hämmer und Sägen nacheinander verstummten, während gleichzeitig die Rufe der Menschen lauter wurden. Alarmglocken läuteten, eilige Schritte wurden laut.

»Es klingt, als würdet ihr angegriffen«, meinte der Mann, der den Augen nach ein Aufgestiegener war. Er war erschreckend gelassen.

Noch nie hatte Moralius eine solche Furcht empfunden. Er wich zur Tür zurück und tastete nach dem Griff. Der Aufgestiegene beobachtete ihn nickend.

»Gute Idee. Hole deine Leute und bekämpfe die Eindringlinge.«

»Eindringlinge.«

»Vermutlich.«

Der Aufgestiegene machte eine Geste, mit der er wohl die ganze Stadt umfassen wollte, wo sich in die Schreie und Rufe jetzt das Klirren von Waffen mischte. Auch laute Befehle waren zu hören. Schwer lag die Angst in der Luft. Moralius konnte nicht mehr klar denken. Eigentlich konnte er überhaupt nicht mehr denken. Er verstand das alles nicht. Die Bärenkrallen kamen, um ihre Geschütze zu holen. Wer konnte sie denn nur angreifen? Seit fünfundzwanzig Jahren hatte es auf dem Fluss keine Überfälle mehr gegeben. Kein Tsardonier hatte sich je bis hierher gewagt, nicht einmal vor einem Jahrzehnt, als sie in großen Verbänden die ganze Konkordanz durchstreift hatten.

»Wer?«, fragte er benommen. Mehr wollte sein Mund nicht herausbringen.

Der Aufgestiegene erhob sich. »Geh doch hinaus und sieh nach.«

Moralius nickte. »Hinausgehen und nachsehen. Seid Ihr hier, um uns zu helfen?«

»Das kommt auf den Standpunkt an.« Der Aufgestiegene wedelte mit einer Hand. »Geh nur.«

Moralius öffnete die Tür, rannte nach draußen und hatte das Gefühl, eine Woge bräche über ihn herein. Seine Gedanken klärten sich wieder. Er blickte zum Büro zurück. Die Tür war wieder geschlossen, und er konnte sich kaum noch erinnern, ob er wirklich mit einem Aufgestiegenen gesprochen hatte. Eines war jedoch sicher. Hasfort wurde angegriffen.

Ingenieure rannten zu den Toren des Geländes, sie wollten nach Hause zu ihren Familien und ihre Waffen holen. Wächter der Legionen näherten sich, um die Tore zu schließen. Es waren vierzig oder fünfzig, die bereits die Speere gesenkt hatten. Im Nordwesten der Stadt stieg Rauch auf. Vielleicht waren die Eindringlinge aus dem Wald gekommen. Auch er rannte jetzt los. Da draußen waren seine Frau und seine Kinder allein, ohne ihn.

»Im Westen, stellt euch im Westen auf!« Moralius fuhr herum, als er die Stimme von Hauptmann Lakarov hörte, der die Garnison befehligte. »Schließt das Osttor, schickt Reiter zu den Bärenkrallen.«

Zwei Reiter galoppierten durchs Tor, das hinter ihnen geschlossen wurde. Moralius begleitete den Kommandanten, der zur Kaserne am Osttor lief, die mehrere hundert Schritte entfernt war. In der ganzen Stadt läuteten jetzt Alarmglocken. Viele Bürger eilten durch die Hauptstraße und entfernten sich vom Forum und der Basilika. Immer mehr Rauch stieg am Horizont auf.

»Woher sind sie gekommen?«, rief Moralius.

»Ich habe keine Ahnung. Ich habe mit der Vorhut der Bärenkrallen gerechnet«, erwiderte Lakarov. »Geht zu Eurer Familie und bleibt im Haus.«

»Einen Teufel werde ich tun«, antwortete Moralius. »Wir Ingenieure verstecken uns nicht hinter den Rockschößen unserer Mütter.«

Lakarov lächelte. »Schön, dann kämpft mit uns.«

Moralius rannte nach rechts durch eine schmale gepflasterte Straße. In den dicht an dicht am Hang gebauten Häusern brach allmählich Panik aus. Kinder weinten, Männer und Frauen stießen aufgeregte Rufe aus und schlossen lautstark ihre Türen und Fensterläden. Moralius rannte durch die Vordertür ins Haus und riss sich unterwegs die Schürze ab. Im hellen Licht, das durch die offenen hinteren Fenster hereinfiel, warteten seine Frau und seine Kinder mitten im Raum. Sein Sohn hielt schon den Gladius für ihn bereit. Er war erst acht Jahre alt, doch er hielt sich stolz wie ein echter Moralius.

Der Vater kniete nieder, nahm seinem Sohn die Scheide mit der Waffe ab und umarmte ihn.

»Pass auf deine Mutter auf, bis ich wieder da bin, Lucas.«

»Das werde ich tun, Vater.«

Der Ingenieur zauste das braune Haar des Jungen und richtete sich wieder auf. Dann nickte er und ließ sich von Maria den Brustharnisch anlegen. Sie verschnürte die Riemen, während er sein Schwert gürtete.

»Seid leise und haltet den Hinterausgang offen«, sagte Moralius. »In den Gassen kennen sie sich nicht aus.«

»Lass sie nur nicht so weit eindringen«, erwiderte Maria.

»Am Forum kommen sie nicht vorbei.«

»Es klingt, als wären sie schon innerhalb der Mauern.«

Moralius küsste sie. »Lakarov hat uns für diesen Tag ausgebildet. Wir dachten immer, er spielte gern Soldat, aber wenn dies vorbei ist, werden wir ihm wohl die Füße küssen.«

»Komm nur zu mir zurück«, sagte Maria.

»Ganz sicher.«

Moralius rannte wieder hinaus, hinter ihm fiel die Tür mit einem Knall zu, und seine Frau legte den Riegel vor. Er schlug den Weg zum Forum ein. Auf den Straßen drängten sich die Menschen. Lakarov hätte seine helle Freude daran, denn fast alle befolgten seine Befehle.

Einige Sanitäter hatten schon ihre Posten bezogen. Alle Männer und Frauen, die im Umgang mit dem Gladius, mit Bogen oder Schwert unterwiesen waren, strömten zum Brennpunkt des Geschehens, um sich bei einem Hauptmann oder Zenturio zu melden. Zwanzig junge Leute, jeder mit einem Eimer ausgerüstet, trotteten an ihm vorbei. Sie wirkten ängstlich, aber entschlossen.

Am Ende der Straße, in der er wohnte, blickte Moralius noch einmal zu den Werkhöfen. Die Stadttore waren noch nicht geschlossen. Er runzelte die Stirn, hatte aber keine Zeit, sich weiter darum zu kümmern. Lakarov hatte sicher alles genau geplant. Vielleicht sollten die Torbefestigungen als Rückzugspunkt dienen, falls sie die Stadt verloren. Es spielte jetzt keine Rolle. Ein Stück weiter unten auf der Straße kamen die Kämpfer aus den Unterkünften gerannt. Moralius eilte zu ihnen. Legionäre mit grimmigen Gesichtern und schimmernden Rüstungen, die bereits ihre Waffen gezogen hatten, begrüßten ihn.

Lakarov führte das Kommando.

»Wir stellen uns an der zweiten Wegmarke auf. Sichert das Forum. Im Laufschritt, marsch!«

Die Milizionäre machten sich auf den Weg. Es waren dreihundert, verstärkt durch die Reserve, die sich aus den Bürgern selbst rekrutierte. Weitere dreihundert hatten ihr Quartier am Westtor. Ihre Marschtritte hallten zwischen den Gebäuden, als sie sich dem Forum näherten. Andere gesellten sich zu ihnen. Ingenieure, Tischler und Schmiede griffen zu den Waffen. Die Einwohner von Hasfort waren ein stolzes Volk. Ganz egal, was sie über die Veränderungen ihrer Stadt dachten, der Ort war ihre Heimat, und sie waren bereit, dafür zu sterben.

Unter den Leuten entdeckte Moralius den jungen Schmied Barodov. Der Humor, den er kurz zuvor noch gezeigt hatte, war gänzlich aus seinem Gesicht geschwunden und nackter Wut gewichen. Moralius eilte zu ihm und schritt neben ihm aus.

»Nun habt Ihr wohl doch keine Ruhe gefunden, was?«

»Der Wein wird süßer schmecken, wenn ich neben meinem Kelch das blutige Schwert auf den Tisch lege«, sagte der junge Mann.

»Wir brauchen keine Helden. Wir wissen nicht einmal, wie viele Feinde es sind.«

Vor dem Springbrunnen im Zentrum erweiterte sich die Straße, und von hier aus konnten sie zum tiefer liegenden Forum hinunterblicken. Die Verkaufsstände waren bereits verschwunden, und bewaffnete Händler, Sanitäter und Löschtrupps mit Eimern sowie Heiler und Wundärzte hatten Stellung bezogen. Einige Geschütze aus Hasforts eigener Artillerie rollten von der Ostseite aufs Forum. Es waren nur ein paar Ballisten. Lakarov wollte keine schweren Geschütze innerhalb seiner eigenen Stadt einsetzen. Moralius fragte sich, warum die Onager auf den Wällen nicht geschossen hatten, als die Invasoren aufgetaucht waren.

Er rannte um den Springbrunnen herum und folgte den Milizionären aufs Forum. Auf ein knappes Kommando hin nahmen sie ihre Verteidigungsstellung ein. Es war eine umgekehrte Schlachtformation. Die Schwertkämpfer standen in der Mitte, die Speere waren an den Flanken, wo die Kämpfer sie nach innen schwenken oder herumziehen konnten, um die seitlichen Zugänge des Forums zu sichern.

Wieder erwachte die Furcht in Moralius. So ängstlich sollte er nicht sein, ermahnte er sich. Jenseits des Forums, in Richtung des Westtors, waren bereits Kämpfe ausgebrochen. Jedenfalls glaubte er es. Die Stimmen und die Waffen klangen jedoch seltsam. Er trottete nach rechts, um besser sehen zu können, und seine Ängste verstärkten sich noch. Am Rand des Forums schlenderte der Aufgestiegene entlang, als mache er nur einen Spaziergang im Sonnenschein. Wenigstens war er bei ihnen. Vielleicht sollte er allmählich etwas unternehmen und die Dinge tun, zu denen sie angeblich imstande waren, um die feindlichen Heere zu brechen.

Als sich der Aufgestiegene umdrehte, durchfuhr Moralius ein Schauder, als hätte er das erste Eis des Dusas berührt. Dann breitete der Aufgestiegene die Arme aus und sprach. Mühelos trug seine Stimme über das ganze Forum und hallte wider, als käme sie aus tausend Mündern.

»Kommt hervor, meine Untertanen, und nehmt all jene in eure Umarmung auf, die ihr vor euch seht. Fallt ein in den Marsch, der die Welt verändern und die Macht neu ordnen wird.«

Auf dem Forum zögerten die Soldaten. Die Legionäre warfen einander Blicke zu und suchten nach einer Bestätigung, dass auch ihre Gefährten die verwirrenden Worte gehört hatten, die von vielen anderen, die noch unsichtbar waren, wiederholt worden waren. Als hätten sich die Worte wie von selbst in der Luft gebildet. Niemand hatte beobachtet, dass der Aufgestiegene selbst gesprochen hatte. Moralius ging zu ihm hinüber.

»Wer seid Ihr?«

»Ich bin Gorian. Ich bringe euch eine neue Wahrheit und neuen Ruhm. Seht mein Volk.«

»Euer …?«

Auf einmal schrien hundert Menschen zugleich. Bürger strömten aufs Forum, doch es war keine geordnete Bewegung, sondern panische Flucht. Sie rannten um ihr Leben und heulten vor Entsetzen und Schrecken.

Niemand rückte mehr vor. Lakarov fand nicht die richtigen Worte, um einen Befehl zu rufen. Die Einwohner von Hasfort stießen Laute aus, die beinahe nicht mehr menschlich zu nennen waren. Moralius, bis ins Mark erschüttert, hatte nicht den Wunsch, die Ursache genauer zu erkunden. Andererseits konnte er sich auch nicht überwinden, wegzulaufen und sich zu verstecken. Die Kräfte verließen ihn.

Hinter den fliehenden Bürgern zogen sich auch die Milizionäre zurück. Manche konnten sich beherrschen, erhoben die Waffen und blieben den Feinden zugewandt. Moralius riss die Augen weit auf, als er sah, wer ihnen folgte.

»Tsardonier«, keuchte er. Das war doch nicht möglich.

»Stellt euch auf«, brüllte Lakarov, der endlich wieder bei Stimme war. »Macht die Ballisten und Skorpione bereit.«

Die Milizen setzten sich in Bewegung. Bürger, die der Reserve angehörten, riefen etwas, das Moralius nicht verstehen konnte, und rannten vorbei. Ein Mann kam ihm mit weit aufgerissenen Augen nahe genug.

»Tote«, rief er. »Tote.«

Immer und immer wieder. Moralius' Blick wanderte wieder zum Aufgestiegenen, der immer noch lächelte.

»Ruhig«, befahl Lakarov, der vor seiner Truppe marschierte. »Weicht nicht zurück, wir können sie abwehren.«

Die Tsardonier strömten auf das Forum. Moralius sah sich nach links und rechts um. Die Bürger flohen durch die Parallelstraßen. Auf breiter Front rückten die Tsardonier in die Stadt ein. Die Hauptmasse der Feinde befand sich direkt vor dem Zugang des Forums. Sie kamen in hellen Scharen, blieben jedoch still. Von den Schlachtliedern, die sie gewöhnlich sangen, war nichts zu hören. Moralius' Furcht verstärkte sich noch, und immer noch flohen die Kämpfer der westlichen Garnison.

Auch Lakarov hatte es bemerkt. »Haltet die zweite Wegmarke.«

Es gelang ihnen nicht. Die ängstlichen Blicke verrieten, wie dringend die Männer sich zurückziehen wollten.

»Haltet die Stellung!«, brüllte Lakarov. »Wir unterstützen euch.«

»Kommt, meine Untertanen. Fürchtet keine Klinge, bringt sie zu mir.«

Die Worte des Aufgestiegenen erklangen aus den Mündern aller Tsardonier, die sich dem im Sonnenschein liegenden Forum näherten. In die Reihen der Verteidiger kam Bewegung. Wieder zögerten sie, ehe sie die Verteidigungspositionen einnahmen. Ein oder zwei Männer drehten sich um und rannten weg.

Moralius verspürte den Drang, sich nach vorn zu bewegen. Aus dem Augenwinkel konnte er den Aufgestiegenen beobachten, der ebenfalls Schritt für Schritt auf das Forum vordrang. Hinter ihm rückten die Tsardonier vor, marschierten gleichmäßig durch die Seitenstraßen und kreisten sie ein. Inzwischen waren alle Kampfgeräusche verstummt. Nur noch die Rufe der Menschen waren zu hören, die sich über die Maßen ängstigten, auch wenn er den Grund nicht wusste.

Die Tsardonier waren jetzt ganz nahe. Höchstens noch vierzig

Schritte vom Forum entfernt. Ein Summen übertönte die ängstlichen Rufe der Milizionäre und Lakarovs Befehle. Auch seine Stimme schwankte inzwischen. Auf einmal legte jemand Moralius eine Hand auf den Arm. Es war Barodov.

»Hier stimmt etwas nicht.«

»Ach, wirklich?«, fauchte Moralius.

»Wir sollten uns zurückziehen.«

»Wohin denn?«

Die Männer rückten vor, eher vorsichtig schleichend als marschierend. Einige andere Angehörige der Reserve begleiteten sie und übersahen geflissentlich die fliehenden Kämpfer und die bedrohliche Atmosphäre auf dem Forum.

»Wir können nirgendwohin«, sagte Lakarov ohne große Überzeugungskraft. »Lasst sie ja nicht eure Häuser einnehmen. Haltet sie hier auf.«

Die Tsardonier kamen näher, und mit ihnen die Fliegen. Sie waren von riesigen Fliegenschwärmen umgeben. Summende Wolken ließen sich auf Gesichtern und Armen nieder. Die feindlichen Kämpfer wirkten kränklich. Irgendwie grün oder bleich wie ... Moralius schüttelte den Kopf. Das war ein Trick. Eine Taktik, die sie einschüchtern sollte.

»Sie sind nur Männer!«, rief er. »Treibt sie in den Wald zurück!«

Er rannte los und griff an, die Miliz und die Reserve folgten ihm. Er zog den Gladius aus der Scheide und führte den Angriff auf die Tsardonier an, die in keiner Weise reagierten. Rasch näherte er sich ihnen. Das Summen der Fliegen wurde lauter, und nun bemerkte er auch einen üblen Verwesungsgeruch. Der erste Feind war direkt vor ihm. Er machte keine Anstalten, sich zu verteidigen.

Wut vertrieb die Furcht, die Moralius gelähmt hatte. Er jagte dem Tsardonier die Klinge tief in den Bauch. Der Gegner taumelte unter dem Aufprall einen Schritt zurück, ließ sich aber sonst nichts anmerken. Obwohl das Blut von der Klinge tropfte, stieß der Mann nicht einmal einen Schrei aus. Moralius starrte sein Schwert an, dann den Feind. Seine Wut verflog, und die Angst packte ihn wieder. Der Tsardonier betrachtete ihn mit einem einzigen Auge. Eine Art von Schimmel hatte das zweite gefressen. Sein Gesicht war mit grünen Malen bedeckt, und in seiner Brust klaffte ein riesiger Riss; das Leder, das Tuch und seine Haut waren bis auf den Knochen zerfetzt. Dahinter konnte man das langsam schlagende Herz erkennen.

Moralius ließ das Schwert los und sprang zurück. Er schrie erschrocken auf, nachdem er Verwesung und Krankheit berührt hatte. Das Blut brannte, als es in kleine Risse auf seiner Hand eindrang. Der Tsardonier und seine Gefährten marschierten unterdessen einfach weiter. Der kurze Gegenstoß der Konkordanz kam sofort wieder zum Erliegen. Jetzt hoben die Feinde die Schwerter. Moralius' Opfer achtete nicht auf das Blut, das aus seiner Brust schoss, noch auf den Gladius, der in seinem Bauch stecken geblieben war. Er schlug zu. Moralius kreischte noch einmal und wich weiter zurück. Die Klinge verfehlte ihn knapp.

Die Verteidigung brach in sich zusammen. Milizionäre ließen die Waffen fallen und wandten sich zur Flucht. Inzwischen strömten die Tsardonier aus allen Zugängen aufs Forum. Die Verteidiger saßen in der Falle. Vierhundert Milizionäre und Reservisten drängten sich mitten auf dem Forum. Einige Männer weinten, manche versuchten noch, sich einen Weg zu bahnen, aber der Vorstoß der Feinde war jetzt wie eine Flutwelle. Es mussten Tausende sein. Moralius konnte sich nicht mehr konzentrieren, das Pochen in seiner Hand wurde stärker, und er konnte nichts mehr sehen.

Jemand war bei ihm und flüsterte ihm etwas ins Ohr. Jedes geflüsterte Wort sprachen die Tsardonier nach wie mit einem Mund. Der Gestank des Todes mischte sich mit dem von Kot und Urin.

Moralius' Herz war nur noch ein schmerzender Knoten in seiner Brust. Auch er weinte jetzt.

»Die Schmerzen werden nachlassen, und wenn du erwachst, wird deine Familie bei dir sein.«

Moralius blinzelte. Die Tsardonier hoben die Schwerter und machten die Verteidiger nieder. Überall fielen die Milizionäre. Barodov sank auf die Steine des Forums, nachdem ein Gegner ihm das Gesicht zerschnitten hatte. Moralius sah sich um. Der Aufgestiegene war dicht bei ihm und starrte ihn mit brennenden Augen an. Blaue und orangefarbene Flecken überlagerten einander, dann färbten sich die Augen grau. Die Schreie wurden leiser und verstummten fast.

Der Aufgestiegene streckte die Hand aus. Moralius sah seine Erlösung und den Rückweg zu seiner Frau und seinem Sohn. Er würgte und bekam kein Wort des Dankes heraus. Als er die angebotene Hand ergriff, wurden die pochenden Finger und die Hand eiskalt.

»Komm«, sagte der Aufgestiegene. »Sei mein Meisteringenieur, Lucius Moralius.«

Wärme durchströmte ihn nach dem Eis. Eine tröstende, liebevolle Wärme. Moralius nickte.

»Alles«, sagte er endlich. »Ich werde alles für dich tun.«

Die Miene des Aufgestiegenen verhärtete sich, doch er lächelte immer noch.

»Ich weiß«, sagte er. »Genau wie alle anderen.«

13

859. Zyklus Gottes,
46. Tag des Genasauf

Wird mein Bruder der Umarmung Gottes teilhaftig werden?«

Barias beäugte ihn vom Heck aus. Roberto und Harban saßen nebeneinander und ruderten. Der Wind war so gut wie eingeschlafen, und Roberto hatte Blasen an den Händen. Barias' Hände waren schon mit blutigem Tuch umwickelt. Harban dagegen schien völlig unempfindlich. Er war unermüdlich und hatte eine dicke Hornhaut, nachdem er viele Jahre in den Bergen von Kark geklettert war. Es war wirklich ein Glück, dass sie ihn in der Festung an der Grenze getroffen hatten.

»Ist das ein neuer Versuch, meinen Glauben infrage zu stellen, Botschafter?«

Barias hatte bei der einzigen Gelegenheit, als der Streit handgreiflich geworden war, einige Schläge einstecken müssen. Seine linke Wange war immer noch ein wenig geschwollen. Roberto bewegte seinen Unterkiefer hin und her. Barias war vielleicht nur ein Ordenssprecher, doch er konnte ordentlich austeilen.

»Nein«, erwiderte Roberto. »Ich bin die Diskussionen leid, Julius. Und ich bin es leid zu hassen. Meinetwegen könnt Ihr glauben, ich müsste für meine Verbrechen verbrannt werden. Das ist mir egal. Aber ich bete jeden Tag für meinen Bruder, der dort in der geschundenen Erde liegt. Ich erinnere mich an die zuckenden Leichen und fürchte, er wird die Berührung des Allwissenden niemals spüren. Ihr könnt mich hassen, aber ihn sollt Ihr lieben, Barias. Wird er es schaffen?«

Barias' Miene hellte sich etwas auf.

»Betrachtet das Land, Botschafter«, sagte er. »Es ist schön, und das wird es immer sein.«

Das war die Wahrheit. Sie fuhren an der Grenze von Neratharn entlang flussabwärts. In der Ferne konnten sie im Süden gerade noch die Berge erkennen, die der Kaldefluss auf seinem Weg zum Iyresee und den Gawbergen umrundete. Dort unten hoffte Roberto, die Verteidigungskräfte zu finden, mit denen er die Konkordanz retten konnte. Gosland lag im Norden im Nebel, und die Tharnsümpfe, durch die sie gefahren waren, wichen nach und nach dem schönen Tiefland. Die Landschaft, durch die der Fluss nun strömte, war einst voller Leben gewesen. Jetzt lagen die Dörfer, Gehöfte und Flussstädtchen verlassen. Opfer des früheren Verlustes von Atreska. Die Bürger hatten sich sehr darauf gefreut, in dieses fruchtbare Land zurückzukehren und es wieder in Besitz zu nehmen. Jetzt aber, dachte Roberto, würde es wohl niemand mehr wagen, den Fuß auf diese Erde zu setzen.

Seit Tagen waren sie keinem einzigen Menschen mehr begegnet. Das war eine ernüchternde Erinnerung an die Auswirkungen des Konflikts und sprach offenbar dafür, dass Gorian hier vorbeigekommen war. Von Norden her hätte er diese Gegend nicht so schnell erreichen können, doch sie wussten nicht, was im Süden vor sich ging. Wenn er in Atreska das getan hatte, was er ihnen an den Klippen vorgeführt hatte, dann konnten sie nur ahnen, in welcher Verfassung sich die Gegend befand, in die sie reisten. Gut möglich, dass sie in den sicheren Tod ruderten.

»Darauf können wir uns einigen, Julius.«

»Dennoch lebt hier das Böse. Wir wissen es, weil wir es in Gosland gesehen haben. Unsere Albträume werden niemals verblassen. Allerdings glaube ich, dass die Reinheit sich durchsetzen wird, ob wir das, was kommen mag, überleben oder nicht. Menschen wie Euer Bruder Adranis führen die Erde zum Zustand der Reinheit zurück. So wird er auch den Weg in die Umarmung Gottes finden.«

Roberto nickte. Das war ein Bild, in dem er leicht Trost finden konnte.

»Dann ist Adranis' Werk noch nicht vollendet«, sagte er.

»Das wird es niemals sein. Seine Zyklen werden sicherlich weitergehen, und er wird dort, wo er liegt, immer noch den Willen des Allwissenden erfüllen, bis es erforderlich ist, dass er abermals auf Erden wandelt.«

»Das beschreibt es gut, das ist richtig so«, sagte Roberto. »Danke, Julius. Ich habe mir deshalb Sorgen gemacht.«

»Es ist gut zu wissen, dass wenigstens eine Eurer Sorgen durch Verweise auf die wahren Schriften beigelegt werden konnte.«

Harban räusperte sich vernehmlich. Roberto drehte sich zu ihm um. »Keine Sorge, wir streiten nicht.« Er wandte sich wieder an Barias. »So ist es doch, nicht wahr, Sprecher Barias?«

»Wir sind erst fertig, wenn alles geklärt ist. Bis dahin halten wir nur inne, um unsere Gedanken zu ordnen. Diese Pause könnte jedoch recht lange anhalten.«

Die drei Männer kicherten.

»Beim Ende der Erde und bei den Gipfeln der Berge, Euer Glaube ist faszinierend, auch wenn ich ihn nicht teile«, sagte Harban.

»Wir sollten uns ausführlich unterhalten«, schlug Barias vor. »Ich bin sicher, dass ich Euch überzeugen könnte.«

»Nicht einmal, wenn Ihr bis zu Eurem letzten Lebenshauch auf mich einredet. Wie Ihr bin auch ich mit einer Aufgabe betraut, die den Kern meines Glaubens berührt. Wir mögen gemeinsame Ziele haben, doch nicht die gleichen Gründe. Gorian muss sterben. Für Euch bedeutet dies, dass die Konkordanz verschont wird. Für mich, dass die Berge nicht einstürzen. Ich werde meine Gor-Karkulas nach Inthen-Gor zurückbringen. Für Euch bedeutet das nichts, für uns ist es die Erlösung. Ihr könnt mich nicht davon abbringen. Ich marschiere in einem Rhythmus, der so alt ist, dass sich nicht einmal die ältesten Berge an seinen Ursprung erinnern können.«

Roberto konnte förmlich sehen, wie Barias mit sich rang, ob er die Herausforderung annehmen sollte. Doch sie hatten anstrengende Tage hinter sich, sie waren erschöpft und müde. Nicht nur körperlich, sondern auch geistig. Neun Tage auf diesem Fluss, und wahrscheinlich hatten sie noch neun weitere vor sich. Noch mehr, wenn der Wind nicht aus einer günstigen Richtung wehte. Sie hatten nicht viel zu essen, doch Harban war ein geschickter Jäger, und Roberto wusste immer noch mit Pfeil und Bogen umzugehen, auch wenn die tsardonische Waffe, die er benutzte, nicht gut ausbalanciert war.

Julius entschied sich jedenfalls, vorerst zu schweigen, obwohl seine gerunzelte Stirn das Schlimmste befürchten ließ.

»Was geht Euch durch den Kopf?«, fragte Roberto.

»Die gleichen Dinge wie Euch, auch wenn Ihr sie nicht aussprecht. Bisher standen die Erinnerungen an Euren gefallenen Bruder im Vordergrund.«

»Ihr solltet Euch erklären«, sagte Roberto.

Adranis' lächelndes Gesicht erschien vor seinem inneren Auge und bestätigte, dass Barias' Einschätzung zutraf.

»Der Fluss ist viel zu leer, ebenso das Land. Ihr spürt es auch, wenn Ihr es nur zulasst«, sagte Julius. »Das sollte Euch Angst machen.«

»Ich kann Euch nicht folgen.«

»Gestern Abend musstet Ihr und Harban gute zwei Meilen laufen, ehe Ihr zwei Kaninchen fandet, die wir essen konnten. Wann habt Ihr das letzte Mal Vogelzwitschern gehört? Das kann doch nicht sein, wir haben Genastro. Das Land ist voller Farben und Pflanzen. Doch die Tiere sind fort.«

»Tiere spüren kommende Katastrophen vor den Menschen«, warf Harban ein. »Sie sind der Erde näher als wir.«

Roberto hatte das Gefühl, jemand hätte einen Schleier weggezogen.

»Auch die Menschen sind fort. Wir sehen nicht einmal Reisende, die in den leeren Dörfern die Häuser plündern. Keine Reiter in der Ferne.« Er hörte zu rudern auf und wandte sich an Harban. »Und keine anderen Boote. Kein einziges seit neun Tagen.«

»Was bedeutet das?«, fragte Julius. »Wir haben keine Wachfeuer und Flaggen gesehen, rein gar nichts. Es ist, als wären wir allein in diesem Land.«

»Es bedeutet, dass niemand hierher flieht. Es bedeutet, dass Gorian sicherlich auch von Atreska her angreift, wie wir es befürchtet haben, und dass alle, die ihm entkommen konnten, nach Süden fliehen. Das bedeutet auch, dass niemand weiß, was von Norden droht, weil wir die ersten Boten sind.«

Roberto seufzte und dachte nach.

»Wenn Dina Kell sich entschließt, nach Süden in Richtung Estorr zu gehen, während Gorian nach Neratharn marschiert und schneller ist als diejenigen, die zu Fuß durch die Klippen geflohen sind ...«, ergänzte Julius.

»Aye«, bestätigte Roberto. »Es bedeutet, dass die neratharnische Grenze aus dem Rücken angegriffen wird, während die Verteidiger in die falsche Richtung blicken.«

»Vielleicht sollten wir uns beeilen«, schlug Harban vor.

Roberto nahm die Ruder wieder in die Hand. »Und betet um Wind, Julius. Betet inbrünstig, und vielleicht hört Euch Euer Gott.«

Wohl zum ersten Mal im Leben verspürte König Khuran einen Anflug von echter Angst und erkannte, dass er möglicherweise einen kolossalen Fehler begangen hatte. An diesem Tag waren sie lange marschiert, und es war ein guter Tag auf ihrem Feldzug gewesen. Sie hatten vierhundert Legionäre aus der Truppe, die sie vor vielen Tagen an der tsardonischen Grenze aufgerieben hatten, in die Enge getrieben und niedergemacht. Gorian hatte sie wiedererweckt, und jetzt marschierten sie und ihre vier Geschütze zusammen mit der tsardonischen Invasionstruppe.

»Aber so ist das nun einmal.«

Khuran starrte die dunklen Flecken mit den toten Pflanzen an, die den Toten genügend Kraft für den Tag verliehen hatten. In der Abenddämmerung konnte er am Horizont eine Staubwolke erkennen. Von dort kam eine Truppe zur Unterstützung, von deren Existenz er noch nicht einmal gewusst hatte. Sie waren von Gestern aus nach Norden marschiert, und der Herr der Toten, der sie befehligte, hatte ihn am Nachmittag aufgesucht. Der Edle Jaresh. Wie der ausnehmend übel riechende Kerl ihm voller Freude erzählt hatte, warteten in Gestern so viele auf die Verschiffung, dass er und seine paar tausend Kämpfer den König auf dem Marsch nach Neratharn begleiten konnten.

»Euer Majestät?«

Khuran hatte vor der abendlichen Inspektion seiner Truppe vor seinem Zelt einen Kräutertee getrunken. Prosentor Kreysun, sein erster Adjutant, der Bruder des gefallenen Helden vom Herodustal, war wie immer bei ihm.

»Ist das wirklich eine tsardonische Invasion, oder sind wir

bloße Zuschauer? Huren, die dem Zug einer größeren Macht folgen und nach den Krümeln suchen, die vom Tisch fallen? Habt Ihr den Eindruck, dass ich noch den Oberbefehl innehabe?«

Kreysun antwortete viel zu hastig.

»Eure Männer stehen hinter Euch, was immer kommen mag, mein König.«

Khuran nickte. »Ihr solltet Diplomat werden, alter Freund. Das ist freilich nicht die Antwort auf meine Frage. Ich will es ganz unverblümt ausdrücken. Was, bei den Herren von Himmel und Sternen, habe ich eigentlich hier zu suchen?«

»Ihr beobachtet den Sturz der Konkordanz.«

Dieses Mal lachte Khuran. »Ja, das kann ich nicht bestreiten. Aber was glaubt Ihr, wer den Thron auf dem Hügel besteigen wird, wenn die Advokatin ausgeschaltet ist? Ich glaube nicht, dass ich es sein werde. Auch nicht mein Sohn, mit dem ich hoffentlich noch einmal sprechen kann.«

Kreysun schwieg einen Moment.

»Ihr könnt ganz offen reden, Kreysun«, fuhr Khuran fort. »Die Tage, an denen ich jedem den Kopf abhacken ließ, der seine Gedanken offen aussprach, sind lange vorbei. Außerdem würdet Ihr morgen trotzdem noch weitermarschieren, selbst wenn ich es täte.«

»Das wäre kein schöner Anblick, mein König.«

»Ihr habt Euch auf diesem Marsch nicht wohlgefühlt.« Khuran war jetzt friedlicher gestimmt. »Kommt herein, wir müssen reden.«

Die beiden Männer setzten sich mitten im großen Herrscherzelt auf die Kissen. Khurans Bett stand auf der linken, sein Esstisch auf der rechten Seite. Die Rüstung und die Waffen waren weiter hinten auf Gestellen untergebracht. Er entließ seine Diener und bat Kreysun, leise zu sprechen.

»Gorian braucht uns nicht«, sagte Khuran. »Das ist Euch doch sicher auch schon aufgefallen, oder?«

Kreysun nickte. »Aber ich bin nicht so sicher wie Ihr. Sollten wir anhalten? Falls Rhyn-Khur umkehrt und unsere Kräfte in Gestern sich weigern, die Toten zu transportieren, hat Gorian keine Rückendeckung mehr.«

»Er hat doch bereits erreicht, was er wollte, oder nicht? Vor uns sind dreitausend. Das sind mehr als genug, um die zehnfache Anzahl in die Flucht zu schlagen. Fünftausend kommen aus Gestern. *Fünftausend.* Ich fürchte, in diesem Land ist kein Mensch mehr am Leben. Er hat sie alle an die Küste gedrängt und dort ermordet. Außerdem benutzt er die Karkulas und die Herren der Toten als seine Augen und Ohren. Was geschieht nun, Prosentor, wenn er zu der Ansicht kommt, dass er uns nicht mehr braucht? Er könnte uns im Schlaf töten, obwohl er tausend Meilen entfernt ist. Auf einen Streich kann er fast zwölftausend neue Kämpfer in sein Heer aufnehmen.«

»Glaubt Ihr, er wird es versuchen?«

»Das ist nur eine Frage der Zeit. Was glaubt Ihr, warum die Herren der Toten beim Marschieren stets eine Hand an den Wagen der Gor-Karkulas legen? Sprecht. Welche Ängste plagen Euch?«

»Mein König, Ihr habt mir jetzt sogar neue vermittelt, über die ich nachdenken muss. Unsere Krieger sind unglücklich. Auch sie kommen sich vor wie der Tross hinter einer ruhmreichen Armee. Wir begehen Überfälle und kämpfen, wo wir nur können, doch dies ist keine richtige Schlacht. Wir tun nur, was Gorian sich ausgedacht hat. Niemand erhebt die Stimme gegen Euch, aber im Herzen fragen sich die Männer, welche Aufgabe wir noch haben. Wir sind ein Volk von Kriegern, das sich niemandem unterwirft. Und doch ...«

Er hielt inne und sah Khuran an. Der König zeigte sich weder überrascht noch zornig angesichts dieser Worte. Er war ein Narr gewesen und hatte es erkannt. Darüber war er zornig.

»Und doch marschieren wir, wie es Gorian Westfallen gefällt. Ein Mann aus dem Herzen der Konkordanz, der uns alle in Angst und Schrecken versetzt, weil er tun kann, was wir nicht zu tun vermögen«, ergänzte Khuran.

Kreysun hob den Kelch. »Was er sagte, klang so einleuchtend.«

»Gierig haben wir nach allem geschnappt, was uns einen Vorteil und die Fähigkeit verschaffen konnte, unseren großen Feind zu besiegen. Jetzt frage ich mich, ob wir nicht hinter dem einzig wahren Feind aller Menschen marschieren. In unseren Legenden war der Tod gleichbedeutend mit Ruhm und einem Platz an der Seite unseres Herrn des Himmels. Ein Geist im Wind, für immer frei. Aber jetzt? Jetzt ist es nur noch das, was er nach Gorians Ansicht sein soll. Wäre ich die Klinge eines tsardonischen Kriegers, dann würde ich mich fragen, ob ich überhaupt noch kämpfen will.«

»Es ist kein Geheimnis, dass die Krieger Angst haben, in diesem Krieg zu sterben. Bisher hielt Gorian es nicht für angebracht, auch unsere eigenen Gefallenen zu erwecken, damit sie mit uns marschieren, aber ich stimme Euch zu, dass sich dies ändern könnte.«

Khuran trank seinen Tee aus und nahm den Kupferkessel, um sich nachzuschenken.

»Doch was bleibt uns anderes übrig, als ihm zu folgen? Wenn wir uns abwenden, dann werfen wir das weg, was vielleicht doch noch ein großer Sieg werden könnte. Wenn wir ihm die Karkulas und die Edlen wegnehmen, schwächen wir uns selbst und können nicht mehr auf den Sieg hoffen.«

Kreysun nickte. »Daher müssen wir wohl bleiben. Eines Tages werden wir den übrigen Aufgestiegenen begegnen. Auch sie können aus beträchtlicher Entfernung töten. Und Gorian ist eben nur ein einzelner Mann …«

Khuran hob den Kelch und prostete seinem Freund zu. »Das ist die Schwäche, unter der wir alle leiden. Ihr müsst mit unseren Kriegern reden, aber tut es unauffällig. Es gibt eine Zeit und einen Ort, um aufzustehen und die große Schlacht zu schlagen. Vielleicht ist dieser Zeitpunkt noch nicht so nahe, wie wir dachten. An den Toren von Neratharn könnten wir diesen Krieg durchaus noch verlieren, aber dort können wir ihn auch gewinnen. Die Tore von Estorr sind ein ganz anderes Kapitel.«

»Und Gorian?«

»Soll er glauben, er hätte uns gezähmt. Auch er kann nicht alles gleichzeitig sehen, und seine Schwächen treten rasch zutage. Wir brauchen nur eine kleine Gelegenheit, ihn zu überraschen.«

»Seid wachsam, mein König. Er mag tausend Meilen entfernt sein, doch er ist und bleibt gefährlich.«

Khuran breitete die Arme weit aus. »Kreysun, mein Freund, was glaubt Ihr, wie ich so lange der König von Tsard geblieben bin?«

»Paul, geh jetzt.«

»Mein Platz ist hier. Ich bin der Leiter deiner Sicherheitskräfte.«

»Ja, und ich habe das Gefühl, du dienst am besten meiner Sicherheit, wenn du die Aufgestiegenen begleitest und ein oder zwei Schlachten für mich gewinnst.«

»Du hörst die Unruhen sogar von hier aus. Wie lange wird es dauern, bis die Sprecher kommen und eine Audienz bei der Kanzlerin verlangen, worauf du ihnen erklären musst, dass sie tot ist?«

»Lange genug, damit du abreisen kannst. Hast du nicht gesehen, wie gut ich beschützt werde? Wenn noch mehr Wachen antreten, muss ich bald mein Bad mit ihnen teilen. Gott umfange mich, hoffentlich haben wir für sie alle genug zu essen.«

Sie lachten.

»Wenn ich hier bei dir bleibe, sind wir stärker.«

»Nein, das bedeutet nur, dass wir vier und nicht mehr drei alte Leute sind. Brauche ich denn wirklich drei ehemalige Soldaten, die sich ständig den Kopf zerbrechen, wie sie die Advokatin beschützen können? Zwei sind mehr als genug. Arvan und Marcus sind fähige Leute. Du bist im Herzen doch immer noch ein Feldoffizier, und das weißt du auch. Jetzt verschwinde, ehe ich dich auf demütigende Weise hinauswerfen lasse.«

Jhered erwachte wieder einmal schweißgebadet. Wie oft hatte er das schon in seinen Träumen durchgespielt? Warum ließ es ihm keine Ruhe?

»Ich habe etwas übersehen«, murmelte er. »Etwas Wichtiges.«

»Nein, hast du nicht.«

Er erschrak, als in seiner finsteren Kabine jemand sprach, und spähte zum einzigen Stuhl.

»Was machst du denn hier?«

»Ich passe auf dich auf«, sagte Mirron. »Du hast im Schlaf gerufen. Die Matrosen werden nervös.«

»Ach was.«

»Na gut, aber gerufen hast du.«

Jhered richtete sich auf. »Was habe ich übersehen? Was habe ich nur übersehen?«

»Wir tun alle, was wir können. Iliev hat der Flotte signalisiert, mit welcher Bedrohung wir rechnen müssen und was die Marine zu tun hat. Die Flaggschiffe sind auf ihren Posten, seit der Befehl zur Mobilisierung erging. Das Netz ist dicht gespannt, und die Ocenii sind auf der Jagd. Iliev selbst segelt nach Kester, um auch die Reserve einzusetzen. Wir selbst fahren auf dem schnellsten Schiff, auf deinem eigenen Schiff. Bis wir Neratharn erreichen, gibt es nichts zu tun. Estorr ist in guten Händen. Wir haben Legionen im Norden, Süden und Westen, die nur auf die Warnzeichen warten. Ich weiß, dass du Angst hast, weil du nicht in Estorr bist, aber nicht einmal eine Maus könnte in den Palast eindringen und die Advokatin bedrohen. Wir sind gut abgeschirmt und haben eine Aufgabe. Unterdessen müssen wir schlafen und unser Werk planen.«

Mirron trat an sein Bett und küsste ihn auf die Wange. »Und du musst dich entspannen, denn sonst wächst in uns noch der Wunsch, du wärst nicht mitgekommen.«

»Das hat meine Mutter auch immer gemacht«, antwortete Jhered. »Sie hat mich auf die Wange geküsst, wenn ich einen Albtraum hatte.«

»Hilft es denn, wenn ich es tue?«

Jhered schüttelte den Kopf. »Nein, denn es ist kein Albtraum. Es ist eine Botschaft, die ich nicht in den Wind schlagen darf. Es gibt etwas, das wir übersehen haben. Ich würde meinen ganzen Ruf darauf verwetten.«

Mirron runzelte die Stirn. »So schlimm?«

»Ja, so schlimm. Wenn es dir nichts ausmacht, will ich das jetzt noch hundertmal durchgehen, bis die Wahrheit zutage tritt.«

»Du wirst nichts finden.«

Mirron stand auf und ging zur Tür.

»Hoffentlich hast du recht.«

Doch als sie fort war, legte Jhered sich wieder hin. Er wusste genau, dass sie sich irrte.

14

859. Zyklus Gottes, 47. Tag des Genasauf

Arvan Vasselis empfand eine überwältigende Trauer. Wie zerbrechlich die Macht doch war. Wie schmal der Grat, auf dem die Ordnung balancierte. Wie enttäuschend, dass die Stabilität und die Anerkennung, für die sie in den letzten zehn Jahren so hart gearbeitet hatten, so mühelos weggefegt werden konnten.

»Mein Sohn ist gestorben, um euch zu retten, ihr undankbaren Hunde«, murmelte er. Dann wandte er sich vom Balkon wieder ab und kehrte in die Fürstenzimmer zurück.

Keiner der anderen hatte seine Verwünschung gehört, denn die Prunkräume waren weitläufig, und er hatte sich außer Hörweite befunden. Diese Suiten erstreckten sich über den Eingängen des Palasts, und ihre Fenster blickten zum Hof und dem Springbrunnen am Siegestor hinaus. Vom Balkon dieser Räume aus konnte Herine sich an die Bürger wenden, hier verlieh sie Orden für besondere Leistungen und bewirtete die wichtigen Staatsgäste.

Heute warteten sie auf die Sprecher der Meere, der Erde und der Winde. Prächtig ausstaffiert lag die tote Kanzlerin mitten im Raum mit der gewölbten Decke, umringt von den Fresken, die den Kampf in der Schlucht von Karthack darstellten. Sie ruhte nun auf einem hohen Tisch und makellosen weißen Tüchern, unter ihrem Kopf lagen Kissen. Rote, gelbe und blaue Blüten waren um ihren Kopf und um die Füße verstreut.

Die Kanzlerin war gewaschen und gesalbt, damit die fahle Farbe des Todes überdeckt wurde. Sie trug ihre Amtsrobe, auf dem Kopf saß der goldene Reif, den sie so gemocht hatte. Sie wirkte heiter und strahlend, ihr Gesicht war weder finster noch zeigte es Verachtung, Hohn oder Abscheu. Vasselis bedauerte nicht, dass sie tot war, fürchtete jedoch die Konsequenzen. Er ging über das Mosaik, das den Zugang zum Balkon vom Rest des Raumes trennte, und stieg die einzelne Stufe hinunter.

In den vier Ecken, die den vier Windrichtungen entsprachen, saßen bereits Ordenspriester mit gesenkten Köpfen. Sie repräsentierten die vier Urelemente und dienten als Totenwache, bis die Kanzlerin in die Umarmung Gottes aufgenommen wurde. Die Prediger trugen graue Gewänder, hatten sich die Köpfe rasiert und die Hände mit zierlichen weißen Handschuhen bedeckt.

Herine Del Aglios und Marcus Gesteris standen rechts neben dem Tisch. Jegliche Gespräche waren schon vor einer ganzen Weile eingeschlafen. Herine bot mit ihrer Amtstoga, der vergoldeten Tiara, dem mit Goldsträhnen geschmückten Haar und den goldenen Sandalen einen beeindruckenden Anblick. Sie wirkte äußerlich ruhig, auch wenn sie sich ganz anders fühlte. Gesteris hatte seine Rüstung und seine Waffe poliert, sich einen Mantel über die Schultern gelegt und den Helm mit dem grünen Federbusch unter den Arm geklemmt. Die Ausrüstung stand ihm gut, als hätte er seine militärische Karriere nie beendet.

Hesther Naravny gab sich gar nicht erst die Mühe, ihren Zorn und ihre Verachtung zu verbergen. Ihr grau durchwirktes rotes Haar entsprach dem Feuer, das in ihren Augen brannte. Die Toga mit der Schärpe des Aufstiegs und ihre Stola waren eine offene

Herausforderung und sogar eine Beleidigung für die Würdenträger des Ordens, auf die sie warteten.

Vasselis ging zu ihr, und sie hakte sich bei ihm ein. Zusammen wandten sie sich von der Kanzlerin ab, betrachteten den blauen Himmel draußen und hörten den Lärm vor den Toren des Palasts.

»Da draußen geht es heiß her«, meinte Vasselis.

»Hier drinnen auch«, erwiderte Hesther. Die Advokatin gab einen unwilligen Laut von sich.

»Lass es einfach über dich ergehen«, empfahl Vasselis ihr.

»Wie könnte ich? Du warst nicht dabei, Arvan. Du hast das Blut und die Leichen der jungen Menschen nicht gesehen, die sie mit eigener Hand niedergemacht hat. Das hier ist doch nur eine Scharade. Die Asche der Kanzlerin sollte im Wind verstreut werden. Sie dürfte nicht fein herausgeputzt hier liegen, damit die Unschuldigen sie betrauern können, die nicht wie ich wissen, dass sie mit eigener Hand Kinder ermordet hat. Du musst schon entschuldigen, wenn es mir schwerfällt, höflich und unterwürfig zu bleiben.«

Eine Würdenträgerin des Ordens hob den Kopf und warf Hesther einen bitterbösen Blick zu, den diese völlig gelassen erwiderte. Herine kam die paar Schritte herüber und fasste Hesther am Arm.

»Frische Luft«, sagte sie.

Zu dritt traten sie auf den Balkon hinaus, an dessen Balustraden Flaggen hingen. Auf vier Sockeln standen frühe Genastroblumen, die einen wundervollen Duft verströmten. Um die Steine rankte sich Efeu. Was Herine auch hatte sagen wollen, sie schwieg nun, legte die Hände aufs Geländer und starrte hinaus, wo die Menge heulte und schrie. Der Lärm nahm noch zu, als die Kunde sich verbreitete.

»Die Stadt sollte leer sein«, keuchte Herine.

Vorbei am Hof, der voller Soldaten war, vorbei an den Mauern, die vor Speeren starrten, vorbei an den fünfhundert Kavalleristen, die hinter einer Phalanx mit Sarissen auf der Fläche vor dem Tor standen, blickte sie zu ihren Bürgern. Zehntausende hatten sich da draußen versammelt, drängten sich auf allen Zufahrtsstraßen und kletterten in die Bäume oder auf die Häuser, um sich auf die Dächer zu setzen. Sie rempelten einander an, schwankten und brüllten weiter.

Auf ihre Plakate hatten sie Beleidigungen und Forderungen geschrieben. Was aber wirklich wehtat, waren die Puppen, die sie an Pfähle gehängt hatten. Einige trugen die Farben des Aufstiegs, andere die grüne Schärpe und das Gold der Advokatur.

»Verstehen sie es denn nicht?«

»Leider verstehen sie es nur zu gut«, erwiderte Vasselis. »Sie verstehen, dass die Toten kommen und die Legionen sie nicht aufhalten können. Nur Gott kann es, und ihr Gott beschuldigt dich und die Aufgestiegenen.«

Hesther zog sich von beiden zurück.

»Soll ich immer noch gute Miene zum bösen Spiel machen?«

Herine kehrte in den Raum zurück. Sie wollte den Pöbel nicht mehr sehen, sondern lieber abwarten, bis die Gemüter sich wieder beruhigten.

»Warum nimmt das solche Ausmaße an?«

»Es dürfte daran liegen, dass die Gerüchte über den Tod der Kanzlerin durchgesickert sind«, sagte Hesther. »Der Orden hat natürlich dazu beigetragen, keine Frage. Jetzt präsentieren wir ihnen eine Kanzlerin, die zur Märtyrerin wurde. Ihr könnt sie auch nach ihrem Tod noch aburteilen. Warum zieht Ihr das nicht in Betracht?«

»Und was dann?«, fauchte Herine. »Werden sie dann alle brav nach Hause gehen?«

»Glaubt Ihr, sie werden gehen, wenn Koroyans Ruf makellos bleibt?«

Herine schüttelte den Kopf. »Die festliche Bestattung wird sie wenigstens ablenken.«

»Wir wollen warten, in welcher Stimmung die Sprecher sind«, schaltete sich Vasselis ein. »Bis dahin möchte ich darum bitten, dass wir alle uns genau an das halten, was Paul gesagt hat, und nicht die Fassung verlieren. Hesther?«

»Dann schweige ich am besten ganz«, sagte sie.

»Genau.«

»Sind sie schon im Gebäude?«, fragte die Advokatin.

»Sie waren an der Spitze des Pöbels«, erklärte Vasselis.

»Dann wollen wir sie ohne weitere Verzögerung hereinbitten.« Herine nickte Gesteris zu und wandte sich noch einmal an Hesther. »Überprüft doch bitte meine Frisur.«

Hesther zog ihr ein oder zwei Strähnen aus dem Gesicht. »So. Perfekt.«

»Danke, Mutter Naravny. Wollt Ihr hinter mir stehen? Ich brauche Eure Stärke.«

Gesteris öffnete die gewaltige zweiflügelige Tür am hinteren Ende des Saales und zog sich anschließend rasch zu seinen Verbündeten zurück. Die Advokatin hatte sich entschieden, auf der Treppenstufe stehen zu bleiben, um die Sprecher zu beobachten, die hereinkamen und vor die aufgebahrte Kanzlerin traten. Vasselis stand rechts neben der Advokatin, Hesther links. Gesteris wiederum wartete neben Vasselis.

Die Ersten Sprecher des Ordens waren gekleidet, wie es ihnen als Vertretern der Elemente zustand. Vasselis hatte die Aufmachung schon immer für viel zu bunt gehalten. Wie Hähne, die mit ihrem Gefieder um eine Henne warben. Ihre Gewänder waren mit Bildern der Erde, des Meeres oder des Himmels bestickt. Leuchtende Farben auf kostbarem Stoff. Alle hatten sich zu Ehren der Toten die Köpfe geschoren. Das nachwachsende Haar sollte die Erneuerung des Zyklus unter Gott symbolisieren.

So betraten sie den Saal mit ihrem persönlichen Gefolge. Nach wenigen Augenblicken übertönten ihre bekümmerten Laute das Schlurfen ihrer Sandalen auf dem Marmor. Klagend und weinend riefen sie Gebete und zitierten aus den Schriften. Sie warfen sich halb über die Kanzlerin und küssten ihre Füße, ihre Finger und ihre Wangen. Die Gesichter legten sie in Falten wie verknülltes Pergament, Tränen rollten über ihre Gesichter, sie zitterten am ganzen Körper.

»Schenk mir Kraft«, murmelte Hesther.

Das widerwärtige Schauspiel zog sich eine halbe Ewigkeit hin. Herine ließ sich nichts anmerken und wartete, bis sie fertig waren. Vasselis fragte sich, was den Sprechern wirklich durch die Köpfe ging. Zweifellos waren sie betroffen, als sie vor der toten Kanzlerin standen, aber sie und ihr abwesender Kollege, der Sprecher des Feuers, lauerten sicherlich auch darauf, die Nachfolge der Toten anzutreten.

Die Tradition gebot, dass der jeweilige Advokat die Ernennung vornahm.

»Meine Sprecher, Euer Kummer ehrt die Kanzlerin ebenso wie den Orden des Allwissenden. Felice Koroyans Tod ist ein Verlust für uns alle.«

Herine hatte sich entschlossen, eine kleine Pause in dem Gejammer auszunutzen, um sich zu Wort zu melden. Das Gefolge zog sich daraufhin zurück, und die drei Sprecher richteten sich auf. Sie glätteten ihre Gewänder, tupften sich die geröteten Augen ab und näherten sich der Stufe. Sie waren nicht besonders groß und mussten nach oben blicken, um Herines Gesicht zu sehen. Vasselis unterdrückte ein Kichern. Außerdem stand die Regentin mit dem Rücken zur Sonne. Sie kannte alle Tricks.

»Meine Advokatin«, begann der Sprecher der Winde, ein engstirniger Mann mit schmalem Gesicht. Seine Stimme klang noch belegt, nachdem er gerade seinen Gefühlen freien Lauf gelassen hatte. »Unsere geliebte Kanzlerin ist tot, und nichts kann dies ändern.«

»Nun ja, das ist ein interessanter Gesichtspunkt, wenn man bedenkt, was da an unseren Grenzen aufmarschiert«, wandte Herine ein.

Vasselis zuckte zusammen, doch der Sprecher der Winde tat so, als hätte er nichts gehört.

»Nichts kann es ändern. Unser einziger Trost ist, dass sie in die Umarmung des Allwissenden eingeht, wo sie sich ewiglich in seinem Glanz sonnen darf. Wir aber müssen unseren persönlichen Kummer hintanstellen. Die Gläubigen verlangen Antworten.«

»Habt Ihr deshalb so viele mitgebracht?«, fragte Herine. »Sprecher der Winde, ich bin jederzeit gern bereit, Euch und Eure Kollegen zu empfangen, aber ich werde mich nicht dem Druck des Pöbels beugen. Wir werden uns unterhalten, aber vorher müsst Ihr die Menge auflösen.«

»Die Menschen sind aus eigenem freiem Willen hier«, erwiderte der Sprecher der Erde, der fülliger und kleiner war als der Sprecher der Winde. Er besaß einen scharfen Verstand, und früher hatte Vasselis gedacht, er würde einmal einen guten Kanzler abgeben. »Wir führen, aber wir zwingen niemanden.«

»Ach, nun hört schon auf. Heute dürften sämtliche Häuser der Masken verschlossen und dunkel sein, und kein Gottesritter liegt in seiner Koje. Es ist eine Führung, hinter der eine eiserne Hand steckt.«

»Ihre Kanzlerin wurde ermordet«, erwiderte der Sprecher der Erde. »Sie werden sich nicht verstreuen, bis der Mörder vor Gericht gestellt, schuldig gesprochen und verurteilt ist.«

»Dann haben wir ein Problem«, sagte Herine, »denn die Kanzlerin wurde nicht ermordet. Sie war das Opfer eines tragischen Unfalls, nichts weiter.«

Der Sprecher der Winde gab sich empört. »Ein Unfall. Sie kam bei bester Gesundheit hierher, um das Werk des Allwissenden zu tun. Nun hat sich schließlich der Aufstieg in seiner ganzen Abscheulichkeit gezeigt. Sie wurde verhaftet und hatte einen *Unfall,* während sie in Eurer Obhut war? Nur ein Schwachsinniger würde solche Lügen glauben. Es ist offensichtlich, dass sie von einem oder von allen Aufgestiegenen getötet wurde. Ihr müsst sie verhaften, denn an ihren Händen klebt Blut. Wir verlangen ihre sofortige Festnahme.«

Herine legte Hesther eine Hand auf den Arm, um sie von einer heftigen Erwiderung abzuhalten. Dann trat sie von der Treppenstufe herunter und baute sich direkt vor dem Sprecher der Winde auf.

»Da Ihr die Gesetze nicht kennt, werde ich Euch darüber ins Bild setzen.« Herine sprach leise und gemessen. Vasselis schauderte, obwohl sie sich nicht an ihn gerichtet hatte. »Das fällt mir leicht, weil ich die Gesetze mache. Um jemanden festzunehmen, brauche ich einen Verdacht. Es gibt jedoch keinen. Die Aufgestiegenen trifft keine Schuld.

Wenn Ihr aber wollt, dass ich Euch Verdacht, Beweis und Schuld vorführe, dann begleitet mich auf einem Rundgang durch die Akademie, wo das Blut noch an den Teppichen klebt und der Gestank noch in der Luft hängt. Ich werde Euch Kinder zeigen, die jede Nacht ins Bett machen, weil sie einen Albtraum erlebt hatten, der sie nie mehr loslassen wird. Ich werde Euch fünfzig Bürger zeigen, die ohne Zögern über die einzigen Morde berichten, die sich seit fünfzehn Jahren auf dem Hügel ereignet haben. Und soll ich Euch etwas sagen?«

Herine legte den Mund an sein Ohr, flüsterte aber laut wie auf einer Bühne.

»Die Mörderin liegt direkt hinter Euch.«

Der Sprecher der Winde fuhr auf, und sein Gesicht lief rot an. Die Sprecher der Erde und der Meere keuchten. Alle drei wollten protestieren und die Stimmen erheben. Herine trat zurück und sprach mit einem Tonfall weiter, der sie sofort zum Schweigen brachte.

»Schließlich werde ich Euch auch noch in die Zellen führen, in denen Eure Gottesritter auf ihre Verhandlung wegen Mittäterschaft warten. Alle haben gestanden. Und wenn es sein muss, dann lasse ich sie ihre Geständnisse in der Öffentlichkeit wiederholen. Wollt Ihr das wirklich?«

»Lügen«, zischelte der Sprecher der Winde. »Die Angst verschafft Euch jedes Geständnis, das Ihr haben wollt.«

»Darin solltet Ihr ja Erfahrung haben«, erwiderte Hesther.

»Redet nicht mit mir!«, spie der Sprecher der Winde. »Ungeziefer des Aufstiegs.«

»Schweigt!« Herine richtete sich auf. »Ich sage dies zu Euch dreien. Wenn Ihr mich aus dem Gleichgewicht bringen wollt, dann seid Ihr nicht gut genug. Auch Felice Koroyan war es nicht. Die Ernennung des neuen Kanzlers wird noch eine Weile warten müssen. Keiner von Euch hat sich als würdig erwiesen.

Estorr und die Konkordanz haben weder die Zeit noch die Muße, einen Streit zwischen uns abzuwarten. Nehmt Eure Kanzlerin mit und gebt ihr das Begräbnis, das sie Eurer Ansicht nach verdient. Niemand vom Hügel wird daran teilnehmen. Ihr habt noch Glück, dass wir sie Euch nicht in einer Urne übergeben.

Noch ein letztes Wort. Ich weiß, was Ihr in meiner Hauptstadt getan habt. Sympathisanten der Aufgestiegenen wurden geschlagen, gefoltert und ermordet. Ich habe hier einige Überlebende.

Das wird aufhören. Wir sind im Krieg, und ob Ihr es glaubt oder nicht, die einzigen Waffen, die wir jetzt noch haben, sind der Aufstieg und jene Menschen im Aufstieg, die fest entschlossen sind, die Konkordanz zu beschützen und Euer wertloses Fell zu retten. Meine Bürger müssen zusammenhalten. Sie müssen den Blick auf die Feinde richten und mit ihren Händen tun, was die Konkordanz verlangt. Wenn Ihr Eure Meute nicht auflöst, werde ich meine Leute einsetzen, um das für Euch zu erledigen.«

Herine lächelte liebenswürdig. »Ist das klar?«

General Davarov hatte drei atreskanische Legionen hinter sich gesammelt, als er den Fischereihafen Tharuby an der Nordküste des Tirronischen Meeres erreichte. Beinahe zwölftausend Infanteristen und Kavalleristen und dazu eine ganze Reihe von Geschützen, das war mehr, als er nach dem Debakel an der tsardonischen Grenze erhofft hatte.

Die Geschütze hatte er schon vorausgeschickt. Einige hatte er sogar auf Schiffe verladen können, damit sie schnell zu den Gawbergen transportiert wurden. Die Infanterie folgte zur Unterstützung, die Kavallerie sicherte im Norden, Süden und Nordwesten das Gelände. Ihre Meldungen klangen mit jedem Tag schlimmer. In einem großen Bogen sammelte der Gegner die Toten ein, aber wenigstens marschierten sie immer in großen Verbänden. Tote Späher oder tote Kavalleristen hatte bisher noch niemand gesehen.

Ein schwacher Trost.

In Atreska herrschte das Chaos. Die Offiziere hatten sich überwiegend an Davarovs Befehle gehalten, die Toten oder die Tsardonier nicht anzugreifen, doch daraufhin waren zahllose Flüchtlinge und Soldaten in Richtung Westen nach Neratharn geströmt. Boten hatten Bescheid gegeben, dass das Schlachtfeld vorbereitet werden musste, doch es würde sehr schwierig werden.

Nach dem Abmarsch aus Tharuby wollte Davarov seine Legionen aufteilen und nach Norden und Westen marschieren lassen, um die Versorgung mit Proviant sicherzustellen. Die Menschen im Fischereihafen waren sehr nervös gewesen, und seine Ankunft hatte eine Panik ausgelöst, statt die Einwohner zu beruhigen. Er hätte es vorgezogen, den Ort zu evakuieren, aber nicht unbedingt nach Neratharn zu gehen.

Andererseits konnte er froh sein, dass er Zivilbeamte mitgenommen hatte. Dennoch war die Lage schrecklich verworren. Er saß mit Cartoganev, der Prätorin von Tharuby und den drei Legaten, die er aus Haroq mitgebracht hatte, in der Basilika.

»Im Augenblick haben wir es mit zwei Truppenteilen zu tun. Eine Abteilung befindet sich, von Tsardoniern verstärkt, etwa fünf Tagesmärsche hinter uns und fünfzig Meilen weiter im Norden. Eine weitere neue Streitmacht zieht nach Norden. Den Uniformen nach kommen sie aus Gestern.«

Cartoganev stellte Fähnchen auf eine Karte. Davarov hatte ihm die Aufgabe übertragen, möglichst viele Informationen über Freund und Feind zu sammeln. Seine Kavalleristen waren erschöpft und müde, nahmen es aber trotzdem jeden Tag auf sich, Botschaften zu überbringen und das Gelände zu erkunden. Davarov versuchte unterdessen, die vielen Flüchtlinge zu dirigieren, die dem Heer folgten und für die er sich persönlich verantwortlich fühlte. Außerdem dachte er ständig über neue Taktiken nach, die ihnen einen Vorteil verschaffen mochten. Ein paar Manöver waren ihm eingefallen, doch das Wirkungsvollste war zugleich das Unangenehmste.

»Wie weit ist die zweite Gruppe jetzt noch entfernt?«

Cartoganev stellte ein Fähnchen auf die Karte, und Davarov knurrte gereizt.

»Sie rasten nicht«, erklärte Cartoganev. »Sie marschieren Tag und Nacht und können sich, wenn sie wollen, binnen eines Tages mit der ersten Truppe vereinigen.«

»Das einzig Gute ist, dass sie auf die noch lebenden Tsardonier Rücksicht nehmen und langsamer marschieren müssen.«

»Gott sei Dank für die Tsardonier, was?«, erwiderte Cartoganev mit blitzenden Augen.

Davarov kicherte.

»Sie sind unser wichtigster Verbündeter, bis wir die Grenze erreichen.« Er wandte sich an seine Legaten. »Wie steht es bei den Flüchtlingen und mit dem Proviant?«

Papiere raschelten, dann meldete sich der Anführer zu Wort.

»Wir versuchen immer noch, Namen und Herkunft aller Männer, Frauen und Kinder zu dokumentieren, die sich dem Zug angeschlossen haben. Bisher haben wir fünfunddreißigtausend Personen erfasst, doch es werden täglich mehr. Vermutlich begleiten uns mehr als fünfundvierzigtausend Heimatlose. Einige konnten wir überreden, wieder umzukehren, doch die meisten haben zu große Angst. Warum sollten sie in ein Gebiet marschieren, das die Armee gerade verlässt?«

»Die Ebenen sind riesig, und wir wissen, dass die Toten in gerader Linie marschieren«, sagte Davarov. »Für so viele Menschen haben wir nicht genügend Wasser und Essen, oder?«

Der Legat schüttelte den Kopf. Davarov bedauerte ihn. Er hatte ein kleines Heer von Beamten rekrutiert, die ihm halfen, doch er hatte kaum geschlafen. Obwohl erst siebenunddreißig Jahre alt, hatte er schon die ersten grauen Haare.

»Auf keinen Fall. Wir haben versucht, Plätze einzurichten, wo sie verköstigt werden können, doch es gelingt uns nicht, genügend Vorräte zu requirieren, um alle zu versorgen. Die Menschen müssen wohl für sich selbst sorgen.«

»Wie?«

Abermals schüttelte der Legat den Kopf. »Ich weiß es nicht. Wir können ihnen nur raten, nicht weiter mit uns zu reisen, nachdem wir ihre Namen aufgenommen haben. Wir sagen ihnen, dass wir weder Essen noch Wasser oder Arzneien haben, und erklären ihnen, dass die zentrale Ebene die sicherste Gegend ist, da der Feind sich nach Neratharn bewegt. Sie wollen nicht auf uns hören, und außerdem haben wir noch ein anderes Problem. Krankheiten.«

Davarov seufzte. Das war nur eine Frage der Zeit gewesen.

»Es fehlte noch, dass die Menschen vor Hunger und Durst oder aufgrund von Erkrankungen tot umfallen und gleich wieder aufstehen.« Er massierte seine Schläfen, um den Druck aufzulösen. »Hat jemand Vorschläge?«

»Nur einen«, sagte Cartoganev. »Nach allem, was wir bisher gesehen haben, handelt es sich bei den Toten, die erweckt werden, fast ausschließlich um Soldaten. Bisher gibt es keine Hinweise darauf, dass normale Bürger in größerer Zahl betroffen sind. Dennoch könnten die Krankheiten auch auf das Heer übergreifen. Wie wäre es mit einer Verzögerungstaktik?«

»Davon halte ich nichts. Die Geschütze sind zu weit entfernt und sollten jetzt nicht mehr umkehren. Es wäre eine Verschwendung. Ich bin immer noch der Ansicht, dass wir alles, was wir haben, auf die Wälle der Juwelenmauer konzentrieren sollten. Wenn sie dort durchbrechen, dann können wir es anschließend immer noch mit unseren Manövern versuchen. Falls es so weit kommt, bin ich sicher bereit, alles nur Denkbare zu probieren.«

Davarov lächelte, aber seine Miene strahlte keine Wärme aus. Er wusste, was er zu tun hatte, allerdings war es ebenso unerfreulich wie die Vorstellung, die Toten zu Asche zu verbrennen, damit sie nicht mehr aufstehen konnten. Gern hätte er Megan Hanev bei sich gehabt, doch die neue Marschallverteidigerin würde vermutlich erst nach Atreska zurückkehren, wenn die Unruhen sich gelegt hatten. Damit war er im Grunde weit und breit der ranghöchste noch aktive Vertreter der Konkordanz.

»Prätorin Juliov, wäre noch etwas zu ergänzen?«

Die Prätorin war eine bleiche, eingeschüchterte Frau, die sich schon über den bloßen Gedanken, dass die Toten marschierten, über die Maßen entsetzt zeigte. Die Ankunft von Davarov und Zehntausenden Flüchtlingen hatte ihre Ängste nur noch verstärkt, und sie hatte ihre Stadt nicht mehr im Griff.

»Alle Schiffe sind fort«, sagte sie. »Gestohlen oder für halsabschneiderische Summen gemietet. Keines bringt mehr Fisch in den Ort. Die Lebensmittellager sind fast leer, viele Einwohner sind nach Westen geflohen. Ich kann Euch nicht helfen.«

Davarov räusperte sich. »Ich verstehe. Aber versucht doch einmal, mit Euren Einwohnern zu reden. Erklärt ihnen, was vor sich geht. Die Wahrheit ist, dass sich das Kampfgeschehen nach Westen verlagert. Die Toten haben keinen sehr großen Teil unseres Landes besetzt, und man kann ihnen leicht ausweichen. Wenn Eure Bürger weglaufen wollen, dann sollen sie sich am besten nach Osten in die großen Ebenen begeben. Geht selbst dorthin. Das ist bestimmt der sicherste Ort.«

Juliov nickte. »Ich werde es versuchen.«

»Mehr verlange ich gar nicht.«

»Gibt es denn neue Befehle, General?« Cartoganev sammelte seine Dokumente ein.

Davarov seufzte. »Damit bin wohl ich gemeint.«

»Wer sonst?«

»Nun ja, im Grunde könnte es auch Roberto Del Aglios sein. Dann trüge ich jetzt eine Toga und stünde in einem sirranischen Baumhaus oder wo auch immer und würde über Holzlieferungen und Abkommen reden.«

»Aber das trifft nicht zu.«

»Nein, das trifft nicht zu. Also gehen wir folgendermaßen vor. Das Heer muss jetzt mit höchster Geschwindigkeit nach Neratharn marschieren. Ich will mindestens vier Tage für die Vorbereitungen haben. Es wird ein Gewaltmarsch. Die Flüchtlinge müssen aufgeteilt werden, falls wir das schaffen. Da kommt Ihr ins Spiel, Cartoganev. Die Kavallerie wird in den kommenden Schlachten nutzlos sein. Deshalb müsst Ihr weiter Informationen sammeln, aber Ihr sollt auch Gruppen von Freiwilligen zusammenstellen ... sagen wir, jeweils hundert Kämpfer stark, die sich anbieten, die Flüchtlinge in die Ebenen zu führen. Die Legaten können Euch helfen, die Zivilisten so gut wie möglich einzuteilen. Wer sich zum Bleiben entscheidet, muss wissen, dass wir ihn nicht mehr beschützen werden. Wir können nicht auf die Nachzügler warten, und wir werden sie auch nicht mehr verpflegen. Wenn sie aber wissen, dass sie anderswo beschützt werden, dann werden sie vielleicht gehen. Was sagt Ihr dazu?«

Cartoganev zuckte mit den Achseln. »Befehl ist Befehl.«

Davarov nickte. »So ist es.«

Als sie die Sitzung beendeten, überlegte Davarov, ob er wirklich sein Volk rettete, indem er es alleinließ, oder ob es ihm vor allem um seine eigene Haut ging. Sicher war jedenfalls, dass er in dieser Nacht nicht viel Schlaf finden würde.

15

859. Zyklus Gottes, 53. Tag des Genasauf

Der Wind und die Gezeiten waren dem Ersten Seeherren Admiral Karl Iliev freundlich gesonnen gewesen. Seine Ruderer hatten hart gearbeitet, sobald der Wind nachgelassen hatte, und so hatten sie auf dem Weg nach Süden zur Insel Kester eine Durchschnittsgeschwindigkeit von neun Knoten halten können. Nur auf hoher See war er glücklich. Wenn er zu lange vor Anker lag, wurde ihm übel. Hier draußen aber konnte sein Geist frei schweifen, wie es in einem stickigen Büro auf dem Hügel niemals möglich war. Die Schreie des jungen Harkov konnte er einfach nicht vergessen. Er hörte sie im Wind, aus den Schnäbeln von Möwen und im Knarren der Balken.

Die *Ocetarus*, das Flaggschiff der Flotte, war hervorragend in Schuss und diente als Vorbild, an dem sich alle anderen Schiffe der Ocetanas messen lassen mussten. Inzwischen hatte er die Bestätigung erhalten, dass die Befehle, die er nach dem Auslaufen aus Estorr erteilt hatte, ausgeführt wurden. Demnach funktionierte die Übermittlung durch Flaggen und Brieftauben mit hinreichender Geschwindigkeit. Bisher hatten sie keine unbekannten Schiffe gesichtet und konnten davon ausgehen, dass die Patrouillen den östlichen Teil des Meeres im Griff hatten. Kein Schiff mit Toten an

Bord würde an den Ocetanas vorbeikommen, solange er noch an Deck stehen konnte.

Iliev hielt sich wie immer, wenn sie sich der Insel näherten, am Bug auf. Die Lanzen des Ocetarus waren im Osten vorbeigeglitten, die mächtigen und hohen Felsnadeln, die als natürliche Monumente den Meeresgott priesen. Den einzigen wahren Gott. Vor ihm erhoben sich die abweisenden Klippen der Insel im Morgennebel aus der Gischt. Die Wellen donnerten gegen den Stein.

Durch sein Spähglas konnte Iliev die Flaggen der Konkordanz und der Marine auf allen Wachtürmen wehen sehen. Sie begleiteten seinen Heimweg. Ja, er kehrte heim in den Palast und die Stadt auf der Insel. Zu den meilenlangen Gängen, die in den nackten Fels gehauen waren. Zur kalten Schönheit und zum Frieden der Insel. Zu den tosenden Elementen, die er wie den Kuss des Lebens selbst empfand. Von dort aus wollte er die Rettung der Konkordanz befehligen, bevor er wieder in See stach, dieses Mal als Kommandoführer der Ocenii.

Als am Mittag die Steilwände der Insel neben dem Schiff aufragten und ihren Schatten weit übers Meer warfen, wich seine Freude über den ersten Anblick einer bohrenden Angst. Keine einzige Glocke hatte seine Ankunft angekündigt. Niemand hatte die Flagge der Seeherren entrollt und an die Seetore gehängt, um ihn zu begrüßen. Das bedeutete, dass die vorderen Türme nicht bemannt waren und dass niemand in den Geschützstellungen im Norden wachte und zum Meer hinausblickte. Außerdem war seit vier Stunden kein Schiff durch die westlichen Seetore gekommen.

Das war höchst merkwürdig. Er musste an Harkovs Worte denken und packte unwillkürlich die Reling fester. Es lief ihm kalt den Rücken hinunter. Niemand konnte die Insel Kester einnehmen. Keine Invasionstruppe konnte jemals ihre Flagge auf den Türmen hissen. Das war unmöglich. Es sei denn, natürlich, die Tore standen offen, weil die Hafenmeister glaubten, Freunde einzulassen. Iliev marschierte zum Heck und stellte sich neben den Rudergänger.

»Refft das Segel, macht die Ruder bereit. Gleichmäßig mit fünfzehn Schlag. Rudermeister, gebt den Befehl, sobald Ihr so weit seid. Ausführung.«

»Ja, Herr.«

»Steuermann, beschreibt einen kleinen Bogen, damit wir geradewegs auf das Seetor zuhalten.«

Der Matrose nickte und drehte das Steuerrad ein wenig herum, worauf das Schiff sich drehte. Takler schwärmten über das Deck, das Segel kam herab und wurde am Mast vertäut. Ein ungutes Schweigen senkte sich über das Schiff, die Blicke der Männer wanderten über den Felsen vor ihnen. Nichts rührte sich dort. Nicht einmal ein Vogel schwebte in den Aufwinden. Laut dröhnten die Wellen am Fels und unter dem Rumpf.

Iliev drehte sich um, während die nördliche Spitze der Insel vorbeizog. Langsam kamen das erste westliche Seetor und der Hafen in Sicht. Hinter der Mauer tanzten die Masten der Schiffe leicht in der Dünung. Er blickte nach oben und ließ die drückende Stille auf sich wirken. Aus dieser Nähe, höchstens noch zweihundert Schritt von der Insel entfernt, sollten sie von drinnen Rufe und Arbeitsgeräusche aus den Trockendocks hören, und außerdem sollten Boote ein- und ausfahren.

Iliev wandte sich wieder an den Rudergänger, der inzwischen sichtlich nervös war und sich über die trockenen Lippen leckte.

»Nur ruhig«, sagte Iliev. »Langsam beidrehen.«

Das Seetor stand offen, als sie um die Ecke der Hafenmauer spähen konnten. Vier Spornkorsaren und zwei Biremen hatten an der Nordmauer festgemacht. An Bord war niemand zu entdecken. Im

Dock, tief im Fels der Insel, war es stockdunkel. Kein Licht brannte dort und vertrieb die Finsternis.

Die *Ocetarus* wendete und fuhr in den Hafen ein. Iliev blieb beim Steuermann stehen. Takler und Matrosen der Ocenii drängten sich am Bug.

»Sagt mir, was ihr seht«, rief Iliev. »Langsamer rudern, zehn Schlag.«

»Was ist geschehen, Herr?«, fragte der Rudergänger.

»Bereitet Euch auf das Schlimmste vor«, sagte der Admiral. »Diese Stille verheißt nichts Gutes.«

Unten auf dem Deck wurden Laternen angezündet. Langsam glitt das Schiff an der Hafenmauer vorbei ins stillere Wasser dahinter. Vor ihnen ragten die dunklen Tore auf. Sie waren aus Eisen geschmiedet und in die Felswand eingelassen. Diese Meisterwerke der konkordantischen Ingenieurskunst konnten auch das schwerste Bombardement überstehen. Allerdings waren sie nicht völlig geöffnet.

»Da drinnen erkenne ich ein Segel«, rief ein Soldat vom Bug herüber. »Eine Trireme, aber ich kann sie nicht identifizieren.«

»Mit gehisstem Segel? Bist du sicher?«

»Ja, Herr. Kein Zweifel.«

Iliev dachte einen Moment lang nach. »Fahren wir hinein«, entschied er.

»Herr?«

»Schon gut, mein Junge. Bringt uns zum üblichen Liegeplatz, mit dem Bug voran. Und wartet auf meine Befehle.«

»Ja, Herr.«

Iliev lief bis ganz nach vorn. »Ocenii, in den Bug. Bewaffnet euch und seid kampfbereit. Haltet alle die Augen offen und geht davon aus, dass alles, was sich bewegt, ein Feind ist. Wo ist mein Adjutant, wo sind meine Klingen?«

»Schon unterwegs, Herr.«

Aus der Gruppe am Bug löste sich ein Mann und eilte die Vordertreppe hinunter. Iliev gesellte sich zu den Matrosen der Ocenii, als das Schiff sich der Felswand näherte und durchs Tor fuhr. Das Siebte Kommando. Sein Kommando. Ihr Korsar hing über dem Steuerruder am Heck. Alle Triremen waren umgebaut worden, damit sie die schnellen Angriffsboote befördern konnten. Wie froh war er, dass seine Männer bei ihm waren.

»Trierarch Kashilli.«

»Ja, Kapitän.«

Der hünenhafte Matrose mit der dunklen, tätowierten Haut, der alle anderen überragte, nahm vor ihm Haltung an. Seine pechschwarzen Haare hatte er im Nacken zu einem Zopf zusammengebunden. Im linken Nasenflügel hing ein Ring. Normalerweise mochte Iliev solchen Schmuck nicht, doch Kashilli war ein erfahrener Matrose, und der Admiral sah keinen Grund, gegen den persönlichen Aberglauben seiner Männer vorzugehen.

»Geht von Bord und sammelt euch am vierten Durchgang im Süden. Überprüft den Zustand des Aufzugs.«

»Ja, Kapitän.« Der Mann betrachtete Iliev mit aufmerksamen braunen Augen. »Glaubt Ihr, die Toten sind hier?«

»Was soll ich sonst glauben? Erinnert Euch nur, was ich Euch über Jhereds Erfahrungen erzählte. Wenn ein Mann nicht antwortet, wenn er keine Miene regt, wenn er verletzt oder krank wirkt, dann ist er unser Feind. Achtet darauf, die Gegner bewegungsunfähig zu machen. Beine, Kopf und Arme. Sagt es Euren Leuten.«

»Wird gemacht, Kapitän.«

»Und erklärt es auch den anderen. Wenn die Feinde die Insel eingenommen haben, müssen wir die Quarantäneflaggen hissen. Sollte ich fallen, dann übernehmt Ihr das Kommando. Irgendjemand muss es bis zu den Türmen auf der anderen Seite der Insel schaffen.«

Kashilli wandte sich ab und gab dem Kommando seine Befehle. Die Männer überprüften schon ihre Waffen und legten sie an. Sechsunddreißig waren sie, die im Namen der Ocetanas ihr Heim wieder in Besitz nehmen wollten. Jetzt erschien auch der Adjutant mit Ilievs leichtem ledernem Brustharnisch, den beiden Kurzschwertern und dem Messergürtel.

»Haben wir Naphtalin an Bord?«, fragte Iliev.

»Nur als Munition für den Blasebalg, Herr. Nichts, was man mit sich tragen könnte.«

»Dann beschaffen wir uns hier so viel, wie wir nur können. Kashilli, habt Ihr das gehört?«

»Ja, Kapitän. Es ist in den Trockenlagern gleich über den Docks. Wir holen es.«

»Gut.« Iliev hob die Stimme. »Mannschaft der *Ocetarus*, macht euch bereit, auf meinen Befehl oder den Befehl eines Ocenii, falls ich fallen sollte, schnell das Schiff zu verlassen. Richtet den Blasebalg auf das Dock aus. Lasst niemanden an Bord, von dem ihr nicht sicher seid, dass er ein Freund ist. Ocenii, zu mir.«

Das Schiff war jetzt im Dock. Bis zu achtzig Triremen konnten hier ohne Schwierigkeiten festmachen. Zu seinem Unbehagen fühlte es sich jedoch leer und verlassen an. Auf der einsamen Trireme der Konkordanz, deren Segel schlaff am Mast hing, war es dunkel und still wie in der ganzen Höhle. Langsam näherte sich das Flaggschiff seinem Liegeplatz.

»Ich brauche backbord und steuerbord Platz für die Ruder. Fahrt mir nicht zu schräg hinein.«

»Ja, Herr.«

Die vorderen Laternen beleuchteten die Hafenmauer. Droben lag ein einzelner Toter, dessen Bein über die Kante hing. Sein Rücken war blutig, die Kleidung zerfetzt. Iliev runzelte die Stirn. Er war ein Ocetana, und er war nicht wiedererweckt worden.

»Ocenii, ich habe ansehen müssen, wie tapfere Männer angesichts der wandelnden Toten den Verstand verloren haben. Vergesst nie, wer ihr seid und was ihr in der Ausbildung gelernt habt. Passt aufeinander auf. Eure Brüder stehen an eurer Seite. Sorgt dafür, dass niemand fällt, denn sonst könnte er sich wieder erheben und gegen euch kämpfen. Sind wir bereit?«

Ein Gebrüll erhob sich zur Antwort.

»Dann anempfehle ich uns der Gnade von Ocetarus. Möge er unser Werk segnen und uns die Kraft geben, für ihn unser Land wieder in Besitz zu nehmen. Bringt Fackeln. Wenn wir fertig sind, werden wir die Toten verbrennen.«

Das Schiff stieß leicht gegen die Mauer. Auf einen Befehl von Kashilli sprangen die Ocenii über die Bugreling an Land oder rannten auf dem Rammsporn entlang. Laut hallten ihre Schritte auf dem Stein. Sie teilten sich in zwei Gruppen auf. Die erste wandte sich nach links und entfernte sich, bis nur noch die Laternen zu erkennen waren, um den vierten Durchgang im Süden zu besetzen. Kashilli führte sie selbst an. Iliev nahm die zweite Gruppe zum breiten Zugang mit, der von den Aufzügen zu den Docks führte.

Sie kamen an Karren und kleinen Wagen vorbei, die an den Seiten des Ganges abgestellt waren und auf Fracht und Vorräte warteten, die nicht mehr kommen würden. Unterwegs sprang Iliev über drei weitere Tote hinweg. Beim vierten blieb er stehen und winkte seine Männer weiter. Dieser Tote war weder Soldat noch Matrose. Vielmehr trug er die Kleidung eines Legionärs, die Abzeichen der Zwanzigsten Ala, der Steinfäuste aus Gestern.

»Guter Ocetarus, steh uns bei. Die Toten überqueren das Meer.«

Alle Hoffnungen, dass auf der Insel nur eine Krankheit ausgebrochen sei, waren zunichte. Iliev richtete sich wieder auf und holte seine Leute vor den Aufzügen ein. Gesplittertes Holz, zerbrochene Räder und zerschnittene Seile lagen herum.

»Sie haben wohl versucht, die Eindringlinge aufzuhalten, Kapitän«, meinte ein Matrose.

»Wir wollen hoffen, dass ihnen das auch gelungen ist. Kommt weiter, wir nehmen Durchgang Vier. Es ist schon eine Weile her, seit ich das letzte Mal zu Fuß hinaufgelaufen bin.« Damit drehte Iliev sich um und führte sie zum Hafen zurück. Unterwegs rief er den anderen die Informationen zu. »Kashilli?«

»Käpten?«

Der Soldat löste sich aus dem Halbdunkel am Eingang des Tunnels. Seine Männer befanden sich schon drin.

»Bericht.«

»Im Durchgang liegen Leichen, so weit wir vorgestoßen sind. Ich sichere gerade das Trockenlager. Anscheinend sind alle nach oben aufs Plateau und zum Palast gegangen.«

»Genau. Wir ändern den Plan. Wenn das Trockenlager gesichert ist, stellt Ihr vier Männer als Wachen ab. Die Schiffsmannschaft soll alles laden, was sie nur tragen kann. Wir anderen gehen den Durchgang hinauf, aber es soll kein Wettlauf werden. Da oben sind Tote, wandelnde Tote oder sehr gut versteckte Feinde.«

»Ja, Käpten. Die Leichen hier sind übrigens steif. Es ist schon eine Weile her.«

»Aber jetzt werden wir es beenden.«

Durch den steilen, langen Gang konnten sie, noch unterhalb des Hypokaustums, die Keller unter dem Palast der Ocetanas erreichen. Es war ein kalter, dunkler Tunnel, und Iliev wollte mit seinem Siebten Kommando so schnell wie möglich den Kampf aufnehmen. Sie liefen schweigend und rasch, mit gleichmäßigem Schritt und ruhigem Atem. Er spürte die Anspannung der Männer, er teilte sie sogar.

»Wer redet, lebt noch«, sagte er. »Wir wollen nicht die töten, die es geschafft haben zu überleben.«

»Falls es überhaupt welche gibt«, murmelte Kashilli.

»So ist es.«

Inzwischen waren sie an den Toten vorbei. Wer bis hierher hatte fliehen können, war vermutlich weiter bis zu den anderen Verteidigungsstellungen gelangt. Im Palast gab es viele Verstecke. Vorübergehend keimte neue Hoffnung in Iliev. Von den mehr als zweitausend Menschen, die hier gewohnt und gearbeitet hatten, mussten doch einige überlebt haben.

Die Kellerräume glichen einem Schlachtfeld. Zwischen den Weinkrügen, Kisten und gestapelten Töpferwaren, zwischen Marmorblöcken und Kacheln lagen Dutzende von Toten. Die Ocenii brauchten nicht lange, um zu erkennen, wie der Kampf verlaufen war. Die Verteidiger hatten aus zwei Türen auf der anderen Seite Pfeile in den Durchgang geschossen, den Vorstoß der Angreifer jedoch nicht aufhalten können. Einige Pfeile lagen auf dem Boden, andere steckten in den Leichen, die jemand zerhackt hatte.

Iliev konnte die Verzweiflung der Verteidiger nachempfinden, die irgendwann hatten einsehen müssen, dass die Angreifer nicht innehielten und nicht aufgaben. Wie sollte man einen Gegner bekämpfen, der sich nicht einmal mit einem Stoß durchs Herz niederstrecken ließ? Zwischen den Toten lagen auch wieder Ocetanas, hier waren es ungefähr zwanzig. Die Angreifer hatten die Türen zerhackt.

»Passt auf, Ocenii«, flüsterte er. »Wenn ihr zuschlagt, müsst ihr schnell sein. Achillessehnen, Knie, Fußgelenke. Unsere Schwerter reichen vielleicht nicht aus. Wer mit Axt oder Langschwert umgehen kann, möge sich bedienen. Es sind reichlich Waffen da.«

Zwei Ruderer folgten seiner Aufforderung. Einer hob mit beiden Händen eine schwere Holzfälleraxt, ein anderer schnappte sich die gekrümmte Klinge eines Tsardoniers. Iliev zog die Augenbrauen hoch und führte sie durch die Tür. Hier wurde es allmählich heller. Zwischen den Schächten des Hypokaustums führte eine Treppe in den Palast hinauf. Vor ihnen lagen nun Küchen und Lagerräume.

Auch hier herrschte Totenstille. Er wies seine Männer an, die Laternen abzustellen. Hier kannte sich ohnehin jeder aus, denn dies war das Zentrum ihres Lebens. Er hielt inne.

»Ich fühle genau wie ihr. Nutzt euren Zorn über diese Entweihung, denn genau das ist diese Stille. Fühlt kein Bedauern und schlagt ohne Gnade zu.«

»Ja, Käpten«, flüsterten sie.

»Kashilli, geht an der Ostmauer entlang und zieht die Flaggen auf. Ich übernehme den Westen.«

»Aye, Käpten. Brauchen wir nicht die Listen und Dienstpläne?«

Kälte breitete sich schlagartig in Iliev aus. »Gute Idee, ich bringe sie mit. Lasst uns gehen, Ocenii.«

Am großen Speisesaal teilten sie sich auf. Dort war alles für ein Festessen gedeckt. Poliertes Besteck und Geschirr glänzten, auf jedem Tisch stand ein Kerzenleuchter. Die Stühle waren bunt geschmückt. Alles war bereit für das Lichterfest, das am Ende der Einkehr und des jährlichen Zyklus stattfand. Das Fest musste warten.

Iliev führte seine Männer nach rechts zum Innenhof und dann die Treppe zu den Schreibstuben der Admiralität hinauf. Nirgends war ein Lebender oder Toter zu sehen. Auch hier herrschte tiefe Stille. Von den Gemälden blickten Würdenträger auf die Leere hinab. Die Teppiche dämpften die Schritte der Ocetanas, der vertraute kühle Marmor beruhigte sie ein wenig.

Iliev winkte einen Soldaten nach vorn, der die Tür öffnen sollte. Vom Treppenabsatz blickte er zum Hof mit dem Brunnen hinunter. Reihen geschlossener Türen, nichts rührte sich, kein Laut war zu hören. Geräuschlos öffnete sich die Tür der Admiralität. Dahinter stießen sie auf Tische mit Stapeln von Dokumenten, Modelle von Schiffen, Wandbehänge mit Darstellungen von Ocetarus ... und Tote. Männer und Frauen, die er kannte. In manchen Gesichtern stand noch der Schrecken des Todes. Ihr Blut hatte die Teppiche getränkt, und es stank. Schon hatten die Fliegen die Leichen gefunden.

Seine Leute rannten hinein und rissen die Türen der Vorräume auf. Sein eigenes Büro war aufgeräumt und leer. Auf dem Tisch lagen einige Papiere. Er setzte sich und hob ein paar davon auf. Dienstpläne, Positionen von Schiffen, Besatzungsstärke. Zielhäfen und Nachschubwege.

»Die habe ich nicht so offen liegen lassen«, flüsterte er.

»In der Admiralität ist alles klar, Käpten.«

Iliev hob den Kopf und nickte. »Geht jetzt zu den Türmen am Palast und hisst die Flaggen. Ihr wisst ja, wo sie gelagert sind. Zieht sie auf jedem Turm auf und lasst keinen aus. Und haltet die Augen offen.«

»Und Ihr, Käpten?«

»Ich komme auch gleich. Ich denke, hier ist niemand mehr.«

Der Soldat nickte etwas verunsichert. »Das erzähle ich besser nicht weiter.«

»Nein, lieber nicht. Geh jetzt, ich räume hier auf.«

»Jawohl, Käpten.«

Der Soldat trottete hinaus und rief nach seinen Gefährten. Direkt neben der Tür der Admiralität lag die Treppe, die zum Dach und zu den Türmen führte. Bald hörte er über sich Schritte. Iliev musste nachdenken. Irgendetwas stimmte hier nicht. Jemand hatte gezielt seine Papiere durchsucht, dahinter steckte eine Absicht. Es war nicht einfach ein Angriff der Toten gewesen, mit dem sie ihre Reihen verstärken wollten.

Es war verwirrend, denn ein lebender Feind hätte sich sehr für diese Papiere interessiert, da aus ihnen hervorging, wie man der Flotte entgehen oder sie finden konnte. Iliev schauderte. Wenn man einen so weiten Weg auf sich nahm, dann ließ man nicht zurück, was man eigentlich gesucht hatte. Demnach hatte er sich geirrt. Die Angreifer waren noch hier. Irgendwo.

Iliev stand auf und zog die Kurzschwerter. Im selben Augenblick hörte er über sich Rufe, dann einen Schrei. Die Tür seines Büros flog auf.

16

859. Zyklus Gottes, 53. Tag des Genasauf

Es war auf eine beinahe komisch anmutende Weise unverkennbar, dass der Mann nicht damit gerechnet hatte, hier auf ihn zu treffen. Er hatte bereits fünf Schritte ins Büro hinein gemacht, als er abrupt innehielt und sich wieder zurückzog. Andere warteten hinter ihm an der Tür. Der erste Mann lebte, die anderen nicht.

»Suchst du etwas?«, fragte Iliev.

Der Mann spie eine tsardonische Beleidigung aus. Sein Kopf war rasiert und mit Tätowierungen bedeckt. Die Schneidezähne hatte er sich spitz zugefeilt, und er trug schwere Pelze über seiner dunklen Lederrüstung, als befände sich das Land immer noch im Griff des Dusas. Sobald er den ersten Schreck überwunden hatte, zog er einen Streitkolben aus dem Gürtel und wog ihn in der linken Hand. Doch er war immer noch verwirrt, und jetzt bemerkte er auch die Geräusche auf dem Dach.

»Ganz recht, ich bin nicht allein«, sagte Iliev.

Er umrundete den Schreibtisch. Der Tsardonier wich einen weiteren Schritt zur Tür zurück. Hinter ihm bewegten sich die Toten, es waren insgesamt sechs. Iliev ging weiter.

»Wer …«

»Das hier ist mein Büro«, erklärte Iliev.

»Zu spät«, erwiderte der Tsardonier mit starkem Akzent. »Wir schwärmen schon auf dem Meer aus.«

»Für dich ist es ganz sicher zu spät«, antwortete Iliev.

Dann stürmte er auf den Tsardonier los, der gerade den Streitkolben hob. Der Mann war kein Soldat. Iliev wich dem ungezielten Schlag mühelos aus, richtete sich wieder auf und schlug mit einer Klinge nach den Oberschenkeln und mit der anderen nach dem Gesicht des Mannes. Sein Zorn verlieh ihm ungeahnte Kräfte, und er brüllte den Namen Gottes. Mit einem Schrei stürzte der Tsardonier zurück.

Die Toten hinter ihm schauderten, gingen dann aber zum Angriff über und wichen dem Tsardonier aus, der große Schmerzen hatte und etwas Unverständliches in seiner eigenen Sprache schrie.

»Kommt nur«, sagte Iliev. »Nehmt es mit mir auf.«

Die Toten kamen. Es waren Gesternier, die einst in einer Legion ihres Heimatlandes gedient hatten. Sie waren mit Schwertern bewaffnet, und vier von ihnen trugen noch Schilde. Alle hatten sich mehr oder weniger schwere Verletzungen zugezogen. Ihre Haut war verfärbt, die Rüstungen und die Kleidung waren heruntergekommen und zerfetzt. Einer zog beim Gehen den linken Fuß nach. Sie starrten ihn mit leeren Blicken an, doch er hätte schwören können, dass einen Herzschlag lang in ihren Augen etwas aufblitzte. Darüber konnte er sich jetzt nicht weiter den Kopf zerbrechen. Die Kampfgeräusche über ihm wurden lauter, er musste seine Männer erreichen.

Iliev rannte los. Er rechnete nicht damit, dass sie zusammenzuckten, doch er war sicher schneller als sie, und er fürchtete sie nicht. Sie hoben die Schwerter und Schilde. Iliev wich jedoch gewandt nach links aus, suchte einen sicheren Stand und traf den außen stehenden Soldaten mit einem kräftigen Schwinger. Sie hatten kein gutes Gleichgewichtsgefühl. Der Tote kippte sofort um und riss dabei zwei andere mit. Iliev schnitt dem Gefallenen die Achillessehnen durch.

Dann richtete er sich wieder auf. Die Toten drohten ihn einzukesseln. Er stieß einem Gegner die Klinge in den Oberschenkel, zog sie heraus und schlug zugleich mit dem anderen Schwert nach dessen Handgelenk. Sofort erschlaffte der Arm des Gegners, und das Schwert fiel auf den Boden. Schließlich verpasste er dem Toten noch einen Kopfstoß. Als der Mann zurücktaumelte, half Iliev nach und versetzte ihm einen energischen Stoß vor die Brust. Auch er riss zwei andere mit, als er rückwärts durch die Tür flog.

Iliev ging in die Hocke, um einem Schwerthieb auszuweichen. Dann trat er zu und brachte einen Toten aus dem Gleichgewicht, der mit lautem Krachen zu Boden ging. Iliev sprang hoch, landete mit dem Knie im Kreuz des Gesterniers und hörte die Knochen knacken. Sofort rollte er sich ab und kam wieder auf die Füße. Zwei waren außer Gefecht gesetzt und konnten nicht mehr aufstehen, der dritte hatte keine Waffe mehr, griff aber trotzdem weiter an. Der Tsardonier richtete sich wieder auf. Das Blut strömte aus seinem Gesicht und lief aus der Schnittwunde an der Hüfte die Beine hinunter. Er war in schlechter Verfassung.

Iliev wartete, bis die Toten wieder angriffen. Abermals ging er in die Hocke und zog seine Klingen von links nach rechts, um die Kniekehlen eines Gegners zu treffen. Die Gelenke gingen entzwei, und der Mann stürzte. Sofort brachte sich der Admiral mit einem Sprung in Sicherheit. Drei waren noch auf den Beinen, drei hatte er erledigt. Was die Toten antrieb, konnte er nicht einmal ahnen.

Sie waren langsam. Viel zu langsam für die Ocenii. Abermals warf Iliev sich ihnen entgegen. Hinter ihnen war freier Raum. Er duckte sich und rollte sich ab, warf dabei einen weiteren Gegner um. Dann kam er wieder hoch und versetzte ihnen von hinten mehrere Streiche in die Kniekehlen und gegen die Fußgelenke, um die Sehnen zu zerstören. Die Toten torkelten einen Augenblick hilflos, ehe sie sich schwerfällig umdrehten. Iliev packte den Tsardonier am Kragen und zerrte ihn aus dem Büro. Der Mann heulte vor Schmerzen auf. Draußen ließ Iliev ihn fallen und sperrte die Tür von außen ab.

»Jetzt haben wir Zeit. Sage mir, was ich wissen will.«

»Du weißt genug. Du weißt, dass es mit dir zu Ende geht.«

»Sehe ich so aus, als ginge es mit mir zu Ende?« Iliev kniete nieder und packte ihn am Pelzkragen. Der Mann stank und verdrehte die Augen. »Ich weiß, dass er durch dich spricht. Kannst du mich hören, du Schweinehund? Die Insel gehört jetzt wieder mir, und ich werde dich erwischen und verbrennen und jedes Schiff versenken, das du gestohlen hast. Fürchte mich. Fürchte die Ocenii.«

Iliev ließ den Tsardonier wieder fallen. Der Mann atmete nur noch stoßweise. Er hatte eine tiefe Schnittwunde an der Hüfte und verblutete. Der Admiral richtete sich wieder auf, entriegelte die Tür und öffnete sie mit einem Tritt. Die Toten standen vor ihm.

»Meine Herren, ich brauche jetzt meine Papiere«, sagte er.

Dann schloss er hinter sich die Tür.

»Hämmer und Äxte«, brüllte Kashilli. Er drosch einem Toten die Faust ins Gesicht und warf ihn über die Klippe, damit er siebenhundert Schritt tief ins Wasser stürzen konnte. »Wenn einer von euch etwas Luft hat, dann sagt den anderen, dass wir mehr Hämmer und Äxte brauchen.«

Auf den östlichen Türmen des Palasts der Ocetanas wehten bereits die Flaggen. Kashilli hatte seinen Trupp auf den Wall geführt, der den bewohnten Teil der Insel umgab. Dort gab es in Abständen von einer Meile Wachtürme, insgesamt waren es vier. So sah es auch auf der Westseite aus, wo Iliev auftauchen sollte. Dort drüben war bisher erst eine Flagge aufgezogen, und wie man unschwer erkennen konnte, tobte dort ein heftiger Kampf.

Mehr als einen raschen Blick konnte er sich nicht gönnen. Die Toten waren im ersten Wachturm die Treppe heraufgekommen und hatten seine Männer auf dem Wehrgang angegriffen. Immer mehr tauchten dort auf, als hätten sie ein geheimes Signal erhalten. Bisher hatte er schon drei gute Männer verloren, aber jetzt war er an der Reihe. Die Ocenii hatten sich mit Äxten ausgerüstet, auch er selbst schwang mit seinen großen Händen eine schwere Holzfälleraxt.

»Bleibt in Bewegung, sie dürfen uns nicht aufhalten.«

Zu dritt standen sie nebeneinander auf dem Wehrgang, obwohl in der Enge die Gefahr bestand, sich gegenseitig zu verletzen. Kashilli hatte eine Flanke übernommen und zog jetzt die Axt nach innen. Vor ihnen waren zwanzig Tote angetreten. Noch viel mehr trieben sich unten auf der Wiese und in den Gärten herum. Die meisten rührten sich nicht, doch einige zuckten und machten sich auf den Weg zur Treppe.

Kashillis Axtschneide traf einen Mann an der Seite, woraufhin dessen Brustkorb in Stücke ging. Mit einem Knurren drückte der große Matrose nach und brachte den Toten aus dem Gleichgewicht.

»Werft sie hinunter! Macht schon!«

Die beiden anderen Matrosen drehten sich um und beförderten die Toten zur Kante. Wieder stürzten drei von der Mauer, dieses Mal jedoch in den Garten. Sie würden bald wieder da sein. Als Kashilli etwas mehr Raum hatte, packte er die Axt mit beiden Händen und schlug niedrig und sehr schnell zu. Die Klinge durchtrennte die Beine eines Gesterniers und grub sich ins Knie eines zweiten Gegners. Der erste stürzte und schleppte sich mit bloßen Händen weiter, der zweite kippte nach vorn. Kashilli warf sich ihm entgegen und stieß ihn zu den anderen zurück. Ein weiterer Toter stürzte vom Weg. Ohne einen Schrei fiel er ins Meer.

Das brachte den Anführer auf eine Idee.

»Zieht euch etwas zurück, und dann folgt meinem Beispiel. Schneidet ihnen die Beine durch und werft sie um.« Er packte seine Axt fester. »Ich will zu diesem Turm dort, da gibt es Öl und Holz.«

Kashilli starrte über seine Waffe hinweg die Toten an, die schon wieder vorrückten. Sie hatten sich zu zweit nebeneinander aufgestellt und bewegten sich unbeholfen. Weiter hinten kamen einige, die schneller laufen konnten als die Angeschlagenen in den vorderen Reihen. Die ganze Truppe stolperte oft und machte einen undisziplinierten Eindruck. Dennoch waren sie gefährliche Gegner, weil sie keine Angst kannten und sich auch durch die schrecklichen Wunden, die einige davongetragen hatten, nicht beirren ließen. Es war eine entsetzliche Arbeit, doch irgendjemand musste sie tun.

»Ich überantworte euch der Gnade Gottes«, rief er hinüber. »Ocetarus erwartet euch.«

Der Tote direkt vor ihm hatte nur noch ein Auge, da eine Hälfte seines Gesichts fehlte. Aus den Rissen im Schädel drang Gehirnmasse heraus. Kashilli schlug ihm die Axt ins Genick und schleuderte ihn gegen die Mauer. Sein Kopf flog fort, der restliche Körper zuckte, aber er stürzte nicht. Er versuchte sogar weiterzulaufen, konnte aber die Beine nicht mehr koordinieren.

Kashilli hielt nicht inne und ließ der Furcht keinen Raum. Er zog die Axt hin und her und machte bei jedem Hieb einen kleinen Schritt nach vorn. Dann drehte er die Schneide, um mit flacher Klinge zuzuschlagen und sich einen Weg zu bahnen.

»Räumt den Weg frei«, rief er seinen Männern zu. »Los.«

Die Toten schlugen mit ihren Klingen nach ihm. Er duckte sich und fuhr zurück, eine Klinge traf den Stiel der Axt, eine weitere sogar seine Hände. Kashilli stieß einen Schrei aus, denn die Schnittwunde war tief. Er packte fester zu. In seinem Handschuh sammelte sich das Blut. Abermals ließ er einen Hieb los, der seinen Gegner an die niedrige Brüstung drückte. Hinter ihm folgten seine Männer, immer wieder war das üble Knirschen brechender Knochen zu hören. Das unnatürliche Schweigen, wenn ein sich windender, hilflos nach einem Halt tastender Toter über die Mauer flog, war schrecklicher als jeder Schrei.

»Kommt nur«, schrie Kashilli ihnen ins Gesicht. »Fürchtet die Ocenii.«

Wieder machte er einen Schritt und traf mit seiner Axt die Achsel eines Toten, der gerade das Schwert gehoben hatte. Der Gegner schwankte zur linken Seite, Kashilli setzte nach, trat aufwärts zu und brach dem Mann das Genick. Der Tote taumelte gegen die Wand. Als Kashilli an ihm vorbei war, beförderten ihn andere Matrosen über die Mauer.

Der große Kämpfer der Ocenii spuckte Blut aus. Es schmeckte sauer, war kalt und zähflüssig. Er schlug wieder mit der Axt zu, gleich darauf noch einmal, und dann war endlich der Weg frei. Unten hatten sich schon wieder Tote gruppiert und wollten offenbar die Treppe zum Wachturm heraufsteigen. Kashilli knurrte und rannte los. Die Ocenii hinter ihm stießen triumphierende Rufe aus und setzten nach, um sich den Toten entgegenzuwerfen.

»Wir müssen die Treppe zum Garten mit Feuer eindecken und sie zurückhalten.«

Kashilli lief unterdessen im Turm nach oben. Auf dem einzigen Tisch lag ein Spähglas, der Ofen und die Kohlenpfanne waren mit Leinwand abgedeckt. Unter dem kleinen Tisch fand er eine Holzkiste, deren Schnitzereien Aalen und Seetang nachempfunden waren. Er öffnete sie, wühlte in den Flaggen herum und fand diejenige, die er suchte. Es war die größte Flagge, die die Ocetanas überhaupt besaßen. Sie war blutrot und hatte einen weißen Kreis im Zentrum. Darüber war ein schwarzes X gemalt. Die Quarantäneflagge.

»Zieh sie auf«, sagte er und drückte sie dem nächsten Kämpfer der Ocenii in die Hand. »Fünf bleiben zurück, decken unseren Rücken und halten das Feuer in Gang. Die anderen kommen mit mir. Wir haben noch einen weiten Weg vor uns.«

Auf der anderen Seite des großen Gartens brach ein Feuer aus. Die Flammen kamen aus den Türen des Palasts, griffen auf die Treppe über und vernichteten die Toten, die dort hinaufsteigen wollten. Mehrere Ocenii rannten zum ersten Wachturm. Kashilli winkte ihnen zu, sie antworteten auf die gleiche Weise. Zufrieden duckte er sich und kehrte zu seinen Männern zurück.

»Einen Turm haben wir erledigt, bleiben noch drei. Los jetzt, Siebtes Kommando.«

Iliev schob seine Pergamente und Aufzeichnungen in Lederröhren und verstaute alles in einer Ledertasche, die er sich über die Schulter hängte, damit er die Arme frei hatte. Zwei Tote zuckten noch in seinem Büro. Sie hatten seinem Angriff nicht lange standhalten können. Einem hatte er das Rückgrat gebrochen, woraufhin der Tote zusammengebrochen war. Jetzt regte er sich nur noch schwach und klammerte sich an die Ränder des Teppichs, auf dem er lag, um sich weiterzuziehen.

Iliev kniete neben ihm nieder. Der Tote sah ihn an, in seinen Augen zeichneten sich weder Schmerz noch Erkennen ab. Das Blut lief ihm aus dem Mund und bildete Blasen. Er sprach nicht. Iliev zog sein Kinn hoch und betrachtete das Gesicht. Dieser hier war an einer Krankheit, nicht durch Verletzungen gestorben. Er hatte Flecken auf den Wangen, auch die Augen waren betroffen.

»Dich hat die Gallseuche gefressen, mein Freund. Aber warum willst du jetzt nicht sterben? Warum hörst du nicht einfach auf?«

Iliev ließ das Kinn wieder los und trat an das Fenster, von dem aus er den Bereich hinter dem Palast überblicken konnte. Hunderte von Toten gingen dort um, und er hatte keine Ahnung, woher sie gekommen waren. Dort gab es allerdings dank der Hecken und Bäume gute Deckung, und man konnte sich leicht verstecken, wenn man sich geschickt genug anstellte. Dies wiederum bedeutete, dass hinter den Angreifern ein echtes Bewusstsein stand, das nicht nur darauf aus war, die Gegner zu töten.

Irgendetwas leitete sie an. Oder jemand.

Unter den Füßen der Toten, die draußen standen, hatten sich die Pflanzen schwarz verfärbt. Wenn sie sich bewegten, wanderte die Schwärze mit ihnen. Iliev betrachtete die Wehrgänge. Auf beiden Seiten machten sein eigener und Kashillis Trupp gute Fortschritte. Sie hatten fast den zweiten Wachturm erreicht. Die Toten folgten ihnen auf dem Boden, stiegen aber erst im letzten Augenblick die Treppen hinauf.

Dann wandte sich Iliev wieder seinen Opfern zu. Nur eines bewegte sich noch und war näher an Iliev herangekrochen.

»Gefällt es dir auf dem Stein nicht so gut?«, sagte er. »Wie interessant.«

Er ging an den Toten vorbei und kehrte in die Haupträume der Admiralität zurück, wo noch der Tsardonier lag. Inzwischen blutete er auch aus dem Mund, nicht nur aus der Schnittwunde im Gesicht. Iliev baute sich vor ihm auf.

»Habe ich einen Lungenflügel getroffen? Nun, das ist der Preis, den man zahlen muss.« Er verlagerte sein Gewicht auf ein Bein und hob den rechten Fuß. »Du bist es, nicht wahr? Du leitest sie an und sorgst dafür, dass sie stehen. Wollen mal sehen.«

Damit trat Iliev mit dem rechten Fuß auf den Hals des Tsardoniers und zerstörte seine Luftröhre. Der tätowierte Mann schlug einen Moment lang um sich, griff nach seiner Kehle und blieb dann still liegen. Iliev neigte den Kopf und lauschte. Die Kämpfe waren noch im Gange.

Gorian prallte hart gegen die Seitenwand des Wagens, als er durch ein Schlagloch fuhr. Er fühlte sich, als hätte jemand ihm einen Faustschlag versetzt. Und er spürte einen Verlust. Seine Untertanen würden noch eine Weile stehen und sich bewegen, doch es gab nicht genug Energie für sie alle. Bald würden sie fallen. Er nahm die Hand von Kessians Kopf, woraufhin sich der Junge entspannte und besorgt in die Runde blickte.

»Was ist geschehen, Vater? Wer waren sie?«

»Ich sagte dir doch, du sollst nicht auf meinen Energiebahnen mitfliegen«, ermahnte Gorian ihn, obwohl er von den Fähigkeiten des Jungen beeindruckt war. »Du musst dich darauf konzentrieren, dass unsere Leute hier laufen und wohlauf sind.«

»Das habe ich auch gemacht.«

Daran zweifelte Gorian keinen Moment. Er lächelte leicht.

»Ich sollte dich wohl besser im Auge behalten, Kessian. So jung und schon so ein Aufschneider.«

Kessian runzelte die Stirn. »Das verstehe ich nicht.«

»Gut so«, sagte Gorian.

Er rieb sich mit den Händen über die harte grüne und braune Gesichtshaut. In den letzten Tagen war es etwas schlimmer geworden. Es gab so viel zu tun, wenn ihr Vorstoß nicht scheitern sollte. Das Meer war das schwierigste Gelände. Dort gab es Energie im Überfluss, die jedoch für die Toten nicht greifbar war. Gorian konnte sich glücklich schätzen, dass er seine Leute überhaupt durch den Fels der Insel bis auf die Grasflächen der Hochebene hatte bugsieren können.

Leider hatte es nicht ausgereicht. Dieser Idiot Kathich hatte zu lange gebraucht und nicht aufgepasst, wie Gorian es ihm aufgetragen hatte. Er knurrte empört. Dieser Stiefeltritt am Ende, das war eine unerträgliche Beleidigung gewesen.

»Wer waren sie, Vater?«

»Feinde. Sie haben genommen, was ich brauche.«

»Waren sie Ocenii, Vater? Die Kämpfer, über die Arducius so oft geredet hat?«

»Auch sie werde ich das Fürchten lehren.«

»Das hat der Mann aber nicht gesagt.«

»Ich weiß, was er gesagt hat«, fauchte Gorian. Kessian zuckte zusammen. »Lass mich in Ruhe, ich muss nachdenken.«

Vieles lief prächtig, doch er war allein. Wäre nur Mirron da gewesen, um die Last mit ihm zu teilen. Kessian war noch zu jung, die Karkulas waren widerwillige Helfer, und die Herren der Toten konnten ihre Untergebenen nur dann wirkungsvoll einsetzen, wenn Gorian sie persönlich unterstützte. Es war kaum der Mühe wert. Das hatte er sich anders vorgestellt.

Wieder prallte er gegen die Seitenwand des Wagens. Er schaute hinaus. Als Nächstes waren die Gawberge und Neratharn an der Reihe. Sobald der tsardonische König zur Niederwerfung der Verteidiger beigetragen hatte, würde er sich zu seinem Sohn gesellen und unter Gorians Banner marschieren. Die Lebenden waren bis auf wenige Ausnahmen im Grunde nicht zu gebrauchen.

»Ich kann dir helfen«, bot Kessian an.

»Nicht jetzt, mein Junge. Ich bin müde.«

»Dann lass mich allein weitermachen«, sagte Kessian. »Wir marschieren doch nur. Du musst mich nicht beaufsichtigen, du kannst dich um die anderen kümmern. Hilf denen, die auf dem Meer sind, damit sie finden, was du brauchst.«

Vielleicht verstand der Junge es am Ende doch sehr gut. Gorian betrachtete ihn, und der Kleine zog ein wenig den Kopf ein. Möglicherweise war es gar keine schlechte Idee, vorübergehend nicht mit allen seinen Untertanen verbunden zu sein. Da draußen konnte ihnen sowieso nicht viel passieren, und sie waren noch weit von Neratharn entfernt. Er musste neue Wege finden, damit seine Untertanen nicht einfach zusammenbrachen, wo sie gerade standen. Die Verwesung war ein echtes Problem.

»Glaubst du wirklich, du schaffst das?«

Kessian nickte. »Ganz bestimmt, Vater. Bitte, lass es mich dir zeigen. Dabei kannst du dich auch ausruhen. Vielleicht geht sogar die grüne Farbe wieder weg. Es macht mir Angst, dass du so aussiehst.«

»Das ist kein Grund zur Sorge. Du darfst nur nicht vergessen, dass die Berührung durch Gott und die Erde die Ursache ist. Also schön, dann versuche, sie alleine zu halten. Beziehe die Karkulas so stark ein, wie du es für nötig hältst. Wenn du schwanken solltest, sagst du es mir. Ich werde nicht böse sein. Aber lass nur keinen von ihnen fallen, denn dann *werde* ich böse. Es ist viel anstrengender, sie zu erwecken, als sie zu erhalten.«

»Ich werde dich nicht enttäuschen, Vater.«

»Das will ich doch hoffen.«

Technisch gesehen war es einfach, Kessian die Kontrolle über das Werk zu übergeben, doch es fühlte sich an, als müsste er einem ungeschickten Erwachsenen ein hilfloses Kind überlassen. Kessians Geist nahm das Werk jedoch mühelos auf, und der Junge stellte sich rasch, wenngleich nicht völlig bewusst, auf die Belastung ein.

»Hast du alles im Griff, Kessian?«

»Ja, Vater, aber es ist anstrengend.«

»Dann bedenke, wie viel mehr ich tragen muss, und sei froh über deinen kleinen Anteil. Ich werde bei dir bleiben, falls du mich brauchst.«

»Danke, Vater.«

Gorian lächelte, doch in Gedanken war er schon weit weg. Er sah sich im Süden um, im Tirronischen Meer, und blickte bis nach Estorr oder noch darüber hinaus. Die Ocenii warteten mit ihren Schiffen auf seine Untertanen. Das musste er unterbinden. Nur ein Karkulas war bei seinen Leuten, dafür aber vier Herren der Toten. Das musste reichen.

Zuerst musste er sich aber in einem Punkt Gewissheit verschaffen. Entlang den Energiebahnen tastete er sich wieder nach Norden, unter ihm erstreckte sich die Welt wie eine Landkarte. Die dichten grauen Ballungen waren die Toten an der Küste von Gestern, die über das Meer segelten, so schnell die Schiffe bereitgestellt wurden. Dann die trägen dunkelbraunen und blauen Energien des Meeres, die er benutzte, um die Toten auf den Triremen zu nähren. Mit jedem Tag, den sie auf dem Meer verbrachten, wurden sie schwächer. Sie in brauchbarem Zustand zu halten war anstrengend und zehrte auch an den Kräften der Karkulas.

Nördlich von Estorr bewegte sich ein Licht nach Neratharn, das so hell brannte und so vertraut war, dass es nur eine einzige Ursache haben konnte. Er nahm es über das Energienetz wahr, das ihn mit den Toten verband. Die Kraft dieser Erscheinung kam aus den Elementen der Erde, und das Licht brannte, ohne zu flackern. Ein Gefahrenzeichen war es, dessen Anblick ihn zugleich vor Lust erbeben ließ.

Sie versteckten sich nicht mehr im Palast und warteten dort auf ihren Untergang. Sie suchten ihn.

»Umso besser«, sagte er.

Dann hing er in tiefer Versenkung Gedanken nach, die nur ein Gott verstehen konnte.

17

859. Zyklus Gottes, 53. Tag des Genasauf

Estorr brannte.

Marschallgeneral Elise Kastenas ritt durchs Siegestor die Straße hinunter, wo sich in den letzten sieben Tagen unablässig die Menschen gedrängt hatten. Zweihundert Reiter und zwanzig Wagen folgten ihr. Die Sonne brannte heiß auf die Stadt herab. Der späte Genasauf war eine wundervolle Jahreszeit, doch jetzt nahm sich niemand die Zeit, all die Schönheit zu betrachten.

Zwischen Palast und Hafen hatten sie sich freie Bahn verschafft. Hinter Holzbarrikaden standen Infanteristen mit Schilden und Knüppeln und hielten die Menge zurück, die den Weg säumte. Die Sicherheitszone erstreckte sich vom Tor über die Prachtstraße abwärts bis zur Arena, durch die nach der Advokatenfamilie benannte Straße und weiter am Forum vorbei. Schließlich verlief sie durch ein Gewirr kleiner Straßen, um vor der Kaserne im Hafen zu enden.

Die schmaleren Straßen waren für jeglichen Verkehr gesperrt worden, nur die breiteren Wege blieben offen. Schließlich konnte man nicht die ganze Stadt lähmen, denn es gab immer noch einige Bürger, die unbeirrt ihren Geschäften nachgingen. Außerdem war Herine Del Aglios der Ansicht, dass die Menschen ihrem Unmut Luft machen sollten.

Allerdings näherte sich ihre Geduld dem Ende.

»Dabei hat sie sich noch nicht einmal selbst hier draußen blicken lassen«, sagte Elise. »Schilde hoch!«

In der vier Reiter breiten Abteilung machte der Befehl rasch die Runde. Ein Trommelfeuer aus verfaultem Obst, Gemüse und Fisch flog über die Infanteristen hinweg. Pferde rutschten aus, Kavalleristen spuckten Unrat aus. Die Meute jubelte, wenn ein Wurfgeschoss ein Gesicht oder einen Helm traf. Sie hatten sogar noch schlimmere Munition. Elise drehte sich im Sattel um. Zwei Reiter wischten sich Kot aus dem Gesicht.

Vor ihnen flogen dünne Säcke auf die Straße und zerplatzten. Eine rote Flüssigkeit lief heraus.

»Das Blut der Kanzlerin!«

»Die Advokatin ist eine Mörderin!«

Elise tat das Einzige, was sie in dieser Lage überhaupt tun konnte, und beschleunigte. »Handgalopp«, befahl sie.

Die Reiter nahmen den Befehl bereitwillig auf. Schreie, Schmähungen, Pfiffe und sogar ein paar Jubelrufe folgten ihnen auf der Prachtstraße. Elise hielt sich stolz und aufrecht und gab sich äußerlich unbeteiligt, obwohl sie innerlich kochte. Am Fuß des Hügels hatte jemand den Straßennamen entfernt, nur das ›A‹ der Del Aglios war noch da. Die Statue, die den gleichen Namen getragen hatte, war verunstaltet.

In den schmaleren Straßen wurden sie aus den Fenstern mit Wassergüssen und anderen Flüssigkeiten eingedeckt. Ein endloser Strom von Unrat prasselte auf ihre Schilde, Brustharnische und Pferde. Aufgebrachte Bürger hoben Schilder. In den ersten Tagen waren die Aufschriften noch halbwegs ironisch gewesen, jetzt waren sie blutrot und ausgesprochen bösartig.

Verbrennt die Advokatin.

Gottes Blut klebt an den Händen der Del Aglios.

Zu Asche sollen die Aufgestiegenen werden.
Der Orden muss regieren.
Nieder mit der Konkordanz!

Voraus konnte Elise Rauch und Flammen erkennen. Im Hafen waren die Ausschreitungen größtenteils niedergeschlagen worden. Die Angst davor, dass die Toten mit dem Schiff einlaufen und in die Stadt einfallen könnten, hatte gewalttätige Aufstände ausgelöst. Einige Bürger waren zu Tode gekommen, auch einige Palastwachen hatten es nicht überlebt. Es hatte einen großen Teil der Ersten Estoreanischen Legion erfordert, um die Docks zu sichern und die Aufständischen in ein Viertel voller Lagerhäuser und Hütten abzudrängen, das jetzt schon als »Leichenviertel« bezeichnet wurde. Dort hatte es die Advokatin ihnen gern überlassen, so viel zu zerstören, wie sie nur wollten. Niemand sonst durfte das Viertel betreten. Sie hatte gehofft, die Wut würde sich irgendwann totlaufen, ob wörtlich oder im übertragenen Sinne. Als Elise im Umkreis von einer halben Meile zahlreiche Brände entdeckte, schwand ihre Hoffnung, dass dies bald geschehen werde.

Dabei drängte die Zeit. Die Fabriken stellten nichts mehr her, Aufrührer des Ordens hatten Angriffe auf Rüstungsschmiede und Waffenschmiede angezettelt und blockierten so den Nachschub für die kämpfenden Legionen. Bevor die Viertel gesichert werden konnten, hatten die Fanatiker schon großen Schaden angerichtet. Die Wasserversorgung des Palasts war unterbrochen, Wagen mit Lebensmitteln wurden überfallen und ausgeraubt.

Jetzt mussten sie alle wichtigen Lieferungen streng bewachen. Die Rohrleitungen waren repariert, und die Brunnen wurden von Bogenschützen und Sarissenträgern beschützt. Dadurch war allerdings die Verteidigung stark ausgedünnt worden. Die Gottesritter wussten dies natürlich. Sie hatten sich noch nicht gerührt, aber das war nur eine Frage der Zeit. Wenn sie es taten, würden sie sich offen zu Rebellen erklären, aber ohne Anführerin war ihr alternder Erster Schwertträger Horst Vennegoor wohl nicht bereit, ein allzu großes Risiko einzugehen.

Elise ritt mit ihren Kavalleristen durch die Sperren am Hafen und blieb auf dem weiten Platz vor den Docks stehen. Bislang arbeiteten die Docks noch, und die meisten Schauerleute erschienen nach wie vor zur Arbeit. Viele lebten vorübergehend sogar hier, da sie genau wussten, dass sie auf dem Heimweg mit Angriffen rechnen mussten. Schon kamen zahlreiche Männer und Frauen mit Eimern und Lappen, um Reiter und Pferde zu säubern.

Elise nickte dankbar, stieg ab und ging auf den Hafenmeister Stertius zu, der sie vor seiner Schreibstube erwartete. Im Hafen war es für diese Tageszeit gespenstisch ruhig. Nur auf der Mole bewegten sich Menschen. Einige Schiffe warteten auf Waren aus der Stadt, die jedoch nicht kommen würden. Die angelieferten Güter stapelten sich im Hafen und wurden nicht abtransportiert. Das Forum war für Händler geschlossen und hatte sich in eine Art Zentrale verwandelt, von der aus die Unmutsbekundungen gesteuert wurden. Die Ausfallstraßen der Stadt waren von Demonstranten versperrt, die zu zahlreich waren, als dass die Advokatur sie hätte vertreiben können.

»Marschallgeneral, es ist mir eine Ehre.«

»Meister Stertius, die Advokatin möchte Euch ihren persönlichen Dank für Eure ungebrochene Loyalität aussprechen. Ich wollte unbedingt selbst zu Euch kommen, denn manchmal müssen die Befehlshaber sich selbst ein Bild von der Situation machen.«

»Das ist mutig«, erwiderte Stertius.

»Eigentlich nicht.« Elise zuckte mit den Achseln. »Die Menschen sind aufgebracht, aber bewaffnete Kämpfer greifen sie nicht an.«

»Noch nicht.«

»Was meint Ihr damit?« Elise gefiel die Miene des Mannes überhaupt nicht.

»Einen Augenblick.« Stertius schnippte mit den Fingern, worauf ein Mann herbeitrottete. »Beladet die Wagen da und lasst sie umdrehen. Außerdem brauchen die Kavalleristen etwas zu essen und zu trinken, wenn sie sich gesäubert haben.«

Er winkte Elise, ihn zu begleiten, und sie folgte ihm über den Platz zur Mole, an der zahlreiche Schiffe lagen. Matrosen lungerten auf den Decks herum oder saßen auf der Mole, spielten mit Würfeln und Karten oder redeten miteinander. Es war keine unangenehme Atmosphäre, aber die Leute waren offensichtlich unzufrieden.

»Ich stehe kurz davor, den Hafen für einlaufende Schiffe zu sperren«, sagte Stertius. »Alle Schiffe, die jetzt schon hier liegen, sind leer. Keines will ablegen, weil das mit einem Verlust verbunden wäre. Wenn sie aber hierbleiben, können sie ihre Besatzungen nicht mehr bezahlen, und es wird nicht lange dauern, bis es Ärger gibt. Vorläufig haben wir noch genug zu essen und zu trinken, aber es wird nicht ewig reichen.«

»Könnt Ihr sie nicht einmal dazu bewegen, zwei Tagesreisen weit bis Vettorum zu fahren? Dort dürfte der Handel noch in Gang sein.«

»Aber das ist nicht Estorr, Marschall. Die Preise dort sind nicht so hoch wie hier. Wir können sie nicht vertreiben, wenn sie nicht abfahren wollen, und die meisten haben ihre Ladung schon gelöscht. Wieder einzuladen wäre teuer, und die Gewinne sind sowieso schon geschrumpft. Deshalb wollen die meisten nicht fort, auch wenn sie es nicht offen zugeben.«

»Ah«, sagte Elise.

»Sie sind ein abergläubischer Haufen. In den letzten paar Tagen sind hier Flüchtlinge angekommen, wie Ihr ja wisst. Die Toten sind auf dem Meer unterwegs. Glaubt Ihr, irgendein Seemann, der nicht bei den Ocetanas ist, hätte Interesse, ihnen zu begegnen?«

Sie liefen auf der Mole entlang. Hin und wieder blieb Stertius stehen, sprach mit einigen Leuten und versicherte ihnen, Elises Gegenwart sei ein Ausdruck der Entschlossenheit, die Lage zu verbessern und für Sicherheit zu sorgen. Elise berichtete über Karl Ilievs Pläne und verschwieg nicht, dass die gesamte Flotte auf dem Meer patrouillierte, was die Matrosen sichtlich interessierte und beruhigte.

Stertius lächelte standhaft, bis sie an der ganzen Mole entlanggelaufen waren und sich einer der Festungen an der Hafeneinfahrt näherten. Dort änderte sich seine Miene, und Elise fühlte sich sofort beklommen, während sie die Treppe zur Geschützstellung auf dem Dach hinaufstiegen. Die Onager schimmerten in der Sonne, einige Ingenieure waren eifrig damit beschäftigt, Seile nachzuspannen, fehlerhafte Teile zu ersetzen und die Scharniere zu ölen.

Die Hafenwachen salutierten, als sie Elise bemerkten, doch die Gesten wirkten nicht erfreut. Alle schienen unter großer Anspannung zu stehen, einige hatten sogar Angst. Stertius schwieg. Am Mast wehte die grüne Flagge, die den Eingang einer Nachricht bestätigte. Stertius reichte ihr ein Spähglas und deutete auf ein Schiff, das im tiefen Wasser außerhalb des Hafens lag.

Sie richtete das Spähglas aus und betrachtete den Mast, an dem zwei Flaggen gesetzt waren. Die erste trug das Abzeichen der Ocetanas, die zweite war rot und weiß und zeigte ein schwarzes Kreuz. Elise ließ das Glas sinken und sah Stertius an.

»Demnach ist die Insel Kester verloren?« Sie konnte es nicht fassen.

»Wenigstens gefährdet. Dorthin wollte Admiral Iliev. Möglicherweise ist er heute Morgen eingetroffen. Das ist kein Trick, das Schiff dort hat über die Flaggen verschlüsselte Informationen bekommen. Vielleicht sind sie noch nicht überall, aber die Toten sind auf die Insel Kester vorgestoßen. Jedes Schiff, das von jetzt an in den Hafen einläuft, ist darüber im Bilde.«

»Verdammt«, fluchte Elise, auch wenn es eine völlig unpassende Reaktion war. »Das muss ich der Advokatin berichten.«

»Ja, unbedingt. Ich werde hier keine Flagge setzen, um in der Bevölkerung keine Panik auszulösen.« Stertius wischte sich den Schweiß von der Stirn. »Aber ich kann es nicht lange geheim halten. Die Bürger werden glauben, dass sie von See her nicht verteidigt werden.«

»Aber so weit ist es doch wirklich noch nicht«, protestierte Elise.

»Das ist wahr, doch die Aufgestiegenen haben ja auch die Kanzlerin nicht ermordet. Glaubt Ihr, das spielt eine Rolle? Ich spüre jeden Tag, wie die Stimmung in der Stadt schlechter wird. Glaubt mir, der Orden könnte dies ändern, wenn er es will. Wir vermögen es nicht.«

»Also gut. Was wird geschehen?«

Stertius lächelte traurig und deutete auf die Hafeneinfahrt.

»Das dort ist das größte Loch in der Stadtmauer, und zwei Festungen reichen nicht aus. Die Menschen werden nicht abwarten, bis die Toten hereinkommen. Sie werden an Orte fliehen wollen, die sie für sicher halten. Viele, vielleicht sogar die Mehrheit, werden sich entweder in ihren Häusern einigeln oder sich in die Hügel davonmachen.

Aber hinter alledem steckt die Flüsterpropaganda des Ordens, Marschallin. Im Augenblick glauben die Bürger, uns drohe keine Invasion, weil der Orden ihnen dies versichert. Das kann sich aber jederzeit ändern, und wir wissen alle, wo der sicherste Ort in Estorr ist, nicht wahr?«

Elise schluckte trocken.

»Könnt Ihr denn verhindern, dass weitere Schiffe einlaufen, und den Hafen sperren?«

»Ich hüte das Geheimnis, solange es möglich ist. Letzten Endes kann ich aber Flüchtlingen nicht verweigern, hier anzulegen. Selbst wenn ich sie hier abweise, können sie in den Buchten im Norden und im Süden an Land gehen. Die Bürger werden es so oder so erfahren. Seht Euch nur um. Die Männer hier wissen es bereits. Nur ein Wort ...«

»Wie lange haben wir noch Zeit?«

»Wir gehen am besten davon aus, dass es jederzeit geschehen kann. Vielleicht noch eine Stunde, vielleicht auch noch fünf Tage. Ich habe es nicht unter Kontrolle, Marschall Kastenas. Die nächsten Besucher, die an die Tür der Advokatin klopfen, sind möglicherweise die Einwohner der Stadt, die sich verstecken wollen.«

»Dann müssen wir die Tore öffnen und sie hereinlassen«, sagte Herine.

»Was?« Vasselis riss die Augen weit auf. »Entschuldige, aber das käme einem Selbstmord gleich. Für dich, für mich und für den Aufstieg.«

»Was sind wir, wenn nicht die Verteidiger der Bürger?«

Es wurde still in der Basilika. Vasselis saß mit Elise Kastenas und Marcus Gesteris auf den Bänken, die normalerweise den Würdenträgern des Ordens vorbehalten waren. Hinter ihnen herrschte rege Geschäftigkeit; Beamte bemühten sich, die Krise zu meistern.

»Genau das tun wir doch. Die Marine ist auf See, die Heere treffen in Neratharn ihre Vorbereitungen. Der Regierungssitz darf nicht gefährdet werden.« Vasselis ignorierte das Seufzen der Advokatin. »Überhaupt, wen willst du einlassen und wen weist du ab? Bitte denke nicht weiter darüber nach. Die beste Verteidigung der Stadt besteht darin, die Bürger zu mobilisieren und auf unsere Seite zu ziehen, damit sie die Notmaßnahmen unterstützen, die wir bisher nicht umsetzen konnten.«

»Dann soll ich sie einfach aussperren und sterben lassen.«

Vasselis' Sorgen um Herine verstärkten sich zusehends. Sie neigte dazu, die Bürger mit großen Gesten für sich einzunehmen. Allerdings lief sie nicht draußen auf den Palastmauern herum. Sie verstand nicht, wie aufgebracht die Bürger waren.

»Nein, meine Advokatin. Du solltest fähig sein, die Stadt wirkungsvoll zu verteidigen. Das bedeutet, dass der Orden überzeugt werden muss, seine Hetzkampagnen einzustellen. Die Priester müssen die Menschen anhalten, uns in dieser Krise zu unterstützen. Es bedeutet, dass die Stadt geordnet evakuiert werden muss.«

Gesteris erhob sich. »Daran dürfen wir nicht im Traum denken. Ich respektiere Meister Stertius wie alle anderen hier, doch er versteift sich auf kühne Schlussfolgerungen. Mehr als zweitausend Gardisten und Legionäre verteidigen den Palast. Solange die Gottesritter nicht ihre Artillerie herbeischaffen, kommen sie nicht herein, wenn wir ihnen nicht die Tore öffnen und sie einlassen.«

»Ja, Marcus, und genau das scheint Herine ins Auge zu fassen.«

»Arvan, Marcus, ich danke Euch, Ihr könnt wieder Platz nehmen«, erwiderte Herine. »Ich habe Eure Bedenken vernommen. Alles kann geschehen, und wir müssen uns auf die verschiedenen Möglichkeiten vorbereiten. Ich werde also tun, worum du mich bittest, Arvan. Ich werde mit dem Rat der Sprecher reden. Holt sie mir her. Wenn sie sich weigern, werden wir weitere Schritte unternehmen, um die Straßen zu befrieden und die Stadt zu leeren.«

Vasselis hätte vor Schreck beinahe den Mund weit aufgerissen. Gesteris und Kastenas zuckten zusammen, beherrschten sich aber weitgehend.

»Wolltest du etwas sagen, Arvan?«

»Wenn ich darf ... Ich habe den Eindruck, dass du widersprüchliche Botschaften aussendest. Gerade wolltest du noch für alle die Tore öffnen. Jetzt willst du die Straßen räumen lassen, wenn du vom Orden nicht bekommst, was du willst.«

Herine zuckte mit den Achseln. »Darf ich nicht meine Meinung ändern, nachdem meine engsten Freunde mir einen Rat gegeben haben?«

»Natürlich, meine Advokatin, aber ...«

»Ich habe dich angehört und denke jetzt, dass wir viel zu lange in der Defensive waren. Sollen diejenigen, die nicht helfen wollen, durch die Schwerter der Toten umkommen. Sollen diejenigen, die immer noch vor meinen Toren lärmen, meinen Zorn spüren.«

»Das ist aber nicht ganz das, was ich ...«

»Sei still, Marschall Vasselis.« Vasselis fuhr hoch. Gesteris starrte ihn an, und seine Miene sprach Bände. »Ich werde mit dem Rat reden, aber ich werde Forderungen stellen und nicht verhandeln. Das werde ich in Einzelgesprächen tun. Von euch erwarte ich, dass ihr eure Advokatin ohne Wenn und Aber unterstützt. Marschall Vasselis, wenn ich das Zeichen gebe, sollen die Aufgestiegenen zur Abwechslung mal für ihren Unterhalt arbeiten. Die Straßen müssen geräumt werden. Ein kleiner Regen käme da durchaus gelegen. Die Besprechung ist beendet.«

Am Abend standen die drei Aufgestiegenen der zehnten Linie verdeckt auf einem Turm und überblickten die Menschenmenge, ihre Feuer, die Fackeln und die Plakate. Im Westen versank die Sonne hinter den Hügeln und ließ die zerrissene Stadt erstrahlen. Vasselis und Hesther hatten es für klug gehalten, die Aufgestiegenen nach draußen zu führen, damit sie ihr Ziel sehen konnten. Sie hatten die lauten Rufe in den Amtsräumen der Basilika hinter sich gelassen, wo die Advokatin mit dem Rat der Sprecher eine durchaus einseitige Unterhaltung führte.

Die Anspannung auf dem Turm war fast körperlich spürbar. Vasselis war keineswegs überzeugt, dass die drei tun konnten, was die Advokatin verlangte. Sie waren über den Verlust von Cygalius und Bryn sehr bekümmert. Jetzt sollten diese jungen Leute, die Schwestern Mina und Yola und ihr Bruder Petrevius, den Zorn der Einwohner von Estorr auf sich persönlich ziehen.

»Habt ihr genug gesehen?«, fragte Hesther. »Wind und Regen, von mir aus auch Hagel und Graupel, wenn ihr das könnt. Wir müssen die Feuer löschen und die Leute in ihre Häuser treiben.«

»Aber es sind so viele«, wandte Mina ein. Das spindeldürre Kind rang die Hände. »Es sind Hunderte von Quadratmetern, und dabei sehen wir nicht mal alles.«

»Schafft ihr es denn?«, fragte Vasselis.

»Sollten wir es denn tun?«, fragte Petrevius.

Er war groß und schlank. Ein sanfter Riese, wie Hesther sagte, aber wie alle Aufgestiegenen von sehr eigenwilligen Prinzipien geprägt.

»So etwas zu sagen ist derzeit nicht ungefährlich«, warnte Vasselis ihn. »Ossacer hat dir zu viel eingeflüstert, junger Mann. Ich will deine Frage beantworten. Ja, ihr sollt es tun, weil die Advokatin es verlangt, und weil ihr geschworen habt, ihr zu dienen.«

»Aber ...«

»Kein Aber. Dienen heißt nicht, dass man mit allem einverstanden sein muss. Jetzt beantworte meine Frage. Könnt ihr es tun? Wir bitten euch nicht, jemanden zu töten, ihr sollt sie nur nass machen und ein wenig ängstigen.«

Petrevius seufzte. »Ja, das können wir. Wir können den Teich mit dem Springbrunnen benutzen.«

»Es wird auch Zeit, dass wir den Dreck aus den Straßen spülen«, sagte Yola. »Wir haben schon viel zu lange stillgehalten.«

Sie warf ihr langes braunes Haar zurück und starrte Vasselis mit ihren dunklen Augen an.

Er zog die Augenbrauen hoch. »Aber ihr werdet doch harmonisch zusammenarbeiten, hoffe ich?«

»Wir hören nicht alle auf Ossacer«, erwiderte Yola. »Petre weiß, wie ich empfinde, und ich weiß, was er denkt. Das ändert nichts. Davon ganz abgesehen, werde ich das Werk dirigieren, nicht wahr, mein Bruder?«

Petrevius errötete und schwieg dazu. Er war der Windleser des Trios, während Yola vor allem eine Landhüterin war.

»Seid ihr sicher?«, fragte Hesther.

»Wir sind sicher«, erwiderte Yola.

Ein Gardist räusperte sich. »Sie verlassen die Basilika.«

Vasselis drehte sich um. Die vier Sprecher stiegen die Treppe hinunter und eilten am Springbrunnen vorbei. Herine stand stolz und aufrecht vor der Basilika. Das Ergebnis der Besprechung war eindeutig.

»Nun wird es Zeit«, sagte Yola.

Vasselis beobachtete die Kinder, wie sie die Treppe hinunterliefen und in den Hof traten. Die Aufgestiegenen blieben dicht zusammen, Hesther folgte ihnen. Unterwegs redeten und gestikulierten sie. Der Hof war weitgehend leer, die meisten Reserveeinheiten waren anderswo eingesetzt. Vasselis hätte sie gern in der Nähe gehabt.

Die Sprecher näherten sich dem großen Springbrunnen gerade von der anderen Seite. Die sich aufbäumenden Pferde, die ihn zierten, wurden von Laternen und Kerzen beleuchtet. Hesther wollte ausweichen, doch Yola führte sie auf Kollisionskurs. Sie ging langsam an den Sprechern vorbei und starrte sie offen an. Vasselis konnte die Mienen der Priester nicht erkennen, hörte aber einige laute Worte, offenbar wechselseitige Beleidigungen. Er räusperte sich, um nicht breit zu grinsen.

»Dieses freche Luder«, sagte er.

»Arvan.«

Vasselis fuhr herum. »Marcus, woher kommt Ihr auf einmal?«

»Ich habe auf den Mauern meine Runde gemacht«, erwiderte der einäugige Senator. »Kommt und seht, was ich gesehen habe.«

Nach einem letzten Blick zum Brunnen, wo die Aufgestiegenen kniend ihre Vorbereitungen trafen, ging Vasselis die kurze Treppe zum Wehrgang hinunter, bis sie außer Hörweite aller Neugierigen waren.

»Was seht Ihr da?«, fragte Gesteris und deutete auf die Demonstranten.

Im Augenblick war es relativ ruhig. Die Bürger warteten nach dem Treffen des Rates mit der Advokatin auf Neuigkeiten.

»Ich weiß, wohin das führen wird, Marcus.«

»Sie macht einen großen Fehler. Das wird die Gottesritter gegen uns aufbringen.«

»Gewiss«, fauchte Vasselis. »Aber wir müssen hinter ihr stehen. Jetzt mehr denn je.«

Marcus schüttelte den Kopf. »Ihr seid neben Jhered ihr engster Freund. Sie vertraut Euch und hört auf Euch. Wenn Ihr lauft, könnt Ihr sie gerade noch aufhalten.«

»Ich stimme Euch zu, und doch frage ich mich, ob es wirklich so schlecht ist, wenn die Bürger eine Machtdemonstration der Aufgestiegenen bekommen.«

»Ja!« Gesteris spie das Wort förmlich aus. »Natürlich ist es schlimm. Vielleicht ist Herine nicht die Einzige, die nicht mehr klar denken kann. Wir dürfen nicht alle Anstrengungen der letzten zehn Jahre einfach über den Haufen werfen. Es war so mühsam, ein offenes Ohr zu finden. Die endlosen Versprechen, dass nie ein Aufgestiegener die Gläubigen des Allwissenden angreifen würde.«

»Was soll ich denn tun, Marcus? Seht Euch doch um.«

Marcus tat es und sah, was Vasselis sah. Aus dem Brunnen wallte das Wasser und schlug über den Aufgestiegenen zusammen. Die Advokatin stand bei ihnen und sprach kurz mit Hesther, dann gab sie in Richtung des Siegestors ein Zeichen. Die Zenturionen gaben den Befehl mit Flaggen weiter, und alle Legionäre und Kavalleristen verkündeten die gleiche Warnung.

»Verstreut euch. Verstreut euch sofort. Auf Befehl der Advokatin wird der Zugang zum Palast geräumt. Bewegt euch, oder wir wenden Gewalt an.«

Die Menschen hörten nicht auf sie. Nach der ersten Überraschung setzte ein Trommelfeuer von weichen Wurfgeschossen ein. Die Soldaten und Kavalleristen zogen sich zu den Toren zurück und verteilten sich, wie es befohlen war, an den Mauern. Schon kletterten die ersten Bürger über die hölzernen Barrieren. Zuerst nur einer oder zwei, dann setzte eine wahre Flut ein. Sie sammelten sich auf dem freien Platz vor dem Tor und näherten sich weiter. Allerdings nicht eilig, sondern eher vorsichtig.

»Zu spät«, sagte Vasselis. »Beten wir, dass es gut geht.«

Der schöne Abendhimmel verdunkelte sich.

18

859. Zyklus Gottes, 53. Tag des Genausauf

Am heiteren Himmel zogen plötzlich Wolken auf. Aus dem Brunnen schoss eine Wassersäule empor und verteilte sich als feine Gischt, die von den Aufgestiegenen hundertfach verstärkt wurde. Vasselis musste sich am Geländer festhalten, als ein kräftiger Wind über die Mauer strich. Mit einem Heulen begann das Werk.

Mit jedem Moment verfinsterte sich der Himmel weiter; die Wolken wuchsen so rasch, dass man mit dem Auge kaum folgen konnte. Sie hingen niedrig, nicht einmal dreihundert Schritte hoch, gingen vom Palast aus und bedeckten den Platz und das Viertel dahinter wie ein Raubvogel, der gleich herabstoßen würde. Im Zentrum bildete sich eine Art Strudel, die ganze Wolkenbank drehte sich langsam um sich selbst.

Vasselis spürte die Kraft dieses Werks fast wie eine körperliche Bürde. Seine Brust wurde eng, er schnappte erschrocken nach Luft.

»Hoffentlich machen sie keinen Fehler«, keuchte Gesteris.

Die Legionäre und Gardisten wiederholten die Warnung. Dieses Mal hörten einige Bürger darauf, betrachteten die niedrigen, dräuenden Wolken und machten auf dem Absatz kehrt. Die meisten blieben jedoch stehen. Vasselis erkannte Priester des Ordens und einige Gottesritter. Sie schmeichelten und drohten den Menschen und drängten sie, Widerstand zu leisten und zu beten. Viele knieten nieder und legten eine Hand auf den Boden, während sie die zweite zum Himmel erhoben.

Vor allem am Rand der Menge zogen sich zahlreiche Bürger zurück und suchten nach Schutz. Auch die Kämpfer der Konkordanz pressten sich an die Mauer und klammerten sich aneinander. Oben auf dem Wehrgang waren Vasselis und Gesteris bereits durchnässt, doch keiner wollte jetzt nach unten gehen. Sie hielten sich am Geländer fest und ließen sich vom Wind umtosen, der mit erschreckender Geschwindigkeit auffrischte.

Schlagartig wurden die Wolken noch dunkler, breiteten sich aus und entluden eine wahre Sintflut über dem Palast. In der dunklen Masse, die immer schneller wirbelte, zuckten Blitze. Einer raste herab und erreichte fast den Boden. Jetzt liefen die Bürger in hellen Scharen davon. Es war fast getan. Vasselis, in dessen Augen die peitschenden Regentropfen schmerzten, drehte sich um. Er musste rasch zu Hesther und den Aufgestiegenen.

Yola schrie vor Erregung, als die Energie sie durchflutete. Das Wasser aus dem Springbrunnen umgab sie und die anderen. Die reinen Energien drangen in sie ein und berührten den gemeinsamen Ursprung ihrer Kräfte. Um ein Vielfaches verstärkt, brachen sie wieder aus der Aufgestiegenen hervor und strömten hinaus, in die Wolke und das Unwetter. Jetzt fiel ein harter, erbarmungsloser Regen.

Sie spürte, wie der Wille der Bürger unter der Wolke brach, wie sie wegliefen. Ihre aufgeregten Energien tanzten wie kleine Lichtpunkte vor dem düsteren, pulsierenden Dunkelrot und Blau, das ihre Wetterkonstruktion kennzeichnete. Auf einmal blühten im

Innern jedoch weiße Punkte auf, die über die Energiebahnen zu ihnen zurückflogen und sie erschütterten.

»Was war das?«, rief Petre.

Der Regen prasselte auch auf sie und den Brunnen herab. Die Tropfen zischten im Wasser des Beckens so laut, dass sie ihn kaum verstehen konnte.

»Es ist zu groß.« Mina heulte fast.

»Schon gut, wir können es halten.«

Yola wusste zwar, dass ihr Werk stabil blieb, doch inzwischen strömte viel mehr Energie hinein, als sie geplant hatten. Diese neuen Kräfte stammten nicht aus dem Brunnen, sondern aus dem Werk selbst. Genau davor hatte Arducius sie einmal gewarnt: ein Werk, das sich selbst mit Kraft speiste. Wieder zuckte ein Blitz, und das Werk sträubte sich gegen ihren Einfluss, als wollte es sich befreien.

»Haltet es, haltet es!«, kreischte Yola.

»Woher kam der Blitz?« Auch Petre hatte jetzt Angst. »Es sollte nicht blitzen.«

»Nehmt etwas Energie aus dem Werk heraus«, sagte Mina. »Es wird zu groß für uns.«

»Nein, haltet es weiter fest.«

Doch Yola war nicht sicher, ob sie das überhaupt konnten. Ungestüm fegte der Wind über den Hof des Palasts, heulte über den Platz hinweg und raste in die Stadt hinunter. Immer dichter wurden die Wolken am Himmel. Abermals blitzte es, und dann sank die Wolke herab und berührte die Erde.

Vasselis konnte sich kaum noch bewegen. Er musste befürchten, vom Wehrgang gerissen zu werden, wenn er das Geländer losließ. Der Wind schien ihm immer direkt ins Gesicht zu wehen, wohin er sich auch drehte. Die Bürger flohen jetzt vom Platz. Irgendjemand versuchte, das Siegestor zu öffnen, damit die Legionäre dorthin gelangen konnten, doch vergebens. Der Wind hielt die Torflügel fest und ließ sie klappern, dass der ganze Triumphbogen bebte.

Der Regen fiel jetzt so heftig, dass die Tropfen im Gesicht und auf den Händen wehtaten. An den Ausgängen des Platzes drängten sich die Menschen. Der Wind stieß sie hin und her und warf sie gegeneinander. An den Rändern brachen schon die ersten Schlägereien aus, weil jeder Schutz suchte. Unterdessen wurde die Wolke sogar noch dunkler und sank noch tiefer herab. Unablässig zuckten Blitze.

»Wir müssen sie aufhalten«, rief Vasselis zu Gesteris hinüber.

Gesteris schaute grimmig drein. »Habe ich Euch nicht gewarnt, Vasselis? Glaubt Ihr, das hier wird irgendetwas in Ordnung bringen?«

Der Wind riss ihm die Worte von den Lippen, sodass Vasselis sie nur mit Mühe verstehen konnte.

»Später. Jetzt müssen wir dort hinunter.«

Gesteris nickte. Die Männer gingen gemeinsam und schirmten sich gegenseitig ab. Schritt für Schritt und ohne die Hand vom Geländer zu nehmen, arbeiteten sie sich zum Wachturm vor. Die Gefahr war groß, dass sie in den Hof stürzten. Das Regenwasser strömte in Bächen über den Wehrgang und plätscherte an den Rändern hinab. Der Wind schien sogar noch stärker zu werden, und die Wolke drehte sich unablässig um sich selbst. Vielleicht war sie etwas langsamer geworden, aber sie hatte sich bösartig dunkelgrau verfärbt.

Ohne Vorwarnung stieß sie herab, dieses Mal bis ganz zum Boden. Wie eine Zunge oder eine Schlange aus Dunst berührte sie den Boden und bohrte sich in die Menschenmenge.

»Guter Gott, umfange mich«, stöhnte Vasselis. »Kommt weiter!«

Der Wind fuhr mitten durch die Menschen und schleuderte sie zur Seite, als würde ein zorniges Mädchen in einem Wutanfall seine Puppen durch die Gegend werfen. Die Opfer prallten gegen Gebäude, rutschten über das Pflaster oder wurden nach oben gesogen, um wie von der Hand eines rachsüchtigen Gottes wieder hinabgeworfen zu werden.

»Hesther!«, rief Vasselis, obwohl sie ihn unmöglich hören konnte. »Hesther, sie müssen aufhören!«

Er winkte wie wild, musste sich aber gleich wieder festhalten, um nicht vom Wehrgang gefegt zu werden. Die rotierende Wolke wechselte die Richtung und hielt nun auf die offene Prachtstraße zu, die zur Arena führte. Die Bürger, die sie bemerkten, liefen eilig davon und entschieden sich für die richtige Richtung.

Dennoch wurden Hunderte von der wirbelnden, spuckenden Wolke erfasst. Sie deckte Dächer ab und warf die Ziegel als tödliche Wurfgeschosse in alle Richtungen. Gesteris zog Vasselis hinter die Brustwehr, als die ersten Steine an der Mauer zerschellten.

Danach war es unten relativ ruhig. Vasselis kroch weiter zum Wachturm. Trotz des heulenden Windes glaubte er, die Schreie von Männern und Frauen zu hören. Fallende Steine polterten. Er schleppte sich ein paar Stufen hinauf und hatte es endlich in den schützenden Turm geschafft, der im Wind erzitterte. Auch der Turm verlor seine Dachziegel, die unten im Hof auf dem Pflaster zerbarsten.

Vasselis blickte zum Springbrunnen hinab. Die Aufgestiegenen schauderten, das Wasser bedeckte sie völlig. Der Regen konzentrierte sich nun auf sie und ergoss sich wie aus Rohrleitungen auf sie. Hesther war bei ihnen und hielt sich am Rand des Brunnens fest. Sie redete mit ihnen und brüllte sie an.

Der Platz war inzwischen menschenleer. Die Wolke war nach links abgedreht und näherte sich jetzt dem Forum und dem Hafen. Auch der Wind ließ etwas nach. Vasselis rannte zur Treppe und hielt sich dicht an der Außenwand, während er hinablief.

Dann stürmte er in den Hof. Die Aufgestiegenen sanken erschöpft seitlich gegen den Springbrunnen, und der Regen ließ nach. Mit unverminderter Kraft grollte droben die Wolke. Ein Blitz fuhr herab und traf die Statue im Brunnen. Die oberen Hälften der hochsteigenden Pferde explodierten förmlich, Steinsplitter sausten umher. Irgendetwas pfiff an Vasselis' Ohr vorbei und zerbarst an der Mauer. Langsam entstanden tiefe Risse in der Statue, bis zwei Pferde zur Seite kippten und auf der anderen Seite ins Wasser stürzten.

Ihr Werk hatte sie selbst verschont, aber draußen vor dem Tor sah es ganz anders aus.

Die Wolke löste sich nun so schnell wieder auf, wie sie entstanden war. Auch der Wind erstarb jetzt, nur in den Ohren hielt sich das Dröhnen. Vasselis eilte zum Tor. Gesteris gab schon den Befehl, die Torflügel zu öffnen. Zusammen warteten sie.

Die Scharniere knirschten, als wären sie verbogen. Dahinter empfing die Männer ein Bild der Zerstörung. Einige Soldaten, die noch klar denken konnten, rannten hinaus, um zu helfen. Die Mehrheit starrte die Offiziere an und wartete auf Befehle, oder sie drängten sich an Vasselis und Gesteris vorbei, um eilig in den Palast zurückzukehren.

Vasselis trat hinaus. Er gab es rasch auf, die Toten auf dem Vorplatz zählen zu wollen. Inzwischen übertönte das Wehklagen der Menschen den Wind. An der Prachtstraße waren zahlreiche Gebäude zerstört. Benommen liefen die Bürger umher und stolperten über die Gestürzten. Viele schrien um Hilfe oder schluchzten vor Schmerzen.

Ihm war übel. Ganz gewöhnliche Bürger lagen verdreht in unnatürlichen Stellungen am Boden. Allein acht hingen in den oberen Stockwerken der ramponierten Gebäude, wo der Wind sie hingeweht hatte. Zerfetzte Kleidung lag auf dem Boden, unter seinen Füßen knirschten die Trümmer der Dachziegel. Die untergehende Sonne färbte den ganzen nassen Vorplatz blutrot.

Das alles hatte sich direkt vor dem Palast der Advokatin zugetragen. Er legte sich eine Hand auf den Mund und kniete vor dem ersten Opfer nieder. Ein Mann in mittleren Jahren, leblos. Das Blut tröpfelte ihm aus dem Mund, und sein Körper war verdreht. Er hatte sich beide Beine gebrochen.

»Möge der Allwissende dich in seine Umarmung aufnehmen. Es tut mir leid.«

»Es tut Euch leid«, schimpfte Gesteris. »Dazu ist es zu spät, Vasselis. Viel zu spät. Da hätte ich auch gleich meinen Pulvervorrat einsetzen können. Wenigstens wäre es dann schnell gegangen.«

Vasselis richtete sich auf, als er bemerkte, dass die Advokatin sich ihnen näherte. Er berührte Gesteris am Arm, worauf sich auch der Senator umdrehte und vernehmlich schnaufte. Sie war kreidebleich vor Schreck, hatte sich beide Hände vor den Mund gepresst und lief unsicher, als könnte sie gleich stürzen.

»Ich wollte sie doch nur nach Hause jagen«, sagte sie hilflos. Die Tränen strömten ihr über die Wangen, ihr Haar war vom Regen verklebt, ihre Kleidung durchnässt. »Ich wollte sie nur erschrecken.«

Gesteris ging zu ihr. »Hierfür gibt es keine Rechtfertigung. Nicht die geringste Rechtfertigung. Es war ein Gemetzel, obwohl sie nichts weiter getan haben, als mit faulem Obst zu werfen. Ich kann und werde Euch nicht länger unterstützen, meine Advokatin.«

Damit nahm Gesteris sich den Helm vom Kopf, warf ihn vor ihren Füßen auf den Boden und marschierte in den Palast zurück. Herine sank weinend auf die Knie.

Vasselis aber stand bei ihr, betrachtete sie und konnte ihr keinen Trost spenden.

Weder Trompeten noch Hörner verkündeten den ersten Tag des Genasab. Keine Feiern gab es, keine Gebete und kein Fest. Die Bärenkrallen und Tsardonier halfen einander, so schnell wie möglich voranzukommen, und doch holten die Toten weiter auf.

Zuerst hatten sie neue Hoffnung geschöpft, als ihre Späher berichtet hatten, dass sich das Heer der Toten aufgeteilt und die Marschrichtung gewechselt habe. Doch die Erleichterung währte nicht lange. Dieselben Späher berichteten auch, wie die Toten Hasfort eingenommen, die Geschütze gestohlen und ihre Reihen weiter verstärkt hatten. Kell hatte ihre erschöpfte Legion und die ehemaligen Gefangenen eine Weile rasten lassen. Sie musste die Feinde beobachten und im Grunde sogar angreifen, jedoch bestand keinerlei Aussicht, sie zu besiegen. Verluste unter den Zivilisten waren unvermeidlich, solange es ihnen nicht gelang, eine stabile Verteidigung einzurichten und die Toten aufzuhalten.

Nach dem Überfall auf Hasfort hatten die Toten sich nach Süden und Osten gewandt und waren auf den Weg zurückgekehrt, der sie letzten Endes nach Süden zur Westseite der Kaldeberge und in die Nähe der Gawberge führen würde. Außerdem marschierten sie jetzt schneller. Nicht sehr viel schneller, aber das war auch nicht nötig. Die Toten mussten nicht rasten und hielten kaum einmal an, während vor ihnen die Lebenden vor Erschöpfung zusammenbrachen.

Aus zwölf Meilen Abstand waren zehn, dann acht und dann fünf geworden. Inzwischen waren es kaum noch zwei Meilen. Da sie noch zehn Tage marschieren mussten, bis sie die zweifelhafte Sicherheit der Grenzbefestigungen von Neratharn erreichten, die berühmte Juwelenmauer, würden die Toten sie vorher einholen. Genau wie der humpelnde Ruthrar lief Kell neben ihrem Pferd. Beide hatten ihre Tiere schwer verletzten Kämpfern überlassen. Niemand sollte zurückbleiben.

Inzwischen hatten sie alle Blasen an den Füßen, ihre Beine

brannten und schmerzten. Sie hätten mindestens fünf Tage Ruhe gebraucht, um sich zu erholen, doch so viel Zeit hatten sie nicht. Der Gedanke an die vorrückenden Toten hielt jeden Legionär auf den Beinen, wie schwer er auch verletzt sein mochte. Ihr größter Antrieb war die Angst. Inzwischen ließen sie aber auch schon die Pferde im Stich.

»Hätten wir etwas anderes tun können?«, überlegte Kell. »Vom Weg abweichen, sie nach Neratharn ziehen lassen? Hätten wir sie in Hasfort angreifen sollen? Seht nur die Geschütze, die sie jetzt haben.«

»Nein«, widersprach Ruthrar. »So dürft Ihr nicht denken. Ein Angriff in Hasfort wäre Selbstmord gewesen. Sie hetzen uns, Dina. Davon sind wir alle überzeugt. Deshalb führen wir sie besser zu einem Heer statt zu schutzlosen Orten weiter im Süden.«

Kell nickte. »Ich weiß, Ihr habt recht.«

»Dennoch können wir ihnen nicht entkommen.«

»Es ist lächerlich, oder?«, sagte Kell. »Die Toten schaffen nicht mehr als zwei Meilen pro Stunde, und doch kommen sie uns immer näher.«

Ruthrar zuckte bei jedem Schritt zusammen. »Vielleicht sind sie nicht einmal so schnell. Aber damit kommen sie immer noch auf vierzig Meilen pro Tag. Kein Mensch und kein Pferd kann das lange durchhalten. Wir haben schon mehr erreicht, als ich überhaupt erwartet hätte.«

»Dennoch wird es nicht genug sein. Wir werden es nicht bis Neratharn schaffen, wenn es so weitergeht. In zwei oder spätestens drei Tagen haben sie uns eingeholt.«

»Wie nahe sind sie jetzt?«

»Spielt das noch eine Rolle?«

»Aber natürlich«, sagte Ruthrar. »Denn einige von uns müssen bis zur Grenze gelangen, um mit meinem König und Euren Offizieren zu reden. Eure Kavallerie sollte vorausreiten und sich weit genug entfernen, solange ihre Pferde sie noch tragen. Sie können auch einen anderen Weg einschlagen.«

»Sollen sie uns hier zurücklassen, damit wir sterben?«

»Das ist Eurer nicht würdig, General.«

Kell bekam Schuldgefühle. »Tut mir leid. Aber seht doch, was aus uns geworden ist. Ich bin stolz, ein Teil davon zu sein. Vor zwanzig Tagen hätten wir uns noch auf der Stelle gegenseitig getötet. Jetzt stützen Tsardonier die Estoreaner, weil wir ein gemeinsames Ziel vor Augen haben und gemeinsam stärker sind. Wenn wir aber unsere Kräfte aufteilen, verlieren wir diesen Vorteil wieder.«

»Ich glaube nicht«, widersprach Ruthrar. »Es wird eine Prüfung, aber Ihr werdet sehen, dass alle, die hier laufen und reiten, genau wissen, was auf dem Spiel steht, falls wir Neratharn nicht beizeiten erreichen und meinen König nicht warnen können. Er marschiert mit zwölftausend Kriegern, die auf Seiten der Konkordanz und nicht gegen sie kämpfen müssen. Nur dann haben wir eine Aussicht zu siegen.«

Kell nickte. »Dann müssen wir uns trennen, denn ich werde nicht meine Leute verlassen, während Ihr es tun müsst.«

»Ein anderer wird an meiner Stelle reisen.«

»Ihr seid der ranghöchste Offizier«, erwiderte Kell. »Niemand hier stellt Euren Mut und Eure Absichten infrage, doch ich kann nicht riskieren, dass unsere Botschaft bei König Khuran und den Befehlshabern der neratharnischen Verteidigung kein Gehör findet. Betet, dass Davarov überlebt hat. Dann wird die Konkordanz wenigstens nicht ihr Heil in der Flucht suchen.«

»Es wäre mir eine Ehre, neben ihm zu kämpfen.«

»Das gilt für uns alle.« Kell und Ruthrar starrten einander an. Sie war traurig darüber, dass ihre Freundschaft nur so kurz dauern sollte. »Nun? Was werdet Ihr tun?«

»Ich muss mit meinen Kriegern sprechen, wie Ihr mit Euren sprechen müsst.«

»Ich habe eine bessere Idee. Lasst uns eine Stunde lang mit doppeltem Tempo marschieren, und dann halten wir an und sprechen zusammen zu allen.«

»Ihr wisst, dass wir die Toten im offenen Kampf nicht aufhalten können. Wir sind vierhundertfünfzig, sie sind sechstausend oder mehr.«

Kell lächelte. »Das ist auch nicht meine Absicht.«

Es gab keine Proteste, als sie befahl, schneller zu marschieren. Sie behielt das Tempo bei, solange sie es wagte, und fand es sehr befriedigend, den Vorsprung vor den Feinden zu vergrößern. So empfanden auch die anderen, obwohl jeder wusste, dass sich dies rasch wieder ändern würde.

Auf einem Hügel, einem Ausläufer der Kaldeberge, ließ sie die Truppe schließlich anhalten. Von dort aus konnten sie zurückblicken und die Toten beobachten. Tausende marschierten durch das offene Gelände und hinterließen eine schwarze Spur. Es sah aus wie der Tod, und der Wind wehte ihren Gestank sogar bis hierher.

Sie vergewisserte sich, dass jeder sie sah. Die von toten Männern gezogenen Karren. Die von Toten geschobenen Geschütze. Tote Tsardonier und tote Bürger der Konkordanz. Sie schauderte, als sie daran dachte, wer sonst noch in den Reihen der Toten marschieren mochte. Die Pferde wurden von Kavalleristen versorgt, die bereits eingeweiht waren. Ruthrar und Kell sammelten unterdessen ihre Leute und wandten sich gemeinsam an sie. Zwei Stimmen, die ein und dieselbe Botschaft in Sprachen verkündeten, von denen niemand gedacht hätte, dass sie einmal in freundschaftlicher Verbundenheit erklingen würden.

»Wenn ich euch ansehe, bin ich stolzer als nach jedem unserer glorreichen Siege in der Vergangenheit, zu den Bärenkrallen zu gehören«, begann Kell.

Nur der Wind und Ruthrars Worte wetteiferten mit den ihren. Die Krallen standen neben den tsardonischen Kriegern, und es schien kindisch, sie jetzt zu trennen. Ihre eigenen Leute hielten sich etwas aufrechter, obwohl dadurch manch einer stärkere Schmerzen litt als nötig. Sie winkte ihnen.

»Setzt euch. Wir können jetzt auf Förmlichkeiten verzichten. Dies ist der Augenblick, den wir gefürchtet haben und dem wir uns jetzt stellen müssen. Wir sollten jede Gelegenheit nutzen, uns auszuruhen, und dies wird die letzte sein.« Sie holte tief Luft. »Ihr seid nicht dumm und nicht blind. Die Toten holen uns ein. In unserer jetzigen Verfassung können wir ihnen nicht bis Neratharn davonlaufen. Dennoch müssen wir dafür sorgen, dass unsere Botschaften und Wünsche dort gehört und verstanden werden. Wenn wir das nicht tun, war alles, was wir erreicht haben, vergebens. Deshalb müssen wir euch um eines bitten. Wir bitten euch, umzukehren und zu kämpfen. Nicht um zu siegen, denn das ist unmöglich. Ihr sollt euch auch nicht für nichts und wieder nichts opfern, denn das wäre unverzeihlich. Ihr sollt die Gegner aber kampfunfähig machen und schwächen, damit diejenigen, die nach uns kämpfen werden, bessere Aussichten haben.

Einige werden uns verlassen. Zwanzig Reiter nehmen Reservepferde mit, um möglichst schnell voranzukommen. Zehn von der Konkordanz und zehn Tsardonier. Ich werde bei euch stehen und mit euch kämpfen. Prosentor Ruthrar muss jedoch, wie ihr alle wisst, unsere Botschaft überbringen und weiteres sinnloses Blutvergießen verhindern, das nur unserem Feind nützen würde.«

Keine Stimme erhob sich, niemand hatte Einwände. Müde nahmen sie das Schicksal hin und waren erleichtert, dass sie nicht mehr laufen mussten. Jetzt sollten sie die Gelegenheit bekommen, wenigstens in kleinem Rahmen Rache zu üben.

»Ihr wisst, was auf uns zukommt. Sie werden uns überrollen, wenn wir uns in einer Linie vor ihnen aufstellen. Also kommt das nicht infrage. Wir werden die Toten vor eine schwierige Aufgabe stellen. Uns ist bekannt, dass sie im Tod so kämpfen, wie sie es im Leben getan haben: diszipliniert und in ordentlichen Reihen. Also werden wir uns auf kleine Scharmützel verlegen. Dringt in ihre Reihen ein, zielt auf ihre Geschütze und Wagen. Richtet so viel Schaden an, wie ihr nur könnt. Haltet sie auf, und sei es nur für eine kurze Zeit. Bringt diejenigen, die sie antreiben, zum Nachdenken. Verwirrt die Toten selbst. Denn wir haben gesehen, dass dies möglich ist. Ruft die Namen der Toten, die ihr erkennt. Und versucht nicht, wie mit Lebenden zu kämpfen, die ihr töten wollt. Macht sie kampfunfähig. Wenn jeder von euch zwei Feinde niederstreckt, bevor er selbst fällt, dann haben wir schon viel erreicht.«

Sie hielt inne. Ruthrar sprach noch, und seine Männer reagierten genauso wie Kells Kämpfer.

»Wir haben alle Angst. Wir fürchten uns davor, als einer von ihnen zu enden. In diesem Augenblick können wir nur hoffen, dass jene, die nach uns kommen, uns eines Tages in die Umarmung Gottes zurückschicken werden. Wir können beten, dass irgendwo in uns die Fähigkeit schlummert, uns zu wehren, falls wir wirklich morgen zu den wandelnden Toten gehören sollten. Ich gehe mit euch in den Tod, aber ich gehe im festen Glauben, dass ich eines Tages vor meinen Freunden stehen werde und die Klinge sinken lasse, statt sie zu erheben. Schwört euch dies und fürchtet euch nicht mehr vor eurem Schicksal. Seid ihr dabei?«

Das Gebrüll, das sich auf dem Hügel erhob, konnten nicht einmal die Toten überhören.

19

859. Zyklus Gottes, 1. Tag des Genasab

Wenn Ihr Pavel Nunan seht …«, begann Kell.

»Dann werde ich ihm sagen, dass ich neben seiner Frau geritten bin, und dass sie der tapferste, ehrenhafteste Soldat ist, den ich je kennenlernte. Dass er stolz auf sie sein kann und dass Dina Kell als diejenige in die Geschichte eingehen muss, die den ersten Schritt tat, falls zwischen unseren Völkern je Frieden herrschen soll.«

Kell errötete. »Ich wollte eigentlich nur sagen, dass er auf die Kinder aufpassen und darauf achten soll, dass sie nicht in die Legion gehen. Aber Ihr könnt natürlich hinzufügen, was Ihr wollt.«

Ruthrar lachte laut und umarmte sie unvermittelt. Sie konnte nicht anders, als die Umarmung zu erwidern. Als er sie freigab, musste er sich die Augen auswischen. Sie war nicht sicher, ob vor Weinen oder vor Lachen.

»Ich werde nie Eure Bescheidenheit und Euer ruhiges Kommando vergessen. Meine nächstgeborene Tochter wird Euren Namen tragen.«

»Eine so große Ehre verdiene ich nicht«, erwiderte sie. »Nun geht. Die Toten sind schon am Fuß des Hügels, und wir müssen Euch einen Vorsprung verschaffen.«

Er verneigte sich, drehte sich um und befahl seine Reiter zu sich.

»Dolius?«, rief Kell. »Auf ein Wort.«

»General Kell?«

»Passt gut auf ihn auf. Wenn wir dies überleben, was ich doch sehr hoffe, dann braucht die Konkordanz ihn als Verbündeten. Ich bin es leid, gegen die Tsardonier zu kämpfen, Hauptmann. Wenn ich Euch noch etwas auf den Weg geben kann, dann ist es dieser Gedanke. Wir müssen einen neuen Weg beschreiten. Die Konkordanz muss mit diesem Volk Frieden schließen. Denkt nur, was wir gemeinsam erreichen könnten.«

»Es war mir eine Ehre, unter Euch zu dienen.«

»Mein Dank gilt auch Euch, Hauptmann. Macht Euch jetzt auf den Weg.«

Es mochte tiefsinnig oder gar pompös klingen, aber wann konnte man solche Worte sonst sprechen, wenn nicht in den letzten Stunden vor dem Tod? Ihre Armee, vierhundertsiebenunddreißig Tsardonier, Legionäre und Kavalleristen der Konkordanz, sahen den abrückenden Reitern nach, den zwanzig Kämpfern, die Neratharn warnen sollten.

Tatsächlich hatten die Toten inzwischen eine kleine Anhöhe vor dem Hügel erreicht. Nur auf diesem Weg konnte das Heer überhaupt marschieren. Die hundert Pferde und die geschickten Reiter, die sich jetzt im leichten Galopp entfernten, würden Wege benutzen, auf denen die Geschütze ihnen nicht folgen konnten. Kell war zuversichtlich, dass die Toten sie nicht einholen würden.

Als sie das erste Mal gegen die Toten gekämpft hatte, war es dunkel gewesen, und sie hatte wie alle anderen große Angst gehabt. Dieses Mal war es anders. Rings um sich spürte sie nur Entschlossenheit und die Bereitschaft, das eigene Schicksal anzunehmen. Natürlich blieb die Frage, wie lange dies Bestand haben würde, wenn der Kampf erst begonnen hatte. Jedoch wollte Kell so lange wie möglich darauf bauen.

Sie winkte ihren Leuten, sich auf die Ausgangspositionen zu begeben, worauf die Kämpfer sich auf dem Hügel verteilten, den die Toten heraufkamen. Die Gegner erweckten nicht den Anschein, sie würden sich irgendwie auf die bevorstehende Schlacht einstellen. Tsardonier und die Toten der Konkordanz marschierten zu siebt nebeneinander. Die Geschütze und die paar Wagen waren von Toten umringt, und dahinter folgten noch weitere. Viele Tausend.

Kell wünschte, sie hätten Naphtalin oder sonst etwas, um ein ordentliches Feuer zu machen. Es war schon eine eigenartige Lage, in der sie sich jetzt befand. Sie hatte Robertos Entscheidung, den Vorstoß der Toten vor der Burg mit Feuer aufzuhalten, gebilligt. Jetzt aber, da sie einige wiedersehen würde, die sie kannte, und fast sicher sein musste, in ihre Reihen aufgenommen zu werden, konnte sie sich kein größeres Verbrechen vorstellen. Dennoch würde sie es bereitwillig begehen oder ihm zum Opfer fallen.

Die Toten reagierten endlich auf ihre Gegenwart. Es gab einige schwerfällige Manöver, und sie stellten sich in breiten Reihen auf. Einige machten Anstalten, an der steilen Hügelflanke emporzuklettern. Andere drängten sich um die Wagen und Geschütze.

Es wurde Zeit. Kell zog das Schwert. Den Schild hatte sie abgelegt, weil sie ihre Waffe zweihändig führen wollte. Sie nickte nach links und rechts, Hornsignale ertönten und wurden beantwortet.

»Ich wünsche uns allen viel Glück«, sagte sie. »Bleibt in der Nähe eurer Freunde und vergesst nicht, dass die Kämpfer, gegen die ihr jetzt antretet, nicht mehr die Lebenden sind, die ihr kanntet. Sie sind tot, und wir müssen sie in Gottes Umarmung zurückführen. Los jetzt.«

Eigentlich hatten sie keinen Plan, sondern nur ein paar Hoffnungen und Träume. Niemand hatte dies bisher versucht, und sie würden wahrscheinlich scheitern. Andererseits standen sie einer fünfzehnfach überlegenen Streitmacht gegenüber, in der niemand Furcht oder Schmerz empfand. Die gemeinsame Truppe der Konkordanz und Tsardonier rückte so schnell wie möglich vor. Keiner rannte, sondern sie trotteten, so gut es ging, ohne auf die Schmerzen zu achten und in der Gewissheit, dass bald alles vorbei wäre.

Kell lief in der ersten Reihe. Sie hatte eine wichtige Aufgabe übernommen, die gleich am Anfang mit großen Gefahren verbunden war.

»Bleibt bei mir, lauft erst auf meinen Befehl los.«

Hundert Soldaten der Konkordanz waren bei ihr, jeweils zehn nebeneinander. Ein einsamer Manipel, der eine Streitmacht von der Größe einer ganzen Legion oder mehr angriff. Die Toten bewegten sich jetzt etwas zielstrebiger, aber immer noch sehr unbeholfen. Kell hielt das Schwert vor sich und wechselte immer wieder den Griff.

Der Wind wehte bergauf und brachte den üblen Gestank von Tod und Verwesung mit sich. Es roch wie in einem Sumpf, oder als hätte ein ausgeweidetes Tier zehn Tage in der Sonne gelegen. Der Geruch war schockierend und schien in Nase und Hals zu haften, verstopfte die Lungen und brannte in den Augen. Blinzelnd vertrieb Kell die Tränen, die ihr die Sicht nahmen.

Die Toten näherten sich und wollten auf breiter Front angreifen. Es waren Tsardonier und Kämpfer der Konkordanz wie in ihrer eigenen Truppe, doch die Toten waren kaum voneinander zu unterscheiden. Zwanzig Tage Verwesung. Trotz allem, was Gorian dagegen tun konnte, der Verfall zeigte seine Wirkung. Gliedmaßen hingen nutzlos herab, die Haut schälte sich von den Gesichtern. Zuckende Muskeln störten den Marschtritt der Beine und verschlossen die Augen. Viele Bewegungen wirkten willkürlich, doch die Toten waren immer noch stark genug, um die Lebenden zu besiegen.

Kell spuckte aus und versuchte, den Geschmack loszuwerden und den Brechreiz zu überwinden. Sie konzentrierte sich auf die erste Reihe der Toten, schätzte die Lücken zwischen ihnen und die freien Räume an den Flanken ein. Es waren so viele, die jetzt gegen sie antraten. Erbarmungslos, unversöhnlich.

Inzwischen konnte sie Rüstungen und Abzeichen der Konkordanz erkennen, die Federbüsche der Zenturionen. Die grünen Schilde ihrer Legionäre, mit Schlamm und Unrat bedeckt. Wenn sie ausatmeten, entstanden kleine Wolken. Sporen, die der Wind verteilte. Tod und Krankheit wehten ihnen entgegen.

»Vergesst nicht eure Stärke!«, rief sie. »Seid stark und lasst mich nicht im Stich!«

Ihre Soldaten schwankten nicht. Noch nicht jedenfalls. Sie näherten sich den Toten mit der grauen, grünlichen Haut, deren Lippen und Nasen schwarz und verfault waren. Schlaff hingen die Haare herab. Alle hatten Wunden und Risse im Gesicht, an den Händen und den Beinen. Flüssigkeiten quollen heraus, die Körper schimmelten und waren voller Maden.

Trotz ihrer Warnung keuchten die erfahrenen Legionäre der Triarii und Principes, als sie in den Reihen der Toten alte Freunde erkannten. Manche riefen Namen, riefen ihren früheren Gefährten zu, sie sollten die Waffen strecken, anhalten und sich niederlegen. Auch Kell forschte nach Gesichtern, die sie kannte. Nach jemandem, den sie überzeugen konnte. Sie fand ihn, und jegliche Kraft wich aus ihren Beinen. Sie fiel auf die Knie und zeigte auf ihn.

»Pavel«, schrie sie. »Pavel! Warum hat es mir niemand gesagt?«

Sie atmete schwer. Die Toten rückten weiter vor, und ihre Kämpfer wurden unsicher, als sie hörten, wie ihr General den Verstand verlor. Jemand fasste sie an der Schulter und wollte sie wieder hochziehen.

»General, wir können jetzt nicht innehalten. Bitte!«

Durch die Tränen und den Nebel, der ihren Verstand trübte, konnte sie nicht erkennen, wer es war. Wieder schrie sie.

»Warum hat mir niemand gesagt, dass er verloren ist!«

»Kommt, General. Er ist es nicht. Schickt ihn zu Gott zurück und schenkt ihm die letzte Ruhe.«

»Nein!« Kell schüttelte die Hand ab. »Rührt ihn ja nicht an, ihr Hunde. Tut ihm nichts.«

Kell kam wieder auf die Beine und rannte los. Direkt auf ihn zu. Direkt zu Pavel Nunan, dessen Gesicht völlig erhalten geblieben war. Der ihr entgegenkam, um ihr zu sagen, dass alles in Ordnung sei. Dass ihr nichts geschehen werde, dass sie nach Estorr zurückkehren und mit ihren Kindern zusammenleben würden. Sie musste ihn nur umarmen und ihn zurückholen. Die Rufe, die sie aufhalten sollten, beachtete sie nicht. Es gab nur eines, was sie tun musste. Nur eines, das zwischen ihnen und dem Sieg stand.

»Er lebt noch!«, sagte sie. »Er lebt.«

Pavel konnte sie sehen. Natürlich konnte er das. Sie waren höchstens noch zwanzig Schritte voneinander entfernt. Er marschierte mit erhobenem Kopf auf sie zu, der Helm saß auf seinem Kopf, der Federbusch zitterte im Wind. So würde er auf dem Porträt aussehen, das sie in ihrer Villa aufhängen würden. Kell ließ das Schwert fallen und breitete die Arme aus. Sie lächelte und schluchzte vor Freude.

Dann stieß jemand sie zur Seite. Mit einem Aufschrei prallte sie auf den Boden und rollte sich ab. Hände packten sie und zerrten sie zurück. Sie schlug um sich und kreischte, konnte sich aber nicht befreien. Endlich war sie wieder frei und sah jemanden vor sich knien. Kell erkannte ihn. Er konnte nicht hier sein.

»Lasst mich zu ihm.«

»Nein. Vergesst nicht, was Ihr selbst sagtet. Das sind nicht unsere Freunde. Es sind nicht unsere Soldaten und nicht unsere Angehörigen.«

Er drückte ihr das Schwert in die Hand, sie schloss die Augen und kehrte in die Realität zurück. Sie hörte Kampfgeräusche.

»Ruthrar, was macht Ihr hier?«, fragte sie, als sie die Augen wieder öffnete und sich von ihm aufhelfen ließ.

Er stand zwischen ihr und den Toten, die fast schon zum Greifen nahe waren. Sie waren tot. Alle waren tot.

»Dolius dachte, Ihr könntet ihm begegnen, und deshalb musste ich zurückkehren.«

»Ich habe sie im Stich gelassen.« Sie konnte selbst nicht glauben, was in sie gefahren war. »Ich habe sie alle im Stich gelassen.«

»Kämpft jetzt mit ihnen«, sagte Ruthrar. »Es ist noch Zeit.«

»Ruthrar, wenn ich Euch je wiedersehe, werde ich Euch niederstrecken.«

Der tsardonische Prosentor lächelte nur und trat zur Seite.

»Gesegnet seid Ihr«, fuhr sie fort. »Ihr sollt gesegnet sein, mein Freund. Aber jetzt lauft und reitet und versagt nicht.«

Ruthrar eilte davon, und wieder stieß Kell einen lauten Schrei aus. Dieses Mal war es jedoch kein Ausdruck der Verzweiflung. Ihre Krieger waren schon überall in Kämpfe verwickelt, und der Plan hatte besser funktioniert, als sie es gehofft hatten. Statt die Toten frontal anzugreifen, wechselten die Lebenden im letzten Augenblick die Richtung, rannten vor den Toten entlang und drangen durch Lücken in deren Reihen und an den Flanken tief in den gegnerischen Verband hinein.

Von links und rechts näherten sich tsardonische und konkordantische Kämpfer den Geschützen. Die Toten waren nicht schnell genug, um auf diesen Vorstoß zu reagieren. Sie waren einfach weitergelaufen und hackten ins Leere, während sie den inzwischen verlassenen Hang hinaufmarschierten. Nur Kell stand noch vor ihnen.

»Es tut mir so leid, Pavel«, sagte sie. »Ich kann dich nicht zu Gott zurückschicken, aber ich kann dem Mann wehtun, der dir dies angetan hat.«

Damit drehte Kell sich um und rannte nach rechts. Langsam aber sicher hielten die Toten an und orientierten sich neu. Im Gedränge ertönten Schreie, als ihre Kämpfer überwältigt wurden. In tsardonischer und estoreanischer Sprache wurden Befehle gebrüllt. Der Gestank war unerträglich, doch dadurch durfte sie sich nicht stören lassen.

Vor ihr blitzte eine Schwertklinge. Instinktiv wehrte sie den Hieb mit ihrer eigenen Waffe ab. Funken flogen, als die Schwerter sich trafen. Tote graue Gesichter drehten sich in ihre Richtung, als sie zwischen ihnen entlanglief. Manche waren langsam und zogen auf dem schwierigen Boden ein Bein nach. Unter ihnen gab es jetzt nur noch Schlamm und Dreck.

Kell entfernte sich auf der rechten Seite ein paar Schritte hangaufwärts. Im Zentrum des toten Heeres herrschte das Chaos. Sie hatten ihre Marschordnung verloren, und es schien, als handelten sie unter widersprüchlichen Befehlen. Sie prallten gegeneinander, behinderten sich, taumelten, fielen sogar hin und konnten sich nicht auf das einstellen, was in ihrer Mitte geschah.

Unterdessen wussten ihre eigenen Leute den Vorteil zu nutzen. Kell stürzte sich ins Getümmel und hielt auf die toten Legionäre zu, die ihr immer noch den Rücken kehrten. Mit beiden Händen führte sie heftige Streiche gegen bloße Oberschenkel. Der Tote stürzte. Sie sprang zur Seite, als ein anderes Schwert ihr gefährlich nahe kam. Einer der Toten löste sich aus dem Durcheinander, andere folgten ihm. Kell wich dem Trupp, der sich nur schwerfällig bewegte, mühelos aus. Ihr nächstes Ziel war ein Schwertarm, den sie mit einem Hieb fast vom Körper trennte. Die Klinge glitt dem Toten aus der kraftlosen Hand, doch er näherte sich ihr weiter.

Kell zog sich einen Schritt zurück. Unvermittelt löste sich das Chaos auf, als hätte jemand eine schwere Decke auf Gräser gelegt, die aufgeregt im Wind nickten. Die Toten rückten jetzt aus allen Richtungen vor und umzingelten die Lebenden.

»Verdammt.«

Kell raste nach rechts. Einige Männer, die im Zentrum der Gegner wild um sich gehackt hatten, sahen sich nun auf einmal von Feinden umringt. Die Toten bewegten sich, nachdem sie neue Befehle erhalten hatten, schneller und zielstrebiger.

»Erledigt die Geschütze!«, rief Kell. »Zerstört sie.«

Die mindestens zwei Dutzend Wurfmaschinen waren noch gut hundert Schritte entfernt. In immer steilerem Winkel rannte sie nun den Hügel hinunter, während die Toten vorstießen und den Lebenden den Weg abzuschneiden versuchten. Direkt vor ihr durchbohrte ein Speer den Brustkorb eines völlig überraschten Tsardoniers.

Kell zertrampelte den Speer. Der Tote zog das nutzlose Ende ohne die Klinge wieder zurück. Sofort setzte Kell nach und schlug mit ihrem Schwert nach seinem ungeschützten Hals. Sein Kopf kippte nach hinten und hing auf seinem Rücken. Er machte noch zwei Schritte, stolperte hilflos und stocherte dennoch mit dem abgebrochenen Speer weiter nach ihr.

Sie schauderte. Stumm und unerbittlich griffen die Toten mit den grauen Gesichtern an. Ihr Gestank erinnerte jeden Lebenden daran, wer und was sie wirklich waren. Kell lief noch schneller. In ihren Stiefeln platzten die Blasen auf und bluteten. Sie drehte sich kurz um. Die Zahl der Lebenden schrumpfte rasch. Einige hatten jedoch mittlerweile den ersten Onager erreicht. Der Wurfarm schwang zurück und kippte zur Seite, als die Angreifer die Seile durchtrennten und die Bolzen herausschlugen. Tote umschwärmten die Lafette und gingen zum Gegenangriff über.

Zwei Männer gesellten sich zu ihr.

»Wir verlieren, General«, sagte einer. »Die Ersten laufen schon weg.«

»Folgt ihnen, wenn ihr wollt. Ich will aber wenigstens ein Katapult mitnehmen.«

»Deshalb sind wir hier.«

»Gut. Der Allwissende wird euch nicht vergessen.«

Sie deckten ihre linke Flanke, traten und schlugen mit den Klingen zu und stießen mit den Schilden, um sich einen Weg zu bahnen. Drei weitere Gruppen griffen die Onager und Ballisten an, wo die Reihen der Verteidiger bereits ausgedünnt waren. Es handelte sich vor allem um Tsardonier, zwischen denen einige Legionäre der Konkordanz kämpften.

»Angriff!«, rief sie. »Wir wollen unseren Freunden helfen.«

Zwischen ihr und dem Holzgerüst standen vier Reihen tief die toten Verteidiger. Einige versuchten sogar schon, die Geschütze in Sicherheit zu bringen. Das war die Gelegenheit, auf die sie gewartet hatte. Von ihren beiden Legionären geschützt, trieb sie ihre Klinge einem toten Tsardonier ins Gesicht und stieß ihn zur Seite. Dann duckte sie sich unter einem Schwerthieb hinweg und versetzte einem zweiten Mann eine tiefe Schnittwunde, aus der sofort die Därme quollen. Kell würgte und sprang über das Gewirr hinweg, als die Innereien auf den Boden fielen. Dabei stieß sie gegen einen dritten Toten, der schon die Klinge zum Streich erhoben hatte. Er taumelte jedoch zurück, und jemand hackte ihm von oben den Schwertarm ab.

Hände streckten sich ihr entgegen und zogen sie aufs Gestell des Onagers. Gleich darauf drehte sie sich schon wieder um und versetzte einem Toten einen Tritt vor den Kopf, als dieser ihre beiden Legionäre angreifen wollte, die noch unten waren.

»Nehmt euch die Gegner an der Deichsel vor. Das Ding muss stehen bleiben.«

Sie lief nach vorn. Die Toten, die das Geschütz zogen, waren verwundbar. Sie sprang zwischen zwei Reihen hinab und schlug immer und immer wieder zu, als wollte sie ein Kornfeld mähen. Mühelos durchdrang ihre Schwertschneide Lederstiefel, nackte Haut und Beinschienen. Die Toten kippten in alle Richtungen um. Sie trennte Füße von den Unterschenkeln ab, zerschnitt Beinsehnen und zerstörte Kniekehlen. Der Onager wurde langsamer. Die Toten, die gestürzt waren, drehten sich um und wollten sie herabziehen.

»Kopf runter!«, rief jemand.

Kell gehorchte sofort. Der Wurfarm des Onagers sauste nach oben, sodass die ganze Lafette bebte. Dann sprang die Kämpferin sofort wieder hoch, packte das Seil, das den Arm am Rahmen festhielt, und zog sich wieder hinauf. Ohne sich eine Pause zu gönnen, unterstützte Kell die beiden Soldaten, die auf die Seile und Scharniere einhackten. Zehn Männer standen unterdessen außen und hielten die herandrängenden Toten ab. Der folgende Onager prallte gegen den, auf dem sie standen, und räumte dabei einige Feinde aus dem Weg.

Ein letzter Hieb, und der Wurfarm löste sich endgültig, kippte nach links und begrub zahlreiche Tote unter sich. Die Wurfschale zerschmetterte den Kopf eines ehemaligen tsardonischen Kriegers.

»Zurück, zurück!«

Kell führte ihre Männer nach hinten bis zum Joch des folgenden Katapults. Dabei ignorierte sie die Toten, die es zogen, und konzentrierte sich auf die anderen, die sich in größerer Zahl dahinter sammelten. Weitere Tote stiegen schon auf das dritte Katapult und bildeten eine massive Abwehr. Sie setzte einen Fuß auf den Holzrahmen, trat mit dem anderen zu und traf die Brust eines Gegners. Mit einem üblen Knacken drang ihre Stiefelspitze tief in den Brustkorb ein. Der Tote fiel zurück.

»Verdammt«, keuchte sie.

Kells Fuß steckte fest. Sie ruderte mit den Armen, gefährdete mit ihrem Schwert eher die eigenen Männer als die Gegner und lehnte sich zurück. Jemand packte sie, und endlich konnte sie den Fuß befreien. Sie landete auf dem Hinterteil, doch sie hatte keine Zeit, sich auszuruhen. Die Toten griffen nach ihr. Sie hackte Finger und Köpfe ab, während sie sich wieder aufrappelte. Einer ihrer Männer bekam einen Stich in die Wade. Er brach schreiend zusammen, und sofort senkten sich vier weitere Klingen. Er kippte vom Gestell herunter.

»Los, wir wollen noch dieses Geschütz hier erledigen. Haltet sie nur ab, ihr müsst sie nicht ausschalten.«

Kell lief auf der Lafette nach hinten. Ein Toter wollte hinaufsteigen, andere folgten ihm. Er starrte sie mit trüben Augen und schlaffem grauem Gesicht an. Auch bei ihm schälte sich schon die Haut ab. Kell schluckte und kämpfte ihre Abscheu nieder. Als er einen Schritt machte und mit dem Gladius zuschlug, duckte Kell sich. Die Klinge fuhr über ihrem Kopf vorbei, der Tote verlor das Gleichgewicht. Kell richtete sich wieder auf und versetzte ihm einen Stoß gegen den Rücken, damit er auf die anderen Toten hinabfiel.

Zwei Tsardonier rannten an ihr vorbei und griffen wie die Wilden die Toten an, die sich hinter dem Onager drängten. Schlag auf Schlag ließen sie auf Köpfe, Schultern, Arme und Beine los. Blut spritzte hoch. Kell ergriff die Gelegenheit, drehte sich um und hackte auf das Seil ein, das den Wurfarm des Onagers unten hielt. Es teilte sich unter ihrer Klinge, der Arm schwang hoch.

»Aufpassen!«, rief sie.

Das Seil entrollte sich von der Winde, der Arm sauste an ihr vorbei und prallte gegen das Widerlager. Der ganze Onager machte einen Satz. Die Lebenden hatten sich festgehalten, die Toten traf es unvorbereitet. Die beiden Tsardonier vor ihr nahmen ihren Angriff wieder auf. Kell sah sich um. Immer noch hackten Tsardonier und Legionäre auf die Seile ein, bis der Arm nach rechts kippte.

Weitere Tote wurden zerschmettert, doch gegen diesen Ansturm konnten die Lebenden nicht mehr viel ausrichten. Zahllose Hände griffen nach den Füßen der Lebenden und zerrten sie in die Masse hinab.

»Weg von den Rändern!«, rief Kell. »Zieht euch zurück, und dann gehen wir das nächste Geschütz an.«

Vor ihr fiel einer der Tsardonier. Hände packten seine Fußgelenke, und sein Landsmann ließ von seinem Gegner ab und schlug nach den Toten, die seinen Gefährten angriffen. Ein Toter stach von der Seite zu, doch Kell sprang vor und lenkte die Klinge ab. Der Tsardonier erwiderte ihren Blick, nickte und winkte sie weiter.

Kell wich drei Schritte zurück, nahm Anlauf und sprang über die kurze Lücke bis zum nächsten Onager. Drei Lafetten weiter vorn hatten ihre Kämpfer bereits zwei Ballisten zerstört, doch die Toten drängten sich um sie. Lange konnten sich die Lebenden nicht mehr halten. Kell balancierte über das Joch des Onagers, auf dem sich die Feinde drängten. Kell hielt inne und leckte sich über die Lippen.

Sie stand in einem Meer von Toten auf einer Insel, die bald von der Flut überspült werden würde. Es war ein höchst seltsamer Anblick. Die Toten umringten die Geschütze, und alle, die noch laufen konnten, hatten kehrtgemacht. Ihr Vormarsch geriet ins Stocken, während sie sich mit dem Feind in ihrer Mitte befassten. Die Lebenden waren wie ein Krebsgeschwür, das herausgeschnitten werden musste.

Zahllose Hände griffen nach ihren Beinen. Sie sah kaum noch hin, ließ die Klinge herabsausen und spürte, wie sie Hände und Finger traf. Kell stieg auf die Lafette hinauf. Andere begleiteten sie. Ein Tsardonier schob sich an ihr vorbei, griff sofort an und nutzte sein beträchtliches Gewicht, um einige Tote vom Onager zu werfen. Zwei Legionäre der Konkordanz folgten seinem Beispiel mit erhobenen Schilden; sie prügelten, stießen und drückten, um Platz zu schaffen.

Voraus splitterten die Ballisten unter den Schlägen ihrer Kämpfer. Weiter kamen sie nicht, sie kreischten und wurden überwältigt, vom zerbrochenen Holz gezerrt und getötet. Kell sprach ein stummes Gebet, obwohl sie wusste, dass Gott nicht lauschte. Nicht hier draußen. Sie lief weiter auf dem Gerüst entlang.

Die Soldaten standen einer dicht gedrängten Masse von Feinden gegenüber. Sie kamen von allen Seiten und umringten die Lafette des Onagers. Der Tsardonier bekam einen Stich in den Bauch und wurde herumgeworfen, das Blut spritzte aus seinem Mund. Auch im Tod hatte er noch den Mut und die Geistesgegenwart, ihr zuzunicken. Kell antwortete auf die gleiche Weise. Vor ihrem inneren Auge sah sie Pavel, aber nicht etwa lachend und gesund, sondern verwest, mit stumpfen Augen, Entzündungen und Wunden im Gesicht und voller Maden, die sich auf ihm wanden.

Nun war es mit Kells Gelassenheit vorbei. Sie hackte immer wieder auf den Kopf eines Toten ein, der die Abzeichen der Miliz von Hasfort trug. Ihr Ansturm warf den Toten zurück, sie taumelte kurz, fing sich wieder und versetzte ihm einen Tritt vor die Brust. Jetzt flog er zurück und riss zwei andere mit sich vom Onager herunter.

»Nehmt euch die Wurfschale vor«, sagte Kell. »Ich trenne die Halteseile.«

»Ja, General.«

Sie konnten sich leicht verständigen, denn die Toten kämpften stumm. Kell schauderte und drehte sich um. Wieder kletterten die Toten auf das Gestell. Sie rannte hinüber, drängte einen mit der Schulter ab und schlug mit dem Schwert nach den Beinen eines anderen. Der Verwesungsgestank war überwältigend. Aus dem Mund eines Mannes, dessen Kehle sie durchtrennt hatte, kam eine Wolke von Sporen. Mit einem Tritt zerschmetterte sie die Kniescheibe eines anderen Angreifers, der einmal Ingenieur gewesen war. Mit stumpfen Augen sah er sie an, ehe er zur Seite umfiel und von der Maschine stürzte.

»General!«

Gewandt wich Kell einen Schritt nach links aus. Der Arm des Onagers sauste hoch, erwischte zwei Tote und schleuderte sie einige Dutzend Schritte weit in die Menge, die sich um das Geschütz drängte. Sie wollte ihren Männern gratulieren, doch sie waren verschwunden, in der Woge untergegangen. Kell schlug dreimal rasch zu, während unzählige Hände sie herabzureißen drohten und immer mehr Tote auf das Gestell kletterten. Mit ihrer scharfen Klinge durchtrennte sie das Seil. Wieder ein Geschütz ausgeschaltet, wieder ein Wurfarm, der Tote unter sich begrub, zerschmetterte und kampfunfähig machte.

Kell hob den Kopf und sah sich um. Sie war allein. Alle ihre Leute waren entweder tot oder geflohen. Trotzig richtete sie sich auf. Am Hang des Hügels lief ein Mann mit einem Knaben entlang. Sie waren höchstens fünfzig Schritte entfernt und doch unerreichbar wie ferne Erinnerungen. Ihre Gesichter strahlten gesund und rosa. Oder jedenfalls das des Jungen. Der Mann ging ein wenig unsicher und stützte sich auf die Schulter des Knaben. Andere Männer folgten den beiden. Es waren drei – der Kleidung nach Tsardonier, aber keine Krieger.

Ein Schwerthieb traf Kells Wade. Sie stolperte, stürzte jedoch nicht. Es war zu spät, um sich zu wehren. Zu spät, um noch mehr als das zu tun, was sie schon erreicht hatte. Der lebende Feind betrachtete sie. Sie hob das Schwert und zielte mit der Spitze auf ihn.

»Du bist erkannt«, sagte sie und wusste, dass er sie verstand, denn es gab keinen Lärm, der stören konnte. »Du wirst besiegt werden.«

Eine weitere Klinge fuhr unter ihren Brustharnisch. Eine sengende Hitze und ein unerträglicher Schmerz durchfluteten sie. Kell schauderte, als das Blut aus ihrem Körper schoss. Sie war schwach, versuchte aber immer noch, das Gleichgewicht zu halten.

»Komm zu mir, komm mit uns und freue dich«, sagte der Mann.

»Mit dir werde ich niemals gehen«, erwiderte Kell.

Noch hatte sie genug Kraft in sich. Sie hob die Klinge, streckte das rechte Bein und trieb die Klinge durch ihr Fußgelenk. Als es um sie dunkel wurde, betete sie, es sei genug.

»Ich höre dich, Pavel«, sagte sie. »Ich bin hier.«

20

859. Zyklus Gottes,
1. Tag des Genasab

Dreihundertachtundfünfzig waren gestorben. Doppelt so viele waren verletzt, und das war nur die Anzahl, von der die Ärzte im Palast wussten. Niemand konnte sagen, wie viele ihre Wunden hatten in der Stadt versorgen lassen. Es war ein vernichtendes Werk gewesen. Vasselis konnte nur bedauern, dass er dies nie auf dem Schlachtfeld gesehen hatte.

Die Ereignisse der Tage nach der Katastrophe waren völlig vorhersehbar gewesen. Gesteris hatte zwar der Advokatin seine Unterstützung entzogen, aber dennoch unermüdlich mit Elise Kastenas zusammengearbeitet, um den Palast in eine Festung zu verwandeln. Inzwischen standen Onager im Innenhof und den Gärten, die von Mauern geschützt waren. Die Soldaten hatten Ballisten und Skorpione aus den Lagern geholt und auf den Wällen und Türmen montiert. Gesteris hätte nie gedacht, dort einmal solche Waffen zu sehen. Gardisten, Legionäre und Milizen hatten Verteidigungsmanöver eingeübt.

Es hätte schon ein ganzes Heer gebraucht, um die Advokatin und die Menschen im Palast zu gefährden.

Draußen sammelten sich unterdessen die Gottesritter. Schwer zu sagen, ob es ein waghalsiges politisches Manöver oder echte Betroffenheit war, doch es war gewiss eine hässliche Entwicklung und auf jeden Fall eine Belagerung.

Vasselis hielt sich wie häufig in der letzten Zeit in den Prunkräumen auf. Von dort aus hatte er einen unvergleichlichen Blick auf das Siegestor, dessen Name nach allem, was sich unlängst in seinem Schatten abgespielt hatte, einen unschönen Beiklang bekommen hatte. Der Platz dahinter hatte sich inzwischen in einen Bereich verwandelt, in dem Wasser- und Essensrationen ausgegeben wurden. Er selbst hatte die Aufsicht über diese heikle Aufgabe übernommen.

Estorr war verloren, die Advokatur hatte keine Kontrolle mehr über die Stadt, der Orden hatte jetzt das Sagen. Die Bürger waren nicht wieder vor dem Tor aufgetaucht, um ihrem Unmut über die Ereignisse Luft zu machen. Dafür sorgte schon ihre Angst. Doch sie hatten ihre Wut in der ganzen Stadt ausgelassen. Drei Tage lang hatten sich die Unruhen hingezogen, bis der Orden am Morgen eingeschritten war und die Menschen zu weniger zerstörerischen Protesten bewegt hatte. Allerdings hatten die Priester entgegen Vasselis' dringender Bitte nicht mit der Evakuierung begonnen. Sie konnten oder wollten es immer noch nicht glauben, und die Bürger folgten ihnen blind.

Vasselis und Gesteris hatten aus dem oberen Stockwerk des Palasts zugeschaut, wie alle Geschäfte und Werkstätten in der Nähe der Advokatur in Flammen aufgegangen waren. Die wenigen Unterstützer der Advokatur waren aus der Stadt vertrieben worden, zum Hügel geflohen oder tot. Es war nichts anderes als eine Hexenjagd, und die Advokatur hatte nicht die Macht, dies zu unterbinden.

Nur in den ersten Stunden unmittelbar nach dem verhängnisvollen Werk hatten sich einige Getreue in die Stadt gewagt. Da Herine unfähig oder nicht willens war, irgendwelche Entscheidungen zu treffen, hatten die militärisch geschulten Mitarbeiter eingegriffen und alles auf den Hügel geschafft, was notwendig und leicht greifbar war. Vorräte, Waffen, gefährdete Menschen, Stadtwächter. Jedes Gefäß, das sich im Palast hatte finden lassen, war mit Wasser gefüllt. Wie Gesteris richtig vorhergesagt hatte, wurde die Wasserversorgung am ersten Nachmittag des Genasab unterbrochen.

In der Akademie war alles ruhig. Die Aufgestiegenen hatten sich nach jenem schrecklichen Abend nicht mehr blicken lassen. Petrevius und Mina waren untröstlich, Yola war trotzig. Vasselis mochte nicht, was er in ihr entdeckte. Hesther war wütend auf Herine, die den verhängnisvollen Befehl erteilt hatte, und fragte sich unablässig, warum das Werk einen so schrecklichen Ausgang genommen hatte. Vasselis wusste, wie sie sich fühlte.

Der einzige Segen in dem riesigen Durcheinander war die Tatsache, dass die Bürger die Quarantäneflaggen noch nicht bemerkt hatten. Bisher war ihr Zorn nicht von Panik bestimmt. Die von den Aufständischen gelegten Brände waren gelöscht, und der Orden hatte wirkungsvoll, wenngleich nicht eben gerecht oder mit lauteren Motiven, für Ruhe gesorgt. Vasselis wusste jedoch genau, dass sich dies jederzeit wieder ändern konnte. Was dann kommen mochte, wagte er sich nicht auszumalen.

Hinter ihm öffnete sich die Tür, worauf sich acht Köpfe herumdrehten und ebenso viele Augenpaare die Advokatin beobachteten, die unsicher und von Tuline gestützt den Raum betrat. Beide wirkten erschöpft. Herine sah sogar krank aus, und trotz seines Zorns machte Vasselis sich Sorgen. Die sieben Verwaltungsbeamten steckten die Köpfe sofort wieder in ihre Akten und Listen. Vasselis wartete, bis die beiden Frauen den großen Tisch umrundet hatten und auf den Balkon getreten waren.

»Gibt es hier überhaupt noch jemanden, der mich unterstützt?«

Herines Stimme klang heiser und keuchend. Ihre Augen waren blutunterlaufen, und ihre Finger und Lippen zitterten. Auch Tuline war verzweifelt und hilflos.

»Gott umfange mich, Herine, schau dich nur an«, sagte Vasselis.

Er suchte einen freien Stuhl und brachte ihn zum Balkon, doch Herine winkte ab.

»Ich bin keine Invalidin, Arvan«, antwortete sie. »Nun?«

In ihren Augen lag nur noch ein Abglanz der früheren Kraft. Vasselis seufzte. Binnen drei Tagen war sie um ein Jahrzehnt gealtert, und die Folgen ihrer Befehle lasteten auf ihr wie eine Decke aus Stein.

»Was soll ich sagen, Herine? Jeder in diesem Gebäude glaubt noch an die Advokatur und wird bis zum letzten Atemzug kämpfen, um sie vor der Vernichtung durch den Orden zu bewahren.«

»Das ist aber nicht unbedingt eine Antwort auf meine Frage, nicht wahr?«

»Eine bessere Antwort wirst du im Augenblick nicht bekommen.«

Herine gab sich nickend damit zufrieden. Vasselis fand immer noch kein Mitgefühl in sich. Das überraschte ihn selbst, aber verstellen konnte er sich auch nicht. Er hätte entschiedener Stellung beziehen müssen, denn wenn man es genau betrachtete, hatte sie gegen alles verstoßen, was sie zum Prinzip ihrer Regentschaft erklärt hatte. Die Advokatin hatte ihr eigenes Volk angegriffen. Natürlich hatte sie nicht mit diesen Folgen gerechnet, aber sie hatte die Entscheidung getroffen und musste sich den Konsequenzen stellen. Sie hatte alle Ratschläge ihrer Vertrauten in den Wind geschlagen.

»Ich bin verloren«, sagte sie auf einmal unvermittelt. Sie tastete nach dem Stuhl und setzte sich. Tuline musste sie stützen. »Ich werde das nicht überleben, Arvan. Es ist vorbei.«

»Das ist aber eine kühne Behauptung, meine Advokatin«, erwiderte er. »Sicher, es war ein harter Schlag, aber deine Leistungen überragen deine Fehler bei weitem.«

»Wirklich? Ganz sicher? Wie wird man mich in den Geschichtsbüchern beschreiben? Wird man erwähnen, dass ich den Ansturm der Tsardonier aufgehalten und Dornos, Atreska und Bahkir in die Konkordanz eingegliedert habe? Dass unter meiner Regentschaft die Konkordanz aufgeblüht ist wie noch nie? Oder wird man berichten, dass Herine Del Aglios die Beherrschung verloren und gleich vor ihrem Amtssitz Hunderte von Bürgern abgeschlachtet hat? Dass sie Menschen unterstützte, die in den Augen der Mehrheit des Volks und der Glaubenshüter böse sind, und in einem Ausbruch kleinlicher Rachegelüste dieses Böse auf die Bürger losgelassen hat?«

Herine wirkte so klein und hilflos, wie sie da saß. Ihre Lebenskraft war dahin, ihre Wangen waren eingefallen, und die dunklen Ringe unter den Augen waren riesig.

»Ich verdiene es nicht, diese großartige Konkordanz zu regieren«, sagte sie. Tränen rannen ihr übers Gesicht. »Ich bin der Liebe meiner Bürger nicht würdig. Ich bin eine Schande für jeden, der jetzt noch zu mir steht.«

Vasselis kniete vor ihr nieder und legte die Arme auf die Lehnen ihres Stuhls.

»Ja, du hast einen Fehler begangen«, sagte er. »Ist es das, was du hören willst? Du hast einen riesigen Fehler begangen, und die Bürger der Stadt sind böse und verbittert und beschimpfen dich. Das ist ein gewaltiger Rückschlag. Doch du bist Herine Del Aglios, die Advokatin der Estoreanischen Konkordanz. Du wirst und darfst nicht aufgeben.

Da draußen hinter den Mauern sind Menschen, die uns nicht glauben wollen, aber wir wissen, welche Bedrohung sich der Konkordanz nähert. Wir kennen seinen Namen und dürfen nicht zaudern. Wir dürfen nicht nachlässig werden. Deine Söhne sind da draußen und verteidigen uns alle. Dich, den Orden, die Bürger dieser Stadt und die ganze Konkordanz. Ich bin wütend auf dich, Herine, und ich weiß heute vielleicht nicht, was ich überhaupt für dich empfinde, aber du bist immer noch meine Advokatin. Ich, Arvan Vasselis, stehe treu zur Advokatur und werde mich nicht abwenden. Ganz sicher nicht.«

Herine legte ihm eine Hand auf die Wange, auf der ein kräftiger Bart gesprossen war, der dringend getrimmt werden musste.

»Lieber Arvan, nie verzagst du, immer stellst du dich den Aufgaben. Warum sitzt du nicht auf dem Thron?«

»Weil ich keinen Nachfolger habe. Und weil ich der Dynastie der Del Aglios die Treue geschworen habe. Ich habe nicht den Wunsch, die Konkordanz zu regieren.«

»Aber du hast die Fähigkeit. Dein Volk in Caraduk liebt dich. Auch die Konkordanz würde dich lieben.«

»Dazu wird es nie kommen. Roberto wird dir nachfolgen, und wenn ich dann noch lebe, werde ich auch ihm den Treueid schwören.«

Herine lächelte. »Ich wünschte, mein Sohn wäre hier.«

Vasselis stand auf und biss sich auf die Zunge, um ihr nicht spontan zuzustimmen. Als er sich einige Schritte entfernte, folgte Tuline ihm.

»Gott umfange mich, aber ich bin froh, dass sie Euch hat«, sagte Vasselis zu ihr. »Ihr habt die Kraft der Del Aglios in Euch, die ich nicht immer aufbieten kann.«

Tuline war ein jugendliches und schönes Ebenbild ihrer Mutter. Sie trug eine strahlend weiße Toga und hatte sich die Haare hinter dem Kopf mit goldenen Bändern zusammengebunden, sodass ihr anmutiger Hals frei blieb. In ihren Augen funkelte die Leidenschaft, und selbst jetzt, am Rande des Abgrunds, vermochte sie noch eine natürliche Autorität auszustrahlen. Innerlich war sie sicher am Boden zerstört.

»Ihr müsst ihr helfen«, sagte Tuline. »Es gefällt mir nicht, wie sie manchmal redet. Auch gerade eben wieder. Es ist, als sei jemand anders in ihren Körper gefahren.«

Vasselis blickte zu Herine, die jetzt, das Kinn knapp über der Balustrade, vom Balkon hinunterschaute. So konnte sie nicht viel erkennen, aber das war vermutlich auch gut so.

»Was soll ich tun?«, fragte er und deutete nach draußen. »Seht es Euch an. Da unten liegt die Macht. Sie müssen sich nur noch entschließen, sie auch zu gebrauchen.«

Tuline blickte hinaus. Zwei Legionen der Gottesritter hatten den Palast umstellt. Auf dem Vorplatz waren Infanteristen und Kavalleristen versammelt, weiter hinten waren Bogenschützen angetreten. Noch weiter hinten auf der Prachtstraße standen Geschütze. Es war, soweit es der beengte Raum zuließ, eine klassische Schlachtaufstellung. Horst Vennegoor war ein erfahrener Kämpfer. Er hatte viele Schlachten geschlagen und noch nie verloren.

»Sie sollten doch besser die Konkordanz gegen die Feinde verteidigen«, sagte Tuline.

Vasselis seufzte, was er in der letzten Zeit recht häufig getan hatte. »Tuline, sie glauben, genau das zu tun.«

Die *Ocetarus* machte mit einer steifen Brise im Rücken gute Fahrt. Auf Deck ließ Kashilli die Ocenii mit eigenartigen Waffen üben. Gladius und Kurzschwert und auch die langen Messer hatten sie abgelegt. Selbst auf die großen und kleinen Schilde mussten sie verzichten. Vielmehr schwangen sie jetzt Vorschlaghämmer, Schmiedehämmer, Holzfälleräxte und sogar zwei Scharfrichterklingen aus dem Palastmuseum.

Als die Toten endlich niedergestreckt waren, hatte Iliev befohlen, die Leichen im Garten zu verbrennen. Vom riesigen Scheiterhaufen war eine erstickende schwarze Aschewolke in den Himmel gestiegen, die man Hunderte Meilen weit hatte sehen können. Dies unterstützte die Botschaft der Quarantäneflaggen, die an jedem Mast hingen, und es war hoffentlich auch ein Zeichen an die Feinde, die noch lange nicht gesiegt hatten. Eines Tages würde er zurückkehren und die Insel für befreit erklären. Eines Tages, wenn alle Toten auf dem Meeresgrund lagen.

Iliev hatte sich mit drei weiteren Triremen zusammengetan, die an der Nordspitze der Insel und an den Lanzen des Ocetarus patrouillierten. Flaggen und Brieftauben brachten Neuigkeiten über die tsardonischen Schiffe, die Hunderte Meilen entfernt an der gesternischen Küste unterwegs waren. Flüchtlinge stachen in großer Zahl von Byscar aus in See, und jedes Boot musste überprüft und abgefertigt werden, ehe es Kurs auf die Ostküste von Estorea oder nach Caraduk im Süden setzen durfte.

Das Netz war dicht gewoben, aber dem Zerreißen nahe. Iliev war sich bewusst, dass eine große feindliche Flotte die Abwehr durchbrechen konnte, vertraute andererseits aber darauf, dass sein ausgeklügeltes Signalsystem ihn rechtzeitig warnen würde. Jeder kannte die Befehle und die Positionen, die vor den wichtigsten Häfen im Tirronischen Meer einzunehmen waren. Nun lag alles in den Händen seiner Trierarchen und Kapitäne.

Die *Ocetanas* führte die vier Schiffe an, die allesamt Spornkorsaren der Ocenii am Heck verstaut hatten, als sie drei unbekannte Triremen verfolgten. Sie schlossen rasch auf. Die fremden Kapitäne wussten den Wind nicht richtig zu nutzen, und er bemerkte, dass die Ruderschläge mitunter sogar gegen den Zug der Segel ankämpften. Es schien, als stünden die Schiffe unter dem Befehl unfähiger Kommandanten. Nach Ilievs Einschätzung waren sie damit Feinde. Tote Feinde.

Sie waren noch eine Meile entfernt. Es war Zeit, eine Entscheidung zu treffen. Im Heck des Flaggschiffs war der Blasebalg montiert, mit dem sie feindliche Schiffe mit Naphtalin beschießen konnten. Allerdings war ihr Vorrat begrenzt, und Iliev wollte die Munition nicht auf einzelne Feinde verschwenden, wenn sie nach wie vor mit einer großen Flotte von Totenschiffen rechnen mussten. Andererseits gewannen sie möglicherweise wertvolle Informationen, wenn sie herausfanden, wie die Toten auf Feuer an Bord reagierten.

Iliev sah sich auf dem Deck um, als Kashilli vor Lachen brüllte und einen Schmiedehammer auf eine Barrikade aus alten Brettern und zwei leeren Fässern donnerte. Der Hammer ging glatt hindurch, worauf Kashilli zufrieden grunzte.

»Bringt mir ein paar Tote, Käpten«, rief er, als er Ilievs Blick bemerkte.

Die Entscheidung war gefallen. Iliev wandte sich an den Kapitän des Flaggschiffs.

»Signalisiert der Patrouille, dass sie die Ocenii zu Wasser lassen sollen. Unsere Triremen halten sich zurück. Außerdem machen wir für alle Fälle den Blasebalg bereit.«

»Ja, Admiral.«

»Kashilli! Kommando Sieben zum Heck. Die Dünung ist nicht stark, Matrosen an die Ruderpinne, den Rammsporn hoch.«

»Sieben!«, brüllte Kashilli. Sein Kommando erschreckte sogar noch die Vögel, die hoch droben flogen. »Ihr habt den Befehl des Käptens gehört. Setzt euch in Bewegung.«

Das Siebte Kommando der Ocenii schnappte sich die Waffen und rannte zum Heck. An den Tauen des Spornkorsaren standen schon die Matrosen bereit, um das Boot zu Wasser zu lassen.

»Geradeaus«, sagte Iliev, »auf Position, und taucht den Rammsporn nicht ein.«

Iliev sah ihnen zu, wie sie die Leiter hinabkletterten und auf dem Korsaren, der sich leise in seinen Seilen wiegte, ihre Plätze einnahmen. Dann drehte Iliev sich zu den Matrosen um, die sich auf Deck abmühen mussten.

»Lasst sie auf meinen Befehl behutsam sinken.«

»Ja, Admiral.«

Iliev nickte dem Kapitän zu und stieg als Letzter die Leiter hinunter, um sich zu den Matrosen im Heck zu gesellen. Sofort legte er die Hand auf die Ruderpinne.

»Wassern.«

Der Spornkorsar glitt sachte nach unten, während das Ruderblatt des Mutterschiffs umklappte, weil der Kapitän ihnen an Steuerbord Platz verschaffen wollte. Dieses Manöver hatten sie so oft geprobt, dass sie es sogar bei voller Rudergeschwindigkeit von fünfzehn Knoten durchführen konnten.

Das Boot prallte aufs Wasser, sie lösten das Seil am Bug, hielten sich an den Haken am Heck der Trireme fest und drückten den Bug des Spornkorsaren herum. Dann lösten sie auch das hintere Tau.

»Steuerbordruder bereit. Eintauchen, einen Schlag. Vom Schiff absetzen.«

Der Korsar entfernte sich vom Heck der Trireme.

»Steuerbordruder bereit, wir wollen aus dem Kielwasser herauskommen.«

Mit den Händen zogen sie das Boot weiter herum.

»Steuerbordruder, eintauchen, einen Schlag. Loslassen.«

Der Spornkorsar schwang herum, glitt am Steuerruder des Mutterschiffs vorbei und erreichte das offene Wasser. Iliev hielt die Ruderpinne fest.

»Alle Ruder eintauchen, dreißig Schlag. An die Arbeit, Leute.«

Die Mannschaft des Flaggschiffs jubelte ihnen zu, als sie vorbeischossen und auf die Totenschiffe zuhielten. Iliev blieb noch etwas

Zeit, zwei Gedanken nachzuhängen, während sie rasch aufschlossen. Zuerst einmal war es seltsam, dass drei Totenschiffe allein segelten, wenn man bedachte, wie die Toten zusammengehalten wurden und wie sie dadurch stärker wurden. Zweitens waren die Ocenii lange nicht mehr in Kämpfe verwickelt gewesen.

»Vierzig Schlag, falls ihr das schafft. Ist lange her, Männer.«

»Alles klar, Käpten.«

Kashilli führte die Kämpfer im Spornkorsaren nach vorn, um den Rammsporn etwas zu senken, den Rumpf auszubalancieren und das Tempo zu erhöhen. Der große Soldat brüllte die Ruderer an, verspottete sie als Weichlinge und verhöhnte ihre kraftlosen Ruderschläge.

»Zu viel Ruhe, und ihr setzt Speck an den Armen an, ihr Hunde. Seht euch nur an, das könnte ich besser. Kommt schon, lasst mich ans Ruder.«

Sie reagierten, und der Schlagmann trieb sie an, bis sie die geforderten vierzig Schläge erreichten.

»Der Erste, der an Deck geht, darf sich über mich lustig machen, dass ich es nicht einmal schaffe, einen Schädel in einem Mühlteich zu versenken.«

Sie brüllten vor Lachen, dass es weit übers offene Wasser hallte. Iliev richtete den Spornkorsaren auf das vordere Schiff aus.

»Kommt sofort zur Sache«, ermahnte er seine Leute. »Sichert die Luken, säubert das Deck. Arbeitet mit Flammen und Rauch und genießt den Kampf. Wir sind wieder im Geschäft.«

Wieder ertönten Jubelrufe. Der Spornkorsar sauste über das Wasser und schnitt durch die leichte Dünung. Die Ruder tauchten ein, verdrängten das Wasser, hoben sich und kehrten in die Ausgangsposition zurück. Vor ihnen liefen die Totenschiffe mit kaum mehr als fünf Knoten. Die Segel fingen den Wind nicht richtig ein, die Ruder prallten gegeneinander und behinderten sich gegenseitig. Es war ein erbärmliches Bild. Vielleicht konnten die Toten noch kämpfen, aber Iliev war froh, dass sie sich gewiss nicht als Matrosen bezeichnen durften. Der Spornkorsar flog jetzt mit mehr als zwanzig Knoten dahin und beschleunigte sogar noch.

»Hört Ihr das, Käpten?«

»Was denn, Kash?«

»Genau das meine ich. Keine Trommel. Kein Wunder, dass sie sich so anstellen.«

Iliev schüttelte den Kopf. Der Spornkorsar des Siebten überholte gerade die hinterste Trireme. Iliev und seine Matrosen warfen einen Blick aufs Deck. Es war nicht voll besetzt. Einer an der Ruderpinne und viel zu wenig Takler. Keiner warf einen Blick zu den Ocenii, die gerade vorbeirauschten. Alle Ruder waren ins Wasser getaucht. Eine unbekannte Anzahl von Toten wartete unter Deck auf die Landung.

Iliev drehte sich um und gab dem Dritten Kommando ein Zeichen, mit ihrem Spornkorsaren dieses Schiff anzugreifen. Die Kommandos Neun und Elf wies er zur zweiten, ähnlich schwach bemannten Trireme.

»Jetzt sind wir an der Reihe, Siebtes Kommando. Konzentriert euch. Ruderer, wir sind noch fünfzig Schlag entfernt und kommen rasch näher. Ihr kennt eure Aufgaben, ich verlasse mich auf euch. Alles bereit, Kashilli?«

»Ich war schon bei meiner Geburt bereit.«

»Oder dumm geboren«, rief ein Ruderer.

»He, wer bricht sich fast das Kreuz dabei, diese Badewanne in Gang zu halten?«, fragte Kashilli. »Ich etwa, ihr Trottel?«

Sechs Matrosen hoben die Fäuste.

»Ruhe jetzt, und gleichmäßig rudern«, warnte Iliev. »Es geht los.«

Der Spornkorsar rauschte weiter. Iliev änderte leicht den Kurs, um den Rammsporn direkt hinter dem letzten Ruder auf das letzte Viertel des Schiffs zu richten.

»Wir sind gleich da«, sagte Iliev. »Ich zähle von zehn rückwärts. Zündet die Fackeln an, Soldaten an die Seile. Leitern raus. Noch fünf. Bücken, Soldaten. Festhalten. Zwei, eins.«

Iliev ging in die Hocke und hielt sich an den Führungsseilen fest. Die Ruder verließen das Wasser, und der Spornkorsar rammte die feindliche Trireme. Sofort sprang Kashilli auf und nutzte den letzten Schwung aus, um eine Leiter gegen den Schiffsrumpf zu drücken. Mit dem Hammer in einer Hand stieg er hinauf und sprang auf das Deck, um die Toten herauszufordern, ihn zu überwältigen, wenn sie es konnten.

»Los, rauf da. Das Schiff soll kentern, ehe sie überhaupt wissen, wie ihnen geschieht.«

Soldaten und Ruderer stürmten die Leiter hinauf. Einen Moment später prallte eine zweite Leiter gegen den feindlichen Schiffsrumpf. Vier Ruderer würden zurückbleiben und die Toten von dem klaffenden Loch abhalten, das sie in die Hülle gebohrt hatten. Außerdem mussten sie dafür sorgen, dass der Spornkorsar im Gleichgewicht blieb und das Wasser ins Innere des gegnerischen Schiffs strömte. Iliev stieg wie immer als Letzter hinauf und zog das Handbeil und den Schmiedehammer aus dem Gürtel.

Auf der anderen Seite des Schiffs drosch Kashilli gerade einem toten Seemann seinen Hammer ins Gesicht und warf den Mann rücklings aufs Deck. Dann ließ der Hüne den Hammer kreisen, als wäre er ein dünner Zweig, machte zwei Schritte und zerschmetterte einem anderen Mann die Hüften und das Rückgrat. Unter dem Aufprall stöhnten die Planken, das Blut des Toten spritzte hoch.

Zwei Gruppen rannten nach vorn und zum Heck, um den Weg zu den Luken zu räumen. Iliev lief ebenfalls nach vorn, überholte die Gruppe, die mit Nägeln und Brandsätzen ausgerüstet war, und gesellte sich zu den Bewaffneten. Ein gesternischer Seemann wollte ihn angreifen. Seine Kleidung hing in Lumpen vom Körper, aber die Abzeichen prangten noch auf seiner Brust, und er schwang mit beiden Händen einen Bootshaken. Sein Gesicht war voller kleiner Narben oder Kratzer. Auch auf den Händen und am Hals hatte er zahllose Flecken.

Iliev sah zu, wie sein Gegner mit dem Haken ausholte, dann sprang er vor und drosch ihm den Hammer gegen die Stirn. Der Tote kippte nach vorn. Iliev sprang hoch, landete mit den Knien auf dem Rücken des Gegners und brach ihm das Rückgrat. Schließlich hackte Iliev noch mit der Axt nach den Beinen und dem Kreuz des Gegners. Drei rasche Schläge, und der Tote rührte sich nicht mehr.

Iliev rollte sich ab. Seine Männer waren schon an der hinteren Luke und hielten die Fackeln an den Zünder einer Flasche Naphtalin. Sie rissen die Luke auf und warfen die Flasche hinunter, die mit einem Zischen zerbarst. Rasch breiteten sich die Flammen auf dem Ruderdeck aus. Dann aber kreischten Tiere.

»Ratten!«, rief ein Matrose.

»Verdammt«, fluchte Iliev. Er rannte zum Korsaren zurück. »Nagelt die Luke zu und verschwindet. Runter vom Schiff, runter! Es ist ein Seuchenschiff! Beeilt euch!«

Er hatte das Geländer erreicht, die Ruderer drunten waren schon bereit.

»Abstoßen. Seuchenschiff. Bleibt fünf Schritte entfernt, wir kommen gleich.«

Dann drehte Iliev sich wieder um. Kashilli schlug den Hammer aufs Deck, das Blut einer Ratte verfärbte den Kopf seiner Waffe.

»Runter!«, rief er. »Sofort weg hier. Runter vom Schiff. Der Korsar wartet an Steuerbord. Lasst die Waffen fallen, mit denen ihr nicht schwimmen könnt. Los, Kashilli, los.«

Die Männer des Siebten Kommandos rannten zur Reling und stürzten sich darüber. Iliev hörte die Aufschläge im Wasser und vergewisserte sich, dass es alle geschafft hatten. Inzwischen waren ein paar Ratten aufs Deck vorgedrungen. Die meisten waren unter Deck im Feuer umgekommen, aber sicherlich nicht alle. Aus allen Löchern kamen sie, als sie den Flammen entgehen wollten. Unter sich hörte er nun auch das Wehklagen der Toten. Ein verzweifelter Laut, der ihm das Herz zerriss.

»Möge Ocetarus euch umfangen. Ruht in Frieden.«

Damit lief Iliev zum Heck und sprang über Bord. Das Wasser war eiskalt. Die Sonne brauchte lange, um das Wasser in diesen Breiten zu erwärmen. Er schwamm zehn Züge, ehe er sich umdrehte und seine Waffen wieder in den Gürtel steckte. Wasser tretend sah er sich um. Alle Kämpfer des Siebten Kommandos schwammen zurück und entfernten sich vom Schiff und den Ratten.

Der Spornkorsar beschrieb einen Bogen und kam zurück, um die Besatzung aufzunehmen. Nur zwei Männer ruderten. Die anderen standen aufrecht, hatten sich mit Bogen bewaffnet und schossen aufs Wasser. Weiter hinten brannten die beiden anderen feindlichen Triremen. Auf einem Schiff hatten die Ratten jedoch ein Kommando der Ocenii erwischt. Ohnmächtig musste Iliev zusehen, wie die Männer um sich schlugen und trampelten. Er konnte nur beten, dass niemand gebissen wurde, und verfluchte sich, weil er nicht gleich an diese Möglichkeit gedacht hatte.

Drei einsame Schiffe, unterwegs zum Hafen von Estorr. Keine Invasionstruppe. Die Schlussfolgerung hätte doch auf der Hand liegen müssen.

Als Iliev hinter sich Stimmen hörte, drehte er sich im Wasser um. Die *Ocetarus* näherte sich, sie hatten ihn bemerkt und warfen eine Strickleiter über Bord. Gleichzeitig streckten sie ihm Ruder entgegen, damit er sich besser festhalten konnte. Iliev schwamm zu seinem Schiff und kletterte rasch an Bord. Das Handtuch, das sie ihm geben wollten, lehnte er mit einer Geste ab.

Er rannte zum Bug. Sie hatten ihr Ziel erreicht, aber um welchen Preis? Die drei Seuchenschiffe würden niemals einen Hafen erreichen, doch alle Angehörigen der Kommandos mussten peinlich genau untersucht werden. Ein Kratzer oder ein Biss, und sie mussten in Quarantäne. Wenn sie sich tatsächlich angesteckt hatten, war ihr Schicksal besiegelt. Kein Matrose steckte seine Gefährten an. Ein Gewicht am Gürtel war der schnellste Weg an den Busen von Ocetarus.

»Admiral?«

»Ja, Kapitän?«

Der Kapitän eilte zu ihm an den Bug und beobachtete die Korsaren, die gerade wieder aus dem Wasser gehoben wurden. Auch Kashilli kam an Bord und stieß einen triumphierenden Schrei aus. Den Hammer hatte er immer noch in der Hand.

»Ihr müsst Euch etwas ansehen. Es wird Euch nicht gefallen.«

Iliev drehte sich um und nahm dem Kapitän das Spähglas aus der Hand. »Tretet zurück, Kapitän. Ich wurde noch nicht auf Bisse untersucht. Wohin soll ich blicken?«

»Südsüdost. Auf dem Wasser.«

Iliev setzte das Spähglas ans Auge. Er musste nicht lange suchen.

»Oh guter Ocetarus, rette und behüte uns.«

Das Meer wimmelte vor Segeln. Es waren Hunderte. Er ließ das Glas sinken.

»Signalisiert der Flotte. Gebt Position, Geschwindigkeit und Richtung weiter. Alle Schiffe sollen ihre Stationen verlassen und alles andere ignorieren. Die Toten segeln nach Estorr.«

21

859. Zyklus Gottes, 5. Tag des Genasab

Für General Davarov gab es viele Gründe zu schaudern, als er die Grenzbefestigungen von Neratharn und Atreska zwischen den Gawbergen und dem Iyresee betrachtete. Die mächtigen Grenzwälle und die Festung, die bei den Atreskanern als Juwelenmauer bekannt war. Der stetige Strom der Flüchtlinge, denen er auf dem Weg hierher begegnet war, hatte sich vor der Barriere in einem Lager gesammelt. Draußen klagten die Verzweifelten, drinnen versuchten die anderen, jeden zu überprüfen, der durch die Barriere wollte. Viele weitere würden noch kommen.

Die Berichte seiner Fährtenleser und Späher, die er auf der Reise von Tharuby hierher bekommen hatte, waren ausgesprochen deprimierend gewesen. Die Kräfte des Feindes wurden stärker, da er auf seinem unermüdlichen Marsch immer neue Gefolgsleute einsammeln konnte. Die Tsardonier hatten sich landauf, landab auf Plünderungen verlegt, machten die Garnisonen in den Orten nieder, stahlen Geschütze und nahmen neuerdings auch alle fähigen Männer und Frauen in ihre Reihen auf, die gerade noch lebendig mit Schwert, Hacke oder Mistgabel vor ihnen gestanden hatten.

Dieser Ort stellte nun die letzte echte Hoffnung dar, die erstarkenden Tsardonier und das Heer der Toten davon abzuhalten, südwärts über Land bis nach Estorr vorzustoßen. So beeindruckend die Befestigungen auch wirkten, in Wahrheit waren sie nur eine dünne Linie gegenüber einem Feind, dem bisher noch niemand hatte ernstlich zusetzen können, ganz zu schweigen davon, ihn niederzuringen.

Davarov war zugegen gewesen, als ein großer Teil der Barriere errichtet worden war. Sie war fünfundzwanzig Meilen lang und verlief vom Seeufer bis hoch hinauf in die Gawberge. Sie war so hoch wie zehn Männer, mehr als zehn Schritte dick und konnte auf ganzer Länge mit Geschützen bestückt werden. Die Wehrgänge und Mauern waren der Traum jedes Bogenschützen. Pechnasen erlaubten es, die Außenwand überall in Brand zu setzen.

Die Mauer war vom Fundament bis zu den Spitzen der Flaggenmasten eine klare Aussage. Gebaut war sie aus blendend weißem Stein, der allwöchentlich gereinigt wurde. Ein mächtiges Torhaus schützte die drei Tore in der Mitte. Daran schloss sich ein Innenhof an, der ringsherum von den Mauern her unter Beschuss genommen werden konnte. Jeder Offizier, der durch diesen Engpass ritt, stellte sich unwillkürlich vor, wie es hier dem Feind ergehen mochte.

Davarov mochte die Festung am Tor. Genau genommen lag sie noch auf neratharnischem Gebiet, war jedoch nach atreskanischen Entwürfen errichtet worden. Die Steinmetzarbeiten an den Türmen zeigten Tiermotive. Auf den zementierten Wänden, in Nischen und auf den Toren waren atreskanische Helden abgebildet. Die Worte auf den Rahmen der Tore waren Treueide für das große Land, das Juwel der Konkordanz. Dies war das Tor zur alten Konkordanz und ein Willkommensgruß an die neue.

Auf allen Türmen und auf zweihundert vor dem Wall aufgestellten Masten wehten Flaggen. Die Ingenieure hatten versprochen, dass kein Geschütz diese Tore oder den Wall zu brechen vermochte. Davarov konnte sich nicht recht über die Aussicht freuen, dass diese Behauptung jetzt auf die Probe gestellt werden sollte. Dennoch war er geneigt, ihnen zuzustimmen.

Der wahre Grund, warum Davarov sich den Mauern schaudernd näherte, waren die Erinnerungen, die in diesem Augenblick stärker waren als die Realität. Er musste an den Gewaltmarsch denken, den sie vor einem Jahrzehnt durch Atreska unternommen hatten. Die dunkelste Stunde in der Geschichte der Konkordanz, als nur Roberto Del Aglios' Willenskraft sein Heer zusammengehalten und die Kämpfer überzeugt hatte, dass sie die Tsardonier zurückwerfen konnten, damit diese sich wieder in ihren Löchern verkrochen.

Davarov hätte nie gedacht, dass er noch einmal zum Kämpfen würde hierher zurückkehren müssen. Wenn er die verzweifelten und verstörten Menschen auf der Ebene betrachtete, konnte er sich lebhaft an das zerstörte Land erinnern, das er nach dem Einfall der Tsardonier vorgefunden hatte. Die erschöpften Truppen der Konkordanz waren die letzten paar hundert Schritte bis zur Grenze über gefrorene Erde marschiert, die mit Blut, Toten und den weggeworfenen Habseligkeiten vieler Menschen bedeckt gewesen war. Wegen dieser Erinnerungen schauderte er und wünschte sich, die Welt wäre nicht so, wie sie war.

Cartoganev war vorausgeritten und befand sich schon einen halben Tag an der Juwelenmauer, um die Stärke der Besatzung zu überprüfen und den höheren Offizieren zu erklären, was auf sie zukam. Die Ankunft Davarovs und seiner Legionen hatte die Hoffnungen der Vertriebenen und Hoffnungslosen geweckt, die vor den großen Toren warteten. Jubelrufe waren laut geworden, als die Kämpfer durch die Tore, die sich hinter ihnen sofort wieder geschlossen hatten, in den weiten Innenhof marschiert waren.

Davarov hatte seinem Schwertmeister und dem Rittmeister den Befehl über seine Legionen übertragen und sah ihnen hinterher, wie sie zu ihren vorgesehenen Lagerplätzen abzogen. Dann trottete er die Rampe zum Wall und zur Festung hinauf. Cartoganev befand sich wahrscheinlich in einem tiefer liegenden Verwaltungsgebäude, doch Davarov wollte sich zunächst selbst umsehen, ehe er sich über die Mannschaftsstärken unterrichten ließ.

Er erwiderte die Grüße aller Kämpfer, denen er begegnete, und stieg bis zum höchsten Punkt der Barriere hinauf, einer Geschützstellung oberhalb des Tors. Hier war Platz für dreißig Onager, doch die Stellung war nur zur Hälfte besetzt. Weit entfernt im Osten entdeckte er eine Staubwolke. Feinde und Flüchtlinge, die sich näherten. Es mussten Tausende sein. Er und seine Offiziere hatten manch einen bewegen können, in die weiten Ebenen zu fliehen, doch viel zu viele waren das Risiko eingegangen, den Legionen zu folgen.

Davarov unternahm einen kleinen Rundgang. Die Mauer und die Flaggenmasten erstrahlten in der Nachmittagssonne. Der Kalkanstrich war sauber, und das Metall und die hölzernen Geländer waren gewissenhaft poliert. So weit er in beide Richtungen blicken konnte, waren Patrouillen unterwegs. Auf dem Versorgungsweg, der hinter dem Wall angelegt war, ratterten Wagen mit Vorräten, Wasser und Munition zwischen den Wachtürmen hin und her. Jede halbe Meile führte eine gemauerte Rampe zum Wall hinauf. Überall herrschte reges Treiben, und etwa an der Hälfte der verfügbaren Positionen standen Geschütze.

Davarov betrachtete die Reihen der Zelte. Dort wuchs eine provisorische Stadt, doch die meisten Bewohner waren Flüchtlinge. Vertriebene, die nicht mehr wussten, wohin, und die einen Ort finden mussten, an dem sie leben konnten, bis der Krieg vorbei war. Links und im Südwesten entdeckte er zahlreiche Banner der Legionen. Auch seine eigenen Kämpfer marschierten, um die Verteidigung des Walls zu verstärken. Es waren nicht genug. Es hätte vor Soldaten wimmeln sollen, und die Hufschläge und das Klirren der Hämmer hätten in den Ohren wehtun müssen, nachdem die Truppen mobilisiert waren.

Davarov runzelte finster die Stirn und machte sich auf den Weg zu den Schreibstuben.

»Wo stecken die bloß alle?«

Die Vorbereitungen an der Juwelenmauer liefen in einem Tempo ab, das Davarov nur loben konnte. Überall in der Nähe rannten Menschen umher, die eifrig ihren Aufgaben nachgingen. Sie hatten es eilig, waren aber nicht in Panik. Die Flüchtlinge hatten sicherlich unzählige Schreckensnachrichten mitgebracht, doch nur die müßige Hand zitterte vor Furcht.

Wieder unten auf dem Boden überquerte er die Hauptstraße, die durch die Tore, durch das Flüchtlingslager und weiter bis nach Neratharn führte. Er lief rasch zu dem zweistöckigen Gebäude im Zentrum der festen Bauwerke. Es war hübsch anzusehen, nach dem Vorbild einer klassischen estoreanischen Villa gebaut, mit Säulen vor dem Eingang, einem gepflegten Garten und sogar einem Springbrunnen. Das Wasser kam vermutlich aus dem Iyresee. Er zog die Augenbrauen hoch und blies die Wangen auf. Das war ein sehr aufwendiges Leitungssystem.

Die Wächter an der Einfriedung des Gebäudes grüßten ihn, indem sie die Faust vor die Brust schlugen. Davarov erwiderte den Gruß, nahm den Helm mit dem roten Federbusch ab und betrat die kühle Villa. Sie war eher schlicht eingerichtet. Hier hatte der praktische Sinn des Soldaten die Oberhand über den Schöpfergeist des Künstlers behalten. Der Boden bestand wie die Wände aus nacktem Stein. Die Türen waren schwere, einfache Holzplatten. In den Nischen standen einige Büsten von Kriegshelden. Davarov gefiel es, er hielt nicht viel von Prunk. Jedenfalls nicht in einem militärischen Gebäude.

Adjutanten wiesen ihn zu einer offenen Doppeltür auf der linken Seite. Dahinter lag ein Raum, der jetzt als Kommandozentrale diente.

Durch die offenen Fensterläden fiel das Tageslicht auf die Wände, die von Dienstplänen und Karten übersät waren. Auf Pulten mit schräg gestellten Arbeitsflächen waren weitere Dokumente ausgelegt und mit kleinen Standarten festgesteckt. Den Mittelpunkt des Raumes bildete ein riesiger Tisch mit einer Aussparung in der Mitte, in der drei Männer stehen konnten.

Auf dem Tisch lag eine Reliefkarte der Juwelenmauer, die alle Zufahrtsstraßen aus Neratharn und Atreska zeigte. Sämtliche Gebäude waren verzeichnet, Zeltsymbole markierten freie Bereiche. Die Flüsse waren farbig hervorgehoben, und auch die Hügel und Anhöhen waren maßstabsgerecht dargestellt. Zivilisten und Soldaten arbeiteten Seite an Seite an der Karte, fügten Markierungen der Legionen hinzu und schoben Geschütze an ihre Positionen. Rings um den Wall waren Angaben notiert, die ergänzt wurden, sobald neue Informationen über Truppenstärke und Zahlen der Flüchtlinge hereinkamen.

Der Posten an der Tür rief die etwa dreißig Anwesenden zur Achtung. Sie wandten sich sofort zu Davarov um. Cartoganev war am Tisch beschäftigt gewesen. Auch er salutierte und lächelte, doch die Begrüßung fiel knapp aus.

»Wir haben hier ein Problem, nicht wahr?«, begann Davarov. Er trat in den Raum und gab allen ein Zeichen, sich wieder um ihre Aufgaben zu kümmern. »Hier sind viele Menschen, aber viel zu wenig Soldaten.«

Cartoganev nickte. »Aus Tundarra und Dornos kommen keine Truppen. Auch Phaskar wendet sich von uns ab.«

»Gosland?« Davarov musste sich zusammennehmen, bis er alles gehört hatte.

»Es gibt Gerüchte über Schwierigkeiten, doch die Bärenkrallen sind angetreten. Andere Legionen aus Gosland ziehen sich im Augenblick noch aus Dornos zurück. Sie können unseren Rücken schützen, aber nicht viel mehr tun.«

»Neratharn?«

»Ist bereits vollzählig hier. Die Truppen aus Avarn marschieren schon zur estoreanischen Küste.«

»Dann wäre das, was wir jetzt hier haben, auch alles, was wir bekommen«, sagte Davarov.

»So sieht es aus.«

»Wo sind die Geschütze?«

»Überwiegend noch in Hasfort, aber sie müssten inzwischen unterwegs sein«, erklärte Cartoganev. »Die meisten werden vor den Tsardoniern und den Toten hier eintreffen. Ich rechne mit etwa zehn Tagen.«

»Darf ich es wagen, nach den Aufgestiegenen zu fragen?«

»Von denen habe ich noch nichts gehört. Wir beobachten den Himmel und die Signalmasten, ob wir Nachrichten bekommen, haben bisher aber nichts Neues erfahren. Wir müssen annehmen, dass sie hierher geschickt werden, weil Estorr inzwischen weiß, wo der größte Angriff zu erwarten ist.« Cartoganev zuckte mit den Achseln. »Wir wissen nur nicht, wann sie eintreffen.«

»Wundervoll«, sagte Davarov. »Doch wir sollten uns auf das konzentrieren, was wir haben, statt uns über das zu sorgen, was uns fehlt. Uns bleiben höchstens noch zehn Tage, bis die Feinde hier sind. An die Arbeit.«

Herine Del Aglios hatte seit vier Tagen kaum ein Wort mit irgendjemandem gewechselt. Sie hatte sich in ihre Gemächer zurückgezogen und außer Vasselis und Tuline niemanden eingelassen. Diese beiden spürten sehr deutlich, dass Herine nicht mehr fähig war, das Land zu regieren. So traf sich Vasselis zunächst allein mit dem Rat der Sprecher.

Die Sonne segnete Estorr, doch die Wärme konnte keine Freude spenden. Da die Belagerung nun schon den fünften Tag andauerte, wurden die Vorräte im Palast knapp. Schon vom ersten Tag an hatten sie trotz der Fülle ringsum alles streng rationiert. Vasselis war nichts anderes übrig geblieben, denn er hatte keine Ahnung, wie lange die Belagerung dauern konnte. Nun hatte er aber wenigstens die Gelegenheit, mit den Vertretern des Ordens zu verhandeln.

Sie saßen in einem Audienzzimmer, das die Advokatin besonders gern mochte. Es lag im höchsten Stockwerk des Palasts, war von Licht durchflutet und voller Bilder, die von Estorrs Ruhm kündeten. Vasselis hatte den Raum absichtlich gewählt, weil Herine in einer angenehmen Umgebung mit dem Rat sprechen sollte. Tuline war jetzt bei ihr und versuchte, sie davon zu überzeugen. Vasselis wagte noch nicht zu hoffen.

»Es freut mich, dass Ihr gekommen seid«, begrüßte er die Priester, als sie alle im warmen Sonnenlicht, das durch die offenen Fensterläden hereinfiel, an einem runden Tisch saßen.

»Euer Tisch ist nicht so reich wie sonst gedeckt«, erwiderte der Sprecher der Winde.

»Wenn Ihr am ersten statt am fünften Tag der Belagerung gekommen wärt, hätte ich Euch vielleicht etwas anbieten können. Wie die Dinge jetzt stehen ...«

Der Sprecher der Erde lächelte nachsichtig. »Diese Situation lässt sich leicht beheben.«

»Aber sicherlich nur zu Euren Bedingungen«, erwiderte Vasselis.

Der Priester schnüffelte. »Wird auch das Parfüm knapp?«

»Nein, Sprecher der Erde. Nur das Wasser zum Baden. Zu trinken und zu essen haben wir noch für geraume Zeit.«

»Aber Ihr habt Euch da doch in eine sehr lächerliche Situation manövriert«, schaltete sich der Sprecher der Meere ein. »Die Gottesritter sehen sich gezwungen, den Palast der Advokatin zu belagern? Wie konnte es nur so weit kommen?«

»Ich vermute, es gibt dazu sehr unterschiedliche Ansichten«, erwiderte Vasselis vorsichtig. »Aber wir sind nicht hier, um dies zu diskutieren. Wir müssen jetzt vor allem eine Lösung für die Krise finden. Alle stimmen darin überein, dass es verhängnisvoll für Estorr und die Konkordanz wäre, wenn es so weitergeht. Beide Seiten haben Fehler begangen, und wir müssen einen Kompromiss finden, der es uns erlaubt, die Konkordanz vor der Invasion zu retten. Estorr muss evakuiert werden.«

»*Fehler?*« Der Sprecher des Feuers beugte sich vor. Er war ein beeindruckender Mann, seiner verstorbenen Kanzlerin sehr ähnlich. Er hatte ein schmales Gesicht mit tief eingesunkenen Augen, mit denen er sein Gegenüber wie mit Dolchen durchbohren konnte. »Auf Befehl der Advokatin ist ein Massenmord geschehen, den die Aufgestiegenen in diesem Palast ausgeführt haben. Sie und die Aufgestiegenen müssen uns übergeben und öffentlich vor Gericht gestellt werden. Das ist unsere Position, die sich nicht verändern wird.«

Vasselis spreizte die Finger und lächelte leicht. »Damit habe ich natürlich gerechnet. Allerdings ist diese Forderung unerfüllbar. Falls es überhaupt zu einem Verfahren kommt, dann nur nach den ordentlichen Regeln und nicht in einer Situation wie dieser. Hebt die Belagerung auf, und wir können die Lage in einem offenen Forum diskutieren.«

Der Sprecher der Winde schüttelte den Kopf. »Wir werden nicht verhandeln, und Ihr seid nicht in der Position, irgendetwas zu verlangen. Liefert die Schuldigen aus, sonst wird die Belagerung fortgesetzt.«

»Wir wollen doch nicht gleich so aggressiv werden«, sagte Vasselis. »Jeder in diesem Palast wünscht sich, die jüngsten Ereignisse hätten nie stattgefunden. Die Morde an Unschuldigen in diesen Mauern und außerhalb. Der Tod von Felice Koroyan. Keiner von uns ist ohne Schuld.«

»An unseren Händen klebt kein Blut«, sagte der Sprecher der Winde.

»Die Belagerung muss aufgehoben werden«, sagte Vasselis. »Ihr gefährdet damit ganz Estorr. Ihr wisst, was kommt.«

»Wir kennen die Gerüchte, die ein einsamer Irrer im Hafen verbreitet hat. Das mag reichen, um den Bürgern Angst einzuflößen. Wir aber kennen die Lügen, die ein Aufgestiegener erzählt, um seine Haut zu retten. Wirklich, Marschall, das reicht nicht.« Der Sprecher der Erde schüttelte den Kopf. »Wie viele neue Schiffe wurden nach der Invasion der Tsardonier vom Stapel gelassen? Sollen wir wirklich glauben, irgendeine Flotte der Toten werde in den Hafen von Estorr eindringen, weil unsere Marine nicht fähig ist, uns zu verteidigen? Sie unterstehen der Advokatur, und die Flaggen, die sie setzen, und die Worte, die sie weitertragen, dienen nur einem einzigen Zweck. Wir aber kennen die Herzen der Bürger von Estorr. Sie sind lange nicht so ängstlich, wie Ihr glaubt, und lange nicht so leicht beeinflussbar, wie Ihr hofft.«

Vasselis richtete sich auf. »Wollt Ihr mir allen Ernstes sagen, Ihr glaubt nicht, dass die Konkordanz in Gefahr ist? Erzählt Ihr Euren Gläubigen wirklich, die Gerüchte von wandelnden Toten seien Lügen, die wir uns nur ausgedacht haben, um sie bei der Stange zu halten? Mit jedem Tag, den die Bürger in der Stadt bleiben, wächst die Gefahr. Ihr müsst mir glauben. Setzt die Belagerung fort, wenn es sein muss, aber bitte schafft die Bürger aus der Stadt. Die Toten kommen.«

Der Sprecher der Winde wedelte mit einer Hand. »Oh, wir sind sicher, dass es ein paar Grenzstreitigkeiten mit den Tsardoniern gibt, aber wann hätte es die nicht gegeben? Wir werden nicht zulassen, dass Ihr Ängste schürt, damit die Bürger Euch folgen.«

»Nein«, sagte Vasselis und hob beide Hände. »Das überlassen wir gern dem Orden.«

»Das ist die Reaktion, die wir von einem Sympathisanten des Aufstiegs erwartet haben«, schimpfte der Sprecher der Winde. »Wir reden hier mit Euch, aber wo ist die Advokatin?«

»Hier.«

Vasselis drehte sich um. Herine stand in der Tür, Tuline war neben ihr. Der Sprecher der Winde keuchte unwillkürlich, auch die anderen Priester reagierten. Arvan schob den Stuhl zurück und erhob sich, das Herz hämmerte wie wild in seiner Brust. Seine Liebe für die Advokatin, die von seinem Zorn überdeckt gewesen war, trat wieder in den Vordergrund.

»Gott umfange mich, Herine«, sagte er.

Auf unsicheren Beinen kam sie zu ihnen. Ihr ungekämmtes Haar lag strähnig auf ihrem Rücken und ihren Schultern, ihre Augen waren gerötet und voller Kummer. Sie trug keine Schminke und war totenbleich. Ihre Toga war voller Flecken. In den Händen hielt sie eine Pergamentrolle so fest, dass ihr die eigenen Fingernägel kleine Wunden beigebracht hatten. Sie wehrte Vasselis ab und schüttelte Tulines Hand von ihrer Schulter ab. Dann wandte sie sich an den Rat der Sprecher und runzelte die Stirn. Vasselis fürchtete, sie könnte gleich in Tränen ausbrechen.

»Es ist nicht hinnehmbar, dass die Stadt und die Konkordanz sich selbst zerfleischen«, sagte Herine mit bebender Stimme, der die frühere Stärke völlig fehlte. »Ich werde nicht hinnehmen, dass den Bürgern von Estorr die Wahrheit und Gerechtigkeit vorenthalten werden. Ich werde nicht zulassen, dass sie der Todesgefahr ausgesetzt sind. Verbrechen sind ungestraft geblieben. Das darf nicht so weitergehen.«

»Herine«, warnte Vasselis sie.

Erst jetzt wandte die Advokatin sich an ihn. Obwohl ihr die Tränen in den Augen standen, lächelte sie.

»Ich habe etwas für dich, Arvan.«

Sie gab ihm das Dokument und küsste ihn auf die Wange.

»Du warst immer der treueste meiner Marschälle«, sagte sie.

Vasselis lief es kalt den Rücken hinunter. Auch Tuline war ratlos.

»Herine, was hat das zu bedeuten?«

»Die Bürger brauchen einen Herrscher, dem sie vertrauen können. Einen starken Estoreaner, dem sie folgen, was immer auch geschehen mag. Die Zukunft der Konkordanz muss in starken Händen liegen, und die Menschen müssen wissen, dass auch ihre Herrscher für ihre Verbrechen zur Rechenschaft gezogen werden. Das muss ihnen deutlich vor Augen geführt werden, Arvan.«

»Herine, tu bitte nichts Überstürztes. Ich will nicht, dass du dich selbst zum Sündenbock machst«, warnte Vasselis sie. »Du bist ja ganz außer dir.«

Wieder lächelte Herine ihn an.

»Überstürzt? Nein, ich habe seit Tagen über nichts anderes nachgedacht. Ich bin auch kein Sündenbock. Ich bin schuldig, Arvan. Oder etwa nicht? Ich bin verantwortlich, und die Aufgestiegenen müssen verschont werden, weil sie nur meinen Befehl befolgt haben.« Sie legte Vasselis eine Hand auf den Arm und drückte fest zu. »Das verstehst du doch, oder?«

Er wollte antworten, doch sie kam ihm zuvor.

»Ich weiß, dass du es verstehst, und du wirst es allen erklären.

Begehe nicht die gleichen Fehler wie ich, Arvan. Behüte meine Konkordanz, bis mein Sohn zurückkehrt.«

»Ich ... ja, das will ich aber ...« Vasselis hielt inne. »Ich verstehe es nicht.«

»Doch, du verstehst es, Arvan. Du verstehst es.« Sie beugte sich vor und küsste ihn noch einmal auf die Wange. »Lebewohl«, flüsterte sie.

»Was?«

Herine ließ seinen Arm los, schritt zielstrebig zum Fenster, das den Hof überblickte, und stürzte sich hinab.

22

859. Zyklus Gottes,
5. Tag des Genasab

Vasselis würde Tulines Schrei sein Lebtag nicht mehr vergessen. Nachdem sie einen Schritt zum Fenster gemacht hatte, drehte sie sich um und lief schreiend durch die Flure und die Treppen hinunter. Vasselis folgte ihr sofort und blieb nur noch einmal kurz an der Tür stehen. Die Mitglieder des Rates der Sprecher hatten sich nicht gerührt und starrten einander sprachlos an.

»Jetzt habt Ihr, was Ihr wolltet«, sagte Vasselis. »Nun geht.«

»Das wollte keiner von uns«, sagte der Sprecher der Erde leise.

Vasselis nickte.

»Hebt die Belagerung auf«, sagte er. »Seht nur, welchen Schaden dieser Konflikt angerichtet hat. Zum letzten Mal: Evakuiert die Bürger und denkt über die Tragödie nach, die sich heute hier abgespielt hat.«

Dann folgte er Tuline die Treppen hinunter. Vier Stockwerke lang betete er, dass Herine gegen jede Erwartung überlebt hatte. Vasselis konnte sich nicht einmal ansatzweise ausmalen, was sie zu diesem Sprung veranlasst hatte. Zu viele Stunden, die sie allein und brütend verbracht hatte oder die Last der neuen Schuld – beides hätte nicht ausgereicht, die Herine Del Aglios zu brechen, die er kannte.

Vor dem Palast war bereits ein Tumult entstanden, als er durch die Säulengänge und Gärten eilte, vorbei an all den fröhlich zwitschernden Vögeln. Rufe hallten durch die Korridore. Aus einem Seitengang kam die Ärztin des Palasts mit drei Pflegern gerannt. Mit ihnen zusammen bahnte Vasselis sich einen Weg durch die Soldaten, die sich auf den Stufen vor dem Gebäude die Hälse verrenkten.

Er brüllte sie an, Platz zu machen, worauf sich vor ihnen eine Gasse öffnete. Ein Kreis von Menschen war entstanden, den man kaum durchbrechen konnte. Aus seiner Mitte drangen Tulines Schreie. Er schob sich an den Schaulustigen vorbei, die sich so rasch versammelt hatten.

»Mutter! Mutter!«

Tuline hatte die Advokatin in die Arme genommen und den Kopf auf ihren Schoß gebettet. Herines Arme waren leblos, ihre schlaffen Hände lagen auf dem Pflaster. Hier und dort entdeckte Vasselis Blut, und wenn er zu den Sprechern hinaufschaute, die droben am Fenster standen, konnte er ermessen, wie tief sie gestürzt war. So tief war sie gestürzt, und kein Laut war über ihre Lippen gekommen.

Vasselis starrte die Gaffer in der vordersten Reihe an, die still waren und nur mit den Füßen scharrten.

»Habt ihr nichts zu tun?«, grollte er. »Du da. Hol mir Decken, Laken, was auch immer. Etwas, damit die Advokatin und ihre Ärzte abgeschirmt sind. Ihr anderen, wagt ja nicht, sie anzustarren. Glaubt nicht, ihr könntet die Schmerzen der Tochter oder meine eigenen verstehen.«

Die letzten Worte brachte er nur noch erstickt hervor, dann wandte Vasselis sich ab und führte die Ärztin und ihre Helfer zu Tuline. Er kniete neben ihr nieder und konnte nichts weiter tun, als sie in den Arm zu nehmen.

»Lass sie ruhen«, sagte er leise. »Leg sie hin.«

»Nein!«, klagte Tuline. »Bitte, das darf doch nicht wahr sein! Bitte!«

»Für sie ist es jetzt vorbei«, flüsterte Vasselis. »Deine Mutter hat ihren Frieden gefunden. Sie geht in die Umarmung Gottes ein und wartet dort mit deinen Vorfahren, bis ihre Zeit erneut gekommen ist.«

Tuline weinte und umarmte Herine nur noch fester, wobei sie leicht schwankte. Auch Vasselis konnte die Tränen nicht mehr zurückhalten. Die Ärztin kniete bereits hinter der Advokatin und zog sie sachte und langsam aus Tulines Armen. Inzwischen kamen auch Legionäre mit Tüchern gerannt, die den Schauplatz abschirmten, wobei sie sich taktvoll mit dem Blick nach außen aufstellten.

Vasselis hockte sich aufs Pflaster und zog die Knie an, während die Ärztin Herine Del Aglios, die Advokatin der Estoreanischen Konkordanz, flach auf den Boden legte. In ihren Haaren klebte Blut, doch das Gesicht war unversehrt. Ihre Augen waren geschlossen, und sie wirkte ganz friedlich. Die Stille griff von ihrem toten Körper auf den Hof über, ließ die Menschen verstummen und innehalten, bis der ganze Palast schwieg.

Die Ärztin tastete nach dem Puls, weil sie es eben tun musste, und drehte sich zu Vasselis um.

»Die Advokatin ist tot, Marschall Vasselis.«

Tuline saß nur da und starrte trostlos ins Leere. Vasselis nickte, legte den Kopf auf die Knie und schluchzte haltlos. Er konnte vor Kummer keinen klaren Gedanken mehr fassen und weinte lange und heftig, ohne darauf zu achten, wer ihm zuschaute. Er hoffte sogar, dass die Menschen ihn beobachteten und erkannten, wie viel die Konkordanz verloren hatte. Als jemand seine Schulter drückte und sich vor ihn hockte, hob er endlich wieder den Kopf.

»Oh Marcus, musste es denn so weit kommen?«, sagte er.

Vasselis wischte sich die Tränen aus den Augen. Dabei fiel ihm auf, dass er immer noch das Pergament in der Hand hielt, das Herine ihm gegeben hatte. Er entrollte es, während die Ärztin und die Pfleger sich um die Tote kümmerten und sie in saubere Decken hüllten, um sie zur Leichenhalle zu bringen. Einer von ihnen versuchte, Tuline zu trösten, die dastand wie eine Statue. Sie hatte etwas gesehen, das keine Tochter jemals mit ansehen sollte.

Vasselis las das Dokument. Herine hatte es mit eigener Hand geschrieben. Ruhig und klar war die Schrift, ganz anders als ihr Verhalten direkt vor ihrem Tod.

Mein lieber Arvan,

irgendwann kommt für jeden Menschen der Augenblick, in dem er sich für seine Taten verantworten muss. Es gibt Momente, die uns selbst und alle, die wir lieben und beherrschen, bestimmen und formen. Es gibt Zeiten, in denen uns die Feinde bedrängen, worauf wir Entscheidungen treffen, die uns beinahe zu Göttern erheben oder uns aus Gottes Nähe vertreiben.
Wenn ein solcher Augenblick kommt, müssen jene, die herrschen, sich für ihre Fehler verantworten, die Unschuldigen den Tod gebracht haben. Ich habe diesen Punkt erreicht und bin entehrt.
Trauere nicht um mich, Arvan, sondern diene mir auch nach meinem Tod, wie du mir im Leben gedient hast. Um der Liebe und der Freundschaft und all der guten Dinge willen, die wir für unsere Konkordanz erreicht haben, vergiss mich nicht. Vergiss aber, was du heute gesehen hast, und unternimm sogleich den ersten Schritt, um Estorr wieder zu dem zu machen, was es sein soll.
Mein letzter Wille und mein Befehl an dich, Marschallverteidiger Vasselis, ist dieser: Regiere die Konkordanz, bis mein Sohn nach Estorr zurückkehrt. Bewahre alles, was wir aufgebaut haben, vor denen, die es nie-

derreißen wollen. Tu dies für mich, Arvan. Du bist hier der Einzige, dem ich vertraue. Und kümmere dich um Tuline, als wäre sie dein eigenes Kind. Ich fürchte, sie wird es nicht verstehen.

Deine Advokatin und Freundin

Herine Del Aglios

»Ich verstehe es auch nicht, Herine«, flüsterte er. »Keiner hier versteht es.«

»Was denn?«, fragte Gesteris.

»Niemand versteht es, Marcus.«

Gesteris richtete sich wieder auf und bot Vasselis eine Hand.

»Hat sie Euch den Oberbefehl übertragen?«

»Ja«, sagte Vasselis mit einem Blick aufs Pergament. »Bis Roberto zurückkehrt.«

»Eine kluge Entscheidung. Ihr könnt auf meine und die unerschütterliche Unterstützung des Senats zählen, sofern er noch existiert. Auch die Truppen stehen hinter Euch, Arvan.«

»Wir brauchen sie«, sagte Vasselis. »Wir brauchen sie alle. Das zieht sich schon viel zu lange hin, Marcus, und es darf nicht so weit kommen, dass die Stadt zerstört wird. Die Belagerung muss beendet werden, und zwar bald.«

»Habt Ihr Vorschläge?«

Einen Moment lang lächelte Vasselis. »Ich habe ein oder zwei Ideen. Herine hätten sie nicht gefallen, aber Ihr wisst sie vielleicht zu schätzen. Kommt mit, wir müssen mit Elise reden. Aber zuerst muss ich den Rat der Sprecher dazu bewegen, die ehrenvolle Beerdigung unserer Advokatin durchzuführen. Wir treffen uns in der Akademie, sobald es möglich ist.«

Gesteris schlug sich die Faust vor die Brust.

»Mein Arm und mein Herz gehören Euch, Marschall Vasselis.«

»Marcus, dafür bin ich dankbarer, als Ihr es Euch überhaupt vorstellen könnt.«

Roberto schätzte, dass es der zehnte Tag des Genasab war. Ihr Boot war nicht mehr weit vom Iyresee, dem Wall und den Toren der Juwelenmauer entfernt. Die drei Insassen waren erschöpft und wund gerieben und hatten überall Schmerzen. Der Wind hatte sie im Stich gelassen, sie waren bis zum Umfallen gerudert. Der Kaldefluss hatte kurz vor dem See eine kräftige Strömung, die sie jedoch in die falsche Richtung drückte.

Sogar Harban litt, obwohl er nicht so mitgenommen aussah wie die anderen. Roberto hatte seinen Brustharnisch und die Waffen im Bug verstaut, damit sie nicht zerkratzt wurden, doch alles, was er sonst noch trug, sein Hemd, sein Rock und seine Stiefel, waren schmutzig und zerlumpt. Der Sprecher Barias war nicht besser dran, und nachdem ihn vor zwei Tagen eine schlimme Übelkeit ergriffen hatte, war sein Gesicht totenbleich. Roberto hatte in seinen Augen sogar die ersten Anzeichen von Furcht erkannt – dass er sterben konnte und sich in vielen Dingen geirrt hatte.

Doch sie hatten weder Zeit noch Kraft, darüber zu diskutieren. Mit seinen scharfen Augen hatte Harban zwischen den Hügeln, die sich von den Kaldebergen bis zum See erstreckten, einige Reiter entdeckt. Offenbar wollten sie zur Brücke, die zwei Meilen nördlich der Mündung den Fluss überspannte. Es mussten Überlebende der Bärenkrallen sein. Roberto hatte sich und seinen Gefährten eine letzte Anstrengung abverlangt, und sie waren bis zur einsamen alten Brücke gerudert und hatten gewartet. Endlich konnten sie Hände und Füße ins kalte Wasser tauchen und sich etwas ausruhen.

Als die Reiter nur noch eine Meile entfernt waren, konnte Roberto sie genauer betrachten. Es waren zwanzig, und sie hatten dreißig Reservepferde dabei. Außerdem bemerkte er die Kavallerieuniformen der Bärenkrallen und tsardonische Rüstungen und Gesichter. Alles Überlebende von Gorians Verbrechen. Irgendwie war es nicht überraschend, sie zusammen zu sehen. Es weckte sogar einen kleinen Hoffnungsschimmer in ihm.

Roberto, Harban und Julius stellten sich, für die Reiter gut sichtbar, mitten auf die Brücke. Roberto winkte ihnen, damit sie anhielten, und betrachtete sie. Zitternde Pferde, Reiter kurz vor dem Zusammenbruch. Tsardonier und Kämpfer der Konkordanz in gleicher Zahl.

»Botschafter Del Aglios«, sagte ein Mann, den Roberto als Dolius erkannte. Er keuchte und konnte kaum sprechen. »Wir hielten Euch für verloren. Auch Sprecher Barias.«

»Die erstaunlichen Geschichten über unsere Flucht müssen warten. Was ist aus Kell und Dahnishev geworden? Ich weiß bereits, dass Nunan gefallen ist. Wo sind die Toten?«

Dolius gab ein Zeichen, und die zwanzig Männer saßen ab. Roberto beobachtete, wie sie sich aufstellten. Tsardonier und Estoreaner nebeneinander wie Freunde. Er nickte dem Anführer der Tsardonier zu, es war ein Prosentor.

»Kell ist tot und marschiert jetzt mit den Toten. Auch Nunan ist dort. Über Dahnishev und die anderen, die an den Klippen waren, weiß ich nichts. Wir haben Späher ausgesandt, um sie zu suchen, konnten jedoch keine Spur finden. Am Ende mussten wir selbst so schnell laufen, wie wir nur konnten, um den Toten zu entgehen.« Dolius trat einen Schritt nach vorn. »Er hat sie alle getötet, ob aus der Konkordanz oder aus Tsard. In Hasfort hat er sich Geschütze und Ingenieure geholt. Kell und vierhundert Soldaten haben sich geopfert, damit wir genügend Vorsprung bekamen, um Euch zu warnen. Und damit Prosentor Ruthrar zu seinem König gelangt. Die Toten sind nur noch wenige Tage hinter uns, und auch das nur, weil sie durch unseren Angriff aufgehalten wurden. Ich ...«

Roberto hob beide Hände. »Langsam, langsam. Manches weiß ich schon, aber nicht alles. Ruthrar will zum König? Zu Khuran?«

Ruthrar nickte. »Mein König marschiert durch Atreska ins Verderben und nicht dem Ruhm entgegen. Ich muss mit ihm sprechen.«

»Wir gehen alle nach Neratharn, aber zuerst setzen wir uns, und Ihr sagt mir alles, was Ihr wisst.«

Davarov wartete auf die Berichte der Späher. Er hatte den dunklen Fleck am Horizont bemerkt und angenommen, dass sich entweder Reservisten aus Neratharn oder seine Geschütze aus den Werkstätten in Hasfort näherten. Beides wäre mehr als willkommen gewesen, doch immer blieb ein letzter Zweifel. Es war ermutigend, dass aus Westen keine Flüchtlinge mehr kamen, doch er war und blieb besorgt.

Wahrscheinlich ohne vernünftigen Grund. Außerdem ärgerte er sich über die schleppenden Vorbereitungen an der Juwelenmauer. Sie mussten sich einfach mit zu vielen Vertriebenen herumschlagen, und die von den Toten unterstützte tsardonische Truppe würde in etwa sechs Tagen eintreffen. Im Augenblick konnte er die Menschen noch kontrolliert aufnehmen, aber damit wäre es irgendwann vorbei. Früher oder später musste er die Tore weit öffnen und sie einfach durchlassen.

»General?«

Stöhnend blickte er von der Reliefkarte auf dem Tisch hoch, die er benutzt hatte, um nach der letzten Übung am Morgen die Aufmarschpläne zu überdenken.

»Gib mir Kraft und verschone mich vor Störungen. Ja, Zenturio, was gibt es? Bitte sage mir nicht, dass es um die Verpflegung der Flüchtlinge geht. Darüber haben wir schon oft genug gesprochen. Wenn ihnen unsere Maßnahmen oder die Preise der verdammten Händler nicht passen, dann können sie sich aufmachen und verschwinden. Die Konkordanz ist groß und ziemlich leer.«

Der Zenturio nickte energisch. »Jawohl, Herr, aber nein, darum geht es nicht.«

»Was dann? Willst du mir erklären, warum die Starken Speere heute Morgen eine volle Stunde gebraucht haben, um vom Lager zum Wall zu gelangen?«

»Ja, Herr.«

»Ich bin ganz Ohr.«

»Wir haben den Befehl nicht rechtzeitig bekommen. Ich habe die Befehlsübermittlung überprüft und festgestellt, dass Eure Dokumente zu spät ausgeliefert wurden.«

»Das kann doch nicht sein«, erwiderte Davarov. »Ich habe alle Reiter etwa zur gleichen Zeit losgeschickt. Eurer hat sich wohl kaum unterwegs verirrt. Es sind nur anderthalb Meilen in offenem Gelände.«

»Ja, Herr«, sagte der Zenturio. »Aber das Pferd ist in eine Falle geraten, die vermutlich ein Flüchtling gegraben hat. Der Reiter musste den Rest des Weges zu Fuß laufen und wurde außerdem beim Sturz verletzt. Das Pferd lahmt.«

Davarov starrte eine Adjutantin an, die neben dem Tisch nervös von einem Fuß auf den anderen trat.

»Haben wir nicht einen Befehl erlassen, der das Fallenstellen innerhalb des Lagers untersagt?«, knurrte er.

Die Frau lief puterrot an. »Ja, General.«

»Warum muss ich mich dann mit solchen Dummheiten beschäftigen? Eine Armee von Toten marschiert hierher, und innerhalb meiner Mauern versuchen ein paar Leute, ihnen neue Kämpfer zu verschaffen. Das reicht mir jetzt.« Davarov klatschte die flache Hand auf die Karte, dass die Figuren und Fähnchen wackelten. »Entschuldigung.«

»Im Lager kann man erfolgreich Fallen stellen«, erklärte die Adjutantin. »Die Tiere holen sich die Reste. Das ist keine Entschuldigung, aber …«

»Verdammt richtig, das ist keine Entschuldigung!«, donnerte Davarov. Alle drehten sich zu ihm um. »Da ihr gerade alle zuhört, sollt ihr noch ein oder zwei Dinge erfahren. Dies ist kein Spiel. Wir zeichnen diese Karte nicht, um der Langeweile zu entgehen. Ich gebe keine Befehle aus Lust und Laune. Den nächsten Bürger, der innerhalb des Geländes eine Falle stellt, werfe ich eigenhändig von der Mauer. Wenn sie unseren Schutz wollen, dann sollen sie unsere Anordnungen befolgen.«

»Ich …«

Es klopfte laut an der Tür, und im gleichen Augenblick ging sie auch schon auf.

»Wenn du nicht der verdammte Roberto Del Aglios höchstpersönlich bist, dann …«

Er hielt inne und konnte nicht fassen, wer da in den Raum trat.

»Du hast ein Problem, alter Freund. Die Hälfte deiner Artillerie zielt in die falsche Richtung, und dir fehlt eine zweite Mauer.«

»Hallo, Roberto. Ich glaube, du könntest mal ein Bad vertragen.«

23

859. Zyklus Gottes, 10. Tag des Genasab

Es tut mir unendlich leid, Roberto. Er war ein tapferer junger Mann. Jeder Bürger der Konkordanz wird um ihn trauern.«

»Keiner so sehr wie meine Mutter.«

Roberto und Davarov liefen auf der Juwelenmauer entlang. Allein schon die Tatsache, dass sie sich dort gemeinsam aufhielten, hob die Moral der Truppe beträchtlich. Davarov hatte einräumen müssen, dass das Wissen um die sich nähernden Toten die Standhaftigkeit der Soldaten und Zivilisten merklich untergrub. Er trug diese Erkenntnis voller Schuldgefühle, als hätte er persönlich versagt.

»Atreska hat dich im Stich gelassen«, meinte er.

»Wenn du das noch einmal sagst, werfe ich dich über die Mauer«, drohte Roberto. »Die Tatsache, dass du hier stehst, schenkt der Konkordanz neue Hoffnung. Als ich hörte, dass die Feinde die Grenze überrannt hatten, fürchtete ich schon, du würdest jetzt mit ihnen marschieren.«

»Ich lebe noch, weil ich weggelaufen bin.«

Roberto blieb stehen und drehte sich zu Davarov herum. »Während ich gebadet und mich umgezogen habe, meine Rüstung polieren und Stiefel reparieren ließ, hatte ich Gelegenheit, mit ein oder zwei Leuten zu reden. Ihre und deine Version passen nicht so gut zusammen, du großer atreskanischer Bastard. Wenn ich eines mehr hasse als Feiglinge, dann sind es bescheidene Helden. Gott umfange mich, wir werden in den nächsten Tagen Helden brauchen.«

»Ich fürchte, wir sind hier zu schwach besetzt«, erwiderte Davarov. »Zu wenig Leute, zudem mangelt es uns an Kampfgeist, Glauben und Hoffnung. Diese Güter sind hier derzeit sehr knapp.«

»Obwohl die Aufgestiegenen hier sind?«

Davarov zuckte mit den Achseln. »Du sagst es ja selbst, sie wecken ebenso sehr Misstrauen wie Hoffnung. Jeder Flüchtling hat eine neue Geschichte zu erzählen. Sie haben vieles gesehen und gehört. Die Neratharner hier haben noch keinen toten Gegnern gegenübergestanden. Wir haben diese Erfahrung genau wie du schon gemacht, und die Folge davon ist, dass wir beide Hunderte von Meilen weit geflohen sind, weil wir keine Ahnung hatten, wie wir sie aufhalten konnten.«

»So war es, Davarov. Wir hatten keine Ahnung.«

»Roberto, nun sieh die Dinge doch endlich, wie sie sind. Zweihundert Geschütze und drei Aufgestiegene, eine fünfundzwanzig Meilen lange Mauer und keine Verteidiger dahinter. Wenn sie klug kämpfen, wie sie es an meiner Grenze und in Gosland getan haben, dann werden sie uns überrennen.«

»Wir sind ihnen zahlenmäßig überlegen«, wandte Roberto ein.

»Heute schon. Aber morgen? Wer kann das schon sagen? Wir haben gehofft, sie würden verwesen und stürzen, doch das ist nicht geschehen. Wir hofften, wir könnten vor ihnen den Weg freiräumen, und sie haben uns dennoch erwischt. Die Bärenkrallen sind dahin, abgesehen von ein paar Hundert, die noch durch die Berge im Norden irren.« Davarov schüttelte den Kopf. »Ich werde durchhalten, bis sie mich zu Boden ziehen und der letzte Onager zerbrochen ist. Aber ich habe Kämpfer unter mir, die sich gut an die Schrecken erinnern, denen sie an der tsardonischen Grenze ausgesetzt waren. Werden sie dieses Mal standhalten? Ich fürchte, sie werden versagen, wenn sie keine Hoffnung mehr sehen.«

»Dann müssen wir ihnen Hoffnung schenken«, drängte Roberto. »Wir haben neue Waffen, wir haben dich und mich. Wir dürfen nichts als Zuversicht ausstrahlen.«

Davarov lächelte. »Ich blicke auf mein Land hinunter, Roberto, und ich will es zurückhaben.«

»Außerdem haben wir Ruthrar.«

Davarovs Lächeln schwand. »Als Waffe oder Spion?«

»Du hast mit Dolius gesprochen. Was denkst du?«

»Ich glaube, die Tsardonier haben sich fünfzehn Jahre lang direkt vor meiner Haustür wie heimtückische Hunde verhalten, und viel zu oft sind sie in die Häuser meiner Landsleute eingedrungen. Du darfst nicht von mir verlangen, ich solle einem Tsardonier vertrauen. Nicht einmal einem, der einen Ruf genießt wie dieser Ruthrar. Vergiss nicht, wie schnell er sich diesen Ruf verdient hat. Würdest du dich anders verhalten, wenn du wie er und seine Soldaten in einem fremden Land gestrandet wärst?«

»Sie haben neben Getreuen der Konkordanz gekämpft und sind wie unsere eigenen Soldaten gefallen, um Gorians Vorstoß abzufangen.«

Davarov seufzte. »Ich weiß, ich bin ein Zyniker.«

»Schlimmer als Dahnishev.«

»Aber ich habe gute Gründe dafür. Wenn du ihn reiten und mit Khuran reden lässt, dann gewinnen sie neue Informationen. Was willst du überhaupt damit erreichen? Kein Tsardonier wird jemals auf diesen Mauern stehen.«

»Das will ich auch nicht«, stimmte Roberto zu. »Wir wollen nur verhindern, dass sie zusammen mit den Toten kämpfen. Es ist das Risiko wert. Überlege doch, welche Informationen er Khuran überhaupt geben könnte, die dieser nicht auch auf anderem Weg bekommen würde.«

»Es ist deine Entscheidung, Roberto. Einerseits würde ich Ruthrar als Warnung an alle anderen am liebsten gleich am nächsten Baum aufknüpfen. Andererseits könnte ich ihn durchs Tor schieben und ihm freie Hand lassen. Ich weiß auch nicht.«

»Ich verstehe dich, Davarov. Wie lange wird es dauern, bis die Tsardonier hier sind?«

»Fünf Tage, vielleicht weniger.« Davarov deutete mit dem Daumen über die Schulter hinter sich. »Gorian ist aber schon morgen in Reichweite.«

»Er wird jedoch nicht angreifen.«

»Nein, ich denke nicht. Nicht, wenn er tatsächlich fähig ist, über große Entfernungen hinweg Informationen auszutauschen.«

»Harban hat keinen Zweifel daran.«

»Ein komischer Kerl«, meinte Davarov.

Roberto lächelte. »Da will ich dir nicht widersprechen. Er redet sehr wenig, aber wenn er etwas sagt, dann muss man es ernst nehmen.«

»Was fällt ihm zu alledem hier ein?«

»Er will, dass wir losziehen und die Gor-Karkulas holen.«

»Es wäre einfacher, sie zu töten«, überlegte Davarov.

»Nicht, wenn wir die Karku als Freunde behalten wollen.« Roberto seufzte. »Er hat natürlich recht. Wenn wir sie herausholen, verliert Gorian einen großen Teil seiner Macht. Allerdings sind die Toten im Weg, und damit ist es so gut wie unmöglich.«

Davarov nickte. »Beginnen wir mit den Dingen, die uns bekannt sind. Er soll die Karten auf den Tisch legen. Aber über die neratharnische Seite müssen wir uns Gedanken machen. Niemand, ob tot oder lebendig, wird ohne Erlaubnis durch diese Mauern gelangen. Roberto?«

»Ja?«

»Du weichst ihnen aus, nicht wahr?«

Robertos Kehle schnürte sich zu. »Wirfst du es mir vor?«

»Nein. Ich glaube aber, der Große macht sich Gedanken.«

»Jhered macht sich doch über alles und jedes Gedanken.«

»Komm doch und sage wenigstens guten Tag.«

Roberto zuckte mit den Achseln. »Na schön. Bringen wir es hinter uns.«

Arducius beobachtete im Speisesaal der Kaserne, wie Jhered Roberto Del Aglios begrüßte, und spürte den Kummer in den Energiebahnen, die zwischen ihnen entstanden. Er hielt sich zurück und blieb mit Mirron und Ossacer in einer Ecke auf einer Bank sitzen. Nach der Reise waren sie alle müde. Mirron litt trotz Ossacers Hilfe noch ein wenig an Übelkeit, und Arducius war sicher, dass es sich dieses Mal um mehr als nur die Seekrankheit handelte. Dem Ausdruck ihrer Augen nach zu urteilen, war ihr das auch selbst bewusst. Gott umfange ihn, alle wussten es. Gorian war nahe und trieb seine Toten vor sich her. Unübersehbar zeichnete es sich in den Energiebahnen der gemarterten Erde ab. Die Stränge drehten und wanden sich, als wollten sie zurückzucken und ihrem Schicksal entfliehen.

Die beiden alten Freunde redeten eine Weile flüsternd miteinander, bis Roberto schließlich nickte, traurig lächelte und zu ihnen kam. Auch Jhered drehte sich zu ihnen um, sah sie ernst an und hing, eine Hand vor Kinn und Mund gelegt, seinen Gedanken nach.

Arducius und die anderen beiden erhoben sich und salutierten, was Roberto jedoch mit einer Handbewegung abtat. Ossacer war sehr angespannt, und Arducius kannte den Grund genau. Sie konnten Robertos Energien ebenso wahrnehmen wie seine Augen und seine Haltung. Er war voller Kummer, aber darunter brodelte auch Ärger, der sich gegen sie richtete.

»Botschafter Del Aglios, wir hätten nicht damit gerechnet, Euch hier anzutreffen«, sagte Arducius, um das Schweigen zu brechen.

»Nein«, erwiderte Roberto. »Vor fünfunddreißig Tagen hätte mich eine entsprechende Prophezeiung selbst überrascht. Einer von Euch hat jedoch alles über den Haufen geworfen, und nun sind wir ins Hintertreffen geraten. Kein Wunder, dass Ihr hier auf Misstrauen stoßt, um es freundlich auszudrücken.«

»Das verstehe ich nicht«, sagte Arducius.

»Mein Bruder Adranis ist Gorian Westfallen zum Opfer gefallen, und ich mache den Aufstieg dafür verantwortlich.«

Mirron keuchte. »Botschafter, ich kann nicht sagen, wie leid mir das tut.«

»Euer Bruder war ein großer Mann«, stimmte Ossacer zu.

»Ja, das war er«, sagte Roberto. »Und hätte ich ihn nicht selbst enthauptet und verstümmelt, dann würde dieser große Mann jetzt im Totenheer Eures verdammten Bruders marschieren.«

Arducius schluckte. Gern wäre er einen Schritt zurückgewichen, doch die Bank war ihm im Weg.

»Wir finden Gorians Verbrechen so abscheulich wie jeder andere«, fuhr Arducius fort. »Unser Ziel war es immer ...«

»Schweigt!«, fauchte Roberto. Die drei Aufgestiegenen zuckten zusammen. »Ich bin nicht hergekommen, um über die Ziele des Aufstiegs zu diskutieren, der meiner Mutter so ans Herz gewachsen ist. Ich verlange lediglich, dass Ihr Euch bemüht, und nur aus diesem Grund bin ich froh, dass Ihr da seid. Eines aber will ich Euch gleich zu Anfang erklären. Mit jedem Tag bereue ich ein wenig mehr, dass ich auf Euch gehört habe und Gorian nicht an Ort und Stelle töten ließ. Mein Bruder und Tausende andere Bürger sind dank meiner Dummheit tot. Wir werden also nicht am gleichen Tisch sitzen, und wir werden auch keine Freunde werden. Ist das klar?

Ihr seid hier, um dieses Scheusal und alle seine widerlichen Kreaturen zu vernichten. Das ist alles, was Ihr hier tun sollt, und Ihr bekommt Eure Befehle entweder direkt von mir oder von General Davarov. Ihr werdet keine Fragen stellen, und ich erwarte von Euch, dass Ihr Euer Leben opfert, wenn es nötig ist. Ossacer, was ist los?«

Roberto funkelte ihn mit einer Leidenschaft an, vor der ein schwächerer Mann verzagt hätte.

»Wir sind hier, um zu helfen, und wir sind alle traurig, dass Euer Bruder tot ist. Aber bitte macht nicht den ganzen Aufstieg für die Taten eines einzigen Mannes verantwortlich. Ihr müsst akzeptieren, dass die Aufgestiegenen vor Gott die gleichen Rechte haben wie jeder andere.«

»Ich muss überhaupt nichts«, fauchte Roberto. »Wenn ich daran denke, welche Möglichkeiten in Euch schlummern, dreht es mir den Magen um. Eines Tages werde ich der Advokat sein und auf dem Hügel regieren. Glaubt ja nicht, dass ich Euch erlaube, Euer Werk fortzusetzen. Und jetzt geht mir aus den Augen und macht Euch daran, den Feind zu besiegen. Ich erwarte nicht, noch einmal mit Euch sprechen zu müssen.«

Roberto funkelte sie an, und keiner widersprach. Jhered schnaufte leise, und Mirron führte sie hinaus. Ossacer wollte etwas sagen, doch Jhereds Ausstrahlung hielt ihn davon ab. Erst als sie draußen in der Sonne standen, redeten sie wieder.

»Wie kann er es wagen, so mit uns zu sprechen«, sagte Ossacer. »Wir sind in gutem Glauben gekommen, um zu helfen.«

Jhered drehte sich zu ihm um. »Hör genau zu, Ossacer. Ihr alle.

In Estorr habt ihr Unterstützung gefunden, doch hier draußen stehe nur ich auf eurer Seite. Roberto ist gebrochen, aber sein Verstand ist klar. Verärgert ihn nicht. Der Aufstieg steht auf Messers Schneide, und auf beiden Seiten klafft ein Abgrund. Ihr müsst hier nicht nur siegen, sondern ihr kämpft um euer eigenes Überleben. Macht mich stolz und bringt ihn zum Nachdenken. Wenn euch das nicht gelingt, spielt es keine Rolle mehr, wie viele ihr hier rettet. Wenn wir nach Hause kommen, ist es mit dem Aufstieg vorbei.«

»Hass ist so zerbrechlich wie Liebe«, sagte Vasselis. »Ich frage mich, ob sie das wusste.«

»Ich frage mich, was geschehen wäre, wenn die Kanzlerin noch am Leben wäre.«

»Jetzt aber sind sie Seite an Seite unter den Augen des Allwissenden beerdigt, Marcus.«

»Tröstet uns das?«

Die beiden alten Soldaten ritten auf dem Rückweg vom Haupthaus der Masken zusammen über die Prachtstraße. Die Erste Legion war bei ihnen, auch die Palastwächter schützten sie. Die Gottesritter standen als Ehrenwache entlang der ganzen Route. Überall in der Stadt wehten die Flaggen auf Halbmast, und die Glocken gaben nur dumpfe Töne von sich. Hörner spielten Todesmärsche. Eine Symphonie der Melancholie.

»Der Zorn wird wieder aufflammen«, sagte Vasselis. »Wir müssen diese Gelegenheit nutzen, solange sie sich bietet. Die Leute müssen sich in Bewegung setzen, da die Advokatin jetzt bei Gott ist.«

Marcus Gesteris nickte in Richtung der Kutsche, hinter der sie ritten. »Wisst Ihr, was mich bei alledem wirklich froh stimmt? Tuline hat gesehen, wie sehr das Volk ihre Mutter liebt. Die letzten Tage waren dunkel, doch Herine war eine wundervolle Herrscherin. Ihre Advokatur hat das Leben der Menschen bereichert, und daran haben sie sich am Ende erinnert.«

Vasselis nickte. »Das sollte uns etwas sagen. Der Orden allein kann dem Willen des Volks nicht ganz und gar gerecht werden.«

»Andererseits sind zwei Legionen Gotteskrieger sehr überzeugend.«

»Sie wussten schon immer, wie man Abweichler zum Schweigen bringt.«

Die Kutsche, hinter deren Vorhängen Tuline unbeobachtet weinen konnte, fuhr klappernd durchs Siegestor. Der Palast erstrahlte im Sonnenlicht, doch auch dies konnte nicht die Tatsache vergessen machen, dass die Stadt, die vor fünf Tagen noch in Flammen gestanden hatte, ausgelaugt, leer und gebrochen war. Kein Wunder, dachte Vasselis bei sich.

Der Zorn der Bürger war verflogen, fortgeschwemmt von Schock und Kummer. Nur einen Tag nach Herines Tod war die Belagerung aufgehoben worden, und der Rat der Sprecher hatte sich mit Vasselis und Tuline zusammengesetzt, um die nötigen Vorkehrungen für eine Bestattung zu treffen, die der Advokatin der Estoreanischen Konkordanz und der Vertreterin des Allwissenden auf der Erde Ehre machte.

Natürlich kam Vasselis der zynische Gedanke, dass dies nur ein Trick sein könnte, weil der Orden die Stimmung der Menschen erkannte und sogar nutzte, um ihr Vertrauen zu stärken. In den nächsten Tagen sollte sich herausstellen, ob diese Einschätzung zutraf. Jedenfalls war Herine ein unrühmliches Ende erspart geblieben, und dafür musste man dem Orden danken.

Als Vasselis und Gesteris durchs Tor in den Hof ritten, kamen Stalljungen gelaufen, um die Zügel ihrer Pferde zu nehmen und ihnen beim Absteigen zu helfen. Die Kutsche fuhr weiter bis vor die Stufen des Palasts. Tuline stieg rasch aus und eilte nach drinnen.

»Wir sollten die Neuigkeit bekannt geben«, überlegte Gesteris. »Die Wachfeuer sollten schwarzen Rauch zeigen.«

»Das kann ich nicht tun«, widersprach Vasselis. »Wir müssen die Illusion aufrechterhalten, dass hier alles in Ordnung ist. Stellt Euch nur vor, welche Wirkung die Nachricht über den Tod der Advokatin auf die jetzt schon verängstigten Kräfte hätte. Wenn wir aus Neratharn die Nachricht über einen Sieg oder sonst etwas bekommen, werden wir den schwarzen Rauch zeigen.«

»Und was ist mit Roberto? Er ist jetzt der Advokat, aber er weiß es nicht.«

»Das ist auch gut so. Auf seinen Schultern ruht jetzt schon genug.«

»Ich bin nicht sicher, ob er es ebenso sehen würde.«

»Das kann ich nicht ändern, Marcus. Ich muss tun, was ich für richtig halte. Roberto wird es schon verstehen.«

Gesteris drehte sich um, als eine weitere Kutsche über das Pflaster des Innenhofs rumpelte. Auch Vasselis sah sich um. Die Karosse war mit den Abzeichen des Allwissenden geschmückt, jede freie Fläche war mit den strahlenden Farben der Elemente verziert.

»Sie haben nicht lange auf sich warten lassen«, sagte Gesteris.

»Wollen wir wetten, was sie besprechen wollen?«

Gesteris kicherte, und dann begrüßten sie gemeinsam den Rat der Sprecher.

»Wenn wir uns beide für den gleichen Sieger entscheiden, wird es keine Wette«, sagte er.

Vasselis atmete tief durch und setzte eine freundliche Miene auf. Der Innenhof füllte sich mit Infanteristen. Eine Kavallerieabteilung zog im Handgalopp durchs Siegestor. Die Gottesritter waren draußen geblieben.

»Meine Herren, willkommen«, sagte er. »Ich denke, ich spreche für alle hier auf dem Hügel, in der Stadt und sogar in der ganzen

Konkordanz, wenn ich mich für eine Begräbnisfeier bedanke, die aufrichtig, voller Mitgefühl und Verehrung und insgesamt höchst angemessen war. Es wärmt mein Herz, und ich danke Euch.«

Auch Gesteris nickte wohlwollend. Der Sprecher der Winde neigte dankbar den Kopf.

»Der Allwissende wird darüber richten. In den Augen unserer Gläubigen haben die Leistungen der Advokatin ihre Verbrechen weitaus überwogen. Als Priester des Ordens beugen wir uns dem Empfinden der Menschen.«

»Und Eure persönlichen Ansichten?«, fragte Gesteris unwirsch.

Die Sprecher der Erde, der Meere und des Feuers verschanzten sich hinter dem Sprecher der Winde, als dieser fortfuhr.

»Schuldgefühle haben die Advokatin zerstört. Die Art ihres Todes war überraschend, doch er war auch eine unausweichliche Folge ihrer Taten. Jetzt weht ein kalter Wind über die Höhen der Macht, wo einst eine starke Barriere stand. Die Architekten dieser unglücklichen Lage, in der sich die Stadt befindet, sind immer noch auf freiem Fuß.«

Vasselis' Hoffnung sank.

»Kommt mit«, sagte er. »Setzt Euch mit uns zusammen und lasst uns reden. Die Advokatin hat die Tür zu dieser Möglichkeit geöffnet. Wir wollen nicht in alte Feindseligkeiten zurückfallen.«

Der Sprecher der Winde lächelte traurig und schüttelte den Kopf.

»Das ist nicht nötig, Marschall Vasselis. Der Kopf des Untiers ist abgeschlagen, nun muss der Körper sterben. Wir werden die Aufgestiegenen jetzt mitnehmen, und falls Ihr Euch weigert, werden wir die Gottesritter schicken, um sie zu holen. Dieses Mal wird es keine Belagerung geben.«

»Wollt Ihr wirklich den Palast angreifen?« Vasselis konnte nicht glauben, was er gerade gehört hatte. »Ihr wollt offenbar die Bürger, Eure treuen Anhänger, in einen sinnlosen und gefährlichen Konflikt hineinziehen. Ich sage es noch einmal: Wir sind von einer Invasion bedroht. Wir dürfen kein Menschenleben verschwenden. Die Gottesritter müssen die Stadt verteidigen. Die Bürger müssen fliehen.«

Der Sprecher der Winde schnitt eine spöttische Grimasse, und Vasselis musste an sich halten. Gesteris knurrte und ballte die Hände zu Fäusten.

»Es gibt keine Invasion. Es gibt keine Bedrohung. Nur die Verleugnung des Bösen. Und Eure wiederholten Forderungen gehen uns allmählich auf die Nerven.«

Auf einmal ertönten in der ganzen Stadt Hornsignale, und die Alarmglocken wurden angeschlagen. Schrille, schnelle Schläge hallten über die Dächer. Der Sprecher der Winde riss die Augen weit auf und blickte zum Himmel, als könnte er dort noch mehr Lügen finden.

»Keine Invasion?« Gesteris musste schreien, um den Lärm zu übertönen. Er trat vor den Sprecher der Winde und packte ihn am Kragen. »Klingt das wie Frieden?«

»Das kann nicht sein«, stammelte der Priester. »Es waren doch alles Lügen.«

Vasselis trat zwischen die beiden und schob Gesteris sanft zur Seite.

»Nein, Sprecher der Winde, es waren keine Lügen. Und Eure Weigerung, uns zu glauben, hat die Advokatin um den Verstand und dann ums Leben gebracht. Binnen einer Stunde will ich Horst Vennegoor vor mir sehen. Denn was immer Ihr glaubt, die Toten kommen wirklich, und es scheint mir fast, als wären die Ocetanas nicht in der Lage, sie aufzuhalten. Vergesst auch nicht, Euch unterwegs bei jedem Bürger zu entschuldigen. Möglicherweise habt Ihr sie alle umgebracht.«

24

859. Zyklus Gottes, 10. Tag des Genasab

An den Blasebalg.«

Die *Ocetarus* fuhr neben dem feindlichen Schiff, die Trommel gab einen mörderischen Rhythmus vor. Unter Deck sangen die Ruderer, um einander Kraft zu geben. Sie durften jetzt nicht nachlassen. Iliev blickte zum Mast hoch. Das Segel war gerefft, doch das Banner stand waagerecht und deutete zum Heck.

»Feuer!«, befahl er.

Die Tsardonier hatten sich auf dem Deck des feindlichen Schiffs an der Reling versammelt und schossen über die kurze Distanz Pfeile herüber, die jedoch von den Schilden vor dem Blasebalg und den Rohren im Heck der *Ocetarus* abprallten. Ilievs Kapitän legte das Steuerruder ein wenig herum, damit es zu keinem Zusammenstoß kam.

Das Naphtalin wurde entzündet, eine Flammenzunge raste vom Heck des konkordantischen Flaggschiffs hinüber und deckte die tsardonische Trireme, die es überholte, vom Heck bis zum Bug ein.

»Hart steuerbord«, rief Iliev.

Der Kapitän warf das Ruder herum und drehte vom feindlichen Schiff ab. Die tsardonischen Matrosen brannten lichterloh, die ganze Steuerbordseite des Schiffs stand in Flammen. Auf dem Ruderdeck herrschte Chaos. Das Naphtalin kroch an den Rudern entlang. Ein Krachen ertönte, und das Schiff bekam Schlagseite. Iliev hörte die Schreie der Gegner. Der Blasebalg konnte das Naphtalin fast fünfzehn Schritte weit spucken. Er wünschte, sie hätten Mast und Segel getroffen, doch dies hier musste reichen.

Drüben griff die Panik um sich, dann ertönte das eigenartige Wehklagen der Toten, die im Frachtraum eingesperrt waren. Ein schreckliches Geräusch, und Iliev bedauerte jeden Unschuldigen, der leiden musste, damit die Konkordanz überlebte. Das feindliche Schiff hatte jetzt große Schwierigkeiten, und das Wasser konnte dem Feuer nichts anhaben. Das Naphtalin fraß sich tief in das Holz hinein und brannte sehr heiß, die Flammen schossen empor und zischten dicht über dem Wasser.

Iliev sprach ein Gebet für all jene, die nun zu Ocetarus heimkehrten. Doch es reichte noch lange nicht. Er drehte sich wieder nach vorn. Korsaren von zwanzig Triremen schossen übers Wasser. Kommando Sieben war schon unterwegs, folgte ihnen und wartete darauf, dass Iliev sich zu ihnen gesellte. Ein paar hundert Schritte steuerbord bohrte sich Kommando Vierzehn gerade niedrig in den Bug einer feindlichen Trireme. Das tsardonische Schiff erbebte, und wenige Augenblicke später traf ein weiteres Kommando mit seinem Boot das Heck.

Sie waren nur wenige Kämpfer, die es mit viel zu vielen Gegnern aufnehmen mussten. Iliev fluchte wieder. Sie hatten in die falsche Richtung geschaut. Er hatte richtig erkannt, dass der Feind die Toten nur mithilfe einer Flotte über das Tirronische Meer befördern konnte, und angenommen, die Tsardonier müssten um die Südspitze von Gestern segeln, um Estorr zu erreichen. So hätte es sein sollen.

Doch ihr Gegner hatte sie übertölpelt. Gestern wimmelte von Toten, die als willige Helfer zur Verfügung standen. In diesem schönen Land gab es keinen Widerstand mehr, daher waren die Tsardonier den Ocetanas und Ocenii ausgewichen, hatten die Schiffe zerlegt und über Land durch Gestern geschleppt. Es war eine außerordentliche Leistung, die nur möglich gewesen war, weil unzählige Tote dabei geholfen hatten. Nun waren zweihundert Schiffe in See gestochen, und die Wahrheit kam ans Licht. Zu viele, als dass die Ocetanas sie hätten aufhalten können.

Was die Verteidiger auch unternehmen mochten, einige der Toten würden das Festland erreichen.

In der Ferne konnte Iliev die weißen Mauern und die roten Dächer von Estorr ausmachen. Bald würden die Einwohner die Schrecken der Toten kennenlernen. Seine einzige Hoffnung war, dass er zusammen mit den dreißig Schiffen, die er um sich geschart hatte, jene gegnerischen Schiffe versenkt hatte, auf denen sich die Gor-Karkulas befunden hatten. Es war ein Glücksspiel, und erst wenn die Tsardonier sich zurückzogen oder die Schiffe landeten und niemand ausstieg, würden sie wissen, dass sie gewonnen hatten.

Die See war voller tsardonischer Segel, dazwischen Schiffe der Konkordanz, die von der Insel Kester stammten. Es war die Reserve, die Iliev hatte holen wollen. Der Feind hatte sie übernommen und bis jetzt versteckt, auch wenn Iliev nicht sagen konnte, wie ihm das gelungen war.

Iliev zermarterte sich das Gehirn und überlegte angestrengt, wo er versagt hatte. Ihm wollte nichts einfallen. Keine nur irgendwie denkbare Maßnahme hätte ihm die Bürde ersparen können, die jetzt auf sein Herz drückte. Er hatte mit Flaggen die Warnung vor der Invasion weitergegeben und die Antworten auf gleichem Wege empfangen. Wenigstens wusste Estorr jetzt, dass die Toten kamen.

»Käpten?«

Iliev drehte sich um und blickte nach backbord. Kashilli stand schon an der Ruderpinne seines Spornkorsaren.

»Kashilli, wie läuft es da draußen?«

»Hört auf, Euch Vorwürfe zu machen wie ein jammerndes Weib, und seht es Euch selbst an. Wir müssen die Hämmer schwingen und Feinde versenken.«

Iliev nickte. »Zum Heck. Ich komme zu Euch.«

Dann trottete er nach hinten und hielt noch einmal kurz beim Kapitän an. »Verfolgt sie weiter und setzt den Blasebalg ein. Jeder Tote, der jetzt fällt, ist ein guter Toter.«

»Ja, Admiral.«

Iliev lächelte. »Wir können nur tun, was Ocetarus uns zu tun erlaubt, Kapitän. Der Ruf ist ertönt, wir sind gefolgt. Vergesst das nicht. Kämpft und achtet auf die Ocenii. Wir werden im Zentrum zuschlagen und uns dann etwa eine halbe Meile entfernen.«

Dann stieg Iliev im Heck auf die Reling und sprang ins Meer. Die kalte Hand des Ocetarus legte sich um ihn. Er empfahl sich der Gnade seines Gottes an und tauchte wieder auf. Kashillis Ruf wies ihm die richtige Richtung. Er schwamm einige Züge. Es gab noch viele Feinde, die sie zur Strecke bringen mussten.

»Ich kann sie spüren«, sagte Kessian. »Sie ist ganz in der Nähe. Warum können wir nicht zu ihr?«

»Sei still!« Gorians Schrei verstärkte seine Kopfschmerzen nur noch weiter und vergrößerte seine Müdigkeit. »Hör auf zu jammern. Siehst du denn nicht, dass wir noch nicht bereit sind?«

»Warum denn nicht? Es sind doch alle da. Arducius und Ossacer sind auch dabei. Sogar der Mann, nach dem wir bereits einmal gesucht haben.«

»Ja, und keiner von ihnen wird verstehen, was aus mir und auch aus dir geworden ist. Du weißt, dass sie mich alle hassen.«

»Ich könnte zu ihr gehen und sie zu dir bringen, und dann wären wir zusammen, wie du es gesagt hast.«

»Nein.«

Gorian suchte nach den richtigen Worten und fand sie nicht. Die starken Energien erforderten seine volle Aufmerksamkeit, und ihr Ansturm drohte sogar ihn fast zu überwältigen. Er musste seine Untertanen unter Kontrolle halten und weitermarschieren lassen. Alles andere kam ihm vor wie eine übergroße Anstrengung.

Durch die Nähe der Gor-Karkulas und seiner zweiten Armee, die mit Khuran marschierte, war ein kritischer Punkt überschritten. Er hatte Zugang zu einer ungeheuren Kraftquelle und wusste nun, dass seine Taktik richtig gewesen war. Sobald die beiden Armeen vereint waren, konnte er durch vier der Karkulas schier unglaubliche Kräfte übertragen. Die Energien der Erde summten unter ihm, während er ihre Lebenskraft in sich aufnahm.

Droben, wo noch die Lebenden umgingen und ihn zu besiegen hofften, würden es wohl einige spüren und mit Entsetzen reagieren. Kessian hatte ihren Einfluss in das komplizierte Netz eingebunden, das Gorian geschaffen hatte, weil er instinktiv und unbewusst in Ordnung bringen wollte, was in deren Augen falsch war. Daher wusste Kessian auch so genau Bescheid, wer da drüben auf dem Wall war. Verdammt.

»Wie fühlt ihr euch, meine Geschwister?«, flüsterte er. »Zu wissen, dass ich hier bin, und doch so hilflos zu sein. Ihr giert nach meinem Blut und habt so große Angst vor der Macht, die ich besitze.«

»Was meinst du damit?«

Gorian kam wieder zu sich.

»Du gehst mir auf die Nerven, Junge. Verschwinde. Lass mich in Ruhe. Bereite dich vor. Unsere Feinde werden böse Methoden einsetzen, weil sie uns besiegen wollen. Unsere Untertanen müssen stark sein. Sie dürfen sich nicht niederlegen. Hast du das verstanden?«

»Ja, Vater.«

Gorian sah Kessian hinterher, der zwischen den Bäumen des Waldes verschwand, in dem Gorian sich eingerichtet hatte, um die zu finden, die zu befehligen er geschworen hatte. Kessian hatte in der letzten Zeit einige schwierige Lektionen über die Kontrolle der Toten gelernt und war jetzt bereit.

Gorian lächelte. Die Sonne drang durch die frischen Blätter bis zu ihm herab, und das Gras unter ihm war gesund und kräftig. Es war eine Oase, die seine Untertanen nicht betreten durften. Ein Ort schlichter Schönheit, der unberührt bleiben sollte. Morgen wären seine Armeen vereint, und seine Kräfte würden sich verzehnfachen. Morgen konnte er den Marsch auf Estorr wieder aufnehmen. Sein Thron war leer und wartete schon auf seinen ruhmreichen Einzug.

Die Angst war fast körperlich spürbar. Wie ein dichter Nebel, klebrig und greifbar, senkte sie sich über die Juwelenmauer. Die Flüchtlinge, die geglaubt hatten, sie seien auf dieser Seite der Barriere sicher, sahen sich nun an einer neuen Frontlinie und wussten nicht mehr, wohin. Überall entdeckte Arducius weinende und betende Menschen. Es war gespenstisch. In den Lagern brannten Hunderte von Feuern und warfen tiefe Schatten hinter die Zelte, in denen sich verzweifelte Stimmen erhoben.

Zwischen ihnen und Gorians unzähligen Toten standen jetzt nur noch drei Aufgestiegene. Auch zwei Legionen waren zugegen und hatten sich an der breiten Front verteilt, doch sie dienten nur als Köder für Gorian, der sie sicherlich seinem Heer einverleiben wollte. Der Rest der konkordantischen Truppen stand auf der

Barriere selbst und beobachtete den Aufmarsch der Toten auf der Ebene. In weniger als einem Tag wären die Angreifer in Reichweite. Die Tsardonier folgten ihnen. Bisher war noch nicht klar, ob Ruthrars Mission erfolgreich verlaufen war oder ob er tatsächlich der Spion war, für den Davarov ihn offenbar hielt.

Die Aufgestiegenen liefen durch das stinkende Flüchtlingslager zur Front. Im Lager brachen bereits die ersten Krankheiten aus. Es war unvermeidlich, aber auch Besorgnis erregend. Arducius nahm an, dass Gorian mit dem kommenden Kampf stark beschäftigt sein würde. Falls er aber die Toten inmitten der Konkordanz aufspüren sollte, konnte er ein Chaos auslösen. Roberto hatte darauf bestanden, dass jeder, der starb, verstümmelt werden musste, doch es war naiv, anzunehmen, dass in diesem weitläufigen Lager, in dem etwa fünfzigtausend Menschen hausten, alle auf ihn hören würden. Dort gab es sicherlich Leichen, die heimlich und intakt beerdigt worden waren.

»Sie sollten die Toten hart angehen, wenn sie kommen«, sagte Ossacer. »Fünfzigtausend gegen wie viele? Achttausend oder so? Das ist kein Problem.«

»Willst du der Erste sein, der eine wandelnde Leiche angreift?«, gab Arducius zurück. »Sie haben nicht genug Willenskraft. Du spürst doch ihre Angst.«

»Jedenfalls wird Gorian es nicht mit einem Sturmangriff versuchen. Er wird tun, was Davarov und Roberto an anderen Grenzen erlebt haben«, fügte Mirron hinzu. »Er wird in den Reihen der Verteidiger einige Tote in seine Gewalt bringen.«

»Dann müssen wir die Flüchtlinge verlegen«, sagte Ossacer. »Ich weiß nicht, wie es euch geht, aber ich spüre die Krankheiten schon. Sie breiten sich rasch aus. Vor allem Diphtherie. Schlechte sanitäre Einrichtungen, zu wenig zu essen und kein sauberes Wasser.«

»Wohin sollen sie fliehen? Inzwischen ist eine ganze Stadt entstanden. Wenn sie weglaufen, bricht Panik aus. Kein Wunder, dass Davarov ringsum die Starken Speere aufgestellt hat.«

Arducius deutete auf die Wachfeuer, hinter denen die ganze Infanterie der Speere stand. Eine dünne Verteidigungslinie, wie man es auch betrachtete. Ossacer hatte natürlich recht, die Menschen sollten eigentlich anderswo untergebracht werden. Einige hatten die Gelegenheit ergriffen, nach Süden zu laufen, sobald sie erfahren hatten, dass die Feinde sich auf dieser Seite der Mauer näherten. Die meisten hatten beschlossen, lieber in Reichweite der Truppen zu bleiben. Arducius fragte sich, wie viele von ihnen diese Entscheidung inzwischen bereuten. Wenn die vorherrschende Atmosphäre darüber Aufschluss gab, dann war es wohl die Mehrzahl.

Die Aufgestiegenen liefen weiter, vorbei an den Geschützen und den ruhenden Abteilungen der Truppe bis hinaus ins offene Gelände von Neratharn. Da draußen, höchstens zwei Meilen entfernt, wartete Gorian. Sie waren völlig sicher, dass er da draußen war. Die Richtung, aus der die kranken Energien unter der Erde kamen, die sie schwächten und kleine Winkel ihres Bewusstseins infizierten, war eindeutig zu erkennen.

»Es ist so dunkel da draußen, so öde«, sagte Mirron.

Sie kniete nieder und legte die Hände auf den Boden, um weitere Hinweise zu bekommen. Arducius und Ossacer folgten ihrem Beispiel, öffneten sich und tauchten tief in die Erde ein. Übelkeit überkam sie. Tief drunten lauerte die Perversion all dessen, woran sie glaubten. Eine negative Energie, deren Elemente Tod, Verfall und Verwesung waren.

So mächtig. Gorian hatte es erkannt. Die alles umfassende Konstante. Jedes Lebewesen ist ihr unterworfen und fällt ihr früher oder später zum Opfer. So weit sie sich nach Osten und

Westen vortasten konnten, dominierte diese Kraft die unendlichen, langsamen Bewegungen der Erde und besudelte sie mit einem kranken Grau, das der Tod in seiner reinsten Erscheinungsform war.

»Ist Kessian auch da, Mirron?«, fragte Ossacer.

»Ich weiß es nicht«, erwiderte sie seufzend und mit einem Kloß in der Kehle. »Ich bin nicht einmal sicher, ob ich ihn überhaupt noch spüren kann. Seine Energie ist mir so fremd geworden wie ein Traum.«

»Du musst daran glauben, Mirron. Lass ihn nicht los, nicht für einen Moment, denn sonst ist er vielleicht wirklich verloren.«

»Ich gebe mir so große Mühe, Ardu. Wirklich. Aber Gorian überdeckt alles andere. Sein Wesen ist rings um uns. Es ist in der Luft und strömt wie ein Hochwasser führender Fluss durch die Erde. Wie können wir dagegen ankommen? Wie können wir so etwas eindämmen?«

Arducius rieb sich die Hände und stand auf.

»Das werden wir nicht«, sagte er. »Dazu ist er zu mächtig, und die Energien der Toten sind viel zu stark. Ich begreife immer noch nicht, wie er es tut. Kannst du etwas erkennen?«

»Dieser Weg ist uns glücklicherweise verschlossen«, sagte Ossacer. »Ich verstehe es auch nicht. Woran denkst du?«

»Was bleibt Gorian noch, wenn er alle Toten beherrscht? Meiner Ansicht nach nicht viel. Ich schlage vor, wir geben ihm Stoff zum Nachdenken. Es wird den größten Teil der Nacht erfordern, um es richtig zu machen, und es muss mit der passenden Geschwindigkeit geschehen.«

»Etwas mit dem Wind, Ardu?«, fragte Ossacer.

Arducius nickte. »Hilfst du uns, Ossie?«

»Wir wollen ihn nur töten und die Toten zur Ruhe schicken, ja?«

»Nur das wollen wir.«

Ossacer nickte, und seine Augenfarbe wechselte von Orange zu einem ruhigen Grün.

»Dann bin ich dabei, Ardu.«

»Welcher Tag ist übermorgen?«, fragte Mirron auf einmal.

Arducius lächelte. »Der zwölfte Genasab.«

»Vater Kessians Geburtstag«, ergänzte Ossacer.

»Ein passender Tag, um dieses böse Treiben zu beenden«, sagte Arducius. »Vergesst nicht, dass wir eins sind und immer eins bleiben werden. An die Arbeit.«

Khurans Wutausbruch war bis zur Juwelenmauer zu hören. Die Prosentoren Kreysun und Ruthrar konnten ihn nicht beruhigen. Er brüllte seinen Kummer hinaus, die Einzelteile seiner Rüstung hatte er im ganzen Zelt herumgeworfen. Kissen, Leinwand, Decken und Kleidung waren in Stücke gerissen, Federn tanzten in der Luft, das Bett war nur noch Feuerholz.

Khurans Klinge war scharf, und Ruthrar hatte sie am Arm zu spüren bekommen, als er das erste Mal versucht hatte, seinen König zu beruhigen. Die Wunde blutete stark, doch er ignorierte sie. Khuran stand schwer keuchend mitten in seinem ruinierten Herrscherzelt, in einer Hand das Schwert und in der anderen ein abgebrochenes Stuhlbein. Seine Augen brannten vor Wut, sein Gesicht war rot, und er sah sich um, ob es sonst noch etwas gab, an dem er seinen Zorn auslassen konnte.

Doch inzwischen waren nur noch Kreysun und Ruthrar da.

»Mein König, bitte, Ihr werdet noch die Truppen aufwecken und ihnen Angst einjagen.«

Jetzt konzentrierte Khuran sich auf Kreysun, aber auch Ruthrar zuckte zusammen. Kreysun versuchte verzweifelt, nicht die Fassung zu verlieren.

»Dann sollen sie meinetwegen Angst haben«, sagte Khuran. Es klang, als schabten zwei Steine übereinander. »Sie sollen um ihr Leben fürchten.«

»Es ist an der Zeit, das Schwert in die Scheide zu stecken, mein König«, sagte Kreysun sanft und streckte die Hände aus.

Khuran schlug zu, und Kreysun wich zurück. Die Klinge verfehlte ihn um Haaresbreite.

»Er hat meinen Sohn umgebracht!« Khurans Schrei war im ganzen Lager zu hören. »Ich will den Schweinehund haben! Er soll vor Angst vor mir kriechen, nachdem er mir das angetan hat. Geht mir aus den Augen.«

Khuran wollte an Kreysun vorbei, doch der Prosentor blieb einfach stehen. Khuran wich einen Schritt zurück und hob das Schwert zum Schlag.

»Aus dem Weg!«

Wieder schlug er zu, doch Ruthrar war bereit. Er stürzte los, hielt den Schwertarm des Königs mit beiden Händen fest und drückte ihn zu Boden. Kreysun nahm sich den anderen Arm vor und blockierte ihn, damit Khuran nicht mit dem abgebrochenen Stuhlbein Ruthrars Schädel zertrümmerte. Der König starrte sie nacheinander böse an. Er fauchte wutentbrannt und war so stark wie drei Männer. Er trat um sich und wand sich, und am Hals spannten sich die Sehnen.

»Dafür lasse ich euch beide hinrichten. Lasst mich los! Wache! Zu eurem König! Ich werde angegriffen.«

»Nein, Khuran«, rief Kreysun. »Ihr müsst Euch beruhigen. Ihr könnt Gorian nicht erwischen, er ist zu weit entfernt.«

Wächter kamen ins Zelt gerannt.

»Lasst mich zu ihm, ich will ihn jetzt sofort. Nehmt eure verdammten Hände weg.«

Khuran wehrte sich heftiger denn je. Ruthrar konnte kaum den

Schwertarm festhalten, so erbost war der Mann. Er wandte sich an die vier Wächter, die mit großen Augen zusahen.

»Entscheidet euch«, sagte er. »Helft uns, ihn zu beruhigen, oder zieht uns weg.«

»Westfallen, ich werde dich holen. Hörst du das, du mieses Schwein?«

Die Wächter kamen näher.

»Wir wollen ihm nichts tun«, sagte Kreysun. »Einer von euch nimmt sein Schwert. Er wird sich noch selbst oder jemand anders töten, wenn das so weitergeht.«

Khurans Gesicht war aufgedunsen, als würde es gleich explodieren, und seine Augen traten hervor. »Er muss sterben.«

»Bitte, mein König, Ihr müsst Euch beruhigen«, sagte Kreysun und versuchte, den Blick des Königs einzufangen, in dem kein Fünkchen Verstand mehr wohnte. »Khuran, mein Freund und König. Hört mir zu. Bitte.«

Die Wächter hörten Kreysuns Tonfall, und sie vertrauten ihm. Ruthrar spürte, dass sie zu einer Entscheidung gelangten. Es war die richtige Entscheidung. Zwei fassten die Hände des Königs und nahmen ihm die Waffen ab, die anderen beiden setzten sich auf seine Beine und zwangen ihn, sich zu beruhigen, obwohl er sich immer noch hin und her warf.

Als auf jedem Handgelenk ein Wächter kniete, konnte Kreysun endlich den Arm des Königs loslassen und das Gesicht des armen Mannes in beide Hände nehmen, bis der Herrscher ihn endlich ansah.

»Khuran, Euer Zorn und Euer Kummer sind berechtigt. So empfinden wir alle, und die Tsardonier werden sich an Gorian Westfallen für die Ermordung Eures Sohnes rächen. Aber es kann nicht heute Nacht geschehen. Khuran, versteht Ihr mich?«

Allmählich klärte sich Khurans Blick wieder. Der Wahnsinn

wich aus den Augen, und er runzelte die Stirn, dann liefen ihm die Tränen über die Wangen.

»Er hat mir meinen Sohn weggenommen«, flüsterte Khuran verzweifelt. »Mein Geschlecht endet. Wer soll denn herrschen, wenn ich sterbe? Mein Sohn. Mein wundervoller Sohn.«

»Wir haben jetzt keine andere Wahl, als weiterzumachen«, sagte Kreysun. »Westfallen ist jenseits der Mauern. Vergesst nicht, was wir besprochen haben.«

Khuran nickte.

»Benutzen wir die Toten, um die Konkordanz zu besiegen. Sollen sie die Bresche in die Mauer schlagen, die uns zu Gorian führt. Dann können wir zuschlagen. Was Ruthrar auch sagt, wir können der Konkordanz nicht trauen. Ein ehrenwerter toter General nützt uns nichts.«

»Lasst mich los«, verlangte Khuran.

»Was werden wir Euren Kriegern erzählen?«, fragte Kreysun. »Sie haben Euren Kummer gehört.«

»Sagt ihnen, was geschehen ist, aber keine Einzelheiten. Sagt ihnen außerdem dies: Wenn die Toten die Mauern angreifen, werden wir uns zurückhalten. Kein Einziger meiner Krieger soll bei diesem Angriff ums Leben kommen. Das erste Blut, das ein Tsardonier vergießen wird, werde ich persönlich vergießen, und es wird Gorian Westfallens Blut sein. Das schwöre ich feierlich.«

Kreysun war klar, dass er es nicht tun sollte, doch er konnte nicht anders. Das Lager der Toten war still, der Gestank überwältigend. Er stellte sich vor, wie die Krankheiten durch jede Körperöffnung und jeden kleinen Schnitt in ihn eindrangen. Seine Augen brannten, seine Nase tat weh, und die Kehle wurde ihm eng. Doch es gab keine andere Möglichkeit.

Mitten im Lager stand der offene Wagen, umringt von zehnfach gestaffelten toten Wächtern. Kreysun schritt darauf zu. Eine Gestalt löste sich aus der Menge und wandte sich an ihn.

»Hasheth.«

»Kreysun.« Hasheth lächelte, die spitz zugefeilten Zähne schimmerten. »In unseren Reihen gibt es Unruhe. Haben wir ein Problem, über das mein Herr Gorian unterrichtet werden sollte?«

Kreysun spuckte aus, der Speichel landete zwischen Hasheths Füßen.

»Der König weiß alles. Euer König. Es ist an der Zeit, dass Ihr und Euer Unrat entscheidet, wem Ihr dienen wollt.«

Hasheth lachte, und hundert Tote stimmten flüsternd ein. Kreysun schauderte.

»Nein, Prosentor. Ich habe schon vor langer Zeit entschieden, wem ich dienen will. Nun müsst Ihr entscheiden, aber entscheidet Euch bald. Die Morgendämmerung und der Ruhm sind nahe.«

25

859. Zyklus Gottes, 12. Tag des Genasab

Haltet die Köpfe unten und blickt nach vorn«, schnauzte Davarov. »Ich will nicht, dass auch nur einer von euch stirbt, ist das klar?«

Die Soldaten gaben Davarovs Worte auf der ganzen Juwelenmauer und auch an die weiter, die hinter dem großen Wall angetreten waren. Überall brannten Pechfeuer, die Katapultarme waren ebenso gespannt wie die Bogensehnen. Pfeilspitzen und Steine lagen bereit und konnten jederzeit in die Flammen getaucht werden. Das Pulver, das großen Schaden anrichten würde, wie Davarov Jhered versichert hatte, war in Flaschen abgefüllt und zusammen mit Steinen in Netzen verstaut, die in Brand gesteckt und über die Mauer geschleudert werden konnten. Unten standen weitere Kästen mit Flaschen bereit, die die Kämpfer mithilfe von Seilen schnell auf den Wehrgang ziehen konnten.

Die Rufe, die Davarov antworteten, die wehenden Flaggen und die hochgereckten Fäuste sprachen eine deutliche Sprache.

»Die Toten kommen, um gegen uns zu kämpfen, doch sie werden nicht über diese Mauer klettern. Lasst euch nicht von ihnen erwischen. Jeder, der fällt, stärkt unsere Feinde. Achtet auf eure Freunde und eure Brüder. Ihr wisst, was ihr tun müsst. Und blickt nicht nach Neratharn zurück. Dort kämpfen die stärksten Kräfte, die wir überhaupt kennen, gegen unsere Feinde. Ich glaube an die Aufgestiegenen. Ich habe sie bei der Arbeit gesehen, und sie werden nicht zulassen, dass die Toten unsere Freunde holen.«

Davarov hielt inne und blickte von seinem Platz über den Toren auf die atreskanische Ebene hinaus. Noch eine Meile waren sie entfernt und zogen eine schwarze Spur hinter sich her. Die Toten rückten auf einer drei Meilen breiten Front vor. Es waren Tausende und Abertausende. Furcht wehte mit dem Wind heran, der auch den Verwesungsgeruch mitbrachte. Schweigen breitete sich vor den Toten aus. Am Horizont bewegten sich Geschütze.

»Lasst euch nicht von euren Albträumen überwältigen. Die Herren der Himmel und der Sterne blicken auf euch herab. Heute wird die Welt wieder ins Gleichgewicht gebracht. Die Toten sollen unter der Erde ruhen, und nur die Lebenden werden auf ihr wandeln. Ihr alle werdet euren Beitrag dazu leisten. Für Atreska, für Neratharn, für Estorea und für mich!«

Davarov hob sein Schwert, und die Sonne spiegelte sich auf der langen, schweren Klinge. Wie seltsam und ungewohnt sie sich anfühlte. Doch er hatte genug damit geübt. Auch die Sarissenträger, die Axtkämpfer und die mit Hämmern bewaffneten Infanteristen. Es war viel zu wenig Zeit geblieben, um sich auf einen Krieg vorzubereiten, der anders war als alle Auseinandersetzungen, die sie bisher erlebt hatten.

»Erntet diese Früchte für mich«, sagte er leise, als seine Legionäre begeistert brüllten. »Zerhackt sie und verbrennt sie.«

»Eine gute Ansprache«, lobte Roberto ihn.

Davarov lächelte. »Nun ja, ich habe dir vermutlich oft genug zugehört. Da bleibt was hängen.«

»Wenigstens war sie nicht sehr lang.«

»Bleibst du hier bei mir?« Davarovs Lächeln verblasste, als er den gehetzten Ausdruck in Robertos Augen bemerkte. »Solltest du nicht besser auf der anderen Seite sein?«

Roberto schüttelte den Kopf. »Ich kann nicht dort hingehen. Ich kann nicht zuschauen. Aber Jhered und unsere Feldkommandeure sind dort im Einsatz. Verdammt, Davarov, du weißt genau, dass ich beinahe wünschte, sie würden scheitern. Dass sie fortgerissen und getötet werden, damit die Legionen den Sieg für sich in Anspruch nehmen können, wie es sein sollte. Ich wünsche mir eine Welt ohne diese magische Pest.«

»Aber so ist es nun einmal«, erwiderte Davarov. »Und ohne sie werden wir nicht siegen, wie du weißt.«

»Da bin ich nicht so sicher.«

»Doch, das bist du, Roberto.«

»Sie sind nicht hier auf den Mauern, oder? Glaubst du wirklich, die Toten werden durchbrechen?«

»Kaum«, gab Davarov empört zurück.

»Na also.«

»Aber hinter uns ist keine Mauer, abgesehen von jener, die sie mit ihren Werken errichtet haben. Du musst doch auch wollen, dass sie Erfolg haben.«

»Ich will, dass die Konkordanz siegreich bleibt. Das ist nicht ganz das Gleiche.«

Davarov zuckte mit den Achseln. »Wie du meinst, Roberto.«

Der Himmel war makellos blau, nur über den Gawbergen und den Hügeln am Iyresee sammelten sich Wolken. Schwarze, unheildrohende Wolken, hoch aufgetürmt und brodelnd. Der Wind frischte auf und wirbelte um sie herum. Schweigen senkte sich über die Barriere, und abgesehen vom beginnenden Werk der Aufgestiegenen waren nur noch Weinen, Klagen und Heulen der vielen Tausend vertriebenen Bürger zu hören, die sich von den Toten umzingelt und von ihrer eigenen Angst überwältigt sahen.

»Nun«, sagte Davarov, »jetzt geht es los.«

Mirron spürte ihre Energiebahnen in der Luft, im Boden und als Kontraste vor der lebendigen Landschaft. Die Toten erschienen ihr wie Löcher in den Elementen. Bewegliche graue Flecken, die sich von der Erde ernährten, die trägen Schwingungen der Erde und die schnellen Impulse von Tieren und Pflanzen aufnahmen und spurlos verschwinden ließen.

Sie rückten an zwei Fronten vor. Gorian hatte offenbar vorausgesehen, dass die Aufgestiegenen an der offenen Seite angreifen würden, und seine Truppen mehrere Meilen auseinandergezogen. Jhered verlegte auf Arducius' Rat hin die Geschütze, damit sie eine Hälfte eindecken konnten, während die Aufgestiegenen sich die zweite Hälfte und wenn möglich sogar die gesamte Truppe vornahmen.

»Ich kann nur hoffen, dass es euch gelingt«, sagte Jhered. »Hinter uns steht ihnen das ganze Land offen, wenn ihr euch irrt.«

»Wir werden nicht versagen«, versprach Mirron.

Jhered kicherte. »Das glaube ich dir gern.«

Arducius hatte sich schon in den ersten Schritt des Werks vertieft. Er türmte mächtige Gewitterwolken über dem Iyresee und den Gawbergen auf und nutzte die geografischen Eigenheiten des Geländes, um ihre Dichte und ihre Größe noch zu verstärken. Helfer hatten neben ihm ein Fass Wasser aufgestellt, das er zusammen mit den starken Wachstumskräften des Genastro nutzte, um die Energien zu kanalisieren.

»Mirron, ich brauche dich«, sagte er. Es klang abwesend, man hörte ihm die Anstrengung an.

»Was kann ich tun?«

»Stärke die Energiebahnen an den Unterseiten der Wolken. Ich glaube …« Er schwieg einige Augenblicke. »Ossie, er hat meine Struktur gefunden. Halte ihn zurück.«

Mirron schnaufte schwer, als sie Arducius unterstützte und ihm ihre Kräfte und Fähigkeiten zur Verfügung stellte. Sie leitete die Energien weiter, griff auf das Wasser im Fass zu und spürte, wie es über sie strömte. Dann schickte sie ihre Energiebahnen zu Arducius' mächtigem Unterbau, der sich nach Norden und Süden ausbreitete.

Sie konnte Gorian da draußen spüren. Er griff die Energiesäulen an, auf die Arducius sein Werk stützte. Eiskalte Speere rasten unter der Erde herbei und ließen droben Raureif entstehen. Mirron schauderte, als die kalte Energie auch sie selbst erfasste. Knisternd gefror das Wasser, das sie umfing.

»Ossie«, fauchte Ardu. »Rasch.«

»Ich bin da«, sagte Ossacer.

Mirron spürte seine Wärme, als hätte er ihr eine Decke über die Schultern gelegt. Das Wasser und die Erde erwärmten sich wieder. Während Ossacer sich bemühte, bekamen die Säulen wieder einen gesunden Schimmer, und die Kälte wich. Mirron öffnete ein Auge. Ossacer zitterte, er hatte die Hände tief in die Erde gesteckt. Der Atem stand als Wolke vor seinem Mund. Die Luftfeuchtigkeit kondensierte und schwebte wie eine Dunstglocke rings um seinen Körper.

»Ossie«, sagte sie, »verschwende nicht deine eigenen Kräfte.«

»Anders geht es nicht«, flüsterte Ossie. »Deine Quellen kann ich nicht nutzen, und ringsherum stirbt der Boden.«

Er hatte recht. Gorians Reaktion entzog der Erde die Lebenskraft. Unter ihnen starben Wurzeln und Insekten, während die Kälte höher kroch.

»Wirf ihn zurück«, verlangte Arducius. »Halte ihn ab.«

Auch Mirron spürte, welchen Druck Gorian jetzt ausübte. Allerdings konnte sie nicht begreifen, wie er dazu imstande war. Ringsum marschierten Tausende von Toten, und selbst wenn ihr Sohn und die Gor-Karkulas als Verstärker dienten, konnte Gorian dies nicht lange aufrechterhalten. Es war einfach zu anstrengend.

Der Boden bebte leicht, während sich das Heer der Toten näherte und die Geschütze mitbrachte. Sie kamen im Eilmarsch. Gorian hoffte, die Verteidiger zu erreichen, bevor Arducius bereit war. In Mirrons Wahrnehmung hoben sich die Toten als unförmige graue Masse vor dem Himmel und den Bäumen im Hintergrund ab. Ihre kranke Ausstrahlung, die sie wie eine Rüstung trugen, überlagerte die ganze lebendige Welt und versperrte auch den Zugang zu den nützlichen Energien, auf welche die Aufgestiegenen angewiesen waren.

»Mach schnell, Ardu«, drängte Ossacer.

Mirron konzentrierte sich wieder auf die Säulen von Ardus Werk. Sie summten vor Energie, die auf ihre Freisetzung wartete, während Ardu und sie ihre Energie in die Konstruktion fließen ließen und das Wasser im Fass verbrauchten. Der Kreis war jetzt geschlossen. Die Wolken, eine Masse brodelnder gelber und roter Energien, die eher an Feuer als an irgendetwas anderes erinnerten, waberten und verdichteten sich immer mehr, bis eine vorzeitige Dämmerung einsetzte. In den Wolken zuckten Blitze, und der Donner grollte. Inzwischen türmten sie sich fast eine halbe Meile hoch auf und wuchsen schneller, als das Auge folgen konnte.

»Hab's fast geschafft, Ossie. Halte durch.«

Mirron hoffte, dass ihn nicht die Kraft verließ. Gorian griff ihren Bruder hart und erbarmungslos an, als wüsste er, dass Ossacer sich ihm in den Weg gestellt hatte. Die Kälte war so entsetzlich wie mitten im Dusas auf dem höchsten Gipfel in Kark. Ossacer stemmte sich mit aller Kraft dagegen und sandte gesunde, heilende Energien in den Schutzschild, mit dem er sie umgeben hatte. Inzwischen hatte Gorians Konstruktion sich jedoch verändert. Keine kalten Speere mehr, sondern eine Decke, die Ossacer einhüllte und ihm die Kräfte raubte.

»Ardu«, keuchte er. Seine Lippen waren blau angelaufen.

Irgendwo in der Ferne klapperten Katapulte. Arducius musste sich beeilen. Die Toten waren unterwegs, und hinter ihnen kreischten schon die Lebenden im Lager.

»Feuer!«

Davarov ließ die Hand sinken, und seine Flaggenmänner und Hornisten gaben den Befehl weiter. Auf der Mauer und der freien Fläche davor traten Hunderte von Katapulten in Aktion. Onager, Ballisten und Skorpione. Die Wurfarme sausten nach vorn gegen die Sperren, große Bogen schossen schwere Bolzen oder faustgroße Steine ab.

Die Onager warfen mit brennendem Pech bestrichene Steine, die Rauchfahnen hinter sich herzogen. Davarov verfolgte die Flugbahnen, bis sie dreihundert Schritte entfernt mitten in der Hauptmasse der Feinde einschlugen. Beinahe hätte er sich entsetzt abgewandt. Die Bolzen der Ballisten schlugen Breschen in die Reihen der marschierenden Toten, warfen sie in die Luft und gegen die anderen Toten. Die Steine der Onager pflügten durch die Reihen, überrollten die toten Körper und schleuderten das Pech umher. Im Handumdrehen wurde die Erde zu Matsch zermahlen, und jeder Einschlag ließ Fontänen hochspritzen.

Doch die Marschierenden zögerten nicht, obwohl schon viele brennende Leichname auf dem Boden lagen. Männer, von deren Körpern Arme oder Beine abgetrennt waren, krallten sich fest und zerrten sich weiter, angetrieben von der Stimme in ihren Köpfen, die ihnen keine Ruhe gönnte. Das Geräusch der Winden, die erneut die Wurfmaschinen spannten, erfüllte die Luft.

Außer Reichweite hatte ein Wagen angehalten. Er war von Toten umgeben und stand etwa hundert Schritte vor den tsardonischen Truppen, die keine Anstalten machten, sich in den Angriff einzuschalten. Ihre wenigen Geschütze rollten nach vorn, griffen aber weder die Konkordanz noch die Toten an.

»Ihr wartet wohl ab, wer der Sieger ist«, murmelte Davarov. »Ich wusste doch, dass man euch nicht trauen kann.«

Die Onager waren geladen. Zehn von ihnen sollten nun Pulverflaschen und Netze mit Steinen werfen. Die Ballisten und Skorpione feuerten bereits wieder. Viele Tote wurden durchbohrt, doch sie richteten sich immer wieder auf und marschierten weiter. Gesternische und atreskanische Legionäre mit verfaulten Gesichtern und zerfetzter Kleidung, rostenden Rüstungen und großen Wunden rappelten sich wieder auf und setzten ihren Marsch fort. Davarov schauderte. Selbst aus dieser Entfernung konnte er in den Brustkörben und Bäuchen der Kämpfer Löcher erkennen, die so groß waren wie sein Kopf. Viele schleppten die Schlingen ihrer Eingeweide hinter sich her und stolperten darüber.

Die Katapulte schossen das Pulver ab.

Aller Augen folgten der Flugbahn, vorübergehend hielten die Verteidiger inne. Auch Davarov wartete voller Spannung. Die Toten kamen. Noch dreihundert Schritte, und sie näherten sich rasch. In den hinteren Reihen kamen die ersten Netze herunter. Die Toten fielen wie das Getreide unter einer mächtigen Sichel, als nach dem Aufprall die Steinsplitter flogen. Viele der wandelnden Toten wurden zerstückelt. Fünfzig, hundert oder sogar mehr. Es war unmöglich zu erkennen. Einen Augenblick später hörten die Verteidiger auch die Explosionen. Davarov zog unwillkürlich den Kopf ein, als Steinsplitter gegen die Juwelenmauer prasselten.

Netz auf Netz fiel in die Reihen der Gegner. Nur ein einziges verfehlte das Ziel. Die übrigen landeten inmitten der feindlichen Truppen, und sofort stiegen Rauch, Asche, Flammen und Staub auf. Das Blut strömte auf den Boden, und die verstümmelten Toten blieben liegen. In einem Bereich von vierhundert Schritten lagen überall Trümmer. Dort taumelten nur noch einige zerfetzte Tote umher, die kaum mehr als Menschen zu erkennen waren. Einer bewegte sich immer noch, obwohl die Hälfte seines Körpers von der Schulter bis zur Hüfte fehlte.

Mitten in diesem Bereich der Zerstörung entstand ein gespenstisches Wehklagen. Die Schreie der brennenden Toten, die nun am Ende erkannten, welches Schicksal sie erwartete. Einige wanden sich noch auf dem Boden. Leichenteile waren Hunderte Schritte weit in alle Richtungen verstreut.

Dennoch rückten sie im Süden an den Gawbergen und im Norden am See weiter vor. Ohne Furcht und ohne Unterlass. Davarov fluchte.

»Ihren Willen können wir nicht brechen«, sagte Roberto. »Wir können sie nur einen nach dem anderen vernichten.«

Davarov nickte.

»Dreht die Katapulte und nehmt die Marschierenden unter Beschuss. Feuer frei.«

Die Toten marschierten mit Bogen, Leitern und Speeren. Bald würden sie die Mauern erreichen. So weit durfte es nicht kommen.

Kessian saß in einem stillen Teil der Lichtung im Sonnenschein. Er konnte alle spüren, die seinem Befehl unterstanden. Seine Soldaten. Die Untertanen seines Vaters, die dieser ihm anvertraut hatte. Er wollte Gorian nicht enttäuschen, wie er es beinahe schon einmal getan hätte. Da war er in Panik geraten, wie er inzwischen wusste. Seine Männer hatten nicht getan, was er von ihnen verlangt hatte. Viele waren gefallen, und er hatte auch Geschütze verloren. Vater war sehr wütend geworden, hatte das Kommando übernommen und den Kampf gewonnen.

Es war so leicht wie mit seinem Spielzeug. Das tat immer, was er wollte. Vater hatte ihm erklärt, es sei genau das Gleiche, und dieses Mal würde er sie genau das tun lassen, was er wollte, und nichts anderes. In seinem Geist erschien das Werk als helle, wunderschöne Lichtkugel. Sie zischte und tanzte und war warm. Tausende von Linien gingen von ihr aus, zogen sich durch den Boden und erreichten so den Körper jedes einzelnen Kämpfers. Viertausend waren es, hatte sein Vater gesagt. Mehr oder weniger.

»Marschiert«, sagte er.

Sie gehorchten. Es war einfacher, wenn er den Rhythmus mit Händeklatschen vorgab. Sie folgten und bewegten die Füße. Er blickte durch alle ihre Augen zugleich und hatte eine prächtige Übersicht. Voraus konnte er die Linien der feindlichen Soldaten betrachten. Sie standen mit erhobenen Schilden vor ihm und warteten. Sie hatten auch Onager und Ballisten. Spielzeug, das er umwerfen konnte.

Kessian würde seine Männer mitten hineinschicken und diese Leute zu seinem Vater bringen, damit sie sehen konnten, was jeder sehen sollte. Er lächelte. Seine Mutter wäre stolz auf ihn, wenn sie ihn jetzt beobachten könnte.

Kessians Soldaten marschierten zielstrebig. Seine Geschütze fuhren in Reichweite. Droben verfinsterte sich der Himmel zusehends, und er hörte auch den Wind heulen. Die Feinde waren nahe. Der Herr der Toten im Zentrum seiner Männer hielt sie in der Marschordnung, doch Kessian selbst veranlasste sie zum Kämpfen. Sein Vater sagte, es sei auch ohne die Herren der Toten möglich, doch so sei es leichter. Kessian hielt sie dagegen für wertlos. Auch sie sollten zu Gorians Untertanen werden.

Vor sich hörte er Geräusche und sah Bewegungen. Die Arme der Geschütze zuckten, schwarze Punkte und Feuerbälle erschienen am Himmel. Sie kamen rasch näher.

»Keine Angst«, sagte er. »Euch wird nichts geschehen.«

Steine schlugen in den ersten Reihen seiner Kämpfer ein, und sein Gesichtsfeld färbte sich rot. In der Nähe hörte er die wütenden Rufe seines Vaters. Als Nächstes empfand er nur noch Schmerzen. Schmerzen, die über alle Energiebahnen zu ihm rasten. Er schrie auf, doch es war niemand in der Nähe, der ihm helfen konnte.

Seine Männer schauderten, doch er wollte sie nicht anhalten lassen.

»Marschiert weiter. Vor euch sind die Feinde. Sorgt dafür, dass die Steine nicht mehr fallen.«

Jhered hatte seinen Mantel über Ossacers Schultern gelegt. Der Aufgestiegene war völlig entkräftet, seine Gliedmaßen waren blau angelaufen, und er zitterte. In seinem Haar und seinen Wimpern hing sogar Raureif. Doch er machte weiter und tat, was Arducius von ihm verlangte.

Arducius selbst war völlig von Wasser bedeckt. Es schwappte um ihn und Mirron herum, es wirbelte und tanzte und verdichtete sich, während sich droben die zornigen, dunkelgrauen und fast schwarzen Wolken ballten, in denen hier und dort Blitze zuckten. Das Donnergrollen verriet, welche Macht in diesem Werk steckte.

Jhered schauderte. Die Luft fühlte sich seltsam zäh und reglos an. Der Wind, der sich zuvor erhoben hatte, war hier unten wieder eingeschlafen und trieb jetzt droben die beiden mächtigen, meilenbreiten Wolkenbänke an, die sich einander näherten. Der Schatzkanzler konnte nicht verstehen, welche Kräfte die Aufgestiegenen einsetzten, doch ihm war klar, dass sie sich beeilen mussten.

Die Toten waren nur noch hundert Schritte entfernt, und die Geschütze waren in Reichweite aufgefahren.

»Mirron, unter der Erde«, sagte Arducius.

»Was?«

»Magnetisches Erz. Tief unten, unter den toten Energien.«

Mirron holte tief Luft. Jhered runzelte die Stirn.

»Ja«, sagte sie. »Wir können einen Kreislauf bilden.«

»Was?«, fragte Ossacer. Seine Stimme kam aus großer Ferne und klang sehr schwach. »Beeilt euch. Bitte, Ardu, er überwältigt mich gleich.«

»Einen Augenblick noch«, sagte Mirron. Dann blickte sie zu Jhered hoch und lächelte ihn an, weil er sich um Ossacer bemüht hatte. »Ein Magnetsturm.«

»Bereit«, sagte Arducius.

»Bereit«, sagte Mirron. »Wir haben alles ausgerichtet.«

Arducius breitete die Arme aus und führte sie wieder zusammen. Die beiden Wolkenbänke prallten gegeneinander, Blitze zuckten. Ein gewaltiger Knall erschütterte die Juwelenmauer, die Lager und das offene Gelände. Ein einzelner Blitz fuhr aus der vereinten Wolke herab und traf eine Speerspitze. Der Tote, der den Speer getragen hatte, wurde zerfetzt, das Blut und seine Körperteile flogen umher.

Jhered sprang einen Schritt zurück und starrte Arducius an. Der Aufgestiegene legte die Hände gegeneinander.

»Jetzt kommt es«, sagte er. »Haltet euch fest.«

Arducius zog die Hände wieder auseinander. Gleichzeitig riss auch die Wolke auf. Regen ergoss sich auf die Erde, und mit dem Regen kamen Blitze. Gott umfange mich, dachte Jhered, als sie einschlugen. Tausende, wenn nicht gar Zehntausende Speere fuhren aus dem Himmel herab und vernichteten die Toten. Sie explodierten und verbrannten, Rauch und Asche stiegen empor. Sogleich stieg Dampf auf, und ein Donnern war zu hören, als trampelten Millionen Füße über trockene Erde.

Erschrocken wich Jhered noch weiter zurück. Dieser gewaltige Ausbruch war mit nichts zu vergleichen, was er bisher gesehen hatte. Diese Zerstörungskraft und der Lärm. Leichen wurden hochgewirbelt, brennende Körper flogen in alle Richtungen. Gliedmaßen und Eingeweide verkohlten im Nu. Katapulte gingen entzwei, und entflammte Holzsplitter stoben hoch. Die Blitze hörten nicht auf. Sie fuhren herab, wühlten den Boden auf und schlugen tiefe Löcher in die Erde. Sie trafen Rüstungen, zertrümmerten Schwerter, entzündeten Kleidung und tote Körper.

An der zweiten Front hatten die Geschütze das Feuer eingestellt. Der Grund war nicht etwa, dass die Mannschaften erstaunt innehielten und starrten. Vielmehr fanden sie nichts mehr, auf das sie schießen konnten. Überhaupt nichts.

»Es ist vorbei«, rief Jhered. »Ardu, es ist vorbei. Hör auf, in Gottes Namen. Hör auf!«

Mirron hörte es und legte Arducius eine Hand auf die Schulter. Der Aufgestiegene mit den spröden Knochen zog die Hände wieder an den Körper und legte sie flach auf seine Brust. Die Blitze verschwanden, die Wolken lösten sich auf. Ein paar letzte Regentropfen fielen noch, und das Wasser, das ihn und Mirron umgeben hatte, stürzte herab und versickerte im Boden.

Jhered sah sich um. Vom Schlachtfeld stieg Rauch auf, und als er sich klärte, schluckte Jhered und begriff, was er gerade beobachtet hatte. Dort drüben rührte sich nichts mehr. Absolut nichts. Die Toten waren vernichtet. Männer und Frauen der Konkordanz, zu Asche verbrannt oder zur Unkenntlichkeit verschmort. Binnen weniger Herzschläge vernichtet. Nur ein wenig Rauch war geblieben, der über dem Boden wallte, und wo noch Kleidung oder Holz brannte, tanzten ein paar Flammen.

Ossacer fiel seitlich um und blieb keuchend und schaudernd liegen. Er zog Jhereds Mantel enger um sich, während Arducius und Mirron einander umarmten. Mirron weinte, und Arducius versuchte, sie zu trösten. Doch Jhered konnte auch in seinem Gesicht und seinen Augen Schock und Bedauern erkennen.

»Es musste getan werden«, sagte er. »Es musste getan werden.«

Hinter ihnen, im Flüchtlingslager und in den Reihen der Legionen, die das Vernichtungswerk beobachtet hatten, ertönten die ersten Jubelrufe.

26

859. Zyklus Gottes,
12. Tag des Genasab

Schafft die Leute aus dem Hafen. Treibt sie ins westliche Viertel oder noch weiter.«

Der Horizont war voller tsardonischer Segel. Mitten darin kämpften Triremen der Ocetanas und die Spornkorsaren der Ocenii. Feuer und Rauch stiegen in den klaren Himmel. Doch trotz aller Bemühungen gelang es der Marine nicht, die Feinde vor dem Hafen von Estorr zurückzuschlagen. Es waren einfach zu viele.

Vasselis hielt sein Pferd inmitten einer Menge von Bürgern und Soldaten an, die alle Zugänge des Hafens verstopften. Quälend langsam rollten die Geschütze. Es fehlte an Munition, da die Gottesritter den größten Teil für sich beansprucht hatten, um den Palast zu belagern. Der Aufmarsch der Legionen und Gottesritter wurde außerdem durch die Menschen behindert, die verzweifelt ihren Besitz hüten und zugleich der Bedrohung durch die Toten entkommen wollten. Wieder einmal versank Estorr im Chaos.

»Wo ist Vennegoor?«, fragte Vasselis.

»Er ist vor einer Stunde aufgebrochen, Marschall«, sagte ein Zenturio, der die Frage gehört hatte.

Er war ein alter Soldat, der schon vor zehn Jahren im Krieg bei den Triarii gedient hatte. Jetzt war er bei der Miliz und hoffte auf einen friedlichen Ruhestand. Da hatte er sich wohl geirrt.

»Warum?«

»Das hat er mir nicht verraten, Herr.«

»Kann ich mir gut vorstellen.« Vasselis sah sich um. »Können wir nicht wenigstens die Einwohner zurück in die Stadt und zu den Foren schicken?«

»Hier sind Menschen, die zu ihren Booten und Schiffen wollen. Händler und Kaufleute suchen nach einem schnellen Fluchtweg. Viele zahlende Passagiere, die nicht weichen wollen, damit ihr Schiff nicht ohne sie ablegt. Die anderen paar Tausend, die Ihr hier seht – Gott umfange mich, ich weiß es nicht. Glücksritter, Diebe und Neugierige, würde ich sagen.«

Vasselis drehte sein Pferd herum und betrachtete das Getümmel. Die Milizen und einige Gottesritter hatten den Zugang zur Mole teilweise versperrt, doch auf dem Platz davor drängten sich unzählige Menschen, und es herrschte ein unerträglicher Lärm. Überall riefen, stießen, schoben und schlugen sich die Bürger. Die Befehle, das Gelände zu räumen, wurden weitgehend ignoriert.

»Das ist der Preis dafür, dass ihr dem Orden gefolgt seid«, murmelte er. »Idioten. Glauben sie denn immer noch nicht, dass sie in Gefahr schweben?«

»Meister Stertius hat nach Euch gesucht, Marschall«, fuhr der Zenturio fort.

»Er und der ganze Rest von Estorr. Na gut. Wer kommandiert die Soldaten in der Stadt?«

»Marschallverteidigerin Kastenas reitet zwischen uns und der Verteidigung im Hafen hin und her, Marschall. Im Moment bin ich der ranghöchste Offizier.«

»Dann bin ich froh, dass ich Euch gefunden habe. Wie heißt Ihr, Zenturio?«

»Milius, Marschall.«

»Haltet Eure Truppe beisammen. Wir werden Euch noch brauchen, wenn die Feinde landen. Wie ich sehe, habt Ihr genug Leute hier, aber wir müssen uns einen Weg durch die Menge bis zum zentralen Forum bahnen. Ich will sechs Onager vom Hügel hierher schaffen lassen und komme nicht durch. Wo ist die Zweite Legion der Gottesritter? Vennegoor hat versprochen, dass sie hier sein würde.«

Milius nagte an der Unterlippe. »Wollt Ihr die Meinung eines gewöhnlichen Soldaten hören?«

Vasselis seufzte. »Es wird mir sicher nicht gefallen, aber fahrt fort.«

»Sie sind wohl nach Westen unterwegs, Marschall. Sie machen sich in die Hügel davon, weil sie wissen, dass sie sich gegen diesen Feind mit dem Glauben allein nicht wehren können, und sie haben Angst, wie sie in den Augen der Bürger dastehen werden.«

Vasselis nickte. »Damit habt Ihr wahrscheinlich recht. Sie fliehen ins Hinterland, nachdem sie ihren Gläubigen genau dies verwehrt haben. Nun, dann müssen wir mit denen zurechtkommen, die noch hier sind. Lasst mich durch. Finde ich Stertius an der südlichen Festung?«

»Ja, Marschall.«

Milius winkte seinen Legionären, Platz zu machen. Jemand fasste Vasselius am Fußgelenk. Er blickte hinab und erkannte einen Händler, der Kleidung und dem Schmuck nach ein reicher Mann, der sich aus dem Gedränge gelöst hatte und zu den Legionären herübergerannt war.

»Ich bin Olivius Nulius und verlange Zugang zu meinem Besitz.

Mein Schiff hat hinter Euren Schlägern festgemacht, Marschall Vasselis. Ihr seid jetzt der Herrscher dieser Stadt. Tut etwas.«

»Als die Gottesritter den Palast belagerten, bat ich sie, die Stadt zu evakuieren. Sie wollten nicht zuhören. Nun frage ich mich, wo Ihr wart. Habt Ihr der rechtmäßigen Herrscherin die Treue gehalten, oder habt Ihr in einer grölenden Menge gestanden und Euch überlegt, wie Ihr aus dem Unglück Kapital schlagen konntet? Nun, jetzt ist es zu spät. Ihr hättet weglaufen sollen, als Ihr noch die Gelegenheit dazu hattet. Meine ›Schläger‹ sind hier angetreten, um Idioten wie Euch daran zu hindern, die Verteidigung der Stadt zu behindern. Durch den Hafen könnt Ihr nicht fliehen. Da draußen sind jetzt die Tsardonier und ihre Armee. Ich warne Euch und Eure Freunde, entfernt Euch vom Hafen und räumt die Zugänge und die Straßen.«

»Ihr hindert einen Bürger daran, seinen rechtmäßigen Geschäften nachzugehen«, sagte Nulius. Inzwischen hörten einige andere Bürger in der Nähe zu.

Vasselis beugte sich vor. »Nulius, ich sage es leise, weil ich Euch nicht demütigen will. Ich erkenne die Angst in Euren Augen. Ihr wisst, was kommt, und sucht einen Fluchtweg. Ihr wollt weglaufen wie ein Feigling und dabei noch möglichst viel verdienen. Ich bin bereit, hier und heute im Hafen mein Leben zu opfern. Ihr dagegen müsst nur Euer Schiff opfern, und genau das werdet Ihr tun. Ich beschütze die Bürger und schäme mich, dass Ihr einer davon seid. Und jetzt nehmt die Hand von meinem Fuß, sonst hacke ich sie Euch ab.«

Vasselis trieb sein Pferd an und galoppierte zur Mole. Hier herrschte wenigstens Ordnung, und die Soldaten hatten die Lage unter Kontrolle. An der Mauer standen Skorpione und Ballisten. An allen Liegeplätzen lagen Schiffe, teils sogar in zwei oder drei Reihen, und alle waren mit Laternenöl, trockenem Stroh oder allem anderen, was gut brannte, präpariert. Bogenschützen und Kämpfer mit Schleudern standen bereit. Wenn die Toten landeten, würden sie auf eine Feuerwand stoßen, die bis zum Himmel hinauf und bis zum Grund des Meeres hinabreichte. Es war die beste Verteidigung, die sie hatten.

Bald erreichte Vasselis die südliche Festung, auf der neben den Invasionsflaggen auch die Quarantäneflaggen der Insel Kester wehten. Das war eine deprimierende Botschaft für jeden, der in diese Richtung blickte. Er ließ das Pferd bei einem Burschen, der im Vorhof der Festung noch zwanzig weitere hütete, und lief die breite Rampe zum Dach hinauf.

Die Stille dort oben passte nicht zum Tumult der Aufmarschplätze drunten. Vasselis blickte zur Stadt zurück, zu den breiten Straßen, die auf den Hügel führten, und konnte seine Onager erkennen, die immer noch nicht angekommen waren. Tänzelnde Kavalleriepferde versuchten, den von Ochsen gezogenen Wagen einen Weg zu bahnen, doch das Gedränge der Menschen, die in alle möglichen Richtungen zugleich wollten, war eine ebenso wirkungsvolle Barriere wie nackter Fels, und die Getreuen der Advokatur konnten es sich nicht erlauben, dass noch mehr unschuldige Bürger starben.

Die Festung war bereit, was ihn mit neuer Hoffnung erfüllte. Hier draußen standen acht Onager, dazwischen einige Ballisten, die durch die Mauerzinnen schießen konnten. Unten waren weitere Stellungen mit Armbrüsten und Steinschleudern besetzt. Die Pechfässer brannten schon, die Mannschaften warteten. Flaggenmänner übermittelten Signale zur nördlichen Festung auf der anderen Seite des Hafens.

Stertius und Kastenas standen vor der Mauer an der Hafeneinfahrt und unterhielten sich. Er gesellte sich zu ihnen.

»Da unten tobt der Irrsinn. Gott umfange mich, aber der

Orden hat ganze Arbeit geleistet, als er die Leute glauben machte, es gebe keine Bedrohung durch die Toten.«

»Sie werden ihren Irrtum bitter bereuen«, erwiderte Kastenas. »Abgesehen von den Stellungen hier haben wir nicht genügend Infanteristen, Geschütze und Bogenschützen.«

»Immerhin sind wir hier gut besetzt«, sagte Vasselis.

»Das nützt uns nicht viel.« Stertius gab ihm ein Spähglas. »Die Toten sind schon im Süden und Norden gelandet. In weniger als einer Stunde werden sie vor den Mauern stehen.«

Vasselis blickte durch das Spähglas. An der ganzen Küste, so weit er durch eine Lücke zwischen den Hügeln blicken konnte, entdeckte er Segel und hier und dort die Kiele von Booten, die auf den Strand gezogen worden waren.

»Die Tore sind aber geschlossen, oder?«

»Natürlich«, sagte Elise. »Doch die Toten bringen Leitern mit, und wir haben dort nicht viele Kämpfer. Die Gottesritter haben Eure Befehle missachtet. Vennegoor ist nirgends zu finden, und wenn Ihr mir irgendwo auch nur einen einzigen Priester zeigen könnt, dann schwimme ich mit Rüstung und Mantel bis zur nördlichen Festung und zurück.«

»So etwas habe ich vorhin schon einmal gehört.« Vasselis gab Stertius das Spähglas zurück. »Wo sind sie?«

Elise machte eine Geste, die die ganze Stadt umfasste. »In den Häusern der Masken. Sie laufen nicht fort, sondern beschützen ihre Leser und Sprecher. Mir liegt ein Bericht vor, laut dem sie die Toten mit der Kraft ihres Glaubens abwehren wollen.«

Vasselis nahm den Helm mit dem grünen Federbusch ab und spielte mit dem Gedanken, seine Stirn gegen den Stein der Festung zu hämmern.

»Sie haben allesamt den Verstand verloren«, sagte er. »Diese dummen Hunde. Wir brauchen ihre Hilfe. Sieht Vennegoor das nicht ein? Er mag ein Eiferer sein, aber er ist immer noch Soldat.«

Elise zuckte mit den Achseln. »Sie haben Angst. Sie wollen sich den Toten nicht stellen. Eine bessere Erklärung fällt mir nicht ein. Ein paar mutige Kämpfer der Gottesritter unterstützen uns. Die anderen sind unter dem Vorwand, die Evakuierung der Gläubigen zu organisieren, längst durchs Westtor geflohen.«

Vasselis hob beide Hände.

»Also gut, dann vergessen wir sie für den Augenblick. Was kommt da durch die Hafeneinfahrt auf uns zu?«

Während Stertius es ihm erklärte, sah Vasselis sich um. Er brauchte jetzt kein Spähglas mehr, um die fünfzig oder sechzig tsardonischen Schiffe zu erkennen. Sie hatten die Ocetanas schon weit zurückgelassen. Soweit Vasselis es sehen konnte, waren es nur acht, die drei Spornkorsaren zu Wasser gelassen hatten. Die vordersten Feinde waren nur noch eine halbe Meile außer Reichweite der Onager auf der Festung. Es würde nicht mehr lange dauern.

»Was ist mit ihnen allen geschehen?«, fragte er.

»Wisst Ihr noch, was Arducius sagte?«, erinnerte Elise ihn. »Die Toten brauchen nur ein oder zwei gefallene Soldaten auf einem Schiff der Konkordanz. Wenn Gorian sie wiedererweckt, macht er reiche Beute.«

»Was ist mit Iliev?«

»Er ist da draußen«, sagte Stertius. »Die *Ocetarus* segelt noch, und das Siebte Kommando ist im Wasser. Kashilli kann man nicht verwechseln.«

»Wen?«

»Den Trierarchen auf Ilievs Boot. Wir könnten ihn hier an Land gebrauchen. Er ist furchtlos und brutal.«

»Von der Sorte könnten wir Tausende brauchen«, stimmte Vasselis zu.

Auf der nördlichen Festung gab ein Flaggenmann ein Signal. Gleichzeitig übertönte der dumpfe Knall eines ausgelösten Katapults den Lärm in den Höfen unter ihnen. Sofort wurde es still in der Stadt. Weitere Katapulte feuerten.

Der Kampf hatte begonnen, und die ersten panischen und erschreckten Rufe wurden laut.

»Wir wollen hoffen, dass Euer Sprengpulver so wirkt, wie Ihr behauptet«, sagte Elise.

Eine laute Detonation ließ unzählige Köpfe herumfahren. Vasselis lächelte traurig.

»Ich würde sagen, das war eine erfolgreiche Kostprobe. Es wird Zeit, dass wir kämpfen und beten.«

Davarov musste die Geschützmannschaften anbrüllen, damit sie weiterhin schossen und nach vorn in Richtung Atreska blickten, so schwer es ihnen auch fiel, sich zu konzentrieren. Roberto und der Karku Harban standen bei ihm über dem Tor der Festung. Auch sie beobachteten nicht mehr die Feinde, die von vorne angriffen, sondern hatten sich umgedreht und blickten in Richtung Neratharn.

Der Himmel hatte sich verdunkelt, und dann war ein höchst ungewöhnlicher Lärm entstanden. Als wäre ein Berg eingestürzt. Grelles Licht hatte das Schlachtfeld überflutet, und er hatte sich wie alle anderen schaudernd umgedreht und zitternd ein Dankgebet gesprochen, weil er nicht das Ziel dessen geworden war, was sich hinter dem Flüchtlingslager abgespielt hatte.

Im Osten aber, jenseits der Mauern, marschierten die Toten weiter. Für fünfzig, die von Steinen zerquetscht oder vom Pulver zerfetzt wurden, kamen jeweils hundert noch näher heran. Auch die Bogenschützen schossen inzwischen, hatten bisher aber nicht viel Erfolg. Die größten Sorgen machte er sich wegen der Leitern.

Wenn die ersten Toten auf der Mauer standen, konnte sich die Angst wie eine Flutwelle ausbreiten.

Die Tsardonier hatten immer noch nicht eingegriffen. Ihre Geschütze standen außer Reichweite und bewegten sich nicht.

»Wartet nur, ihr Schweinehunde«, sagte Davarov. »Euch werde ich später noch in der Luft zerreißen.«

Das Selbstvertrauen der Verteidiger wuchs. Abrupt klarte der Himmel hinter ihm wieder auf, und die Sonne schien auf das Lager und das offene Gelände hinter der Barriere. Als an der westlichen Front Jubelrufe ertönten, die drei Meilen bis zum Wall zu hören waren, drehte Davarov sich um. Zehntausende stimmten ein. Die meisten hatten nicht sehen können, was sich auf dem Schlachtfeld abgespielt hatte, doch sie erkannten die triumphierenden Rufe der anderen.

»Ich kann es kaum glauben«, sagte er.

»Glaube es«, erwiderte Roberto. »Ich weiß, wozu sie fähig sind.«

Davarov lächelte und umarmte Roberto wie ein Bär. »Weißt du, was das bedeutet? Wir werden siegen. Die Kerle da werden niemals unsere Mauern bezwingen. Wir sind im Vorteil, es ist schon fast vorbei.«

Roberto lächelte nicht und erwiderte die Umarmung nicht. Davarov ließ ihn los und trat zurück.

»Was ist, Roberto?«

»Solange nicht jeder Tote der Erde übergeben ist, solange ich nicht Gorians Kopf vor mir auf dem Silbertablett sehe, ist es noch nicht vorbei.«

Auch auf dem Wall jubelten jetzt die Kämpfer. Davarov drehte sich um und war drauf und dran, eine Erwiderung zu brüllen, die sie zum Verstummen bringen sollte, obwohl ihm eher danach gewesen wäre, in den Jubel einzustimmen. Die Toten rückten nicht weiter vor. Während weiterhin die Geschosse zwischen ihnen einschlugen, standen sie einfach da, als warteten sie auf das Unvermeidliche.

»Wir haben es geschafft«, sagte Davarov, und eine ungeheure Erleichterung überkam ihn. »Wir haben es geschafft, Roberto. Schau nur.«

Roberto sah sich um und schüttelte den Kopf.

»Schießt weiter. Da stimmt etwas nicht, ich spüre es.«

Davarovs Feierlaune verflog. Nachdem er viele Jahre unter Roberto Del Aglios gedient hatte, wusste er genau, dass man sich große Sorgen machen musste, wenn der Befehlshaber so etwas sagte.

Gorian spürte, wie sie dahinschwanden. Alle vergingen. Erst ein paar, dann eine wahre Flut. Jeder hinterließ eine Energiebahn, die im Nichts endete. Die Bahnen zuckten wild, schrumpften und taten ihm weh, bis er sich fühlte, als durchbohrten zehntausend Nadeln sein Herz und sein Bewusstsein.

Er schrie lange und laut. Die Toten umgaben ihn, und die Gor-Karkulas schauderten, wo sie auch standen oder saßen. Seine Qualen speisten sich aus allen Energiebahnen, die er kontrollierte. Es war, als wäre sein Körper in Brand geraten. Das Herz pochte schmerzhaft hinter den Rippen, seine Beine wurden kraftlos, und er taumelte gegen die Seitenwand des Wagens. Er legte die Hände an den Kopf und schrie abermals.

Es war vorbei. Seine Untertanen, die ihn geliebt und ihm vertraut hatten, die er zu sich geholt hatte. Alle waren fort. *Sie* hatten sie ihm entrissen. Er hatte versucht, sie zu besiegen, doch gegen alle drei konnte er nicht gleichzeitig kämpfen. Wieder kam eine Schmerzwelle, und er keuchte, presste die Hände auf den Bauch und sank vor Erschöpfung auf die Knie.

»Kessian!«, rief er. Blut quoll aus seinem Mund. Er spuckte es aus. Seine inneren Organe waren beschädigt. Er hatte sich zu sehr verausgabt. »Kessian.«

Draußen wartete sein Volk auf seine nächsten Befehle. Im Süden an den Stränden und im Hafen von Estorr bewegten sie sich jetzt ohne sein Zutun, doch die Karkulas konnten das Werk ohne seine Hilfe nicht unbegrenzt allein aufrechterhalten. Irgendwo musste er Kraft und neue Energie finden.

»Kessian.«

Es war kaum mehr als ein leises Stöhnen. Gorian hustete und spuckte abermals ein Blutgerinnsel aus. Er hob den Kopf, als der Wind die Jubelrufe herantrug. Das machte ihn wütend und klärte seine Gedanken. Er hielt sich am Wagen fest und richtete sich auf.

»Vater? Vater!« Kessian kam angerannt, umarmte ihn und versuchte, ihn zu stützen. »Was ist passiert? Wohin sind all die Soldaten verschwunden? Das hat wehgetan, Vater. Du bist ja verletzt.«

»Es geht vorbei. Wir müssen unser Volk rächen.«

»Aber wir haben niemand mehr«, wandte Kessian ein. »Nur die paar hier. Auch die Herren der Toten sind fort.«

»Wir zwei sind noch da«, sagte Gorian. »Das wird reichen.«

»Was werden wir tun?«

»Wir werden das Land für mein Volk bereit machen, und dann werden sie es sehen und es lieben, wie sie mich lieben. Stell dich vor mich.«

Gorian blickte zu den beiden Gor-Karkulas, die ihn mit der üblichen Mischung aus Hass und Abscheu betrachteten.

»Ich brauche euch nicht mehr«, sagte er. »Ihr könnt gehen.«

Die wenigen verbliebenen Toten entfernten sich vom Wagen. Gorian wollte nicht zusehen, ob auch die Karkulas gingen. Es spielte keine Rolle mehr. Er legte Kessian beide Hände auf den

Kopf und richtete all seinen Hass, seine Bosheit und seine Eifersucht auf das Land, das ihn umgab. Er lenkte den Zorn über alles, was man ihm angetan hatte, hinein. Dazu den Willen zu herrschen und Erfolg zu haben, wo jeder andere versagen musste. Alles, was ihm verwehrt war, zog vor seinem inneren Auge vorbei, und er leitete es weiter.

Das Gras bildete verdrehte dunkle Stängel und rankte sich um sie. Einige Schösslinge bohrten sich durch seine Haut, doch er blutete nicht. Nicht dieses Mal. Die nötigen Energien bezog er aus sich selbst, aus Kessian und dem Land. Die Halme wurden dicker, vereinigten sich und wuchsen ihm entgegen. In diesem reinen Kreislauf, in dem keinerlei Energie verschwendet wurde, entwickelte er das Werk, das allen zeigen sollte, wer er war.

»Ich bin die Erde geworden«, sagte er, und seine Stimme klang wie das Grollen der Lava unter einem schlafenden Vulkan. »Ich bin die Erde geworden, und die Erde wird mein sein.«

»Zurück, lasst sie in Ruhe«, rief Jhered.

Flüchtlinge und Soldaten strömten zu den Aufgestiegenen, die sich flach hingelegt hatten, müde, aber nicht völlig erschöpft, runzlig, aber nicht gealtert. Alle drei waren traurig. Jhered wusste, wie sie sich fühlten. Er stand schützend vor ihnen. Mirron beobachtete ihn, wie er abwechselnd sie betrachtete und dann wieder die Arme schwenkte.

»Lasst sie in Ruhe. Gott umfange mich, sie müssen sich ausruhen und zu Atem kommen.« Seine Rufe gingen im Lärm und im Trampeln Tausender Füße auf der festgetretenen Erde fast unter.

Mirron hielt sich an Arducius fest, und dann schleppten sich die beiden zu Ossacer, um ihn zu wärmen.

»Ich habe ihn gespürt«, stammelte Ossacer. »Er war rings um mich und sogar in mir. Es war wie Dunkelheit und Seuche. So viel

Bosheit und Hass. Wir müssen ihn schnappen, bevor er sich wieder erholt.«

»Wir haben ihm die Kraft genommen«, sagte Mirron. »Fühl doch die Erde. Spüre, wie sie sich entspannt.«

Ossacer schüttelte im Liegen den Kopf. Er schauderte noch, obwohl er unter Jhereds Mantel lag. Draußen auf dem Feld brachen die verkohlten Toten inmitten von Glut und Staub zusammen. Von dort stieg immer noch Hitze auf.

»Wo ist er?«, fragte Jhered. Es war ihm gelungen, die Menge zu verscheuchen. »Wir dürfen ihn nicht entkommen lassen, sonst geschieht das alles noch einmal.«

»Er ist da draußen.« Arducius richtete sich auf und strich sich die nassen Haare aus dem Gesicht. »Nicht weit entfernt. Ein oder zwei Meilen.«

»Ich schicke Reiter und Späher aus«, sagte Jhered. »Wir suchen ihn, und dann könnt ihr euch mit ihm befassen.«

»Das wird nicht leicht«, wandte Ossacer ein. »Es ist nie leicht, mit Gorian zurechtzukommen.«

Mirron drehte sich nach Westen um. Dort irgendwo waren Gorian und ihr Sohn. Kessian musste dort sein. Verloren und allein und zweifellos erfüllt von den bösen Worten seines Vaters.

»Wo bist du, Kessian?«, flüsterte sie. »Dir darf nichts geschehen.«

Arducius und Ossacer umarmten sie.

»Ihm wird nichts passieren«, versicherte Arducius ihr. »Er ... oh!«

Er sprang hoch, als hätte er sich verbrannt, und schüttelte die Hand, die er auf den Boden gestemmt hatte.

»Ardu?«, fragte Mirron.

Doch sie spürten alle das Gleiche wie er. Eine brodelnde, gewaltige Bosheit tief drunten im Boden. Es drehte ihr den Magen um, dass sie sich fast übergeben musste. Ossacer hatte sich schon abgewandt und spuckte. Arducius presste sich die Hände auf die Schläfen und schnitt eine gequälte Grimasse. Nebel wallte in seinem Kopf und drohte, jeden vernünftigen Gedanken auszulöschen.

»Guter Gott, umfange uns«, brachte sie hervor.

»Mirron?« Jhereds Stimme drang zu ihr durch.

»Es geschieht etwas«, sagte sie. »Da wächst etwas.«

Sie kämpfte gegen die Übelkeit an und ignorierte die erstickten Laute, die Arducius von sich gab, ebenso wie Ossacers ständiges Würgen. Sie suchte die Krankheit, die sich unter ihr zusammenballte wie ein wildes Tier vor dem Sprung. Dahinter lagen starke Energiebahnen, die sie speisten – nein, die etwas anderes speisten. Mirron schlug das Herz bis zum Halse. Gorian konnte sie spüren und sie angreifen, wie er Ossacer angegriffen hatte.

Doch da war nichts. Kein Zittern in den Energien, die das umgaben, was Gorian da tat. Er hatte die Krankheit tief unten in der Erde erschaffen, während die Oberfläche gesund und normal blieb. Diese Krankheit benutzte er nun, um sein eigentliches Werk voranzutreiben. Gorian wusste nicht, dass sie seinen Energien nachspürte. Oder er reagierte nicht darauf, falls er es wusste. Sie konnte die Struktur des Werks abtasten. Weiter, weiter bis ins offene Land, wo Gras und Bäume wuchsen. Weiter bis zu ...

Mirron schlug die Augen auf und konnte nicht in Worte fassen, was sie gerade gesehen hatte. Doch sie konnte etwas anderes sagen.

»Lauft«, sagte sie.

»Was?«

Sie sprang auf und zerrte Ossacer hoch.

»Lauft!«

27

859. Zyklus Gottes, 12. Tag des Genasab

Wovor sollen wir weglaufen?« Jhered schrie Mirron fast an. Er rechnete nicht damit, eine Antwort zu bekommen. Sie war kreidebleich und abwesend. Was sie auch in den Energiebahnen unter der Erde beobachtet hatte, es hatte sie furchtbar erschreckt.

»Mirron, halt, warte doch!«

Unter den Flüchtlingen, die sie noch umringten, brach Panik aus. Arducius und Ossacer schleppten sich hinter ihnen her. Sie wussten nicht recht, was im Gange war, und versuchten immer noch, die Quelle und das Ausmaß der Bedrohung herauszufinden. Einige Bürger hatten sich bereits auf den Weg gemacht und eilten zur Juwelenmauer zurück. Manche wandten sich nach Norden und Süden zu ihren Zelten und Angehörigen oder versuchten einfach zu fliehen, selbst wenn sie nicht wussten, wovor.

Jhered hielt Mirron am Arm fest, drehte sie zu sich herum und legte ihr dann die Hände auf die Schultern.

»Mirron!«

Sie zuckte zusammen und starrte ihn an. Sie zitterte am ganzen Körper, auf ihren Lippen stand Schaum, und sie war so verängstigt, dass ihm fast das Herz brach.

»Wohin sollen wir laufen?«

Sie schüttelte den Kopf, und ein einsame Träne rann herab. »Das spielt wahrscheinlich keine große Rolle.«

Jhered drehte sich nach Westen um, zum offenen Land. In der Ferne grollte es. Es war leise und ließ den Boden beben, zuerst nur leicht, wurde aber mit jedem Herzschlag stärker. Mirron wollte sich losreißen, doch er hielt sie fest.

»Es ist zu spät zum Weglaufen. Du musst dir etwas einfallen lassen. Zusammen mit Ossacer und Arducius.«

»Du verstehst das nicht«, wandte Mirron mit bebender Stimme ein. »Es ist zu groß, es wird ihn verschlingen, und uns dazu.«

Jetzt konnten alle das Grollen hören. Flüchtlinge und Soldaten wandten sich gemeinsam nach Westen. Im Augenblick war noch nichts weiter zu sehen außer einem Flimmern in der Luft, wie die heiße Sonne es manchmal erzeugte. Eine Weile rührte sich niemand. Es konnte ein Heer sein, das sich von dort näherte, obwohl niemand von weiteren feindlichen Kräften im Umkreis von tausend Meilen wusste. Die Menschen freuten sich immer noch über den Sieg, Mirrons panischer Ausbruch hatte jedoch Verwirrung gestiftet. Es war ein gefährlicher Schwebezustand. Fünfzigtausend Flüchtlinge. Wenn sie losrannten, würden sie alles niedertrampeln.

Jhered blinzelte nervös. Er glaubte, er hätte eine Welle im Land entdeckt, weit entfernt am Horizont. Mirrons Furcht griff auch auf ihn über, doch er wollte es noch nicht ganz glauben. Abermals bebte der Boden, und die Menschen stießen Schreie aus. Ein weiterer, noch heftigerer Erdstoß folgte. Jhered taumelte, Ossacer stürzte, und einigen Tausend Flüchtlingen erging es nicht besser. Die Leute kreischten, die Ersten rannten schon.

Jhered hielt Mirron an den Händen fest und sah sie an.

»Es tut mir leid«, sagte sie. »Es hat nicht gereicht.«

»Du musst dich nicht dafür entschuldigen, dass du alles getan hast, was du konntest.«

Wieder bebte die Erde, die Erschütterungen hörten nicht mehr auf. Jhered ging in die Hocke, während rings um ihn Staub aufstieg und Risse entstanden, in die er die Faust hätte stecken können. Die Zuversicht der Flüchtlinge war dahin. Sie liefen los, doch Mirron hatte recht. Es gab keine Möglichkeit, rechtzeitig an einen sicheren Ort zu gelangen.

Wieder schwankte der Horizont, und dann kam es auf sie zu, schneller als ein galoppierendes Pferd. Die Hand Gottes versetzte der Erde einen Stoß, eine Welle lief zum Lager, zu den Gebäuden und der Juwelenmauer. Keiner, der vor dem Wall oder auf ihm stand, konnte entkommen. Die Welle raste nach Norden und Süden und verschwand rasch, hinterließ jedoch eine Spur der Zerstörung.

Vor der Welle bebte die Erde, ehe sie schlagartig doppelt mannshoch emporschnellte. Bäume kippten um, Felsen flogen hoch, Büsche sprangen empor, und Staub und Schutt explodierten. Jhered stand fassungslos da und starrte nur noch. Die Aufgestiegenen umringten ihn.

Ein Windstoß wehte die lose Erde hoch, und mit dem Wind kam der üble Gestank des Verfalls. Hinter der Erdwelle stieg Dampf auf, ein dichter Dunst, der sich brodelnd weiter verdichtete. Inzwischen rannten auch die ersten Tiere an Jhered vorbei. Ratten, Mäuse, Kaninchen. Alle flohen. Die Vögel waren schon längst aufgestiegen und flogen in alle Richtungen davon.

Unablässig bebte die Erde, ein besonders kräftiger Stoß warf Jhered um. Er rollte sich nach links ab und kam wieder auf die Beine. Die sich nähernde Welle gab Geräusche von sich, die wie ein gewaltiger Racheschrei klangen, wie zehntausend Gorthocks, die ihre Beute witterten.

Jhereds Herz schien zu zerspringen. Dieser Gewalt konnte man nicht entkommen. Der üble Gestank brannte in den Augen. In der Luft sammelte sich der Staub und prasselte wieder herab. Pflanzen verwandelten sich in braunen Matsch, als die Welle sie erfasste, in sich hineinzog und hinter sich verfault und tot wieder ausspie.

Gorian tötete alles. Jhered empfand nur Trauer. Ein Junge mit so großen Möglichkeiten, völlig in die Irre geleitet. Für Gnade hatte er sich mit Hass bedankt. Er war genau das geworden, was die Feinde des Aufstiegs befürchtet hatten. Ein Ungeheuer, das über Zerstörungskräfte verfügte, die kein Mensch besitzen sollte.

Doch er übte keine bewusste Kontrolle mehr aus. Dies war das Werk eines Menschen, der den Verstand verloren hatte.

Die Welle hatte sie fast erreicht, sie war nur noch fünfzig Schritte entfernt. Sie waren allein, von allen verlassen, die ihnen gerade noch hatten danken wollen. Hinter ihnen schrien die Flüchtlinge und Legionäre voller Panik, vor ihnen brüllte und kreischte die sich nähernde Erdwelle. Mit lautem Knall barsten unter der Erde die Felsen, und die Splitter griffen wie gierige Finger zum Himmel hinauf.

Jhered richtete sich auf. Er wollte stehend hinnehmen, was ihn gleich treffen musste. Der Dampf, der Dunst und der Staub machten das Atmen schwer. Er wollte nicht stürzen, war im Tod so störrisch wie im Leben. Sein letztes Gebet war, dass die Aufgestiegenen überleben mochten, um den Feind zu bekämpfen. Den einzigen Feind, dem nun nicht nur die Konkordanz, sondern die ganze Welt gegenüberstand. Gorian Westfallen. Jhered empfahl sich der Gnade des Allwissenden.

Die Welle türmte sich vor ihm auf, es wurde dunkel. Sie warf ihn um, und er wurde von ihr mitgerissen. Umhergeworfen wie ein kleines Schiff im Sturm, den Schlägen der Hand Gottes hilflos ausgesetzt. Er hätte geschrien, wagte aber nicht zu atmen. Von irgendwo strömte ihm etwas Warmes, Willkommenes entgegen.

Die Welle hob Jhered hoch und ließ ihn in die brodelnde, verwesende Masse dahinter sinken. Er überschlug sich viele Male, bis sein ganzer Körper mit dem üblen Matsch überzogen war. Er drang in seinen Mund, seine Nase und sogar in die Ohren ein. Erst als er still liegen blieb, wagte er es, die Augen wieder zu öffnen und sich zu fragen, warum er überlebt hatte. Dafür konnte es nur einen Grund geben.

Im klebrigen Dreck richtete er sich auf, schüttelte den Kopf, spuckte den widerlichen Schleim aus und blies ihn aus den Nasenlöchern. Die Welle polterte weiter, zog ungehindert zur Barriere und übertönte die Schreie der Hilflosen, die sie überrollte.

Jhered sah sich um. Hinter ihm war die Erde verwüstet, nur Sumpf und Moder. Er machte ein paar Schritte in Richtung Mauer. Sein Herz schlug heftig, er spürte den Puls im Hinterkopf wie einen Schmiedehammer. Endlich schluckte er, hustete und übergab sich. Dann wischte er sich den Dreck vom Gesicht und säuberte seine Augen.

Da. Sie mussten es sein. Er rannte los. Unsicher, taumelnd. Der klebrige Dreck wollte seine Stiefel nicht freigeben.

»Mirron«, gurgelte er. Noch einmal hustete und würgte er. »Arducius.«

Sie lagen still am Boden und hatten sich umarmt. Unter dem Schleim, der auch sie bedeckte, waren sie kaum noch zu erkennen. Braun, grün und dampfend. Langsam rührten sie sich wieder, hoben die Köpfe und blickten nach links. Jhered folgte dem Blick. Dort kniete Ossacer mit weit ausgebreiteten Armen. Er schwankte und war von dem gleichen Unrat bedeckt wie sie alle, doch er hatte die blinden Augen geöffnet und starrte in ihre Richtung.

Mirron rappelte sich auf und half Arducius. Er stützte sich auf sie, und als sie zu Ossacer gingen, zog er ein Bein nach und schrie auf. Jhered mobilisierte alle Kräfte und legte das letzte Stück zu ihnen im Laufschritt zurück. Er packte Arducius' freien Arm und legte ihn sich über die Schultern, um das verletzte Bein des Aufgestiegenen zu entlasten.

»Ossie?«, rief Mirron. Ossacer antwortete nicht. »Ossie, nicht nachlassen! Mach weiter!«

Unzählige Fragen schossen Jhered durch den Kopf. Die Welle hatte die Lager erreicht. Zelte kippten um, wurden zerfetzt und verfaulten wie alles andere. Die Schreie der verstörten Menschen erstarben, als die Welle sie unter sich begrub. Jhered wandte den Blick ab. So viele Menschen, binnen weniger Sekunden einfach überrollt und ermordet. Er schauderte, Übelkeit stieg erneut in ihm auf.

Mirron und Arducius bemühten sich immer noch um Ossacer. Jhered wusste, dass er sie gerettet hatte, auch wenn er es nicht verstand. Der Schmerzfinder hatte sie vor der Fäulnis, der Krankheit und dem Tod beschützt. Sie schleppten sich zu Ossacer, vier lebende Menschen in diesem verfluchten Land.

Mirron und Arducius sanken neben Ossacer nieder. Er spürte sie und ließ sich seitwärts gegen Mirron sacken.

»Ich habe euch gerettet«, sagte er. »Ich habe es geschafft.«

Seine Haut war runzlig und rissig, seine Haare waren um einen halben Schritt gewachsen, zottig und grauweiß. Er sah jetzt aus, als wäre er in Andreas Kolls Alter. Seine Finger, seine Gliedmaßen waren nur noch Haut und Knochen. Mit Fingern, an denen lange Nägel gewachsen waren, hielt er sich an Mirrons Arm fest und rang um Atem.

»Oh Ossie, was hast du getan?«, flüsterte sie, während sie ihm übers Haar strich und ihn an sich drückte.

Arducius kniete vor ihm, hatte ihm die Hände aufgelegt und forschte nach seiner Lebenskraft.

»Nicht«, sagte Ossacer. Seine Augen waren jetzt trüb und grau, nur im Zentrum um die Pupillen flackerten winzige blaue Punkte. »Es gab nichts, was ich benutzen konnte. Hier hat nichts mehr gelebt, ich hatte nur mich selbst.«

Ossacer hustete und schüttelte sich dabei am ganzen Körper.

»Wir können dich heilen«, sagte Arducius. »Wir können alles heilen. Aber gib dich nicht auf.«

»Nein, das könnt ihr nicht.« Ossacer atmete keuchend ein. Jhered biss sich auf die Unterlippe. »Ihr braucht eure ganze Kraft für Gorian. Ihr müsst ihn aufhalten.«

Wieder erschütterte ein mächtiger Knall die ganze Ebene, gleich darauf kam das Echo aus mehreren Richtungen zurück. Lauter als das Knirschen und Donnern der Steine waren die tausend hilflosen Gebete an den Allwissenden, der den Menschen an diesem Tag den Rücken gekehrt hatte. Jhered sah nichts als Staub, Dampf und Dunst. So viele Freunde. So viele brave Bürger.

»Was war das?«, fragte Arducius.

»Die Mauer«, erklärte Jhered. Die Kehle war ihm eng geworden, er konnte nur noch heiser flüstern. »Wir sollten davon ausgehen, dass wir jetzt allein gegen ihn kämpfen müssen. Ossacer hat recht. Wir dürfen diesen Kampf nicht verlieren, sonst geht es womöglich noch ewig so weiter.«

»Ich lasse Ossacer nicht hier im Stich«, sagte Mirron. »Das können wir nicht.«

»Ich habe nicht die Absicht, jemanden im Stich zu lassen«, widersprach Jhered. »Ich werde ihn tragen. Du stützt Arducius. Tut, was immer ihr könnt, um Gorian aufzuspüren. Uns läuft die Zeit davon. Wir haben schon zu viele Menschen verloren.«

Mirron half Arducius, der vor Schmerzen keuchte, beim Aufstehen. Er war kreidebleich, und auf der Stirn stand ihm kalter Schweiß. Jhered kniete nieder und nahm Ossacer auf die Arme.

»Du bist nicht gerade leichter geworden«, sagte er.

Ossacer schwieg. Er atmete unregelmäßig, und sein Kopf kippte kraftlos gegen Jhereds Schulter. Der Schatzkanzler wandte sich nach Westen, wusste aber im Grunde nicht, wohin er gehen sollte. Hinter ihnen ertönte ein schmatzendes Geräusch, einer Welle ähnlich, die am Strand über Muscheln und Sand läuft, jedoch viel stärker, gedehnter und bösartiger. Wie der Atem des Todes.

Jhered drehte sich mit seiner Last um und betrachtete die Landschaft. So weit das Auge reichte, sah er Schlamm. In der Ferne raste immer noch die Welle dahin, und die Dampfwolke bildete den Wellenkamm. In der Nähe, am Rand des Lagers, entdeckte Jhered Bewegungen. Er schluckte und wich zurück.

»Oh nein.«

Hände reckten sich zum Himmel, Köpfe erhoben sich aus dem Schleim. Körper, von denen der Dreck tropfte, richteten sich auf und standen auf schwankenden Beinen. Flüchtlinge und Soldaten. In der Ferne regten sich größere Umrisse. Pferde. Sie alle standen auf. Tausende, wenn nicht Zehntausende. Wie ein Wesen drehten sie sich um und marschierten nach Westen. Schwankend und mit unkoordinierten Gliedmaßen, mit pendelnden Köpfen. Das sagte Jhered genug.

Er drehte sich um und lief rasch über den glitschigen Boden.

»Ardu, Mirron, kommt mit und schaut euch nicht um.«

»Warum nicht?« Ardu tat es natürlich trotzdem.

Jhered musste schon wieder stehen bleiben. Arducius konnte kaum einen Fuß vor den anderen setzen.

»Die Toten kommen. Alle.«

Die Jubelrufe blieben den Menschen im Hals stecken. Einige Kämpfer, die ihre Speere und Schwerter über den Köpfen geschwenkt hatten, ließen mutlos die Waffen sinken. Die Toten vor den Mauern hatten sich nicht gerührt, doch die Siegeslieder in den

Lagern und auf dem Gelände dahinter waren verstummt. Jetzt erfüllte ein Grollen die Luft. Die Fundamente der Juwelenmauer bebten, und die ersten Schreie ertönten.

Roberto eilte zur Rückseite des Tores und blickte durch eines der fest montierten Spähgläser. Er richtete es auf den Horizont und dann wieder nach unten, um in einem weiten Bogen die Landschaft zu erkunden. Was er entdeckte, jagte ihm trotz der warmen Genastrosonne einen kalten Schauer durch die Knochen. Dort rannten Menschen. Panische Menschen, die keinen klaren Gedanken mehr fassen konnten und chaotisch durcheinanderliefen. Legionäre stießen langsamere Bürger einfach zur Seite. Flüchtlinge kletterten über andere, die gestürzt waren, einfach hinweg. Sie hatten alles außer dem Selbsterhaltungstrieb vergessen. Ihre Gesichter waren zu Grimassen verzerrt, sie schrien, sie rannten, holten Luft und schrien weiter. Ein Mann stolperte und wurde von den anderen niedergetrampelt, die zu verängstigt waren, um sich zu bücken und ihm zu helfen.

Die Menschen verhielten sich wie eine Herde wilder Tiere, und Roberto konnte ihnen nicht einmal einen Vorwurf machen. Denn hinter ihnen hatte sich die Erde selbst erhoben und griff sie an. Von Horizont zu Horizont breitete sich die Welle in rasender Geschwindigkeit aus; bald würde sie gegen die Gawberge schwappen und dort durch die Täler donnern, bis sie den Iyresee erreichte, und jedes Lebewesen vor der Juwelenmauer vernichten.

»Nicht schon wieder. Gott umfange mich, nicht schon wieder.« Roberto sank auf die Knie, legte eine Hand auf den Stein und hob die andere Hand zum Himmel. »Guter allwissender Gott, Retter und Erlöser deiner Gläubigen, erlöse uns von diesem Schicksal. Zeige uns den Weg zum Sieg, damit deine Erde für deine Kinder sicher ist.«

Eine Erschütterung lief durch die Festung, die viele Soldaten straucheln ließ. Das ganze Gebäude bebte heftig, die Onager schaukelten auf dem Dach. Lose Steine rollten umher. Roberto richtete sich wieder auf. Die Erdwelle, höher als zwei Männer, raste im Westen am Horizont dahin. Dampf und Staub stiegen auf. Unaufhaltsam schlug die Welle über Mensch und Tier zusammen. Als das Beben allmählich nachließ, drehte Roberto sich um und lief zu Davarov und Harban zurück, die sich an die Mauerzinnen geklammert hatten.

»Haltet euch um jeden Preis irgendwo fest«, rief er. »Was auch geschieht, lasst nicht los. Fallt nicht auf den Boden, wenn uns dieses Ding trifft. Da unten ist der Tod. Hier oben können wir vielleicht überleben.«

»Es ist, wie die Prophezeiung es sagt«, erwiderte Harban. »Er wird die Berge beben und die Welt einstürzen lassen. Er und sein Nachkomme.«

»Das mag ja richtig sein, aber im Augenblick müssen wir zuerst einmal überleben«, gab Roberto zurück. »Sagt es allen, die bereit sind, euch zuzuhören. Wenn ihr überleben wollt, dann haltet euch am Stein fest.«

Sie mussten die Menschen nicht zur Mauer rufen. Eine wahre Flut von Soldaten und Zivilisten rannte schon die Rampen hinauf. Dennoch gaben die Flaggenmänner den Befehl weiter, auf die Mauern zu steigen. Auch Davarov, der mit seinem Organ das Getöse mühelos übertönen konnte, rief die Leute herauf. Jeden in Hörweite brüllte er an, sich irgendwie an der Barriere festzuhalten – an den Klammern für die Fackeln, an den Seilen, die an den Zinnen hingen, oder sie sollten Menschenketten bilden. Egal was.

Roberto sah sich rasch um, wie er sich selbst am besten wappnen konnte. An der vorderen Brustwehr standen zwei mit einem Netz gesicherte Kisten. Er lief hinüber. Abermals erbebte die Festung, und er fiel flach auf den Bauch. Hinter ihm rollten auf dem

Flachdach die Steine umher, die als Geschosse für die Onager bereitlagen. Pechfässer kippten um, die Flammen breiteten sich auf dem Zement aus. Verletzte kreischten und brachen abrupt wieder ab. Das Netz und sein Inhalt hatten sich nicht bewegt. Das sollte ausreichen.

Roberto kroch hinüber, packte das Netz und tastete mit der anderen Hand nach dem Schwertgurt. Als das Beben einen Moment nachließ, führte Roberto den Gürtel durchs Netz und zog ihn fest, bis er mit dem Rücken vor den Kisten saß. Dann blickte er nach links. Davarov hatte die riesigen Arme um einen Fackelhalter geschlungen und zusätzlich ein Seil um seine Hüften gebunden. Er lächelte.

»He, Roberto!«, rief er. »Das ist mal eine nette Idee. Da rollt eine Erdwelle auf uns zu, und du bindest dich am brisantesten Sprengpulver fest, das die Konkordanz hat.«

Irgendwo in Roberto brach ein Damm. Der tiefe Brunnen seines Kummers trocknete aus, und alle Schwierigkeiten und Ängste verflogen für einen kleinen Augenblick, nur ein paar Herzschläge lang. Er brüllte vor Lachen, klopfte auf die Kisten und musste laut rufen, um das Grollen der Welle und das Knirschen der Steine in den Mauern zu übertönen.

»He, Davarov! Wir sehen uns auf der anderen Seite. Weißt du was? Wenn wir überleben, dann kommen uns diese hübschen kleinen Dinger vielleicht gerade recht.«

Roberto konnte die linke Seite der Festung und das Gelände dahinter überblicken. Nach ein paar Augenblicken blieb ihm das Lachen im Halse stecken, und er betete für die Zyklen der Menschen, die gleich sterben würden. Da unten bildete sich eine brodelnde Menschenmasse, nachdem die Flucht ins Stocken gekommen war. Die großen Tore waren geschlossen, denn die Festung konnte die Welle mit geschlossenen Toren besser überstehen. Die Menschen hämmerten hilflos gegen das Holz. Viel zu viele, für die es keine Rettung mehr gab, drängten sich dort unten.

Immer noch eilten sie die Rampen hinauf, behinderten sich jedoch gegenseitig und kamen kaum voran. Mit Händen und Füßen kämpften sie sich aufwärts. Männer und Frauen stürzten hinab und fielen auf die Köpfe der anderen, die an den Wänden einen Halt gesucht hatten und nicht hoffen konnten, weiter hinaufzusteigen.

Das Dach der Festung füllte sich. Die Legionäre verhielten sich nun wie ihre Ingenieure und klammerten sich an alles, was sie finden konnten. Sie halfen sich gegenseitig, ein frischer Rekrut und ein Veteran der Triarii umarmten einander und hielten sich gegenseitig fest. Verzweifelt packten sie Rüstungen und Gürtel. Immer mehr Menschen strömten aufs Dach, und im Durcheinander der Gliedmaßen und Gesichter, die sich links und rechts um ihn drängten und ans Netz klammerten, erkannte Roberto ein vertrautes Gesicht.

»Julius!« Wie durch ein Wunder hörte es der Sprecher und drehte sich um. Er riss den Mund auf und drängte sich bis zu Roberto durch. »Haltet Euch hier fest. Gut festhalten.«

»Ich bin überrascht, dass Ihr Euch um mein Überleben sorgt.«

»Wie ich schon sagte, wir müssen alle überleben. Sogar verdammte Idioten wie Ihr.«

Barias grinste kurz und packte das Netz, an dem schon zahlreiche Leute hingen. Roberto hoffte, dass es stark genug war, um sie alle zu halten.

Unten wurden die Schreie lauter, doch das Beben machte es schwer, irgendetwas zu erkennen. Dennoch konnten sie sehen, wie die Welle durch die Verwaltungsgebäude raste und alle Männer und Frauen überrollte, die sich dort versammelt hatten. Aus dem Grollen wurde ein Brüllen, das in den Ohren schmerzte. Der Dampf und der Staub wallten an der Rückseite der Festung empor, und der erstickende Gestank breitete sich auf dem Dach aus.

Dann traf die Erdwelle die Juwelenmauer.

Roberto und alle anderen in der Nähe schrien vor Angst. Sie fluchten und beteten oder brüllten etwas Unzusammenhängendes. Die ganze Welt bebte und wackelte. Der Boden hob sich und senkte sich wieder. Roberto hätte es gern beobachtet, doch er konnte nur einzelne Bilder erhaschen. Was er sah, war allerdings schlimm genug.

Die Menschen stürzten übereinander und wurden wie Puppen gegeneinander, gegen die Mauern und die Onager geschleudert. Die Geschütze rutschten zur Seite weg und zerquetschten kreischende Ingenieure an den Brüstungen, die ihrerseits nachgaben und hinabstürzten. Andere Wurfmaschinen kippten zur Seite, rollten ein Stück und krachten auf den Boden. Onagersteine polterten über das Dach, Pech flog durch die Gegend. Das Rad eines Geschützes löste sich vom Gestell und flog quer über die Festung, um nur wenige Schritte von Roberto entfernt einige Menschen zu zerquetschen und ihre Schädel zu zertrümmern.

Die Steine unter ihm knirschten laut, die ganze Festung ruckte hin und her. Roberto zitterte so heftig, dass er einen Moment lang die Augen schließen musste. In Massen fielen die Steine hinab, während die Balken des Gebäudes brachen. Er öffnete die Augen wieder.

Mitten in der Festung klaffte ein Riss, der direkt unter ihm verlief. Einige Soldaten verloren den Halt, rutschten ab und stürzten wie das Pechfeuer, die Trümmer der Geschütze und die Wurfgeschosse nach unten. Die ganze rechte Seite der Festung sank in sich zusammen und kippte gegen die Mauer, die in Richtung Norden zum Iyresee verlief. Roberto rutschte halb in den Spalt hinein, doch das Seil des Netzes hielt ihn fest. Seine Beine baumelten über dem Blutbad unter ihm.

Unzählige Menschen wurden von den Steinen verschüttet und vom Unrat überschwemmt, den die Welle mit sich trug. Sie lief direkt unter ihm vorbei, sie grollte, bäumte sich auf und brachte Tod und Zerstörung. Dann zerfetzte sie die mächtigen Tore. Große Teile der Mauer flogen durch die Gegend, brachen zusammen und kippten auf die atreskanische Seite. Hunderte Menschen wurden hoch in die Luft geworfen und stürzten auf den Zement oder in die stinkende Brühe.

Nur vier von denen, die das Netz gepackt hatten, waren noch da, unter ihnen Julius. Er hing an den Händen über der zerstörten Festung, deren rechte Hälfte nur noch aus Schutt und zerbrochenen Balken bestand. Darunter lagen die zerquetschten Menschen, überall war Blut.

»Festhalten, Julius«, sagte Roberto.

»Aber ganz bestimmt, Botschafter.«

»Ihr schafft das schon.«

Im Norden und Süden krachte und rumpelte es weiter. Auch dort brachen Teile der Juwelenmauer zusammen und stürzten um. Mit dem Staub stieg ein Gestank auf, der Robertos Augen und seinen Mund verklebte. Er hustete und spuckte Schleim aus. Rings um ihn prasselten Steine herab, doch allmählich ließ der Lärm nach. Die Welle lief weiter nach Atreska hinein, und jetzt waren auch die Schreie der Verletzten und Sterbenden und Julius Barias' Gebete wieder deutlicher zu hören.

Roberto blickte nach links. Diese Seite der Festung war noch intakt, hatte allerdings eine deutliche Schräglage. Unten auf dem Gelände gab es nur noch Schlamm, in dem Tausende von Toten lagen. Oben hielten sich Legionäre und Ingenieure fest, die vor Erleichterung lachten und weinten, falls sie überhaupt noch fähig waren, einen Laut von sich zu geben.

Auch Davarov war noch da. Der Fackelhalter hatte sich an einer

Seite gelöst, doch er hielt noch, und der Soldat klammerte sich verbissen daran und lächelte grimmig. Roberto konnte Harban im Augenblick nirgendwo entdecken, aber der Karku war ein viel zu guter Kletterer, um einfach abzustürzen.

Roberto tastete nach seiner Gürtelschnalle, löste sie und rappelte sich auf. Dann kniete er neben Barias nieder und fasste ihn am Arm. Julius drehte sich zu ihm um, worauf Roberto nickte und ihn hochzog. Julius half mit der freien Hand nach, und sobald er wieder auf dem Stein stand, schnaufte er schwer.

»Danke, Botschafter.«

»Die Freude ist ganz meinerseits«, sagte Roberto.

Dann richtete er sich auf und sah sich um. Die Welle lief weiter durch Atreska. Gerade raste sie durch das Heer der Toten, warf sie alle um und überspülte auch den Wagen der Gor-Karkulas. Roberto runzelte die Stirn. Dahinter brüllten die Tsardonier, als hätten sie nur auf diese Gelegenheit gewartet, und griffen an. Roberto wischte sich das Gesicht ab. Er war zu müde, um Angst zu haben.

»Diese Schweinehunde«, schimpfte Davarov, der inzwischen neben ihm stand. »Ich sagte Euch doch, dass wir ihnen nicht trauen können.«

»Das spielt jetzt wohl keine Rolle mehr«, erwiderte Roberto und deutete auf die zerstörte Ebene. »Die Welle läuft weiter.«

Davarov grunzte und deutete auf die zerstörten Mauern, die Hunderte Bürger der Konkordanz zermalmt hatten.

»Allerdings. Und die Toten bleiben nicht tot.«

28

859. Zyklus Gottes, 12. Tag des Genasab

Die Toten strömten in den Hafen. Zu beiden Seiten der Einfahrt feuerten die Onager und Ballisten brennende sowie nicht brennende Steine und Bolzen auf die mehr als sechzig gegnerischen Schiffe ab, die sich in der Hafeneinfahrt drängten. Das Feuer zeigte Wirkung, und die Steine der Onager ließen viele Schiffe miteinander kollidieren. Überall brachen Balken, und die Masten splitterten. Segel fielen ins Wasser, wirkten wie Schleppanker und brachten die Angreifer vom Kurs ab. Zu Hunderten wurden die Tsardonier und die Toten nach unten an den Busen von Ocetarus gezogen.

Doch es waren immer noch viel zu viele, die den Beschuss überstanden. Im Hafen stießen sie auf eine Wand aus Flammen und Rauch. Die Hitze strahlte bis aufs Meer hinaus. Iliev stand an der Ruderpinne des Spornkorsaren des Siebten Kommandos. Kashilli hielt den Rammsporn niedrig, und seine Ruderer machten fast vierzig Schläge in der Minute. Sie legten sich schon den ganzen Tag mächtig ins Zeug.

Draußen auf dem Meer kämpften die Triremen der Konkordanz gegen die Nachzügler der tsardonischen Flotte. Ein halbes Dutzend feindliche Schiffe brannte und ging schnell unter. Drei Kommandos waren im Wasser und versenkten einen Feind nach dem anderen. Andere waren nach Norden und Süden geeilt, um die Toten zu bekämpfen, die dort an den Stränden landeten und zu den Stadtmauern marschierten.

Iliev bog an der Hafeneinfahrt ab und steuerte die schroffe Mauer der südlichen Festung an. Dort droben arbeiteten Ingenieure und Hafenwächter hektisch, um die Katapulte neu zu laden. Das Dach war größtenteils vom Rauch eingehüllt, der aus den Fässern mit brennendem Pech aufstieg. Vermutlich neigten sich die Vorräte langsam dem Ende zu.

»Langsamer jetzt, zwanzig Schlag. Wir fahren in das ruhige Wasser unter der Festung. Es wird Zeit für eine Kletterpartie.«

Als die Verteidiger den Spornkorsaren bemerkten, warfen sie Strickleitern hinunter, die unter anderen Bedingungen als Fluchtweg hätten dienen sollen. Sie endeten knapp über der sanften Dünung. Iliev lenkte das Boot mit dem Rammsporn voraus zur Mauer. Kashilli lief darauf entlang, packte die nächste Strickleiter und zog den Korsaren näher an die Mauer heran. Die Ruderer hoben die Riemen und verstauten sie.

»Beeilt euch«, sagte Kashilli. »Das Ding zerreißt mich fast.«

Die Kämpfer des Siebten Kommandos kletterten schnell hinauf und hoben sich als dunkle Punkte vor den weiß getünchten Steinen der Festung ab. Iliev sah ihnen hinterher. Seit ihrem Aufbruch von der Insel Kester war kein Einziger mehr gestorben. Keiner war der Gallseuche zum Opfer gefallen.

»Wir wollen unserer weniger glücklichen Brüder gedenken«, rief er hinauf. »Jeder Tote, den wir erledigen, ist eine kleine Wiedergutmachung. Wir haben noch viele Tote zu vernichten, bevor wir in den Augen von Ocetarus den Ausgleich erreicht haben.«

Iliev und Kashilli stiegen als Letzte hinauf. Kashilli hatte den Korsaren festgebunden und seinen Vorschlaghammer hinter den

Gürtel gesteckt. Bei jedem Schritt stieß der Stiel gegen seine Beine.

»An Land fühle ich mich nicht so wohl, Käpten«, sagte er. »Aber wenn der Feind dort ist …«

»Dann müssen die Ocenii folgen. Wir erschaffen uns ein eigenes Meer aus ihrem Blut.«

Kashilli lächelte. Es war ein alter Spruch der Ocenii, und es war lange her, dass sie ihn das letzte Mal wahr gemacht hatten.

Sobald sie über die Zinnen kletterten, schlug Iliev die Hitze, die von den Docks herüberstrahlte, ins Gesicht. Er blies die Wangen auf und sprang aufs Dach hinunter. Als die Soldaten Haltung annahmen, winkte er ab.

»Ihr habt wichtigere Dinge zu tun. Weitermachen.«

Iliev und Kashilli liefen zur Hafenseite hinüber, wo Meister Stertius und Marschall Vasselis standen. Sie blickten nach unten zu den Docks von Estorr, die kaum wiederzuerkennen waren. Als Iliev Kashillis Miene bemerkte, zog er die Augenbrauen hoch.

»Admiral Iliev«, sagte Vasselis. »Es freut mich, Euch hier zu sehen, auch wenn Ihr auf etwas ungewöhnliche Weise angekommen seid.«

»Wir wären ja zur Vordertür gerudert, aber die habt ihr wohl gerade vor ein paar Eindringlingen versperrt«, erwiderte Iliev.

Am Himmel bildete sich eine dichte schwarze Wolke aus Rauch und Asche, die von den zweihundert oder mehr brennenden Schiffen gespeist wurde. Die bisweilen in Dreierreihen hintereinanderliegenden Fahrzeuge bildeten eine undurchdringliche Barriere für die Toten. Doch bald würden die Feuer ausgehen, wenn die Rümpfe der Schiffe so weit zerstört waren, dass sie sanken.

Die tsardonischen Schiffe, die bereits in den Hafen eingedrungen waren, hielten sich zurück und warteten ab. Die lebenden tsardonischen Seeleute versuchten, hier und dort die Brände zu löschen, doch die Toten standen nur herum und ließen sich von den Geschossen der Skorpione und Ballisten umwerfen. Die Geschützmannschaften betrachteten die Boote als leichte Übungsziele, während die Toten, solange ihnen kein Schuss das Rückgrat brach oder die Beine zermalmte, einfach aufstanden und ihre Plätze wieder einnahmen.

Vierzig feindliche Schiffe warteten darauf, dass sie das Ufer selbst angreifen konnten. Die Tsardonier, die nicht mit Löscharbeiten beschäftigt waren, schossen Pfeile über die brennende Barriere hinweg und verletzten oder töteten einige Verteidiger. Iliev biss sich auf die Unterlippe, denn er wusste genau, dass es nur eine Frage der Zeit war, bis die Toten sich wieder erhoben.

Die Katapulte der Festungen schossen Steine und Bolzen in die Hafeneinfahrt und trafen eine tsardonische Trireme mittschiffs knapp über der zweiten Reihe der Ruder. Ein brennender Stein schlug durch das Holz und zerquetschte die Männer dahinter. Die Ruder flogen hoch oder splitterten, das ganze Schiff ruckte zur Seite. Aus dem Loch schoss Wasser heraus, denn der Stein war unter der Wasserlinie wieder ausgetreten. Im Bauch waren Rauch und Flammen zu erkennen.

Inzwischen waren fast alle an den Festungen vorbei, die es überhaupt schaffen konnten, und Stertius musste seine Geschütze neu ausrichten. Diese Phase des Kampfes um Estorr war fast vorbei, und bald würde die nächste beginnen. Kashilli wog seinen Vorschlaghammer in der Hand. Die Geste sagte schon genug, doch für den Fall, dass jemand sie übersehen hatte, knurrte er laut. Iliev nickte.

»Im Hafen ist Infanterie aufmarschiert, aber wird sie dem Ansturm standhalten?«, sagte er. »Sie haben nicht die richtigen Waffen, um die Toten zu bekämpfen.«

»Die Verteidiger haben keine Fluchtmöglichkeit mehr«, erklärte Stertius. »Die Toten haben im Norden und Süden die Mauern erreicht. Sie haben Leitern mitgebracht und kennen keine Furcht. Wir sollten jedoch fähig sein, sie dort zu besiegen. Wir müssen sie aufhalten, damit die Stadt nicht überrannt wird.«

»Vor den Toten haben Männer gezaudert, die tapferer sind als wir«, erwiderte Iliev. »Die Vernunft allein hilft ihnen nicht, sich diesem Feind zu stellen. Wir waren allerdings recht erfolgreich. Ich werde die Verteidigung befehligen.«

Vasselis schnaufte überrascht. »Euer Platz ist hier, Admiral. Ihr solltet von hier aus die Truppen führen. Wir brauchen Eure Erfahrung.«

Iliev schüttelte den Kopf. »Ich gehöre zu den Ocenii. Heute zählt nicht die Erfahrung, sondern nur der Mut. Der Mut und Kashillis Hammer.«

»Dann möge der Allwissende auf Euch herablächeln. Uns hat er offenbar verlassen, als das erste Feuer angezündet wurde und die ersten unschuldigen Toten zu Asche verbrannten.«

»Es ist mir einerlei, ob Euer Gott auf mich herablächelt oder nicht. Ihr habt getan, was Ihr konntet, um Eure Stadt zu retten. Jeder wahre Gott wird Euch dafür loben und Euch gewiss nicht verdammen.« Iliev wandte sich an Stertius. »Dreht jetzt Eure Geschütze herum und schaltet so viele Gegner aus wie möglich. Setzt vor allem Feuer ein. Sie werden notfalls auf dem Grund des Hafenbeckens bis zu den Stufen marschieren, solange sie nicht völlig verbrannt sind.«

»Ja, Admiral.«

»Kashilli? Das Siebte kommt mit, wir haben viel zu tun.«

»Ja, Käpten«, bestätigte Kashilli. »Siebtes Kommando! Die Pause ist vorbei. Wir kämpfen jetzt, und strengt euch an. Nehmt die Äxte und Hämmer, ihr Hunde, nehmt die Äxte und Hämmer.«

Iliev bemerkte das Funkeln in Vasselis' Augen. »Begleitet uns doch, Marschall. Ihr versteht mit der Klinge umzugehen. Ich habe Euch bei den Spielen gesehen.«

»Ich fürchte, meine Zeit als Kämpfer in der Arena ist vorbei. Hand und Auge werden müde.«

»Nun gut. Doch im Grunde ist dort der einzige Platz, wo man jetzt stehen kann. Da draußen, wo das Blut fließt und der Feind vor unseren Füßen niedersinkt.«

»Ocetarus wird Euch beistehen, Karl Iliev. Ihr werdet Elise und Marcus irgendwo da unten finden. Sie dürften wohl Eurer Ansicht sein.«

Iliev nickte und wollte endlich tote Knochen unter seinem Hammer knirschen hören.

»Die Advokatin wählt ihre Ratgeber weise aus.«

»So ist es.« Vasselis wandte den Blick ab. »Dann wisst Ihr wohl noch nicht, dass sie tot ist.«

Iliev fuhr zusammen. »Was?«

»Es gibt vieles, was Ihr noch nicht erfahren habt«, fuhr Vasselis fort. »Widmet Euren Kampf ihrem Gedenken. Gewinnt den Krieg für sie, Karl. Wenn alles vorbei ist, werde ich Euch erzählen, was wirklich geschehen ist. Auf den Straßen hört Ihr nichts als Lügen.«

»Ich werde nicht zulassen, dass die Stadt den Toten in die Hände fällt«, versprach Iliev.

»Dann ist die Advokatin nicht umsonst gestorben.«

Hesther hielt sich mit Yola, Mina und Petrevius, den Überlebenden der zehnten Linie, im Kanzleramt auf. Die jüngeren Angehörigen der elften und die Kinder der zwölften Linie befanden sich schon im sicheren Raum im Keller. Meera und Andreas gaben auf sie acht, erzählten ihnen Geschichten und versorgten sie mit süßen Speisen und Getränken. Da unten war es ruhig, dort konnten sie auch den Kampflärm nicht hören.

Der Palast war gut gesichert. Vasselis und Gesteris hatten sich darum gekümmert und einen ansehnlichen Verband von Wächtern und Geschützen zurückgelassen, um die Toten abzuhalten, falls der äußere Verteidigungsring brechen sollte. Wenn es so weit kam, würde dort die letzte Schlacht geschlagen werden. Hesther hatte Vasselis beim Abschied ansehen können, wie gering seine Hoffnung war, dass sie den Tag überleben würden.

Da nun zwei Stadttore angegriffen wurden, blieb den verschreckten Bürgern nicht mehr viel Raum, um auszuweichen. Diejenigen, die den Hügel für die sicherste Gegend hielten, hatten sich vor dem Siegestor versammelt und verlangten, eingelassen zu werden. Dieser Zeitpunkt mochte irgendwann kommen, doch es war noch nicht so weit.

Die Konkordanz stand am Rande einer Katastrophe. Die Advokatin war tot, und niemand wusste, ob ihre beiden ersten Nachfolger, Roberto und Adranis, überhaupt noch lebten oder wo sie sich aufhielten. Die ältesten Aufgestiegenen waren mit dem Schatzkanzler in Neratharn. Nur Tuline befand sich noch in Estorr, doch sie war über die Maßen bekümmert. Allein Vasselis hielt jetzt noch die Zügel in der Hand, doch starke Kräfte bemühten sich, ihm die Kontrolle zu entreißen.

In der seltsam friedlichen Atmosphäre des Kanzleramts, wo hinter den verschlossenen Läden die Rufe und der Kampflärm nur noch gedämpft zu hören waren, hatte Hesther Naravny, die Mutter des Aufstiegs, den Eindruck, dass diese Angehörigen der zehnten Linie sich immer noch genauso verhielten wie in Westfallen. Jedenfalls kam ihr das alles sehr bekannt vor.

»Es ist erst ein paar Tage her, dass sie uns töten wollten«, sagte Yola. »Jetzt fliehen sie hierher und suchen Schutz. Lasst sie sterben.«

»Was für eine wundervolle Einstellung. Du bist sicher auch noch stolz darauf«, erwiderte Petrevius.

»Was willst du damit sagen?«

»Sie waren wütend, weil du, Mina und ich Hunderte ihrer Freunde getötet haben. Es liegt bei uns, die Hand zum Friedensschluss auszustrecken. Wir müssen alles tun, was wir nur können, um ihnen zu helfen. Wir müssen sie auf unsere Seite ziehen.«

»Ar...« Hesther unterbrach sich und legte sich eine Hand auf den Mund. »Entschuldigung. Ich wollte sagen, Petrevius hat recht. Wenn dies alles vorbei ist, sind wir mehr denn je darauf angewiesen, dass die Menschen uns akzeptieren. Vielleicht vergessen sie eines Tages, dass wir ihre Demonstration mit Gewalt aufgelöst haben. Aber sie werden es nie vergessen, dass ihre Freunde den Toten zum Opfer fielen, weil der Aufstieg die Tore vor ihnen verschloss.«

»Sie haben es nicht verdient.« Yolas Gesicht war vor Zorn gerötet. »Hätten sie schon früher an uns geglaubt, dann wäre das alles nicht passiert. Sie sollten sich umgekehrt bei uns entschuldigen.«

»Sei nicht so dumm«, schalt Petrevius sie. »Die meisten haben nur getan, was der Orden ihnen eingeredet hat. Aber jetzt ist auch die Kanzlerin tot, also können wir noch einmal von vorne anfangen.«

»Du bist hier der Dummkopf, Petre. Es wird sein wie damals bei Ardu und den anderen. Sie lieben uns einen Tag lang, und dann wenden sie sich gegen uns.«

»Was schlägst du vor?«, fragte Hesther. »Uns bleiben nicht sehr viele Möglichkeiten, oder?«

»Nicht alle hassen uns«, sagte Yola. »Wir beschützen diejenigen, die für uns sind, und lassen die anderen sterben.«

»Willst du diejenige sein, die darüber entscheidet?« Petrevius hielt es nicht mehr auf seinem Stuhl. »Wer gibt dir das Recht, über Leben und Tod zu richten?«

»Ich entscheide ja gar nicht, abgesehen davon, einfach gar nichts zu tun.«

»Oh Yola«, seufzte Hesther. Sie war enttäuscht und ließ es die scharfzüngige Siebzehnjährige merken. »Du hast dein ganzes Leben hier verbracht und nichts dazugelernt. Wenn du gewinnen willst, brauchst du bessere Argumente. Herine würde sich in Gottes Umarmung umdrehen, wenn sie dich hören könnte.«

»Sieh doch, wohin sie das gebracht hat«, erwiderte Yola. »Sie mag so viele Auseinandersetzungen gewonnen haben, wie sie will, doch die wichtigste hat sie verloren, und jetzt ist sie tot. Wir müssen unseren eigenen Weg gehen. Wir wollen für die stark sein, die uns lieben und uns haben wollen. Aber wir sind nicht für diese Speichellecker da, die jetzt an die Tore klopfen und so tun, als würden sie uns vergeben.«

»Lasst es uns tun.« Es war das erste Mal, dass Mina sich einschaltete. Ihre Worte klangen zaghaft, denn sie war immer noch von dem überwältigt, was sie angerichtet hatten. »Da draußen sind Menschen, die bereit sind, für uns zu sterben. Lasst uns ihnen helfen.«

Hesther lächelte. »Wie stellst du dir das vor? Ich dachte, du willst nie wieder etwas tun, mit dem du andere Menschen verletzen könntest.«

»Yola weiß etwas.«

»Halt den Mund, Mina. Du solltest doch nichts verraten.«

»Ich höre eben nicht immer auf alles, was du sagst. Außerdem ist es wichtig.«

Hesther starrte Yola an, bis das Mädchen errötete. »Nun?«

»Ein Landhüter spürt die Dinge in der Erde. Dinge, die andere Aufgestiegene nicht wahrnehmen. Nicht einmal die besten.«

»Ich glaube, das habe ich dir mal gesagt, nicht wahr?«, erwiderte Hesther.

Yola nickte. »Das war, als ich mich gewundert habe, wie die Eindrücke scheinbar durch meine Füße zu mir vordringen.«

»Und was hast du gefühlt?«

»Die Toten. Sie sind jetzt sehr nahe, und wenn ich mit meinen Gedanken hinausgreife, dann kann ich sie spüren. Oder vielmehr, ich spüre den Mangel an Lebensenergie, aber da ist Bewegung, wenn du verstehst, was ich meine.«

Hesther richtete sich auf. »Ich habe es auch gespürt, wusste aber nicht recht, was es zu bedeuten hatte. Fahre fort.«

»Die tiefen Energien der Erde haben sich verwandelt. Die langsamen, sanften Kräfte, die wir so lieben. Wir Landhüter jedenfalls. Da hat sich etwas verändert.«

»Sie glaubt, sie sei auf das gestoßen, was die Toten antreibt und in Bewegung versetzt«, ergänzte Mina.

Hesther öffnete den Mund und bedeckte ihn gleich wieder mit einer Hand, als neue Hoffnung in ihr keimte. Eine kleine neue Hoffnung.

»Kannst du darauf Einfluss nehmen?«, fragte sie.

Yola nickte. »Ich glaube schon.«

»Wie denn, Kind?«

»Ich glaube, ich kann es stören oder dafür sorgen, dass die veränderten Energien nicht voranschreiten. Wie eine Barrikade oder so. Wenn es klappt, müssten die Toten stehen bleiben.«

Hesther nickte. Vielleicht konnten sie doch noch heil aus alledem herauskommen.

»Wie weit kannst du dieses Werk ausdehnen? Kannst du die ganze Stadt einschließen?«

»Nein«, erwiderte Yola. »Sie ist zu groß. Aber für den Palast müsste es reichen. Hier bin ich zu Hause, und deshalb verstehe ich die Energien, die hier wirken.«

»Seid ihr sicher, dass ihr die Toten damit aufhalten könnt?«

Petrevius zuckte mit den Achseln. »Das wissen wir nicht genau, aber es gibt nur einen Weg, es herauszufinden, nicht wahr?«

Hesther dachte angestrengt nach. »Ich muss wirklich wissen, wie zuversichtlich ihr in dieser Hinsicht seid.«

»Warum?«

»Ich weiß, was ihr denkt. Ihr denkt, wenn die Toten durchbrechen, könnt ihr wenigstens eine Zeit lang den Palast beschützen. Ich denke aber, wenn Marschall Vasselis und Elise Kastenas davon erfahren, dann werden sie etwas anderes planen. Sie werden alle Toten hierher holen, damit ihr sie direkt vor den Mauern besiegen könnt. Deshalb müssen wir ganz sicher sein, ehe wir eine Botschaft schicken. Könnt ihr es wirklich tun, Yola?«

Die Juwelenmauer war zusammengebrochen. Durch welche Mittel, das war Khuran herzlich gleichgültig. Er ließ seine Krieger angreifen, damit sie das Zerstörungswerk vollendeten. Er würde hinter ihnen schreiten, bis er Gorian Westfallen gefunden hatte, um ihm mit einem einzigen Hieb den Kopf abzuhacken. So hielt man es mit Mördern, die sich an der Khur-Dynastie vergriffen hatten.

Begierig, ihre Klingen zu schwingen und die Erde mit dem Blut ihrer Feinde zu tränken, näherten sich zwölftausend tsardonische Krieger dem zerstörten Wall. Ein einziger Mann hatte das mächtige Bauwerk, die größte Dummheit der Konkordanz, zerstört.

Das Schwert über die Schulter gelegt, beobachtete Khuran, wie die Welle Zement und Stein zerfetzte wie Papier. Dann lief sie über den freien Raum bis zu den Toten.

»Holt die Gor-Karkulas. Ich will sie für mich verwenden.«

Sein Ruf drang bis zu den hinteren Reihen seiner Männer und würde zweifellos rasch die Ohren aller erreichen, die bereit waren, um diese Beute zu wetteifern. Khuran lächelte leicht. Diejenigen, die ihn zu übertrumpfen versuchten, sahen ihren Irrtum stets zu spät ein. Es war unmöglich. Er würde sich neue Frauen nehmen und Söhne zeugen. Rhyn-Khur war ein großer Prinz gewesen, und man musste um ihn trauern, doch sein Tod sollte nicht das Ende der Khur sein.

Die rollende Wand aus Erde und Dunst raste weiter und ließ den Boden unter seinen Füßen beben. Er stolperte und stützte sich auf Kreysuns Schulter ab. Jetzt wurde er doch ein wenig unsicher und hielt inne. Die Welle erreichte die Toten und schlug über ihnen und den Gor-Karkulas zusammen. Die Triumphschreie der Tsardonier erstarben, die Männer schwiegen. In der Leere hinter der Mauer regte sich nichts mehr. Der Sieg war errungen, doch Gorian hörte nicht auf.

Die vorderen Reihen seiner Krieger wurden langsamer und hielten an. Der Boden bebte, hob sich und riss auf. So weit er nach Norden und Süden blicken konnte, raste die Welle nun auf ihn zu. Eine große Erdwelle. Als seine Männer sich zur Flucht wandten, war es schon zu spät. Vielleicht war es von Anfang an zu spät gewesen.

Khuran sah kurz über die Schulter zur weiten offenen Ebene von Atreska. Es gab kein Entrinnen, es gab keinen Fluchtweg. Er konnte nur stehen bleiben. Kreysun drehte sich um und packte ihn am Arm.

»Geht, mein König. Ihr müsst laufen!«

»Laufen? Ich will dem Tod ins Auge blicken. Ich werde mich nicht wie ein Feigling verhalten.«

So stellte sich Khuran, der König von Tsard, seinem Schicksal.

»Angesichts solcher Taten erkennen wir unsere eigene Narrheit«, erklärte Kreysun.

Die Welle schlug über ihnen zusammen.

29

859. Zyklus Gottes, 12. Tag des Genasab

»Wir müssen rasten. Bitte, Paul. Nur einen Augenblick.«

Eine Meile, vielleicht sogar weniger. Mehr hatten sie nicht geschafft. Es ging schrecklich langsam, doch am meisten litt Arducius. Jeder Schritt über den öden, toten Sumpf bereitete ihm neue Qualen. Er schleppte sich mit seinem gebrochenen Bein durch den klebrigen Schlamm und blieb immer wieder an Steinen hängen, die unter dem Matsch verborgen waren. Er hüpfte mit Mirrons Hilfe und beklagte sich kein einziges Mal, doch immer wieder kamen entsetzliche Laute über seine Lippen.

Doch sie konnten es sich nicht erlauben, noch langsamer zu laufen. Im Osten waren Zehntausende Tote, die Gorian mit seiner Welle erschaffen hatte, am Horizont aufgetaucht und näherten sich unerbittlich. Langsam und zielstrebig kamen sie, schweigend und effizient. Sie waren jetzt höchstens noch dreihundert Schritte hinter ihnen, und alle wollten zu demselben Ort.

Gerade hatten die Fliehenden eine kleine Anhöhe bezwungen und eine Oase des Lebens und der Gesundheit gefunden, weniger als eine Meile entfernt. Ein Wäldchen und im Wind nickendes Gras, kaum sechzig Schritte im Quadrat. Drinnen bewegten sich Gestalten – vielleicht weitere Tote. Doch auch Gorian war dort.

Jhered brauchte keinen Aufgestiegenen, um sich dies zusammenzureimen. Er betete, dass sie auch Kessian wohlbehalten dort finden mochten, machte sich aber keine großen Hoffnungen. Der üble Gestank, der zwischen seinen Füßen aufstieg, verhieß nichts Gutes.

Mirron unterbrach Jhereds Gedankengänge. Er hatte versucht, alles andere zu ignorieren und einfach nur einen Fuß vor den anderen zu setzen, während Ossacer, eine schwere Last auf seinen Armen, so sehr hustete und keuchte, dass Jhered Angst hatte, jeder Atemzug könnte sein letzter sein.

»Na schön. Einen kleinen Augenblick, nicht mehr.«

Jhered hockte sich hin und legte Ossacer auf den Boden, um seine schmerzenden, verkrampften Arme zu entlasten. Er streckte sich und stöhnte, als das Blut in die überanstrengten Muskeln strömte. Mirron half unterdessen Arducius, sich hinzulegen. Ohne einen Gedanken, was in dem Schlamm verborgen sein mochte, legte er sich flach auf den Rücken. Hier stand die Brühe nur ein paar Fingerbreit hoch, doch direkt über der Oberfläche musste der Gestank überwältigend sein. Arducius schien es jedoch nicht zu bemerken.

»Es ist wohl nicht nur dein Bein, Ardu?«, fragte Jhered behutsam.

Der junge Mann schüttelte den Kopf, atmete ein und zuckte zusammen.

»Die Rippen?«, riet Jhered.

»Ja«, keuchte Arducius. Es war kaum zu verstehen. »Mein rechter Arm auch, am Handgelenk. Das war schon immer besonders schwach.«

Arducius lächelte gequält, während Jhered über dessen Mut staunte und sich fragte, woher er ihn bezog, da alles verloren schien. Zwei von drei Aufgestiegenen waren beim Versuch, die schrecklichste Macht der Welt zu bekämpfen, verkrüppelt worden. Das sah nicht gut aus.

»Darf ich fragen, ob dir sonst noch etwas passiert ist?«

»Ich habe eine Menge Prellungen und vermutlich innere Blutungen, möglicherweise ist ein Wangenknochen gebrochen. Schwer zu sagen, weil eine Gesichtshälfte taub ist.« Arducius stemmte sich mit dem unverletzten Arm hoch. »Ich weiß, was du denkst, Paul. Ich kann immer noch ein Werk verrichten.«

»Ich kann ihm helfen.« Ossacers Stimme war kaum mehr als ein Krächzen. »Lass mich ihn berühren.«

»Nein, das darf er nicht«, widersprach Arducius. »Ossie, sei nicht so dumm. Behalte für dich, was du jetzt noch hast.«

»Für mich ist es zu spät, Ardu. Lass mich dich heilen. Das kann ich, und mehr will ich nicht.«

Jhered blickte zu ihm hinab und sah wieder den Jugendlichen, den er damals in die Wildnis geführt hatte.

»Unter meinem Befehl gibt niemand auf«, sagte er. »Es ist noch nicht zu spät. Wäre es zu spät, dann würde ich dich nicht mehr tragen. Hast du das verstanden?«

Ossacer grinste. »Jawohl, mein General.«

Er versuchte sogar, mit einer Hand einen militärischen Gruß zu imitieren, scheiterte aber kläglich. Jhered schüttelte den Kopf.

»Wenn ich halb so viel Kraft und Mut hätte wie ihr drei, dann könnte ich euch alle zusammen tragen.« Jhered blickte wieder nach Osten. »Aber jetzt müssen wir weiter. Wir dürfen erst wieder innehalten, wenn Gorian tot ist. Entweder das, oder wir werden alle seine ... seine Anhänger, oder wie ihr sie auch nennt.«

»Seine Sklaven«, sagte Arducius. Er hob den unverletzten Arm, damit Mirron ihm aufhelfen konnte.

»Ja, das trifft es besser. Komm schon, Ossie. Ich trage dich.«

Sie machten sich wieder auf den Weg. Sofort begannen Jhereds

Arme zu brennen, und er konnte nicht einmal ahnen, wie Arducius sich fühlte. Sein Wimmern war jedenfalls deutlich genug. Die Toten hatten inzwischen weiter aufgeschlossen und kamen sogar besser voran als die Lebenden. Jhered schätzte, dass sie sich mit etwa einer Meile pro Stunde bewegten, also mussten die Toten ungefähr doppelt so schnell sein. Eine seltsame Klarheit überkam ihn, als betrachtete er die Szene von außen. Die Verkrüppelten wurden von den Toten gehetzt. Die Langsamen verfolgten die noch Langsameren. Wie es auch ausgehen würde, Harban hatte sicherlich recht. Die Welt war auf den Kopf gestellt.

Sie kämpften sich nun bergab und sehnten sich nach dem ebenen Grund vor dem Wäldchen, wo sie etwas leichter vorankommen würden. Die Marschtritte der Toten dröhnten in ihren Ohren. Vierzigtausend oder fünfzigtausend Stiefelpaare schlurften durch den zähen Brei, der schmatzte und sich festsaugte. Es war ein unwirkliches Geräusch.

In seinen Albträumen hatte Jhered sich immer vorgestellt, der Weltuntergang müsse mit Donner und mächtigen Blitzen einhergehen. Dies aber, das Schlurfen und Schmatzen, war noch schlimmer. Er versuchte, nicht an ihre Verfolger zu denken, an die unzähligen Menschen, die Gorian vernichtet hatte. Doch sie kamen näher, und er konnte sie nicht ignorieren. Am liebsten hätte er sich umgedreht und sich der Reihe nach bei jedem Einzelnen entschuldigt.

Vielleicht war es ganz richtig, dass die Toten nun diejenigen verfolgten, durch deren Gnade Gorian noch lebte. Jetzt waren sie allein in der Wildnis, und vielleicht hatten sie es verdient, für das zu sterben, was sie vor zehn Jahren getan hatten. Eine Träne rollte auf seiner Wange hinab. So viele Unschuldige waren gestorben. Welche Beleidigung für den Allwissenden.

»Du darfst dir keine Schuld geben, Paul«, sagte Ossacer.

Jhered schrak auf und starrte ihn an. Die blicklosen Augen erforschten seinen Körper und sahen alles. Anscheinend hatte er sich ein wenig erholt.

»Was haben wir dieser Welt nur angetan«, erwiderte Jhered. »All die Menschen. Der Erde entrissen, bevor ihre Zeit gekommen war. Sie werden nie mehr in die Umarmung Gottes eingehen. Wie sollte ich mir da keine Vorwürfe machen?«

»Gnade zu zeigen ist das Größte, was ein Mensch überhaupt tun kann.« Ossacer hustete und spuckte etwas Blut aus, das auf Jhereds Mantel landete.

»Rede nicht, ruh dich aus.«

Ossacer packte Jhered am Ärmel. »Was der Empfänger dieser Gnade getan hat, formt nun die Welt. Aber wer sind wir, dass wir darüber richten wollen, wer die Gnade verdient und wer nicht?«

Wieder rollte eine Träne über Jhereds Wange, doch er nickte. Frische Entschlossenheit erwachte in ihm und verlieh seinen Armen und Beinen neue Kraft und seinem Geist neue Zuversicht.

»Wir müssen jetzt richten«, sagte Jhered, »und Gorian kann dieses Mal nicht mit Gnade rechnen. Mirron, Ardu, beeilt euch. Wir sind es allen schuldig, die uns jetzt verfolgen.«

Ossacer lächelte und schloss die Augen.

Roberto schnitt das Netz entzwei und benutzte die Klinge seines Gladius als Hebel, um den vernagelten Deckel der ersten Kiste abzuheben. Davarov war neben ihm und brüllte Befehle für die paar Hundert, die sich in der Nähe auf der geborstenen, schiefen Juwelenmauer gehalten hatten. Weit entfernt im Norden und Süden hatten hoffentlich andere überlebt, die nicht ansehen mussten, was hier geschehen war – die klaffenden Löcher, wo die Tore in der Mauer gestanden hatten, und die zerstörten Katapulte. Keines war mehr brauchbar.

Es gab viele Stellen, an denen die Toten ungehindert durchmarschieren und nach Neratharn gelangen konnten, und jetzt waren Tausende unterwegs. Auch die gesternischen und atreskanischen Toten, die den Beschuss durch die Konkordanz überstanden hatten, waren auferstanden und gingen wieder um. Viele hatten neue Verletzungen davongetragen, doch tausend Hände trugen Schwerter und Speere. Die unzähligen Toten der Konkordanz, die unter der Mauer und im Lager verschüttet worden waren, liefen nun nach Westen. Sie konnte man vorerst ignorieren.

Das größte Problem lag jedoch hinter ihm. Die tsardonische Armee. Roberto konnte sich kaum vorstellen, dass sie entkommen waren, und das bedeutete, dass es nun ungefähr zwölftausend neue Tote gab. Frische Tote, die nicht verwest waren und die sich im Sterben höchstens geringfügige Verletzungen zugezogen hatten.

Zwei Dinge gab es, die der Hoffnungslosigkeit entgegenwirkten. Einmal wusste Davarov ganz einfach nicht, was Hoffnungslosigkeit überhaupt war. Es war ihm gelungen, in seinen paar verbliebenen Legionären wieder etwas Kampfgeist zu wecken. Zweitens hatte Roberto durch ein Spähglas, das die Zerstörung der Barriere überstanden hatte, eine Handvoll Gestalten beobachtet, die langsam und offenbar unter Schmerzen auf einen Hügel gestiegen waren und sich in die Richtung gewandt hatten, wo hoffentlich Gorian zu finden war. Den breiten und beeindruckenden Jhered hatte er sofort erkannt, und die anderen drei mussten die Aufgestiegenen sein, die wohl dank irgendeines Werks die Welle überlebt hatten.

Mit einiger Verbitterung dachte Roberto an die Überlebenden, doch zugleich musste er auch dankbar sein. Er mochte alles hassen, was sie repräsentierten, doch er wollte zugleich auch, dass sie Erfolg hatten, und zwar schnell.

»Auf das Dach und auf die Rampe, die noch steht!«, brüllte Davarov. »Zum General. Alle Kämpfer zur Verteidigung hierher. Los jetzt.«

Roberto zog den Deckel weiter hoch und holte einige Metallflaschen aus der Kiste. Die erste gab er Harban, und Davarov bekam eine weitere. Harban war aus dem vorderen Teil der Festung gekommen. Davarov hatte schon befürchtet, er sei gefallen, anscheinend hatte der Karku aber im berstenden Stein mit Händen und Füßen genügend Halt gefunden. Er war völlig unverletzt, doch in ihm brodelte eine unbändige Wut. Da draußen waren zwei von denen gestorben, die zu retten er gekommen war.

»Prüft zuerst das Gewicht«, sagte Roberto. »Das Zeug explodiert beim Aufschlag, also werft fest.«

Davarov nickte und wog die Flasche in der riesigen Hand. Roberto hielt seinen Arm fest.

»Vorsicht, alter Freund. Wenn du die Flasche fallen lässt, ist alles vorbei.«

Die Toten rückten vor. Einige Verteidiger schossen Pfeile ab oder warfen Speere, doch es war vergebens. Durch solche Waffen ließen sich die Toten nicht aufhalten. Auch die Tsardonier waren fast in Bogenschussreichweite. Roberto starrte das Heer der Toten an und versuchte sich einzureden, dass er diesen Kampf überleben konnte. Er suchte nach den Gesichtern von Khuran oder Ruthrar, konnte aber keinen der beiden entdecken. Ruthrars Mission war offenbar gescheitert, und das stimmte Roberto traurig. Er hatte dem klugen Prosentor vertraut, der anscheinend doch nur in den Tod geritten war. Jetzt hätten sie ihn hier oben an ihrer Seite brauchen können.

Auf dem Teil der Festung, die noch ein Dach hatte, sammelten sich die Soldaten. Die Stufen waren brüchig, aber niemand war abgestürzt, und hier war sogar auf einer Länge von vierzig Schritten in nördlicher Richtung die Mauer stehen geblieben. Im Süden herrschte ein wildes Durcheinander, wo sich nichts mehr bewegte. Direkt unter ihnen rappelten sich tote Soldaten der Konkordanz auf und wandten sich nach Westen. Sie schlurften, hielten mit gebrochenen Händen ihre Waffen fest und krochen über rasiermesserscharfe Trümmer, wo sie nicht laufen konnten. Tragische Anblicke, wohin man sich auch wandte. Am besten sah man sich überhaupt nicht um und dachte nicht weiter nach.

Als jemand ihm die Hand auf die Schulter legte, drehte Roberto sich um.

»Wollt Ihr mir eine davon geben?«

»Was habt Ihr vor, Julius? Wollt Ihr sie mir auf den Kopf schlagen?« Kichernd gab Roberto ihm eine Flasche. »Schickt sie zu Gott zurück, Sprecher Barias.«

»So viele, wie ich nur kann.«

Barias stand unter Schock, und der Staub, der sein Gesicht bedeckte, verstärkte den Eindruck noch. Seine Augen blickten jedoch klar, und er konnte kämpfen.

»Vielleicht bin ich nun doch noch froh, dass ich Euch gerettet habe«, sagte Roberto. »Ich lege bei meiner Mutter ein gutes Wort für Euch ein, wenn wir zurückkehren. Aber nur, wenn Ihr mich nicht mehr verbrennen wollt.«

»Vielleicht sollten wir einen Strich unter alles ziehen«, sagte Barias.

»Mir soll es recht sein.« Roberto nickte lächelnd.

»Roberto.«

Davarovs Ruf hatte überrascht geklungen. Roberto blickte in Richtung Atreska. Die Toten hatten angehalten, der Vorstoß auf die zerstörte Mauer war zum Erliegen gekommen. Sie standen jetzt, ungefähr hundert hintereinander und mehrere hundert Köpfe breit, zehn Schritte vor dem Wall.

»Es sieht nicht günstig für uns aus«, sagte Roberto.

Wieder wog Davarov die Flasche in der Hand. »Wir können die Rechnung ein wenig ausgleichen.«

»Warte, bis sie sich wieder in Bewegung setzen.«

Auf der intakten Mauer, auf der Treppe und der Rampe standen Soldaten. Hinter den Trümmern warteten weitere Kämpfer mit erhobenen Speeren und allem, was helfen konnte, die Toten aufzuhalten. Unvermittelt drehten sich alle Toten zur Festung um. Sie waren mit Matsch bedeckt, hatten Schnittwunden und Quetschungen, starrten jedoch direkt zum Dach hinauf und öffneten die Münder.

»Del Aglios.«

Roberto wich erschrocken zurück und landete schwer auf dem Hinterteil. Krampfhaft hielt er die Flasche fest. Zehntausend tote Münder hatten seinen Namen gerufen. Der Schreck durchzuckte ihn, wie die Welle durch die Mauer gefahren war.

»Was, beim Ruhm des Allwissenden, war das denn?«, fragte er.

»Del Aglios.«

Die Worte trafen ihn und untergruben seinen Mut und den der anderen Lebenden. Mit wackligen Beinen stand Roberto wieder auf und blickte zur Masse der Toten hinab. Sie blickten immer noch in seine Richtung. Er holte tief Luft und fasste sich wieder, auch wenn er sich nicht ganz von dem Bann dieses gespenstischen Erlebnisses befreien konnte.

»Dieser Bastard«, fluchte er. »Er kann mich durch ihre Augen sehen. Wie ist das möglich? Er kann mich sehen.«

»Na und? Hier habe ich etwas, das er sich ansehen kann.« Davarov holte aus und warf seine Flasche zu den Toten hinunter. »Schluck das, du feiger Schweinehund.«

Die Flasche traf einen atreskanischen Brustharnisch und zerbarst. Metallsplitter trafen die anderen Toten in der Nähe, und die

Explosion warf viele andere in der Nähe um, zerfetzte ihre Gliedmaßen und enthauptete sie. Dreißig Tote stürzten inmitten von Blutfontänen, zersplitterten Rüstungen, umherfliegenden Körperteilen und Knochen.

»Für die Konkordanz!«, brüllte Davarov. »Sie sollen nur kommen, damit ich sie niedermachen kann.«

Auch Julius und Harban warfen ihre Flaschen. Hinter Roberto versuchte ein Ingenieur gerade, ein qualmendes Pechfass wieder anzuzünden. Nach den Detonationen prasselten Trümmerstücke gegen die geborstenen Mauern. Auch Roberto warf seine Flasche, und wieder gingen Tote zu Boden.

»Wenn du mich haben willst, Gorian, dann musst du schon herkommen und mich holen.« Roberto bückte sich und nahm eine neue Flasche. »Lasst uns sie benutzen, solange wir es noch können.«

Die Toten rückten vor.

»Nun liegt alles bei dir, Paul. Wieder einmal.«

Das Siebte Kommando der Ocenii hielt das Dock direkt vor der südlichen Festung. Als die Feuer erloschen waren, hatten die Toten über verkohlte Balken hinweg mit dem Vorstoß aufs Land begonnen. Einige kamen auch mit tsardonischen Schiffen, die durch die rauchenden Trümmer bis zur Mole fuhren. Die Geschütze der Festungen beschossen jetzt auch die Feinde innerhalb des Hafens und versenkten einige Triremen. Hunderte Tote hatten die Flammen schon verschlungen, doch es kamen immer mehr, und die gewöhnlichen Soldaten verließ allmählich der Mut.

Weitere Schiffe fuhren durch die Hafeneinfahrt herein. Viele Tote, die untergegangen waren, kletterten die Metallleitern an der Mole wieder herauf. Keiner der Verteidiger hätte gedacht, so etwas einmal sehen zu müssen, und für einige war es zu viel.

Viele liefen einfach weg, als die Toten an Land kamen. Hunderte waren es.

Kashilli hob einen Toten hoch und brach ihm über dem Knie das Kreuz. Dann warf er die Leiche fort, hob den Hammer und donnerte ihn einem weiteren Toten auf den Schädel. Als der Kopf völlig zertrümmert war, zuckte und ruckte der Tote und ging unter der Wucht des Schlages zu Boden. Kashilli beförderte ihn mit einem Tritt ins Wasser. Dreißig weitere rückten nach und nahmen seinen Platz ein.

»Dann kommt mal.« Er winkte ihnen. »Einer nach dem anderen oder alle zusammen, das ist mir egal.«

Iliev kämpfte neben ihm und bildete eine Art Gegengewicht zu Kashillis brutaler Kraft. Der Admiral balancierte und drehte sich elegant, um einem gesternischen Milizionär einen Tritt vor den Bauch zu versetzen, der den Toten rückwärts taumeln und mit ihm noch zwei weitere ins Wasser stürzen ließ. Da er nun etwas Raum hatte, setzte Iliev sofort nach, ging in die Hocke und zerschmetterte dem nächsten Toten mit seinem Hammer die Kniescheibe. Der Gegner brach zusammen. Iliev sprang wieder hoch und drosch ihm die Axt ins Kreuz. Seine Beine zuckten noch einen Moment, dann blieb er still liegen.

Auf einmal war auf der ganzen Mole ein Keuchen zu hören. Iliev hielt inne und orientierte sich. Alle Toten hatten mitten in der Bewegung innegehalten. Kashilli lachte und schlug einem weiteren Toten seinen Hammer in die Seite und traf dabei noch einen zweiten, der gestolpert war. Als er in die Reihen der Toten vordringen wollte, hielt Iliev ihn mit einem Ruf zurück.

Der Admiral starrte einem Toten, der direkt vor ihm stand, in die Augen, die in einem schon seit dreißig Tagen verfaulenden Gesicht saßen. Das Fleisch war bereits verwest, Maden krochen über die Haut. Von dem Toten ging ein beißender Gestank aus, doch daran hatte Iliev sich gewöhnt. Die Augen hätten nur noch leere Höhlen sein sollen, doch sie waren erhalten geblieben, und in ihnen entdeckte Iliev eine vorübergehende Verwirrung und dann unendliche Schmerzen.

Der Tote öffnete den Mund, und alle anderen folgten seinem Beispiel und stießen einen markerschütternden Schrei aus. Sie zuckten und bebten, der Schimmel brach aus ihren Leibern hervor und rann an den Beinen auf den Zement der Mole herab.

»Zurück, zurück!«, rief Iliev.

Das Siebte Kommando gehorchte sofort. Im Hafenbecken knarrten die Balken der einlaufenden feindlichen Schiffe. Irgendwo splitterte Holz, doch Iliev konnte die Ursache nicht erkennen.

»Da!«

Kashilli deutete auf eine Trireme, auf deren Rumpf etwas Grünes wuchs. Rasch breitete sich der Belag auf den Balken und dem Deck aus und kroch auch den Mast bis zum Segel hinauf. Die Leinwand löste sich binnen weniger Augenblicke völlig auf. Alles, was der Schimmel und das Moos berührten, zerfiel schlagartig. Schiffe sanken und gingen unter. Das Quietschen der verbogenen Nägel im Holz hallte laut durch den Hafen.

Vereinzelt wurden Jubelrufe laut, doch Iliev glaubte noch nicht an den Sieg.

»Das ist eine Waffe. Zurück. Weicht schnell zurück.«

Er blickte nach links. Ein Toter streckte die Hand aus und ergriff den Arm eines abgelenkten Legionärs. Schimmel und Seuche ergossen sich über den Kämpfer, hüllten ihn ein. Er schrie, bis die üble grün-braune Masse den Mund, die Augen und seine Brust bedeckte. Dann wandte er sich gegen seine Freunde.

»Weg hier, weg!«, rief Iliev und drängte die Kämpfer zur Festung zurück. »Lasst euch nicht berühren.«

Iliev bekam Angst, möglicherweise zum ersten Mal überhaupt

im Leben. Es war ein hässliches, ungemütliches Gefühl. Legionäre starben an der wuchernden Seuche. Die Mole leerte sich, denn wer den neuen Angriff beobachtet hatte, wartete nicht, um herauszufinden, was sich dagegen tun ließ. Die Panik breitete sich schneller aus als der Schimmel. Kopflos rannten die Menschen durch die Höfe und über die Straßen. Die Laute der kämpfenden und sterbenden Menschen wichen den schrillen Tönen der Angst und dem Trappeln Tausender Füße.

Das Siebte Kommando rannte in den Hof der Festung und dann die Rampe zum Dach hinauf. Iliev folgte als Letzter und brüllte die verschüchterten Wächter an, sofort die Tore zu schließen. Sie kamen dem Befehl nur zu gern nach. Die Ocenii schwärmten auf dem Dach aus. Die Geschütze hatten längst das Feuer eingestellt. Iliev fand Vasselis und Stertius an der Seite, wo sie den Hafen überblicken konnten. An der Mauer drängten sich Ingenieure und Wächter, alle sprachlos. Niemand begrüßte ihn.

Es war eine Szene, wie sie sich nur die Künstler des Ordens für eine Welt ausmalen konnten, die aus der Gnade des Allwissenden gefallen war. Das Hafenbecken war inzwischen nur noch ein schlammiger Tümpel voller verfaulter Balken und Algen, die langsam durch die Hafeneinfahrt nach draußen trieben. Von allem, was die Krankheit inzwischen erfasst hatte, stiegen Sporen wie ein feiner Nebel auf.

Immer noch zogen sich Tote an den Leitern empor und gesellten sich zu den anderen, bis Aberhunderte völlig unbehelligt herumstanden. Dort unten konnte sie kein Geschütz erreichen. Vor ihren Füßen griff der Schimmel langsam um sich, war ihnen aber nie allzu weit voraus. Nur eine Sarisse wäre jetzt noch lang genug gewesen, um die Toten zu treffen. Sie verließen die ungesund grün gefärbte Mole. Der Bewuchs bedeckte das Pflaster, wuchs in den Rissen und streckte die ersten Finger nach der Festung aus.

Die Lebenden rannten vor den Toten davon, ohne zu wissen, wo sie Schutz finden sollten. Am Nordtor und Südtor wehten Flaggen. Beide Tore waren durchbrochen, was Iliev nicht weiter überraschte. Zivilisten und Soldaten zogen sich vor den Toten zurück, weil sie gegen diesen Feind nicht bestehen konnten. Die Schlacht war so gut wie verloren.

»Wir müssen zum Palast«, sagte Vasselis.

Iliev wandte sich an ihn und bemerkte jetzt erst das Papier, das der Marschallverteidiger in der Hand hielt. »Warum?«

»Weil die jungen Aufgestiegenen dort sind. Hesther sagt, sie haben einen Plan.«

»Es gibt kein Entkommen«, sagte Stertius. Er deutete zu den Verunreinigungen auf der Mole. »Wer das berührt, ist dahin.«

Kashilli war schon zur Mauer auf der Seeseite unterwegs. Iliev bemerkte es und winkte Vasselis und Stertius, das Siebte Kommando zu begleiten.

»Wie gut, dass ich ein Boot dabeihabe, was?«

30

859. Zyklus Gottes, 12. Tag des Genasab

»Gleichmäßig vierzig Schlag, Ocenii. Als wolltet ihr die Flut überholen.«

Ilievs Befehl übertönte die kräftigen Schläge der Ruderer auf dem Korsaren des Siebten Kommandos. Die Matrosen ruderten harmonisch und zugleich mit verzweifelter Hast. Sie hatten das Boot von der Festung abgestoßen, im freien Wasser einen schmalen Vorsprung umrundet und fuhren nun mit Höchstgeschwindigkeit zum Strand im Süden, wo die Toten gelandet waren. Dort konnte man keine große Invasionstruppe an Land bringen, aber für eine kleine Streitmacht reichte der Platz aus. An Bord der zwölf Schiffe, die mit Schlagseite vor dem Ufer lagen, bewegte sich kein Mensch. Die Laufplanken waren leer, die Decks verlassen. Träge flappten die Segel in der sanften Brise. Der Sand und die Kiesel waren frei von Schimmel, wie Iliev es erwartet hatte.

Stertius und Vasselis, die bei ihm im Heck saßen, hielten sich verzweifelt fest. Kashilli freute sich über ihr Unbehagen. Ein Spornkorsar in voller Fahrt bot einen wundervollen Anblick und war ein aufregender, wenngleich wackliger Aufenthaltsort. Die beiden Landratten staunten über die Geschwindigkeit und fürchteten um ihr Leben. Kashilli ließ seine Kämpfer nach vorn und hinten laufen, damit der Korsar ein wenig wippte, bis Iliev ihm sagte, er solle das lassen.

Auch inmitten all der Zerstörung war Kashilli ungebeugt. Er stand jetzt am Bug, einen Fuß auf den Rammsporn gesetzt, und fuchtelte mit der Faust herum, als wolle er die Toten warnen, sich ja nicht mit ihm anzulegen. Ob tot oder lebendig, diesem Krieger wollte Iliev nicht ins Gehege kommen.

»Wir müssen hart auf den Strand fahren, Käpten«, sagte Kashilli. »In voller Fahrt.«

Iliev blickte zu Vasselis, der soeben noch ein wenig bleicher geworden war, wenn das überhaupt möglich war.

»Ich glaube, das lassen wir heute, Kashilli. Wir landen weich, fünfzehn Schlag jetzt, und auf meinen Befehl die Ruder einziehen.«

»Aye, Käpten«, sagte der Schlagmann.

Der Spornkorsar wurde langsamer, und Kashilli entfernte sich vom Rammsporn, der sich nun etwas tiefer ins Wasser senkte.

»Wäre mal ein nettes Erlebnis gewesen, Marschall«, sagte er.

»Vermutlich auch mein letztes, Trierarch Kashilli. Aber vielen Dank für das Angebot.«

»Ruder einziehen«, befahl Iliev.

Dreizehn Ruderpaare klappten nach oben. Der Korsar fuhr knirschend auf den Strand und kam für den Geschmack der Landratten ein wenig zu abrupt zum Stehen.

»Matrosen, verstaut die Ruder und lauft«, befahl Kashilli. »Bewacht unsere Gäste und achtet auf den Schlamm.«

»Wie weit sind wir vom Hügel entfernt?«, fragte Iliev.

Das Kommando stellte sich in einem defensiven Halbkreis auf und behielt den Pfad vor ihnen und die stummen feindlichen Schiffe im Auge.

»Höchstens zwei Meilen. Dies ist das nächste Tor«, erklärte

Vasselis. »Allerdings sollten wir nicht die Hauptstraße benutzen, um nicht durch knietiefen Schlamm zu waten. Hat jemand Vorschläge?«

»Ich bin hier geboren und weiß, wie wir sie vielleicht sogar überholen können«, bot Stertius an.

»Gut. Könnt Ihr zwei rennen?«, fragte Iliev, worauf Vasselis und Stertius nickten. »Dann lasst uns aufbrechen. Kashilli, der Hafenmeister gibt die Anweisungen. Lauft und rennt, bis ich euch sage, dass ihr anhalten könnt.«

Sie eilten den Weg hinauf, den auch die Toten eingeschlagen hatten. Er führte in gerader Linie bis zum Tor. Hier hatte ein schlimmes Gemetzel stattgefunden. In einem weiten Bogen lagen die Überreste der Toten herum. Opfer von brennenden Steinen und Bolzen und von Gesteris' Wunderpulver, das inzwischen aber offenbar sehr knapp oder schon ganz verbraucht war. Dutzende waren verstümmelt, doch genügend hatten es überstanden, und dann hatte die Schimmelwaffe einfach die Tore aufgelöst.

Nur die großen Eisenbänder, die Stahlklammern und die Scharniere waren noch da. Die Balken lagen als wirrer Abfallhaufen auf dem Boden. Die Katapulte blickten stumm auf die Katastrophe hinab, die sie nicht hatten abwenden können. Das Kommando rannte hinein. Der Schimmel war verschwunden, und der Weg über die Hauptstraße zum Forum war frei. Auch dies hatte Iliev vermutet.

»Er hält sich nicht lange«, sagte er, »und er bewegt sich immer vor ihnen. Stertius, wohin müssen wir nun?«

Der Hafenmeister deutete nach links, und sie liefen innerhalb der Stadtmauern eine Steigung hinauf. In dieser Seitenstraße mit leeren Gebäuden und den im Wind schlagenden Fensterläden war der Lärm der Kämpfe im Zentrum nur noch gedämpft zu hören. Doch der Gestank war schlimm genug, und überall fanden sich

Beweise für den Einfall der Toten, die sich hier Verstärkung geholt hatten. Sie alle marschierten nun sicherlich zum Palast.

»Wir müssen den Gor-Karkulas folgen«, sagte Vasselis. Er war kaum außer Atem – nicht mehr der Jüngste, aber immer noch gut in Form. Das musste er auch sein. »Wenn wir auch nur einen finden und ausschalten, wird es sie stark behindern.«

»Das wird nicht einfach«, sagte Iliev. »Seht Euch das hier an.«

Sie bogen nach rechts in eine Straße mit schmalen Mietshäusern ein und erreichten einen kleinen Platz, den ein Brunnen schmückte. Überall waren die Hinterlassenschaften der Menschen zu entdecken, die kurz zuvor hier noch gelebt hatten. Eimer, Hüte, Beutel, Puppen und Lebensmittel lagen herum. Alltägliche Gegenstände, die die Bürger fallen gelassen hatten, weil sie sie nicht mehr brauchten. Im Becken hatten sich die Algen gehalten.

Stertius führte sie am Hauptforum vorbei, um den Invasionstruppen auszuweichen. Von vorne und von rechts drangen die Marschtritte der Toten und der Lärm der fliehenden Einwohner von Estorr herüber. Der Lärm entfernte sich nach links, nach Westen, auf das einzige Tor zu, das bisher noch nicht angegriffen worden war.

»Das dürfte der beste Ort für ihre Attacke sein«, sagte Iliev. »Weiter, Ocenii.«

Estorr war in konzentrischen Kreisen angelegt; die Hauptstraßen gingen wie die Speichen eines Rades vom Hafen aus. Stertius führte sie durch Nebenstraßen, einmal mussten sie jedoch auch eine Hauptstraße überqueren. Sie führte zum Westtor und war voller verängstigter Menschen, die aus Leibeskräften rannten, obwohl die Toten noch weit hinter ihnen waren und ohne Eile vorrückten.

Danach befanden sich das Siebte Kommando und seine Kampfgefährten wieder in einer schmalen Gasse. Hier hatten sich der Schimmel und der Tod noch nicht ausgebreitet, doch die terrassenförmig angelegten Häuser waren leer. Die Bewohner flohen wie alle anderen aus der Stadt. Ein Stück weiter bildeten die verstörten Menschen eine brodelnde Masse. Iliev schauderte. Es brauchte nur die Berührung einer einzigen toten Hand.

»Kashilli? Bahnt uns einen Weg. Siebtes Kommando, folgt ihm. Schützt unsere Gefährten.«

»Schon erledigt, Käpten.«

Kashilli und zwei andere hielten die Hämmer quer vor ihre Brust, drängten sich in die Menge hinein und vertrieben die Menschen mit Rufen. Viele reagierten verärgert, kreischten und schlugen sogar zu. Iliev führte Stertius und Vasselis, dann folgte der Rest des Kommandos.

Kashilli war wie ein wilder Stier. Schnaubend senkte er den Kopf und stürzte los, stieß den Stiel seines Hammers gegen Arme, Bäuche, Rippen und Köpfe. Iliev hörte, wie die Protestschreie lauter wurden, als sie halb hindurch waren.

»Macht Platz!«, rief Kashilli. »Hier sind die Ocenii. Macht Platz, sagte ich! Seid ihr nicht nur taub, sondern auch dumm?«

Sie kamen jetzt schneller voran, was Iliev mit einem erfreuten Nicken zur Kenntnis nahm. Rechts und hügelabwärts blieben die Menschen stehen, und links tat sich sogar eine Lücke auf.

»Marschall und Meister Stertius, lauft außen herum. Wir halten sie auf. Ocenii, zur rechten Seite, und bleibt in Bewegung!«

Als die Menschen die Abzeichen der Kämpfer und den riesigen Kashilli sahen, machten sie Platz, und das Kommando konnte sich frei bewegen. Hinter ihnen schloss sich die Menge wieder. Dann auf einmal ertönte in der Nähe des Forums ein Schrei, in den sogleich viele Tausend Bürger einstimmten. Iliev sah genauer hin.

Die Menschen dort flohen überstürzt vor einer Welle, deren Krone aus Sporen und grünem Schimmel bestand. Die Matrosen des Siebten Kommandos konnten nicht hoffen, diese menschliche Flut aufzuhalten. Kashilli und ein paar seiner Krieger hatten unterdessen die andere Straßenseite erreicht.

»Kämpft euch durch«, rief Iliev. »Bleibt zusammen und bewegt euch.«

Wo die Menschen gerade noch Platz gemacht hatten, herrschte jetzt panisches Gedränge. Iliev raste los, schob sich zwischen Stertius und Vasselis und bugsierte sie direkt in Kashillis Arme.

»Schafft sie die Straße hinauf. Der Schlamm kommt.«

»Das Kommando«, wandte Kashilli ein.

»Das hole ich. Geht jetzt.«

Iliev drehte sich um, als die ersten Menschen an ihm vorbeirannten. Weiter hinten in der Menge stemmten sich die Kämpfer seines Kommandos gegen die Menschenmenge, die sie nach Westen mitzureißen drohte. Er zog einen und noch einen und dann noch einmal zwei seiner Leute heraus und schickte sie nach Westen, um zu erkunden, ob dort noch weitere Kameraden festsaßen.

Die Schreie wurden lauter, je näher die Schlammwelle kam. Wieder sah Iliev sich um. Vor ihm, fast schon zu Boden gedrückt, ruderte jemand mit den Armen. Iliev packte zu und riss den Matrosen heraus. Einige Bürger stolperten über ihn und brachten weitere Bürger aus dem Gleichgewicht. Viele stiegen einfach über die Gestrauchelten hinweg oder rannten um sie herum und blockierten die Straße.

Ganz in der Nähe wich ein weiteres Mitglied des Kommandos dem kreischenden Haufen aus. Iliev winkte und wollte ihm zu Hilfe kommen, doch der Matrose packte ihn plötzlich und riss ihn zur Seite. Der Schimmel ergoss sich über die Straße und kroch an den Hauswänden empor. Auf allen vieren brachte Iliev sich in Sicherheit, bis er aufstehen konnte. Er fluchte und spuckte aus.

»Wie viele sind gestorben?«, sagte er und reichte dem Matrosen eine Hand, der sie ergriff und aufsprang. »Vielen Dank jedenfalls, du hast mir das Leben gerettet.«

Schlagartig wurde es auf der Hauptstraße vor ihnen still. Überall lagen Tote, die der stinkende Schlamm eingehüllt hatte. Selbst im Tod konnte man noch die panischen Bewegungen erahnen, mit denen sie nur Augenblicke zuvor geflohen waren.

»Sie bewegen sich«, sagte der Matrose.

»Dann müssen wir uns auch bewegen. Wir wollen uns vergewissern, wer noch da ist, und dann gehen wir zum Hügel.«

Unter den Blicken der Toten drehten sie sich um und rannten fort. Stertius wollte sie durch die Parks führen, um direkt vor den Palasttoren die Prachtstraße zu erreichen. Das war der Moment der größten Gefahr.

In der Stadt herrschte ein ohrenbetäubender Lärm. Inzwischen wusste jeder, welcher Tod den Bürgern drohte, und das Geschrei ging inzwischen sogar selbst erfahrenen Kämpfern wie den Ocenii auf die Nerven. Iliev hatte sieben Matrosen seines Kommandos verloren, und es wäre um ein Haar noch schlimmer gekommen. Er betete zu Ocetarus, nicht gegen sie kämpfen zu müssen. Doch der Verlust verstärkte nur noch seine Entschlossenheit.

Die verbliebenen sechsundzwanzig und die beiden Estoreaner rannten in Richtung des größten Lärms. Sie hatten erwartet, dass die Bürger vor den Toren standen und Einlass begehrten, doch mit einer solchen Masse hatten sie nicht gerechnet. Die Prachtstraße und der Platz vor dem Siegestor waren voller Menschen. In hellen Scharen kamen immer mehr die Straße herauf. Das Tor stand offen, und die Bürger strömten hinein. Die Wächter im Torhaus trieben sie mit Rufen an, und einige hatten sogar Seile über die Mauer geworfen oder Leitern angestellt. Auch vor den Mauern standen die Menschen in großen Gruppen und warteten darauf, endlich hinüberklettern zu können.

»Geradaus hindurch, Kashilli«, sagte Iliev. »Wir müssen ihnen erklären, dass sie bald das Tor schließen müssen.«

»Aye, Käpten.«

Schon lange bevor sie den Rand der Menge vor dem Tor erreichten, begann Kashilli zu rufen.

»Hier kommt ein Kommando der Ocenii, macht Platz. Macht Platz für euren Marschall und euren Ersten Seeherren. Macht Platz.«

Gesegnet seien die eingeübten Reaktionen der einfachen Bürger, dachte Iliev. Menschen, die gerade noch bereit gewesen waren, sich gegenseitig zu erschlagen, um ihr Leben zu retten, wichen sofort aus. Bürger tippten einander auf die Schultern und wiesen auf den anrückenden Kashilli und seine Schutzbefohlenen hin, und sogleich öffnete sich eine Gasse vor dem linken Tor. Ob es nun sein Anblick war oder ob es an den Worten lag, die er rief, war Iliev egal. Hauptsache, sie waren bis auf zwanzig Schritte heran, ehe der Schwung nachließ. Danach konnten sie die Hämmer als Brechstangen einsetzen.

Iliev versuchte, wenigstens den Anschein von Höflichkeit und Ordnung zu wahren. Er drängelte nicht, sondern beschränkte sich darauf, die Bürger zur Seite zu winken.

»Der Marschall hat wichtige Informationen, die den Kampf für uns entscheiden werden. Macht Platz, damit ihr selbst überlebt.«

Die Menschen drängten sich nun um sie und keilten sie vor dem Tor ein. Einige Bürger hofften, mit dieser Welle nach drinnen geschwemmt zu werden. Kashilli brüllte die Wächter am Tor an, ihnen zu helfen. Inzwischen kamen sie überhaupt nicht mehr voran.

»Kashilli, wir müssen weiter!«, rief Iliev. »Keine Zeit verschwenden.«

Kashilli hörte ihn trotz des Getöses der Menge, der Tausend trampelnden Füße und der Bitten, in die vermeintlich sichere Zuflucht eingelassen zu werden. Verzweiflung lag in der Luft, und allmählich sprach sich herum, dass die Toten sich näherten. Iliev war überrascht, dass die Fäulnis noch nicht angekommen war.

Mit einiger Verspätung stellte sich eine Reihe von Wächtern mit Schilden und Speeren auf und räumte unter dem Tor und davor eine Gasse frei. Das reichte dem Kommando aus, hineinzulaufen und sich in Richtung des Brunnens abzusetzen. Hinter ihnen strömten sogleich wieder die Bürger herein. Vasselis war bei einem Wächter stehen geblieben und trug ihm auf, das Tor zu schließen und die Bürger in die Parks zu schicken. Iliev unterstützte ihn. Die Toten kamen zum Palast, der jetzt nicht mehr der sichere Ort war, für den die Lebenden ihn hielten. Die Verwesung konnte jederzeit das Tor zerstören, und nun kam es darauf an, so viel Zeit wie möglich herauszuschinden.

Im Hof herrschte eine hässliche zornige Stimmung. Überall drängten sich Bürger. Die Palastwächter versuchten, die Menschen zur Basilika, zur Akademie und den Hauptquartieren der Legionen und der Ocetanas zu schicken. Egal wohin, solange sich die Verteidiger auf dem Hof noch bewegen konnten. Doch dies war ein Kampf, den die Wächter nicht gewinnen konnten.

Iliev erkannte den Grund. Am Brunnen hatte sich eine Menschenmenge gesammelt. Die Aufgestiegenen waren ins Becken geklettert und hielten sich an den Überresten der Reiterstatue fest. Was sie auch vorhatten, das Wasser war ihr Brennstoff. So verstand Iliev jedenfalls ihr Werk.

Doch die Bürger, die in den Palast eingedrungen waren, um Schutz zu finden, suchten auch jemanden, dem sie die Schuld geben konnten. Wie so oft sollte der Aufstieg als Sündenbock herhalten. Eine dreifache Reihe von Gardisten des Aufstiegs hatte sich rings um den Brunnen aufgestellt, die Speere nach außen gerichtet und die Schilde gesenkt. Bisher konnten sie die Meute noch zurückhalten. Viele wütende und erschreckte Bürger zeigten auf die Aufgestiegenen und zogen sich den Zeigefinger quer über die Kehle. Sprechchöre waren zu hören, und bald würde der letzte Anschein von Ordnung zusammenbrechen.

»Kashilli, da müssen wir hin. Siebtes Kommando, folgt mir. Unsere Gäste sind jetzt in Sicherheit.«

»In Ordnung, Käpten.«

Kashilli teilte schon Knuffe aus und drängte sich durch den Pöbel. Bei den drei Aufgestiegenen war auch die mutige alte Frau, Hesther Naravny. Ihre Miene war grimmig genug, um die meisten Menschen abzuhalten. Iliev konnte ihre beschwichtigenden Rufe hören – dass die Aufgestiegenen ihre einzige Hoffnung seien, dass nur diese jungen Leute die Stadt retten konnten. Doch der Mob hatte ganz andere Vorstellungen. Iliev bekam es mit, als er sich ebenfalls durch die Bürger drängte. Gerade kam er an einem jungen Mann vorbei, der rhythmisch die Faust zum Himmel stieß.

»Die Toten wollen die Verdammten, gebt den Toten die Verdammten.«

Iliev packte den Mann an der Schulter.

»Hör sofort damit auf.«

Der Mann sah ihn an. Ein ganz gewöhnlicher Bürger, aber voller Hass, vor allem aus Angst geboren. Und da war noch etwas anderes.

»Sie sind die Feinde. Ist es nicht offensichtlich, warum die Toten hier sind?« Der Mann beäugte ihn von oben bis unten. »Aber das versteht Ihr nicht, Ihr gehört ja zu den oberen Zehntausend.«

Der Mann drehte sich um und schrie weiter. Iliev trat vor ihn und fällte ihn mit einem Kinnhaken.

»Ja, ich gehöre zu den oberen Zehntausend, aber ich bin kein dummer Hund.« Dann drehte Iliev sich um und hob die Stimme. »Haltet den Mund. Hört auf damit oder sterbt durch die Hände derjenigen, die ihr für eure Brüder gehalten habt. Stille für die Aufgestiegenen.«

Doch das stachelte die Meute nur noch weiter an. Einige schoben sich näher an die Gardisten heran. Iliev spuckte aus, wechselte einen Blick mit Kashilli und nickte ihm zu. Jetzt fegte Kashilli die Leute einfach zur Seite, ohne daran zu denken, welche Verletzungen er ihnen zufügte. Als die Meute sich auf ihn konzentrierte und Anstalten machte, ihn aufzuhalten, war er schon hinter den Speeren und stand auf dem Rand des Brunnens, wo er ebenso mühelos wie auf dem Rammsporn des Bootes das Gleichgewicht hielt.

Kashilli war wirklich riesig. Iliev kannte ihn gut und neigte manchmal dazu, diese Tatsache zu vergessen. Der Trierarch überragte die Menge und schwenkte seinen Vorschlaghammer. Er starrte die Meute an, bis der Lärm ein wenig nachließ.

»Na kommt schon!«, brüllte er und ließ auf einen Schlag hundert Stimmen verstummen. »Ihr wollt die Aufgestiegenen haben? Dann kommt und holt sie euch. Ich verspreche euch aber, dass der Erste, der hier heraufsteigt, meinen Hammer zu spüren bekommt.«

Kashilli hielt den Hammer am Stiel mit ausgestrecktem Arm vor sich und zielte auf die Umstehenden. Sein Arm war bolzengerade und dank der schwellenden Muskeln stark wie ein Schiffsmast.

»Na also«, knurrte Kashilli, als der Lärm nachließ. »Wer von euch Hunden will der Erste sein?«

Iliev leckte sich über die Lippen und beobachtete die Bürger. Natürlich nahm niemand das Angebot an, was nicht weiter überraschend war. Als er sich dem Brunnen näherte, stellte sich ihm niemand in den Weg. Die Wächter ließen ihn durch, und er stieg zu Kashilli auf den Rand des Beckens. Ein verschrecktes Mädchen schaute bewundernd zu ihm und Kashilli hoch.

»Wie heißt du, meine junge Dame?«, fragte Iliev.

»Yola, Herr.«

Auch Kashilli lächelte jetzt. »Tu nun, was du tun musst, kleine Yola. Hier kann dir niemand etwas anhaben.«

An den Toren drängten sich panische Bürger und stürmten nach drinnen. Die Torflügel, die sich langsam geschlossen hatten, sprangen wieder weit auf, und die Balken klapperten auf dem Marmor. Menschen strömten in den Hof. Iliev biss sich auf die Unterlippe. Was die Aufgestiegenen auch vorhatten, sie mussten sich beeilen.

31

859. Zyklus Gottes, 12. Tag des Genasab

Zwischen den Bäumen des Wäldchens erschien eine Gruppe von Toten. Es waren nicht viele, nur zehn waren zu sehen, die etwas ausschwärmten und zwei Schritte in den Schlamm hinaustraten. Die Sonne schien auf die winzige Oase des Lebens hinab, auf den Ort, um den nun die Lebenden und die Toten kämpften.

Hinter den angeschlagenen Aufgestiegenen rückten die Toten aus allen Richtungen vor. Arducius konnte sich kaum noch bewegen, sein gebrochenes Bein war schwarz und blau angelaufen. Er hatte innere Blutungen und beharrte darauf, er könne trotzdem arbeiten, aber Jhered war sich nicht sicher. Ossacer hatte dies auch behauptet und war jetzt kaum noch bei Bewusstsein.

Taumelnd schleppten sich die drei die letzten hundert Schritte zum Wald hinüber. Hinter ihnen war jeder Fluchtweg versperrt. Hier würde das Spiel enden. Entweder würde Gorian sterben, oder sie alle würden sich in das Totenheer einreihen. Jhered betrachtete die paar Toten vor ihnen mit einem unguten Gefühl. Ihre Gesichter waren noch im Schatten. Sie standen völlig reglos dort und warteten mit einem Gladius oder einem Messer in der Hand. Sie waren unterschiedlich stark verfallen, einige frisch rekrutiert, während andere schon vierzig Tage in Gorians Totenheer dienten. Bei manchen war die Kleidung bis auf einige Blutflecken sauber, bei anderen war sie grau, zerfetzt und verschimmelt.

Die Reihe der Toten kam einen weiteren Schritt näher, und Jhered brach das Herz.

»Gorian, du Schweinehund«, flüsterte er.

Er blieb stehen. Hinter ihm waren die Feinde nur noch fünfzig Schritte entfernt, keine zehn Schritte vor ihnen standen die anderen, und er fand nicht die Willenskraft in sich, auch nur einen weiteren Schritt zu machen.

»Jhered«, sagten die zehn Toten. »Jhered.«

Schaudernd hörte er seinen Namen, wie ein Dolch bohrte sich der Klang in seinen Bauch.

»Kehrt um«, antwortete er mit belegter Stimme. »Bitte.«

Mirron trat neben ihn.

»Wir müssen sie vernichten, sonst kommen wir nicht weiter«, sagte sie. »Schnell.«

»Ich kann nicht. Ich kenne sie. Dort stehen meine Freunde, auch der Sohn des Königs von Tsard ist dort.«

Jhered schüttelte den Kopf und schloss einen Moment die Augen. Als er sie wieder öffnete, hatte sich nichts verändert. Es war kein Traum. Dina Kell, Pavel Nunan. Dahnishev, von dem Roberto geglaubt hatte, er sei entkommen, war auch dort. Ohne Leben, aber aufrecht stehend. Er hatte ein langes Skalpell in der Hand. Jhered unterdrückte ein Schluchzen. So eine Verschwendung. So ein Verbrechen.

»Ich kann sie nicht niedermachen«, sagte er.

»Aber ich kann es«, erwiderte Mirron. »Dreh dich um, wenn du es nicht aushältst.«

»Nutze meine Energie.« Arducius atmete keuchend ein. »Und beeil dich, hinter uns braut sich Ärger zusammen.«

Das dumpfe Tappen der anrückenden toten Flüchtlinge und Soldaten übertönte jetzt das Rauschen der Bäume. Mirron nickte. Jhered wollte den Blick abwenden, musste aber feststellen, dass es ihm nicht gelang. Es war eine Frage der Ehre.

»Es tut mir leid«, sagte er, »dass ihr so enden müsst. Die Erinnerung an euch soll niemals sterben.«

Rechts neben Jhered entstanden Flammen, er wich mit Ossacer einen Schritt zurück. Das Feuer breitete sich aus, hüllte die Toten ein, die geliebten Toten, die dort standen. Jhered zwang sich, sie genau zu betrachten, während sie starben. Kreischend schlugen sie um sich, als lebten sie noch und wüssten um ihr Schicksal. Ihre Zyklen unter Gott fanden ein Ende, sie würden niemals mehr in seine Umarmung gelangen.

Das tosende Feuer, das von Mirron ausging, verbrannte die Toten und färbte auch die Bäume und Blätter schwarz. Jhered weinte. Schließlich sanken die Toten zu Boden, nur noch Asche und Staub in der Glut. Er blickte an ihnen vorbei zum Wäldchen, wo sich ein wütender Schrei erhoben hatte.

»Du bist der Nächste, Westfallen.«

Ossacer an seine Brust gepresst, marschierte Jhered zu den Bäumen. Mirron und Arducius, von denen immer noch Rauch aufstieg, folgten ihm. Ihre Kleidung und das Haar waren verbrannt, ihren Mienen sah man die schreckliche Belastung an. Sie hatten keine Schuldgefühle, begriffen aber ganz genau, was vor ihnen lag. Sie spürten es in der Erde und der Luft, sobald sie den Fuß auf den unverdorbenen Boden setzten. Jhered konnte zusehen, wie mit jedem Herzschlag die Kraft aus ihnen wich.

Im Wäldchen war es still, nur die Blätter rauschten, und ein leichter Wind flüsterte im saftigen Gras. Allein das Vogelzwitschern fehlte noch, dann wäre es die perfekte Umgebung für einen Spaziergang im Genastro gewesen. Außerdem störten natürlich

Gorians Tote, die nun vor Jhereds Füßen lagen. Mirron und Arducius kämpften immer noch gegen irgendeinen Einfluss an, den sie hier spürten. Auch Ossacer regte sich, überwand die tiefe Erschöpfung und kam angesichts des lauernden Bösen vor ihnen zu Bewusstsein.

»Kessian«, keuchte Mirron auf einmal.

Sie eilte los, und Arducius schrie vor Schmerzen auf, als sie ihn viel zu schnell mit sich zerrte. Sie achtete nicht auf ihn und lief zu einem hellen Kreis inmitten des Wäldchens.

»Mirron!«, rief Jhered. Auch er beschleunigte seine Schritte, bis alle Muskeln ihn anschrien, ihnen eine Pause zu gönnen.

»Er ist hier. Er ist hier, er ist ...«

Jhered rannte los, drängte sich unter tief hängenden Zweigen hindurch und beschützte Ossacer mit seinem Körper vor den zurückfedernden Ästen. So erreichten sie eine kleine Lichtung, auf der ein Wagen stand. Zwei Körper lagen darauf. Karku. Unmöglich zu sagen, ob sie noch lebten. Direkt daneben war etwas ...

»Hallo, Mirron, Liebling«, sagte es. »Du bist zu mir zurückgekehrt.«

Mirron ließ Arducius einfach fallen, schlug sich die Hände vors Gesicht und schrie.

Es war ein Meer, und es würde sie überspülen und in die Tiefe ziehen, aber vorher wollten sie noch so viele Tote wie möglich erlösen, damit diese in die Umarmung Gottes zurückkehren konnten. Davarov stand auf der Treppe, die zum Versorgungsweg hinter dem Wall hinunterführte. In seinen großen Händen wirkte das lange Schwert fast zierlich. Wie in den alten Tagen, bevor die Konkordanz gekommen war und sie eine neue Art des Kämpfens gelehrt hatte. Eine scharfe, schwere Klinge und dahinter die Kraft, mit der er nackten Fels zertrümmern konnte.

Er drosch die Waffe auf die Schulter eines Toten und schnitt glatt durch die verschimmelte Lederrüstung, das verweste Fleisch und die spröden Knochen hindurch. Dann brüllte Davarov der tsardonischen Leiche etwas ins Gesicht, während seine Klinge deren Leib durchbohrte, an der Hüfte wieder herauskam und einem weiteren Angreifer ein Bein abtrennte. Der Tote brach zusammen, die Eingeweide quollen aus seinem Bauch.

Davarov versetzte ihm einen wütenden Tritt. Der zweite Tote war seitwärts gefallen und blockierte ihm den Weg. Davarov wich einen Schritt zurück und beobachtete, wie die Toten ausglitten und stürzten.

»Ducken!«

Davarov gehorchte sofort. Roberto warf eine weitere Flasche über seinen Kopf hinweg auf die Treppe. Das Sprengpulver prallte gegen einen Helm, und die Explosion schleuderte die Toten in alle Richtungen. Blut spritzte Davarov ins Gesicht. Zehn oder mehr Tote waren zerfetzt, nur eine freie Fläche voll Blut und verkohltem Fleisch war geblieben. Außerdem hatte die Treppe jetzt einen Riss. Der durch die Erdwelle bereits geschwächte Zement löste sich auf. Sofort rückten andere Tote nach, um die Gefallenen zu ersetzen.

»Wie viele haben wir noch, Roberto?«

Davarov blickte über die Schulter zu Roberto, der vor der Kiste mit den Flaschen stand. Hinter ihm kämpfte eine dünner werdende Linie von konkordantischen Legionären und Ingenieuren ums Überleben, angetrieben vor allem von der Furcht, sie könnten als wandelnde Tote enden. Wie Davarov hatten auch sie es mit tsardonischen Kriegern zu tun, die von Kopf bis Fuß mit Schleim bedeckt waren, nachdem die Welle sie getötet hatte. Die Seuche hatte ihre Körper befallen, doch Gorian hatte sie auferstehen lassen. Diese Toten waren stark. Sie waren noch frisch.

Überall versuchten die Toten heraufzuklettern. Die Welle hatte ihre Leitern zerstört, doch sie stiegen auch an der nackten Wand empor und krallten die Finger in die bröckelnden Steine, um die Lebenden anzufallen und in ihre Reihen aufzunehmen. Angetrieben von dem reinen Bösen.

Hunderte hatten durch die Klingen der Konkordanz ihre Hände und Finger verloren, aber immer noch rückten neue nach. Inzwischen stapelten sie Steine auf und bauten Rampen aus zerbrochenen Felsen, die ihnen den Aufstieg erleichterten. Näher und näher kamen sie, bis sie schließlich ihre Klingen erheben konnten. Die größte Gefahr drohte auf den Treppen. Er und der bemerkenswerte Harban-Qvist sowie zwanzig weitere Kämpfer rackerten sich abwechselnd mit Langschwertern und Äxten ab, um den Zugang zu blockieren. Doch es würde nicht mehr lange gut gehen.

»Roberto?«

»Vier«, sagte er. »Nicht mehr viele.«

»Vielleicht reicht es. Ziele auf dieselbe Stelle wie gerade. Die Treppe gibt schon nach.«

Die Toten waren über ihre gefallenen Gefährten hinweggetrampelt und rückten wieder vor. Harban stellte sich mit erhobener Axt auf. Dank seiner kräftigen Beine und seiner geringen Größe konnte er sich leicht ducken und in Hüfthöhe quer zuschlagen. Er benutzte ebenso häufig die flache Seite der Klinge wie die Schneide.

Wieder einmal fegte er einen Toten von der Treppe und warf ihn in die brodelnde Masse hinab. In der Gegenbewegung trieb er die Schneide in die Hüfte eines weiteren Angreifers und verstümmelte ihn. Der Tote stürzte nach vorn, Harban wich einen halben Schritt zurück und zerschmetterte ihm den Schädel. Dann zog er die Axt aus dem noch zuckenden Toten, stieß wieder vor, schlug einem dritten die stumpfe Seite ins Gesicht und hackte sofort wieder auf das Kreuz seines ersten Opfers ein, um ihm das Rückgrat zu zertrümmern.

Die Schlacht verlief in einer gespenstischen Stille. Zehntausend Tote oder mehr, alle auf ein einziges Ziel konzentriert, und keiner gab auch nur einen Laut von sich. Erst wenn sie das Pechfeuer traf, kreischten sie, und das war ein Laut, den Davarov sein Lebtag nicht mehr vergessen würde. Nur auf dem Dach der zerstörten Festung konnten sich die Lebenden noch halten. Ihre Rufe und das Klirren ihrer Waffen klangen unnatürlich laut in diesem verlorenen Land.

Harban wich geduckt einem Schwertstreich aus und trat zu. Der Tote verlor das Gleichgewicht, stürzte die Treppe hinunter und riss vier weitere mit. Wieder eine kleine Atempause.

»Roberto!«

Roberto kam ein paar Schritte näher, holte aus und warf die Flasche. Die Explosion erschütterte den Stein und zerfetzte Rüstungen und Knochen. Die Festung bebte einen Moment, und der Spalt verbreiterte sich. Einen halben Schritt war er jetzt groß und verlief quer über die Treppe. Wieder waren einige Tote zerfetzt von der Treppe geflogen. Kleine Blutstropfen hingen wie Dunst in der Luft. Gedärm wand sich wie Schlangen.

»Guter Wurf«, sagte Davarov. »Weiter jetzt. Harban, ich bin an der Reihe.«

»Wie Ihr wollt, General«, erwiderte der Karku.

»Oh, und wie ich es mir wünsche.« Davarov ging zur Treppe und hob die Klinge. »Kommt schon, ihr tsardonischen Hunde. Hier ist der einzige Zugang, und der Schatzkanzler kommt seinem Ziel mit jedem Augenblick näher.«

»Hoffentlich«, murmelte Roberto hinter ihm.

Jhered hatte Ossacer abgelegt. Mirron war immer noch untröstlich, obwohl der Schatzkanzler sich sehr um sie bemühte. Arducius stützte sich auf seinen unverletzten Arm und sah sich fassungslos um. Es waren tatsächlich Gorian und Kessian. Auch Mirron hatte sie gesehen, und wie sie jetzt mit ausgestreckten Armen fast in Reichweite auf dem Boden saß, bot sie einen herzzerreißenden Anblick.

Gorian stand hinter Kessian. Arducius konnte ihre Gesichter und vor allem ihre Augen gut erkennen. Das war aber schon nahezu alles. Aus ihren Körpern sprossen Wurzeln, die sie fast vollständig bedeckten. Schmale Ranken und dicke, gesunde Schösslinge. Aus ihren Schläfen, aus den Wangen und ihren Schädeln wuchsen lebendige Triebe. Sie bohrten sich in den Boden, gewiss durchzogen sie schon die ganze Umgebung, und bildeten eine undurchdringliche Hülle. Ständig entstanden neue Blätter, und kleine Knospen sprangen auf und blühten.

Die Erde war in sie hinein und durch sie hindurch gewachsen. Arducius hatte sich sehr bemüht, die Lebenslinien zu erkunden, die Gorian geschaffen hatte, doch das Dickicht war undurchdringlich. Außer einer langsam pulsierenden grünen und braunen Energie nahm er nichts wahr. Es war die Energie der Erde selbst, doch sie war irgendwie verzerrt. Arducius konnte nicht einmal erkennen, ob Gorian dies absichtlich erschaffen hatte oder ob es eine ungewollte Folge der Welle war. Jedenfalls hatten sich Gorian und Kessian vollkommen mit der Erde und dem Leben auf ihr verbunden.

»Gorian«, sagte Mirron, als sie zwischen schwerem, verzweifeltem Keuchen endlich wieder sprechen konnte. »Bitte, lass ihn gehen. Lass meinen Sohn gehen.«

»Das kann ich nicht tun«, erwiderte Gorian mit leiser, melodischer Stimme, die durchaus der sanften Schönheit der Natur entsprach. Es war betörend. »Wir haben uns für einen anderen Weg entschieden. Schließ dich uns an.«

»Du kannst nicht?«, fauchte Jhered. »Dann werden wir ihn uns holen.«

Er war schnell. Die Jahre hatten seiner Gewandtheit keinen Abbruch getan, und die Wut, die in ihm kochte, beflügelte ihn. Mit der Klinge in der Hand richtete er sich auf und hackte auf die dicken Ranken ein, die Gorians Hals umgaben. Kessian schrie auf. Die Klinge prallte von den Wurzeln ab und flog Jhered aus der Hand. Sie hatte kaum einen Kratzer hinterlassen. Gorian lachte.

»Ihr versteht es nicht, Schatzkanzler«, sagte er. »Ihr könnt die Erde nicht töten. Ich bin die Erde, und die Erde ist in mir. Alles, was auf ihr wandelt und wächst, und alles, was unter ihr ruht, ist mein.«

Jhered zog sich einen Schritt zurück und sah sich um. Am Rand der Lichtung sammelten sich Gestalten. Die Toten starrten schweigend herüber. Ohne hinzusehen spürte Arducius, wie ihre Reihen immer dichter wurden. Der Druck ihrer Masse, ihrer grauen, leblosen Energie, nahm zu. Diese Energie, die Gorian als Erster wahrgenommen und die Arducius immer noch nicht richtig verstanden hatte, überwältigte nun die lebendige Natur. Blätter verwelkten, Rinde wurde rissig und verfärbte sich, Gras wurde schwarz und starb. Bald wäre nur noch ein kleiner Kreis um die Aufgestiegenen am Leben, und alles andere ringsum würde dunkel.

»Hör mir zu, Gorian«, sagte Arducius. »Du musst das nicht tun. Du verstehst nicht, was du tust. Das kann doch nicht dein Ernst sein. Du bist einer von uns, ein Aufgestiegener.«

»Und ich bin weiter aufgestiegen, mein lieber zerbrechlicher Bruder. Es tut mir leid, dass du Schmerzen hast, aber das wird vorübergehen. Ich tue nur, was ich tun muss. Es ist die Aufgabe der Götter, ihrem Volk ein Paradies zu schaffen.«

»Du bist kein Gott.«

Arducius blickte nach links. Ossacer war wieder bei Bewusstsein und lehnte an einem Baum, der sich allein dank seiner Gegenwart noch ans Leben klammern konnte. Der Tod war nur noch eine Handbreit entfernt.

»Bin ich das nicht, Os-siecher?« Sein Kichern erschütterte den Boden. »Du hast gegen mich gekämpft. Du bist stärker, als ich dachte. Aber deine Kräfte sind im Gegensatz zu meinen nicht unbegrenzt. Wir müssen zu den Elementen werden, um sie zu beherrschen. Ein Gott braucht absolute Macht.«

»Du bist krank«, sagte Jhered. »Und du bist es, der sterben wird.«

Gorian blinzelte und sah Jhered an. Ein Flüstern lief durch die Toten, die sie umgaben, und durch das Gras unter ihren Füßen.

»Ihr seid sterblich, und ich kann Euch jederzeit auslöschen, wenn ich es will. Seht Euch doch um. Meine Leute warten auf den Befehl. Nicht einmal der große Schatzkanzler Jhered kann so viele Gegner besiegen.«

»Worauf wartest du dann noch? Was willst du?«

»Komm zu uns, Mutter. Dann lässt er mich gehen. Er hat es versprochen.«

Kessians Ruf hing schwer in der Luft. Der Ruf der Unschuld. Mirron atmete tief ein und sank wieder in sich zusammen.

»Nein, mein Lieber, nein. Er lügt dich an. Glaube ihm nicht. Wehre dich gegen ihn. Bitte.«

Jhered war schon bei ihr und versuchte, sie zu trösten. Nur kurz blickte er zu den Toten, dann wandte er sich wieder an Gorian. Arducius spürte einen Impuls in den Lebenslinien. Er hatte ihn schon einmal gespürt. Begehren.

»Aber es muss geschehen«, sagte Gorian. »Wir müssen die Familie sein, die wir schon immer sein sollten. Die Herrscher dieser

Erde. Wir können Gnade zeigen, und diejenigen, die wir lieben, können wir verschonen. Mirron, komm zu mir. Komm zu uns.«

»Beweg dich nicht«, sagte Jhered. Mirron hatte schon reagiert und wollte die Hand ausstrecken. »Er wird uns alle töten.«

»Das werde ich nicht tun, wenn Mirron zu mir kommt«, sagte Gorian. Keine Sanftheit war mehr in ihm, dies war wieder der alte Gorian. »Wir werden euch nichts tun. Wollt ihr denn Mirron verbieten, ihren Sohn zu berühren?«

Mirron sackte in Jhereds Armen in sich zusammen. Sie sagte etwas zu ihm, das Arducius nicht mitbekam. Jedenfalls gab er sie daraufhin frei, ließ sie aber nicht aus den Augen. Mirron wandte sich zu Ossacer um, der sich zu Arducius geschleppt hatte. In ihrem Blick lag die ganze Verzweiflung der Welt. Die Sorge um ihren Sohn erzeugte in ihr eine schreckliche Leere, die nur seine Berührung füllen konnte.

»Nein, Mirron, tu das nicht. Das kannst du nicht tun.« Ossacer packte Arducius am Arm, und beide wollten Mirron aufhalten und flehten sie an, zu ihnen zu kommen.

»Manchmal muss einer gehen, um die anderen zu retten«, erwiderte sie.

»Nicht zu ihm«, widersprach Ossacer mit erstickter Stimme. »Er wird dich hereinlegen. Er hat dich immer wieder hereingelegt.«

»Ich werde meinen Sohn nicht im Stich lassen.«

Jhered drehte sich um. Es schien, als habe er es verstanden, doch das traf nicht zu. Was Mirron auch gesagt hatte, er hatte sie falsch verstanden.

»Wir müssen leben, wenn wir kämpfen wollen«, sagte er.

Arducius schüttelte den Kopf. »Das wird kein Leben sein.«

Mirron stand auf und holte tief Luft. Gorian und Kessian beobachteten sie. Gorians Augen blitzten triumphierend, Kessian blickte voller Sehnsucht.

»Mirron?«

Sie drehte sich ein letztes Mal um. »Es wird alles gut, Ardu. Ich verspreche es dir.«

Gorian strahlte.

Mirron fuhr mit den Händen über ihre vom Feuer gereinigte Haut und strich sich Haare, die nicht mehr da waren, aus dem Gesicht. Dann ging sie die paar Schritte zu Gorian hinüber und legte ihm eine Hand auf den Kopf.

32

859. Zyklus Gottes,
12. Tag des Genasab

Es funktioniert nicht, es funktioniert nicht!«, kreischte Yola verzweifelt. Sie weinte, während sie versuchte, ihr Werk zu vollenden. »Ich kann die Struktur nicht ausdehnen, sie will sich nicht verbinden.«

Die Katapulte auf den Mauern des Palasts feuerten. Onagersteine sausten pfeifend vorbei und landeten zwischen den marschierenden Toten, die sich auf der Prachtstraße näherten. Im Hof griff unterdessen Panik um sich. Die Bürger versuchten verbissener denn je, ihre Konkurrenten mit Faustschlägen zu vertreiben und in den Palast eingelassen zu werden, obwohl die Flucht in die Parks bei weitem der bessere Ausweg gewesen wäre.

Die Sicherheitskräfte rings um den Brunnen waren noch weiter verstärkt worden. Auch Ilievs Truppe, soweit sie noch lebte, hatte sich dort aufgestellt, und inzwischen war Vasselis mit hundert Gardisten des Aufstiegs eingetroffen. Unter die Bürger hatten sich Palastwächter gemischt und versuchten, die Ströme der aufgeregten Menschen zu leiten, konnten aber nicht viel ausrichten. Andere bemühten sich weiterhin vergeblich, die Tore zu schließen.

Iliev blickte auf Yola hinab und spürte ihre Verzweiflung. Die anderen beiden Aufgestiegenen wandten sich Hilfe suchend an sie, doch sie hatte nichts anzubieten. Auf ihr ruhten die Hoffnungen aller Überlebenden im Palast und in ganz Estorr, und dieses Wissen überwältigte sie.

»Die Toten sind gleich hinter der Menge«, grollte Kashilli. »Wir sollten uns ihnen stellen.«

»Nein«, widersprach Iliev. »Unser Platz ist hier, wir müssen die Unschuldigen verteidigen. Haltet euer Versprechen und verzagt nicht.«

»Du hast Angst, Kleine«, wandte Kashilli sich nun an Yola. »Aber wir werden euch nicht im Stich lassen.«

»Ihr versteht das nicht. Ich kann die Toten nicht erreichen, und meine Struktur funktioniert nicht. So kann ich niemanden retten, und niemand kann mir helfen.«

Vasselis stieg ins Brunnenbecken und hockte sich neben Yola, die im kalten Wasser kniete. Als sie ihn bemerkte, gab Vasselis ihr ein Tuch, mit dem sie sich das Gesicht abwischen konnte.

»Trockne deine Augen, Yola. Du bist schon nass genug.« Dann setzte Vasselis sich. Das Wasser ging ihm bis zum Bauch. »Ich habe es gern bequem, wenn ich eine Geschichte erzähle.«

Yola kicherte.

»Eine Geschichte?«, fauchte Kashilli. »Da hätte ich auch eine. Sie kommt gerade durch das Tor.«

Iliev legte einen Finger auf seine Lippen, und Vasselis fuhr fort.

»Als mein Sohn noch klein war, ungefähr in deinem Alter, wollte er große Taten vollbringen, Schlachten gewinnen und alle Menschen retten. Genau wie die Helden der alten Konkordanz, von denen wir gelesen haben. Die Wahrheit ist aber, dass uns so etwas nie gelingt. Die Aufgabe ist für einen Einzelnen viel zu gewaltig. Ein Legionär kann nur die verteidigen, neben denen er steht. Ein Arzt kann nur einen Menschen retten, der direkt vor ihm auf dem Tisch liegt. So ist das für uns alle. Wenn wir Glück haben, können wir vielleicht diejenigen retten, die wir am meisten lieben, und dann müssen wir hoffen, dass diese wiederum jemand anders helfen. Am Ende hat mein Sohn genau dies getan. Er rettete die, die er mehr liebte als das Leben selbst. Dabei setzte er eine Kette in Gang, und weil dies geschehen ist, bist du jetzt hier. Auch ich bin deshalb hier. Denke also nicht daran, alle Menschen zu retten, Yola. Du weißt, wen du liebst und für wen du sterben würdest. Rette diesen und nur diesen Menschen. Das ist doch keine so große Aufgabe, oder?«

Yola sah ihn an, die Tränen glänzten noch auf ihrem Gesicht, aber ihre Augen funkelten. Sie schüttelte den Kopf, und dann drehte sie sich um und betrachtete einen anderen Aufgestiegenen. Den Jungen. Er zog die Augenbrauen hoch, doch Yola lächelte nur.

»Dann wollen wir es noch einmal versuchen, ja?«

Iliev klopfte Kashilli auf den Rücken.

»Jetzt geht es los. Seid bereit. Sie sind wie Hunde, die eine Witterung aufgenommen haben, und wir stehen direkt vor ihrer Beute.«

Kashilli ließ Kopf und Schultern kreisen. »Die sollen nur kommen.«

Inzwischen entfernten sich die Bürger vom Tor, und im Hof tat sich eine Gasse auf. Pfeile flogen durch den Triumphbogen, viele warfen Steine, Messer oder was sie sonst gerade zur Hand hatten. Nichts konnte die Toten aufhalten. Das dumpfe Pochen ihrer Füße und der Schimmel, der sich vor ihnen ausbreitete, trieben die Verteidiger immer weiter zurück. Die Menschen kreischten so laut, dass es in den Ohren wehtat.

Direkt vor Iliev wurden auch die Wächter am Boden nervös und sahen sich über die Schulter um.

»Haltet die Stellung«, rief Iliev. »Unterstützt die Ocenii. Kämpft heute als Helden für die Konkordanz. Richtet eure Speere aus und schwankt nicht. Ihr könnt sie aufhalten.«

Dann hörte Iliev hinter sich ein Plätschern und wagte es, sich kurz umzudrehen. Das Wasser stieg aus dem Brunnen empor und ergoss sich über die Aufgestiegenen, bis es sie wie eine zweite Haut bedeckte. Die Luft knisterte vor Energie. Neben Iliev wog Kashilli seinen Hammer in den Händen und knurrte. Natürliche Kraft und übernatürliche Macht kämpften vereint gegen die Feinde.

Die Toten marschierten zum Brunnen. In der ersten Reihe kamen gewöhnliche Bürger und einige Milizionäre. Abgesehen von der kranken Hautfarbe und dem Schimmel auf ihrer Kleidung sah man ihnen kaum an, dass sie tot waren. Vor ihren Füßen breitete sich die Seuche langsamer aus als zuvor. Als wäre die Kraft, die sie antrieb, geschwächt oder woanders gebündelt. Auch Kashilli hatte es bemerkt und grunzte. Iliev wusste, was er dachte – ihre Aussichten hatten sich eine Spur verbessert.

Die Lebenden rannten fort, wenn sie konnten, und überließen den Brunnen den Toten, die ihn bald umringt hatten. Das Siebte Kommando stand auf dem Rand des Beckens, die Gardisten des Aufstiegs standen auf dem Boden. Dort würden sie sich nicht mehr lange halten können.

»Kashilli, ein letzter Wunsch?«

»Festen Grund unter den Füßen«, sagte er. »Und die Möglichkeit, ein letztes Mal zuzuschlagen.«

Iliev nickte. »Dann wollen wir es gemeinsam tun. Siebtes Kommando, nach vorne. Los!«

Kashilli und Iliev sprangen über die Gardisten hinweg und landeten zwischen den Speeren, die sie beiseitedrückten. Das Siebte Kommando umringte den Brunnen und bildete eine dünne äußere Verteidigungslinie. Kashilli hielt nicht inne. Er rannte zu den Toten, schwang den Hammer mit beiden Händen über dem Kopf und zerstörte die Rippen und das Rückgrat eines Angreifers, der gegen zwei weitere prallte.

Iliev ging in die Knie und hackte mit seiner Axt nach den Knien eines toten Bürgers, während er zugleich mit dem Hammer das Fußgelenk eines anderen traf. Als beide stolperten, sprang er zurück und zerschmetterte ihnen die Schädel, während sie stürzten. Schließlich durchtrennte er noch ihre Achillessehnen, ehe er sich dem Nächsten zuwandte.

Der Druck war ungeheuer groß. Die Toten rückten einfach weiter vor. Auch diejenigen, die angegriffen wurden, hielten nicht an. Zwar vermochten die Ocenii einige Breschen in ihre Reihen zu schlagen, doch sie mussten sich Schritt für Schritt zurückziehen. Wieder schwang Kashilli seinen Hammer und fällte einen weiteren Bürger.

Dann wich er einen Schritt zurück, schwang seine Waffe von unten nach oben und traf den Brustkorb eines Toten. Der Schlag hob den Gegner hoch und ließ ihn über die Köpfe der folgenden Angreifer hinwegfliegen. Das Siebte Kommando prügelte und hackte, hieb und trat. Vielleicht gelang es ihnen, den Ansturm ein wenig zu verzögern, vielleicht auch nicht. Es war Iliev egal. Er hatte das Gefühl, den Aufgestiegenen etwas Zeit zu erkaufen, und wenn er schon sterben musste, dann wollte er sich nicht ohne Gegenwehr ergeben.

Iliev wich abermals einen Schritt zurück, bis er hinter sich eine Speerspitze spürte. Die Toten rückten nach. Eine schwärende Hand griff nach ihm.

Eine Frau schrie.

Die Hand des Toten hielt inne.

Die vorletzte Flasche prallte auf die Treppe, wieder wurden Tote zerfetzt. Der Stein grollte, es gab einen lauten Knall, und eine Staubwolke stieg auf. Die Treppe schwankte, bebte und kippte seitlich weg, zahlreiche Tote rutschten herunter.

»Ja!« Davarov stieß eine Faust in die Luft.

Aber dann blieb die Treppe am erhöhten Fahrweg hinter der Mauer hängen. Die Lücke war gerade einmal einen Schritt breit. Bei weitem nicht groß genug.

»Verdammt«, fluchte Roberto.

Die Toten auf der oberen Hälfte kletterten weiter, ohne sich umzusehen. Davarov schwang die lange Klinge, traf seinen Gegner und stieß drei Tsardonier auf einmal zurück. Es sah jedoch nicht danach aus, als hätten sie die Zahl der Angreifer merklich dezimiert. Hinter ihnen hatten die Toten schon fast das Dach erreicht. Die Lebenden sahen sich zurückgedrängt, hatten aber keinen Platz mehr, um auszuweichen.

»Wir müssen die Treppe zur Seite schieben, damit sie ganz umfällt«, sagte Roberto.

»Gut«, sagte Davarov. Er enthauptete einen Toten und beförderte den Rumpf mit einem Tritt nach unten. »Ich hole einen Hammer und mache mich an die Arbeit.«

»Vielleicht reicht auch eine Flasche Sprengpulver«, meinte Roberto. »Genau unten am Fuß.«

»Nicht lieber oben? Wenn die acht Stufen da weg sind, können sie nicht mehr über die Lücke springen, es ist zu hoch und zu weit.«

Die Toten formierten sich neu. Eine Handvoll kam die untere Hälfte der Treppe herauf, trat geradewegs in die Lücke hinein und stürzte ab. Sofort erhoben sie sich wieder und versuchten es noch einmal. Die Nächsten machten diesen Fehler nicht. Sie hielten an, schätzten die Entfernung und sprangen. Roberto schüttelte den

Kopf. Es kam so, wie er es befürchtet hatte. Sie waren tot, aber nicht dumm. Die folgenden Toten lernten von ihren Vorderleuten.

»Wir können da unten nicht kämpfen, das wäre Selbstmord.«

»Es ist der einzige Weg, sie aufzuhalten«, widersprach Roberto.

»Hast du eine gute Idee?«

»Ja«, schaltete sich Harban ein. Er nahm Roberto die Flasche ab.

»Zielt gut.«

»Ich habe nicht vor, sie zu werfen. Bringt die noch lebenden Gor-Karkulas sicher nach Hause. Das soll mein Vermächtnis sein.«

Roberto hielt Harban fest, als er begriff, was der Karku vorhatte. Es lief ihm kalt den Rücken hinunter. »Nein, das kommt nicht infrage.«

Harban schüttelte seine Hand ab. »Es ist der einzige Weg.«

Dann rannte Harban los und sprang vom Dach hinab. Roberto sah ihn stürzten, der Boden war zehn Schritte oder mehr unter ihnen. Harban landete auf den Köpfen der Toten und benutzte sie, um seinen Sturz zu bremsen, aber er hatte sich sicherlich einige Knochen gebrochen. Davarov achtete nicht mehr auf die Toten, die heraufkamen und starrte hinunter.

Die Toten umringten Harban, hoben die Schwerter und ließen sie niedersausen. Er bekam einen Hieb in den Rücken, der ihn nicht aufhalten konnte. Eine weitere Klinge traf sein linkes Bein. Er schrie auf, doch seine Entschlossenheit wankte nicht. Energisch drängte er sich bis zum Fuß der Treppe weiter, ging in die Hocke und hob den Arm, um die Flasche gegen den Fuß der Treppe zu schlagen.

»In Deckung!«, rief Roberto.

Mirron staunte, wie rein die Kraft war, die durch Gorian und sein Wurzelwerk lief. Sie schauderte, als die Energie sie einhüllte, und empfand keine Schmerzen, während die Wurzeln in sie eindrangen. Sie ließ sich mit der Energie treiben und fühlte sich heil und ganz, endlich mit den irdischen und göttlichen Kräften innig verbunden. Bebend atmete sie aus.

»Ich spüre dich, Kessian. Ich kann dich spüren.«

Es war eine Befreiung. Ihre ganze Anspannung und ihre Qualen fielen von ihr ab, sobald sie ihn durch die Energiestruktur berühren konnte, die Gorian erschaffen hatte. Sie war voller Freude und Verzückung. Kessians Duft, die Berührung seiner Hand, seine Haare und die Lippen, mit denen er sie küsste. Alles war da.

Mirron wollte sich bewegen, doch die Wurzeln hatten sie völlig eingehüllt.

»Du musst dich nicht bewegen, meine Liebe«, sagte Gorian. »Alles, was du jemals brauchst, ist hier. Du musst es nur mit deinen Gedanken ertasten.«

»Was du erschaffen hast, ist so rein und so klar«, keuchte sie. »Es ist unglaublich.«

»Ich habe die Krankheit aus uns entfernt. Was meine Untertanen atmen, ist für Götter nicht gut genug.«

»Es hätte dich getötet, nicht wahr, Vater?«

»Ja, Kessian, das ist richtig. Deshalb haben wir zwei es beseitigt, du und ich. Und jetzt sind wir drei hier wieder vereint. So können wir ewig ausharren.«

Mirron konnte noch den Kopf bewegen. Sie drehte ihn herum und ließ die Augen wandern. Da waren Jhered, Arducius und Ossacer. Ihre Brüder hielten sich aneinander fest und konnten kaum ihren Blick erwidern. Und Paul ... Paul war der ängstliche Vater, der wissen wollte, ob seine Tochter die richtige Entscheidung getroffen hatte.

»Es ist gut«, sagte sie. »Wirklich, es ist alles gut.«

Dann tauchte Mirron tief unter die Reinheit, in der sie schwebten, tief unter den Wald. Hinab, wo die kranken Energien brodelten und schäumten. An den Energiebahnen entlang, die Gorian ausgesandt hatte, um sein Werk zu speisen. Zu den Toten und der Welle, zu den Tausenden Fäden, die sich nach Süden und Osten zu denen zogen, die weit entfernt marschierten. Sie tastete alles mit ihrer eigenen Wahrnehmung ab, spürte die Stärke der Energiegestalt und entdeckte auch die Barriere, die die Krankheit zurückhielt. Es war ein perfekter Kreis.

»Es ist vollkommen, nicht wahr, meine Liebe?«, sagte Gorian. »Du musst dir keine Sorgen machen, dass uns etwas geschehen könnte. Wir sind zu stark. So ist es bei den Göttern.«

»Mirron?«

»Paul, es ist wundervoll. Ihr könnt euch frei bewegen, niemand wird euch etwas tun.«

Jhered nickte. Er machte zwei Schritte auf sie zu und blieb einen halben Schritt vor ihnen stehen.

»Ist das wirklich dein Wunsch?«, sagte Gorian. Sie hörte seine Stimme in ihren Gedanken. Erinnerungen an die Genastrofälle, an den Schnee in Westfallen, an wunderschöne blonde Locken, an Muskeln und die sanften Berührungen. »Sie werden immer versuchen, uns wehzutun.«

»Sie wollen mir nichts tun«, sagte Mirron.

»Dann soll ihr Wunsch auch mein Wunsch sein. Geht, meine Brüder und Paul Jhered.«

»Kessian?«, sagte Mirron.

»Ja, Mutter?« Die Stimme ihres Sohnes wärmte sie, und sofort klammerten sich die Wurzeln fester an sie.

»Erinnerst du dich noch an dein kleines Segelboot zu Hause?«

Freude und Liebe tosten durch die Energiestruktur. »Das war mein Lieblingsspielzeug.«

»Aber das ist jetzt nicht mehr wichtig«, sagte Gorian nicht ohne Schärfe.

»Möchtest du es wiedersehen und Achten fahren lassen?«

»Von ganzem Herzen«, sagte Kessian.

»Dann sollst du es wiedersehen. Du musst nur die Augen und deinen Geist schließen.«

»Nein!« Gorian speiste Angst in die Energiestruktur ein. Die Wurzeln spannten sich. »Das wirst du nicht tun.«

»Ah, aber Gorian, mein dummer Bruder. Ein Sohn tut immer, was seine Mutter ihm sagt.«

Mirron drückte fester auf Gorians Schädel. Sie spürte, wie Kessian sich zurückzog, und damit war Gorian der Zugang zu seiner größten Kraftquelle versperrt. Sie tastete sich mit ihren Gedanken bis zur Krankheit und dem Bösen hinunter. Die Kräfte da unten wollten sie abwehren, doch sie war stark. Sie bildete eine eigene Energiebahn, ließ sie tief, tief in die verfaulte Erde vordringen und nahm alles in sich auf.

Eine widerliche Dunkelheit erfüllte sie von innen. Sie hörte Gorians Rufe und spürte, wie er versuchte, ihre Bahn aus dem Untergrund zu reißen. Kessian weinte. Mirron nahm all die Verwesung, den Schimmel und die Krankheit in sich auf, bis ihre Organe schmerzvoll schrien. Ihr Blut wurde dicker und strömte langsam und klebrig durch ihre Arterien. Ihr Atem ging schwer und qualvoll.

Mirron hörte nicht auf. Mehr und mehr nahm sie in sich auf, während Gorian sich wand und sich aufbäumte, um zu entkommen. Doch sein Werk war zu seinem Gefängnis geworden. Sie bündelte alles in ihren Händen und schickte es weiter zu ihm, bis es sich über sein Gehirn ergoss und seinen Verstand überflutete.

»Glaubst du wirklich, du kannst mir meinen Sohn wegnehmen, du Bastard? Glaubst du wirklich, ich liebe dich und will bei dir sein? Dummkopf. Du bist kein Gott und kein Aufgestiegener. Deine Taten machen unserer Berufung Schande, und du musst beseitigt werden.«

Ihre Kräfte verließen sie rasch, sie musste sich jetzt sehr anstrengen und rief, so laut sie konnte, damit diejenigen, die sie liebten, sie auch hören konnten.

»Jetzt, Paul. Jetzt!«

Die Toten kreischten und schrien, bewegten sich aber nicht mehr. Der Lärm machte es schwer, einen vernünftigen Gedanken zu fassen, doch Jhered war nahe genug, und Mirrons Worte leiteten ihn. Das Geflecht der Wurzeln, das die drei zusammenhielt, brach und riss auf. Lose Ranken flatterten in der Luft. Gorian tobte. Jhered konnte jetzt sein Gesicht erkennen, das Mirrons Werk purpurn und schwarz verfärbt hatte. Auch sie konnte er sehen. Mit geschlossenen Augen und kreidebleichem Gesicht stand sie nur noch auf den Beinen, weil einige Wurzeln sie stützten.

»Halte durch, Mirron. Halte durch, lass jetzt nicht nach.«

Eine Wurzel schlug nach seinem Gesicht und warf ihn zurück. Aus der tiefen Schnittwunde auf der Wange strömte das Blut. Jhered wischte es mit dem Handrücken ab, sprang auf und stürzte sich auf das Wurzelwerk. Es war glitschig und schwer zu packen, es begann zu verfaulen und zu verwesen.

Jhered riss die äußeren Ranken weg, bis ein Loch entstanden war, durch das er greifen konnte. Er langte tief in die zuckende Masse hinein, erwischte einen Arm und zog. Er zerrte, so fest er konnte, und setzte sein ganzes Gewicht ein. Die Wurzeln gaben nach. Dann stürzte er zurück und drückte den Jungen an sich, umarmte ihn fest und wollte ihn nie wieder loslassen.

»Es ist gut, Kessian, es ist vorbei.«

Schließlich öffnete Jhered die Augen. Die Wurzeln hatten sich von Gorian und Mirron gelöst, sie hatte immer noch die Hand auf seinen Kopf gepresst, und er hatte ihre Kehle gepackt und versuchte, ihr die Lebenskraft zu nehmen. Sein ganzer Körper war von

Schimmel überzogen, stellenweise platzte seine Haut auf und entließ stinkenden Eiter. Er schrie, es war ein gequälter, gepeinigter Ausbruch, der mit einem Wimmern endete.

Jhered wollte Kessian auf den Boden legen, doch der Junge klammerte sich an ihn.

»Es ist vorbei«, sagte Jhered.

Gorian ließ die Hände sinken, auch Mirron ließ seinen Kopf los. Die beiden sanken nebeneinander ins Gras. Jhered sah sich zu den Toten um, die immer noch standen. Doch sie waren nicht mehr unter einem Befehl vereint, sondern schwankten hin und her, und Jhered war sogar sicher, dass sie einander verwirrt und ängstlich betrachteten.

Kessian löste sich von Jhered, und die beiden standen wieder auf. Arducius und Ossacer waren schon bei Mirron und Gorian. Jhered ging zu ihnen. Kessian lief sofort zu seiner reglos am Boden liegenden Mutter. Gorian lebte noch, seine Hände waren gekrümmt wie Krallen, und er hatte die Arme vor die Brust gezogen. Krämpfe schüttelten ihn, seine Haut war voller roter Male, offener Wunden und Risse. Sein Gesicht war aufgedunsen und dunkel, die Lippen eine blutige Masse. Seine Augen starrten jedoch mit der überraschenden Kraft, die er schon immer besessen hatte.

»Es hätte nicht so enden müssen, Gorian«, sagte Ossacer. »Das war kein Weg, den ein Aufgestiegener hätte einschlagen dürfen.«

»Uns ... immer ... gehasst«, gurgelte es aus Gorians zerstörtem Mund. »Nie akzeptiert.«

»Jetzt nicht mehr«, antwortete Arducius. »Nicht nach dem, was du getan hast.«

Jhered sah Arducius von der Seite an. Kein Spott war in ihm zu entdecken, nur Bedauern. Ossacer legte die Hand auf Gorians linkes Bein.

»Du hättest uns erlauben sollen, dir zu helfen«, fuhr Arducius fort. »Bevor es zu spät war. Jetzt können wir dir nur noch ein friedliches Ende anbieten.«

Gorian entspannte sich und schloss die Augen, sein Kopf sank zur Seite. Aus seinem Mund rann Speichel ins Gras. Ossacer zog die Hand zurück.

»Was ist mit Mirron?«, fragte Jhered.

Ossacer richtete die blinden Augen auf ihn, die sich mit Tränen füllten, während ein ganzes Kaleidoskop von Farben flackerte.

»Oh Paul, du weißt, dass es für sie zu spät ist.«

Jhered schloss die Augen und sank auf die Knie. Er bemerkte kaum, dass die Toten hinfielen und in die Umarmung Gottes zurückkehrten.

»Sie kann doch nicht tot sein«, flüsterte er und stieß Gorian fort, um ihre warme Wange mit dem Handrücken zu streicheln. »Nicht jetzt, da wir gesiegt haben. Nicht jetzt, da es wieder eine Zukunft für sie gibt.«

Die vier drängten sich um Mirron. Kessian lehnte sich an Jhered, der ihn in den Arm nahm und an sich drückte. Arducius hatte seine körperlichen Schmerzen vergessen und weinte, seine Tränen fielen auf Mirron herab. So bleich, so schön. Dem Leben noch so nahe.

»Ossacer, du musst doch etwas tun können«, drängte Jhered. »Das willst du doch auch nicht.«

»Ich kann die Toten nicht erwecken«, widersprach Ossacer mit gebrochener Stimme. »Das würdest du auch nicht wollen.«

Jhered hielt inne und blickte zu Gorian. »Nein. Das will ich nicht.«

»Sie ist jetzt bei Gott«, sagte Kessian. »Beim wahren Gott.«

Jhered zog ihn noch enger an sich. »Ja, das ist wahr, Kessian. Und an diesem Tag sollten wir alle dankbar sein für diese Gnade.«

Er räusperte sich, rang um seine Fassung und seufzte schwer.

»Wir sollten zum Wall zurückkehren oder zu dem, was von ihm noch übrig ist«, sagte Arducius.

Jhered nickte. »Ja. Ja, du hast recht. Im Augenblick ist mir allerdings nichts wichtiger, als hier zu sitzen.«

»Wir müssen uns unserem Schicksal stellen. Wir Aufgestiegenen, meine ich«, fügte Arducius hinzu.

»Diesem Schicksal hat Mirron sicherlich eine neue Wendung gegeben«, sagte Jhered. »Daran müsst ihr glauben. Vielleicht eine neue Möglichkeit, akzeptiert zu werden.«

»Es spielt keine Rolle, dass Ossie und ich es glauben – natürlich glauben wir daran. Aber was ist das Richtige für die Konkordanz? Jedenfalls darf sich so etwas niemals wiederholen.«

Arducius deutete in die Runde zu den Tausenden gefallenen Toten, zum zerstörten Land jenseits des Wäldchens.

»Ich bin nicht sicher, ob wir überhaupt eine zweite Chance verdient haben.«

33

859. Zyklus Gottes, 12. Tag des Genasab

Zehntausende stimmten in den Schrei der Frau ein. Ein entsetzliches Heulen hallte zwischen allen Mauern wider und stieg zum Himmel empor. Es war bis zur Arena und zum Hafen zu hören; von den höchsten Dächern des Palasts stieben die Vögel hoch. Der Schrei fuhr Iliev mitten durch den Kopf. Er ließ den Hammer und die Axt fallen und presste sich die Hände auf die Ohren.

Kashilli sank stöhnend auf die Knie, und sein schwerer Hammer zerschmetterte Pflastersteine, als er ihm aus den tauben Fingern glitt. Hinter ihnen sprudelte das Wasser im Brunnen, die Lebenden brüllten vor Schmerzen, und der Allwissende und Ocetarus blickten auf sie herab und segneten sie alle.

Dann ebbte das Wehklagen ab. Direkt vor Iliev ließ ein Toter die Hand sinken. Iliev starrte ihn an. Es war ein estoreanischer Bürger in mittleren Jahren, der unter dem Schimmel gute Kleidung trug. Der Mann blinzelte und öffnete den Mund, als wollte er etwas sagen, doch es kam kein Ton heraus.

Iliev streckte die Hand aus. Der Tote jedoch schloss die Augen, als hätte er Angst und wollte seine Verwirrung niederringen, und schließlich sank er seufzend in Ilievs Arme.

»Es ist vorbei«, sagte Iliev. »Jetzt kannst du ruhen, mein Freund.«

Überall in der Stadt und im Hof des Palasts sanken die Toten zu Boden. Einige hielten sich länger auf den Beinen als die anderen, manche machten sogar noch ein paar zögernde Schritte, ehe der Allwissende sich ihnen zuwandte und sie in seine Umarmung aufnahm.

Tiefe Stille herrschte jetzt im Palast, durchbrochen nur vom Wasser, das hinter Iliev plätscherte. Er ließ den Toten zu Boden gleiten, richtete sich auf und drehte sich zu Kashilli um, dem er eine Hand auf die Schulter legte.

»Nun kommt, Trierarch. Auf die Beine.« Iliev betrachtete die drei Aufgestiegenen, Vasselis und Hesther Naravny. Yola trieb ausgestreckt im Wasser. »Was ist geschehen?«

Vasselis zuckte mit den Achseln. »Yola?«

»Ich weiß es nicht«, sagte sie. »Ich kann es nicht erklären.«

»Aber warum hast du dann geschrien, Kleine?«, fragte Kashilli. »Ich habe mir Sorgen gemacht.«

»Also ...«

»Du bist zu bescheiden«, sagte Hesther. »Sieh nur, was du getan hast.«

Yola richtete sich auf und strich mit den Händen durch ihre Haare. »Du verstehst es nicht. Ich habe gar nichts getan. Ich war noch nicht bereit, das Werk freizugeben, doch auf einmal spürte ich etwas, das von allen Seiten kam. Es kam durch den Boden und lief durch alle Toten. Ich dachte, das wäre unser aller Ende. Deshalb habe ich geschrien.«

Iliev lachte. »Eine durchaus vernünftige Reaktion, meine junge Yola.«

»Wahrscheinlich das Beste, was überhaupt geschehen konnte«, schaltete sich Vasselis ein. »Denn wenn die Toten gestürzt sind, nachdem etwas durch die Bahnen unter der Erde kam, dann ist Gorian möglicherweise besiegt. Unsere Aufgestiegenen, die wahren Aufgestiegenen, haben ihn besiegt.«

»Tot?«, fragte Hesther.

»Wir können nur hoffen«, sagte Vasselis. »Wir können nur hoffen.«

Kashilli massierte sich das Kinn, starrte auf die Toten und zu den Toren.

»Aber eins ist klar. Ob er tot ist oder nicht, er hat uns ein höllisches Durcheinander hinterlassen, das wir jetzt aufräumen müssen.«

Roberto und Davarov umarmten sich ausgiebig und herzhaft. Die Waffen hatten sie längst fallen lassen, und nun konnten sie wieder Atem schöpfen und ihren schmerzenden Muskeln eine Pause gönnen. Rings um sie beglückwünschten sich auch die anderen Kämpfer auf dem Dach gegenseitig zu ihrem Überleben. Doch sie triumphierten nicht. Erleichterung herrschte vor.

»Dann haben sie es geschafft«, meinte Davarov.

»Wenn du unbedingt willst, dass etwas erledigt wird, dann musst du Paul Jhered schicken«, sagte Roberto und trat einen Schritt zurück.

»Er war aber nicht allein«, sagte Davarov.

»Das glaube ich erst, wenn ich es höre. Bis jetzt weiß ich nur, dass ein Aufgestiegener für all die Schmerzen und die Toten verantwortlich ist, die wir hier sehen. Wenn andere Aufgestiegene ihn getötet haben, dann soll es mir recht sein. Aber erwarte nicht von mir, dass ich sie mit Geschenken überhäufe.«

Roberto ging zur Treppe und blickte nach unten.

»Harban? Seid Ihr bei Bewusstsein?«

Harban hob die Hand und die unversehrte Flasche. »Aber es tut weh, Botschafter.«

»Es hätte noch mehr wehgetan, wenn Ihr das Ding gegen den Beton geschlagen hättet«, sagte Davarov. »Bleibt da unten, wir holen Euch und flicken Euch zusammen.«

»Womit denn?«, fragte Roberto. »Hier ist weit und breit nichts und niemand außer uns.«

Davarov blickte über die Zinnen der Festung hinweg nach Atreska.

»Ich frage mich, wie weit die Welle gelaufen ist und wie viel sie von meinem Land vernichtet hat.«

»Das werden wir sehen, wenn wir uns auf den Weg machen«, erwiderte Roberto. »Was für ein verfluchtes Chaos. Kommt Ihr mit, Julius?«

Er seufzte und stieg die Treppen hinunter, überwand die Lücke bis zur unteren Hälfte mit einem Sprung, wich den Toten aus und erreichte endlich den Fahrweg.

»Früher hast du nie geflucht«, bemerkte Davarov.

»Daran ist Julius schuld. Er will mich verbrennen.«

»Wirklich?« Davarov sah sich zu Julius um.

Julius spreizte abwehrend die Finger beider Hände. »Es gab Meinungsverschiedenheiten. Ich glaube, jetzt verstehe ich den Standpunkt des Botschafters etwas besser. Ich stimme ihm nicht zu, aber ich kann ihn verstehen.«

Roberto lächelte. »Danke, dass Ihr mit uns gekämpft habt, Julius. Ihr habt uns sehr geholfen und die Gläubigen unterstützt.«

Dennoch hatten sie viel verloren. Roberto strich sich mit der Hand übers Haar. In diesem Augenblick empfand er nichts als einen überwältigenden Kummer. Er schritt durch die Überreste von Freunden und Feinden, von denen keiner hätte an diesem Tag sterben sollen. Langsam und schweigend arbeiteten sie sich bis zu Harban-Qvist vor. Unten konnten sie das wahre Ausmaß des Verbrechens ermessen.

Auf dem ganzen Gelände und bis hin zum Lager war die verfaulte Erde von Toten bedeckt. Dunst stieg über ihnen auf. In der Nähe lagen auch die vielen tausend toten Tsardonier. Alle waren sie von Schleim bedeckt, aber jetzt hatten sie endlich ihren Frieden gefunden. Roberto zählte, er konnte nicht anders. Zwölftausend Tsardonier. Fünfzigtausend Flüchtlinge. Annähernd vier konkordantische Legionen, Verwalter und Ingenieure.

Das alles nur in diesem Gebiet. Wie weit hatte Gorians Einfluss sich erstreckt?

»Euer Gott soll euch gnädig sein«, sagte Roberto.

Davarov spuckte auf einen tsardonischen Toten.

»Bedaure sie nicht. Sie haben dies selbst über sich gebracht. Mein Volk musste hier Widerstand leisten.« Er versetzte dem Toten einen Tritt. »Diese Schweinehunde haben hier nichts zu suchen.«

Roberto kannte Davarovs Hass und zog es vor, den großen Atreskaner nicht zurechtzuweisen. Doch man musste die Sache anders sehen. Hier lagen nur noch die Opfer des Verbrechens, das der Aufgestiegene Gorian Westfallen begangen hatte. Roberto folgte Julius zu Harban. Sie machten zwischen den Toten etwas Platz, und Julius untersuchte die Wunden des Karku.

»Das ist ungefährlich, solange es nicht zu einer Infektion kommt«, erklärte er. »Die Verletzung am Bein ist nur oberflächlich, aber die am Rücken ist hässlich.«

»Infektionen gibt es hier reichlich«, sagte Roberto. »Wir schaffen ihn in freies Gelände und waschen die Wunden. Irgendjemand muss doch etwas sauberes Wasser bei sich haben.«

Davarov und Roberto bildeten mit den Händen einen Sitz und trugen Harban ins Lager, wo nicht ganz so viele Tote lagen. Da es keine wirklich saubere Fläche gab, breitete Roberto seinen Mantel im Schlamm aus. Einen zweiten benutzten sie als Kopfkissen. Sie legten Harban auf die Seite.

»Danke«, sagte der Karku.

»Das Mindeste, was wir tun können. Julius, er gehört Euch«, sagte Roberto.

»He, Roberto, schau mal.«

Davarov deutete nach Westen. In dem Dunst wurden einige Gestalten sichtbar. Es waren sechs. Nein, acht. Zwei wurden getragen, sie waren anscheinend tot oder bewusstlos, und die anderen bewegten sich schrecklich langsam. Zwei stützten sich gegenseitig, und man konnte kaum sagen, wer schlimmer dran war. Ossacer und Arducius. Arducius trug nichts außer einem Mantel. Außerdem war ein Kind dabei, das die Hand auf die Person legte, die Paul Jhered trug. Erst als sie viel näher waren, konnte Roberto erkennen, wer die anderen beiden waren. Einer von ihnen trug den toten Gorian.

»Wenigstens für Euch gibt es gute Neuigkeiten, Harban.«

Der Karku zuckte zusammen, als Julius die Wunde an seinem Rücken behandelte. »Der Berg steht noch, das ist genug.«

»Und Paul Jhered hat zwei Eurer Priester gerettet.«

Harban lächelte. »Wenn man etwas erledigt haben will ...«

»So sieht es aus.«

Roberto ging ein paar Schritte auf Jhered und seine Begleiter zu. Der Schatzkanzler trug Mirron. Er musste nichts erklären.

»Es tut mir leid, Paul. Ich wusste, wie viel sie dir bedeutet hat.«

»Sie hat sich geopfert, Roberto. Was du auch immer über die Aufgestiegenen denken magst, vergiss das nicht. Sie hat uns alle gerettet.«

»Wir haben einen Massenmord oder Völkermord unterbunden, der gar nicht erst hätte beginnen dürfen. Wir alle, die wir hier stehen, sind daran mitschuldig«, erwiderte Roberto.

»Niemand wusste, was Gorian tun würde«, wandte Arducius ein.

Roberto zuckte mit den Achseln.

»Mirron war unsere Schwester, und sie starb, um es aufzuhalten. Sie hat sich geopfert, damit wir alle leben können«, fügte Ossacer hinzu.

Er sah erbärmlich aus. Seine Haare waren strähnig, sein Gesicht hatte tiefe Altersfalten, und er konnte vor Schmerz über den Verlust kaum sprechen.

»Erwartet Ihr, dass ich Euch dankbar bin?« Roberto deutete mit zunehmender Verärgerung in die Runde. »Seht Euch doch um, Arducius und Ossacer. Seht Euch gründlich um. Fünfundsiebzigtausend oder mehr lebendige Menschen waren heute an der Grenze, als die Sonne aufging. Jetzt sind wir noch zwanzig, die den Sonnenuntergang erleben. Zählt sie, zählt die Toten.«

»Glaubt mir, ich verstehe, wie Ihr Euch fühlt.« Er war kreidebleich im Gesicht und konnte nur unter Schmerzen atmen. »Dennoch erwarte ich Eure Dankbarkeit. Nicht weil sie die Vernichtung aufgehalten hat, an der wir, wie Ihr sagt, alle mitschuldig sind. Sondern weil Mirron Westfallen ihr Leben opferte, um uns alle zu retten. Einschließlich Euch selbst.«

»Das Problem ist nur, dass diese Katastrophe von Anfang an hätte vermieden werden können«, erwiderte Roberto. »Ein Aufgestiegener hat all dies verursacht. Das Mindeste ist, dass ein anderer Aufgestiegener dem ein Ende setzte.«

»Mirron ist tot«, sagte Ossacer.

»Mein Bruder auch.« Mit großer Anstrengung öffnete Roberto die Hände, die er zu Fäusten geballt hatte. »Wir alle haben Menschen verloren, die wir liebten. Das ist die Folge dieser Ereignisse. Es ist kein glückliches Ende, falls es überhaupt eines ist. Immerhin sind noch Aufgestiegene am Leben, und das bedeutet, dass die Gefahr nicht gebannt ist. Damit denke ich ganz besonders an Gorians Nachkommen.«

»Dies wird nie wieder geschehen«, sagte Arducius. »Ich gebe Euch mein Wort.«

»Verdammt richtig, es wird nie wieder geschehen«, erwiderte Roberto. »Aber wie dies sichergestellt wird, entscheiden meine Mutter und ich. Nicht Ihr.«

Roberto starrte Arducius und Ossacer an, ob sie noch etwas sagen wollten, doch sie waren offenbar zu erschöpft und, was Arducius anging, auch durch Verletzungen zu sehr geschwächt, um noch weiter zu streiten. Roberto betrachtete Gorian, den ein Karku-Priester trug.

»Ihr könnt ihn in den Dreck werfen, den er selbst geschaffen hat. Ich habe genug gesehen.«

»Die *Falkenpfeil* liegt vor den Gawbergen in einer Bucht«, sagte Jhered.

Er sprach leise und fast mutlos. Nachdem er so vieles gesehen hatte, war sein Gesicht von tiefen Falten durchzogen. Zum ersten Mal überhaupt kam er Roberto alt vor.

»Vorausgesetzt, sie hat die Erdwelle überlebt«, sagte Davarov.

»Das bezweifle ich nicht. Ich habe Befehl gegeben, dass sie in der Bucht ankert, und sie dürfte die Welle auf dem Meer gut überstanden haben.«

»Es gibt hier noch so viel zu tun, Paul«, sagte Roberto. »Wie können wir das alles so zurücklassen?«

»Was können wir paar schon erreichen, wenn wir bleiben?«, widersprach Jhered. »Das Land ist tot. Wir brauchen Legionen, um es aufzuräumen und wieder aufzubauen, und wer weiß schon, ob hier überhaupt jemals wieder etwas wächst. Du musst nach Hause und dich mit deiner Mutter beraten. Die Neuigkeiten muss sie von dir und von dir allein erfahren.«

Zwischen widerstreitenden Gefühlen hin- und hergerissen ließ Roberto die Schultern hängen.

»Pflichten. Immer gibt es irgendwelche verdammten Pflichten. Gott umfange mich, Paul, wie sagt man einer Mutter, dass ihr jüngster Sohn gefallen ist? Der arme Adranis. So viel Größe, einfach ausgelöscht.« Roberto schnippte mit den Fingern und wandte sich an Arducius und Ossacer. »Wie soll ich ihr das erklären?«

Sie antworteten ihm nicht, und das war wahrscheinlich auch gut so.

»Ich glaube, wir sollten jetzt diesen Ort dem Frieden Gottes überlassen«, sagte Julius Barias leise. »Wir können hier nichts mehr ausrichten, sondern würden nur unseren Zorn und unseren Hass vertiefen. Das dürfen wir nicht tun.«

Roberto starrte den Sprecher an, dann nickte er.

»Kommt«, sagte Jhered. »Lasst uns Harban holen, und dann brechen wir auf. Ich will diesem Ort den Rücken kehren.«

Die Flammen verschlangen immer noch das Fleisch der Unschuldigen. Das Feuer fuhr vom Himmel herab und zerfetzte die Körper. Immer noch zog Mirron das Böse aus der Erde in ihren sterbenden Leib, um das Elend zu beenden.

Arducius konnte die Bilder nicht abschütteln, und er konnte sich auch nicht von seiner Schuld befreien. So groß waren die Verbrechen, die im Namen des Aufstiegs geschehen waren, dass keine Tat der Reue je ausreichend sein würde. Wie Ossacer verbrachte er viele Tage betend und in Kontemplation. Doch dort ließen sich keine Antworten finden. Der Allwissende wandte sich ihnen nicht zu.

Draußen, auf dem stillen Deck, starrte Roberto Del Aglios den schwarzen Rauch an, der von jedem Wachfeuer aufstieg, an dem sie vorbeikamen. Noch ein Tod, den man dem Aufstieg anlasten musste.

»Du bist wach, oder?«

Ossacers Stimme kam von links, und sie klang belegt, nachdem er leise geweint hatte.

»Um das herauszufinden, brauchst du keinen besonderen Scharfsinn«, antwortete Arducius. »Ich bin immer wach, genau wie du.«

»Ich hätte sie retten können«, sagte Ossacer.

»Nein, das wäre nicht möglich gewesen, Ossie. Wir haben doch schon tausendmal darüber gesprochen. Vielleicht hättest du ein wenig verlangsamen können, was durch ihren Körper zog, wenn du bei Kräften gewesen wärst. Aber du hast die Krankheit doch gespürt und gesehen, wie schnell Mirron ihr zum Opfer fiel. Nichts hätte ihren Tod verhindern können.«

»Aber ich habe gar nichts beigetragen«, klagte Ossacer.

»Unfug. Du hast uns gerettet, damit wir gegen Gorian kämpfen konnten. Etwas Größeres hättest du gar nicht tun können. Ich dagegen habe überhaupt nichts gemacht. Ich habe mir nur die Knochen gebrochen, als wir es am wenigsten brauchen konnten.«

Ossacer kicherte in der Dunkelheit.

»Hör uns nur zu. Wir streiten uns darüber, wer am wenigsten getan hat. Aber welchem Thema weichen wir geflissentlich aus?«

»Den zwangsläufigen Folgen«, sagte Arducius.

»Wirklich?«

»Wie fügt man die Fäden eines so zerrissenen Lebens wieder zusammen? Wenn jedes Vertrauen verloren ist und es einem schon beim Gedanken an Vergebung übel wird? Die Wurzeln müssen neu wachsen, die Blume muss wieder blühen.«

»Das gilt aber nicht nur für uns, sondern auch für den Orden«, sagte Ossacer.

»Oh ja. Der Orden hat einen unermesslichen Schaden erlitten, aber für den Aufstieg ist es unumkehrbar.«

»Ewig?«

»Ich weiß es nicht, Ossie. Aber ich sehe keine Möglichkeit, dass sich während unseres Lebens noch einmal etwas ändert. Du etwa?«

»Mirron ist nicht gestorben, damit wir weglaufen«, flüsterte Ossacer.

Als er Mirrons Namen hörte, schossen Arducius die Tränen in die Augen, und der Damm, der seine Gefühle zurückgehalten hatte, brach schlagartig. Sie sagten nichts mehr, während sie leise schnieften und schluchzten. Schließlich musste Arducius aber doch noch etwas sagen, obwohl seine Kehle wund war.

»Ich vermisse sie so sehr«, sagte er.

»Ich auch.«

»Aber sie wollte nicht, dass wir Verfolgung und Hass ausgesetzt sind.«

»Was sollen wir dann tun?« Auf einmal war Ossacer wieder der verängstigte Junge, den Arducius immer beschützt hatte.

»Ich glaube, wir haben nicht viele Möglichkeiten. Du hast gesehen, wie Roberto Kessian betrachtet. Du weißt, was er denkt und was er mehr als alles andere fürchtet.«

»Der arme Kleine«, sagte Ossacer. »Er ist der einzige Unschuldige an Bord, und er ist so jung zum Waisenkind geworden. Ich bin froh, dass Paul sich um ihn kümmert.«

»Aber das kann er nicht mehr lange tun. Paul gehört zur Advokatur, nicht zum Aufstieg.«

Die *Falkenpfeil* glitt elegant durch das ruhige Wasser, eine natürliche Brise trieb sie voran. Die warmen Winde, die aus den großen Ebenen im Norden herabwehten, waren die Vorboten des Solastro. Am klaren Himmel funkelten die Sterne. Die Morgendämmerung war nahe, aber noch lag das Land hinter dem östlichen Horizont in tiefster Dunkelheit.

Roberto starrte die Berggipfel und die Wachtürme an, die überall auf dem Land standen. Sein Land. Hell leuchteten die Feuer in der Nacht und ließen ihren Rauch zum Himmel steigen. Es war schwarzer Rauch – das Einzige, was sich nicht aufhellen würde, wenn die Morgendämmerung Estorr weckte.

Er hatte genau wie Jhered für sich allein getrauert. Doch sie hatten auf dieser schrecklichen Heimreise auch oft nebeneinander an der Reling gestanden, und in diesen langen Augenblicken war Roberto dankbar wie nie gewesen, dass der Schatzkanzler ihm mit seiner Charakterstärke und seinem Willen, alles nur Menschenmögliche für die Sicherheit und das Wohlergehen der Konkordanz zu tun, zur Seite gestanden hatte.

Einmal hatten sie sogar Erinnerungen ausgetauscht und gelacht. Doch in der Stille und Einsamkeit seiner Kabine musste Roberto sich bedauernd eingestehen, dass Jhered seine Mutter viel besser gekannt hatte als er selbst.

Soldat und jetzt Diplomat. Er hatte darauf gebrannt, das verweichlichte Machtzentrum zu verlassen, und musste nun erkennen, wie wenig er von der Kunst des Herrschens verstand. Wie dringend er jetzt seine Freunde brauchte.

Advokat.

Er, Roberto Del Aglios. Einen Nachfolger hatte er nicht. Noch nicht.

Roberto starrte zu den dunklen estoreanischen Küstengewässern hinaus. Hinter ihm blähte sich das Segel, auf dem Deck war es still. Am Bug flog Gischt empor, hinten plätscherten die Wellen. Es war hypnotisierend.

»Ich habe gesehen, wie die Aufgestiegenen in die Tiefe starrten und über den Sprung nachdachten, ohne mir jemals Sorgen zu machen. Aber du, Roberto, du kannst ertrinken.«

»Kein Grund zur Sorge, Paul. Ich suche nur nach Inspiration.«

Roberto hob den Kopf und drehte sich zu Jhered um. »Und ich wünschte, diese Kiste könnte etwas schneller fahren.«

Jhered trat zu ihm an die Reling. Er war unrasiert und zeigte ebenso wie alle anderen Zeichen der Erschöpfung. Er trug seine Reisekleidung, aber nicht mehr den Mantel, in den jetzt Mirron gehüllt war. Ihre sterblichen Überreste steckten in einer langen Holzkiste im Lagerraum. Ossacer hatte ihren Körper behandelt, damit kein Verwesungsgeruch entstand.

»Diese Kiste ist die schnellste Trireme der Konkordanz«, sagte Jhered. »Und sie könnte noch schneller fahren.«

»Nein«, widersprach Roberto heftig. »Ich will mich nicht von einem teuflischen Wind zum Grab meiner Mutter befördern lassen.«

»Du willst aber unbedingt bald dort ankommen.«

Roberto ließ den Kopf hängen und stützte sich schwer auf die Reling.

»Ja, das will ich. Gleichzeitig habe ich Angst vor dem, was ich vorfinden und sehen werde.«

»Herine hat ihre engsten Freunde gut gewählt«, sagte Jhered. »Wann immer es zu einer Krise kam, ließ sie die innere Gruppe, die du so hasst, fallen und rief die zu sich, von denen sie wusste, dass sie ihre Konkordanz retten konnten. Die Dinge standen schon schlimm, als ich aufbrach, aber Vasselis, Gesteris und Kastenas waren bei ihr. Auch deine Schwester war dort. Sie bereiteten sich auf die Invasion vor.«

»Wie kann sie tot sein, obwohl alles dafür spricht, dass andere, die Macht besaßen, noch leben? Sie war immer so stark. So ... gesund. Vital. Ich schwöre dir, Paul, wenn es die Berührung der wandelnden Toten war, dann werde ich den ganzen Aufstieg hinrichten lassen.«

Jhered schwieg dazu. Sie hatten schon darüber gesprochen. Sie stimmten nicht überein, aber immerhin verstand er seinen Freund und hatte Mitgefühl.

»Ich fürchte mich vor dem, was wir vorfinden werden, wenn wir in den Hafen rudern. Wir haben keine Ahnung, wer noch lebt und wer tot ist. Wir wissen nicht, wo die Entscheidungsträger sind, und sie wiederum wissen nicht, dass du, ich und Davarov überlebt haben.«

»Die Seuche der Toten griff weit um sich«, sagte Jhered. »Rechne mit dem Schlimmsten.«

Robertos Brust verkrampfte sich. »Das tue ich schon.«

»Aber wenigstens wissen wir, dass es auf dem Hügel noch irgendeine Art von Regierung gibt. Das sagt uns der schwarze Rauch.«

Roberto nickte. Es war ein schwacher Trost.

»Außerdem haben sie auf die Siegesflagge reagiert, die wir auf dem Turm in den Gawbergen hissten«, sagte er.

»Es tut mir nur leid, dass ich keine Vögel hatte, um Estorr von deinem Überleben zu unterrichten, mein Advokat«, sagte Jhered.

»Hör doch auf damit, Schatzkanzler Jhered. Wenn du neben mir in der Basilika stehen willst, solltest du das lassen.«

»Es muss doch immer deutlich werden, wer den Befehl hat.«

Endlich lächelte Roberto. »Du wirst dich wohl nie ändern, was?«

»Nein.«

Roberto blickte zum fernen Hafen von Estorr. »Ich frage mich, wie viele noch leben.«

»In zwei Tagen werden wir es wissen.«

Wenigstens hatten sie sich Zeit genommen, den Hafen zu schmücken. Flaggen waren gehisst, an allen möglichen Stellen waren Blumen aufgehängt, frische Farbe glänzte. Die Hörner kündigten die

Ankunft des Advokaten an. Allerdings war die Mole nicht gerade überfüllt, und auch die Fanfaren klangen etwas zurückhaltend. Das war freilich kein Wunder. Die meisten Menschen wussten nicht, ob sie weinen oder lachen sollten. Immerhin machte sich echte Erleichterung breit, als Roberto eintraf.

Allerdings stank es immer noch nach Asche, und im Hafen und davor lag eine Schicht aus Öl und Staub auf dem Wasser. So viel frische Farbe sie auch verbraucht hatten, es war unübersehbar, welche Schäden die Stadt erlitten hatte. Jhered hatte Roberto gewarnt, doch die Informationen waren inzwischen veraltet. Estorr hatte eine Invasion erlebt und gelitten.

Die *Falkenpfeil* ruderte gemächlich zu ihrem Liegeplatz. Roberto, Jhered und Davarov standen am Bug. Roberto betrachtete das Begrüßungskomitee, und endlich keimte ein wenig Freude in seinem Herzen auf. Neben Arvan Vasselis stand Tuline.

»Der Allwissende zeigt uns doch noch seine Gnade«, schnaufte er.

Kaum hatte der Laufsteg den Boden berührt, da eilte Roberto schon hinunter. Zum Teufel mit dem Protokoll. Er ignorierte alle anderen, nahm seine Schwester in die Arme und machte seiner Erleichterung und seinem Kummer Luft.

In diesem Augenblick, als Tuline schaudernd in seinen Armen lag und ihn festhielt, als wollte sie ihn nie wieder loslassen, existierte nichts anderes für Roberto.

»Ich lasse dich nie mehr allein«, versprach er. »Jetzt sind nur noch wir zwei da, Tuline.«

Sie erstarrte in seinen Armen, und er verfluchte sich für seine Ungeschicklichkeit. Tuline sah ihn an.

»Wo ist Adranis?«

»Oh Tuline, wir haben so viel verloren.«

34

859. Zyklus Gottes, 5. Tag des Solasauf

Die Krone will nicht so richtig auf meinem Kopf sitzen«, sagte Roberto. »Ich hätte sie erst in vielen Jahren tragen sollen.«

Roberto Del Aglios, der Advokat der Estoreanischen Konkordanz, zupfte eine verirrte Efeuranke von der Büste seiner Mutter, die im Palastgarten aufgestellt worden war. Dies war ihr Lieblingsplatz gewesen, und seit er das Standbild gleich nach seiner Ankunft in Estorr in Auftrag gegeben hatte, war ihm nie der Gedanke gekommen, es an irgendeinem anderen Ort aufzustellen. Er konnte es nicht über sich bringen, zum Stammhaus zu gehen und ihr Grab zu besuchen. Mehr als dies konnte er im Augenblick nicht tun.

»Dennoch passt sie dir so gut wie Herine und sitzt perfekt.«

Roberto drehte sich um, strich seine Amtstoga glatt und kehrte auf dem marmornen Weg zum Säulengang zurück. Seine Sandalen klatschten auf dem polierten Stein.

»Hallo, Paul.«

»Ich habe einige Berichte für dich.« Jhered hob eine lederne Tasche.

»Will ich sie hören?« Roberto lud ihn mit einer Geste ein, ihn zum Prunkzimmer zu begleiten. Er genoss die Aussicht, die er von dort auf Estorrs langsame, aber schöne Wiedergeburt hatte.

»Das sollst du selbst beurteilen; aber es läuft alles nach Plan. Elise Kastenas hat bestätigt, dass auf der neratharnischen Seite alle Leichen fortgeräumt sind. Marcus Gesteris reist nach Tsard, um Khurans Asche zu überbringen. Sirraner beschützen ihn, also dürfte ihm nichts geschehen. Die Grenze von Gosland wird verstärkt, die Festung ist gesäubert. Aus Gestern haben wir bisher noch nichts gehört, von dort sind keine guten Nachrichten zu erwarten. Katrin Mardov ist der Seuche sicherlich zum Opfer gefallen. Du solltest das Land besuchen. Die Einnehmer fahren in der Mitte des Solasab. Wir könnten auch einen offiziellen Besuch des Advokaten daraus machen.«

Roberto zuckte mit den Achseln. »Wenn du glaubst, dass es nötig ist.«

»Komm schon, Roberto, du bist jetzt der Regent, und dein Wort ist Gesetz.«

»So leid es mir tut, ich finde keine rechte Freude daran.«

»Seit der Erdwelle in Neratharn sind dreiundfünfzig Tage vergangen, mein Advokat. Die Zeit steht nicht still.«

Roberto hob abwehrend beide Hände. »Schon gut, schon gut. Aber nenne mich nicht so. Du weißt, wie ich heiße. Ausgerechnet du solltest nicht so förmlich mit mir reden. Neulich habe ich sogar schon Davarov dabei ertappt.«

»Er sollte in Atreska sein«, sagte Jhered.

»Das ist ihm klar, aber ich zwinge niemanden, der Neratharn überlebt hat, irgendetwas zu tun, das er nicht tun will.«

»Außer ...«

»Nein, nein. Es ist ihre Entscheidung, Paul. Ich habe kein Wort gesagt.«

»Das musstest du auch nicht. Dein Gesichtsausdruck kann sehr beredt sein. Ihnen ist klar, dass jede andere Entscheidung dich gegenüber den Bürgern und dem Senat in eine schwierige Position bringen würde.«

»Gesegnet sei das geheimnisvolle Sirrane, denn nun stimmen Bürger und Senatoren mit uns überein.«

Die Männer traten auf den Balkon. Unter ihnen lag das prächtige Estorr. Die Sonne brannte heiß herab, im Westen reifte das Korn auf den Feldern, die Dächer glänzten rot, und die Wände strahlten weiß. Die Stadt machte seiner Mutter Ehre. Herines Stadt lebte weiter. Allerdings war es still. Mehr als fünfzehntausend Soldaten und Bürger waren bei der kurzen Invasion der Toten umgekommen und hatten eine Lücke hinterlassen, die jeden bedrückte. Es würde lange dauern, bis das Land sich erholt hatte, falls dies überhaupt jemals geschehen würde.

Unten im Hof warteten Kutschen, am Brunnen spielten Kinder Fangen. Roberto lächelte.

»Für sie ist es nur ein Abenteuer, nicht wahr?«

»Im Augenblick mag es ihnen so scheinen, aber wohl nur einigen. Die Jugendlichen sind alles andere als glücklich, und sie haben eine weite Reise vor sich. Die erste Aufregung wird sich bald legen.«

»Ist er da?«

»Er wartet im Vorraum«, sagte Jhered. »Soll ich ihn holen?«

»Bitte.«

Jhered öffnete die Tür und bat Arducius herein. Er sah kräftig und gesund aus, doch in seinen Augen lag ein Schimmer, der verriet, dass er die Tragödie nie vergessen würde und seine Schuldgefühle nie ganz würde ablegen können.

»Danke«, sagte Roberto. »Auch wenn ich mich wiederhole. Ihr habt mir und der Advokatur einen großen Dienst erwiesen. Ich stehe in Eurer Schuld.«

»Nein, sicher nicht«, widersprach Arducius. »Als wir in Estorr eintrafen, hatten Ossie und ich uns schon überlegt, dass es keinen anderen Weg gibt.«

»Vielleicht nicht.« Roberto bedauerte fast, was jetzt geschehen musste. Er hatte zu seiner eigenen Überraschung vor allem Arducius achten gelernt. »Ist alles bereit?«

»Ja, gewiss. Wir haben alle Bücher und Papiere aus der Akademie entfernt. Die Kisten sind gepackt und aufgeladen, und die Linien sind im Bilde. Nicht alle stimmen zu, aber ich glaube, sie verstehen es.«

»Versteht Ihr es denn auch selbst? Ihr genießt hier eine Menge Unterstützung, nicht zuletzt von meinem neuen Kanzler.«

Roberto musste lächeln. Er wusste nicht, was in ihn gefahren war. Es würde vermutlich eine Beziehung werden, die jener zwischen Herine und Felice ebenbürtig wurde. Arducius kicherte.

»Mag sein, aber Julius Barias ist strikt dagegen, Feuer nur noch als Lichtquelle oder zum Kochen einzusetzen, und das wissen wir umso mehr zu schätzen, als Mirron ...« Er unterbrach sich und warf einen Blick zu Jhered. Er wollte dringend das Thema wechseln. »Es war mutig, dass er die Ordensritter aufgelöst hat, und sehr klug, dass er den Orden näher an die Advokatur brachte.«

»Aber es war keine schwere Entscheidung, Arducius. Der Orden musste viel einstecken, und es gab kaum Widerstand. Abgesehen natürlich vom Rat der Sprecher und Horst Vennegoor. Wir werden sehen, ob das den Staat und den Orden wirklich näher zueinander bringt. Meine Mutter hätte vermutlich gesagt, dass eine gewisse Distanz und Reibung zwischen den beiden Mächten allen hilft, vernünftig zu bleiben.«

»Aber Ihr seid der Advokat«, erwiderte Arducius.

»Der bin ich, und ich werde in meiner Regierungszeit andere Schlachten schlagen, wenn ich darüber entscheiden darf. Das betrifft auch Euch. Im Grunde würde ich Euch lieber hier behalten, wo ich Euch besser kontrollieren kann. Aber ich bin kein Diktator.«

»Es ist doch so, mein Advokat, dass die Konkordanz nicht die Schwierigkeiten gebrauchen kann, die mit unserer Gegenwart verbunden sind. Euer eigener Konflikt legt ein Zeugnis davon ab. Ich glaube nicht, dass die Welt jemals für uns bereit sein wird. Wir wissen nicht, was die natürliche Entwicklung bringen wird, und es gibt noch viel zu lernen. Vielleicht sollte man der Natur einfach ihren Lauf lassen. Vielleicht war es von Anfang an ein Fehler, die Autorität des Aufstiegs einzurichten. So verabschieden wir uns am besten, bis der Allwissende es für richtig hält, auf natürliche Weise Aufgestiegene in die Welt zu setzen.«

»Glaubt Ihr, das wird jemals geschehen?«

»Ich halte es für unvermeidlich«, erklärte Arducius. »Wir aber, die ersten Aufgestiegenen und unsere jüngeren Geschwister, würden nur die Erinnerungen an Gorian und seine Verbrechen wachhalten. Damit kann ich so wenig leben wie Ossacer. Auch verdienen es die jungen Linien nicht, unter einem solchen Makel zu leben. Sie sind wirklich unschuldig an alledem. Die Konkordanz soll ihren alten Ruhm wiederfinden, und wir werden nur noch ein Kapitel in der Geschichte sein. Ich hoffe allerdings, es möge sich ab und zu jemand erinnern, dass es nicht immer und in jeder Hinsicht ein unglückliches Kapitel war.«

»Ich kann Euch nur zustimmen«, erwiderte Roberto. »Aber wie kann ich wissen, dass unter Euch kein neuer Gorian heranwächst?«

»Ich gebe Euch mein Wort, dass dies nicht geschehen wird. Glaubt mir, Kessian kommt nach Mirron und nicht nach Gorian. Keiner, der jetzt noch lebt, darf solche Neigungen zeigen und weiterleben. Wir werden keine Kinder mehr in die Welt setzen. Der Aufstieg wird vergehen und verblassen. In hundert Jahren oder so werden nur noch die Bücher übrig sein, und die werden sich in den besten Händen befinden.«

Roberto reichte ihm die Hand, und Arducius schlug ein.

»Euer Wort soll mir reichen, Arducius. Wenigstens Ihr seid ein guter Mann. Die Advokatur wird Eure Weisheit vermissen.«

»Aber nicht meine Fähigkeiten.«

»Nein.« Roberto schüttelte den Kopf. »Die nicht. Niemals Eure Fähigkeiten. Nicht, wenn es nach mir geht.«

»Lebt wohl, mein Advokat.« Arducius schlug mit der rechten Faust an seine Brust. »Mein Arm und mein Herz gehören Euch.«

Roberto gab ihm eine versiegelte Schriftrolle, die auf einem kleinen Tisch bereitgelegen hatte.

»Arvan Vasselis dürfte Euch weit voraus sein und schon mit dem sirranischen Unterhändler sprechen, aber nur für den Fall, dass es Schwierigkeiten gibt, sollte Euch dies hier eine Audienz bei Tarenaq und Huatl verschaffen. Sie sind gute Leute.«

»Danke, mein Advokat.«

»Habt eine sichere Reise. Es wundert mich allerdings, dass Ihr übers Meer fahren wollt. Das verlängert den Weg nach Sirrane beträchtlich.«

»Ich glaube, wir sollten vor allem anderen Menschen ausweichen.«

»Und niemand will Gorians Vermächtnis sehen«, erwiderte Roberto. Er richtete sich ein wenig auf. »Wisst Ihr, dass es vermutlich ein perfekter Kreis ist? Das zerstörte Land? Fast achttausend Quadratmeilen, in denen nichts mehr wächst außer vier Bäumen genau in der Mitte. Das soll ein beeindruckender Anblick sein, wie ich hörte.«

»Es ist das Mahnmal eines gescheiterten Experiments, das ich nicht sehen will. Ich kann nur sagen, dass es mir unendlich leid tut.«

»Ja, ja. Dabei hätte es noch viel schlimmer kommen können, was?« Roberto lächelte jetzt sogar. »Paul? Ich glaube, du willst die Aufgestiegenen zu ihrem Schiff bringen.«

»Das will ich. Komm mit, Ardu. Die Flut wartet nicht.«

Arducius verneigte sich vor Roberto, drehte sich um und verließ das Prunkzimmer. Jhered klopfte Roberto noch einmal auf die Schulter und ging ebenfalls hinaus. Roberto wartete, bis die mit den Flaggen des Aufstiegs geschmückten Kutschen den Palast verlassen hatten, ehe er in den Garten zurückkehrte, um mit der Büste seiner Mutter zu sprechen.

Der Kapitän der *Falkenspeer* wollte möglichst bald in See stechen. Die Ebbe hatte bereits eingesetzt, und er wollte den Wind so gut wie möglich nutzen. Doch Paul Jhered war noch nicht ganz so weit. Alle anderen waren schon an Bord, nur Ossacer und Arducius standen noch an Land, einen Fuß auf der Laufplanke.

»Dann ist es vorbei?«, sagte Jhered. »Ich kann kaum glauben, dass ich mich nicht nur von euch verabschiede, weil ihr in irgendeinem fernen Winkel der Konkordanz eine Mission übernommen habt.«

»Es ist besser so.« Ossacer richtete die blinden Augen auf Jhered, und der Blick schien den Schatzkanzler zu durchbohren. »Wir sind nicht ganz und gar verloren.«

»Ich werde nie herausfinden, wie du das machst.«

»Ich weiß. Es wird dich weiter verrückt machen, weil du es niemals wirklich verstehen kannst, wie gut ich es auch erkläre.«

»Jedenfalls empfinde ich diesen Abschied als Verlust. Wenn ich jemals jemanden als meine Familie betrachtet habe, dann wart ihr vier es. Zwei sind fort, jetzt verliere ich die letzten beiden. Das ist keine gute Bilanz für einen Vater.«

Ossacers Lachen wärmte Jhereds Herz. Doch der Aufgestiegene verstummte rasch und zeigte wieder die typische ernste Miene.

»Ich hätte nicht hierbleiben können. Jeden Tag in Angst leben, weil ich nie weiß, ob das Klopfen an der Tür bedeutet, dass ich hinausgezerrt und hingerichtet oder in die Schlacht geschickt werde. Der Aufstieg hat als freundliche Kraft begonnen, aber schau nur, was aus uns geworden ist.«

»Das ist doch ungerecht«, widersprach Jhered.

Sie schwiegen eine Weile.

»Du solltest uns begleiten«, sagte Arducius. »Würde Mirron noch leben, dann wärst du dabei.«

Beinahe wäre Jhered in Tränen ausgebrochen. »Ja, vielleicht. Vielleicht wärt ihr dann auch niemals fortgegangen. Mein Platz ist jedenfalls hier im Herzen der Konkordanz. Das wird immer mein Leben und meine Bestimmung sein, und deshalb muss unsere Familie sich jetzt trennen. Das ist ein Bedauern, das ich mit ins Grab nehmen werde.«

»Wir auch«, erwiderte Arducius.

Jhered umarmte sie nacheinander, drückte sie an sich und klopfte ihnen auf den Rücken.

»Passt für mich auf Kessian auf«, bat er sie. »Er ist alles, was von Mirron noch da ist.«

»Auch uns ist er teuer.«

»Ich weiß. Eine gute Reise wünsche ich euch, und benehmt euch. Meine Mannschaft wird mir berichten. Enttäuscht mich nicht.«

Alle drei lachten, und dann scheuchte Jhered sie die Laufplanke hinauf. Gleich darauf wurde sie schon eingezogen, und das Schiff legte ab. Es gab keine Fanfarenklänge und keinen offiziellen Abschied. Nur ein Schiff der Einnehmer, das an einem schönen, vom Allwissenden gesegneten Morgen aufs Tirronische Meer hinaussegelte.

Jhered stand auf der Mole und sah dem Schiff nach, bis es hinter der südlichen Festung verschwand. Schließlich nickte er und wandte sich lächelnd ab. Er wollte zu Fuß zum Palast zurückkehren. Irgendwie konnte er nicht glauben, dass dies wirklich das Ende des Aufstiegs und seiner Arbeit mit diesen beiden braven jungen Männern sein sollte. Schließlich war der Korken aus der Flasche gerissen. Konnte man ihn wirklich wieder hineinstecken?

Was das Volk auch wollte und begehrte, die Aufgestiegenen lebten noch und wandelten auf der Erde. Verborgen vielleicht und außer Reichweite von Freund und Feind. Aber sie lebten. Jhered fragte sich, was dies für das Gleichgewicht der Welt bedeutete und wie der Allwissende mit ihnen verfahren würde. Würde er sie als treue Anhänger oder als Bedrohung sehen? Ein Rätsel, das nur ein Gott lösen konnte, und diesen Gedanken fand Jhered am Ende doch sehr tröstlich.

Er drehte sich noch einmal um und blickte zum Hafen hinunter. Über der südlichen Festung flog eine kleine weiße Wolke dahin. Sie bewegte sich gegen den Wind und hatte die Form eines nach oben gerichteten Mundes. Er lachte laut, einige Bürger starrten ihn erstaunt an.

»Du unverschämter kleiner Gauner.«

Dann drehte Jhered sich um und ging zum Hügel und zum Palast hinauf. Zu seinem Advokaten, um die Estoreanische Konkordanz wiederaufzubauen.

Danksagung

Eines Tages im Januar 2006 besuchte ich David Gemmell, und die Folge davon war, dass dieses Buch das wurde, was ich erhofft hatte. David verstand sich bei unseren Gesprächen in einzigartiger Weise darauf, Probleme zu erkennen und Lösungen anzubieten. Leider ist dies eine Schuld, die ich nicht mehr begleichen kann.

Außerdem möchte ich Simon Spanton dafür danken, dass er es immer noch auf sich nimmt, meine Texte zu bearbeiten; meiner Frau Clare, die sich große Mühe gibt, damit ich tatsächlich jeden Tag genügend viele Stunden am Computer sitze und die Tastatur bediene; William Montanaro, der eine hervorragende, stetig wachsende Website für die Aufgestiegenen geschaffen hat (Adresse siehe unten); und Ariel, Lizzy Hill und Paul Maloney für ihre fantastische Hilfe bei der Website, im Forum, mit den Karten und allen anderen Dingen im Internet. Meine Dankbarkeit ist größer, als ich es mit Worten ausdrücken kann.

http://www.theascendants.co.uk
http://www.jamesbarclay.com